GÉRARD DE CORTANZE

Zazous

ROMAN

ALBIN MICHEL

ISBN : 978-2-253-07373-4 – 1re publication LGF

«Jusqu'ici sur terre un homme pouvait être
Blanc ou noir, ou rouge, ou jaune et puis c'est tout
Mais une autre race est en train d'apparaître
C'est les zazous, c'est les zazous
Un faux col qui monte jusqu'aux amygdales
Avec un veston qui descend jusqu'aux genoux
Les cheveux coupés jusqu'à l'épine dorsale
Voilà l'zazou, voilà l'zazou.»

ANDREX, *Y'a des zazous.*

«Zazou, what you're gonna do?
There's a lot of people coming for you
Zazou, comment allez-vous?
A knock on the door in the night.
That Zazou, he don't care
Dark glasses, long hair
Takes his time, sneers at men
Some ugly people want revenge (...)»

PET SHOP BOYS, *In the night.*

«On ne gagne la guerre qu'avec des chansons.»

Emmanuel D'ASTIER DE LA VIGERIE.

1940

«La musique nègre et le jazz hot
Sont déjà de vieilles machines.
Maintenant pour être dans la note
Il faut du swing.
Le swing n'est pas une mélodie
Le swing n'est pas une maladie
Mais aussitôt qu'il vous a plu
Il vous prend et n'vous lâche plus.»

Johnny HESS, *Je suis swing.*

1

Un mois, presque jour pour jour, s'est écoulé depuis que les Allemands ont accroché leur étendard à croix gammée sous la grande arcade de l'Arc de Triomphe. Un mois que la petite phalange d'amis qui a pour habitude de se retrouver au Café Éva ne s'est pas reformée. Tenu par un certain Jo, ancien de 14 qui l'hiver engloutit des bols de Viandox, l'été sirote des petits blancs secs et en toute saison jette de la sciure humide sur le sol, le Café Éva est, pour la petite bande qui a pris l'habitude de s'y réunir, le centre du monde. Sans doute parce qu'elle y a vu une référence à la chanson éponyme de Johnny Hess dans laquelle le bellâtre susurre que lorsqu'il embrasse les lèvres d'Éva « sa fièvre monte à quarante degrés » et qu'il fait finalement sa conquête « parce qu'elle fume des cigarettes Méva ». Au milieu des atouts et des tierces des joueurs de belote qui dégringolent dans la fumée des bouffardes, la joyeuse bande avait trouvé ici, à quelques pas du parc Montsouris, une sorte de havre de paix, jusqu'à ce que tout cet équilibre fragile, une fois la guerre déclarée, ne vole en éclats.

Alors, ils s'étaient promis que lorsque toute cette gabegie serait terminée, ils se reverraient ici même, entre le patron qui torche ses verres et François qui s'applique à verser des apéritifs. Jeune serveur de quinze ans que Jo a pris sous son aile, François est un peu le fils que Jo n'a pas eu.

Depuis des semaines, tout ce beau monde, comme de nombreux Français, a vécu des jours de glace et de ténèbres, à commencer par l'effroyable nouvelle du 10 mai, quand la TSF a craché que les Allemands avaient envahi les Pays-Bas, la Belgique et le Luxembourg. Le 14 juin Paris avait cessé d'être une ville ouverte pour devenir une ville occupée tandis qu'une lumière d'éclipse solaire l'enveloppait comme un linceul. Traversé par les escouades de motocyclettes noires fonçant dans les rues vides, par l'épais flot de cavaliers et de fantassins verdâtres coulant depuis le matin dans les artères de la capitale, par les troupes victorieuses défilant, musique militaire en tête, Paris n'était plus qu'un immense corps sans vie.

Badauds bras ballants, vieillards collés à leur banc et à leur chaise, femmes tenant dans leurs bras des enfants apeurés, hommes se sentant soudain inutiles, tous se taisaient, formant un immense morceau d'humanité tragique. Quant aux quelques soldats français déguisés en civils et s'aidant pour fuir du calendrier des postes qui leur servait de carte Michelin, ils semblaient paradoxalement les seuls êtres vivaces,

vivaces de leur fuite même, perdus au milieu de tous ces fantômes et habités de sentiments mêlés : abandon, haine, désespoir.

Insidieusement, une autre vie s'était installée, prenant ses aises, faite de silence : celui de la radio, celui de la presse écrite, du couvre-feu aussitôt décrété, de l'horaire allemand – de soixante minutes en avance sur celui de la France – immédiatement appliqué.

Alors que les commerçants avaient été contraints d'accepter la monnaie du vainqueur, la ronde infernale des avions ennemis rappelait jour et nuit aux Parisiens que même leur ciel n'était plus à eux. Dans cette ville endormie, les rares mouvements étaient ceux des affiches à moitié décollées, oscillant comme des drapeaux. Inspirées par Giraudoux qui, de son bureau de commissaire général à l'Information, avait proclamé que la France vaincrait « parce qu'elle était la plus forte », elles claquaient si fort au vent qu'elles ajoutaient encore au malheur ambiant.

Mais maintenant, ces impressions sont lointaines. Maintenant, c'est autre chose. Une autre vie. Une page tournée. Maintenant, après plusieurs jours de tergiversations et de vaines recherches, les membres de la petite troupe ont enfin fini par pouvoir entrer en contact, tous ou presque, les uns avec les autres, et par se donner rendez-vous en ce resplendissant 13 juillet 1940, à 14 heures, au Café Éva.

Comme à son habitude, Josette arrive la première. Alors que Jo lui sert un diabolo menthe, elle ne peut s'empêcher de voir défiler sous ses yeux ces jours passés à errer dans un Paris désert. Ce qui l'a frappée, c'est la découverte du silence. Privée de voitures et d'autobus, donc d'embouteillages, la ville hier si bruyante est devenue quasi muette. Et la nature curieusement a repris ses droits. Les moineaux, qui avaient fui quand, à l'approche des Allemands, on avait mis le feu aux réservoirs de mazout et d'essence, répandant sur la ville et ses jardins une fumée noire qui avait tout empoisonné, sont revenus. Faute d'être ravitaillés par les passants, ils ont entamé leur migration vers les parcs, et y ont rejoint les nuées de pigeons attirés par le calme. De son appartement de la rue Gazan, la nuit, elle entend le gémissement de la hulotte et le petit cri persistant du grillon dans le sous-sol de la boulangerie voisine. Et dans le moindre square, clématites, roses thé, dahlias, refleurissent comme jamais au cœur d'une ville où tout est resté debout malgré la déflagration, mais où il n'y a plus d'hommes. Et puis surtout, il y a cet incident, ce fait qu'elle ne peut oublier : un jour qu'elle était assise sur un banc de l'avenue du Maine, elle a vu passer un convoi ininterrompu de soldats allemands, fantassins, artilleurs, accompagnés du train des équipages avec des chevaux alezans à queue filasse et des voitures bâchées de toile verte. Elle s'était effondrée en pleurant. Une femme, l'air impassible, lui avait dit : « Ne pleurez pas, ça leur ferait trop plaisir, à ces cochons ! » Alors elle avait souri, s'était reprise, et avait vu la colonne s'éloigner, tandis que résonnait à ses oreilles la trompette mélancolique de Philippe

Brun jouant *Josette*. C'est son air préféré, à tel point que les amis de la petite bande l'ont surnommée ainsi, « Josette », alors que son vrai nom c'est Catherine. Cet air qui revient sans cesse à ses oreilles a fini par ne plus former qu'un avec elle et la suit partout dès lors que la mélancolie ou la tristesse s'empare d'elle.

Les semaines passant, elle a vu s'installer comme une forme de banalisation de ce que l'on appelle désormais « l'Occupation ». C'est comme si personne ne voulait voir le drapeau tricolore amené sur tous les monuments publics, les tanks et les mitrailleuses mis en position aux carrefours et aux abords des bâtiments occupés par les états-majors, les voitures, munies de haut-parleurs, qui sillonnent les rues pour annoncer le couvre-feu.

Les théâtres, privés ou subventionnés, ont rouvert leurs portes, tout comme les cinémas des Grands Boulevards et les restaurants dont certains affichent des menus en allemand. Les petites femmes nues ont fait leur réapparition sur la scène du Concert Mayol, Radio-Paris et la Radio nationale ont commencé à réémettre ; quant à la presse, certes réduite à deux titres, *Le Matin* et *Paris-Soir*, on pourrait presque croire, à la lire, qu'il n'y a ni guerre ni occupants.

En réalité, la guerre, on la voit de sa fenêtre. Et celle de Josette ouvre non seulement sur les arbres du parc Montsouris, mais sur un arrondissement de Paris, le XIVe, où l'on trouve encore l'une des dernières fermes de la capitale, où l'on célèbre la fête du Lion deux fois l'an, où le professeur Lambert, casque colonial crasseux sur la tête et ceinture de trappeur garnie de cartouches, fait découvrir sa « Grande Ménagerie africaine », où le briseur de chaînes du boulevard Edgar-Quinet met un public médusé au défi. Dans les rues, on peut voir Miss Liliane l'équilibriste, Yves la Boulange avaler des sabres, et le fakir en maillot de lutteur, et l'homme-orchestre arpenter les trottoirs, et la diseuse de bonne aventure, et à la nuit tombée l'allumeur de réverbères, avec son costume bleu et sa casquette. Toute cette vie a lentement disparu, mais on sent encore sa présence et l'on est tenté de croire qu'elle peut revenir à tout moment.

Josette est une drôle de jeune fille, secrète et solitaire. Très tôt orpheline de mère, elle a été élevée par un père qui ne s'est jamais remarié. Et lorsque celui-ci a prématurément disparu lors du naufrage du *Malaisie* en mars 1938, elle a hérité d'une forte somme d'argent, laquelle, placée par des notaires avisés ayant rapidement réglé les problèmes de succession, lui assure une vie à l'abri des soucis pécuniaires. La douleur passée, elle s'est habituée à cette vie étrange dans laquelle elle a dû apprendre très vite comment répondre à toutes les questions auxquelles une adolescente de seize ans n'aurait jamais dû avoir à faire face. Élève à Henri-IV en classe de première, elle a pour ambition, le bac en poche, de préparer une hypokhâgne qui lui permettra d'intégrer l'École normale. Mais en raison des événements, cette première partie de baccalauréat avec écrit et oral a été annulée et reportée à septembre. Cette journée d'examen sans examen, elle l'a vécue, comme ses autres camarades, en arpentant gaiement la rue Soufflot et en s'amusant beaucoup de tout ce désordre.

Au fond, tout cela n'est peut-être pas si grave, comparé à ce qui constitue à ses yeux le malheur de sa vie : elle ne s'aime pas, se trouve laide, inexistante. D'ailleurs aucun garçon ne la courtise. Elle est toujours la bonne amie, la gentille fille, celle qui est toujours là pour aider les autres à faire leurs devoirs, et elle a fini par penser que toute sa vie se résumera à ça : Josette, elle est gentille, elle est sympathique, on peut tout lui raconter, même ce qu'on fait avec les garçons. En somme, elle se dit que toute sa vie elle ne sera bonne qu'à porter la chandelle. Alors, souvent, elle se réfugie dans son monde, dans son vrai pays, dans sa France à elle, une France qui n'est pas envahie, et sur laquelle ne flotte aucun drapeau rouge, flanqué en son centre d'un cercle blanc où se recroquevillent les pattes noires d'une araignée crochue.

Alors qu'elle aspire longuement sur la paille de son diabolo, en se répétant qu'il n'y a pas de situation désespérée, mais plutôt des hommes qui désespèrent, elle voit Charlie et Lucienne, se tenant par la main, qui entrent dans le café… Il porte un complet bleu marine, des souliers jaunes, et des cheveux toujours aussi longs qu'il a pris soin, comme d'habitude, de laver la veille. Quant à Lucienne, dans son tailleur clair aux poches multiples et boutonnées, elle est tout simplement radieuse.

2

À leur façon de s'étreindre, de sourire, de se toucher, comme pour vérifier qu'ils sont bien tous trois vivants, n'importe quel observateur aura immédiatement compris que sous cette sautillante folie apparente, les trois amis se signifient que chacun à sa manière revient d'une sorte de petit enfer personnel dont il ne dévoilera aux autres que la partie la moins compromettante. Enfin, ils sont là, les uns en face des autres, tous les trois, et il fait un soleil incroyable ! Mieux vaut tenter d'oublier tout le reste.

— Ici, les amoureux ne vivent pas que d'eau fraîche et d'amour ! Qu'est-ce que vous prenez ? demande Jo.

— Un café, répond Charlie.

— Et toi, Lucienne ?

— Comme d'habitude, un lait fraise, et en attendant je vais aux toilettes.

— Alors, raconte, Charlie ? L'hôpital, le jazz ? demande Josette.

Entre deux gorgées de café, Charlie confie qu'il a

passé la dernière nuit chaude de juin avant la chute de la capitale monté sur le toit de l'Hôpital américain de Neuilly, à fumer un cigare. Des éclairs d'artillerie signalant l'avancée allemande à l'est et au nord. Infirmier, Charlie est un Noir américain, et vient d'avoir dix-neuf ans. Clarinettiste de jazz à ses heures perdues, il offre dès qu'il le peut ses services aux boîtes de nuit et aux orchestres en mal de musiciens.

— L'Amérique est neutre. Pour l'instant, je n'ai rien à craindre. Et j'ai mon certificat, émis par l'ambassade, s'il vous plaît, dit-il, en exhibant fièrement une carte de couleur rouge.

— Et le jazz ? poursuit Josette.

— J'attends que le travail reprenne, mais normalement je devrais jouer avec Arthur Briggs, le trompettiste…

Lucienne à peine revenue, Josette ne lui laisse pas le temps de s'installer.

— Alors, et toi, qu'as-tu fait pendant toutes ces semaines ?

Lucienne paraît embarrassée.

— Je devais passer le bac à Camille-Sée, il a été annulé…

— Le mien aussi. On repassera les épreuves en septembre.

Lucienne hésite plusieurs secondes, regardant Charlie, comme pour y puiser la force qui lui manque :

— Non. Je ne repasserai pas le bachot en septembre. Je vais travailler.

— Je ne comprends pas, tu voulais tout faire pour ne pas perdre une année, tu voulais même entrer à Sciences po ! Tu ne jures que par ton prof de philo, dit Josette.

— Simone de Beauvoir ?

— Oui, c'est ça.

— Une pimbêche, en réalité ! Elle arrive, donne son cours et se barre immédiatement !

— Je ne comprends rien…

— C'est simple, pourtant, j'ai changé d'avis, voilà tout. La vie est trop courte. Où serons-nous dans six mois, dans un an ?

— Et que vas-tu faire ?

— Une amie couturière a un salon d'essayage qui ne désemplit pas. Elle travaille pour la haute couture. Elle a besoin de mannequins…

— Ah, maintenant je comprends pourquoi tu as cette défroque sur le dos, dit Josette avec beaucoup de mauvaise foi.

Lucienne lève les yeux au ciel :

— Ma « défroque » s'appelle *Service secret*, de chez Robert Piguet, s'il te plaît ! Prêtée par ma copine couturière !

— *Service secret ?* C'est une blague.

— T'es vraiment au courant de rien, toi ! Le manteau *Camouflage*, de chez Schiaparelli, le tailleur *Spahi* de chez Lanvin, et la robe *Permission*, le pyjama *Alerte*, la combinaison *Tous aux abris*, ça ne te dit rien ?

— Non !

— C'est le moment de vivre, Josette.

— Profite de tout, ajoute Charlie. Passe ton permis de conduire, puisque depuis l'année dernière on peut le passer à seize ans ! Qu'est-ce que tu attends !

— Pour quoi faire ? Les automobiles sont interdites ! Et il n'y a plus d'essence !

— Apprends à danser le swingaléro, dit Lucienne tout en prenant Josette par la main et en esquissant quelques pas de danse. Allez,

« Ainsi que le vent
Vient en hurlant
Une danse vient
Qui ne casse rien
Mais qui fait rage
C'est un pas nouveau
Qu'on appelle le swingaléro
D'abord on avance à petits pas
Quatre pas par-ci, quatre pas par-là
Et puis on recule à petits pas
Quatre pas par-ci, quatre pas par-là ».

Tout en dansant avec Josette, Lucienne constate que celle-ci ne cesse de regarder ses jambes.

— Ça t'intrigue, hein ?

— Tu as des bas ?

— Mais non, je suis en avance sur mon temps.

— Qu'est-ce que tu racontes ?

— Bientôt, il n'y en aura plus, de bas, ma cocotte. Alors voilà, en avant-première, Elizabeth Arden a tout prévu : avec « Filbas, c'est la soie sur vos jambes ! » lance fièrement Lucienne. Un autre cadeau de mon employeur. Garantis indémaillables ! Et pour cause : une lotion à trente-cinq francs le flacon, et un crayon pour dessiner la couture ! Illusion parfaite, non ? Je t'en passerai, grosse dinde !

Alors, les deux amies partent dans un immense fou rire, finissant les pas de danse en titubant sur leur chaise :

— « C'est mieux que le tango
Que l' black bottom
Que l' charleston
C'est mieux que l' lambeth walk
C'est mieux que le yam et simple en somme
On va et on vient à petits pas
Quatre pas par-ci, quatre pas par-là. »

Josette doit le reconnaître, elle est fascinée par Lucienne, par sa joie de vivre, sa débrouillardise. Celle-ci réitère ses conseils. Il faut qu'elle vive davantage, qu'elle profite de ses années de prime jeunesse, et peu importe la guerre ! Tout est bon pour jouir de la vie. Le dernier métro, par exemple, c'est formidable, on peut y croiser tout ce que Paris compte de personnalités du spectacle, l'oreille aux aguets on peut écouter les potins tombés d'une bouche célèbre, intercepter des confidences, prendre prétexte qu'on l'a manqué pour continuer à faire la fête avec ses amis… Elle qui habite non loin de la rue Soufflot a constaté que des jeunes gens, filles et garçons, se réunissent souvent au Capoulade en haut du boulevard Saint-Michel, ou dans le club de la rue des Écoles, le Dupont-Latin, et qu'ils semblent si heureux malgré tout ce qui peut se passer dans cette France occupée, dans ce Paris vivant chaque jour davantage à l'heure allemande. Pourquoi ne pas faire comme eux ?

Charlie, qui jusque-là a écouté sans rien dire, renchérit. Lucienne a raison. Pour venir, ils se sont donné rendez-vous devant le palais du Luxembourg. Elle habite rue des Écoles, lui rue de Babylone, c'est un lieu intermédiaire. Eh bien, c'est indéniable : Paris est colonisé ! L'hôtel Lutetia est occupé par les services de renseignements de la Wehrmacht, et le Sénat étant devenu le quartier général de la Luftwaffe, toute une bande du jardin, allant de la rue Guynemer au carrefour Médicis, est entourée de hauts grillages derrière lesquels on peut apercevoir des factionnaires patibulaires. Près de chez lui, ils ont même réquisitionné l'Institut Arthur-Vernes de la rue d'Assas pour en faire un institut prophylactique. Le Grand Palais est transformé en garage, le Cercle interallié en casino, quant à l'École polytechnique et à l'École normale supérieure, elles servent de cantonnements.

— Et tout près de chez toi, rue de l'Aude, des infirmières plus avenantes que des filles de joie distribuent aux soldats des capotes, dites *Pariser* – Parisien –, et des pommades pour éviter la syphilis et la gonorrhée. Oui, ils sont incroyablement organisés, ces salauds de Chleuhs !

— Ils sont partout. C'est bien pour ça qu'il faut passer entre les mailles du filet. Continuer à vivre, encore plus fort qu'avant, plus intensément, sinon on en mourra tous, décrète Lucienne.

3

La venue d'Odette et de Sarah, c'est Jo qui l'annonce.

— Tiens, je me demandais à quel moment elles allaient arriver ces deux-là ! lance le patron, jovial, de derrière son zinc.

Lucienne et Josette poussent des cris de joie et les quatre femmes s'étreignent devant un Charlie minoritaire qui en profite pour aller chercher deux chaises et rapprocher les tables.

Odette l'exubérante, Odette la frivole, avec ses paupières bleuies et ses lèvres trop rouges, qui veut à tout prix se faire passer pour une croqueuse d'hommes à tel point que c'en est suspect, qui a apporté pour ses amis un sac rempli de croissants de la boulangerie de l'avenue de Serbie où elle travaille, veut absolument raconter ses « journées terribles ». C'est la seule de la bande à avoir participé à l'exode !

Son patron avait entassé toute sa famille et ses employés, dont Odette, dans sa camionnette de livraison. Il voulait quitter Paris parce que, disait-il,

Paris avait brusquement « changé de visage ». Toutes ces boutiques et ces bureaux aux portes fermées, ce téléphone qui ne fonctionnait plus, ces rues sans balayeurs publics, ces kiosques sans marchandes de journaux, c'était le signe que tout allait à vau-l'eau. Alors il fallait fuir au plus vite. La camionnette avait traversé un Paris désert. Place de l'Alma, ils avaient croisé un troupeau de vaches en liberté, mortes de faim, qui beuglaient ; devant l'hôpital des Invalides, des moutons broutaient consciencieusement les pelouses ; au pied des grands drapeaux français restés pendus à l'angle de l'esplanade des Champs-Élysées, des chiens abandonnés s'ébattaient. Arrivés porte d'Orléans, ils avaient pris la nationale 20, qui était devenue très vite une route à deux voies, plutôt étroite, avec des arbres de chaque côté. Un spectacle fantasmagorique les attendait.

— Vous ne pouvez pas imaginer, répète Odette, devant ses amis qui ne disent plus un mot, pendus à ses lèvres : une vraie scène de fin du monde. Les automobiles de luxe côtoyaient les charrettes à bras, les camionnettes poussaient les triporteurs. Motos, carrioles, landaus, patinettes, tout ça pétaradait, crevait, culbutait à cause de bagages mal arrimés. Des guimbardes d'un autre âge, des bicyclettes chargées comme des mulets, jusqu'à de lourdes voitures attelées à de gros chevaux boulonnais qui avançaient au pas, remplies de malades, d'enfants, de vieillards, de matériel agricole, de meubles, pare-chocs contre pare-chocs. Un énorme flux dans les deux sens ! En réalité nous nous heurtions aux gens partis en mai qui, découragés, à bout de ressources, comprenant que la France était défaite, remontaient du sud vers le nord pour rentrer chez eux ! Et nous qui descendions du nord au sud !

Une heure durant, Odette fait le récit de sa guerre, de toute sa peur, de toute sa détresse, témoin qu'elle fut de scènes extravagantes, comme ces voitures officielles à cocarde renversant sans s'arrêter des piétons baluchon sur l'épaule ou ces gradés de l'armée française arrêtant les réfugiés, réquisitionnant leur voiture et s'enfuyant à leur place. Tous ces gens qui s'agrégeaient, s'aggloméraient, se ralentissaient les uns les autres, formaient une sorte de troupeau composite, parcouru des mêmes ondes soudaines de peur, et qui s'abattait en même temps à la nuit pour dormir.

— C'est bizarre, vous savez. Je n'ai vu nulle part sur les routes les traces de la guerre. Pas de tirs, pas d'avions, pas d'explosions. Mais partout d'affreux relents de panique, des voitures abandonnées, des maisons pillées.

— La peur les avait effacées, dit Sarah.

— Oui, ça doit être ça, répond Odette. À Blois, mon patron a décidé de bifurquer vers Saint-Jean-d'Angély, on a fait plusieurs kilomètres derrière un corbillard traîné par des chevaux avec des gens perchés dessus des deux côtés et d'autres derrière, jambes pendantes, et puis le camion a rendu l'âme.

— Alors, qu'est-ce que vous avez fait ? demande Charlie.

— Vous n'allez pas me croire ! On nous a mis en attente pour un train de marchandises. Trois jours, enfermés dans un hall de gare… La voie avait été bombardée. Finalement on est rentrés à Paris dans un convoi de l'armée allemande qui rapatriait les réfugiés ! Les soldats étaient armés jusqu'aux dents et la colonne était entourée de blindés…

Odette, c'est un fait, se souviendra toute sa vie de son retour dans la capitale, à l'ombre de ces étendards à croix gammée déployés sur les blindages, et de ces militaires chantant à tue-tête, raides dans le soleil levant, au volant de leurs automitrailleuses rutilantes. Paris lui parut morne, les Champs-Élysées vides et la place de la Concorde zébrée de flèches jaunes ceinturant l'Obélisque d'une couronne de panneaux de signalisation. C'était comme si Paris, son cher Paris, avait attendu les Allemands. Calme, muet, exsangue, même l'angoisse semblait l'avoir abandonné. Il ne restait plus rien qu'un temps à l'état pur, perceptible, presque palpable. Le camion qui parcourait les rues de la capitale était plein à craquer, notamment de jeunes filles qui, alors qu'on passait devant une caserne de soldats de la Wehrmacht, torse nu, bronzés, calmes, les interpellèrent, ne cachant pas leur admiration. Odette comprit que ce spectacle, qu'elle aurait dû trouver inadmissible, ne la choquait pas, qu'il resterait gravé dans sa mémoire et influencerait longtemps ses pensées, ce qui la troubla beaucoup. Elle se dit alors en elle-même : je suis comme tous les autres, tous ces gens qui ont fait des centaines de kilomètres pour ne pas voir les Allemands et veulent aujourd'hui courir à leur rencontre.

Cette pensée, elle n'en parle pas à ses amis. Elle la garde pour elle. Gênée que le barbare d'hier ne soit plus qu'une sorte de dernière attraction. Elle préfère terminer son récit par un bon mot. Elle est connue pour cela. Son statut de boute-en-train l'exige :

— Allez, nous avons perdu la guerre, mais gagné un connétable, le Connétable du Déclin : Pétain !

Sarah, la petite shampouineuse, tripotant la grosse épingle qui ferme son kilt écossais, est troublée par ce récit, par ces soldats torse nu qu'on acclame. Et lorsqu'on lui demande de raconter ce qu'elle a vécu, puisque c'est à son tour de parler, elle a la gorge sèche. Elle se souvient d'une discussion, déjà ancienne, avec Josette qui lui avait dit : « Les Juives, ça n'existe pas. Il n'y a que des filles. Tu es une fille, je suis une fille, c'est tout ! » Mais Sarah le sent bien, Josette ne vit pas la même histoire qu'elle, parce qu'elle, Sarah, est en danger, alors que Josette n'a rien de précis à redouter.

— J'ai l'impression qu'on entre dans la servitude, sans savoir exactement ce qu'elle sera.

Tous tentent de la rassurer. En vain.

Sarah est inquiète. Comment ignorer les panneaux indicateurs des carrefours rédigés en allemand ? Comment ne pas voir la relève quotidienne de la garde à 12 h 30 entre l'hôtel Majestic, siège du Commandement militaire de Paris, et le Rond-Point des Champs-Élysées ? Et les « touristes » en uniforme qui déambulent dans les rues, et se ruent sur les étalages encore bien fournis afin d'acheter les produits français ? Et les salles de l'Empire et du palais de Chaillot réservés exclusivement aux occupants, de même que les cinémas Rex, Marignan, Paris, et d'autres ?

— Tout ça ne compte pas, ma Sarah, dit Odette en lui caressant la main, on s'en moque.

Retirant sa main de celle d'Odette, Sarah lance :

— Ce matin, je suis passée devant le Casino de Paris. Il y a un panneau sur la porte de l'entrée des artistes… « Accès interdit aux chiens et aux Juifs »… Ça ne compte pas, ça ?

4

C'est Sarah elle-même qui finit par rompre le silence que ses propos ont installé. Voyant venir Jean de loin sur son vélo, qui ressemble à celui de William Kramps, le tueur de bouchers dans *Drôle de drame*, elle pousse un cri de joie en le montrant du doigt. Et tous d'entonner la chanson de Georgius :

— « Je suis parti l'autre jour de Puteaux, En vélo
J'ai vu des p'tits, des minces, des grands, des gros En vélo
J'suis arrivé en trois s'maines à Saint-Lô En vélo
Avec l'œil frais et deux furoncles au bas du dos
En vélo… »

Et Jean de répondre, en embrassant chaque fille :

— « Sur la grande route, j'ai connu l'grand amour
Je vis une fille aux gracieux atours
Un jour
Elle montrait ses jambes et d'autres horizons
Je m'penchais bien bas sur mon guidon
Frissons… »

La chanson à peine terminée, Jean, lui aussi élève à Henri-IV, reprend la mine renfrognée que tous lui connaissent. Il faut dire que c'est un drôle de phénomène. Doté d'une abondante chevelure frisée, adepte des chaussettes blanches et des pantalons serrés du bas, il n'en est pas à une contradiction près. Ainsi, bien qu'il souhaite se diriger vers la faculté des sciences pour y préparer une année de physique-chimie-biologie nécessaire à toutes études de médecine, il passe des heures dans les salles de cinéma et parfois au Pam-Pam, petit établissement genre salon de thé, situé à l'angle de la rue Monsieur-le-Prince et du boulevard Saint-Michel, à y écouter du jazz au milieu de la fumée des cigarettes blondes. Mais cette fois il semble plus triste que d'habitude, plus renfermé sur lui-même. Habitant rue de Flandre, il a assisté de sa fenêtre à l'arrivée des premiers Allemands à Paris, le 14 juin 1940, à 5 h 35 très précisément, deux camionnettes chargées de soldats et cinq motocyclistes, venant de la porte de la Villette et se dirigeant vers les gares du Nord et de l'Est.

— De quoi vous traumatiser à vie, je vous assure ! Surtout lorsqu'on voit dans l'heure qui suit un soldat coller sur les murs des immeubles une première affiche « Au peuple de Paris » recommandant à chacun de « rester à son foyer ou à sa place de travail et reprendre ses occupations » !

— En somme aucun titre de gloire à ton actif ! dit Charlie.

— Ah si, répond Jean, quelques jours avant l'arrivée des Allemands, je suis allé au théâtre de l'Œuvre. On jouait *Pas d'amis, pas d'ennuis.* J'étais le seul spectateur ! On m'a remboursé. Le théâtre a été le dernier à fermer avant l'invasion, et moi la dernière personne à assister à une représentation.

— Et c'est pour ça que tu as l'air si morose ? demande Lucienne.

Jean lève les yeux au ciel. En réalité il est profondément désespéré. Comment ne pas l'être, dans un pays qui, trois mois à peine avant l'entrée des colonnes motorisées allemandes, organise un Salon des humoristes, et quand son président du Conseil « se tire à Bordeaux » !

En réalité, ce qui peine le plus Jean le frisé, c'est le souvenir de la journée du 17 juin 1940 quand, avec ses parents autour de la TSF, il a écouté ce vieil homme qui, d'une voix chevrotante, a signifié à son pays qu'il avait, la nuit passée, demandé la paix. Et qui explique qu'il a fait don de sa personne à la France pour l'aider à trouver avec l'adversaire et dans les honneurs les moyens d'en terminer avec les hostilités ; et qui somme l'armée de cesser le combat...

Jean est anéanti. Chaque fois qu'il repense à cette journée, en cette heure fatale, midi trente, sa tristesse confine au désespoir :

— Je pense à tous ces jeunes gens, comme cela fut cruel de les voir partir à la guerre... Est-il moins cruel de les contraindre à vivre dans un pays déshonoré ? Je ne croirai jamais que les hommes soient faits pour la guerre. Mais je sais qu'ils ne sont pas non plus faits pour la servitude.

Jo, derrière son comptoir, écoute. Il ne dit rien. Il sait que lorsqu'il a entendu ce discours, il a senti en lui, et chez certains de ses clients – pleurs et applaudissements mêlés –, comme une sorte de soulagement général : celui du fait accompli. Mais il ne peut s'empêcher de penser : Pétain, le responsable de la répression de Verdun, l'ambassadeur de France en Espagne qui a félicité Franco pour sa victoire, le compagnon de route des cagoulards.

— Et il a remis ça quand l'armistice est entré en application, le 25 juin : « Notre défaite est venue de nos relâchements. L'esprit de jouissance détruit ce que l'esprit de sacrifice a édifié... » Et pour finir, les pleins pouvoirs, 569 voix pour, 80 contre. La République s'est suicidée. Quelle honte ! Et les 1300 morts de Mers el-Kébir, et Otto Abetz, expulsé de France en raison de ses activités pronazies et qui revient en qualité d'ambassadeur !

Odette, qui voit l'atmosphère s'assombrir de minute en minute, tente une diversion :

— Vous connaissez la dernière sur le Maréchal ? Il préside une fête d'anciens combattants, enfoncé dans son fauteuil Régence... Au passage du drapeau, il se lève et fait quelques pas vers les porteurs de drapeau. Une vieille dame, des larmes d'extase plein les yeux, tend les mains vers lui et bredouille : « Mais, mon Dieu, il marche ! »

Tout le monde rit, Jean excepté. Lui, le cinéphile compulsif qui a vu dix fois *La Règle du jeu*, se souvient de la réplique de Renoir, déguisé en ours pataud : « Sur cette terre, il y a quelque chose d'effroyable, c'est que tout le monde a ses raisons. » Cette phrase, il l'avait faite sienne. Aujourd'hui il la rejette, n'en veut plus. Absurde. Inconcevable. Pétain et ses discours l'ont brisé. Il ne fait plus rien, ne croit plus en rien. Quand le cinéma de son quartier a rouvert, il est allé voir *La Fille au vautour*, un film allemand doublé en français, des dialogues en pseudo-langage péquenot. « Une bouffonnerie. Une fille sauvage qui galope dans la neige avec un vautour apprivoisé ! À pleurer de désespoir ! » Et puis désormais les séances ne permettent plus de voir deux longs métrages à la suite. Il se souvient de la dernière fois où il a pu voir deux films. Trois jours avant que les Allemands n'entrent dans Paris : *Paix sur le Rhin*, de Jean Choux, suivi d'*Alerte en Méditerranée*, dans le contexte d'aujourd'hui, presque une blague : trois officiers de marine, un Anglais, un Français, un Allemand, s'unissent pour sauver les passagers d'un paquebot menacés par une nappe de gaz asphyxiant ; le seul à se sacrifier, au nom de la solidarité des grandes nations européennes, c'est l'Allemand… Depuis le 14 juin, il n'a plus écouté un seul morceau de jazz. Ses détracteurs ont sans doute raison : « Les gouvernements devraient l'interdire, comme la morphine et la cocaïne, le jazz ne peut que dégrader le goût et le moral du public. »

— Que voulez-vous faire face à ce brusque et

total effondrement d'un édifice vermoulu ? Monter une société de vélos-taxis ? Conduire un fiacre, avec un huit-reflets sur la tête, puisque les chevaux ont refait leur apparition ? Inhaler à haute dose l'échappement des voitures propulsées au gazogène ?

En réalité, tous comprennent que Jean est en train de faire une sorte de dépression nerveuse, passant dans la même phrase de la constatation la plus sinistre à la joie la plus exubérante. Après tous ces discours, dont ce serait un euphémisme que de dire qu'ils sont tristes, voilà Jean qui explique que tout va bien dans le meilleur des mondes. Quoi de plus étrange en effet que ces hommes et ces femmes qui souriaient il y a peu encore aux soldats français et qui adressent désormais des sourires aux soldats allemands ? Les services publics de l'eau, du gaz, de l'électricité fonctionnent, tout comme le métro ; aux étalages des grands magasins, les clients s'affairent. On achète des tissus, de la parfumerie, des vêtements, des étoffes. Les sacs de sable du portail central de Notre-Dame ont été enlevés et à l'heure de l'apéritif de jeunes prostituées se promènent sur le boulevard du Montparnasse. Quant à l'avenue des Champs-Élysées, elle reçoit quotidiennement son lot de cars de touristes allemands, hommes et femmes, appareil photo en bandoulière. Voilà, tout se normalise. Les grands garçons blonds aux yeux clairs sont progressivement remplacés par des messieurs bedonnants : les agents de l'occupation économique et culturelle. Et que dire de tous ces cafés qui ont relevé leurs rideaux de fer, qui ont réinstallé leurs terrasses ? Tout va bien, désespérément bien.

— N'empêche que t'es bien content de le trouver ouvert, mon bistrot ! dit Jo, ce qui déclenche un éclat de rire général.

— Tu parles, il n'y a rien à manger ! dit Sarah.

— Comment, il n'y a rien à manger ?

— Et les décrets du ministère de l'Agriculture et du Ravitaillement ?

— Tu les connais, les décrets, toi ?

— Non, mais je sais qu'ils existent.

— Je vais te dire ce qu'il y a dedans : depuis le 20 juin on ne peut servir au même repas et à la même personne qu'un hors-d'œuvre sous forme de crudités, un plat d'œufs ou de poisson ou de viande – et pas plus de cent grammes –, et un plat de légumes ou de pâtes, un fromage, un fruit…

— De quoi mourir de faim, lance Odette.

— Attends encore quelques mois, ma mignonne, et cette disposition légale te fera saliver !

— Enfin, Jo, les magasins sont tous ouverts, personne ne fait de réserves. Seul le sucre est rationné…

— Attends quelques mois, je te dis, attends l'hiver…

Jean, que tout cela ennuie, s'était vaguement assoupi ; il se réveille là où il avait laissé la discussion et cite donc une phrase entendue à Radio-Paris qui diffuse depuis le 5 juillet, depuis ses studios des Champs-Élysées, des programmes de variété et d'information, avec un fort accent allemand :

— « Composer avec l'ennemi d'hier, ce n'est pas lâcheté, c'est sagesse. À quoi bon se meurtrir contre les barreaux de sa cage ? Pour souffrir moins de l'étroitesse de la geôle, il n'est que de se tenir bien au milieu. »

— Ce qui veut dire ? demande Josette.

— Qu'il y a une double France, une double jeunesse !

— Mais encore ? poursuit Lucienne en rigolant.

— Qu'il y a la jeunesse de la zone dite libre qui paraît accepter, dans sa majorité, la mystique vichyste et ses ambiguïtés. Et celle de la zone occupée, que la propagande nazie incite massivement à s'engager clairement dans le sens de l'histoire, mais qui, confrontée quotidiennement aux réalités de l'Occupation, renâcle et finit par se réfugier dans l'indifférence.

— Indifférence apparente, précise Josette.

— Non, pas « apparente », réelle, bien réelle. J'ai décidé de me foutre de tout ! réplique Jean en haussant le ton.

5

— Eh bien, ce n'est pas du tout mon avis ! hurle Pierre qui vient d'arriver dans le café.

Affublé d'une veste longue orange avec martingale et poches plaquées à la Freddy Taylor, et de pantalons très courts et resserrés à la cheville, il saute sur Jean comme un monstre jailli d'une forêt profonde. Pierre, le double de Jean, son « faux frère jumeau », comme il se qualifie lui-même. Toujours à se chamailler, ces deux-là, et inséparables.

— Le jour où tu seras d'accord avec moi, vieille branche…, dit Jean en le serrant dans ses bras.

— En tout cas, pas sur ce coup-là.

— Ah non, je vous en supplie, dit Sarah, vous n'allez pas recommencer !

— Si, et je vais vous expliquer pourquoi. C'est important. Mais avant, il faut que je vous parle du général Mangin.

— Le général Mangin ? rétorque un chœur joyeux à l'unisson.

— Enfin, plus exactement de sa statue…

Pierre, qui habite en banlieue, à Ville-d'Avray, a l'habitude de prendre le train qui le dépose à la gare Saint-Lazare. D'ordinaire, il circule en autobus ou en métro, mais comme il n'est pas venu à Paris depuis l'arrivée des Allemands, il a préféré traverser la ville à pied. À hauteur de la place Denys-Cochin, qui fait face aux Invalides, il a assisté à une scène incroyable : les Allemands étaient en train de faire sauter à la dynamite la statue du général Mangin !

— Et pourquoi, je vous le demande ? Parce que, disaient les témoins, les officiers de la Wehrmacht, faute de pouvoir récupérer aux Invalides un ensemble de drapeaux conquis par les troupes françaises au cours de ses guerres, se sont vengés sur un héros de 14 !

— Ils ont fait la même chose avec la sculpture du jardin des Tuileries élevée à la mémoire d'Édith Cavell, une infirmière anglaise elle aussi héroïne de la Grande Guerre, et avec la statue de Rousseau qui a disparu de son socle, place du Panthéon, dit Jo. Chacun a ses priorités.

— Et la mienne, c'est de dire pourquoi je suis en désaccord avec Jean, insiste Pierre.

— Tu nous casses les pieds, lance Josette. Fais-nous un cours sur le jazz. Tu pontifies mais je crois que je préfère encore ça !

Depuis qu'en avril 1934 il a découvert, enfant, avec ses parents – il avait alors dix ans – le « formidable orchestre nègre » de Cab Calloway, lors d'un concert à la salle Pleyel, il passe sa vie à « scater », et à ne voir l'existence qu'au travers du filtre du « Zah Zuh Zaz » et du « Hi-De-Hi-De-Ho ». Il est non seulement fou de jazz, mais le maître à penser du groupe pour tout ce qui touche à cette musique. Sa théorie tient en peu de mots, volontairement lyriques : « Le jazz est la secousse qui a aidé la musique moderne à voir clair en soi. Fermer l'oreille au jazz, c'est se condamner à ne pas entendre les appels pressants du monde contemporain. » Quant au fameux « swing », dont la jeunesse raffole, « né en 1929 avec le *Georgia Swing* de Jelly Roll Morton, et le *Saratoga Swing* de Duke Ellington, c'est avant tout un certain type d'arrangements sonores, une certaine exécution, et non cette danse exécutée par la jeunesse qui galvaude le mot swing, essence du jazz… » Oui, Pierre est un puriste qu'on taquine volontiers…

— Allez, explique-nous le jazz, redemande Josette.

— Prenez *Swing Guitars* de Bill Coleman, répond-il en commençant à siffloter. Et tapez dans vos mains, en rythme.

Instinctivement, la petite bande s'accompagnant de la tête, du pied, de la main, marque le premier et le troisième temps. Pierre est mort de rire.

— C'est tout le contraire ! Ce sont les temps faibles qui sont accentués, dit-il en faisant claquer ses doigts, le deuxième et le quatrième temps de la mesure.

— Je n'y comprends rien, dit Jean.

— C'est normal, sinon tu tiendrais la batterie

dans un orchestre de jazz, car c'est elle qui est chargée de mettre en évidence cette accentuation du temps faible.

— Merci, professeur ! ironise Josette.

— Un petit conseil, puisque vous semblez m'écouter très attentivement... Le « jazz nègre », interdit à la radio allemande depuis 35, ne l'est pas encore en France. Mais soyons prudents, il ne faut plus dire *Saint Louis Blues*, mais *La Tristesse de Saint-Louis* ; *In the Night*, mais *Hymne Zénith* ; *Some of These Days*, mais *Bébé d'amour*, etc.

Lucienne tente une diversion, car l'autre marotte de Pierre, c'est la lecture des âneries véhiculées par la presse écrite :

— Tu n'as rien trouvé de drôle dans le journal ?

— Il n'y a pas grand-chose à retenir, ma poulette. À part *Le Matin* et *Paris-Soir*, tous les titres se sont sabordés ou se sont repliés en zone non occupée.

Lucienne croit tenir le bon bout :

— Tu n'as vraiment rien ?

— Ah si. Ceci dans *Le Matin*, dit-il, en sortant de sa poche un petit carnet dans lequel il colle des coupures de presse : « Enfin, c'en est fini de la décomposition de la France, de la liberté excessive, du triste règne de l'indulgence. Notre jeunesse reprise en main, c'est l'assurance d'un arrêt immédiat du délabrement moral. »

Un tonnerre d'applaudissements et de sifflements ironiques couvre la fin de la citation. Quand le brouhaha cesse, Pierre reprend la parole, au grand désespoir de tous :

— Alors, passons maintenant au désaccord avec Jean.

— Ah, non, Pierre, s'il te plaît, dit Charlie.

C'est Jean en personne qui demande à Pierre de s'expliquer :

— Allez, crache ton venin !

— Après le 17 juin est venu le 18 juin.

— Bravo, dit Jean. Pertinent. Bravo.

— Personne n'écoute la BBC ?

— Je parle anglais, mais je n'écoute pas la BBC, dit Josette.

— Nous, on ne parle pas anglais, répondent en chœur Lucienne, Jean et Odette…

— Je vous signale que depuis le 20 juin, la BBC diffuse une suite en français à son journal du soir… Mais revenons au 18, au mardi 18 juin, tard dans la nuit. Un général a lancé un appel.

— Ah oui, dit Odette, on en a parlé à la boulangerie, mais personne n'a retenu son nom. Les gens disaient : « Pourquoi croire en un officier condamné à mort pour trahison ? », ou « Il avait une drôle de voix saccadée ».

— Charles de Gaulle, précise Pierre, visiblement ému et excité, il s'appelle Charles de Gaulle. « Moi, général de Gaulle, j'invite tous les Français… La flamme de la résistance française ne peut s'éteindre… la France n'est pas seule ! La France n'est pas seule !… Mais le dernier mot est-il dit ? L'espérance doit-elle disparaître ? La défaite est-elle définitive ? NON ! »

Un long silence s'installe. Pierre, comme pour lui-même, dit :

— Pétain nous a trahis. On ne capitule pas comme ça. La guerre est loin d'être finie. Les comploteurs ont préféré la défaite de la France à la République !

Puis de nouveau un silence. Cette fois, c'est Jo qui le brise :

— Vous venez juste de vous retrouver, vous n'allez pas tous sombrer dans la mélancolie tout de même ! Reprenez par le rire ce qui a été perdu par les armes ! Amusez-vous, vous êtes jeunes.

Tous se regardent. Après tout, Jo a peut-être raison. Même pendant les périodes les plus sombres de son histoire, Paris n'a jamais renoncé ni à ses plaisirs ni à ses jeux. On a dansé sous la Terreur, les théâtres ont continué à donner des représentations quand les ennemis de l'Empire campaient sur les Champs-Élysées en 1815, et la Comédie-Française a même joué sans interruption lors du siège de Paris et pendant toute la durée de la Commune... Joignant le geste à la parole, Jo met sur son tourne-disque le 78 tours du Quintette du Hot Club de France, jouant *Swing 39*. À peine les premiers accords résonnent-ils dans le café que Josette se précipite pour arrêter net les arabesques aériennes du violon de Grappelli :

— Ah non, pas ça, s'il te plaît, c'est le morceau préféré d'Henri !

La dernière fois qu'Henri est venu au Café Éva, ça a été pour raconter comment il avait planché sur la poésie du Grand Siècle à cette deuxième session du baccalauréat 1939, vêtu de son uniforme kaki, au milieu de jeunes lycéens non encore incorporés, et d'engagés volontaires ou conscrits plus âgés déjà mobilisés comme lui, élèves pilotes, marins, fantassins. Puis il s'était morfondu dans l'est de la France pendant l'interminable « drôle de guerre ». Fait prisonnier par les Allemands sans avoir participé au moindre combat, il aurait rejoint un stalag, en Allemagne. C'est du moins ce qu'avait laissé entendre sa tante quand elle était venue informer la petite bande que, comme des milliers d'autres familles, elle avait reçu « un imprimé annonçant que le fils, le frère ou le mari, était "prisonnier de guerre" », et cela sans plus de détails.

Henri, c'est un des plus « vieux » du groupe ; dix-neuf ans en 1940 alors que la plupart en ont seize. Élève studieux, à Louis-le-Grand. La blague récurrente, c'était d'annoncer le mariage futur entre lui et Josette. Ça ne faisait d'ailleurs rire aucun des deux. Et aujourd'hui, même si on trouve Henri un peu ennuyeux, son absence rend tout le monde triste. Personne ne sait exactement ce qu'il vit, ce qu'il ressent. Aucune nouvelle. Le silence total. Ils sont plusieurs millions dans le même cas.

6

Alors qu'une petite tristesse grisâtre est en train de gagner le groupe, Marie, dans sa jupe courte plissée, sac en bandoulière, talons hauts et maquillage souligné, rayonne d'une joie de vivre communicative. Blonde platine à la façon des stars de Hollywood, elle porte des lunettes noires. Serveuse le jour au Mistral, l'hôtel de la rue Cels, elle devient chanteuse la nuit à l'ex-Alcazar de la rue du Faubourg-Montmartre, rebaptisé Le Palace en hommage aux cadets franquistes retranchés dans leur école militaire de Tolède en 36.

Quand elle arrive, la journée est déjà bien entamée. Il faut dire que pour une fois qu'elle prend le métro, « ce lombric vrombissant, aux vitres jaunes, bondé jusqu'à la gueule », comme elle l'appelle, celui-ci est tombé en panne, et quand elle a voulu poursuivre son trajet à pied, tout le périmètre autour de la station de métro était bouclé par les forces de l'ordre qui faisaient passer un interminable convoi constitué d'animaux destinés à l'abattoir et de chariots à paille et à foin allant approvisionner des entreprises de transport à cheval ! Paris est devenu une ville de province : l'odeur du crottin a remplacé celle de l'essence et le bruit des sabots des chevaux le rugissement familier des voitures ! Bientôt on va revoir les forgerons s'installer aux carrefours et ferrer les chevaux, et les vendeurs de picotin. Bientôt, on entendra à nouveau les sabots glisser sur les pavés parisiens, et les maquignons, badine en main, conduire les pauvres bêtes par groupes de trente aux abattoirs de Vaugirard... Avec Marie, la petite bande serait au complet si Henri n'était pas absent. Elle tient à la main un 78 tours dans sa pochette colorée, qu'elle demande à Jo de faire écouter à la cantonade :

— D'accord, poupée, mais avant, dit Jo, péremptoire, raconte à tes petits amis ce que tu sers à tes clients du Mistral.

— Ils râlent : salade de concombre à 8 francs, omelette au fromage à 12, pilaf de crabe à 20, nouilles à 8 et framboises à 18. Si ça continue, dans six mois il n'y aura plus rien à bouffer...

— Merci ! À les écouter, tes copains, c'est moi qui fais des manières. Ils pensent que toute cette profusion va durer.

— Ça y est, la rengaine recommence, dit Jean.

— Vous allez voir, les pâtes, le sucre, le riz, la margarine, même le savon, tout ça va être distribué au compte-gouttes – et je ne vous parle pas des cartes de rationnement...

— Alors justement, il faut en profiter maintenant, faut pas perdre de temps ! conclut Odette.

Marie qui n'est qu'une petite chanteuse, souvent la doublure de la vedette qui se produit sur scène, veut comme elle le dit « faire son trou ». Et pourquoi pas ? Toutes les boîtes de nuit, les lieux de plaisir, les cabarets viennent de rouvrir, le Lido, le Casino de Paris, les Folies-Bergère, le Concert Mayol. Il faut des chanteuses, des danseurs, des orchestres, des *boys*, des *girls*. Paris s'amuse. Les titres de revues en témoignent : *Amours de Paris*, *Voilà Paris !*, *Folies d'un soir*.

D'ailleurs le discours ambiant va plutôt dans son sens. L'occupant a visiblement voué la France au statut d'arrière-pays décadent de l'empire aryen : on pompe son agriculture et on se vautre dans ses lupanars. La France en général et Paris en particulier : l'endroit idéal pour le repos du guerrier. Cette concession au divertissement relève de la pure politique. La tactique énoncée par la Propagandastaffel est on ne peut plus claire : « Il faut calmer les ventres affamés des Français et divertir les esprits pour qu'ils restent tranquilles. » C'est dans cet espace de « liberté » que vont s'engouffrer Josette et ses amis qui ont tant besoin d'exotisme, de rythme, de joie de vivre. Avoir seize ans en 1940, quelle aubaine ! Et chacun de donner sa proposition pour vivre pleinement cette « liberté ».

— Les filles d'abord, lance Charlie.

— On ira au cinéma en resquillant, dit Lucienne.

— On s'attablera des heures durant aux terrasses des cafés, propose Odette.

— On traînera dans les rues, en se foutant de l'heure du couvre-feu, chuchote Josette.

— On boira de l'alcool et on dansera le swing, dit Sarah.

— On fumera des cigarettes anglaises, dit Marie qui ajoute : Aux hommes maintenant !

— Oui, c'est ça, on se donnera rendez-vous au Luna-Park, et on ira dans les toboggans qui tombent dans l'eau et à la kermesse Berlitz faire du canot à moteur, dit Charlie.

— Moi, je préfère la kermesse de Strasbourg-Saint-Denis, dit Jean, avec ses billards, ses baby-foot, ses jeux électriques ! Interdite aux moins de dix-huit ans – mais on y ira quand même, justement !

Pierre clôt l'énumération par des mots qui en disent long sur son état d'esprit :

— En somme, tout ça, c'est de l'anti-Révolution nationale. Vichy vient à peine de commencer qu'on en a déjà assez !

— Et si vous vous installiez en terrasse ? propose Jo. Pour profiter de l'air de Paris et me permettre de préparer mes tables pour le service du soir ?

Le trottoir est étroit. Les tables du café débordent presque jusqu'à la margelle. Il reste un petit passage pour les promeneurs. Une fois installés, les joyeux consommateurs étendent exprès leurs jambes pour barrer la route aux piétons qui font un détour en râlant.

Le 19 mai dernier, Georges Mandel, tout nouveau ministre de l'Intérieur, avait pris la décision, en plein déferlement des troupes allemandes, de fermer les dancings à Paris, puis, quelques jours plus tard, d'étendre cette initiative à la France entière. Vichy a maintenu cette interdiction. Il est en effet inconvenant de danser alors que tant de Français ont été tués ou languissent dans des camps de prisonniers. La petite bande s'en moque. Au contraire. Danser, c'est une forme de rébellion, une façon de dire « non », « comme de Gaulle », dit Pierre qui se lève et choisit les 78 tours pendant que les couples se forment et se déforment, gesticulent entre les tables, sur la chaussée. *Sweet Sue*, *I Got Rythm*, *Swing Promenade*, tout y passe, jusqu'à la chanson de Roger Lucchesi *Un, deux, trois, swing* que tous reprennent en chœur :

— « Dans tous les dancings avez-vous vu le swing ?
attention, suivez-moi bien,
attention, n'oubliez rien,
regardez, un, deux, trois, swing.
C'est un pas simple comme tout,
on l'dansera demain partout,
essayez : un, deux, trois, swing. »

Au bout d'une demi-heure, chacun regagne sa place. Se vautrant sur sa chaise, jambes étendues, et sans que personne ne se soit concerté, dès lors que surviennent plusieurs soldats allemands, appareil photo en bandoulière. Six militaires, en uniformes verdâtres, bottes impeccablement cirées : des officiers. Pierre qui allait remettre un disque hésite à le sortir de sa pochette. Tout le monde s'est soudain tu. Josette pense : « Il suffit qu'un seul prenne acte de notre insolence pour que les autres se mettent à tout bousculer, à renverser les tables. Ces moutons propres sur eux peuvent devenir des loups enragés d'une seconde à l'autre. »

L'improbable survient. Le premier soldat hésite, redescend sur la chaussée. À son exemple les cinq autres marchent tous en contrebas, presque modestement, puis s'arrêtent et s'installent aux deux tables vides – en terrasse.

Pierre n'hésite plus, il se saisit du 78 tours apporté par Marie, et avant de le poser sur la platine dit :

— On ne va pas se laisser impressionner par des Boches, tout de même !

Tandis que résonnent les premières notes lancées par un accordéon virtuose, chacun s'observe, regardant les Allemands du coin de l'œil, se demandant comment tout cela va finir… Le morceau terminé, Lucienne prend la parole :

— Pas mal du tout, c'est quoi ?

— Le disque de Marie, répond Pierre.

— Alors, vous avez trouvé, on ne connaît que lui ? dit Marie.

Personne ne répond. Personne ne trouve.

— Allez, je donne ma langue au chat, lance Sarah.

— *Swing Tanzen verboten !* dit alors l'officier allemand qui avait hésité avant de descendre sur la chaussée.

— Le Boche va nous faire la leçon, maintenant, marmonne Pierre dans sa barbe.

Alors, l'officier répète dans un français irréprochable :

— *Swing Tanzen verboten*, ça veut dire que le jazz et le swing sont interdits ! et ajoute, se tournant vers Pierre : Ce n'est pas très gentil de nous appeler « Boches », et puis vous manquez de vocabulaire. On peut dire aussi « Fritz », « Fridolins », « Haricots verts », « Mange-tout », « Lézards », « Doryphores », « Frisés »... En somme, vous êtes Valvert et je suis Cyrano, comme dans la pièce de Rostand, n'est-ce pas ?

Le vent qui souffle sur la terrasse du Café Éva n'a jamais été aussi glacial. Devant les soldats impassibles et la bande d'amis muets, l'officier ajoute :

— Quant au morceau, il s'agit de *Swing accordéon*. Orchestre de Gus Viseur, à l'accordéon : Tony Murena...

Jo, en patron averti, connaît sa clientèle, même celle qu'il n'a pas appelée de ses vœux. Il sait comment faire sortir un ivrogne, adoucir un ronchon, contenter un acariâtre, faire attendre un impatient. C'est aussi un joueur. Il sent qu'il a une carte à abattre. C'est quitte ou double, mais que peut-il faire d'autre ? Pour décrisper l'atmosphère, il propose aux consommateurs de choisir parmi sa discothèque son morceau préféré. Un jeu, en somme.

— C'est moi qui commence, dit l'officier allemand avec toute l'autorité que lui confère son statut.

Jo, qui n'avait pas envisagé cette hypothèse, surpris, accepte et doit s'exécuter. L'officier se lève, et sans hésiter indique du doigt un 78 tours. À peine le saphir a-t-il effleuré la galette de cire que tous reconnaissent *Josette* dans la version de Philippe Brun à la trompette :

— C'est mon morceau préféré, dit le soldat allemand. C'est un très beau prénom de femme, n'est-ce pas ?

Cette fois, c'en est trop. La petite troupe se lève et quitte précipitamment le café. Cela ressemble à une fuite. Alors qu'elle se retourne elle ne sait trop pourquoi, Josette croise le regard de l'officier qui la fixe intensément et lui adresse un sourire presque gêné. Josette passe son temps à dire qu'elle ne croit pas au hasard.

7

Chaque année, le 14 Juillet donne lieu à des bals, des feux d'artifice, des réjouissances populaires. Ce 14 Juillet 1940 est le premier depuis longtemps à ne pas être fêté, à ne voir aucun monument décoré des drapeaux et des fleurs traditionnels. Au lieu de cela, un long silence morne pèse sur un pays où le soulagement le dispute à l'affliction et à la honte. Josette et ses amis, qui veulent, à leur manière, marquer ce jour de fête nationale, décident d'aller au cinéma. Le quartier Montparnasse est leur quartier de prédilection. Il pullule de salles qui ressemblent à des théâtres : le Majestic, rue Raymond-Losserand, l'Univers, rue d'Alésia, l'Atlantic, rue Boulard, le Cinéac, sous la salle des pas perdus et les voies de chemin de fer de la gare. C'est Jean, le cinéphile, qui a choisi et la salle et le film. Cette fois, ils remontent la rue de la Gaîté. Ils passent devant le Splendid Gaîté, avec ses petits cartons annonçant la programmation, accrochés dans le hall ; puis devant le Texas, avec sa scène flanquée de chaque côté par un cow-boy avec un lasso en néon ; enfin le Gaîté Palace. La salle la plus petite, la plus propre, avec son ouvreuse qui vaporise du parfum à l'entracte.

— Voilà, c'est ici, dit Jean, qui ajoute : Et visible par tous…

— Et pourquoi pas ? rétorque Odette, la seule du groupe à avoir vingt et un ans.

— Parce que Vichy vient d'instaurer une interdiction aux mineurs pour certains films !

Le film, c'est *Premier rendez-vous*, d'Henri Decoin, avec Danielle Darrieux dans le rôle de Micheline et Louis Jourdan dans celui de Pierre. Équivoques, allusions, supercheries, mots à double sens. Une jeune orpheline dans le monde des garçons. Une intrigue tirée par les cheveux. Tout se finit par un mariage. Micheline et Pierre s'aiment. On comprend que la censure de Vichy n'ait pas interdit le film aux mineurs. La séance terminée, la petite bande va Au Lapin Blanc, une pâtisserie réputée qui, avant la guerre, vendait d'extraordinaires tartelettes aux cerises…

Aller au cinéma un 14 Juillet, pour montrer son hostilité à l'occupant, même si garçons et filles portent des vêtements où dominent le bleu, le blanc et le rouge, couleurs interdites parce qu'elles rappellent le drapeau national, n'est pas faire preuve d'une grande audace, même si sur leur chemin, ils ont fait en sorte de ne jamais céder leur place à des Allemands, allant même parfois jusqu'à les faire descendre du trottoir. « Peut-être faudrait-il passer au stade supérieur», suggère Pierre avec l'appui de Jean. Mais cette proposition reste lettre morte. Tous sont d'accord, se balader dans les rues de Paris en pantalons courts et étroits, vêtu d'une longue canadienne, les cheveux longs dans le cou et un toupet au-dessus du front, cravate nouée par un petit nœud, et chaussures à semelles épaisses, sans oublier le haut col de chemise, le parapluie chamberlain à la main et les lunettes de soleil sur les yeux même quand il pleut et qu'il fait sombre, c'est déjà une preuve manifeste de son rejet de l'occupant. Et pareil pour les filles : jupe courte, chaussures à talons, maquillage bien voyant, sac en bandoulière, pull près du corps mettant les seins en valeur, c'est montrer clairement son hostilité à l'austérité et aux restrictions. Et puis, ils se disent que les occasions ne vont pas manquer de semer la pagaille, de montrer qu'ils sont jeunes et que la guerre, d'une certaine façon, ils ne veulent ni la voir ni l'accepter. L'occasion leur est donnée lors d'une représentation au théâtre de la Madeleine de *Pasteur*, la pièce de Guitry.

Arrivés, en compagnie d'un groupe d'étudiants, avec vingt minutes de retard, ils applaudissent bruyamment quand les acteurs crient « Vive la France ! », tapent des pieds quand Pasteur, apprenant la déclaration de guerre à la France en 1870, s'écrie : « Faites-moi penser à renvoyer demain à l'Allemagne mon diplôme de docteur », et se lèvent lors de la scène finale durant laquelle on chante *La Marseillaise*, invitant le public à faire de même. Mais lorsqu'ils décident de réitérer la même opération lors de la production suivante du même Guitry, pièce dans laquelle ce dernier, voulant célébrer la culture française, déclame les paroles prononcées par Mirbeau sur son lit de mort – « Ne collaborez jamais ! » –, ils ne réagissent pas assez vite. Dès la onzième représentation, la Propagandastaffel demande à Guitry de supprimer le passage sur Sarah Bernhardt, qui est juive. Celui-ci refuse et annule un spectacle auquel ils ne pourront donc plus assister… Dommage, avec des répliques comme « Qu'on en prenne grand soin de la France, qu'on veille bien sur elle. Ne l'abandonnez pas, Seigneur, elle est si belle », ou encore « Il faut donner ce qu'on n'a pas et promettre ce que l'on ne peut pas donner », ils auraient pu provoquer un beau chahut…

Dans les semaines qui suivent, les amis se voient moins, délaissent quelque peu le Café Éva, peut-être échaudés par l'épisode des soldats allemands. Chacun vaque à ses occupations. Seule Josette, qui habite tout près du café, s'y risque. Mais, chaque fois, elle voit les soldats et préfère ne pas rentrer. Jo, sur le seuil, lui confirme :

— C'est devenu leur quartier général ! Toujours les mêmes, avec celui qui aime le jazz à leur tête. Très discret, toujours très poli… Gerhard Ganz, qu'il s'appelle. Il faut dire qu'ils ne sont pas loin, ils logent tous à la Cité universitaire du boulevard Jourdan devenue le mess des officiers et le cantonnement des aviateurs…

Une forme de routine s'installe. Les Allemands

qui ont cru découvrir chez les Parisiens un amour immodéré pour la musique militaire organisent des concerts un peu partout : place de l'Opéra, au jardin des Tuileries, sur le parvis de Notre-Dame. Place de la République, on trouve deux mille badauds pour venir écouter un pot-pourri de compositeurs allemands parfaitement inconnus, mêlés à des œuvres de Wagner et de Beethoven. Paris s'endort, et lorsque des tracts ronéotypés ou simplement dactylographiés circulent – « Maladie contagieuse : l'hitlérisme » ou « La peste brune, une maladie qui a pris naissance en Allemagne » –, ils ne déclenchent que des réactions gênées voire hostiles, tout au plus ne veut-on voir ici que les marques d'un esprit de carabin. Mais cette routine n'est qu'une illusion. Josette en est persuadée, la France s'est assoupie, ou plus exactement on l'a aidée à s'endormir.

Un soir, Lucienne frappe à sa porte, en larmes. Elle n'arrive pas à parler, à se calmer. Il lui faut un remontant. Josette, qui n'a rien, demande à Lucienne de l'attendre, de ne pas bouger. Elle court chez Jo qui n'a pas grand-chose à lui offrir. Il sert bien en cachette des vieux Byrrh ou du banyuls, mais il n'en a plus. Il n'a plus que du Dubb-Orange, un breuvage à goût d'éther et de mandarine. Josette revient avec une tasse à infusion pleine de ce digestif infernal. Lucienne en boit quelques gorgées en faisant la grimace, puis avale toute la tasse d'un coup. Ferme les yeux, les ouvre :

— Il y a un mois, les Allemands ont publié dans

L'Officiel des spectacles des placards invitant les directeurs de salle à « évincer le jazz négro-juif dégénéré » et ont interdit aux musiciens noirs américains de se produire sur scène…

— Ça n'a pas empêché Charlie de jouer.

— Oui, mais maintenant ils ont ordonné un recensement de tous les ressortissants étrangers à Paris.

— Charlie est protégé, non ?

— Pas du tout, les Noirs américains ont reçu l'ordre de se présenter à la police. Charlie est allé au consulat américain qui lui a confirmé qu'il ne pourrait lui apporter aucune protection !

— On va trouver une solution, ne t'inquiète pas.

— Je ne vois pas laquelle. Arthur Briggs, le trompettiste avec lequel il a joué début juillet a été arrêté et envoyé dans un camp à Saint-Denis. On dit qu'il a formé là-bas un orchestre avec d'autres musiciens noirs originaires d'Amérique, de Grande-Bretagne et des Antilles.

— Pour l'instant, où est Charlie ?

— À l'Hôpital américain, à Neuilly. Il n'en sort plus. Ne veut plus rentrer chez lui.

8

Ce 20 août, Josette et Odette ont projeté de se promener toutes les deux du côté des plates-bandes de tomates semées par le Secours national dans le jardin des Tuileries et de voir si les pois sénateurs germent correctement à l'ombre du palais du Luxembourg. Dans la boulangerie de l'avenue de Serbie où travaille Odette, et dans laquelle Josette vient d'arriver, on ne parle que des premières restrictions alimentaires qui touchent le pain, le sucre et les pâtes, et de la folie du pilote allemand qui est passé hier sous l'Arc de Triomphe avec son avion. Les clientes sont unanimes : les restrictions vont progressivement s'étendre aux matières grasses, aux œufs, puis au poisson, puis à la viande, et bientôt aux pommes de terre, aux fromages, aux fruits ! Une seule femme prend la parole pour nier l'exploit de l'aviateur allemand :

— L'Arc de Triomphe est souillé ! Il faut qu'un avion anglais passe à son tour pour laver l'affront !

— Chapeau, tout de même ! répond une autre.

Les deux femmes ne peuvent continuer leur discussion. Une bande de jeunes gens armés de gourdins, prenant bien soin de ne pas blesser les clientes, cassent tout ce qui se trouve à leur portée, renversent les pains, les pâtisseries, les sacs de farine, les boîtes de gâteaux, tandis qu'à l'extérieur d'autres, en uniforme, lancent dans les vitrines des briques enveloppées dans des journaux. C'est une véritable expédition commando destinée à détruire les boutiques juives des Champs-Élysées, c'est du moins ce que beuglent les casseurs alors qu'ils assènent leurs coups : « Mort aux fuyards juifs qui désertent la France ! », « Vive Pétain, qui vient de supprimer la loi interdisant la propagande antisémite ! », « Gloire aux patrons qui débauchent de leurs usines les Juifs et les étrangers ! » Hurlements repris par un jeune homme muni d'un porte-voix, debout dans un roadster jaune et qui remonte à vive allure l'avenue baignée de soleil.

Il ne leur a fallu que quelques minutes pour saccager entièrement une des plus belles boulangeries de Paris, et quantité d'autres magasins, l'un après l'autre, tranquillement, méthodiquement, devant des Parisiens ahuris et indignés : Cedric, Vanina, Annabel, Brunswick, Marie-Louise, Toutmain. Des dizaines de vitrines, tombées en éclats sur le trottoir, explosées dans un bruit épouvantable. Les hommes du commandement militaire allemand contrôlant le secteur nord-ouest de Paris, logé à l'hôtel George-V, situé à quelques mètres de la boutique, n'ont pas bougé d'un pouce. Et lorsqu'ils surviennent enfin, les agresseurs se sont évanouis depuis longtemps dans les rues adjacentes ou, pour certains, paradent aux fenêtres de l'immeuble situé au numéro 28 de l'avenue : le quartier général du Jeune Front, groupuscule fasciste que vient de fonder Robert Hersant.

Josette et Odette n'ont pas dit un mot, comme tétanisées par la peur. Mais quand cette dernière prend enfin la parole, ses propos choquent son amie :

— Il aurait pu dire qu'il était juif, dit Odette, parlant de son patron.

— Qu'est-ce que ça aurait changé ?

— Rien. Mais il aurait dû le dire.

— Alors pourquoi aurait-il dû le dire si ça n'aurait rien changé ?

— Je ne sais pas.

— Alors ne dis pas des choses comme ça !

Entre les deux amies, le ton monte vite :

— Je dis ce que je veux, répond Odette.

— Ne dis pas des choses comme ça. Pas aujourd'hui. Pas dans la France d'aujourd'hui.

— J'ai rien contre les Juifs, regarde, Sarah, je l'aime bien. Enfin, ce n'est pas si grave, ce que j'ai dit.

— Si, Odette. Tu devrais le comprendre.

Et c'est une situation bien étrange que ces deux amies en train de se chamailler, sur le trottoir devant la boutique détruite, tandis qu'un attroupement s'est formé.

— Je préfère rentrer, dit Josette, excuse-moi.

— Ne sois pas idiote. On va aller se promener aux Tuileries.

— Je n'ai plus envie, Odette, excuse-moi.

Odette n'insiste pas. Son patron est là, sur le trottoir, les larmes aux yeux, entourés de tout son personnel. Elle le rejoint et le console. Mais ça, Josette ne le voit pas, qui a descendu l'avenue à vive allure et s'est engouffrée dans la station de métro Alma-Marceau.

Par mesure d'économie, les escaliers mécaniques sont à l'arrêt. Elle déteste ça. Elle aurait mieux fait de rentrer à pied. Mais il est trop tard pour revenir en arrière. Une sorte de fatigue s'empare d'elle. La rame est bondée et les malaises sont fréquents. Il fait une chaleur suffocante. C'est gluant, malodorant. Les Allemands sont partout avec leur odeur âcre, vert-de-grisée. Josette est tout contre leurs ceinturons, leurs revolvers, debout, raides, inamovibles. Et leurs femmes ne valent pas mieux, ces petites femelles affairées, ces postières, ces téléphonistes aux airs de Walkyries. Josette ne veut ni les ignorer, ni les servir, ni les fuir, ni les fréquenter, ni les amadouer, ni les séduire. Elle voudrait juste qu'ils s'en aillent, qu'ils disparaissent.

Descendue au métro Glacière, elle sait qu'elle remontera la rue du même nom, puis l'avenue Reille, avant de prendre à gauche du parc Montsouris et de s'engager dans la rue Gazan. Avant de transformer les rues en longs tunnels noirs, la nuit commence doucement de tomber. Une lente soirée d'été s'installe dans ce Paris noir et sans voitures où les petites lampes de poche utilisées par certains vont bientôt entamer leur chassé-croisé, et où vont vaciller les lueurs bleuâtres des ampoules badigeonnées. À l'angle du boulevard Saint-Jacques, sous le bec de gaz qui l'éclaire vaguement, un marchand fait griller ses marrons. Agitant le couvercle de sa poêle, il crie : « Chauds, les marrons ! Chauds ! Chauds ! » On dirait le Paris d'avant. À ce détail près : le marchand de marrons n'a pas de marrons. Elle ne sait si elle doit rire ou pleurer.

Alors qu'une voiture de la police française fait sa ronde, annonçant aux retardataires qu'ils seront emmenés au poste pour la nuit en cas de dépassement horaire, une patrouille allemande l'arrête. Les soldats bottés de noir et gantés de vert lui demandent ses papiers et l'invitent à ouvrir son sac, retirant minutieusement chaque objet, dont une petite boîte à pharmacie de première nécessité contenant eau oxygénée, aspirine, huile goménolée, bicarbonate, ainsi que la housse de tissu Lanvin, offerte par Lucienne, permettant aux femmes du monde de ranger leur masque à gaz modèle réduit. Les hommes de la patrouille rigolent, lui expliquant dans un français approximatif qu'elle n'a plus besoin de tout ça, que la guerre est finie, que maintenant c'est la paix, sifflotant la chanson d'Andrex : « C'était plus un sac mais une cage à lapin / Elle avait tout ça / Elle avait tout ça / Dans son p'tit sac à main. »

Arrivée devant le salon de coiffure qui est à l'angle de la rue de Tolbiac, elle est attirée par une pancarte posée bien en évidence dans la vitrine et qui dit

« Interdit aux Juifs ». Une peur panique s'empare alors d'elle. Elle monte quatre à quatre les marches de son escalier, ouvre sa porte, s'enferme à double tour, le cœur battant, se sentant enfin en sécurité, et se jette tout habillée sur son lit où elle s'endort, avec le chagrin de voir cette journée prendre fin car elle craint que celles à venir soient plus sombres encore. Quand elle se réveille, en pleine nuit, elle court à sa fenêtre fermer les volets de sa chambre. Le ciel qui a menacé toute la journée se déchire en averses et en grondements lointains, des éclairs le traversent. Dans la rue, brillante de pluie, elle se dit que l'espérance doit se faufiler comme une ombre, en se cachant, et que la plus grande épreuve, pour elle et ses amis, n'est pas la guerre mais la servitude. Il est 4 heures du matin. Elle n'a plus sommeil. Alors elle se fait un café, le dernier. Toute la matinée elle en avait cherché en vain un paquet. Chez Darmoy, chez Potin, chez Lippman, et même à la brûlerie jadis fréquentée par Balzac rue Monsieur-le-Prince. Rien. Terminé. Disparition totale du café à Paris ! Elle pense à Odette. Il faut qu'elle la revoie, très vite. Tout ça est si compliqué. Combien d'amitiés vont résister à cette occupation ? La jeunesse est l'âge où l'on passe à côté de tout.

9

— Alors, on n'est plus fâchées ? demande Odette.

— Évidemment, répond Josette, tout en délayant dans un mélange d'huile et d'eau la poudre bleue qui va lui servir à badigeonner les vitres de ses fenêtres.

Il a suffi de ces quelques mots pour que les deux jeunes filles redeviennent amies. Et en somme, en conviennent-elles en gloussant, c'est un peu à cause d'Odette, qui l'a fait réviser quotidiennement avec entrain, que Josette a réussi la première partie de son baccalauréat option latin-langues qu'elle vient de passer à la session d'automne. En d'autres temps, Josette aurait fait une fête, mais aujourd'hui la joie de sa réussite est comme enfouie sous les lourdes strates d'une histoire lugubre, en marche sous ses yeux. De plus, il semble que chaque membre de la bande a une vie plus intense que la sienne qui se contente d'assister en silence aux cours donnés dans des classes bondées par des enseignants âgés, en retraite, rappelés pour remplacer des collègues mobilisés, et de suivre sans broncher les consignes de la défense passive recommandant aux élèves de ne pas oublier leur masque à gaz sous peine de ne pouvoir pénétrer dans l'établissement.

Si elle fait le tour de sa vie, dans Paris occupé, elle constate que celle-ci est bien vide. Lucienne, elle, a réussi à se faire engager comme choriste dans *Paris, je t'aime*, une revue légère dans laquelle, voyageant de Bagatelle à la place Blanche, en passant par Nogent-sur-Marne, elle chante des couplets amusants déguisée en marquise, en Parisienne effrontée, en modèle de peintres, et a même trouvé le moyen de régaler ses amis en beurre et en camembert qu'elle se procure dans l'arrière-boutique d'une maison de confection spécialisée dans les points de Venise et les nappes finement brodées. Sur les panneaux de la façade du petit théâtre montmartrois, est affiché, en grosses lettres noires, cet avis : « Le personnel et les artistes de cette salle sont aryens. » Quant à Pierre, malgré ses interminables allers-retours entre Paris et Ville-d'Avray, et bien qu'il ait intégré l'hypokhâgne de Louis-le-Grand, il trouve le temps de se rendre chaque samedi aux conférences du Hot Club de France, que donne un certain Charles Delaunay dans un sous-sol enfumé de la rue Chaptal : « Pour faire passer la pilule aux autorités occupantes, il explique que la musique New Orleans est d'origine française et que les premiers blues sont issus du folklore créole ! » Jean ne sait trop que penser. Les ficelles de Delaunay et consorts ne sont-elles pas un peu grosses, et sa manœuvre dialectique ne friserait-elle pas la bouffonnerie ?

— À force de blanchir Armstrong, d'aryaniser Al Jolson, d'européaniser la sourdine « wa-wa » et d'occidentaliser le ragtime, ça devient ridicule à la fin. Et ce crétin d'André Cœuroy qui s'exclame : « Et si le jazz était français ? » Aller aux causeries du Hot Club, fréquenter sa discothèque ou sa bourse d'échange de disques, d'accord, mais pour le reste, il vaut mieux passer son chemin !

En somme, Josette se dit qu'elle est une sorte d'observatrice, mais qu'elle voudrait tout de même agir, ne serait-ce que dans son lycée. Que faire quand on apprend que tel professeur a été démis de ses fonctions parce qu'il est franc-maçon et que tel autre est arrêté sous ses yeux parce qu'il est communiste ? Que dire quand telle amie lui confie que dans l'école privée où elle poursuit ses études, le gouvernement du Maréchal ayant abrogé la loi de 1905 sur la séparation de l'Église et de l'État, les enseignantes qui l'année d'avant étaient habillées en civil doivent désormais revêtir leurs longues robes de religieuses et leurs bonnets tuyautés ? Comment réagir quand, chaque lundi matin, autour du mât dressé au centre de la cour de l'école, on lève le drapeau à la gloire de Vichy ? À quoi bon marmonner : « Je ne vis plus dans une République laïque, je ne vis plus dans une démocratie, je ne vis plus dans un pays libre, je ne vis plus dans un pays indépendant ! » ?

Et à quoi lui sert de sentir qu'Odette est attirée par Sarah et que Pierre est amoureux transi de cette dernière et que Marie ne verrait pas d'inconvénient à ce que Jean la courtise ? C'est étrange ce sentiment qui consiste à sentir qu'on met le doigt sur les choses importantes mais qu'on ne sait comment les détourner de leur cours habituel. Dans ce Paris qui semble mort, où la chaussée est presque vide, où ne circulent que des voitures militaires allemandes et de rares Français, piétons ou cyclistes, elle ne peut faire comme la majorité de ces habitants capables de croiser des Allemands comme ils croiseraient des chiens ou des chats, et qui semblent ni les voir ni les entendre. Elle, elle ne peut pas. Elle sent monter en elle beaucoup de haine et ne sait comment transformer cette puissante masse inerte en action.

Celle qui a des idées pour le groupe, qui est toujours prête à l'entraîner à accomplir quelque chose, à bouger, à assister à tel ou tel événement, telle ou telle représentation théâtrale, c'est Lucienne, qui n'hésite pas à prendre et à faire prendre aux amis des risques énormes comme le soir où, les jambes teintes couleur bas nylon, avec une ligne tracée à la hauteur des jarretelles évidemment absentes, et le cou orné d'un collier de petits drapeaux Chanel, anglais et français, elle s'était, à la suite d'un pari, faufilée dans un night-club *Nur für Deutsche Gesellschaft*, duquel elle était ressortie aussi vite parce qu'elle venait de balancer une claque sonore « à un Prussien grassouillet qui lui avait mis la main aux fesses… ».

Ce 26 septembre – jour de relâche de *Paris, je*

t'aime –, elle a donné rendez-vous à la petite bande devant le Dôme, à Montparnasse, au pied de l'affichette qui annonce que l'établissement est interdit aux Allemands ! « C'est assez étonnant pour devoir le signaler, non ? » dit-elle, recevant en retour un grognement unanime : « Tu ne nous as tout de même pas fait venir ici pour nous montrer ça ! »

Non, évidemment, son idée est bien meilleure. C'est une vraie surprise « double, d'ailleurs. Deux surprises en une… ». Seul Pierre est dans la confidence :

— Un concert de jazz…

— Le Quintette du Hot Club de France, qui a joué en août au cinéma Normandie ? demande Marie.

— Non.

— Le Quintette Dupont-Durand ? avance Jean.

— Non, trop français, comme son nom l'indique, répond Pierre. Une trompette, deux harmonicas, une guitare, une batterie, un peu mince… Il ne survivra pas à la guerre !

Voyant que tout le monde sèche, Lucienne donne la clé de l'énigme :

— L'orchestre de Raymond Legrand, il donne un concert salle Pleyel.

— C'est pour ça que tu nous donnes rendez-vous à Montparnasse, c'est pas la porte à côté, lance Marie, ironique.

— Et la deuxième surprise ? demande Pierre qui n'est visiblement au courant que de la première.

— Ça, on verra sur place !

La salle est pleine à craquer, sans l'entregent de Marie qui a participé à une réclame dans l'émission de Pierre Hiegel sur Radio-Paris, aucun membre du groupe n'aurait pu entrer. Il y a là le Tout-Paris du spectacle et de la critique, et nombre d'officiers allemands. Jean et Sarah sont sur le point de partir. Lucienne les retient :

— C'est pour la bonne cause. Vous comprendrez.

— La deuxième surprise ? demande Josette.

— Oui, c'est ça, la deuxième surprise.

Après *Honeysuckle Rose* devenu *La Rose de chèvrefeuille*, l'orchestre joue *One O'Clock Jump*, rebaptisé *Saut d'une heure*, puis *Strictly for the Persians* devenu *Strictement pour les Persans*, *Sophisticated Lady* changé en *Vous êtes vaporeuse*, enfin *Darktown Strutter's Ball* transformé en *Grand bal chez les faiseurs d'embarras de Sombreville.* Les autorités semblent n'y voir que du feu, et cela d'autant plus que, pour faire bonne mesure, la seconde partie du concert, après un hommage au Maréchal, fait une place de choix aux provinces de France et à leur folklore : *Le P'tit Quinquin*, durant lequel le trompettiste Duquesne se déchaîne, *Les Filles du Berry*, *Ma Normandie*, *Se Canto*, *Magali* en provençal... Trois rappels prouvent à quel point le public est conquis et à quel point les musiciens – au nombre de treize : cinq saxos, trois trompettes, une guitare, une contrebasse, une batterie, un piano, une clarinette – ont un sens élevé de l'humour. Jouant parfois hot mais plutôt swing, ils donnent non sans une bonne dose de provocation des versions très personnelles du cancan de Jacques Offenbach, compositeur juif d'origine allemande, intitulée *Offrande du bac* et d'une pièce de Kurt Weil, éminent représentant de l'*Entartete Musik*, la « musique dégénérée », rebaptisée *Courte voile*. Le troisième rappel, c'est un des saxophonistes, un grand type chaussé de souliers jaunes et cachant sa longue chevelure sous un borsalino à large bord, « Charles Louis, un p'tit gars du Limousin », dit le chef d'orchestre, qui le propose au public, lui demandant de le reprendre en chœur : *Bei mir bist du schön*, succès aussi fameux que *Lili Marleen*. Tout à fait en fin de programme un immense drapeau tricolore descend des cintres, pendant que l'orchestre joue *La Marseillaise*, revisitée swing, tandis que le public unanime, officiers allemands compris, applaudit à tout rompre...

— Et la deuxième partie de la surprise ? demande Josette, alors que le groupe, sortant de la salle de concert, se dirige vers le café le plus proche.

— À cette table, dit Lucienne, montrant un homme de dos, cachant une longue tignasse rousse sous un borsalino à large bord.

— Le saxophoniste ! dit Jean.

— Oui, dit Lucienne, Charles Louis est un ami intime.

— Eh bien, on va lui demander, à ton ami intime,

pourquoi il a choisi de jouer *Bei mir bist du schön* ! Y a pas plus boche, tout de même !

— Parce qu'il a été écrit en yiddish par Sholom Secunda ! répond l'homme au chapeau avec un accent américain que tout le monde reconnaît.

— Charlie, mon vieux, c'est quoi cette mascarade ? demande Jean tandis que les autres font cercle autour de lui.

— Ce n'est pas une mascarade. Roberta Dodd, la chanteuse, a été arrêtée par les Allemands ; Harry Cooper, le trompettiste, est dans un camp d'internement ; Maceo Jefferson et Henry Crowder sont détenus au camp de Compiègne. Tous Noirs américains, comme moi ! La seule exception, c'est Joséphine Baker. Protégée par sa renommée. Les nazis lui fichent la paix. Un type de l'orchestre de Raymond Legrand m'a donné une combine : changer d'instrument et surtout de nom. J'ai remplacé ma clarinette par un saxo, et je m'appelle désormais « Charles Louis », Français d'origine antillaise.

— Et tes papiers ?

— Rien de plus simple. J'ai acheté un faux certificat de baptême et me suis fait fabriquer de faux « vrais papiers » d'identité...

— Tu as de belles fréquentations ! dit Josette.

— Les types qui m'ont fabriqué de faux papiers sont les mêmes qui il y a quelques jours, revêtus de l'uniforme allemand, ont pénétré dans plusieurs hôtels parisiens, sous prétexte de « réquisitionner » les bicyclettes et les draps de lit !

10

C'est étrange ce mélange de frivolité et de noirceur qui fait la couleur de cet automne 1940. Les zincs des bistrots résonnent aux heures de pointe du caquetage des midinettes et des propos animés des consommateurs, à commencer par le café de Jo qui a retrouvé ses habitués. Dans certains quartiers, les athlètes forains ont réapparu, tout comme les joueurs de longue paume dans les jardins du Luxembourg et, chaque matin, Josette voit passer sous ses fenêtres le peloton de gardes républicains qui promène ses chevaux en direction du parc Montsouris et du boulevard Jourdan. Mais tout cela n'est qu'apparence trompeuse, fausse insouciance du temps. Josette en est persuadée : « Nous nous enfonçons doucement dans le gris et le froid. » Paris compte désormais plus de soixante mille chômeurs, et on commence à faire commerce des tickets de rationnement. Quand les Allemands venant de la Cité universitaire s'engagent dans la rue Gazan, en direction de l'avenue Reille puis de la place Denfert-Rochereau, ils sont luisants, bien nourris et chantent au commandement. Mais la bête tapie dans l'ombre sommeille et attend son heure. Le moment est venu pour elle d'inoculer à sa proie ses maladies.

Le matin du 3 octobre 1940, à l'issue du conseil des ministres, et sous l'impulsion du garde des Sceaux Raphaël Alibert, Vichy promulgue, de sa propre initiative, un statut des Juifs qui aggrave l'ordonnance allemande du 27 septembre, qui obligeait toute entreprise ou tout magasin dont le propriétaire ou le détenteur était juif à apposer, bien visible, une affichette de vingt centimètres sur quarante, et portant en caractères noirs sur fond jaune l'inscription suivante : *Judisches Geschaeft* – Entreprise juive.

Josette, qui a passé la nuit à réviser son programme de latin, est réveillée par Sarah qui tambourine à sa porte.

— 2 heures de l'après-midi ! Merde ! Heureusement que tu es venue !

— Je m'en serais bien passée, dit Sarah en se débarrassant de son manteau.

— Qu'est-ce que tu as, tu en fais une tête ?

— Tu n'as pas écouté la radio, ce matin, tu n'as pas pu, évidemment, mademoiselle roupillait…

— Eh bien oui, je dormais, pour une fois.

— Tu aurais entendu : « L'épuration juive commence ! » ou « Les Juifs enfin chassés ! » ou « Les étrangers israélites pourront être internés ! » Tu veux que je continue la liste ?

— Toujours la même rengaine. C'est immonde ! dit Josette tout en allumant la radio :

« Chers Français, si vous êtes ou avez été victimes des Juifs, écrivez-nous et nous ferons un large écho à vos plaintes. Votre témoignage nous sera précieux, et d'ailleurs… »

Josette ne veut pas en entendre davantage et tourne rageusement le bouton du gros poste de bois vernissé.

Sarah s'avance d'un pas vers elle et la regarde dans les yeux :

— Cette fois, ce n'est plus du tout la même chose. Vichy vient de décréter que les Juifs, c'est-à-dire « toute personne issue de trois grands-parents de race juive ou de deux grands-parents de la même race, si son conjoint lui-même est juif, sera exclue du gouvernement, de la fonction publique, de la magistrature, de l'armée, de la presse et de l'enseignement… ». Ah, et puis j'allais oublier la profession cinématographique et la médecine publique ! Le pompon, c'est le Conservatoire : plus aucun Juif. Ni professeurs ni élèves !

Abasourdie, Josette ne dit rien. Sarah reprend la parole :

— Et cerise sur le gâteau : le recensement !

— Qu'est-ce que tu veux dire ?

— Simple : à partir d'aujourd'hui, tout Juif est tenu de se faire inscrire au commissariat du quartier de son domicile, sous peine des sanctions les plus sévères, évidemment. Un jour est assigné pour les noms selon leur initiale. Les A aujourd'hui, jusqu'aux Z le 19 de ce mois.

— Sarah Aron, dit à mi-voix Josette. C'est aujourd'hui… Tu ne vas pas y aller j'espère, avec un pareil fichier ils pourront arrêter tout le monde quand ils l'auront décidé. Tu n'y vas pas, Sarah, tu m'entends ?

Avec une certaine fierté dans la voix et une pointe de provocation, Sarah répond :

— Trop tard. J'y suis allée ce matin…

Josette est dévastée. Comble de l'absurdité, c'est Sarah qui la réconforte :

— Écoute, je préfère me soumettre aux ordonnances, rien ne pourra m'être reproché. Je n'ai rien à craindre, je t'assure. Et j'étais loin d'être la seule. La file d'attente faisait au moins cent mètres, débordait sur le trottoir. J'ai même croisé Henri Bergson, le philosophe, tu te rends compte, malade, soutenu par deux amis, il était là, comme moi, comme tous les autres.

Puis, comme pour couper court à la discussion, elle dit, tout en agitant un sachet au bout de sa main :

— Tiens, une cliente m'a payée en me donnant du café. Je t'en fais un. C'est tout de même meilleur que l'orge grillée !

Revenant de la petite cuisine dans la pièce principale de l'appartement avec deux tasses et la cafetière dégageant une formidable odeur de vrai café, Sarah trouve Josette exactement à la même place, comme statufiée. Elle essaie de détendre l'atmosphère :

— Tu connais l'histoire du paroissien en train de prier la Vierge ?

— Non, répond Josette tout en versant le café dans les tasses.

— Je l'ai entendue dans la file d'attente ce matin… Donc, le paroissien prie. Très enfoncé dans sa méditation. Et soudain quand il relève la tête, il s'aperçoit que la place qu'occupaient la Vierge et l'enfant Jésus, dans la petite niche, est vide. Alors, il interroge le sacristain qui lui répond : « Elle est allée se faire inscrire au commissariat, c'est son tour. »

— Ce n'est pas drôle.

— Moi je trouve que si !

— Sarah, tu es complètement inconsciente !

— Si tu as une autre solution, tu me la donnes, répond alors la petite shampouineuse en fondant en larmes dans les bras de son amie. C'est ma façon à moi d'agir. Agir, tu comprends ?

Agir, c'est sans doute le maître mot. C'est la nouvelle question qui taraude le groupe. Les réunions au Café Éva ont enfin repris, et cela d'autant plus facilement que le couvre-feu est depuis le 25 septembre fixé à minuit. Cela fait une heure de gagnée pour les discussions, les escapades, la joie de se retrouver entre amis. Pierre va à la pêche aux morceaux de jazz diffusés sur les ondes et en rapporte chaque fois un plein panier pour ses amis :

— *Danse nègre après la moisson*, n'est autre que *Sugar Foot Strut* ; *L'orgue moud du swing*, c'est *Organ Grinder's Swing*. Dans *Agatha Rhythm*, on reconnaît

I Got Rhythm, et dans *Les Bigoudis*, une certaine *Lady Be Good* !

Quant à Lucienne, en arbitre des élégances, elle conseille évidemment de ne surtout pas suivre la mode. Cette soif de tact, de discrétion, de sobriété qui semble dicter désormais le bon goût, est à proscrire. Quelle absurdité que cette vogue de la résille nouée au sommet de la tête ! Quelle bêtise que ces petits bibis haut perchés et en équilibre précaire sur le crâne, munis de leur inutile voilette. Sans parler de cet horrible « costume national », que le Parisien reçoit en échange de deux costumes usagés : « Une loque laineuse immonde, sans revers, sans soufflets, sans rabat, sans martingale – sous prétexte qu'il faut économiser le tissu ! » C'est un fait, une autre mode est en train de se dessiner, de rassembler peut-être une jeunesse qui refuse à sa façon cette France occupée.

Mais en réalité, ce qu'on commente le plus autour des breuvages de substitution proposés par Jo, c'est cette vie au jour le jour à laquelle il faut faire face. Et là, les discussions à la terrasse du Café Éva sont interminables, durent jusqu'au couvre-feu qui disperse tout soudain les bavards comme un coup de pied donné dans une fourmilière. Et chacun y va de son anecdote. Marie a lu dans *La Gerbe* que la jeunesse de France était pervertie par la double influence de « la juiverie cosmopolite et du gaullisme conquérant ». Pierre rappelle qu'en écoutant la BBC, « organe de la propagande antinationale », les contrevenants s'exposent à une confiscation du poste, à une amende, voire à six mois d'emprisonnement. Pour rester dans le domaine de la radio, Charles Louis « l'Antillais » ironise sur la réponse de Radio-Paris à la BBC : « Ici Radio-Londres ! Bobards et chansons ! Divagations hypocondres ! Ou boniments de francs-maçons ! » Odette raconte qu'elle a entendu, dans le métro, un maréchal des logis breton affirmer qu'un député de Lorient serait en train de négocier avec les Allemands la formation d'un État breton indépendant et à leur botte ! La France est devenue folle. Les statues en cire de Tristan Bernard et de la reine Victoria ont été enlevées du musée Grévin..., rappelle Josette. Quant à Sarah, qui n'a encore rien dit, elle ne peut s'empêcher d'évoquer ce barème dressé par la police allemande en France :

— « Vous voulez gagner de l'argent ? Voici un moyen infaillible : 1 000 francs pour la dénonciation d'un Juif ; 3 000 pour un gaulliste ou un communiste ; de 5 000 à 30 000 francs pour un renseignement amenant à la découverte d'un dépôt d'armes ! »

Derrière son zinc, Jo écoute, et trouve que la petite bande est bien morose. Pourtant, il y a de bonnes nouvelles, tout de même.

— Ah, oui, lesquelles ? demandent en chœur filles et garçons.

— J'en vois au moins trois. Charlie, tu parlais de la BBC, eh bien, je trouve sa ritournelle « Radio-Paris ment / Radio-Paris ment / Radio-Paris est allemand » fort réjouissante. Deuxièmement, je vous annonce que grâce à la générosité allemande nous allons bientôt pouvoir trouver quotidiennement sur les marchés les magnifiques rutabagas, énormes raves cultivées par les Boches pour leurs cochons ! Quant à la troisième nouvelle, c'est la plus intéressante : désormais, mes petits amis, il vous faudra régler vos consommations dès la commande pour éviter que vous ne vous carapatiez sans payer en cas d'alerte !

Oui, la France est devenue folle, et sa presse est dirigée par des hommes connus pour leur ignominie. *Le Matin*, *Au Pilori*, *La France au travail*, *La Gerbe*, *Aujourd'hui*, c'est bonnet blanc et blanc bonnet. Pierre demande à Jean de lire les extraits de presse qu'il a rassemblés dans son petit carnet :

— *Au Pilori* : « Une équipe de malfaiteurs a fonctionné dans la littérature française, de 1905 à 1935, sous les ordres d'un chef bandit : Gallimard. Pourrisseur Gallimard, la jeunesse française vous vomit ! » Et ceci, mes amis, qui nous concerne au premier chef. On parle de nous. C'est dans *La France au travail* : « Que peuvent bien faire tous ces jeunes gens aux cheveux ondulés, à la pochette de soie, que l'on voit traînant leurs godasses, le sourire aux lèvres et l'air avantageux, dans les rues de Paris ? Et d'abord de quoi vivent-ils ? Allez faire un petit tour au faubourg Montmartre ou au boulevard Saint-Michel, par exemple, et c'est par centaines, ces oisifs, ces parasites, que vous les compterez. »

Tous sont d'accord. Il faudrait se rassembler, entrer en contact avec d'autres jeunes d'autres quartiers, d'autres cafés. Trouver des modes d'action comme ces ménagères qui viennent de manifester dans la rue pour réclamer du pain, bravant les interdictions allemandes et vichystes. Évidemment, la presse officielle n'en a pas parlé, mais les nouvelles ont filtré ici et là. Des rapports préfectoraux, des notes émanant de la police française ont circulé ; des acteurs de ces manifestations spontanées ont parlé. Mais oui, c'est ça qu'il faut faire !

Mais applaudir pendant que les *Actualités mondiales* sont projetées alors que les Allemands l'ont interdit, retarder la réouverture de l'hippodrome d'Auteuil, perturber le déroulement de la course de vélos-taxis sur les rampes de la butte Montmartre, faire un concert de sonnettes de bicyclettes au moment de la relève de la garde du Claridge, dessiner une bulle sortant de la bouche de Hitler et écrire dedans « Vive de Gaulle ! » sur la pile de *Signal* dressée en bonne place au kiosque à journaux du boulevard Raspail, voire quitter les hémicycles universitaires dès lors que des militaires allemands se piquent d'assister à des cours, ressemblent davantage à des blagues de potaches qu'à de véritables actions subversives. Et s'il est vrai qu'en arborant une tignasse frisée et un complet bleu ciel dont la veste tombe aux mollets ou une veste rose dont dépasse une ample jupe plissée vert pistache, non seulement on se sent mieux mais on prouve aussi aux Allemands que le moral de la France est intact, non, décidément, cela ne suffit pas.

Pierre a une idée. Sur les murs de l'hypokhâgne de Louis-le-Grand, là où il se rend chaque jour pour suivre ses cours, au 103, boulevard Raspail, le rectorat a placardé un avis péremptoire : « Les cérémonies commémoratives du 11 Novembre n'auront pas lieu. Aucune démonstration publique ne sera admise. » Tout en lisant l'avis, Pierre s'est bien rendu compte que cela avait déclenché d'abord une certaine hilarité, puis de l'agacement vite transformé en révolte. Ceux qui avaient justement le projet d'aller jusqu'à l'Arc de Triomphe saluer le soldat inconnu ont rapidement profité de ces petits attroupements houleux pour passer la consigne à ceux qui n'étaient pas au courant. Et le lendemain, le samedi 9 novembre, le proviseur avait dû réunir les élèves dans la cour pour les mettre en garde contre les influences pernicieuses qui pourraient les conduire à de graves imprudences. Les murs du Quartier latin sont couverts de chiffres « 11 » et de croix de Lorraine. Et le sol est jonché de tracts retranscrits à la main, appelant à la manifestation, et se terminant par ces mots : « Recopie ces lignes et diffuse-les ! »

— Ils sont allés jusqu'à agiter des menaces de sanction, ajoute Pierre.

Jo, posant le verre qu'il est en train de laver, montre à bout de bras le titre qui s'étale en gras à la une du *Matin* : « INTERDICTION DE TOUTE DÉMONSTRATION LE 11 NOVEMBRE ».

— Raison de plus pour y aller, lance Sarah.

— Exactement ! dit Jean. Mais on rentre maintenant, sinon on va se faire coincer par le couvre-feu.

Quand la bande de J3, c'est-à-dire selon la nouvelle classification stricte des Français en catégories, celle des adolescents âgés de treize à vingt et un ans, sort du café, un défilé d'autos blindées, chargées d'Allemands vêtus de noir dont les grands bérets flottent au vent, remonte la rue en faisant un bruit épouvantable. C'est sinistre et presque esthétique.

De retour chez elle, Josette reste longtemps à sa fenêtre, incrédule. Elle se sent comme emprisonnée dans sa chambre, alors que le ciel est encore clair. Soudain, arrivent dans la rue des ombres furtives qui collent des affiches de couleur jaunâtre, imitant parfaitement celle des affiches administratives : « Thorez au pouvoir », « Libérez les communistes », puis tracent en grosses lettres rouges sur le trottoir : « *L'Humanité* a été interdite par Daladier pour avoir réclamé la paix », avant de disparaître aussi vite qu'elles étaient apparues.

11

Les soldats allemands descendant les Champs-Élysées au pas de l'oie tous les jours à 12 h 30, et patrouillant tous les soirs au moment du couvre-feu, il a été décidé que les cortèges se rejoindraient vers 17 heures sur la place de l'Étoile pour aller fleurir la tombe du soldat inconnu. La pluie qui tombait depuis le matin s'est arrêtée, il fait désormais un beau temps clair de novembre.

Il en vient de partout, de ces jeunes gens et de ces jeunes filles, pour la plupart collégiens et lycéens. Certes, le Centre d'entraide aux étudiants démobilisés est pour bonne part dans la mobilisation de cette manifestation et nombre de tracts furent distribués, mais c'est un mot d'ordre spontané qui a circulé oralement dans les facultés et surtout dans les lycées parisiens, ceux du Quartier latin, Louis-le-Grand et Henri-IV, mais aussi Janson-de-Sailly, Carnot, Chaptal, Buffon, Lavoisier. C'est toute une jeunesse vif-argent qui est là, généreuse, ouverte, intelligente. Tous ont revêtu ces vêtements qui indiquent une affinité de goûts et de tendances, une tenue vestimentaire qui est comme leur signe de ralliement. Les garçons : cheveux longs ondulés ; petit chapeau mou ; haut faux col ; nœud de cravate minuscule ; veston très long faisant de larges épaules mais tombantes ; pantalon très court, étroit du bas ; bretelles et pli impeccable ; chaussettes blanches de lin ; souliers en daim marron à très épaisses semelles ; au poignet, une montre portée à l'envers ; à la main, un parapluie dans son fourreau. Les filles : cheveux blonds turriformes rejetés en arrière ; lèvres couleur cyclamen ; ongles très longs peints de rouge vif ; jupe large et courte ; bas en filets ; socques surélevés ; lunettes de couleur ; en guise de corsage, la chemise trop large d'un frère ou d'un ami ; au cou, un médaillon familial ; sur le dos, une veste à carreaux ; à l'épaule, un sac en bandoulière. Tous, tête en arrière et buste en avant, affectent une démarche traînante, un pas allongé : c'est une armée de contestataires. La Fontaine courait les ruelles en demandant aux passants : « Avez-vous lu Baruch ? », les marcheurs du 11 Novembre parcourent les rues en se demandant les uns les autres : « Êtes-vous swing ? » Des adultes les accompagnent : leurs professeurs. Favereau pour Louis-le-Grand, Burgard pour Buffon, Fawtier qui enseigne à la Sorbonne, le géologue Lutaud qui dispense ses cours à la faculté des sciences, Gressot, proviseur de Lavoisier, Corre, pour Henri-IV, et tant d'autres... Un manque à l'appel, une femme. Ce sont les anciennes copines de Camille-Sée de Lucienne qui lui ont vendu la mèche : « Simone de Beauvoir ! Elle a refusé de soutenir la manif ! Elle préfère corriger ses copies dans les cafés de Saint-Germain-des-Prés ! »

Partis de la place de la Concorde et des rues adjacentes, les groupes se rejoignent les uns après les autres. Il y a ceux qui viennent du Quartier latin, les « sorbonnards » ; ceux des Champs-Élysées, qui sont sur place, où les fidèles du Pam-Pam ignorent ceux du trottoir d'en face installés au Colisée, mais cette fois tous font cause commune. Il y a la bande du Capoulade et celle du Dupont-Latin, et évidemment tous les membres du Café Éva sans Jo « qui doit bien garder la caisse, tout de même ! ». C'est Odette qui en a eu l'idée : tous portent des couronnes mortuaires d'un diamètre inusité, ornées de rubans tricolores.

Ceux qui ont pris le métro en ont profité au passage pour détourner les affiches de la propagande vichyste, transformant l'étoile de David ornant la cravate du vautour qui fouille de ses serres et de son bec une France étendue à terre dans un linceul tricolore, en croix gammée ; ou en poursuivant la phrase « Les bobards viennent toujours du même côté » inscrite sous le vol d'échassiers à tête humaine venant d'Angleterre, par ces mots : « *Ach*, gomme c'est brai, *ja* ! » D'autres arrivés à pied ont dévalé les rues avec leurs stylos suspendus à la ceinture, pour singer les aviateurs de la Luftwaffe et leur courte dague. Josette et ses amis ont choisi, comme beaucoup d'autres, d'arborer deux cannes à pêche, que les passants même les plus obtus savent traduire comme une référence au fameux général ! Certains, plus discrets, plus compliqués, portent deux godillots de couleur différente affirmant que cela signifie « deux G » comme de Gaulle... Tous arborent à leur chapeau, à leur boutonnière les drapeaux français et anglais ; beaucoup brandissent des croix de Lorraine en papier ; on en voit même certains, coiffés de la faluche, qui traînent un mannequin affublé de grandes oreilles d'âne et portant au cou une pancarte sur laquelle est écrit : « Adolf Hitler ».

En somme, c'est une marée humaine, plutôt joyeuse et bon enfant, un monôme estudiantin qui remonte lentement toute la largeur de l'avenue. Au début, les chants entonnés relèvent de la pantalonnade. On chante en chœur *Ça fait d'excellents Français* de Chevalier ou *On ira pendre notre linge sur la ligne Siegfried* de Ray Ventura, puis on passe à *Il travaille du pinceau* de Georgius, version chansonnette du *Dictateur* de Chaplin : « Il a besoin de gros soufflets / D'être un peu dégonflé / Mais il le s'ra bientôt / Et nous grav'rons sur son tombeau / Ci-gît un beau salaud / Sous les roses »... Au croisement avec la rue La Boétie, c'est la chanson *Espoir*, le dernier succès de l'orchestre de Raymond Legrand, qui est reprise par près de deux mille gorges auxquelles se mêlent les voix des passants :

— « Espoir
Ce petit mot chéri
Qui sonne plus que jamais à vos oreilles

En vous il sommeille
Voilà qu'il s'éveille
L'espoir… »

Puis, lentement, à mesure que se rapproche la tombe du soldat inconnu, le ton se fait plus solennel, plus recueilli. Certains enlèvent leur chapeau, d'autres font le signe de la croix. On chante *Le Chant du départ*, *La Marseillaise*. On finit par crier « À bas Hitler ! À bas Pétain ! » et aussi : « Vive la France ! Vive de Gaulle ! » Arrivé à la station de métro George-V, le monôme se fait mollement arrêter par la police française. « Allez-y doucement, merde ! Faites pas les cons ! » hurlent les flics, alpaguant sans ménagement tous ceux qu'ils peuvent détacher du torrent qui monte vers l'Arc de Triomphe. À moins de cent mètres du but, ce sont trois mille jeunes et très jeunes, encadrés par deux haies de policiers français terrorisés qui continuent de se frayer un chemin. « Dispersez-vous, bordel, si les Allemands décident d'intervenir, on va droit au massacre ! » Mais personne ne veut les croire, tout le monde rigole. Tout ça n'est pas bien méchant, après tout. Ce qui préoccupe la bande du Café Éva, c'est l'absence de Pierre et de Jean, restés coincés plus bas, du côté de la place de la Concorde.

C'est au moment précis où Lucienne dit à Josette « Toujours à faire les imbéciles, ces deux-là ! » que tout bascule. Des camions allemands bâchés, alignés le long de l'avenue, jaillissent des centaines de soldats casqués, bottés, baïonnette au canon, tandis que d'autres ferment toutes les artères menant à la place de l'Étoile. Ici, un officier allemand, chahuté comme un punching-ball, passe de main en main ; là, c'est un soldat qui est jeté à terre tandis que des gamins tentent de lui voler son fusil. Les rixes se muent bientôt en mêlée générale. En quelques secondes une panique terrible s'empare de la foule. Alors que le cortège se scinde en plusieurs morceaux, notamment à hauteur du cinéma Normandie, des mitrailleuses automobiles précédées de fantassins arrivent par les avenues Friedland et Hoche. Un reflux de foule redescend très vite qui déstabilise et sépare le groupe de Josette, laquelle soudain se retrouve seule face au service d'ordre allemand qui, dans un premier temps, charge, baïonnette au canon, puis, après avoir armé des mitrailleuses, ouvre le feu. Le tir est bref, terrible, tout juste a-t-elle le temps de se cacher derrière un arbre. La confusion est totale. Les soldats poursuivent les manifestants, les matraquent à coups de poing et de crosse de fusil, leur donnent des coups de pied dans le ventre, les jettent dans les voitures militaires, les hissent à moitié morts dans les camions qui démarrent en trombe.

Sans trop savoir pourquoi, guidée par sa seule peur, son seul instinct de survie, Josette court, s'approche de la brasserie Le Tyrol, où un orchestre féminin a l'habitude de jouer *Le Beau Danube bleu*, puis constate qu'une centaine d'étudiants semblent y être parqués. Alors elle fait marche arrière, redescend les Champs-Élysées. Un bruit se propage : il faut entrer dans le Prisunic du coin de la rue La Boétie, faire semblant d'errer dans les rayons, et se perdre dans la foule des acheteurs, puis, après quelques minutes, on descend dans la station de métro toute proche, restée ouverte, et on prend direction gare Saint-Lazare où aucun contrôle de papiers n'est effectué. Josette ne sait plus quoi faire. L'avenue est jonchée de blessés, des centaines d'étudiants continuent d'être poussés dans les camions. Elle en est certaine, il y a des morts.

Elle n'est plus qu'à quelques mètres des galeries couvertes reliant l'avenue des Champs-Élysées à la rue La Boétie, là où se trouve le fameux Prisunic, quand plusieurs soldats sortant de l'immeuble de la Propagandastaffel, situé au 52, l'interceptent, elle et deux autres collégiens, en larmes, si jeunes qu'on les dirait à peine sortis de l'enfance, les emmènent à l'intérieur du bâtiment et demandent à un de leurs collègues de se charger de prendre leur signalement. Quand l'homme, de dos, se retourne, Josette le reconnaît immédiatement, c'est le soldat croisé à la terrasse du Café Éva. Lui aussi l'a reconnue…

L'homme leur demande de les suivre. Ses bureaux sont au cinquième. Il connaît le liftier avec lequel il a sympathisé. Il fait arrêter l'ascenseur au troisième, constate qu'il n'y a personne. « Filez ! leur dit-il. Par l'escalier, vous descendez lentement, sans vous presser, en sortant prenez la première à droite. » Il doit répéter plusieurs fois sa phrase. Les deux collégiens et Josette ne comprennent pas ce qui leur arrive.

« Filez, avant qu'on vienne tous nous arrêter, vous et moi ! »

Le trajet qui ramène Josette rue Gazan, elle serait bien incapable de le raconter. Elle est comme un automate, qui, la porte refermée, entend son cœur battre comme s'il allait imploser. Tout juste se souvient-elle de cette sensation bizarre : une fois les Champs-Élysées à bonne distance, rien, ni dans les rues ni dans le regard des gens, ne semblait avoir été modifié. C'est comme si tout le monde ignorait ce qui venait de se passer. Les couloirs du métro étaient toujours aussi pleins, à peine éclairés par leurs guirlandes d'ampoules bleuies ; dans les rues, de minuscules caisses rouges, bleues, jaunes, tirées par des cyclistes en nage, ramenaient chez elles de jolies mondaines toutes pimpantes ; les terrasses des Deux Magots et du Flore regorgeaient de clients qui écoutaient d'une oreille inattentive la vieille chanteuse des rues qui fredonnait *L'Hôtel des Trois Canards*, en s'accompagnant de son ukulélé. En somme, il ne s'était rien passé sur les Champs-Élysées, et pourtant si elle devait témoigner elle n'hésiterait pas : elle a tout vu, tout entendu, tout senti ! Jamais elle n'a vécu une telle expérience. Au fond, la mort de ses parents, elle s'y est depuis longtemps habituée. C'est sa vie. C'est son chemin. Mais toute cette fureur, elle ne risque pas de l'oublier de sitôt. Elle se souvient d'une phrase de Voltaire, que son professeur de philosophie avait demandé à la classe de méditer : « On ne devrait pas dire d'un homme qu'il est courageux, mais qu'il est courageux à tel moment, dans telles circonstances et tel jour. » Elle avait longuement cherché quoi dire. En vain. Aujourd'hui elle serait plus loquace...

Littéralement morte de fatigue, à peine dans son lit elle s'affaisse et plonge dans un profond sommeil. Et se réveille en sueur, croyant faire un cauchemar. Les sirènes annonçant une alerte trouent le silence absolu de la nuit. Mais personne ne descend dans les abris, seuls des coups de sifflet invitent à éteindre la lumière en direction de quelques fenêtres trop bien éclairées. Au bout d'une heure tout rentre dans l'ordre.

Dès le lendemain, le pouvoir réagit vigoureusement à ce qui constitue la première manifestation d'envergure depuis le début de l'Occupation. Les représailles allemandes sont immédiates. Quatre-vingt-dix-sept établissements d'enseignement supérieur et les cinq universités de Paris dont la Sorbonne sont fermés jusqu'au 20 décembre. Les étudiants de province sont renvoyés dans leurs foyers tandis que les Parisiens sont astreints à se présenter chaque jour au commissariat de leur quartier. On va jusqu'à créer des ateliers de musique le jeudi, jour de congé des élèves, qui sous couvert d'éveil à la musique française participent malgré eux à une opération de maintien de l'ordre souhaitée par le régime ! Le ton est donné.

Désormais, entre le ralliement et la résignation, il y a ceux qui oseront dire non au nazisme et ceux qui se tairont. Cette manifestation est une belle riposte au « J'entre dans la voie de la collaboration », lâché par le Maréchal quinze jours plus tôt à Montoire. Mais le prix à payer a été terrible : la vice-présidence du Conseil parle de 123 arrestations, dont 90 lycéens et 14 étudiants, de 4 blessés mais d'aucun mort alors que la radio de Londres avance elle le chiffre de 11 victimes et de centaines de blessés…

Bien évidemment, la presse collaborationniste minimise la manifestation. Elle parle d'« agitation sournoise », d'« influence judéo-maçonnique », « de jeunes étudiants voulant manifester leur patriotisme, manipulés comme des marionnettes par les provocateurs juifs ». Le tout nouveau recteur de l'Université de Paris, l'historien Jérôme Carcopino, qui vient de remplacer le recteur Roussy révoqué, donne sa version, celle d'un collaborateur appointé par le régime : « Les Allemands auraient pu, sous le feu de leurs mitrailleuses, joncher de cadavres l'avenue des Champs-Élysées, mais ils se sont abstenus de commettre ce crime sur une foule désarmée… Ils avaient reçu l'ordre de refouler, non de massacrer les manifestants ; et lorsqu'ils avaient fait usage de leurs engins, ils avaient pris la précaution de viser pour n'atteindre que le bas des jambes… » Alors, tout va bien ! La réalité est plus sombre, Josette et ses amis, qui étaient là, le savent, comme tous ceux qui ont participé à la montée des Champs-Élysées.

La police a procédé à plus de 1 000 interrogatoires de personnes arrêtées. Et parmi elles, 300 étudiants, 600 lycéens, 60 écoliers ; 80 prisonniers avaient moins de dix-sept ans et 25 moins de quatorze… Les Allemands ont jeté en prison 98 lycéens et 25 étudiants. Pierre a été emprisonné dans la prison du Cherche-Midi. Il a été relâché, trois jours après avoir été arrêté, mais en très mauvais état – côtes fracturées, nombreux hématomes, lèvre ouverte, traces de brûlures de cigarette sur la poitrine.

Jean, lui, n'est toujours pas rentré. Josette a beau passer chaque jour au Café Éva, elle reste sans nouvelles de lui. Comme tous les autres. Jo ne cesse de le répéter : « Si j'avais des nouvelles vous seriez tous informés. Immédiatement. » Personne ne sait rien. Ni Sarah ni Odette qui comme Josette viennent chaque jour. Ni Pierre qui à peine rétabli a commencé à courir dans tout Paris pour recueillir des informations. Charlie a essayé d'obtenir des renseignements auprès des médecins de l'Hôpital américain mais ses démarches sont restées lettre morte. Même Marie qui a pourtant ses entrées dans certaines boîtes fréquentées par des Allemands ou des collaborateurs ne recueille rien, absolument rien, comme si cette affaire de manifestation devait être enterrée, oubliée, disparaître de ce mois de novembre. Lucienne a raison : « Ils font tout pour que ce n'ait jamais existé ! Rayé des mémoires, rayé de l'histoire. La manifestation du 11 Novembre, vous rêvez, c'est une invention de Radio-Londres, elle n'a jamais eu lieu ! » Et Jean ?

Jean : connais pas, jamais entendu parlé. Josette, la latiniste, pense : « C'est le *damnatio memoriae*, sanction votée par le Sénat romain et qui voue à l'oubli quiconque en est frappé : annulation des honneurs, effacement du nom des monuments publics, renversement des statues, interdiction aux enfants de mentionner le nom du damné. »

Ce 20 novembre 1940, un formidable ouragan est en train de dévaster Paris. Des arbres sont déracinés, des palissades sont abattues et projetées sur les trottoirs. Dans les rues volent des cheminées, et toutes sortes de débris provenant des toitures. Un ouragan qui balaie tout. Même le souvenir de la manifestation… Josette n'a pas revu le soldat allemand qui lui a permis de s'enfuir, et n'a pas osé raconter à ses amis comment elle avait échappé aux arrestations.

12

Les nuits depuis un certain temps sont affreuses. Si les rues sont silencieuses, le ciel est parcouru de bruits de moteurs d'avions britanniques. Les alertes nocturnes aux bombardements sont fréquentes, certaines angoissantes : sifflets stridents des gardiens d'îlot, habillages hâtifs, descentes précipitées dans les abris, sous-sols ou stations de métro. Dans la cave de l'immeuble de la rue Gazan, certains sont venus avec leur tabouret pliant, des couvertures, des bouteilles thermos. Les chemises de nuit dépassent des manteaux. Les enfants pleurnichent, certaines dames tricotent, les hommes jouent aux cartes. Cette nuit, ce sont les usines Renault à Billancourt qui sont visées. Odette, qui est venue dormir chez Josette, ne peut s'empêcher de jouer les boute-en-train et, se prenant pour la Madame Tafanard de la chanson de Georgius, en fait reprendre le refrain par des séquestrés qui se laissent faire. Une façon comme une autre, après tout, d'oublier cette sale guerre :

— « Depuis que j'vais comme les copains

Me réfugier à la cave
Quand l'alerte bat son plein
Dans la cave de ma maison
Il y a des gens de bon ton
C'est comme dans les meilleurs salons
Ça bavarde et ça potine
Il y a Madame Tafanard
Qui a un langage bizarre
Elle mélange les mots et les noms.
Dans la cave, dans la cave de ma maison. »

Pour Josette, le pèlerinage matinal au Café Éva fait désormais partie de sa vie. Elle n'a toujours pas de nouvelles de Jean. Sa seule crainte : tomber un jour sur le soldat allemand. Ce matin du 17 décembre 1940, l'hiver le plus rigoureux que la France ait connu depuis longtemps, révèle toute l'ampleur de la pénurie de charbon. Il y a quelques jours, Hitler a préparé une formidable mascarade : la restitution nocturne, sous la coupole des Invalides, des cendres de l'Aiglon. Destinée à sceller l'amitié franco-allemande autour des restes du duc de Reichstadt, cette concession allemande à l'État français avait fait dire à Odette : « On leur demande du charbon, à ces andouilles, et ils nous envoient des cendres. On veut de la viande et ils nous donnent des ossements ! »

C'est à ce bon mot que Josette songe lorsqu'elle pousse la porte du café. Jo la reçoit, l'embrasse tendrement. Il a un gros pansement autour de la tête. Comme ces milliers de Français qui, chaque soir, heurtent quelque chose dans l'obscurité de leur ville, il est tombé dans une tranchée des travaux publics : « Évidemment, maintenant qu'il n'y a plus de petites lanternes pour signaler leur présence, c'était couru d'avance, avec un bigleux de mon espèce », grogne-t-il.

Il n'y a qu'un seul client dans le café. Un soldat allemand. Qui se lève quand Jo, desserrant l'étreinte de ses bras, libère Josette ; il l'invite à sa table. Elle ne peut refuser, c'est l'homme qui aime le jazz, l'homme grâce auquel elle a pu échapper aux arrestations du 11 Novembre. Quand elle s'installe, il referme la revue qu'il était en train de lire, un numéro de la *NRF*.

— Merci, dit-elle, pour l'autre jour…

— Ce n'est pas la peine de me remercier.

— Pourquoi avez-vous fait ça ?

— Je vous le dirai peut-être, quand les circonstances auront changé, dit-il en la regardant droit dans les yeux.

L'homme est plutôt beau dans son uniforme d'officier de l'armée de l'air. Très blond, très grand, les yeux très verts, un peu maigre peut-être, presque timide, et dégageant, ce qui est très troublant, une certaine douceur.

— C'était risqué, non ?

— Je tremblais. Je crois que j'avais bien plus peur que vous. Maintenant, je connais l'angoisse. Je crois qu'elle n'est pas près de me quitter.

Après ce premier échange, la discussion retombe, comme si chacun pensait qu'il était allé trop loin, qu'il avait fait preuve de trop de familiarité. Jo, serviette à l'épaule, n'a perdu aucun mot de la conversation. Alors que Josette s'apprête à se lever et à partir, le soldat demande :

— Vos amis n'ont pas eu d'ennuis ? La jolie jeune fille blonde, non, je l'ai vue aux Folies-Bergère épingler sur les vareuses des spectateurs allemands des insignes tricolores vendus au profit du *Winterhilfe des Staasführer Feld-Marshall Pétain*, le « Secours d'hiver du Maréchal »... Mais les autres ?

— Moins d'ennuis que ceux qui ont été frappés ou qui sont morts, vous voulez dire ?

Si la réponse de Josette est hardie, la question du jeune soldat est des plus inattendues :

— Qui vous dit que je suis d'accord avec ça ? Vous croyez que tous les Allemands sont des nazis ? Que tous les Allemands sont d'accord avec Hitler ?

Jo fait signe à Josette de se taire, de ne pas continuer. Et si c'était un piège ?

— Prouvez-le-moi...

— Ce n'est pas si simple.

Josette se demande ce qu'elle est en train de faire. Elle discute tranquillement, là, au café, avec un officier de l'armée qui occupe la France, qui a tiré sur des collégiens et des lycéens, qui a proclamé des lois antisémites. Mais quelque chose la pousse à continuer, à s'engager dans cette voie dangereuse :

— Un ami est en prison. Aidez-le à sortir.

— Il était aux Champs-Élysées, c'est ça ?

— Oui.

— Et pourquoi le ferais-je ?

— Je ne sais pas… parce que je vous le demande…

— Vous pouvez me donner son nom ?

Jo fait « non » de la tête à Josette qui lit le mouvement de ses lèvres : « Ferme ta gueule, nom de Dieu ! Tais-toi ! Tu es folle ! »

— Jean Fabre.

— Fabre, comme Jean-Henri Fabre, l'entomologiste ?

— Oui, comme l'entomologiste.

— Bien, je vous tiendrai au courant, dit-il en se levant et en se dirigeant vers la porte où l'attend une Opel Olympia couleur caca-d'oie à l'arrière de laquelle il s'engouffre.

Jo est furieux :

— Tu es complètement cinglée ! Donner le nom de Jean à un Boche ! Qu'est-ce qui te prend ?

— Je ne sais pas, quelque chose me dit qu'on peut avoir confiance… Sur les Champs-Élysées, il m'a laissée filer avec deux autres collégiens. Sans lui, je ne serais peut-être pas ici.

— J'espère que tu as raison ! Merde, Josette, on ne fait pas des trucs pareils ! Merde, on est en guerre, dit Jo avant de retourner derrière son zinc.

— Tu ne diras rien aux autres, n'est-ce pas ?

— C'est ça, pour devenir ton complice… Allez, je me tairai, mais c'est bien parce que c'est toi…

Josette se rassied et ouvre la revue que le soldat a oubliée sur la table. Le premier numéro de la *NRF*, après la réouverture de la maison Gallimard – 28e année, nº 322 –, daté du 1er décembre 1940. Elle le feuillette négligemment, puis avec attention. L'avant-propos de Drieu La Rochelle ne l'étonne pas, ni la présence de textes signés Fabre-Luce, Montherlant, etc. Mais plus surprenant : des écrits de Valéry, d'Éluard, de Gide. À mesure qu'elle tourne les pages, un sentiment confus s'empare d'elle. Elle ne le fait pas pour traquer telle ou telle signature, pour lire tel ou tel poème qui pourrait lui plaire, mais comme pour se rapprocher du jeune soldat, comme pour le connaître davantage. Comme pour pénétrer dans son intimité. D'ailleurs, un indice la trouble beaucoup. En marge de l'article de Jacques Chardonne dans lequel celui-ci décrit l'arrivée des Allemands et l'attitude des gens du pays – ce paysan qui offre un cognac à l'occupant, et plus encore celui qui écrit une lettre après coup, regrettant de ne pas avoir été là pour les accueillir – le jeune soldat a noté à l'encre rouge, d'une écriture ferme : « Cet agenouillement devant le vainqueur est ABJECT », « abject » étant écrit en majuscules ! Sur une autre page, il a même rédigé un beau et mystérieux poème :

« Quand hurlent à Hambourg les sirènes
Les Navajos doivent partir en mer
Au cabaret, de leur petite reine
La séparation n'est pas rose
Rio de Janeiro
Salut Caballero
Les Pirates de l'edelweiss sont fidèles. »

Quand elle referme la revue, elle se surprend à sourire.

L'affaire ne traîne guère. Le lendemain après-midi, alors que Josette finit de travailler ses cours d'histoire au café, parce qu'au moins là il fait chaud, elle croise le soldat. Il n'est pas seul mais trouve le moyen de lui glisser à l'oreille : « Votre ami sera libéré demain. » Instinctivement Josette manque de lui sauter au cou, mais heureusement ne le fait pas. Le lendemain, en effet, Jean entre dans la grande salle du café. Tous les amis sont là, pleurant de bonheur. Celle qui semble la plus émue, c'est Marie qui le couvre de baisers. Il vient de passer plus d'un mois à la prison militaire du Cherche-Midi, la même que celle où a été incarcéré Pierre. Tous les jours il devait, avec d'autres camarades, dépaver la rue passant devant la prison afin que les pavés de bois soient utilisés pour le chauffage. Sous le froid et la pluie, un flot ininterrompu de femmes attendaient pour entrevoir ne serait-ce que quelques minutes un fils, un mari, un père. Il parle beaucoup de cela. Mais sur tout le reste, il préfère garder le silence. À quoi bon évoquer les sévices, les humiliations, le froid, l'absence de nourriture, la saleté. À quoi bon évoquer la cellule où étaient enfermés trois ou quatre pensionnaires, avec des « droit commun » et des « marché noir » ; les premiers, cyniques, brutaux, qui terrorisaient le nouveau venu, les seconds, qui recevaient des colis substantiels, qui s'empiffraient devant lui, qui faisaient preuve envers leurs geôliers d'une docilité sournoise. Tout cela ne fait pas pour autant de notre homme un héros. Mais il doit le reconnaître, ce séjour en prison l'a changé. Un jour, par il ne sait quel stratagème, quelqu'un a fait passer aux prisonniers le premier numéro d'un journal ronéotypé, *Résistance*, organe d'un certain Comité national de salut public. Tous l'ont lu et relu, tous l'ont passé de main en main. Cela l'a aidé à tenir, mais dès sa sortie, il a décidé que sa « résistance » prendrait une autre forme. Certainement pas celle-là. Désormais il resterait en retrait, ne s'investirait dans rien, disparaîtrait. À quoi bon tout ça, tout est foutu. Sorti de cet enfer, même relatif, il en convient, il veut se contenter de ce qui lui reste : sa vie, se garder en vie.

Jean, d'ordinaire assez peu bavard, est un moulin à paroles. Ce qu'il retient le plus dans ce Paris qu'il n'a quitté qu'un peu plus d'un mois, et qu'il retrouve, ce sont des impressions disparates, comme ces placards sur certaines boutiques : « Maison authentiquement catholique » ou « Maison auvergnate cent pour cent » ; ces affiches blanches du Maréchal, toutes lacérées ; et cette anecdote : voulant acheter des chaussures, à peine sorti de la prison, il entre dans un magasin et on lui répond qu'il est « interdit de vendre des chaussures en cuir depuis le 27 novembre ».

— C'est vrai ? demande-t-il.

— Évidemment, confirme Lucienne, cet hiver

nous porterons tous des semelles en bois, en liège, en rhodoïd et même en paille tressée.

— Tu vois, tu t'absentes quelques semaines et tout est bouleversé, ironise Charlie.

— Il est même désormais interdit de se promener sur les Champs-Élysées, au Quartier latin et sur les Grands Boulevards, précise Odette.

— À part ça ?

— Pas grand-chose, en somme, dit Jo. L'accordéoniste aveugle, qui joue à l'angle de la rue Saint-Séverin et du boulevard Saint-Michel, utilise toujours son infirmité pour interpréter à longueur de journée *La Marseillaise* et *La Madelon*, et le cinglé de la place du Panthéon continue de se balader nu pour protester contre la raréfaction des points de vente de textile.

— C'est tout ?

— Il ne faut pas oublier l'ouverture d'une librairie allemande, à l'angle du boulevard Saint-Michel et de la place de la Sorbonne, à l'intention des soldats allemands et des Parisiens germanophones... Son nom : Rive Gauche, dit Sarah.

Au bout d'un moment, alors que les conversations continuent, Jean sombre dans une espèce de mélancolie qui le fait retomber dans son mutisme d'antan. Il ne participe plus à la discussion, refuse l'invitation que Marie lui fait de rester chez elle cette nuit pour lui épargner tout tracas. Puis, finalement, semblant sortir de son état de torpeur, il déclare à la cantonade :

— Une question me taraude, vous savez ?

— Laquelle ? demande Pierre.
— Pourquoi je suis sorti de prison ?
— Tu crois que je me suis pas posé la question, moi ? dit Pierre. Tous les prisonniers libérés se la posent, j'imagine.
— Oui, mais toi tu es sorti très vite. J'ai attendu plus d'un mois, et je sais que plein d'autres camarades y sont encore et ne sont pas près d'en sortir. Un soir, un soldat est venu et nous a dit : « Aucun d'entre vous ne sortira d'ici, ne vous faites aucune illusion. »
— C'est l'Allemand, lance soudain Josette, créant un silence quasi religieux.
— Quel Allemand ? demande Jean, suspicieux.
— L'Allemand qui vient parfois ici, qui a l'air de s'y connaître en jazz, répond Josette.
— Qu'est-ce que c'est que cette histoire ?
— Je lui ai demandé. Un jour qu'il était là. Il m'a dit qu'il pourrait faire quelque chose...
— Qu'est-ce que tu as donné en échange ?
— Mais elle n'a rien donné, imbécile, intervient Marie.
Jean est furieux.
— Devoir sa liberté à un Boche. Tu voudrais aussi que je lui dise merci ? Tu vois, Josette, je crois que j'aurais préféré rester en taule.
— Tu racontes n'importe quoi, dit Jo. Tu es là, c'est le principal, non ?
Tout à coup, sans que personne ne comprenne pourquoi, mais il doit bien y avoir une explication, Jean se met à sourire. Il semble satisfait, heureux.

D'une façon, il faut le reconnaître, assez mystérieuse, il dit :

— Vous avez raison, mes amis. Tout est bien qui finit bien.

Personne ne comprend s'il s'agit d'une marque de résignation, d'une forme d'acceptation. Déraison ou sagesse ?

— Alors tu vas venir avec nous demain salle Gaveau, dit Marie.

— Quand, comment, pourquoi, pour aller écouter qui ? Je sors de taule, explique-moi.

— Demain, 19 décembre, ton copain Charles Delaunay organise un festival de jazz français, un festival swing, salle Gaveau. J'ai acheté les places à la Boîte à Musique, boulevard Raspail. Toutes les vedettes du Hot Club de France seront là !

— Alors si vous me prenez par les sentiments ! Plus d'un mois sans écouter de swing ! Mais Delaunay n'est pas mon copain !

— Dites-moi, professeur, qu'est-ce que le swing pour vous ? demande Marie, en minaudant comme une élève studieuse.

Tout le monde dispose les tables du café comme dans une classe, faisant un brouhaha terrible. Jean se prête au jeu, et sur un ton de vieux professeur chenu, la voix tremblotante rappelant celle de Pétain, il commence son cours :

— Mes chers enfants, j'ai décidé de faire don de ma personne au swing, car le swing, comme la terre, ne ment pas. Et je hais les mensonges qui vous ont fait tant de mal. Mais qu'est-ce que le swing ? Eh bien, le swing n'est pas une portée musicale. C'est une cheminée coupée par un fakir dans le dernier coupon de popeline laissé par le rationnement du textile. Le swing, c'est une jambe et c'est un mollet. Comme le mollet de Marie, on pourrait croire ce mollet sportif, mais regardez-le bien, il est seulement swing. Une cravate peut être swing, aussi bien rayée que mouchetée, mais la vraie cravate swing, c'est celle de Jo, râpée et *dirty*. Un monsieur, prenez Charlie, peut très bien porter des bretelles rose bonbon, et être swing, non comme une clarinette, mais sous le nom de Charles, comme un saxophone. J'ajouterai qu'il y a une manière swing de découper un poulet, et une manière swing de le manger, mais ça, ce sera pour plus tard, quand les Boches seront partis. Le baiser, mesdames, comme celui que Charlie et Lucienne se font quand nous ne sommes pas là, peut être swing, ou « déplorablement » contre les règles du swing lorsqu'il est bâclé. Mais, mes chers enfants, votre vieux professeur se sent fatigué et irait bien se coucher, alors je vais terminer sur ces mots que je vous demande de méditer : les plus grands admirateurs du swing ne savent pas comment définir l'objet de leur admiration. C'est in-con-tes-ta-ble-ment ce qui en fait pour eux la beauté et la grandeur. Et j'ajouterai ceci, avant cette fois d'aller vraiment me coucher : Goebbels le Nabot a raison de craindre le swing. Le swing fait danser les gens au lieu de les faire marcher au pas ! Le swing les fait exulter au lieu de les mettre au garde-à-vous ! Le swing symbolise la liberté. *Niggerswing, Swingbazillus, Judenswing !* Prout !

13

L'association du Hot Club de France, à laquelle a adhéré Pierre, comptant à peine trois cents membres dans tout le pays, lui et ses amis s'attendent à trouver une salle quasi vide. Aussi n'ont-ils pas pris la peine d'arriver en avance. À la vue de la queue interminable qui serpente de l'entrée de la salle Gaveau jusqu'à la station de métro Miromesnil, ils comprennent qu'ils vont assister à ce qui sera sans doute un événement dans l'histoire du jazz.

Jean, qui se souvient des séances d'avant guerre, chaleureuses certes, mais qui n'étaient réservées qu'à une coterie d'initiés, comme ce concert de Duke Ellington à la salle Pleyel, devant un parterre quasi désert d'hommes en smoking et de femmes en robe du soir qui s'étaient endormis dès les premiers accords, n'en croit pas ses yeux. Lucienne lui avait bien dit que tous les grands musiciens du moment seraient là. Mais voir leurs noms, écrits en immenses lettres rouges sur l'affiche, c'est une autre histoire : Alix Combelle et son swing d'enfer ; Noël

Chiboust, l'arrangeur le plus « hot » du moment ; Pierre Allier, roi incontesté de la trompette ; Gus Viseur dont l'accordéon est un orchestre à lui tout seul. Enfin, Django Reinhardt, surtout Django Reinhardt, avec son tout nouvel ensemble, et ses deux recrues de choc : Hubert Rostaing, le jeune clarinettiste, et Pierre Fouad, l'Égyptien à la batterie de feu. Tous ont entendu parler de Django Reinhardt, mais personne du groupe n'est allé l'écouter, ni dans les salons de thé où il joue l'après-midi, ni le soir quand il enchaîne dans les clubs, les cinémas, les music-halls, ni évidemment la nuit quand il se produit dans les cabarets fréquentés par une clientèle vert-de-gris. À voir la file d'attente trépignante qui s'engouffre dans la salle, comme happée par un aimant irrésistible, une évidence saute aux yeux : c'est un public jeune, écoutant une même musique, pratiquant un même style de vie, arborant une même allure. Plus qu'un uniforme, leurs vêtements identiques sont un signe de ralliement, une façon de s'opposer aux restrictions de l'époque, à ses duretés, à son désespoir. Les jeunes filles sont maquillées à outrance et se cachent derrière de grosses lunettes noires ; les jeunes hommes arborent des moustaches taillées en circonflexe comme celle de Django ; tous agitent des parapluies à l'anglaise. Un bruit court dans les travées : les places, assure-t-on, ont été louées en vingt-quatre heures, et devant l'afflux de demandes on a déjà prévu de présenter le même spectacle le surlendemain... Plus étrange encore, un nombre respectable de soldats allemands assistent au concert, tous très jeunes. Sans leurs uniformes, ils pourraient disparaître dans la foule : ils ont le même âge que le public qui commence à siffler et à crier d'impatience. Comme la vie est simple, il suffit d'un concert pour que Jean oublie tout des semaines qu'il vient de passer en prison, et d'une euphorie collective qui monte lentement pour que Josette, qui s'en veut immédiatement, cherche, dans ces soldats qu'elle observe de dos, le jeune officier lecteur de la *NRF*...

Les portes sont ouvertes à 18 h 15 précises. Une heure après, le concert n'a toujours pas commencé. Dans la salle, maintenant pleine à craquer, le public chauffé à blanc applaudit à tout rompre. Et lorsque le premier orchestre fait son entrée, il faut demander le silence pour que la prestation commence. Alors les titres défilent à rythme électrique, tous francisés comme il se doit : *Begin la Béguine*, *Deux pieds gauches*, *Le Sheik*, *Indécision*, *La Tristesse de Saint-Louis*, *Les Bigoudis*. On joue même des standards de formations qui ne sont pas présentes sur le plateau, une façon comme une autre de leur rendre hommage, de montrer que ce soir, c'est tout le jazz qui fait la fête : *Rythme et Swing* de Murena et Durand ; *Dansez*, le grand succès de Raymond Wraskoff. Un seul titre échappe à la francisation, *Tiger Rag*, qui est à lui seul un condensé de l'histoire du jazz. À chaque morceau, les spectateurs exultent, bondissent en tous sens, dansent sur leur siège et dans les allées, lancent des avions en papier dans la salle et sur la scène, poussent des cris d'Indiens, de ceux entendus dans les westerns américains. C'est une bacchanale, une orgie d'exubérance juvénile, une grand-messe unitaire autour de la déesse musique. Et quand Django Reinhardt fait son entrée, la chaleur étouffante devient touffeur, canicule et plusieurs adeptes de la secte swing, au bord de l'évanouissement, doivent quitter la salle.

Django Reinhardt commence avec *Rythme futur*, un de ses derniers morceaux qui relève d'un jazz d'avant-garde. Michael Dregni, dans le bulletin du HCF intégré dans le programme, assure qu'il est « comme un écho humain de la terreur de l'époque ». Et tandis que Joseph Reinhardt, frère de Django, surnommé Nin-Nin, tient avec sa guitare la place de la pompe, donnant au morceau un rythme infernal, la guitare aérienne de Django exécute la mélodie en rafale avec le staccato d'une mitrailleuse, puis le maître enchaîne tous ses succès y compris les plus anciens. La salle est au bord de l'apoplexie, et les Allemands des premiers rangs ne sont pas les derniers à applaudir et à pousser des hurlements de plaisir. C'est tout de même étrange. Ceux-là mêmes qui désignent les Tsiganes comme un fléau d'immoralité, qui voient en eux des « criminels asociaux », des « porteurs de tares héréditaires », des « éléments défectueux qu'il faut éliminer », qui en Allemagne les ont obligés à coudre sur leurs vêtements un triangle brun marqué de la lettre « Z » et qui en France commencent de les regrouper dans le camp d'internement de Linas-Montlhéry, font à son représentant le plus célèbre une ovation des plus bruyantes.

Pour clore cette soirée mémorable, et en plein accord avec son organisateur, le guitariste manouche propose sa dernière composition, *Nuages*, dont quelques privilégiés possèdent déjà le 78 tours, épuisé le jour même de sa mise en vente. C'est une composition impressionnante, ample, mélodieuse, colorée, un véritable arc-en-ciel de paix comparée à la puissance guerrière de *Rythme futur*. Lors de la première de *Nuages*, à la salle Pleyel, le public lui avait fait un véritable triomphe. Le même phénomène se reproduit ce soir. L'auditoire, applaudissant à tout rompre, oblige la formation à s'arrêter, puis à reprendre cette mélodie que beaucoup entendent pour la première fois. Mélodie mélancolique, douce-amère, nostalgique, elle est immédiatement reprise en chœur par le public qui l'accompagne en frappant dans ses mains, en levant en rythme l'index de la main gauche, certains la sifflotant ou la chantonnant. Au total, *Nuages* est reprise quatre fois ! Et la salle ne commence à se vider qu'après que les musiciens ont quitté la scène et que les lumières progressivement se sont éteintes. À la sortie, un cordon de policiers attend tous ces jeunes gens qui, le temps d'un concert, ont oublié la réalité qu'ils retrouvent, surpris, ébahis, à l'extérieur. Depuis la manifestation du 11 Novembre, les contrôles d'identité dans les lieux fréquentés par les jeunes ont été renforcés. Tous ne sont pas vérifiés. De la petite bande, seule Josette doit montrer ses papiers. Alors qu'il les lui rend, le policier lui dit d'une voix menaçante : « C'est ça, on commence par écouter du swing et on finit par assassiner le Maréchal ! »

Une fois rentrée chez elle, elle trouve posée sur son paillasson une enveloppe qu'elle n'ose ouvrir immédiatement. La porte refermée, elle allume la lumière et regarde le contenu de l'enveloppe : le 78 tours de *Nuages*, avec comme face B une version des *Yeux noirs*, la fameuse mélodie russe qui remonte aux origines du peuple tsigane. Une lettre l'accompagne signée Gerhard Ganz : « Chère Josette, j'espère que ce cadeau vous fera plaisir. Je sais que vous aimez le jazz, moi aussi. Peut-être nous reverrons-nous. Je vous serre respectueusement la main. » Dans un premier temps, elle croit à une blague d'un des membres de la bande qui aurait signé d'un nom et d'un prénom allemands. Les deux faces du disque sont merveilleuses. En écoutant *Nuages*, elle revit le concert ; en se repassant *Les Yeux noirs*, elle ne peut arrêter ses larmes, prise d'une mélancolie soudaine, d'une tristesse sans fond qui sape doucement le grand bonheur de cette soirée. Un sentiment la met mal à l'aise et dans le même temps la comble de joie : et si le nom du jeune soldat, c'était Gerhard Ganz ?

14

Les réactions déclenchées par le concert ne se font pas attendre. Si d'un côté, devant son succès phénoménal, on annonce que plusieurs autres auront lieu à partir de février de l'année prochaine, de l'autre, la presse collaborationniste se déchaîne. Walter Rummel, pianiste d'origine américaine, fait, dans *Paris-Midi*, du jazz et du swing « les deux fléaux de la culture européenne » ; quant à Francis Casadesus, le très vénérable compositeur, il propose, dans le même journal, de « se porter volontaire pour envoyer les musiciens de jazz aux galères ». Lucien Rebatet, revendiquant un « purisme intransigeant », dénonce la vague immonde du swing, ce « simili-hot, ce vulgaire straight, cette cochonnerie assaisonnant les blues avec du sirop de grenadine dans le but d'assouvir les fringales de trémoussements des pipelettes de la rue Soufflot ». Ces réactions ne sont pas les pires, les plus dangereuses. Il en est d'autres bien plus graves. Celle d'Abel Bonnard notamment, qui monte d'un cran dans la dénonciation, proposant à ce qu'il appelle les « bons jeunes » de reconnaître les « mauvais » : « Pitres gouailleurs, prétentieusement avachis et raisonneurs, coquetterie débraillée, mollesse, nature pauvre et compliquée, plaisantins de mauvais aloi incapables de gaieté et de sérieux, ils sont le dernier reste d'une société d'individus. » Le journaliste du *Parizer Zeitung* va plus loin encore : « Derrière le modèle américain et anglais du swing, c'est le Juif qui se cache... »

Dans les cours des collèges et des lycées, dans les cafés fréquentés par ces « mauvais jeunes », on ne parle que de cela, de ce phénomène qui est en train de naître. Pour la première fois depuis longtemps, quelque chose arrive. Au Café Éva, c'est Jo qui fait à haute voix la lecture d'un article paru dans *Révolution nationale* :

— On parle de vous, les enfants. Et ça vaut son pesant de rutabagas ! « L'heure n'est pas aux petits jeunes à cheveux trop longs et à cols trop hauts qui se trémoussent au rythme nègre de la musique swing. La jeunesse de l'Europe nouvelle ne s'accommode pas de ce genre qu'ont répandu la presse et la mode juives. On danse à Tel-Aviv jusqu'à la nuit frénétiquement et au son des saxos hurlants. Mais que l'on se réjouisse, le "swing" est déjà mort avant même que d'exister. Nous l'avons remplacé par la force, la santé, le travail qui n'ont pas les couleurs chaudes de l'Orient et les sonorités discordantes de l'Afrique, mais qui apportent le sain et vrai bonheur. » Tiens, et ça, c'est pour toi, Marie : « Et nous avons décidé que nos camarades n'iraient plus le soir avec les blondes platine qui se droguent… »

— Ouh, ouh ! fait Marie, accompagnée par les autres filles de la bande.

— Ce n'est pas fini, mesdames, continue Jo, hilare.

— Vas-y, on attend la suite avec impatience !

— Donc, les camarades n'iront plus avec les blondes platine, « ne seront plus surréalistes, oublieront la trompette négroïde de Chicago. Pour commencer, nous avons décidé d'ouvrir les auberges de jeunesse où l'on fera du plein air, et où le dimanche on oubliera les brumes de la ville. Et quand la nuit sera tombée, à la lueur du feu de camp, nous comprendrons ce que signifie la merveilleuse devise de nos amis d'outre-Rhin : "La force par la joie" ».

Malgré leur bêtise et leurs outrances verbales, les presses vichyste et allemande voient juste. Un vrai mouvement est en train d'éclore dans une partie de la jeunesse de France. Tous ces fans de jazz, qui ont le swing dans le sang, sont bien plus que des hurluberlus aux tenues excentriques, bien plus que des jeunes égarés que les hérauts de la collaboration surnomment désormais par dérision « les petits swings ». On dit même que des mouvements semblables ont fait leur apparition en Belgique, en Hollande, et même en Allemagne.

— Je vous l'avais dit, c'est ça qu'il faut faire, nous rassembler, assure Lucienne. Nous sommes une vraie force.

— Si on est un mouvement, il nous faut un nom, fait remarquer Josette.

Une discussion s'engage, pleine de fous rires, de blagues, de jeux de mots. Finalement, un nom est retenu. Et comme toujours après bien des détours inutiles, on revient à une idée simple, évidente. Même si certains font remonter le mot choisi aux célèbres *Zoot suites*, en français « Zah zuh zaz zuh zaz / Zaz zuh zaz zuh zay », de Cab Calloway, et d'autres au scat de Freddy Taylor, c'est le même mot qui a jailli du chapeau de prestidigitateur des « petits swings », et c'est bien l'essentiel :

— « Zazous », les « zazous », voilà, on n'a qu'à s'appeler les « zazous » !

— Pour quoi faire ? demande Charlie, se faisant l'avocat du diable.

— Pour continuer à vivre, au moins jusqu'à la fin de l'année, ce n'est déjà pas si mal ! réplique Odette.

Et c'est ce à quoi s'emploie la petite bande. Dans moins de dix jours, on basculera dans la nouvelle année. Alors, il faut continuer ses actions, ses interventions « zazoues » : semer la pagaille lors du vernissage de l'exposition Monet-Rodin, dégonfler les pneus des camions allemands garés dans les rues de Paris, donner aux soldats de fausses indications quand ceux-ci s'enquièrent d'une direction, arracher les affiches invitant à la collaboration. Seul Jean ne participe pas à ces opérations commando. Il est devenu invisible ces derniers temps, inexistant sous prétexte de devoir aller à la réouverture de quatre salles de cinéma des Grands Boulevards qui projettent des chefs-d'œuvre : *Paradis perdu*, au Marivaux ; *Monsieur Hector*, au Max Linder ; *Le Grand Élan*, à l'Olympia ; *Quartier latin*, au Boulevard. « Sans parler des Ursulines, ajoute-t-il ; après *Boudu sauvé des eaux*, on annonce *Carnet de bal* de Duvivier ! » Le cinéma, mon œil ! Personne n'est dupe. Il y a sans doute autre chose. Mais « Jean est muet comme une carpe ! » dit Marie, toujours amoureuse de lui bien qu'elle se heurte à un mur... Sauf quand il décide de lui raconter par le menu qu'il a dû quitter une séance de cinéma parce que des avions anglais étant venus « asticoter ces messieurs », les spectateurs se sont retrouvés dehors tandis que mugissaient les sirènes d'alerte. Voilà, c'est bien cela, la vie continue, la vie zazoue, et qui n'est pas si mauvaise que ça. Dans un geste de bonne volonté, le commandement allemand a même annoncé qu'il reporterait le couvre-feu du réveillon de minuit à 3 heures du matin. Pour ceux qui en auraient les moyens, les restaurants pourront même servir jusqu'à 2 h 30.

Un fait atroce vient toutefois perturber la machinerie du bonheur fabriqué et rappeler tout le monde à l'ordre. La veille du réveillon, le dimanche 23 décembre, Josette tombe sur un avis, bilingue, affiché sur le bâtiment des Ponts-et-Chaussées à quelques pas de chez elle, et protégé par des gardiens de la paix : l'ingénieur Jacques Bonsergent, condamné à mort «pour acte de violence contre un membre de l'armée allemande» par un tribunal militaire, a été fusillé à l'aube au fort de Vincennes. Un petit bouquet blanc a été glissé dans le panneau de la porte cochère qui mène à l'entrée des Catacombes, à trois mètres de là. Qu'avait-il fait, cet ingénieur? Rien. Mêlés involontairement à une bousculade entre soldats et jeunes Français au cours de laquelle un soldat allemand a été frappé, tous s'étaient échappés, sauf lui qui avait simplement refusé de dénoncer le vrai coupable. L'occupant a voulu faire un exemple. Bonsergent avait vingt-huit ans. C'est le premier civil français exécuté à Paris. D'autres affiches ont été apposées sur les murs de la capitale. Celle qui se trouve au coin de la rue Vauvilliers, dans les Halles, a été arrosée de sang de bœuf.

Comment faire pour vivre en cet hiver 1940 dans cette France qui connaît une des plus graves dépressions économiques de son histoire, avec cette industrie dont on se demande comment elle pourra se relever: le zonage du pays, le pillage allemand, le blocus anglais – tout concourt à sa perte. Et tout manque: l'électricité, les matières premières, les camions de transport, l'essence, les trains, le charbon pour se chauffer, le beurre, la viande. La bande d'amis a décidé de ne pas se laisser abattre, de ne pas sombrer. C'est la seule issue. Refuser la mort, le désespoir. Refuser ce Paris où le fait même de respirer implique presque une compromission, où l'on voit des camions entiers de victuailles se déverser au pied des sapins de Noël dressés dans les casernes allemandes.

« Merde, on est zazou ou on n'est pas zazou ! » lance Josette. Aussi, avant de tous se retrouver chez Lucienne pour passer le nouvel an – c'est elle qui dispose du plus grand appartement –, ils entreprennent les deux dernières actions de l'année. Le 28, ils viennent déposer un bouquet de violettes au pied de l'affiche rouge de la gare Saint-Lazare, ayant au préalable négocié avec les agents français qui, pour n'avoir pas à intervenir, acceptent de s'éloigner un instant. Le lendemain, ils réussissent, ici et là, à asperger d'encre quelques portraits du Maréchal mis en vente dans les rues de Paris au profit du Secours national.

Dans l'appartement de la rue des Écoles, chacun a apporté ce qu'il a pu, achetant certaines denrées au marché noir, échangeant ses tickets de rationnement, pour un dîner appliquant à la lettre les recettes de *Cuisine et restrictions* : omelette dans laquelle les œufs entrent à parts égales avec la maïzena, pâté de foie sans viande à base de Viandox et de biscottes, salade de topinambours assaisonnée à la fausse huile mucilagineuse, et pour finir pâtisseries élaborées à partir de croûtes sèches réunies par tous depuis un mois. Seule exception aux restrictions, la caisse de cognac que Pierre a échangée contre un 78 tours de Duke Ellington qu'il avait en double, et les deux paquets de cigarettes américaines que Lucienne a extorqués à une riche cliente qui voulait être une des premières à posséder une paire de ces gants courts multicolores que toute élégante se doit cet hiver de porter. Odette a accompli un coup de maître. Si tout manque à Paris, les huîtres sont en profusion à l'étalage des écaillers. Elle a acheté deux bourriches, arrivées le matin même de Bretagne : « Les Allemands ne les apprécient guère, eh bien, tant pis pour eux ! » annonce-t-elle tandis qu'elle les ouvre dans la cuisine, aidée par Charlie.

Lorsque Marie frappe à la porte de l'appartement de Lucienne, elle est accueillie par des cris de joie. Elle revient du Casino de Paris, où elle a joué un rôle de composition dans la revue à la mode, *Amours de Paris* : celui d'une orange, dans un des tableaux clés du spectacle où des *girls* se trémoussent en cadence sous des orangers de carton-pâte. Elle rapporte pour tout le monde un cadeau tout ce qu'il y a de plus zazou que lui a donné un ami spécialisé dans la vente d'images à transformations : un jeu de cartes où la tête de Hitler apparaît successivement sur un corps de gorille, de porc, d'éléphant, de rat. « Mine de rien, ce genre d'âneries peut vous conduire au poste comme un rien », dit Marie morte de rire. Chacun s'étant débrouillé dans la mesure de ses moyens, Josette, qui connaît un bouquiniste désireux de vendre son stock de livres britanniques d'avant guerre aujourd'hui proscrits, a récupéré des romans de Louis Bromfield, Somerset Maugham, A.J. Cronin. Et le plus swing d'entre eux, avec lequel il est de bon ton de se promener dans les cafés à la mode, un exemplaire sous le bras, le *Sparkenbroke* de Charles Morgan. Mais celui qu'elle préfère et qu'elle s'est gardé pour elle, parce que tout le monde en parle et veut l'avoir lu, c'est *Rebecca*, le roman de Daphné du Maurier dont la première phrase, « Ce soir, j'ai rêvé que je retournais à Manderley », ne cesse de la hanter. C'est Tatiana, la jolie bouquiniste aux cheveux gris-blanc, qui le lui a vendu.

Tapis roulés, meubles déplacés, la soirée est une réussite magnifique. On mange pour ne pas être malade après avoir bu. On boit pour être gai. On danse jusqu'à épuisement de tous les 78 tours de la discothèque. Charlie joue de la clarinette, Charles du saxophone. Josette qui passe son temps à écouter la BBC apprend aux autres deux danses nouvelles, le lindy hop, mélange de charleston, de shag et de jockey, et le big apple qui se termine par un incroyable « *Praise Allah* » : faisant un cercle au centre de la pièce, les danseurs se penchent vers le sol, puis se relèvent mains au-dessus de la tête en criant : « Prions Allah ! » L'abondance de cette soirée – ripaille, alcool, cris, danses – n'a rien de dégoûtant, de répréhensible : elle est exaltante et réjouit ceux qui s'y livrent. Personne, cette nuit, ne répugne à se soûler. Certains s'en sont presque fait un devoir. Et pourquoi pas ? Cette exhibition consentie a quelque chose d'admirable.

Quand l'aube se lève, Josette constate que des

couples se sont formés. Du moins le pense-t-elle. Couples éphémères, peut-être. Aucune certitude. Une constatation. Lucienne et Charlie, qui sont ensemble depuis un certain temps, dorment dans le grand lit de la chambre du fond, tout habillés. Jean et Marie à moitié nus sont installés dans la baignoire sous un amoncellement de couvertures. Odette, Sarah, Pierre forment un étrange trio : l'homme, torse nu, tient les deux femmes sur sa poitrine, bouche contre bouche, et jailli de l'embrouillamini de corps, le sexe de Pierre, durci par l'érection matinale.

Comme d'habitude, Josette se retrouve seule. Pourtant, cette fois-ci, elle avait particulièrement soigné sa tenue vestimentaire : chandail à col roulé rose, jupe plissée violette très courte, socquettes blanches sur les chevilles à l'imitation des bobby-soxers amoureuses de Frank Sinatra, veste de fourrure aux épaules bien carrées achetée aux puces... La parfaite zazoue. Personne ne l'a remarquée. Il n'y a chez ses amis aucune hostilité, aucun rejet. Elle fait partie du groupe mais on ne la remarque pas. Curieusement, dans ce jour qui se lève et qui lui permet d'observer ces pièces où dorment ses amis, et qui sont comme son monde, elle se sent envahie par le bonheur de vivre. Un verre de cognac à la main, elle savoure cette sensation étrange, celle de penser qu'elle est sur terre, parce qu'elle est jeune, pour changer le monde, ce qui la remplit de joie ; mais dans le même temps, voyant que le monde est si imparfait, si hostile, et comment le trouver aujourd'hui autrement, elle se dit qu'on l'a jetée dans un sacré guet-apens et elle se demande comment elle va pouvoir en sortir.

À la devanture du chemisier de la rue des Écoles, juste en contrebas de l'appartement de Lucienne, sur le trottoir d'en face, sont exposés dans la vitrine plusieurs foulards. Au centre, un gros balancier oscille, entre « hier » et « aujourd'hui ». « Hier » est symbolisé par un immense vide. « Aujourd'hui » apparaît dans toute sa splendeur, glorifié par une triple inscription en lettres énormes, rouge et noir, comme l'exige la mode : « Zazou, Zazou, Zazou ». Un ciel de neige stagne sur Paris. Josette se reverse un autre verre de cognac et, le sourire aux lèvres, chantonne un refrain de Johnny Hess :

— « Ça revient
La vie recommence
Ça revient
Comme une romance
Ça revient
Ça revient
Et l'espoir commence à renaître
Partout ça revient. »

1941

« Quand il gèle à quinze au-d'ssous
Et quand vous avez la tremblote
Si vos dents claquent gaiement au rythme de *Sweet Sue*
Alors vous êtes swing…
Quand le jour est triste et noir
Ou quand la lune est trop pâlotte
Stoïqu'ment si vous vocalisez matin et soir
Alors vous êtes swing !
En somme si vous voyez les choses
En bleu ou en rose
Si rien ne peut jamais vous étonner
Alors vraiment le swing est votre qualité.
Si vous chantez la *Tosca*
Le Temps des c'ris's ou *La Mascotte*
En faisant des "oua, di ou, di a di a da"
Alors vous êtes swing.

Mais si vous voulez qu'on dis' de vous à tout moment
Que vous êt's sûrement une personne dans le mouv'ment
Il faut être swing la nuit et le jour
Même pour l'amour… »

Guy BERRY, *Êtes-vous swing ?*

15

Le 23 décembre, les Français de Radio-Londres avaient adressé aux Français de la zone occupée et à ceux de la zone libre un message, répété de jour en jour. Nombreux furent ceux qui, après s'être rassemblés à 21 h 15 autour des postes de TSF ventrus et impeccablement cirés, avaient propagé la nouvelle. C'était une première depuis le début de l'Occupation : que chacun, le 1er janvier 1941, entre 14 heures et 15 heures pour la zone occupée, et entre 15 heures et 16 heures pour la zone non occupée, reste chez soi. Les villes, les villages devaient devenir des déserts. Ainsi l'occupant allemand comprendrait que, quoi qu'il arrive, il demeurerait toujours un ennemi dans le cœur des Français. C'était le souhait, tenace, du général de Gaulle : « Durant cette heure de silence, tous ensemble, nous penserons à la Libération ! Ce sera l'heure d'espérance ! »

1er janvier 1941. L'heure de la délivrance du message est arrivée. C'est une victoire. Les rues de la capitale sont pratiquement désertes. Chacun est resté chez soi. Les Français ont donc respecté les consignes de Londres. À commencer par les zazous du Café Éva. Il faut dire que le temps a un peu aidé l'injonction londonienne. Une épaisse couche de neige recouvre les trottoirs et de gros flocons tombent sans discontinuer. Un immense tapis blanc, silencieux comme un cimetière, étouffe tous les bruits, ralentit les activités, contraint, empêche. De Gaulle voulait une ville vide, il a une ville morte.

L'hiver blanc, invité inattendu de ce 1er janvier, s'installe dans la durée. Dans les jours qui suivent, la neige recouvre tout et il fait un froid atroce. Faute de main-d'œuvre, les rues ne sont pas déblayées. On marche sur des névés. De hautes congères barrent les trottoirs. C'est comme si la nature avait soudain envahi la ville et que les hommes ne savaient ni la contenir ni lui répliquer. Parfois le ciel est couleur indigo, parfois le soleil se reflète sur les toits couverts d'hermine, parfois un vent violent soulève des tempêtes de neige. La radio a prévenu les Parisiens : la Seine est en crue et charrie de gros glaçons – la prudence est donc de mise. La neige rend sans doute le silence de Paris un peu plus profond, mais ce silence était déjà pesant, bien réel : celui de gens que le malheur a rendus modestes et qui, timidement, ne souhaitent rien d'autre qu'une année « meilleure ». Un soir, alors que la ville dort, Josette, prise d'un désir subit, alors qu'elle est emmitouflée dans son lit, avec une paire de gants fourrés, un chandail à col roulé et un bonnet de nuit, descend dans la rue, un bâton à la main, et écrit dans la neige « Vive de Gaulle ! », puis remonte chez elle, frigorifiée.

L'hiver qu'on annonçait rigoureux est pire que tout ce qu'on a pu imaginer. Avec les deux heures de retard imposées par les Allemands au soleil, on a l'impression que Paris est transporté sous le cercle polaire. Qui doit se lever tôt a l'impression de se lever en pleine nuit. Le black-out sévère, l'extrême rareté des lampes de poche, transforment le peuple de Paris en une horde d'aveugles, qui avance lentement en titubant dans la neige, le froid et la nuit. Il n'y a plus de charbon. Il n'y a plus de viande, si ce n'est du bœuf congelé distribué au compte-gouttes par les Halles centrales. Le moral est si bas qu'il suffit parfois d'une toute petite chose pour le remonter. Ainsi Sarah raconte-t-elle à Josette qu'elle a vu écrit, dans le métro, sur le placard blanc *Rauchen verboten*, un « Vive la liberté » en grosses lettres noires. Sa matinée en a été tout illuminée.

Puis, au fil des semaines, la neige est remplacée par une pluie épaisse, qui transit de froid jusqu'aux os, qui transforme les trottoirs en marécages dans lesquels on s'enfonce jusqu'aux chevilles. Mais peu à peu l'hiver retourne lentement dans ses quartiers. Avec le jour qui rallonge, la vie reprend, et avec elle l'écran de fumée allemand sur la vie culturelle parisienne : gala de l'Union des artistes à Bagatelle, célébration de la fête du Travail au palais de Chaillot. Puis c'est Karajan qui vient diriger à l'Opéra *L'Enlèvement au sérail* et *Tristan et Isolde*, puisqu'une bombe anglaise a endommagé l'Opéra de Berlin. Lors de la soirée André-Antoine, donnée à la Comédie-Française, on raconte que des soldats se sont même mis au garde-à-vous devant la perruque de Molière et l'ont saluée, le bras tendu – ce pourrait être comique si cela n'était profondément tragique ! Mais dans un certain sens, oui, Paris revit, bouge ses membres engourdis par le froid. Au théâtre Marigny, Odette et Sarah sont allées voir une opérette stupide revisitée par la censure allemande qui a fait des personnages américains des Argentins ; de telle sorte que les habitants de Buenos Aires ne jurent plus désormais que sur la Bible et ne parlent plus que de whisky et de chewing-gum ! De son côté, le Hot Club de France n'a pas abandonné ses activités, mettant sur pied un tournoi d'amateurs qui a vu l'orchestre de Raphaël Erdécer remporter le concours des grandes formations et celui de Roby Davis celui des petites, grâce notamment à une interprétation très personnelle de Charles Louis du très dansant *Palm Beach* d'André Ekyan.

Mais surtout, ce qui confirme la fin de cet hiver neigeux, c'est la reprise à la fois désordonnée et généreuse de ce que les adeptes du Café Éva appellent désormais leurs « actions zazoues ».

Parfois, c'est tout le groupe qui est requis, comme lorsqu'il s'agit, sous prétexte de vaincre le froid, d'errer dans les allées des serres du Muséum ou dans les singeries et les fauveries du jardin zoologique, ou de marcher à vive allure, le nez dans leur col relevé, de l'Étoile à Bastille, et de Montmartre à Montparnasse tout en chantant *Méfie-toi de la patrouille*, *Élevons un porc*, *Ça sent si bon la France*, etc. Et bien entendu lorsqu'il s'agit d'interrompre la représentation de *29 degrés à l'ombre*, pièce de Labiche, lorsque le malheureux comédien, dos au public, s'écrie : « Adolphe aime les femmes. »

Parfois un couple suffit, Marie et Jean, par exemple, lorsqu'il s'agit de glisser dans la programmation de Radio-Paris – Marie qui y chante des réclames y a ses entrées –, juste après une mélodie suave de Tino Rossi, une galette d'un genre nouveau : « Et merde pour ce salaud d'Hitler / J'l'ai dans l'blair et j'peux pas l'sentir / C'est un cochon, il est pourri / Il est fini… »

L'action est très rarement confiée à une seule personne, car les risques sont trop grands. Ainsi, lors de l'innommable Salon des artistes français, Charlie a eu toutes les peines du monde à convaincre le gardien que ce n'était pas lui qui avait glissé au cou du buste de Pétain sculpté par Busnel une affichette sur laquelle était écrit : « Maréchal Pétrin ».

Enfin, un dernier type d'« action » requiert un tact certain et un certain entregent, celle qui consiste à perturber à tel point la projection d'un navet cinématographique que la séance est entièrement annulée. Pour cela il faut pouvoir réunir d'autres groupes zazous comme ceux des Champs-Élysées ou des Boulevards dont les fiefs ont pour noms le « Grand Q » – le Grand Cluny – et le « Petit Q » – le

Petit Cluny –, voire les sorbonnards du Capoulade et du Dupont-Latin. L'opération, demandant beaucoup de doigté, car les susceptibilités sont grandes, n'a, jusqu'à ce jour, eu lieu qu'une fois : lors de la projection de *La Pension Jonas.* Roi des navets, le film raconte l'histoire de Barnabé Tignol, clochard parisien qui vit dans le ventre d'une baleine empaillée ; du professeur Tibul, qui a rapporté du Tibet un œuf millénaire ; d'un dénommé Bourache, qui promène un hippopotame en laisse dans les rues de Paris ; enfin d'une gourde, jouée par Irène Bonheur, laquelle recueillie par le clochard au grand cœur finit par retrouver Jean Fréville, son bellâtre de fiancé…

La dernière action en date est à mettre à l'actif du seul groupe du Café Éva, les autres la jugeant trop risquée : huer la projection des « actualités », entièrement aux mains des Allemands qui pleurnichent à longueur de mètre de pellicule sur les villes boches détruites par les « honteux bombardements britanniques » et qui célèbrent les « glorieux raids » de la Luftwaffe sur Londres et l'Angleterre. Ce jour-là, la salle du Mistral reste éclairée durant la projection des « actualités » tandis que ces dernières sont précédées d'une pancarte invitant d'éventuels manifestants à garder le silence. Dès les premiers sifflements, applaudissements et autres hurlements, la police française investit le cinéma à grand renfort de coups de bâton blanc et de mouvements de capelines et invite les spectateurs à sortir de la salle. Pour la première fois, les zazous sont hués, leur chahut est critiqué. « Si vous avez envie de tousser, et de foutre la merde, allez le faire ailleurs », lance un spectateur aigri.

À ce jour, personne ne s'est rendu à la librairie Rive Gauche qui vient d'ouvrir ses portes au coin du boulevard Saint-Michel et de la place de la Sorbonne, à l'emplacement exact où se trouvait il n'y a pas si longtemps encore le Café d'Harcourt, lieu de réunion pour les étudiants, et qui doit servir de vitrine culturelle à l'occupant. Sortant de cours en fin de matinée et n'ayant rendez-vous avec Odette, place de Rennes, qu'en tout début d'après-midi, Josette s'est proposée comme volontaire. Enfin, plus exactement, c'est Pierre qui a beaucoup insisté pour qu'elle y fasse un tour. À tort ou à raison, il pense – et ce n'est pas le seul – que Josette est la plus apte à saisir l'âme de cette librairie et à faire comprendre aux autres quel type d'action ils pourraient y entreprendre.

16

Symbole de l'ordre censé régner sur le monde étudiant, la librairie Rive Gauche en impose, par sa longue façade blanche, ses vitrines aux étalages alléchants – manuscrits, livres précieux, tableaux de maîtres reproduits avec soin –, et sa dizaine d'agents en faction devant ses portes d'entrée. Au premier étage, des salles de lecture et de réunion, vastes et feutrées, jadis fréquentées par Alphonse Daudet qui venait jouer au bésigue avec Charles Cros, et qu'on imagine assez bien aujourd'hui arpentées par les intellectuels collaborateurs les plus notoires. Au rez-de-chaussée, des travées plutôt vides. Sur les tables, à côté des ouvrages pour enseigner l'allemand aux éditions Didier et Eugène Belin, en bonne place, *Les Discours d'Adolf Hitler*, publiés par les éditions Denoël ; *Le Maréchal et son peuple*, de René Benjamin, de l'Académie Goncourt, chez Plon ; *Comment Israël se venge*, de Charles Lesca, chez Bernard Grasset ; *J'ai vu l'Allemagne*, de Marc Augier, chez Fernand Sorlot ; *Le Procès de Jeanne d'Arc*, de Robert

Brasillach, édité par Gallimard. Nombre de livres scolaires sont interdits par les autorités allemandes ; parmi les auteurs des livres de littérature générale, les dernières victimes ont pour noms : André Maurois, Charles Maurras, François Curie. Alors qu'elle feuillette *Une famille sous un parapluie*, livre de Claire et Line Droze publié dans la bien nommée « Collection du Bonheur », un homme s'avance vers elle et lui dit :

— Vous avez un corsage « courageux ».

Ce matin en s'habillant, elle avait vaguement hésité à enfiler ce corsage blanc au col rouge et aux poignets bleus, puis s'était ravisée. « On ne peut pas vivre tout le temps la peur au ventre, tout s'interdire », s'était-elle dit.

Quand elle relève la tête, elle reconnaît le jeune soldat allemand qu'elle a déjà croisé plusieurs fois. Un drôle de dialogue s'engage, un peu gauche :

— Ce n'est qu'un vêtement…

— Oui, qui vous va bien.

Josette rougit légèrement, elle est si peu habituée aux compliments…

— On se croise souvent…, dit-il, laissant sa phrase en suspens.

— Je ne sais pas si on peut vraiment dire ça…

— Vous êtes allée salle Pleyel, écouter Django Reinhardt ?

— Non.

— C'était très intéressant… Il avait un smoking blanc et des bottines à boutons jaunes. C'est lui qui dirigeait l'orchestre, une première.

— J'étais à Gaveau, l'année dernière.

— Moi aussi.

Josette manque de dire qu'elle l'a cherché, qu'elle ne l'a pas vu, puis se ravise.

— Il y avait des soldats allemands, en effet.

— J'étais en civil, incognito, précise-t-il en souriant.

Après avoir hésité, Josette se jette à l'eau :

— *Nuages*, c'est vous ?

— Oui.

— Comment avez-vous eu mon adresse ? Vous ne savez même pas comment je m'appelle.

— « Josette », dit-il en imitant Gus Viseur jouant de l'accordéon. Je ne peux pas ne pas m'en souvenir, c'est mon morceau préféré !

— Ah, moi au..., répond Josette qui s'arrête en pleine phrase et bafouille.

Presque gêné et soudain sérieux, le jeune Allemand avoue :

— La police allemande est très efficace... mais vous avez aussi mon nom...

— Gerhard Ganz, c'est ça ?

— Oui.

La conversation retombant une nouvelle fois, Josette parle du numéro de la *NRF* :

— Vous l'avez oublié au café...

Le jeune Allemand semble véritablement réjoui par ces propos somme toute assez anodins. Comme s'il était délivré d'un poids :

— Ah, tout va bien alors. Ah, c'est très bien.

Alors, vous la gardez… précieusement… je l'avais perdue… C'était très embêtant.

Josette pourrait lui demander de s'expliquer sur cette joie subite, pourrait lui demander si cela a un rapport avec les quelques mots qu'il a mis en marge de l'article de Chardonne, ou sur son étrange poème, mais elle hésite. Elle discute depuis un certain temps dans une librairie allemande, avec un soldat allemand, et cela devient compromettant. Une cliente chantonnant non loin d'eux *Rythme et swing* la sauve *in extremis* :

— Je ne supporte pas cette chanson, dit le jeune Allemand.

— Moi non plus, et Marie Bizet a une voix de casserole !

Tous deux rient de cet agacement commun, quand deux officiers pénètrent dans la librairie, saluent son interlocuteur, échangent quelques mots à haute voix en allemand avec lui puis l'entraînent vers la sortie dans un énorme bruit de bottes.

Alors qu'elle termine la visite de la librairie, Josette est abordée par un des libraires expérimentés et bilingues qui alpaguent les rares clients. Il s'adresse à elle de manière sirupeuse :

— Vous avez des relations…

— Aucune ! dit-elle un peu sèchement.

— Gerhard Ganz n'est pas n'importe qui, tout de même ! Travailler avec le *Sonderführer* Heller à la Propagandastaffel avenue des Champs-Élysées, ce n'est pas rien !

Josette ne répond pas. Regarde sa montre, et constate qu'elle doit partir immédiatement si elle ne veut pas arriver en retard à son rendez-vous. Alors qu'elle sort de la librairie, elle voit son image se refléter dans ses grandes vitrines. Dans son corsage « courageux » et sa jupe aux couleurs vives qu'elle s'est confectionnée avec des carrés qu'elle a cousus ensemble, elle se trouve jolie. C'est la première fois. Ça ne lui était jamais arrivé auparavant. C'est une belle journée. En se dirigeant au pas de course vers la place de Rennes, elle croise beaucoup de jeunes filles et de jeunes gens. Tous, comme elle, semblent animés par une terrible hâte de vivre.

La place de Rennes offre un aspect de fête. Il fait un soleil radieux. Les terrasses des cafés sont pleines. Les femmes arborent leurs toilettes de printemps. Ayant laissé chez elles écharpe-poches, manchon-sac, manteau en poils de chat et bottillons doublés de fourrure de lapin, elles arborent toutes des chaussures à semelles de bois, des robes légères raccourcies et des chapeaux à large bord encombrés de plumes d'oiseaux et de plantes potagères hauts comme des tours de Babel. Odette est installée dans un des fauteuils en osier du Narval. Elle la voit de loin qui lui fait de grands signes. Elle en est déjà à son troisième rancio, un breuvage infâme qui ressemble de très loin au banyuls, et fume ses cigarettes à base de trèfle séché. Des trois bouches de métro sortent par bandes des officiers en kaki, barbus, crasseux, chargés de valises, de sacs, de musettes ; capotes à demi dégalonnées, calots informes ; des commandants, des capitaines tournés en clochards ; des lieutenants qui servent d'ordonnances à un colonel hirsute. Ce sont les anciens combattants de l'autre guerre, libérés en masse par les Allemands et qui, de la gare de l'Est, ont traversé le Paris souterrain pour venir à la gare Montparnasse.

— Tu penses à Henri ? demande Odette, tout en embrassant Josette.

— Non, pas du tout.

— À un autre homme ?

— Non, il n'y a pas d'homme dans ma vie ! Quant à Henri, c'est absurde. Il n'y a jamais rien eu entre lui et moi et il n'y aura jamais rien. C'est très dommage évidemment qu'il soit prisonnier, mais ça s'arrête là. Et, ajoutant, sur le ton de la plaisanterie : il y a des choses plus graves dans la vie, par exemple savoir s'il est temps de laisser le *260 fin* d'Elizabeth Arden pour commencer le *200* ; ou si *Neuf fois neuf* de Paquin recrée bien le scintillement de la rue de la Paix !

— Écoute, Josette, je n'ai envie ni de rigoler ni de parler de fond de teint pour les jambes ou de parfum !

— Tu en fais une tête, qu'est-ce qui se passe ?

— J'ai failli ne pas venir. Mon patron, juif polonais, il y a plusieurs jours, a été arrêté pour un prétendu « examen de sa situation », et a été emmené au gymnase Japy, dans le XIe. J'étais là. Tout le quartier était bouclé. Plusieurs hommes ont été embarqués en même temps que lui. Les enfants pleuraient, les femmes suppliaient les policiers. Les gens sur le trottoir étaient pleins de révolte et de honte. Mais on ne pouvait rien faire… Ma patronne a pensé qu'il allait revenir dans la soirée. Depuis, pas de nouvelles. Elle en a reçu ce matin : après avoir été transporté en autobus à la gare d'Austerlitz, il a été envoyé au camp d'internement de Pithiviers. Il paraît qu'il y en a un autre à Beaune-la-Rolande… On parle de plusieurs milliers de Juifs étrangers détenus là-bas.

Odette semble si déprimée que Josette est bien décidée à ne pas la laisser passer la soirée toute seule. Trenet, qui avait sorti son roman *Dodo Manières* le 6 juin 40, le dédicace ce soir chez Jimmy, le cabaret de Johnny Hess, pourquoi ne pas y aller ?

— Ce n'est pas Chez Jimmy mais le Jimmy's, fait remarquer Odette.

— Mais non, les Boches ont obligé le propriétaire à changer de nom. Ça faisait trop américain !

— Bon, écoute, de toute façon Chez Jimmy ou Jimmy's, je n'ai pas envie.

— On sera tous là, sauf Charlie et Lucienne qui ne peuvent pas venir. Même Jean viendra avec nous, pour une fois !

— Non, vraiment, ça ne me dit rien.

— Ah, j'oubliais Sarah, elle viendra aussi, évidemment.

— Elle y va, tu es sûre ?

— Oui, elle veut absolument une dédicace du « Swing Troubadour » !

— Bon, allez, d'accord, répond Odette qui, en une seconde, a retrouvé toute sa gaieté, toute sa frivolité. Elle ajoute : je ne suis pas trop moche avec mes godasses Heyraud à semelles articulées ?

— Mais non, idiote ! D'abord on en a toutes et puis tu oublies : « Semelles de bois Heyraud… »

— « … Synthèse parfaite de l'ingéniosité et de l'élégance parisiennes » ! Et ma jupe en « texoïd », c'est une horreur !

— Mais tout est faux, ma poulette. Ton rouge à lèvres est fait avec de la cire de cierges, ton chapeau avec des copeaux de bois, tes gants avec des poils de chien et des cheveux, ton chapeau avec du papier journal. Je pourrais continuer des heures : les boucles d'oreilles que tu portes sont en plâtre, le thé que je suis en train de boire contient une bonne dose de feuilles de frêne et de châtaignier, et alors, on s'en moque, non ? Tout est faux aujourd'hui, même les sentiments, surtout les sentiments.

— Tu es formidable, Josette, tu sais…

— Oui, je sais, je suis formidable. Une bonne poire, surtout. Allez, on va arriver en retard rue Huyghens !

Pour une première chez Jimmy, c'est une première. On dirait les couloirs du métro aux heures d'affluence ! Une foule de jeunes zazous croise une foule d'élégants et d'élégantes en smoking et en robe du soir. Et tout le monde se presse, se bouscule, s'entasse. Pour un cabaret swing, c'est un vrai cabaret swing. Nulle lumière évanescente, nul confort de sleeping. Après avoir monté un petit escalier étroit et tortueux, copieusement poussées par leurs voisins de derrière mais poussant avec le même entrain ceux qui les précèdent, Josette et Odette se retrouvent dans une salle à plafond bas laquée de noir. Au centre, une petite estrade où s'agite un orchestre qui explose comme un volcan en rythmes syncopés. Ce soir, Johnny Hess ne chante pas. Le roi de la soirée, c'est Charles Trenet qui dédicace son roman à tour de bras dans un angle de la pièce. Il fait une chaleur d'enfer, et malgré ça, chacun attend son tour, presque calmement. À la sortie, Marie, Odette, Sarah, Pierre, Josette, Jean sont là avec leur exemplaire de *Dodo Manières* à la main. C'est presque drôle de les voir tous tenant précieusement ce petit roman bleu. Chaque fois qu'il signe un exemplaire de son livre, Charles Trenet fait la même blague : « Et puis, je ne me suis pas beaucoup fatigué pour venir. Mon éditeur Albin Michel est au bout de la rue, à quelques mètres de là ! »

— Ça parle de quoi ? demande Josette.

Personne ne sait. Au fond, peu importe… Marie lit la première phrase :

— « Il y eut un grand silence dans la maison et tous les lauriers-roses se fanèrent… »

— Bon, ce n'est pas tout, mais que fait-on maintenant ? demande Pierre.

— Et si on allait manger chez Josette, son appartement est le plus près d'ici. En un quart d'heure on y est, propose Sarah qui ouvre son sac et montre plusieurs paquets de pâtes !

— Qu'est-ce que c'est que ce trafic ? demande Pierre.

— Shampouineuse est un métier d'avenir... Je vous l'ai déjà dit, je vous le démontre une nouvelle fois : mes clientes me paient en denrées rares. Moitié pour ma patronne, moitié pour moi. Tout le monde s'y retrouve !

Pendant que Marie allume le gaz et met l'eau à chauffer pour préparer l'énorme plâtée de nouilles, chacun s'installe, retrouve une place qui est presque comme la sienne.

— À part les pâtes de la shampouineuse, dit Jean, on n'a rien à bouffer, je suppose...

— Erreur, mon pote ! rétorque Josette. Ce matin, j'ai fait une heure et demie de queue. Belle pêche : une tranche de pâté, un saucisson, du bacon, si extraordinaire que cela paraisse, une tranche de jambon bien qu'elle soit réservée aux enfants de moins de sept ans ! Et ce n'est pas tout, j'ai rapporté du lycée un paquet de Floraline...

— C'est tout ? ironise Sarah.

— Non, j'ai échangé plusieurs jours de biscuits vitaminés contre une place de théâtre.

— Pour voir quoi ?

— *Britannicus*, avec Marais. Il paraît que c'est épatant et qu'il en fait une charge violente contre l'autoritarisme. Mais rassurez-vous, j'ai quand même gardé des biscuits, ajoute-t-elle en en sortant une boîte pleine du buffet.

— Un vrai gueuleton, en somme ! hurle Marie, de la cuisine, indiquant que l'eau bout et que les pâtes seront bientôt prêtes.

— Tu n'as pas une de tes bonnes blagues pour nous faire patienter ? dit Pierre en s'adressant à Odette.

Josette, tout en mettant la table, observe son amie du coin de l'œil, prête à intervenir. Non, tout va bien. La tristesse de l'après-midi est passée, ou semble l'être.

— Mussolini voit sur la poitrine du Führer un insigne en or massif qui représente un aigle, et lui en demande la signification. « La tête de l'aigle, c'est moi, dit Hitler, le cerveau du IIIe Reich ! Le cœur c'est Goebbels, l'âme du grand peuple allemand ! Les deux ailes, c'est Göring, le grand maître de la Luftwaffe ! Le ventre, c'est mon cher Funck, le roi du ravitaillement ! » À ce moment, Ciano tire son beau-père par la tunique et lui glisse à l'oreille : « Tirons-nous ! Il va arriver au trou du cul et ce sera pour nous ! »

Et voilà une nouvelle soirée de gaieté malgré la

guerre. Une fois les pâtes dégustées, Josette met sur son phonographe les dernières cires rares qu'elle a trouvées chez les brocanteurs et au marché aux puces, et parmi elles un enregistrement de *Japanese Sandman* de Django Reinhardt, datant de 1937, et le *Heebie Jeebies* de Chick Webb enregistré en 1932...

Mais à mesure que la soirée avance vers sa fin, et avec l'aide du cognac, vestige du nouvel an, une forme de sérieux reprend le dessus. Un « sérieux zazou », comme l'appelle Odette, c'est-à-dire qui brasse les grandes et les petites nouvelles, les faits divers de la vie quotidienne et ceux qu'on croit pouvoir retenir de la grande Histoire dans laquelle on patauge. Après une dernière envolée d'Odette qui offre à la population les dernières insultes en allemand qu'on lui a apprises – *Halt's Maul !*, « Ta gueule » ; *Geh zum Teufel !*, « Va au diable ! » ; *Leck mich am Arsch !*, « Fous-moi la paix ! » –, l'établissement en commun de la liste des faits et gestes récents de la France sous botte allemande débute. Et elle n'est pas brillante. À commencer par la création à Paris d'un Commissariat aux questions juives et par l'annonce d'un statut particulier qui sera bientôt attribué aux Juifs de France, sans oublier l'ignominieuse inauguration de l'Institut d'études juives, rue La Boétie, chargé de fédérer les différents organismes de la propagande, d'organiser des expositions, de gérer le service du contentieux et d'assurer le suivi des dénonciations. Trop c'est trop. Et toutes ces vedettes de la chanson qui se mettent au service de la collaboration ! La France vendue à l'ennemi a maintenant son hymne, *Maréchal, nous voilà !*. André Dassary le chante à la Radiodiffusion nationale et a prêté sa voix à l'enregistrement des disques Pathé. Ce qui fait bien rire Charlie, le musicien : Montagard et Courtioux, les deux auteurs, ont en réalité plagié une partition de Casimir Oberfeld, compositeur juif polonais…

Il suffit d'un rien pour qu'une soirée bascule du rire aux larmes, de l'indignation à la colère. Que faut-il penser de ces grands noms de la littérature française qui se couchent devant l'Allemagne en commettant des vers d'un pompiérisme affligeant : Claudel qui demande à la France, la « Fille de Saint Louis », d'écouter le vieil homme qui sur elle se penche, et qui lui parle comme un père ? Et que dire de Maurice Rostand qui fait rimer « faite » avec « défaite » et « cœur » avec « vainqueur » « puisque Pétain n'ayant pas voulu la guerre qu'on a faite, salué par le vainqueur, a su faire de la défaite comme une victoire du cœur » ?

Et Roger Nicolas, ce chansonnier qui divertit les foules, les faisant rire avec ce qu'il appelle le « style swing mou » ? Faut-il rester sans réponse face à ces caricaturistes et à ces journalistes des journaux collaborationnistes qui associent systématiquement zazous et Juifs ? « Douze couples allaient s'affronter dans ce concours de swing », écrit l'un dans *La Gerbe*, poursuivant : « Du côté masculin, l'élément juif dominait nettement, et c'était pitié de voir nos fillettes fraîches et jolies s'enlacer à ces hideux noirauds. » « Mais de grâce », poursuit l'autre dans les colonnes du *Pilori*, « que notre saine jeunesse ne compromette pas sa santé morale et physique et qu'elle abandonne aux nègres de Harlem et aux métèques israélites ces ridicules autant qu'odieuses manifestations de délire furieux, appelées concerts swing ».

— Il faut réagir, lance Josette. La campagne des V lancée depuis quelques mois par la BBC doit prendre de l'ampleur.

— On ne va pas aller loin avec des conneries pareilles, marmonne Jean.

— Tu as autre chose à proposer ? réplique Josette.

— Non, pas pour l'instant.

— Alors, tais-toi, monsieur « J'vois-tout-en-noir ».

Jean n'a rien compris, pense Josette. Une de ses amies élève à Camille-Sée a été renvoyée parce qu'elle avait écrit un V sur la porte des toilettes. Ici et là, on voit bien que les V commencent à fleurir. Elle-même en a gravé plusieurs sur des voitures allemandes. Elle en a gravé des centaines et des centaines, même en plein jour. Ce n'est pas si compliqué après tout. Voilà le prochain projet zazou. Josette en est persuadée, il faut tout faire pour aider la radio anglaise qui a demandé d'écrire partout des V pour Victoire. Il en faut sur les devantures des magasins, sur les murs de Paris, les couloirs du métro, sur les tables dans les collèges et les lycées, sur les tableaux noirs. Tout peut être utilisé : les tickets de métro découpés en V, deux épingles croisées en V à la boutonnière, une veste dont le col est fermé, mains dans les poches l'ouvrant vers l'extérieur, on peut même se promener par groupes de dix et former un grand V déployé sur le trottoir. On peut tracer des V dans la poussière, sur les vitres des autobus, des cars, des trains, avec les doigts. Il faut que la campagne des V envahisse Paris, investisse les villes de France, gagne l'Europe entière.

Avant que la soirée se termine et que chacun rentre chez soi avant le couvre-feu, Josette allume la TSF, c'est l'heure du programme de la BBC. C'est Jacques Pessis qui est au micro :

« Mes amis de France, quand les Boches vous demanderont ce que peut bien signifier cette lettre V tracée à la craie, au charbon, au couteau, n'hésitez pas, dites-leur : ça veut dire "Vichy", ça veut dire "Voyou" ; ça veut dire "Vache". Ils finiront bien par comprendre ce que ça veut dire vraiment et exigeront que tout soit effacé. Alors recommencez, recommencez sans cesse. Continuez à écrire ce petit signe vengeur qui les emmerde tant, sur les réverbères, les immeubles occupés par l'ennemi, allemand ou collaborateur, sur la peinture d'une voiture de la Wehrmacht, sur le dos d'une capote accrochée dans un vestibule, dans les toilettes des boîtes de nuit où ils viennent s'enivrer. Ce V, c'est un bon moyen de manifester son espoir, de déprimer l'ennemi, de hâter le jour de la vraie Victoire, celle qui s'écrit avec un grand V. Et comme le chante Andrex : “Y a plein de V dans mon quartier / Moi j’en mets tant qu’je d’viens cinglé / À votre tour un de ces jours / peignez-en plein la nuit le jour !” »

17

Josette a raison. En peu de temps, la campagne des V a pris une ampleur phénoménale. Tout le monde s'y est mis. Nombre d'adultes ont rejoint les adolescents et les enfants. Les V ont proliféré à Paris notamment, sur les faïences des métros, à Marseille, tout le long des immeubles de la Canebière. Ils sont signalés en abondance dans plus de quinze autres villes, couvrant en particulier les lycées, les collèges, et beaucoup d'écoles. À Tarbes, le déploiement des V a pris l'allure d'une vaste manifestation d'hommage au maréchal Foch. À Nancy, des anciens combattants ont défilé un V gravé à la place du cœur. Le V, symbole de la victoire anglaise, fleurit partout. C'est une lame de fond, un raz-de-marée. L'armée silencieuse a gravé des V à l'aide de couteaux sur les pièces en métal, d'encre noire sur les billets de banque et sur les marks en circulation depuis le début de l'Occupation. Les fumeurs allumant leur pipe ou leur cigarette avec une allumette, après l'avoir consciencieusement éteinte, brisent le morceau de bois par le milieu afin de lui donner une forme de V, la posant en évidence sur la table du restaurant, sur le comptoir du commerçant, sur le zinc du cafetier. Josette n'est pas en reste. Dès qu'elle le peut, elle chantonne, ou entraîne les autres, passants, consommateurs, lycéens, badauds, à reprendre avec elle la *Chanson des V* enregistrée par l'équipe de Radio-Londres :

— « Il ne faut pas
Désespérer
On les aura
N'arrêtez pas
De résister
N'oubliez pas
La lettre V
Écrivez-la
Chantonnez-la... »

Ces paroles, Radio-Londres les a écrites sur le thème de la *Cinquième Symphonie* de Beethoven. En morse, la lettre V se traduit par trois coups brefs suivis d'un long. Ce qui correspond exactement aux premières mesures de ladite symphonie. Quelle aubaine ! Ces quatre accords, transcription musicale de la lettre V, débuteront désormais le générique des « Français parlent aux Français »... « Pom-pom Pom-pom », c'est « V-V VV ». Voilà, la boucle de l'espoir est bouclée. Radio-Londres encore, poursuivant le harcèlement de l'ennemi par les V et qui invente le « Jeu de la Victoire » destiné aux petits auditeurs, qui multiplie les slogans, les refrains « V for Victory », « Village en V », « V dans la nuit », etc.

La campagne est si forte, si suivie, si déstabilisante que les Allemands finissent par réagir. Le jeu devient dangereux. Un négociant en vins, qui avait indiqué sur son ardoise « Vin à Vendre à Volonté », passe plusieurs heures en prison. Les maires de France reçoivent un courrier dans lequel il leur est indiqué que de lourdes sanctions frapperont les municipalités qui n'empêcheraient pas ces graffitis imbéciles. Le processus répressif est enclenché. Des concierges, des locataires, des commerçants, des recteurs d'université, des directeurs d'établissement scolaire jugés responsables des dégradations qui salissent leurs devantures de magasin, leurs portes cochères, les volets de leurs fenêtres, considérées comme de véritables insultes à l'encontre des autorités occupantes, sont contraints à payer de lourdes amendes. La fronde gagne une partie de l'Europe.

En France, à côté du V apparaît désormais la croix de Lorraine, l'emblème gaulliste ! Goebbels a une idée : récupérer le V à son compte. Pourquoi pas, mais la démesure allemande est telle que les deux V ne peuvent se confondre. Alors que le V de Radio-Londres est souvent griffonné rapidement, dessiné par des mains enfantines, ne mesure jamais plus de quelques centimètres, le V allemand est colossal, décore tout un côté de la tour Eiffel ou s'exhibe, monumental, sur le fronton de la Chambre des députés, avec écrit au-dessous : *Deutschland siegt an allen Fronten*, « L'Allemagne vainc sur tous les fronts ». Transformer le mot *Sieg* qui signifie « victoire» en allemand – en *Viktoria* – et le répandre sur d'immenses affiches rouges, sur de grands drapeaux blancs, sur des tracts, sur les façades des immeubles réquisitionnés par l'armée allemande est une chose... Penser que ces vessies vont être prises pour des lanternes en est une autre. Et quand Radio-Paris explique aux Français que le V anglais est un plagiat du V allemand, il n'est sans doute que les sourds pour croire une ânerie pareille.

De toute façon, dans cette France qui s'apprête à fêter le premier anniversaire de l'occupation allemande, l'absurde règne en maître absolu. Quand Josette rentre chez elle et passe par la petite cour sur laquelle donne la loge de la concierge, elle constate que celle-ci l'a transformée, et elle n'est pas la seule, en clapier. Les lapins ont envahi son immeuble. On en retrouve partout, dans les caves, dans les escaliers, dans les appartements, dans les magasins, dans les rues. Des dizaines de milliers de lapins ont investi Paris et les parcs. Si la chasse était permise, il suffirait d'aller se promener dans le parc Montsouris pour se procurer un bon dîner. Et parmi les zazous de la bande, aucun n'est fichu d'en attraper un ! Oui, absurdes, ces interdictions pour une femme de porter un short «écourté», des jupes «frisant le dénudé», des corsages «outrageusement ouverts et tellement découpés qu'ils ne dissimulent rien». Absurde, cette obligation d'enfiler un peignoir autour de la piscine, et de porter une jupe plutôt qu'un pantalon quand on fait du vélo, ce qui n'en doutons pas sied aux hommes qui apprécient ces jupes soulevées dévoilant largement les jambes. La liste est interminable des bourdes, des anecdotes, Ubu roi gouverne le pays : ainsi, que penser de ce directeur de journal, chassé de son poste parce qu'il a laissé dans la rubrique « jardinage » un article préconisant « l'extermination des doryphores » ! Oui, absurde, cette décision de Vichy d'interdire aux femmes de travailler dans le service public, de rendre le divorce pratiquement impossible, de menacer de peine de mort les avorteuses, d'instituer une « Journée de reconnaissance nationale envers les mères françaises » en disant aux enfants : « Ta mère a tout fait pour toi, tu dois la remercier poliment » ! Josette a raison : « Vichy adore les femmes quand elles sont enceintes, de préférence en chaussons et dans la cuisine. »

On sent bien qu'une sorte de bras de fer est en train de s'installer entre l'absurdité et une répression qui prend ses aises. Parfois, la bande zazoue doute singulièrement de la capacité de réaction des Français. Extraordinaires quand il s'était agi d'appuyer la campagne des V, voilà qu'ils laissent tomber à l'eau le mot d'ordre de deuil national pour le 14 juin 1941. Les filles devaient mettre un ruban noir dans les cheveux et les garçons porter une cravate noire. Rien ne se passe, échec total. Certains mettent ça sur le dos de la période des examens qui commence. Josette se demande s'il faut parler de lâcheté ou de paresse. Beaucoup pensent que l'Occupation est installée pour des siècles. Trop difficile d'essayer de se nourrir et de faire en même temps des plans d'avenir. On ne peut plus rien faire, ni voyager, ni aller au bal, ni fumer. Lentement, la liberté s'amenuise. Désormais, toute personne surprise en train d'écouter d'autres radios que celles autorisées par les autorités de Vichy sera passible de deux ans d'emprisonnement, voire, comme y poussent les Allemands, de la peine de mort. Désormais, tout film sorti avant le 1er octobre 1937 sera retiré de la circulation ; quant à la production anglo-saxonne, elle est définitivement proscrite, tout contrevenant organisant des projections clandestines sera envoyé dans un camp de travail outre-Rhin.

Pour les zazous, c'est un coup de massue. Comment vivre sans les rugissements du bon vieux lion de la Metro-Goldwyn-Mayer ? Finies, les files d'attente devant le studio des Ursulines ou le Ciné-Latin, finies, les matinées dominicales du ciné-club du musée de l'Homme, adieu Clark Gable et Katharine Hepburn, Mirna Loy et William Powell. La guerre est ouverte. D'un côté, les collabos qui font des « petits swings » des « êtres fanatisés par le cinéma judéo-américain, tous admirateurs et imitateurs du Far West » ; de l'autre, les zazous qui se souviennent, la rage au ventre, du discours de Jimmy Stewart dans *M. Smith au Sénat* : « La liberté, les hommes devraient la porter à bout de bras, chaque jour de leur vie, et dire : “Je suis libre – de penser, de parler. Mes ancêtres ne l’étaient pas. Je le suis. Mes enfants le seront.” »

Alors qu’ils sont attablés dans un petit restaurant de la rue Monsieur-le-Prince qui propose du mou au vin et du cœur grillé, Pierre tente de convaincre Josette qu’il ne faut peut-être pas être aussi pessimiste. Après tout, Goebbels a bien interdit la diffusion de la musique de jazz américaine sur toutes les stations de radio et finalement il n’y en a jamais eu autant…

— Quant aux concerts…, dit Pierre.

— Quoi, quant aux concerts ?

— Écoute : concert salle Gaveau en février. Django Reinhardt et son grand orchestre swing à Pleyel, toujours en février. Grand Festival de jazz au théâtre du Châtelet en mars. Concert de jazz symphonique à Pleyel en mai. On n’en a jamais eu autant ! Sans parler des boîtes et des cabarets où on ne met jamais les pieds…

— On n’a qu’à devenir collabos, on pourra y aller !

— Demande à Marie, elle aura des places…

— Ne dis pas ça. C’est trop facile. Elle fait ce qu’elle peut, comme nous tous.

— Non, justement, répond Pierre soudain énervé.

— Qu’est-ce qui se passe, Pierre ? demande Josette. Depuis le début du déjeuner, tu as l’air totalement ailleurs. Tu m’invites à déjeuner. Tu insistes. Chose que tu n’as jamais faite. Et maintenant tu…

Josette ne peut terminer sa phrase. Plusieurs policiers viennent d'entrer dans le restaurant :

— Vérification d'identité. Papiers s'il vous plaît !

Il y a peu de clients en ce jour caniculaire. L'opération se fait plutôt rapidement et dans le calme.

— Vous êtes étudiant ?

— Oui, en hypokhâgne à Louis-le-Grand, répond Pierre qui transpire à grosses gouttes.

Le policier semble ravi :

— C'est bien. Vous faites honneur à la France, même si vos vêtements sont un peu trop zazous à mon goût ! Vous n'êtes pas comme ce jean-foutre qui vient de balancer des pavés dans les vitres de la librairie Rive Gauche ! En tout cas, il savait ce qu'il faisait, le fumier, à croire qu'il avait repéré les lieux avant.

La police repartie, Josette regarde Pierre droit dans les yeux :

— C'est pour ça que tu m'as invitée à déjeuner ?

— Pour ça quoi ?

— C'est toi qui as balancé les pavés ?

— Mais non, quelle idée !

— Tu me prends pour une idiote. Tu m'as forcée à y entrer alors que je n'avais pas envie et après, c'est tout juste si je n'ai pas dû te faire des plans des lieux !

— Mais non, je te dis !

— Remarque, je trouve ça plutôt gonflé !

— Un geste isolé. Idiot. Trop risqué. Ce n'est pas moi, non. Je suis zazou, le reste je m'en fous.

18

Au Café Éva, Josette qui vient d'obtenir sa deuxième partie de bac option philo, Jean, sa deuxième partie de bac option sciences, et Pierre qui a brillamment passé son année d'hypokhâgne, ne parlent que de ça. Ils voulaient se réunir pour fêter leur succès, mais ils ne parlent que de ça : des vitres brisées de la librairie Rive Gauche. Est-ce ou n'est-ce pas une action zazoue ? Un geste surréaliste ?

— Pourquoi pas « littéraire » ? En tout cas, c'est une connerie, décide Jean en tapant sur la table. Ça ne sert à rien.

— Je ne suis pas sûr que ça ne serve à rien ! réfléchit Pierre à haute voix.

— Je vais te dire ce qui sert, moi, hélas : la création de la Légion des volontaires français, la LVF, ça malheureusement, c'est concret et c'est bien emmerdant. Ça veut dire que maintenant, on ne rigole plus.

— Si l'Allemagne n'avait pas rompu le pacte avec Staline, Déat, Doriot et compagnie n'auraient jamais créé la LVF. C'est surtout pour lutter contre le bolchevisme. Laissons ces crétins à leur croisade !

— Jusqu'au jour où ils ne se retourneront plus uniquement contre les communistes, mais contre tous ceux qui ne pensent pas comme eux.

Josette qui jusqu'à présent est restée muette prend la parole :

— Qu'est-ce que vous voulez dire ? Il faut s'engager davantage ?

Profitant que Jo leur a concocté un programme qu'il qualifie lui-même d'« infernal » – « *Blue and Sentimental*, ou plutôt *Bleu et sentimental* de Count Basie ; *In a Mist*, *En souvenir* de Bix Beiderbecke ; et *I Can't Give You Anything But Love*, *Je ne puis vous donner autre chose que mon amour*, un incunable, dans la version Dorothy Fields, mes cocos ! Et ça ne fait que commencer » –, les trois amis rapprochent leurs chaises et parlent à voix basse.

Depuis quelques mois, une sorte de « mouvement » a été créé par des élèves de Louis-le-Grand, de Henri-IV et des grandes écoles : Les Volontaires de la Liberté...

— Ils viennent de publier un bulletin, je crois, dit Josette.

— Oui, qui porte le même nom, je sais, confirme Jean, avec en exergue cette formidable phrase de Pasteur : « Je ne crois que les histoires dont les témoins se feraient tuer. »

— Ardemment gaullistes, précise Pierre.

— J'ai entendu parler d'un autre mouvement, plutôt étudiant celui-là, autour de la Sorbonne.

— Défense de la France, dit Pierre. Je sais… très réticent vis-à-vis du Général, d'ailleurs…

— On est tous d'accord. Il faut lutter contre l'occupant. On ressent tous à des degrés divers comme un sacrilège le viol du sol de la patrie par l'envahisseur, mais je me demande s'il n'est pas trop tôt pour passer à une action plus directe, dit Jean. C'est pour ça que le pavé dans la vitrine de la librairie Rive Gauche n'est peut-être pas une bonne idée…

— Qu'est-ce que tu proposes ? demande Josette.

— Faire une œuvre de propagande patriotique. Relever le moral des Français. Montrer que la guerre n'est pas finie. Que la victoire peut changer de camp. Hitler l'invincible est bien tenu en échec par les Anglais ! Puisque la liberté de parole n'existe pas, on ne va pas se mettre à organiser des réunions ou des meetings…

— Peut-être faudrait-il transformer le bulletin en journal ? pense tout haut Pierre.

— Un journal clandestin, approuve Josette.

Jean persiste dans son idée :

— Les Allemands sont partout. Si on démarre trop tôt, ils tueront le bébé dans l'œuf.

— Ce que tu proposes, c'est de continuer les « actions zazoues » ? demande Josette.

— Oui ! Oui ! répond en chœur le reste de la bande qui vient d'entrer dans le café et qui avait réussi à se glisser à quelques mètres à peine des « comploteurs ».

— Vous êtes d'une discrétion ! ironise Marie. Vous étiez tellement absorbés que vous ne nous avez même pas entendus venir ! Heureusement qu'on ne vous confie pas l'organisation d'un complot pour assassiner Pétain !

— Allez, assez discuté, lance Lucienne, on est là pour fêter certains succès à certains examens de fin d'année et aller au cinéma voir *Mademoiselle Swing* ! Comme le disent les affiches : « Le premier film swing, 100 %, trépidant de jeunesse et de gaieté. »

Les zazous attendent beaucoup de ce film, programmé une première fois en avril et immédiatement retiré de l'affiche la veille de la première. Cause : interdiction par les responsables de la censure allemande. Motif : les paroles de la chanson fredonnée par Irène de Trébert et qui donne son titre au film. Les voici : « Mademoiselle Swing / C'est la gaieté qui nous délivre / D'une jeunesse qui veut vivre / Vivre ! / Il faut braver le destin / En chantant avec entrain / Ce refrain de demain / Le swing, le swing. » « Braver le destin », c'est une provocation…

Comme à toutes les séances de cinéma de ces derniers mois, la queue est interminable, la salle pleine à craquer, les actualités allemandes sont copieusement sifflées, et le film est regardé avec une attention plus ou moins grande. Cette « comédie façon américaine s'adressant à une jeunesse éprise de rythme» est franchement décevante. Cette version très officielle de ce qui est censé être toléré en matière de «musique syncopée» est d'un ennui total. Irène de Trébert, en jeune fille d'Angoulême prenant une double personnalité pour d'un côté faire tourner la tête d'un séducteur sur le retour joué par Pierre Mingand vieillissant, et de l'autre entamer une carrière de chanteuse de music-hall, est ridicule. Le seul moment qui a comblé d'aise la bande, c'est lorsque «Mademoiselle Godiche-Swing» participe à un banquet copieusement garni. Tous imitent alors de manière bruyante les bouchons qui sautent, le vin qui coule dans des verres, les couteaux et les fourchettes qui s'entrechoquent, les gosiers qui déglutissent, pour signifier évidemment qu'une telle abondance est depuis longtemps absente de leurs assiettes.

À peine arrivée au Dôme, Josette laisse éclater sa colère:

— Du temps perdu! Cette bécassine avec sa voix acidulée, ses minauderies, ces entrechats pour spectacle de patronage...

— C'est à vous faire aimer les films musicaux allemands même empreints d'une certaine «lourdeur germanique», dit Jean.

— On aurait dû balancer un pavé dans l'écran, dit Charlie sans se rendre compte qu'en disant cela, il relance la discussion sur l'engagement et les actions zazoues qui ne demandait qu'à repartir...

— Non, surtout pas, dit Lucienne. De Gaulle a

raison quand il propose aux Français des actions pacifiques. Et là les zazous sont en première ligne. Après tout, celle du 11 mai à l'occasion de la fête de Jeanne d'Arc, durant laquelle des dizaines de milliers de personnes se sont croisées en se regardant simplement fixement dans les yeux était une formidable idée. Et tous les zazous y sont allés.

— Nous avons manifesté notre volonté commune et nos fraternelles espérances, renchérit Josette. C'est une belle idée.

— Cela dit, tout ça n'est pas sans risque, il faut être très vigilant, fait remarquer Pierre. J'étais rue des Pyramides, près de la statue de Jeanne d'Arc, quand les gens se sont mis à huer et à siffler les Allemands qui s'aventuraient dans le coin en voiture. Sans les agents de police et les gendarmes qui ont pris sur eux de faire évacuer tout le secteur, ça pouvait finir comme le 11 Novembre de l'année dernière.

— C'est vrai, dit Charlie, à l'Hôpital américain on a récupéré un zazou de seize ans. Il a passé trois mois en cellule parce qu'à la sortie de son lycée il avait fait le salut nazi devant un soldat en mettant le pouce en bas. Quand son père est venu le récupérer, il ne pouvait plus marcher, on a été obligés d'envoyer l'ambulance.

— Une cliente du salon de coiffure, ajoute Sarah, a raconté que son cousin « zazou nantais » avait adressé une lettre à Radio-Paris, lui demandant, au nom du « Swing-Swing-Club-Breton », sous peine de dynamitage de l'antenne, de diffuser sans délai des récitals swing dans lesquels la bombarde et le biniou devaient impérativement remplacer la clarinette et la batterie !

— Donc, pour conclure, l'action zazoue est plus que jamais à l'ordre du jour ! dit Jean avant d'ajouter : Ce qui tombe bien puisque, je vous le rappelle, les fêtes du 14 Juillet venant d'être annulées depuis que Hitler a lancé l'opération Barbarossa contre l'Union soviétique, une manifestation bleu-blanc-rouge est prévue demain à la République. Et il ne s'agit pas de se défiler !

— J'espère bien, ça fait une semaine que je couds des accessoires bleu-blanc-rouge, dit Josette.

— Vous irez sans moi, lance Marie.

Tous les regards convergent vers elle, porteurs d'une même interrogation : « Pourquoi, tu n'es plus des nôtres ? »

— Je joue.

— Ça veut dire quoi « Je joue » ? réplique Odette, agressive.

Marie tente de répondre. Le 14 Juillet, elle répète *La Jolie Fermière*, une opérette qui vante les mérites non des Parisiennes qui séjournent à la campagne, mais de toutes ces agricultrices qui, paraît-il, sont en train de s'y installer. Elle a un moment de bravoure à la fin de la première partie quand, seule en scène avec le jeune premier, elle lui chante qu'elle n'abandonnera jamais ses sabots car ils sont une partie d'elle-même et que d'ailleurs toutes les Parisiennes en portent. Sur le programme, on peut voir sa photo en page 4, souriante, coiffée d'un fichu et tenant un épi de blé entre ses dents…

— À la fin de la répétition on va tous chez Drouant, il y aura Danielle Darrieux, Arletty, Harry Baur… C'est important pour… pour ma carrière…

— Quand même, c'est un peu Boches et compagnie tout ça, fait remarquer Odette.

— Moi, je n'ai pas de rentes, je n'ai pas papa et maman pour m'aider, je suis toute seule, je travaille comme une dingue la journée comme boniche et le soir comme chanteuse ou danseuse à tout faire. Je fais ce que je peux et je ne trahis personne. Je ne vois aucun mal à tout ça…

Jean est le seul à prendre la défense de Marie. À donner des arguments. Après tout, a-t-elle si tort que cela ? C'est une vraie question, non ? La mort est partout. Qui peut dire de quoi demain sera fait ? À ce moment-là, il ne faut plus aller à aucun concert de jazz ni dans aucune boîte.

— Et puis merde, dit Marie, aujourd'hui, quand on sonne chez vous à 6 heures du matin, on ne sait jamais si c'est le laitier ou les autres. Alors autant vivre pleinement ce qui nous reste à vivre !

C'est la première grande dispute du groupe. La première fêlure sérieuse. Et que Jean prenne la défense de Marie, ça fait rigoler tout le monde. L'idée qui est dans l'air, c'est que depuis la soirée du nouvel an, entre ces deux-là, il doit y avoir quelque chose…

— Vous savez ce qu'ils vous disent « ces deux-là » ? lancent Marie et Jean, tout en se levant, et en ajoutant avant de s'éloigner bras dessus bras dessous : vous devriez en faire autant si vous ne voulez pas vous faire avoir par le couvre-feu.

Arrivés à la station de métro Montparnasse, ils prennent des directions opposées :

— Bonne chance pour la manif, dit Marie.

— Bonne chance pour ton spectacle, répond Jean avant de s'engouffrer dans l'escalier.

Assis sur un banc de la station, il attend la rame. Il sait que cela risque d'être long. Il y en a beaucoup moins qu'avant guerre. Il se lève à plusieurs reprises, fait les cent pas, et finit par s'arrêter devant une énorme affiche qui montre une jeune femme tenant contre elle une petite fille. En arrière-plan, on voit un ouvrier français qui travaille dans une usine allemande. La jeune maman a l'air ravie. Elle dit : « Je suis heureuse ; mon mari travaille en Allemagne ! » Jean se demande si celui qui est à l'origine de l'affiche a fait preuve de cynisme, d'imbécillité, de maladresse ou de mauvais goût… Quels époux auraient pour idéal de mettre entre eux mille kilomètres ? Dans l'espace restant sur l'affiche, Jean écrit en grosses lettres majuscules : « Embochez-vous ! » Sur le quai qui lui fait face, des gens regardent et applaudissent, avant de fabriquer avec leurs bras tendus au-dessus de leurs têtes de grands V, vite imités par tous les voyageurs attendant leur rame.

19

Signifier son refus de l'occupant n'est pas chose aisée. Pourtant, parmi la foule qui arpente le boulevard Voltaire en direction de la place de la République, Josette et ses amis ne sont pas seuls. Tous ces Parisiens, qui chantent en chœur « Maréchal, tu payeras ! », ou « Général », sous-entendu général de Gaulle, « nous voilà ! », ont pris cette manifestation interdite au sérieux, et ont fait preuve d'une indéniable ingéniosité. Le mot d'ordre étant de se promener en arborant les couleurs interdites, on peut voir pêle-mêle des femmes drapées dans des drapeaux, d'autres vêtues de robes à petits carreaux blancs et rouges avec au cou un foulard bleu, d'autres encore les jambes galbées de bas blancs, en souliers bleus et vestes rouges. Tout est bon : sacs à main bleus, chapeaux blancs, chemisiers rouges, petits bouquets de fleurs aux trois couleurs, coiffes diverses garnies de bleuets, de coquelicots, de pâquerettes. Pour les hommes, évidemment, c'est moins facile. Alors ceux-ci ont laissé dépasser de leur veston des boîtes d'allumettes ornées des trois couleurs, ou fait pendre de leur veste une pochette aux couleurs de la France. Et beaucoup de cocardes, de canotiers, de parapluies, attributs des zazous, tous ornés d'un ruban bleu-blanc-rouge. Personne ne trouve ça dérisoire. On sent une force commune. Une joie. Une communion. Alors que le cortège passe devant un local de la LVF, certains lancent des slogans désobligeants, des insultes, font des blagues. C'est la moindre des choses, répètent à l'unisson les titis parisiens, transformant la LVF en « LFV ! » c'est-à-dire « Lamentable Foutaise Vichyste ». C'est en somme une célébration populaire et joyeuse. Mais la police ne l'entend pas de cette oreille. Alors que la place de la République est en train de se remplir, tandis que monte une formidable *Marseillaise* entonnée par plusieurs milliers de poitrines, elle charge et refoule les manifestants. Une action rapide, efficace, soudaine. En quelques minutes des centaines d'hommes et de femmes sont jetés dans les paniers à salade et dispersés aux quatre coins de Paris. Josette est une nouvelle fois arrêtée et se retrouve dans une cellule du commissariat de Saint-Philippe-du-Roule.

Cette fois, c'est une drôle d'expérience qui l'attend. Quand elle la racontera à ses copains, personne ne la croira. Évidemment, on lui donne à peine à manger, à peine à boire. Évidemment, les détenus sont à vingt dans une cellule conçue pour quatre. Évidemment, il fait un froid de chien. Évidemment, la nuit a été courte, personne n'a vraiment dormi, et au petit matin, les gardiens n'ont pas apporté un café chaud ! Cela aurait pu être pire, mais les femmes étant majoritaires, les trois hommes, tous étudiants, les ont laissées tranquilles. Ils sont tous porteurs de la tenue zazoue : ample veston à carreaux jusqu'aux cuisses, pantalon étroit à larges revers, gros souliers non cirés, col souple de la chemise maintenu par une petite épingle transversale, cravate très fine au nœud extrêmement serré, lunettes noires et parapluies Chamberlain. Détails plus que visibles qui n'échappent pas aux gardiens :

— Vous avez tout l'attirail ! Quelle quincaillerie !

— C'est vrai que vous êtes végétariens, vous ne bouffez que des carottes crues ?

— Et vos surprises-parties, y paraît que vous vous soûlez au gin et à la bière-grenadine. Ça doit être de vraies orgies !

— C'est quoi « être hot », « être swing », « retourner à la vie primitive » ?

Devant le silence provoqué par leurs questions, les gardiens quittent la pièce pour revenir quelques minutes plus tard, des journaux à la main.

— On va vous faire la lecture !

— D'abord une prédiction. Dans *Jeunesse*. Et ils savent ce qu'ils disent, dans *Jeunesse* : « Le swing, ce rythme de sauvages qui enthousiasme tant une certaine jeunesse bourgeoise déjà stupide par hérédité ne persistera jamais en France, ni en Europe. Venu d'un pays outrancier, il ne peut subsister que dans son pays d'origine. Sa vogue, d'ailleurs, va déjà décroissant. Dans un an, on n'en parlera plus ! »

— Et cet autre, hurle un autre gardien, hilare...

— Et dans quel torchon, cette fois ? crie une voix, venant du fond de la cellule.

— Ah, ça commence à vous intéresser, bande de dégénérés ! Eh bien, de *La Gerbe* : « Ces petites réunions aux rythmes judéo-nègres et d'alcool "swing" se renouvellent au gré des bandes. Au Quartier latin, la mode fait fureur. On saute, on sue, on éructe : swing, swing, zazou, zazou !, et les imbéciles se prennent pour des phénix. Ainsi se fabrique entre le divan et le phonographe, le comptoir et le pick-up, une génération d'abrutis ! »

Un cri unanime explose dans la cellule, « Avec *La Gerbe*, on gerbe ! », accompagné d'applaudissements sonores qui déclenchent chez les gardiens une colère qui ne demandait qu'à jaillir. Et voilà qu'ils commencent à taper comme des déments sur les barreaux, écrasant au passage quelques doigts, brisant des poignets, jusqu'à ce que l'un des policiers arrose les détenus avec la rampe incendie située dans le couloir du commissariat. Le tableau est incongru, le policier lui-même s'en rend compte : c'est comme s'il arrosait le drapeau français. Devant, sous l'eau qui jaillit du tuyau, apparaissent des taches mouvantes de bleu, de rouge et de blanc.

Alors que tout le monde pense que la situation est sur le point de dégénérer, un événement survient – celui que Josette ne pourra jamais raconter à ses copains sans passer pour une menteuse. Il est 4 heures du matin. Monte de la cellule voisine une musique, comme si un orchestre s'était donné rendez-vous, et jouait le répertoire de Django Reinhardt. D'ailleurs, tout y passe. C'est une vraie hallucination collective : *Japanese Sandman*, *Sweet Chorus*, *Swing 41*, et évidemment *Nuages*. Une discussion entre un gardien et un policier revenant de sa tournée donne la clé de l'énigme : Django Reinhardt et ses partenaires ont été appréhendés au petit matin par une patrouille de gardiens de la paix alors qu'ils sortaient du Boléro sans laissez-passer et conduits au « violon » de Saint-Philippe-du-Roule ! Ce sont eux qui jouent, pour les détenus et les policiers !

À 6 heures, heure réglementaire, on libère tous les prisonniers. Josette est la première.

— Tu as quel âge ? lui demande le policier qui avait tapé sur les barreaux avec son bâton.

— Dix-sept ans.

— Le même âge que ma fille. Allez, tire-toi avant que les Boches n'arrivent.

Sur le chemin du retour, Josette se sent assaillie de questions sur son engagement, le rôle de ces manifestations, sa vie dont elle ne sait quelle direction elle va prendre. Elle a jusqu'à l'automne pour se sentir ainsi flotter. Ce sera alors différent, elle intégrera hypokhâgne et retrouvera le cocon des études. Mais cette période est pour elle dangereuse, trop floue. Elle se rend compte qu'elle a besoin d'une structure, d'un but à atteindre. Peut-être doit-elle commencer par des choses simples, de la vie quotidienne. Retrouver son appartement, se faire une chicorée, même mauvaise, qu'importe ; reprendre la lecture de *Gone with the Wind* qu'elle venait de commencer avant d'aller place de la République.

Alors qu'elle remonte la rue Gazan, à la hauteur de l'entrée du parc Montsouris, elle aperçoit une voiture de l'armée allemande. Un homme en descend qui s'avance vers elle : Gerhard Ganz.

— Bonjour, Josette.

— Bonjour. Vous me suivez, maintenant !

— Pas du tout ! Vous étiez à la manifestation, n'est-ce pas ?

— Ça ne vous regarde pas.

— Vous y étiez et on vous a emmenée au commissariat de Saint-Philippe-du-Roule.

— Vous voyez bien que vous me suivez !

— Je vous ai déjà répondu que non. Je suis venu y chercher Django Reinhardt et son groupe. J'ai eu la liste des détenus entre les mains. Vous étiez partie depuis un petit moment… Je travaille à la Propagandastaffel et ai en charge tout ce qui concerne le jazz à Paris : autorisations, ouvertures des salles, voyages en zone libre, et ce genre de petits problèmes. Les musiciens sont de grands enfants…

— C'est ça ! Et vous jouez de la trompette aussi !

— Non, du piano !

— Je peux rentrer chez moi, maintenant ?

— Oui. Un conseil, cependant. Cette nuit, un homme marchait dans la rue. Il était environ 4 heures. Il allait rue de Galilée faire la queue pour tâcher d'obtenir un laissez-passer. Il rencontre une patrouille allemande. Il prend peur. Il court. La patrouille tire. Il est tué. La situation commence à devenir compliquée, Josette. Ne faites pas n'importe quoi. Soyez prudente. Vous êtes jeune…

— Je sais. Ça fait la deuxième fois qu'on me le dit aujourd'hui. Au revoir, Gerhard.

— Au revoir, Josette.

Devant elle, à une centaine de mètres, la porte de son immeuble. La concierge est en train de lustrer la poignée de cuivre jaune. Quand elle arrive à sa hauteur, la femme s'écarte pour la laisser passer.

— J'aurais jamais cru ça de vous, vous discutez avec des Boches, maintenant !

— Et vous avec les collabos !

— Les collabos, ça reste des Français…

Josette n'a pas du tout envie de respecter les conseils de prudence de Gerhard Ganz. Elle prend même l'exact contre-pied. Lors de la Journée de l'élégance à bicyclette organisée par *Paris-Soir* au Pavillon d'Armenonville, elle crève les pneus des participantes. Trois jours plus tard, alors que le professeur allemand Grimm clôt un cycle d'études à la Sorbonne, elle et ses camarades coupent le courant dans la salle. Le lendemain, insatiable, elle jette des boules puantes et des ampoules lacrymogènes tandis que Jean Fontenoy donne, salle Wagram, devenue un des hauts lieux de rassemblement collaborationniste, une conférence sur le thème de la nécessaire croisade contre le bolchevisme. À la suite d'un pari stupide, elle s'amuse à crier *Heil Staline* et à lever le poing sous le nez de chaque officier allemand qu'elle rencontre. Certains, par habitude sans doute, vont même jusqu'à lui répondre ! Jean est furieux. Tout ça parce qu'un membre d'un autre groupe zazou, celui du Capoulade, l'avait mise au défi. Elle précise : « Il n'y a pas que ça, c'est ma réponse zazoue au discours de Pétain qui vient de dénoncer "le vent mauvais qui se lève sur les esprits". »

Non et non. Jean a raison d'être furieux. Ce n'est pas le moment d'organiser des actions solitaires, d'exciter inutilement ce qu'il appelle le « camp d'en face »… Le discours contre les zazous est en train de se radicaliser… Après les avoir taxés d'« oisifs », de « lâches », de « progaullistes », d'« anglophiles », de « sans idéal », de « saboteurs de l'œuvre nationale », d'« insouciants », voilà maintenant qu'on les accuse de tous les maux. Pourquoi ? L'analyse est imparable : parce qu'ils sont de mèche avec les Juifs, pire, parce qu'ils sont juifs ! Cette association entre zazous et Juifs est plus que jamais visible dans les caricatures véhiculées par la presse antisémite. Le zazou a des cheveux foncés, le nez crochu, des doigts de rapace.

Jean a apporté un exemplaire de *Je suis partout* et le montre à Josette :

— Tu vois le dessin de Soupault, tu le vois bien ?

— Oui, je ne suis pas aveugle !

— Décris-le-moi !

— Mais merde, tu le vois aussi bien que moi !

— Allez, je te le demande.

Josette s'exécute. Au début distante, elle finit par être prise par l'émotion et fond en larmes :

— On voit une femme, zazoue, robe courte, parapluie, chevelure abondante, croix de Lorraine sur la poitrine, boucles d'oreilles en forme d'étoile. Elle a un nez et des mains crochus. Elle danse devant un groupe de bourgeois et d'hommes politiques parmi lesquels on reconnaît Staline et Churchill…

Ce n'est pas tout. L'occupant que certains trouvaient « poli », « serviable », « coopératif » est en train lentement d'apparaître sous son vrai jour. La lune de miel est terminée ! Les attentistes voulaient des preuves, les voici. En l'espace de quelques semaines, tout bascule. Le 19 juillet, l'ouvrier mécanicien Roig est fusillé pour avoir prononcé des paroles injurieuses à l'encontre de l'armée allemande. Cinq jours plus tard, le manœuvre André Masseron passe lui aussi devant le peloton d'exécution parce qu'il aurait blessé un militaire allemand, alors qu'en réalité il a été arrêté lors de la manifestation du 14 Juillet parce qu'il chantait *La Marseillaise.* Le 19 août, deux jeunes communistes, Henri Gautherot et Samuel Tyszelman, arrêtés lors de la manifestation du 13 août organisée à la porte Saint-Denis contre l'armée allemande, sont également passés par les armes. Chaque fois une affiche blanche, en allemand et en français, annonce la nouvelle au peuple de Paris. Chaque fois une foule silencieuse se renouvelle constamment devant l'ignoble faire-part. Parfois un petit bouquet est déposé à ses pieds, une simple fleur est glissée entre le papier et le mur. Ce ne sont pas les seules affiches : plusieurs, d'un rouge vif, en allemand et en français elles aussi, menacent de la peine de mort toute personne qui aidera les aviateurs anglais ; d'autres relayées par des placards dans les journaux menacent de la même sanction tous ceux qui se livreront à de la propagande communiste.

C'est à n'y plus rien comprendre. Pendant que des gens sont assassinés, Paris sous le soleil d'août fête Mozart dans la grande salle du Conservatoire et dans les kiosques les plus modestes. Pendant que des poings se ferment de rage, Ledoyen, le célèbre restaurant des Champs-Élysées, donne des « thés-swing ». Sur l'herbe verte des pelouses, des femmes en robes légères aux couleurs gaies, coiffées de chapeaux de plus en plus petits, dansent au son d'orchestres dirigés par Django Reinhardt, Gus Viseur, Alix Combelle, tous diffuseurs ardents de cette musique pleine de fougue, rythmée, syncopée et qui donne une insatiable envie de vivre. La jeunesse de Paris vit dans la contradiction permanente, entre nuit sombre et jour de plein soleil. Tel quartier est vivant, danse soir et matin ; tel autre est mort, les cafés y sont vides, les passants semblent l'avoir déserté. Le marché aux puces, que la bande du Café Éva aime fréquenter, est aujourd'hui source de malaise. C'est là qu'ils venaient se fournir en vêtements d'occasion, en chaussures, en disques introuvables, en trouvailles de toutes sortes. Mais le marché aux puces est aujourd'hui désert : les marchands juifs qui l'alimentaient, qui en faisaient le cœur palpitant, qu'on retrouvait chaque week-end, sont tous partis quand ils n'ont pas été chassés.

Que faut-il faire dans cette France d'aujourd'hui quand on a entre treize et vingt et un ans, c'est-à-dire qu'on fait partie, selon la nouvelle catégorie mise en place par l'État français, des J3 ? Faut-il tout abandonner de sa jeunesse, de sa frivolité, voire de son immaturité ? Faut-il ne plus aller à ces faux cours de danse, lesquels une fois porte close et rideaux baissés se transforment en bals ou en boîtes de nuit ? Faut-il ne plus aller ni au cinéma, ni au théâtre, ni à la piscine Molitor, si grande, si propre, si splendide mais bourrée de nageurs boches ?

Tandis qu'un avion anglais splendide, tellement beau, tellement blanc, presque féerique vole, rapide, très haut dans le ciel de Paris, Sarah et Josette, qui se promènent dans le XIe arrondissement, rue du Chemin-Vert, à la recherche d'une quincaillerie susceptible de vendre les dernières ampoules électriques, en ayant pris soin d'apporter des usagées contre lesquelles les échanger, se rendent bien compte qu'elles n'auront à toutes ces questions que des réponses parcellaires et insatisfaisantes. En fait, en ce 20 août 1941, la réalité qui soudain les submerge leur interdit toute réflexion. Elles, qui étaient venues jusqu'ici – c'est du moins ce qu'on leur avait indiqué – afin d'éviter les files d'attente qui pullulent dans Paris, assistent à un événement que, dans un premier temps, elles ne comprennent pas. Tout d'abord les files d'attente sont aussi importantes que dans leur quartier. Théâtres, administrations, gares, mairies, marchands de gaufres, chevaux de bois, petites fontaines au cœur du bois de Boulogne, il y a des queues partout, donc ici comme ailleurs. Mais soudain, comme si elles s'étaient donné le mot, comme si elles n'étaient qu'un des dominos composant un immense jeu, voilà qu'elles se brisent, se cassent, se dispersent, tombent à la renverse, à commencer par celle qui est juste devant la leur : celle d'un vendeur de tabac, une file composée uniquement d'hommes qui ne prennent même pas la peine d'écraser leur mégot dans les « mégotines » installées sur le trottoir. Des gens courent dans les rues, hurlent, se cachent. Les rumeurs les plus diverses circulent. Très vite, elles comprennent qu'il s'agit ni plus ni moins d'une question de vie ou de mort. Ce sont les premiers coups du tocsin qui est en train de retentir pour cette nouvelle Saint-Barthélemy. Une rafle est en cours dans tout le quartier. Une rafle de Juifs évidemment. La police française est présente à tous les coins de rue. Chiens policiers. Armes en joue. Camions, paniers à salade, autocars. Le quartier est bouclé. Impossible de partir, de s'échapper. À hauteur de la rue Bréguet, une porte cochère est ouverte. Sarah et Josette s'y engouffrent et montent se réfugier au dernier étage de l'immeuble. Un silence de glaise s'installe. Aucune des deux amies ne trouve la force de parler. Puis un bruit terrible se répercute dans les étages. Et de nouveau des cris, des hurlements. Des pleurs d'enfants. Des bruits de bottes, de pas, de courses folles, de tentatives de fuite, de portes qui claquent. Et au milieu de tout cet enfer, un miracle. Les agents de police qui pouvaient, qui devaient monter jusqu'au dernier étage, pour on ne sait quelle raison s'arrêtent juste sous le palier où Sarah et Josette sont pelotonnées l'une contre l'autre. Un moment, elles entendent le craquement de plusieurs allumettes, puis la fumée de cigarettes qui vole jusqu'à elles, qui vient presque leur lécher les joues. Et puis rien. Les hommes qui redescendent et le silence, puis la nuit.

Épuisées par tant d'émotions, les deux jeunes filles s'endorment. C'est le jour qui les réveille, un chien dans la cour qui aboie. Tout d'abord Josette, qui tient dans ses bras Sarah, effrayée, toute recroquevillée. Puis Sarah qui sourit.

— C'est fini, dit Josette.

— Non, ça ne fait que commencer…

— Merde, tu as vu l'heure ?

— 3 heures de l'après-midi !

— On ne peut pas rester là.

— On passe au salon de coiffure. La rue Baudelaire est tout près d'ici. J'ai les clés. À cette heure-là, il n'y aura personne. On rouvre à 16 heures. On pourra se laver un peu, manger si on trouve quelque chose. Et si tu veux je te fais une coupe…

Pendant que Sarah se débarbouille, Josette se plonge dans le journal qui traîne sur les fauteuils. On parle de 4500 Juifs raflés et parqués dans le nouveau camp de Drancy, jusqu'ici utilisé par les Allemands pour l'internement de prisonniers de guerre français, puis britanniques. Une horreur : rien n'a été prévu pour les accueillir. Les pouvoirs publics n'avaient pas anticipé une telle « réussite », ce sont les mots employés par l'éditorialiste. « Succès inespéré », c'est le titre de la une… Pratiquée conjointement avec les forces occupantes, cette opération est là pour « montrer que la discrimination établie jusqu'à présent entre Juifs français et Juifs étrangers est aujourd'hui dépassée ». Ce que démontre cette opération, précise le journal, « c'est qu'il faut désormais opposer les uns aux autres : les Français tenus pour aryens aux Français qui sont de race juive ».

Pendant que Sarah lui fait un shampooing, Josette ne peut s'empêcher de repenser à la journée d'hier, à toute cette violence, à toute cette peur. Elle a caché le journal pour éviter que Sarah ne le voie. C'est idiot. Elle s'en veut. Du savon lui pique un peu les yeux. Peu à peu la boutique se remplit. Bizarrement, personne ne parle de cette rafle dans le XIe arrondissement. Comme si cela n'avait pas d'importance. Comme si toutes ces femmes, vêtues de robes de vichy à carreaux bleus et blancs, avec autour du cou un carré Colcombet à l'effigie du Maréchal et sur la tête un haut-de-forme *Madame Sans-Gêne*, parce que Arletty en portait un dans le film homonyme de Roger Richebé, s'en moquaient. En réalité un autre sujet semble les inquiéter beaucoup plus. D'ailleurs, à mesure que le salon se remplit, on ne parle plus que de cela, de ce soldat allemand qui aurait été abattu à coups de revolver dans le métro parisien à la station Barbès.

Une cliente, très choquée, trempée de sueur, entre dans la boutique. Elle a tout vu. Ou presque. Enfin elle y était. Où ? Là, à la station de métro où le Boche s'est fait descendre !

— On a entendu une énorme déflagration. Certains disaient que c'était un coup de feu, d'autres une grenade. On s'est tous mis à courir. Et soudain deux rangées de soldats vert olive nous ont cernés, sortant d'on ne sait où. On a été conduits, les mains en l'air, en file, devant deux policiers. J'ai senti deux grosses pattes me serrer si fort que je pouvais à peine respirer, et descendre le long de mon corps, le palpant nerveusement, de la tête aux pieds. Et, je peux vous dire, i' s'gênait pas le salaud. Tout le monde a été fouillé. Beaucoup ont été arrêtés et « direction la prison », à ce qu'ils disaient. Je me demande comment j'ai pu m'en sortir… Enfin, maintenant je suis ici, vous allez me faire un shampooing, une coupe et je vais tout oublier !

Le récit à chaud, raconté par un témoin frémissant, fait repartir les conversations de plus belle.

— C'était à prévoir, les communistes n'allaient pas laisser la mort de deux des leurs impunie !

— Qui vous dit que ce sont les communistes ?

— Enfin, les communistes ou les autres, les zazous, les Juifs, les nègres, les English, enfin, vous voyez ce que je veux dire… j'les mets tous dans le même panier de crabes !

— Eh bien moi, je vous le dis, c'en est fini du calme à Paris !

— Le cauchemar va commencer ! Pourquoi aller s'en prendre aux Allemands, ils nous foutaient la paix…

Le cuir chevelu massé par Sarah, l'eau lui ruisselant dans le cou, Josette ferme les yeux. Elle imagine la scène dans les couloirs du métro Barbès. Quelque chose la gêne. En fait elle doit admettre qu'elle ne voit pas en quoi la mort d'un soldat allemand, dont on ignore les sentiments, et qui se trouve là par soumission à la discipline militaire, apporterait un secours aux Alliés ou influerait sur l'évolution de la guerre. S'agit-il d'un geste héroïque ? Elle ne peut pas répondre. Cela va-t-il créer dans la Wehrmacht un sentiment d'insécurité ? Et comment va réagir la force occupante ? Va-t-elle affamer davantage encore Paris et sa banlieue ? Va-t-elle infliger aux Parisiens des sanctions collectives ? Sarah lui enveloppe la tête d'une serviette et la frictionne. Elle ne peut s'empêcher de penser à Gerhard Ganz. Le soldat allemand tué, dont une nouvelle rumeur dit qu'il était un aspirant officier, ce pourrait être lui, Gerhard Ganz…

20

Jean est sûr de lui :

— Un type assassiné d'une balle de revolver dans la nuque, c'est un coup des communistes.

— Je ne vois pas pourquoi, dit Josette.

— C'est le procédé employé en Russie par les bolcheviques pour se défaire de leurs ennemis.

— En tout cas, c'est le premier attentat contre un Allemand !

— Pas du tout, tu oublies en décembre dernier, à Strasbourg, l'attentat contre la voiture du *Gauleiter* Wagner... C'était pas des communistes là, mais des jeunes Alsaciens de la Main noire. Mais évidemment, on n'en parle pas.

— En tout cas, communistes ou pas, à Paris, ce ne sont pas les seuls à tuer les gens dans le dos.

— Écoute, Josette, le dos ce n'est pas la nuque, et je suis certain que c'est un communiste qui a fait le coup... Ce qui veut dire que d'autres attentats vont suivre.

— Tout dépend de la réponse allemande, non ?

— Je crains le pire…

Jean n'a pas tort. La réponse allemande à la mort de l'aspirant Moser est la plus barbare qui soit : frapper dans la masse des innocents. La réaction n'a pas tardé. Sur le quai et dans le train, des voyageurs avaient été arrêtés. Certains furent autorisés à voir leur famille. Ils étaient optimistes. Ils pensaient que tout allait s'arranger, qu'ils seraient bientôt rentrés chez eux. Le lendemain, à l'aube, tous furent fusillés.

De grands placards blancs sont affichés sur tous les murs de Paris. Il y en a même un à droite de la terrasse du Café Éva. Jo est furieux. Avoir en permanence sous le nez une horreur pareille ! Le texte fait froid dans le dos. Tous les Français arrêtés par les autorités occupantes, ou sur leur ordre, seront désormais considérés comme otages. Tout nouveau meurtre commis sur un Allemand sera suivi de l'exécution d'un nombre d'otages « correspondant à la gravité de l'acte » ; « tout parent mâle, beau-frère, cousin des agitateurs, âgé de plus de dix-huit ans sera fusillé ». Une deuxième affiche, signée du préfet de police Bard, entré en fonction à la fin du mois de mai, double bientôt la première : tous ceux qui dénonceront les saboteurs ou qui donneront des indications permettant de les découvrir se partageront une prime d'un million de francs. Quelle belle opération, quelle belle entente ! Les autorités allemandes ont tenu à associer les autorités françaises à cette croisade ; ainsi, les affiches rouge et noire voisinent, complices, avec les affiches blanches.

Au Café Éva l'ambiance est morose. Finies, les blagues, les lectures d'articles imbéciles – du moins pour l'instant. Jo qui les aime bien tous, ses zazous, leur recommande la prudence. Pas trop de provocation, les enfants ! Pas trop d'âneries. Et cette mise en garde s'adresse aussi, et presque surtout, à François, comme il le dit lui-même, son « J3 à tout faire » : la plonge, le ménage, le commissionnaire. Tout le monde le connaît désormais sous le nom de « Roi des Aulnes ». Pourquoi ? Parce qu'il prétend avoir une combine infaillible pour tromper les patrouilles « qui vous emmerdent après le couvre-feu, vous demandent vos papiers et vous braquent leur petite lampe sous le nez » :

— Dès que vous les voyez, disons à une dizaine de mètres de vous, vous haussez la voix et vous récitez à votre copain ou à votre copine en allemand les premiers vers du « Roi des aulnes », le seul truc qui me reste de ma classe de cinquième. Les flics s'écartent respectueusement, et c'est tout juste s'ils ne vous saluent pas en claquant les talons ! *« Wer reitet so spät durch Nacht und Wind ? / Es ist der Vater mit seinem Kind. / Er hat den Knaben wohl in dem Arm. / Er fasst ihn sicher, er hält ihn warm… »*

— Et ça marche toujours ? demande Lucienne.

François est mort de rire :

— Non ! La dernière fois, j'ai fini au poste.

Ils m'avaient laissé débiter mon poème et à la fin m'avaient dit : « *Papieren, bitte, mein Herr.* »

— Ça ne me fait pas rire du tout ! gronde Jo. En tout cas, tu as intérêt à faire gaffe au couvre-feu, maintenant !

La presse française est aux côtés des Allemands. Brasillach sonne l'hallali, qui voit là une occasion formidable pour déclarer la guerre aux empêcheurs de collaborer en rond. « Pas de pitié pour les assassins de la patrie ! » exhorte-t-il dans un article fielleux. Et *La Gerbe* enfonce le clou. C'est Odette qui lit le texte aux zazous rassemblés au Café Éva :

— « Un assassinat a été commis. Des otages sont pris. Le cauchemar commence. Paris est resté calme pendant un an, seule la patrie était en jeu. Cela n'intéressait que les Français, pas les communistes. Depuis que les uns et les autres sont pourchassés, ils bougent. Bouger, pour eux, c'est tuer. Déclencher sur Paris des représailles, l'angoisse, la terreur, c'est leur but, pour ne pas crouler tout seuls sous nos ruines. Arrêtez-les donc ! Il faut choisir. Pas demain, tout de suite ! Trahissez, laissez faire et, dans une heure, peut-être, nos compatriotes seront pris au hasard dans la foule, et emprisonnés. Ou alors, agissez ! »

Odette s'arrête, bouleversée. Elle ne peut pas lire des horreurs pareilles. C'est impossible. Cette France-là, ce n'est pas la sienne, ce n'est pas son pays. Marie prend le relais. Tout ça, pour elle, ce sont des mots. Et puis, c'est vrai, elle n'aime pas les communistes, la révolution d'Octobre, Staline, tout ça, ça lui fait peur. Même si elle n'est pas prête à « trahir », évidemment :

— « Ou alors, agissez ! Prenez parti avec violence contre le crime. Aidez ceux qui le traquent farouchement. Vous défendez votre ville, votre foyer, vos vies. Quant aux auteurs de forfaits qui peuvent coûter le sang des nôtres, ce n'est pas sous le feu allemand, comme des soldats, qu'ils doivent tomber, mais sous les balles d'un peloton français comme des traîtres. »

Voilà, la chasse est lancée. Le gouvernement de Vichy, ne voulant pas être en reste, à la traîne de la répression, crée des cours spéciales pour juger les communistes. Le train d'engrenages peut se mettre en marche. Toute main qui s'engagera dans la diabolique machinerie sera saisie puis broyée. L'été 1941 est un été rouge sang.

Pendant que certains soldats allemands plantent leur chevalet et fixent sur la toile les paysages légendaires de Paris, consciencieusement, au crayon. Pendant que Serge Lifar fait des entrechats sur la scène de l'Opéra, qui ouvre ses portes pour une nouvelle saison de ballets, devant un public essentiellement composé de soldats allemands auxquels il a assuré qu'il n'était pas juif en utilisant des arguments qui ne lui font guère honneur. Pendant que policiers et pompiers saluent sans rechigner les officiers de l'armée d'occupation… la lente machinerie de la barbarie s'ébranle et recouvre Paris d'un voile ensanglanté.

Le 27 août, la cour de Paris condamne à mort trois communistes. Le 29, le comte d'Estienne d'Orves et deux de ses collaborateurs sont fusillés. Le 30, cinq communistes qui avaient pris part à la manifestation du 13 août sont passés par les armes. L'engrenage a besoin de sang, a besoin de drame, a besoin de vengeance. La tragédie enfle. Le 3 septembre, un officier allemand est assassiné. Le 6, c'est au tour d'un autre. Trois otages, en représailles, sont fusillés. Le 10 : nouvel attentat contre un membre de l'armée allemande, puis le 11, puis le 16. Cette fois, ce sont dix otages qui sont fusillés. Et de nouveau douze, quatre jours plus tard.

Les deux derniers paragraphes des affiches rouge et noir et des affiches blanches sont terribles : « L'observation de ces dispositions sera contrôlée par les patrouilles de l'armée allemande. Les contrevenants arrêtés seront considérés comme otages. » Malheur à qui ne les a pas lues jusqu'au bout.

Le 21 septembre, Jo est en larmes. Inconsolable. La bande zazoue ne peut rien faire. C'est tellement stupide, ce qui vient d'arriver. C'est à mourir de désespoir. Le Roi des Aulnes s'est fait ramasser par une patrouille allemande, alors que comme d'habitude il circulait dans les rues de Paris, en pleine nuit. Il a été conduit au poste de police. Les papiers étaient en règle. Les policiers ont blagué avec lui. Toujours le même, à la même heure, dans le même quartier. Presque une habitude. « Une semaine sans venir vous voir, et je m'emmerde », aurait dit le Roi des Aulnes. Et puis tout est allé très vite. La police allemande a investi le commissariat, et a pris deux interpellés au hasard. Les policiers ont bien essayé de parlementer. « C'est un gosse, mon capitaine, il n'a rien fait de mal. » Le Roi des Aulnes, comme nombre de Français, par distraction, par accident, un retard involontaire, un hasard qui vous a mêlé à une bagarre ou à une manifestation, est devenu un otage. Il paraît que tout le commissariat s'y est mis pour le défendre. « Il a loupé une correspondance, dans le métro, et a été obligé de rentrer chez lui à pied. » « Et cette fois je n'ai même pas récité "Le Roi des aulnes" », a dit le Roi des Aulnes. Rien n'y a fait. « Estimez-vous heureux, a même rétorqué le capitaine allemand, le Führer a demandé l'exécution de cinquante otages pour chaque Allemand tué. Nous sommes loin du compte. »

François Robert, quinze ans, a été fusillé à l'aube dans les fossés de Vincennes, le 20 septembre 1941. Il a été présenté pour ce qu'il n'était pas : un militant communiste.

Face à tout ce sang, est-il nécessaire de poursuivre les actions zazoues qui pourraient paraître dérisoires ? C'est une question récurrente. La réponse est « oui ». Il faut les poursuivre. Chacun se bat avec ses armes. Celles des zazous : la dérision, la provocation, le grain de sable qui grippe la machine. D'ailleurs, la consigne lancée de Londres par la BBC va dans ce sens : elle ordonne de cesser les attentats individuels contre les militaires allemands. La contradiction n'a jamais été aussi grande entre ceux qui veulent agir par les armes et ceux qui préfèrent le travail de sape, le lent travail de la mer qui ronge une falaise, de l'eau qui fait s'écrouler les rives du fleuve. Et s'amuser, se couvrir de vêtements voyants, écouter une musique haïe par les Boches et les collaborateurs, c'est leur montrer que la vie continue, qu'on ne veut pas mourir.

Les zazous du Café Éva choisissent donc de poursuivre leurs actions. Charlie, qui, en tant que citoyen américain, ferait mieux de se tenir tranquille, ne peut pas s'empêcher de prouver à Lucienne qu'il n'a pas froid aux yeux. Un jour, vers 9 heures du matin, avenue de Clichy, vêtu d'un seul veston, n'ayant ni pantalon ni caleçon, il s'est promené vingt minutes, pour protester contre les bons d'habillement qui ne servent à rien, pas même à s'habiller ! Les salles de spectacle sont toujours leur lieu de prédilection, mais parfois l'action est abandonnée en cours de route faute de combattant ou plus exactement de combattante. Ainsi, lors de la projection de *Premier rendez-vous*, le dernier film d'Henri Decoin, Josette devait perturber la projection en chantant *Mon heure de swing*, et entraîner toute la salle : « C'est mon heure de swing / oui, mon heure de swing / Dou-za-zou-zazou-zazou zazou zazou / L'index en avant / secoué d'un tremblement / C'est charmant / quand / cela me prend. » Et puis, elle n'a pas pu. Danielle Darrieux était merveilleuse. Le film lui rappelait les comédies américaines aujourd'hui interdites. Josette trouva le film très nostalgique. Darrieux, dans ce film, c'était un peu elle : l'incarnation d'une jeune fille qui veut encore croire au bonheur, à l'aventure sentimentale et romanesque, malgré la réalité historique, si lourde, si noire, qui étouffe ses élans et ses rêves. Quand la lumière s'est rallumée, elle était en larmes et avait oublié de chanter *Mon heure de swing* !

Un problème nouveau surgit : un climat d'inquiétude qui est en train de s'enkyster profondément, alimenté par les rafles d'« oisifs », autrement dit des J3 et des zazous, dans les lieux où ils ont l'habitude de se rassembler – cafés, cinémas, concerts swing, hippodromes. Paris est une ville de plus en plus nerveuse, partout la petite bande se heurte à des barrages de police, en particulier dans le métro. La crainte rôde, oppressante, et chacun finit par ne plus avoir qu'une seule envie : se terrer chez soi, disparaître.

21

Dans cette France qui a peur, les zazous continuent de tenter de vivre, comme ils peuvent. Sarah, au jour le jour, refusant en ce moment précis de septembre 41 d'apporter au commissariat de quartier son poste de TSF, comme l'exige la dernière ordonnance allemande. Pierre, Jean et Josette laissant accroire que leur principal souci est la prochaine rentrée scolaire. Lucienne, expliquant aux clientes du salon de haute couture que les tissus de remplacement, confectionnés avec de la fibranne, des fougères, des poils de lapin, des cheveux ou des crins d'acétate, sont bien plus résistants que les anciens. Odette, toujours aussi pétillante et ayant de plus en plus de mal à rapporter à ses amis du pain et de la pâtisserie de la boulangerie où elle travaille. À l'Hôpital américain, tout manque, du mazout aux bandages, et le travail devient dangereux ; si jamais Washington et Berlin rompaient leurs relations, l'établissement serait saisi. Son nouveau directeur, Aldebert de Chambrun, s'en est remis aux bons soins de la Croix-Rouge française.

Devenu officiellement le Centre d'hospitalisation pour blessés de guerre, il accueille des civils américains, des réfugiés belges, des soldats français et anglais, mais refuse les Allemands. Pour combien de temps encore ? La situation de Charlie Lewis s'avérant de plus en plus précaire, il devient chaque jour davantage Charles Louis, saxophoniste qui joue au Saint-Tropez, lors des « matinées swing », l'après-midi au Okay Club, le soir Chez Jane Stick, rue de Ponthieu, où c'est une drôle d'affaire : un chasseur fait le guet à la porte avec une petite lumière rouge, et quand une patrouille allemande passe la lumière s'éteint, les danseurs vont se rasseoir et les musiciens cachent leurs instruments. Jusqu'à maintenant, il a toujours refusé de jouer dans les grands orchestres qui font les beaux jours de Radio-Paris. Un événement en particulier l'inquiète : pour la première fois de son histoire, l'Amérique vient d'armer sa flotte marchande et d'organiser une souscription en temps de paix. Pour Charlie Lewis, cela ne fait plus aucun doute : son pays se prépare à la guerre.

Cette volonté de s'éloigner le plus possible de la collaboration n'est pas le souci de Marie. Depuis le début, elle ne s'en cache pas. Ce qu'elle veut, c'est faire carrière, utiliser toutes les opportunités. C'est un jeu dangereux que ses amis ont beaucoup de mal à accepter. Son discours, c'est toujours le même : « Vous voulez que je me retrouve comme l'ancien champion Jules Ladoumègue à faire une démonstration de course à pied à l'aide d'un tapis roulant sur la scène de l'ABC, ou à mimer des départs de courses avec des *girls* dans une boîte de nuit ! Non merci ! » Aussi, régulièrement, ils cèdent, vont la voir jouer, vont l'applaudir. Et puis, ils l'aiment bien leur petite Marie, elle a l'air si heureuse depuis que Jean semble vaguement amoureux d'elle. Alors ce soir, ils font la queue devant l'entrée de L'Européen où elle chante dans les chœurs qui accompagnent *On aura tout bu*, une revue menée par la « très swing » Viviane Gosset et le « débonnaire » Léon Berton. C'est une mauvaise pièce. La salle est bourrée d'Allemands. Dans la file d'attente, tous ont remarqué les deux nouveaux avis placardés sur les murs : « Cinq ouvriers français ont été fusillés pour avoir pris part à une manifestation contre l'armée allemande, et trois autres, étrangers, ceux-là, pour espionnage. »

À la sortie, les quelques airs entraînants de la revue sont vite oubliés, tout comme la prestation de Marie qui d'ailleurs est restée avec la troupe fêter son succès. C'est étrange, cette impression immédiate d'oppression. On aurait pu penser que l'air des rues serait venu compenser la chaleur étouffante de la salle. C'est tout le contraire. L'air est irrespirable, lourd. Nombre de rues sont barrées. À la porte des marchands de journaux, des cafés, dans le métro que tous emprunteront tout à l'heure, personne n'ose plus parler. Pourtant, il faut agir, ne pas se laisser enfermer dans l'indifférence, ou pire : baisser les bras. Comment se mettre d'accord sur une nouvelle action ? Très vite une idée s'impose, une évidence : puisqu'ils n'ont pu se rendre en juin au Grand Palais pour perturber l'exposition autour de la « France européenne », ils vont investir, accompagnés de plusieurs autres groupes zazous, l'exposition qui s'ouvre au palais Berlitz, « Le Juif et la France », prolongement monstrueux du *Juif Süss*, le film de Veit Harlan.

Au début, tout se passe comme prévu. Disséminés en plusieurs groupes, les zazous abordent les visiteurs et entament avec eux un dialogue qui commence toujours ainsi :

— Vous savez ce qui s'est passé l'autre soir, près du Luxembourg ?

— Non, répond le visiteur.

Et le dialogue se poursuit :

— Il était 21 h 20. Un Juif a tué un soldat allemand, l'a éventré et lui a mangé le cœur.

— Quelle horreur, tout est possible avec ces gens-là !

— Mais non, voyons, c'est impossible !

— Ah bon, et pourquoi, expliquez-moi…

— C'est triplement impossible ! Un Allemand n'a pas de cœur. Un Juif ne mange pas de porc. Et à 21 h 20 tout le monde écoute la radio anglaise.

De son côté, Sarah, accompagnée de Josette, erre dans l'exposition en répétant assez fort pour que tous l'entendent : « Ici, au moins, on est sûr de ne pas rencontrer de Juifs ! » Autour d'elle, ce ne sont qu'acquiescements mielleux, signes haineux d'approbation. Mais très vite, Josette sent monter en elle une nausée qui l'envahit. Elle est moins forte que Sarah qui trouve le courage inouï de continuer à répéter cette même réflexion « Au moins il n'y a pas de Juifs ici » et qui semble ravie de jouer un bon tour à tous ces visiteurs dont on peut se demander ce qu'ils sont au juste venus chercher. Non, Josette est moins forte, devant toute cette multitude qui fait la queue, une de plus, comme chez la crémière, pour assister à cette rétrospective méthodique des « méfaits » accomplis par le peuple de Jéhovah. Illustrations, graphiques, textes, photos, tableaux synoptiques rappellent sur des mètres et des mètres de panneaux l'emprise économique, politique et artistique de ce peuple que Voltaire, odieusement appelé à la rescousse, a qualifié d'« ignorant » et de « barbare ». Ce ne sont que visages à profil de rapace, et faces de porc. Les hommes ont des papillotes, des calottes, des barbes, les femmes, perruques de satin et mamelles tombantes. S'ajoute à l'horrible pandémonium le rappel de superstitions venues du fond des temps, comme celle, répétée de siècle en siècle, des meurtres rituels.

Josette, au bord du malaise, finit par sortir dans la rue et par vomir dans le caniveau. Juste sous une immense affiche sur laquelle des monstres, yeux exorbités, nez courbe, lippe épaisse, bajoues pendantes, doigts crochus, se partagent la mappemonde, manœuvrant des marionnettes au profil aryen mais stupide qui se pressent autour du micro de la BBC. C'est là que l'inévitable se produit, parce qu'il fallait bien que ça arrive un jour...

Alors que ses amis tentent de la réconforter, elle croise Gerhard Ganz qui, en passant, la salue. Sarah est pétrifiée. Pierre, Jean ne savent quoi dire. C'est Lucienne qui riposte :

— Tu pactises avec l'ennemi, maintenant !

— Non, imbécile.

— Alors, c'est quoi ça... Il te dit bonjour, t'appelle par ton prénom.

— Je peux vous expliquer, répond Josette.

Très vite le ton monte. Même Marie s'y met, ce qui est un comble. La scission apparaît. La jeunesse zazoue a le sang chaud ! Quand Josette émerge du brouillard de la dispute et de la nausée, qu'elle relève la tête, ouvre les yeux, tous ses amis ont disparu. Ne reste que la foule énorme qui entre et sort, flot nauséabond comme jailli d'un égout, et Gerhard planté devant elle, à quelques mètres, en retrait.

— Vous n'êtes pas entré ? demande Josette.

— Non, je ne peux pas, c'est affreux...

— Oui, c'est une horreur. On ne va pas rester là... Je voudrais marcher. J'ai besoin de marcher.

— Je peux faire quelques pas à vos côtés ?

— Oui, répond simplement Josette, sans trop réfléchir, et elle ajoute : Oui, marchons.

Ce que veut Josette, c'est rentrer chez elle. Des boulevards au parc Montsouris, la distance est grande. Elle ne veut ni prendre le métro ni utiliser un vélo-taxi. Elle veut marcher, pour oublier, pour se laver de toute cette crasse. La majeure partie du trajet se fait dans le silence. Ni l'un ni l'autre ne parle. C'est à la hauteur de Montparnasse que Gerhard dit :

— L'heure du couvre-feu est dans peu de temps. Jusqu'au 23 septembre, il a été ramené à 21 heures… Et vous n'avez pas de laissez-passer… Ce n'est pas le moment de vous retrouver au poste de police…

— Sinon je risque d'être fusillée, comme les vingt otages d'hier ?

Gerhard met un peu de temps avant de répondre :

— Vous dire que je réprouve ces mesures ne changera rien, mais je vous le dis quand même. Je n'aime pas cette idée de tuer des innocents, je…

— Mais enfin, vous faites bien partie de l'armée allemande, non !

Gerhard s'arrête, prend le bras de Josette, et soudain très sérieux, très calme, la priant d'écouter, et surtout de ne pas l'interrompre sinon il n'ira pas au bout de ce qu'il veut lui confier, lui dit combien il réprouve tout ce qui est en train de se passer. La guerre. Les tueries. Les arrestations. Toute cette peur. Toute cette haine. Dès le lycée, en Allemagne, il a été du côté de ceux qui rejetaient le nazisme. Qui rejetaient Hitler. D'ailleurs des mouvements existent, clandestins, secrets… Très minoritaires mais qui essaient d'agir, avec leurs moyens. Des jeunes garçons, des jeunes filles… Il parle des *Wandervögel* qui, dès la fin de la guerre 14-18, refusaient l'idéologie raciste, l'embrigadement et sillonnaient l'Allemagne, l'Autriche, la Suisse, sac au dos ; qui arboraient des chapeaux de toutes les couleurs, qui se tatouaient la peau, qui portaient, filles et garçons, des bas résille. « Des zazous avant l'heure ! » Il parle aussi des *Swing Kids*, qui se saluent en disant « *Swing Heil* ! » au lieu de « *Sieg heil !* », et qui s'habillent avec des chaussettes aux couleurs criardes, chapeaux à la Anthony Eden et jupes bigarrées. Il parle des *Swing-Heinis* et des *Schlurfs* autrichiens… « *Schlurfs*, pour les garçons et *SchlurfKatzen* pour les filles – c'est-à-dire les Chattes paresseuses ! » Puis, se rendant compte qu'il est allé peut-être un peu loin dans la confidence, il revient à des choses plus impersonnelles. Il parle alors de son amour du jazz. Des Hot Clubs qui existent en Allemagne depuis 1934, comme ceux de Königsberg, de Berlin, ou de Hambourg qu'il a fréquentés. Du Harlem à Cologne. Du café le Blue Moon, dans l'arrière-salle duquel lui et ses amis se réunissaient chaque semaine, lui se mettant parfois au piano. À cette époque, ils étaient persuadés que quelqu'un qui aimait le jazz ne pouvait être nazi, ce qui malheureusement est un leurre. Parce que dans cette guerre, dans cette époque rien n'est simple. Tout s'enchevêtre… Josette écoute, attentive. Et plus encore lorsque Gerhard lui parle de son amour de la France, de sa francophilie profonde. Son français impeccable, il l'a perfectionné en 1939 quand il est venu faire un séjour de trois mois à Paris. Il se souvient de longues promenades le long de la Seine, de la fraîcheur du soir qui montait, du parfum des arbres qui l'accompagnait quand il longeait les quais. Un instant, l'un et l'autre se retrouvent dans une sorte de bulle où la guerre leur est complètement indifférente, qui éclate rapidement quand Josette lui demande :

— Mais vous faites quoi ici, alors, exactement ?

— Je vous l'ai déjà dit mais vous avez oublié. Je m'occupe de tout ce qui concerne le jazz à la Propagandastaffel.

— Donc vous censurez des tournées, des concerts.

— Oui, en théorie. Dans la pratique, j'essaie d'accorder le maximum d'autorisations. Et quand je peux j'aide mes collègues de la littérature.

— C'est-à-dire ?

— J'essaie de sauver des livres interdits, d'empêcher qu'ils ne soient détruits… Je me suis même fait installer une armoire dans mon bureau où j'entasse les volumes que j'ai pu sauver du désastre. Je pourrais vous la montrer…

— N'y comptez pas, je ne mettrai jamais les pieds là-bas.

— Oui, évidemment, je comprends… Excusez-moi.

— Concrètement, vous ne pouvez pas faire grand-chose contre la liste Otto.

— Non, c'est vrai. J'ai quelques petites victoires, comme la réimpression du *Puits de Jacob* de Pierre Benoit…

— Et des défaites ?

— Oui, hélas. Je n'ai pas réussi à faire autoriser la

réédition des *Croix de bois*, le roman de Dorgelès qui refusait d'enlever le mot « Boche » de son roman... J'ai même croisé à cette occasion le grand écrivain et Robert Esménard, son éditeur. En fait, comme vous dites en français, je « bricole », je fais ce que je peux avec mes faibles moyens. Un jour, je suis allé visiter un hangar où étaient stockés les livres destinés à être détruits. Un immense garage, avenue de la Grande-Armée. C'était terrible. Une lumière affreuse tombait des verrières couvertes de poussière. Les livres étaient là, entassés, déchirés, les pages cornées, salis, gonflés par l'humidité. Une montagne affreuse. Je voue aux livres un véritable culte, vous savez. Je ne peux imaginer un monde sans livres... Ça m'a rappelé les autodafés devant l'université, à Berlin, en 33. Avec tous ces étudiants qui hurlaient en jetant les livres dans le feu. J'ai pensé à un mot de Sartre, citant lui-même Marx : « La honte est un sentiment révolutionnaire. »

— Vous avez lu Sartre ?

— Oui. D'ailleurs je vais vous confier un secret. La revue *Comœdia*, qui est comme vous savez un grand journal culturel français, est désormais contrôlée par nos services. C'est-à-dire qu'elle participe à la collaboration culturelle entre la France et l'Allemagne. Eh bien, voir le nom de Jean-Paul Sartre intégrer l'équipe des rédacteurs m'a rendu très triste...

Josette ne dit rien. Elle écoute ce jeune soldat. Et s'en veut de le trouver plutôt bel homme, cultivé, francophile. Elle se tait d'autant plus que Gerhard continue de parler. C'est un bavard, sans doute. Oui, Sartre l'a déçu. Peu après son retour du stalag, il a sans problème repris son activité d'enseignant. Affecté au lycée Condorcet, il a pris la place de l'ancien titulaire du poste, Henri Dreyfus-Le Foyer, d'origine juive, contraint de quitter l'établissement après la mise en place des lois d'exclusion d'octobre 40.

— Qu'auriez-vous fait à sa place ?

— Je ne sais pas. Honnêtement, je ne sais pas, répond Gerhard. Les choses ne sont pas simples. Je vous disais tout à l'heure que mes amis et moi à Hambourg pensions qu'on ne pouvait aimer le jazz et être nazi. Eh bien, vous ne le savez peut-être pas, mais il existe un *big band* de propagande, Charlie et son orchestre, uniquement formé de jazzmen allemands, belges et italiens. Les nazis leur ont mis le marché en main : ou vous intégrez le *big band* et vous enregistrez des standards américains dont les refrains détournés attaquent les Alliés, ou vous partez sur le front russe… Certains étaient pères de famille… Quel choix avaient-ils ?

— Aucun. Mourir pour ses idées n'est pas toujours la meilleure solution. Je veux dire, même pour la cause qu'on défend.

— Oui. Je suis d'accord. Vous savez, avec mon ami Dietrich Schulz-Köhn, officier de la Luftwaffe, comme moi, on a créé un petit bulletin secret entièrement consacré au jazz. Une vraie folie. On risque gros, mais on le fait quand même. Si on ne le fait pas maintenant, on ne le fera jamais. Je pourrais vous en donner un exemplaire, mais vous ne lisez pas l'allemand.

— Non, en effet, répond Josette en regardant sa montre.

— Vous devez rentrer chez vous, maintenant.

— Oui, mais…

— Mais vous ne voulez pas qu'on vous voie en ma compagnie, les gens du quartier, les voisins…

— Oui, c'est ça…

— Je marche derrière vous à une dizaine de mètres. Si une patrouille passait…

— D'accord. On se dit au revoir maintenant, alors.

— Oui, répond Gerhard, qui allait embrasser Josette sur la joue et qui se retient.

— Au revoir, Gerhard, répond Josette, qui était prête à se laisser embrasser…

Boulevard Raspail, place Denfert-Rochereau, avenue du Parc-de-Montsouris, rue Gazan. À hauteur de son immeuble, Josette ouvre la porte, et passant devant la loge de la concierge, dit « Cordon, s'il vous plaît », afin que celle-ci ouvre la porte vitrée qui sépare le hall de la cage d'escalier. Pendant ce temps, Gerhard monte la rue en direction du boulevard Jourdan et de la Cité universitaire.

Josette est prise dans un tourbillon de sentiments contraires. Heureuse et dégoûtée, soulagée et angoissée. Gênée, non par le fait de s'être promenée et d'avoir longuement dialogué avec Gerhard, mais de l'avoir fait en cachette de ses amis, car il est évident qu'elle ne leur dira rien de cette marche sous la nuit de septembre ni de leurs confidences. En enlevant sa veste, elle se blesse à la main, s'accrochant à la broche qu'elle a portée toute la journée : un insigne aux armes de l'Angleterre.

22

La phalange du Café Éva est au bord de la crise de nerfs. La conversation, qui a d'abord roulé sur l'interdiction prononcée par la préfecture de police à l'encontre des *Parents terribles*, la pièce de Cocteau, accusé d'avoir créé des personnages « flasques et veules résumant tous les lieux communs où se complaisent depuis quarante ans le théâtre juif de Bernstein et le théâtre enjuivé de Bataille », a très vite dévié sur un autre sujet. L'incident survenu sur le trottoir devant le palais Berlitz a laissé des traces :

— Non vraiment, je crois que c'est quelqu'un de bien, répète Josette avec conviction.

— C'est un ennemi ! réplique Jean.

— Il n'a pas pu entrer à l'exposition « Le Juif et la France ». Il a trouvé ça « honteux, déshonorant pour l'Allemagne »... ce sont ses propres mots.

— C'est un soldat de l'armée d'occupation ! ajoute Lucienne.

— Il aime le jazz. Il joue du piano. Il adore la littérature française...

— Mais enfin, Josette, tu te rends compte, c'est un Boche ! Un Boche ! hurle Pierre.

— Il déteste les nazis...

— Alors qu'il déserte, dit Sarah.

Jo n'a rien dit de toute la discussion, occupé qu'il est à expliquer le métier à son nouveau garçon de café, Ali Belal, jeune homme de dix-sept ans dont le père a fait la bataille de la Marne avec lui. Ancien garçon de salle à l'Hôpital franco-musulman de Bobigny dont la gestion vient d'être rendue par les Allemands au recteur de la Grande Mosquée de Paris, il jouit comme tous les ressortissants de la diaspora arabe présents en métropole d'une certaine liberté. Depuis le début de l'Occupation, les autorités allemandes ont fait preuve à leur encontre d'une grande clémence, à commencer par Si Kaddour Ben Ghabrit, le recteur de la Grande Mosquée de Paris, qu'ils traitent avec tous les égards dus à sa fonction. Sur Radio-Mondial, on peut entendre ceci : « Africains ! Votre liberté est proche. Le chancelier Hitler a donné sa parole ! » Et cela : « Le Juif vous ronge comme la vermine ronge les brebis, la France le protège, il est l'agent de la France, le suppôt de la France. L'Allemagne pourchasse, enferme les Juifs et confisque leurs biens. Si vous n'étiez pas esclaves de la France, vous pourriez agir de même. » Certains vont même jusqu'à rappeler que le grand mufti de Jérusalem, Amine al-Husseini, est un fervent soutien des forces de l'Axe, parce que les nazis ont promis aux nationalistes arabes l'indépendance de leurs pays, en cas de victoire. Mais Ali se moque de « toutes ces histoires ». Lui, il ne fait pas de politique. Il veut conserver son travail. Mener une vie tranquille, vivre sa religion et c'est tout. Il ne veut pas d'ennuis. Ne veut s'impliquer dans rien. Il veut qu'on le laisse dans son coin. Comme Jo qui, il prévient tout le monde, n'est pas, aujourd'hui, comme il dit, « à prendre avec des pincettes ». Tout ça parce qu'un client lui a fait remarquer qu'il y avait des Allemands dans son café, qu'il était mal chauffé et que la station de métro la plus proche était fermée... Il a mis le client dehors et lui a hurlé, depuis l'auvent de sa terrasse : « Vous n'avez qu'à aller au Flore : il y a un poêle, pas d'Allemands et la station de métro est ouverte ! »

— Dis-moi, poursuit Jean s'adressant à Josette, tu vas nous expliquer que ton Boche a tout fait pour que Jean Catelas ne soit pas guillotiné dans la cour de la prison de la Santé, en septembre dernier.

Josette, évidemment mal à l'aise, ne sait que répondre.

— Et il fait sans doute partie de ceux qui crient pendant les projections : « Pas de films nazis : rendez-nous nos pommes de terre et gardez vos navets ! »

— Et pourquoi n'a-t-il pas dévié les tirs quand Gabriel Péri et Jacques Grinbaum sont passés devant le peloton d'exécution ? ajoute Lucienne.

Josette est muette, pétrifiée. Qu'opposer à ces arguments ? Le contexte en cette fin de 1941 est en train de changer : l'antipathie bien naturelle pour cet ennemi ancestral est quotidiennement alimentée par ses exactions, ses pillages, sa violence. Les Français qui n'avaient jamais souhaité la victoire de l'Allemagne se mettent à désirer ardemment sa prompte défaite. Les opérations de police, les réquisitions, l'arbitraire, sont en train de les plonger dans un sentiment presque constant d'insécurité et de peur.

— Et c'est maintenant que tu tombes amoureuse d'un Boche ! dit Odette, presque désolée...

— Je ne suis pas amoureuse de lui, ça non ! répond vigoureusement Josette.

Odette, détournant les paroles de *Elle était swing*, le dernier succès de Jacques Pills, ne peut s'empêcher de chantonner :

— « Par un beau jour de printemps
évidemment, évidemment,
elle m'a présenté l'Allemand
évidemment, évidemment
il n'était pas beau, beau, beau
il ne portait pas d'chapeau
il n'avait qu'une chose pour lui
quelque chose de très inédit
il était swing, swing, swing
oh, terriblement swing, swing, swing
il me trouva divine,
il devint mon amant. »

Jo finit par prendre la défense de Josette :

— Vous ne pouvez pas lui foutre la paix ! dit-il, puis se tournant vers Josette : Il t'a embrassée ? Tu as couché avec lui ?

— Non évidemment ! Évidemment, non !

— En tout cas, dit Charlie, s'il vient dimanche à Pleyel pour le Festival Jazz, moi je reste à la maison !

— Et nous aussi, annoncent d'une seule voix les autres membres du groupe.

Sur le chemin du retour, Josette ne peut s'empêcher de penser à sa place dans le groupe. Depuis qu'il s'est formé, elle a toujours occupé cette position un peu marginale. Comme si elle s'était toujours sentie sur un strapontin. Tout le monde l'aime « évidemment », mais avec elle il n'y a jamais d'emballement, de gestes tendres. Elle reste la bonne grosse, c'est tout. Avec Gerhard, depuis le début, ça a été autre chose. Comme s'il l'avait fait changer de planète. Jusqu'à sa rencontre avec lui, elle s'était toujours dit : il y a des journées, il y a des nuits et il y a des rêves qui ne sont en somme qu'une continuation de la réalité. Eh bien, maintenant, elle voit cette réalité différemment, et ses rêves sont tout autres. Gerhard est venu et, ostensiblement, s'est mêlé à la conversation qu'elle a depuis si longtemps avec elle-même. Doucement, elle se rapproche de lui. C'est comme une musique. Comme deux instruments qui prennent leur temps pour s'accorder, avant de pouvoir jouer ensemble. Et le thème musical, au fond, importe peu, l'essentiel est de faire comprendre à l'autre que l'amitié silencieuse qui est en train de s'installer entre eux est comme une énergie vif-argent qui ne les quitte jamais. Josette en convient : le temps de cette rencontre est mal choisi, et nul ne sait comment tout cela finira.

Alors qu'elle passe devant la loge de la concierge, et comme il est encore tôt, celle-ci ouvre sa porte, lui tend un paquet en disant :

— C'est encore le Boche qui est venu. C'est pour vous. Bonsoir.

Encore un disque. Encore du jazz. Un morceau inédit que l'ensemble d'André Ekyan n'a pas encore rodé sur scène. Aimé Barelli à la trompette, Hubert Rostaing à la clarinette, « Coco » au saxophone ténor, Pierre Fouad à la batterie... Josette s'arrête de lire. Elle connaît le reste de l'orchestre. Au piano Gerhard Ganz. Alors ses mains se mettent à trembler. Elle pose le disque sur le gramophone. L'écoute. Le réécoute. Cinq fois, dix fois, vingt... Comme elle le faisait lorsqu'elle était enfant avec les lourds 78 tours de musique classique. La lettre qui accompagne l'enregistrement est brève : « Chère Josette, je voulais vous offrir cet enregistrement unique. Le pianiste qui accompagne l'ensemble d'André Ekyan n'est pas son pianiste attitré. Il ne jouera sans doute jamais plus avec lui, puisque c'est moi... J'aime beaucoup ce morceau qui s'appelle *Irène*. Pour moi, Irène, c'est vous. Voulez-vous bien que je vous appelle "Irène" ? Ce sera notre secret. »

Au bout de la nuit, Josette va se coucher et laisse sa fenêtre entrouverte. Les oiseaux piaillent dans les arbres du jardin. Paris est si noir et si silencieux que les chats-huants viendront bientôt y percher comme en pleine campagne. Avant d'éteindre sa lampe de chevet, elle se regarde dans le petit miroir qui est sur la table de nuit et répète plusieurs fois ce même prénom, « Irène, Irène », détachant chaque syllabe comme un bonbon qu'elle ferait fondre dans sa bouche.

Vingt-deux orchestres, cent quatre-vingts musiciens, le deuxième Festival Swing est un succès phénoménal. Un nombre incroyable de spectateurs reste à l'extérieur. Josette n'a pu que de justesse pénétrer dans la salle en compagnie de toute sa bande d'amis, réconciliés autour de la musique. Tous les chefs d'orchestre, tous les solistes qui comptent sont là. La joie est telle que des débordements ont lieu, inévitables, souhaitables, disent certains. À n'en pas douter la presse collaborationniste va s'en donner à cœur joie. Tous voient déjà les gros titres : « Encore un concert d'inspiration judéo-africano-américaine ». Parmi tous les morceaux joués au rythme d'un train qui s'emballe, Josette retient tout particulièrement *Swing de Paris* avec un Django Reinhardt déchaîné, *Surprise-Party* avec à la guitare le grand Étienne « Sarane » Ferret, et *Definition of Swing*, et *Swing Obsession*, et *Tam Tam*, et *Gitan Swing*... La liste serait interminable. Et bien entendu *Irène* que tous les membres du groupe adorent. Encore un secret que Josette va devoir garder pour elle… L'orchestre est le même que celui qui figure sur le disque, à une exception près, le pianiste, très virtuose, mais moins inspiré, moins habité peut-être que Gerhard Ganz. Le concert ayant commencé à 17 heures, il se termine assez tôt pour que tout le monde ait le temps de repasser par le Café Éva et écouter la BBC. Le message du jour est important, c'est la raison pour laquelle personne ne veut le manquer. Le Général demande aux Français d'observer, demain vendredi 7 novembre, cinq minutes de silence, à 4 heures, à la mémoire des otages innocents fusillés par les Allemands.

Beaucoup respectent la consigne, dans les services publics, dans le métro, dans la rue, dans les cafés, durant certaines répétitions au théâtre, sur certains lieux de tournage, et dans les établissements scolaires. « D'ailleurs, c'est tombé sur moi », dit Josette.

— Comment sur toi ? demande Lucienne.

— Oui, en cours de philo.

— « Catherine, dates de naissance et de mort de Descartes ? »

J'allais répondre 1596-1650 et je me suis souvenue de De Gaulle à la BBC, je n'ai rien répondu…

— « Pouvez-vous me citer au moins un livre écrit par Descartes ? »

— …

— « Pouvez-vous me parler du dualisme entre l'âme et le corps ? »

— …

— « Descartes était philosophe mais aussi physicien et mathématicien, quelle contribution a-t-il apportée à l'optique ? »

— …

— « Pourquoi peut-on dire qu'il est à l'origine de la géométrie analytique ? »

— …

— Et tu as tenu comme ça cinq minutes ?

— Ah, oui !

— Et que t'a dit la prof ?

— « Vous ne voulez pas répondre, c'est ça… » « Madame, madame », s'est mise à hurler une élève connue pour ses positions disons proallemandes, « je peux répondre à toutes vos questions… »

— « Je sais, mais votre voisine aussi. Seulement elle a écouté Radio-Londres, c'est aussi bien que d'étudier Descartes. »

— Et c'est tout. Elle ne t'a pas sanctionnée ?

— Non. À Henri-IV, la plupart des professeurs rejettent Pétain, certains collaborent à des journaux clandestins… Il y en a même un qui a écrit au minium, et en plein jour, sur la statue de Jeanne d'Arc qui se trouve en face du Cercle militaire : « Vengez-nous ! »

— Et vous allez faire quelque chose pour le 11 Novembre ? demande Odette. Vos professeurs seront avec vous ?

C'est Jean et Pierre qui répondent :

— Mais non, on est coincés. Toute manifestation

est interdite. Et de plus, ce jour-là, exceptionnellement, les cours auront lieu dans tous les collèges, écoles, lycées et facultés jusqu'à 7 heures du soir ! Rien que pour nous empêcher d'aller manifester !

— Cela dit, remarque Charlie, ça fait un certain temps qu'on n'a pas fait d'action zazoue de grande ampleur, on pourrait y réfléchir…

C'est Josette qui se lance :

— Jeter des boules puantes dans la librairie Rive Gauche. J'y suis allée, c'est facile.

— Et les vigiles devant la porte ? demande Lucienne.

— On s'en moque ! dit Sarah.

— C'est absurde, dit Jean.

Sans trop savoir pourquoi, Charlie ne sent pas cette histoire, ne pense pas que ce soit une bonne idée.

— Eh bien, on ira entre filles, décident Lucienne, Sarah, Josette et Odette, bientôt rejointes par Marie.

Tout à coup, Pierre jaillit de sa chaise et tel un diable, martèle : « Non, hors de question ! Non ! » Chacun reste bouche bée sans comprendre ce qui se passe. Josette réagit :

— Quoi, c'est ta chasse gardée ? Il n'y a que toi qui as le droit de lancer des pavés dans la vitrine des librairies allemandes ?

Pierre est très en colère :

— Tu m'ennuies. Je t'ai déjà dit que je n'y étais pour rien ! Arrête avec ça ! C'est sérieux ! Ah, et puis vous m'emmerdez tous, ajoute-t-il en quittant le Café Éva.

23

Ce matin, Josette, qui a cours de civilisation gréco-latine à 8 heures, « petit-déjeune » dans un café de la place de la Sorbonne qui se trouve juste devant la librairie Rive Gauche. Il fait froid, mais la salle est chauffée et Josette peut travailler tranquillement. Du moins, le pense-t-elle jusqu'à ce qu'un groupe bruyant d'étudiants descendant le boulevard Saint-Michel passe en courant devant la librairie, se scinde en deux, les uns continuant sur Saint-Michel, les autres se dirigeant vers la rue de la Sorbonne, tous jetant de lourds pavés dans les vitrines de la librairie qui volent en éclats. Alors que les vigiles les prennent immédiatement en chasse, Josette qui a relevé la tête se dit que ces courageux ont mené à bien l'action qu'elle voulait entreprendre. Des coups de feu retentissent, tirés par les agents apeurés qui visent des passants mais heureusement les manquent. L'affolement est général. Elle n'a pas le temps d'être jalouse, une violente explosion la projette au sol, brisant les vitres du café, renversant tasses et couverts, tables, chaises. Quand elle se relève la place est plongée dans un étrange silence, pas un souffle d'air, pas un oiseau, puis soudain une rumeur grandissante s'installe : cris, bruits de bottes, ordres militaires, plusieurs rafales de mitraillettes, puis de nouveau le silence. La police allemande est déjà sur les lieux, boucle le quartier, commence à rafler certaines personnes. C'est un attentat. Une bombe à retardement. Quand on lui demande si elle a vu quelque chose, elle dit non, que cela a été trop vite, qu'elle travaillait, le nez dans ses cahiers et ses livres. Elle ne dit rien des étudiants qu'elle a vus courir pour créer une diversion. Elle reste bloquée toute la journée dans le café. On dit que le beau-frère de Brasillach, qui dirige la librairie, est venu constater les dégâts. Quand elle peut enfin sortir, elle voit dans la vitrine côté boulevard Saint-Michel des monceaux de volumes déchiquetés, avec bien en évidence un placard sur lequel est écrit : « Des bombes contre une idée ! » Dans l'autre vitrine, les restes d'un hommage à Montherlant : photographies de lui à différents âges, lettres à des camarades, exemplaires de ses premiers essais littéraires, textes manuscrits – l'ensemble explosé, brûlé par les charges de dynamite. Devant les monceaux de vitres brisées, étudiants et étudiantes défilent pour constater l'étendue des dégâts. Les visages sont fermés. Aucun mot, aucun geste. Mais dans tous les regards une sorte de rire moqueur, de pétillement : l'autorité occupante aurait exigé que tout soit réparé le jour même. Ce le sera sans doute, mais on recommencera, semblent dire ces sourires. Dès le lendemain, des mesures draconiennes sont mises en œuvre. À commencer par la fermeture de tous les cafés du boulevard Saint-Michel à 5 heures. Évidemment, c'est l'heure où habituellement les facultés et les lycées se vident, et où les cafés, bien chauffés, se remplissent. L'heure des discussions devant les demis et les boissons de remplacement. L'heure où les zazous se regroupent dans leurs accoutrements qui sont une insulte à la Révolution nationale. Par chance, le Café Éva n'est pas sur le Boul'Mich' mais loin de là, près du parc Montsouris.

— C'est toi qui as fait le coup ? demande Jo à Jean.

— Si tu t'y mets aussi ! répond Jean qui a cette fois décidé de désamorcer la discussion. J'ai d'autres choses à faire, plus importantes.

— Comme quoi ? demande Josette.

— Commencer à amasser de vieux disques, par exemple. C'est le vendeur du Palais du Disque, boulevard des Italiens, qui m'a donné le tuyau. Les matières premières se faisant rares, bientôt il faudra leur donner trois disques anciens pour en avoir un nouveau !

— Quoi d'autre ? demande Lucienne.

— Descendre dans le métro pour essayer d'obtenir des tablettes de chocolat à 1 franc. Dans certaines stations on se bat devant les appareils automatiques qui en distribuent sans ticket…

Très vite, l'atmosphère se détend. La phalange du Café Éva est faite de jeunes gens et de jeunes filles qui parfois voudraient que la guerre ne les empêche pas de vivre leur jeunesse. Lucienne a lu dans *Pour Elle* un article qu'elle voudrait porter à la connaissance de la communauté :

— Ça s'appelle : « Conseils aux jeunes filles ». Écoutez, mesdames, c'est pour vous. « Non ! ne soyez pas "swing". Une jupe ultra-courte, quel mauvais goût ! Le manque de tissu n'excuse pas une telle indécence. Monique, on va vous croire "celle que vous n'êtes pas"... Contentez-vous d'aimer le swing dans les concerts et n'en faites pas une règle d'existence. »

Pierre qui depuis longtemps n'a pas lu à ses amis l'un des articles imbéciles dont il est friand en sort un de sa grosse canadienne grise qui est en train de devenir l'« uniforme » des clandestins, ce que ses amis lui font remarquer sur le ton de la plaisanterie. Il le prend assez mal :

— « Clandestin, clandestin », ça veut dire quoi ! Moi je suis zazou, swing, dans le mouvement, c'est tout.

— Bon allez, tu nous lis tes perles journalistiques ? dit Jean.

Pierre prend la pose, imitant, comme toujours dans ces cas-là, l'accent du Maréchal, mains qui tremblent et voix chevrotante :

— Extrait de *La France au travail*, une belle revue à laquelle vous devriez tous être abonnés : « Il est bien entendu que les sous-Tarzan frisottés qui promènent leur spleen vers les 15 heures entre Capoulade et Dupont ne comprendront jamais rien à la Révolution nationale. Mais heureusement, ils ne sont qu'une minorité quand même. Il reste des hésitants : ceux qui ne se décideront à venir à la France nouvelle que le jour où cette France aura fait peau neuve. Ils manquent un peu de courage, mais ils en prendront quand ils auront rejoint nos rangs. »

— Encore, encore !

La demande est unanime.

— C'est dans *La Gerbe.* Une merveille... Après avoir reconquis le Quartier latin sur l'influence juive et l'imposture gaulliste, elle propose d'aller voir du côté de l'Amérique : « Nous avons toutes les peines du monde à éliminer le venin de l'Amérique. Il a passé dans nos mœurs et imprégné notre civilisation. Où en sommes-nous maintenant ? Décadence du sens critique : américanite ! Chute verticale du sentiment de la famille : américanite ! Folies du jazz nègre puis du swing : américanite ! Contagion de notre jeunesse par les cocktails-parties : américanite ! »

Des applaudissements vengeurs accompagnent la fin de la lecture. En somme l'attentat de la librairie Rive Gauche est oublié. Un rire teinté de nostalgie semble s'installer durablement en ces jours de fin novembre durant lesquels Josette ne cherche pas à revoir Gerhard qui d'ailleurs, confirme Jo, n'est pas réapparu au Café Éva depuis longtemps.

Il est, dans cette guerre, une constance : rien n'est stable, rien ne dure, tout est changeant, mobile, imprévisible. Aux journées d'inexplicable beau soleil a succédé un temps de neige, finissant par recouvrir les rues de la capitale d'une profonde couche de boue. Dans ce Paris où la préoccupation de manger devient une obsession, où la viande illicite est dans certains restaurants de marché noir servie cachée sous un tapis de légumes, où les pelouses continuent d'être défoncées pour que l'horticulture s'efface devant la culture potagère, tout le monde désormais doit être rentré tôt, la circulation est prohibée et il est interdit de regarder aux fenêtres sous peine d'être pris comme otage. Ce qui a pour première conséquence de créer dans le métro des bousculades terribles, chacun voulant être rentré chez soi le plus tôt possible.

Les exactions contre les Juifs ont repris. Parallèlement, les lettres anonymes, les dénonciations pullulent comme si chacun ne voyait plus dans son voisin qu'un ennemi dont il faudrait se débarrasser. Sept engins ont explosé, la même nuit, à quelques heures d'intervalle, réveillant tout Paris. Sept explosions dans sept synagogues. De fins mécanismes d'horlogerie, précis, meurtriers. Déposés là où il fallait et quand il le fallait. Rue des Tournelles, rue Notre-Dame-de-Nazareth, rue de la Victoire, rue Saint-Isaure, rue Copernic, rue Pavée, avenue de Montespan. Aucun mort, aucun blessé, mais beaucoup de dégâts matériels : candélabres endommagés, piliers arrachés, vitraux brisés, péristyles criblés d'éclats, portes éventrées. La synagogue de la rue Pavée est à quelques pas du domicile de Sarah. Coincé entre deux vieux immeubles, le discret bâtiment à façade ocre a beaucoup souffert. C'est une histoire étrange. Découvert contre une des portes d'entrée, l'engin explosif a été laissé sur place pendant quarante-huit heures. Les Allemands l'ont ensuite fait exploser sans l'enlever. Derrière la barrière de bois qui empêche les curieux de s'approcher, Sarah a vu les grandes portes en bois arrachées et démolies, l'autel, les rangées de sièges, les vitraux, toutes les décorations en miettes ; tout comme le mur du fond, de sorte qu'on voit à travers la synagogue la cour de derrière avec ses arbres.

Avec la fin de la neige et de la boue, maintenant remplacées de manière incompréhensible par un temps absolument merveilleux, avec du soleil et du ciel bleu partout, les attentats contre les forces occupantes ont repris. Sont particulièrement visées les installations à l'usage de l'armée allemande. Hôtels, restaurants, *Soldatenheim* sautent les uns après les autres. Les bombes lancées ont succédé aux pistolets. Place Saint-Michel, boulevard du Montparnasse, rue Championnet, boulevard Magenta, boulevard Pereire, rue de la Convention : l'occupant ne doit plus se sentir en sécurité dans aucune rue de Paris.

La riposte contre la population est à la mesure

de l'inquiétude allemande. Une amende d'un million de francs est demandée à la Ville de Paris qui devient une cité vraiment déserte sur laquelle règne un silence macabre : cafés, cinémas, théâtres sont fermés, ainsi que plusieurs stations de métro. Interdiction de circuler la nuit en voiture, suppression des laissez-passer. Quant à la population juive, un sort particulier lui est réservé : un « grand nombre d'éléments criminels judéo-bolcheviques » vont être déportés en Russie dans des camps de travail, et une centaine de « communistes et d'anarchistes » ayant des rapports avec les auteurs des attentats vont être fusillés. Combien de temps cela va-t-il durer ? Il faudrait pouvoir trouver les moyens de tenir à travers cette horreur, de s'installer en elle, d'attendre on ne sait trop quoi, mais attendre.

Tous les membres de la petite bande, calfeutrés chez eux comme tous les Parisiens, commencent à dépérir. Comme tous les Parisiens, ils ont l'impression d'avoir du sang jusqu'au ventre et tout autour de soi. Il est impossible de ne pas le voir, ce sang. Il est impossible de ne pas en sentir l'odeur qui imprègne tout, le corps, les vêtements, même les rêves. Une nuit, Josette en est certaine, elle s'est réveillée, effrayée au milieu de la nuit, parce que ça sentait le sang, dans sa chambre, dans toutes ses pièces, elle a même ouvert la fenêtre au risque de se faire tirer dessus par la patrouille. Mais c'était trop, ça sentait trop le sang. Partout. Et ce qui hier encore la faisait rire ne la fait plus rire du tout, comme cette exposition intitulée « Ravitaillement », dans laquelle sont exposés des peintres qui rejettent Chardin « parce qu'il peint placidement des entassements de fruits, de légumes et de gibier », ou Cézanne, parce qu'il « laisse sans remords rassir une miche de pain sur le coin de sa table ». Non, Josette et ses amis rient moins, s'amusent moins. Hier encore, cette affiche intitulée « Paysans ! Le doryphore est votre ennemi… Combattez-le avec acharnement ! » les aurait fait mourir de rire. Plus aujourd'hui. Tout juste remarquent-ils qu'en donnant aux Allemands le surnom de « doryphores » l'affiche pourrait prendre un autre sens, tout comme son sous-titre : « Aidez-vous les uns les autres… Formez dans chaque village des équipes. »

Mais vivre ainsi n'est pas souhaitable, n'est pas possible. Ils sont J3, ils sont zazous, ils sont swing ! Comme le chante Marie Bizet : « J'ai du rythme, j'ai du swing / J'ai le rythme des dancings / Dans la peau, j'ai l'saxo / J'ai du rythme et j'ai du swing / J'ai du swing et j'ai du rythme. » Il faut reprendre le cours de la vie ! Il ne faut pas se laisser étouffer par cette mort qui rôde. Ils se donnent tous rendez-vous le 11 décembre au Café Éva.

— Dis, Ali, c'est toi qui lis ce torchon ? demande Jo, qui vient de ramasser un journal tombé du tablier du jeune serveur.

— Non, monsieur, je vous assure. On me l'a donné, mais ça ne m'intéresse pas.

Jo est dans tous ses états. *Er Rachid*, c'est l'hebdomadaire de Mohamed el-Maadi...

— Ali, tu sais qui c'est Mohamed el-Maadi ?

— Non, monsieur, je vous assure, monsieur, je ne sais pas.

— Moi non plus, dit Josette, qui a suivi la discussion de loin.

Agitant le journal au-dessus de sa tête, Jo lui répond :

— El-Maadi, c'est celui qui s'occupe du Maghreb au Rassemblement national populaire. Un grand ami de Déat. Vous êtes trop jeunes pour le savoir, mais dès 1930, dès son retour d'Algérie, il a prôné la guerre sainte contre les Français. Il a fricoté avec les Croix-de-Feu, avec le PPF, avec l'Union socialiste de Déat.

Un plateau rempli de consommations à la main, slalomant entre les tables, Ali n'en mène pas large, regardant Jo comme un chien qui vient de se faire battre par son maître. Jo insiste :

— Et tu n'as pas lu ce torchon ?

— Non, monsieur, je vous assure.

— Écoute. Écoutez tous, en première page, au sujet de l'invasion de l'URSS par la Wehrmacht : « Le Führer, guide spirituel incontesté, entame enfin cette juste guerre contre la horde communiste qui est considérée à juste titre comme l'ennemi mortel de l'Islam et de l'Ordre divin. Nous autres Musulmans, nous saluons avec joie la lutte de l'Allemagne national-socialiste contre l'ennemi commun. Sa lutte est la nôtre. De toutes nos forces nous devons l'aider dans son *djihad*. À mort le bolchevisme. »

— J'sais pas ce que ça veut dire, monsieur, je vous assure.

— Je te préviens, si je te revois avec ça, je te fous à la porte.

Tous ont le sentiment que la discussion n'est pas près de s'arrêter. Jo, comme souvent, est dans un état d'énervement avancé. Inutile dans ce cas de parler de morceau de jazz, de concert, et ce n'est pas l'arrivée de Charlie qui va arranger les choses et détendre l'atmosphère. Lui d'habitude si joyeux, si provocateur, a l'air éteint. Il a le teint blême et semble avoir vieilli tout d'un coup.

— Que se passe-t-il ? demande Lucienne qui l'attendait avec impatience, et dont le baiser amoureux ne lui redonne pas le sourire.

— C'est affreux, mes amis…

— Quoi, mon amour ? Quoi, que se passe-t-il ? s'affole Lucienne.

— L'Allemagne et l'Italie viennent de déclarer la guerre aux États-Unis. Tous les Américains de la zone occupée doivent se présenter à la Kommandantur la plus proche de leur domicile au plus tard le 17 décembre avant 18 heures.

— Sinon ? dit Lucienne.

— Les contrevenants seront arrêtés et envoyés

jusqu'à nouvel ordre dans des baraques en bois, sans eau ni chauffage, à Besançon ! Que faire ? De toute façon, depuis Pearl Harbor, et la reconnaissance par le Congrès d'un état de guerre avec le Japon, les dés étaient jetés…

— Mais tu n'es pas seul, Charlie, fait remarquer Lucienne. Nous sommes tous à tes côtés. On va tous t'aider.

— Tu quittes définitivement ton poste à l'Hôpital américain et tu joues du saxo dans…

— Interdiction est faite aux musiciens américains de se produire en public…

— Tu sors tes papiers au nom de Charles Louis et tu intègres une formation jazz.

— Vous ne vous rendez pas compte. Plein de choses vont changer. Ce n'est pas qu'*Autant en emporte le vent*, *Moby Dick*, ou *Rebecca* vont disparaître des rayonnages des libraires, ou que nos morceaux préférés de jazz ne passeront plus nulle part, c'est plus grave que ça…

Josette croit bon d'insister.

— Mais tu es français, tu t'appelles Charles Louis. Et tous les ennuis s'arrêtent…

— Je ne suis pas si sûr. Depuis le 11 octobre, je te rappelle que les faussaires et les porteurs de fausse carte d'identité sont déférés devant un tribunal d'État, et qu'ils risquent la peine de mort ou les travaux forcés…

Lucienne intervient :

— Écoute, Josette a raison. Tu rejoins les rangs

d'un orchestre swing, celui de Carrara, par exemple, qui passe au Parnasse, il cherche des musiciens, ou mieux encore, celui du Grand Orchestre de Radio-Paris. Tu es sûr de jouer tous les jours…

— Et tu donnes même avec lui des concerts au théâtre des Champs-Élysées, auxquels tu t'empresseras d'inviter tes copains, ajoute Jean.

— Je vais réfléchir…

— Mais, vite, dit Jean, je t'en supplie, fais vite et prends la bonne décision…

Le 27 décembre, « cinq cent cinquante-deuxième jour de la lutte du peuple français pour sa libération », la BBC envoie un message d'espoir. « Je suis convaincu qu'aujourd'hui nous sommes maîtres de notre destin », déclare l'éditorialiste Jacques Duchesne. Les amis du Café Éva n'en sont pas si sûrs. La police vient encore de lancer dans tout Paris des émissaires chargés d'arrêter à leur domicile des centaines de Juifs, choisis parmi des universitaires, des hommes de lettres, des financiers, des commerçants, et Charles Trenet, le chanteur de *Swing troubadour*, est accusé d'être l'un des agents les plus actifs de la « judaïsation du goût français »… Lors du dîner de nouvel an composé d'un potage, d'un civet de lapin dont certains certifient qu'il a tout du chat, de tranches de requin, de saucisses « émanant d'un cochon clandestin élevé dans une cave », et d'un camembert arrivé le matin même de la zone nono, la discussion tourne essentiellement autour de la question de la protection de Charlie et d'un accord indispensable à trouver avec les zazous des Champs-Élysées. En effet, les attaques contre la jeunesse qui refuse de rentrer dans le rang sont de plus en plus fréquentes et agressives. Le dernier article du *Pilori* est un poème satirique publié avec une partition musicale destinée à aider celui ou celle qui aimerait le chanter :

« C'est un type de notre époque
Il se dénomme le zazou
Hétéroclite, laid, baroque,
Plus gorille que sapajou,
Sa tignasse lui sert de toque,
Forêt vierge où gîtent les poux ;
Bipède burlesque, loufoque,
Nous allons fesser le zazou ! »

Se pose tout de même la question de la soirée. Josette a raison. Ils ne vont pas rester cloîtrés ce dernier jour de l'année 41 ! Les théâtres, les music-halls sont pleins et pour beaucoup remplis d'Allemands. Restent les cinémas, là encore nombre de films allemands, censés faire rire les Français.

— On ne va tout de même pas aller applaudir Hilde Krahl, Heinrich George ou Heinz Ruhmann ! s'exclame Lucienne.

Jean a une idée, immédiatement acceptée par tous :

— On va au cinéma. On a le choix entre deux films *L'assassin habite au 21* ou *Le Mariage de Chiffon*.

— Tu décides. C'est toi le cinéphile, dit Josette. Que nous propose le maître ?

— *Le Mariage de Chiffon !* Un vaudeville aérien…

— Dans le milieu de la haute couture ? lance Lucienne.

— Justement, pas du tout ! « Chiffon », c'est le surnom de l'héroïne… Donc, un vrai nanar !

— Donc, la possibilité de pousser des hurlements, de manifester, surtout s'il y a des Boches dans la salle, dit Pierre.

— Ou de siffler, ajoute Lucienne.

— Ou de caqueter comme la *Poule zazou* de Trenet, renchérit Sarah.

— Ou de chanter *L'Hôtel des Trois Canards* ! lance Marie.

Semer le trouble durant une projection, voilà une bonne façon de finir l'année et de commencer la nouvelle. Mais les choses ne se passent pas comme prévu. Le groupe à lui tout seul n'entraîne nullement une salle, presque hostile. Il faut immédiatement tirer les leçons de cette histoire. Il va falloir coûte que coûte s'unir à d'autres zazous : ceux du Pam-Pam, sur les Champs-Élysées, même s'ils affectent une très grande désinvolture ; ceux du Capoulade et du Dupont-Latin, petits swings sorbonnards du quartier du même nom ; ceux plus solennels, plus âgés, plus riches aussi du Colisée, peu importe.

— Ce sera notre bonne résolution pour 1942, dit Josette : Aller voir les autres zazous et faire un front commun avec eux.

— Bon courage ! rétorque Jean en ricanant.

1942

« Vous connaissez, madame,
Le lumber trot, le horse et le yam
Quel programme
Mais il y a mieux encore
On fait toujours plus fort
Dans tous les dancings
Avez-vous vu le swing
Attention suivez-moi bien
Attention n'oubliez rien
Regardez un deux trois swing
C'est un pas simple comme tout
On l'dansera demain partout
Essayez, un deux trois swing
Suivant les cas on l'apprend sans peine
Au bout d'un jour ou d'une semaine
Attention à la leçon
Et maint'nant recommençons
tous en chœur, un deux trois swing. »

Roger LUCCHESI, *Un deux trois swing.*

24

Josette a mal dormi. Cette nuit, l'habituelle musique des cinq paires de bottes rompant, en parfaite harmonie, le calme de la rue Gazan, a été troublée à maintes reprises par le moteur de plusieurs voitures passant à vive allure, freinant puis repartant, et par le staccato d'une mitraillette. Josette est épuisée. Tout en se regardant dans la glace, elle prononce ses deux noms, lentement, « Catherine », « Josette », y ajoute un troisième, « Irène ». Celui que lui a donné Gerhard. Elle se met à rêver qu'elle fait découvrir au jeune Allemand le quartier qu'elle aime : Montparnasse. Le quartier des prostituées, avec ses rues troublantes, rue Perceval, rue Sauvageot, boulevard Edgar-Quinet, rue d'Odessa, et le Jockey, le cabaret pour hommes. Puis ils vont à Bobino, écouter un orchestre de jazz, enfin elle l'emmène dîner. Mais où ? Elle hésite entre Les Mille Colonnes, rue Vandamme, immense restaurant bon marché, et Les Marquises, le meilleur endroit pour souper après un spectacle. Son rêve s'arrête brusquement quand Odette et Jean frappent à sa porte.

Ils sont frigorifiés. Il fait un froid à pleurer, un temps de retraite de Russie, soufflent des rafales de vent glacial, tombent de gros flocons de neige. Pour ne rien arranger, une panne d'électricité prive Paris de lumière. Il fait moins de 10 degrés dans les appartements. Pour lutter contre le froid, tout est bon : bourrelets feutrés ou métalliques aux joints des portes, poêles alimentés à la sciure ou aux boulettes de papier, gilets de peau de lapin, robes de chambre découpées dans de vieux rideaux. Les élégantes s'enveloppent de molleton, de feutre, de poils, de laine, comme les fontaines exposées à la gelée dans les jardins publics, de peaux de bêtes les plus étranges assemblées en damiers et rayures ; chats, chiens, chevaux, chèvres, moutons formant un curieux troupeau taxidermique. Même la grande Colette délivre son message, conseillant aux Parisiennes de doubler leurs vêtements d'intérieur de feuilles de journaux et de porter des chaînettes et des bracelets d'or, car ce métal coûteux jouit, d'après elle, des mêmes vertus calorifuges que le papier !

Jean a apporté du beurre qu'il a acheté dans un hangar proche de la porte des Lilas, « 52 francs le kilo, c'est près de 20 francs de plus que le cours officiel, mais je sais que ça te fait plaisir » ; et Odette cache un présent dans son sac à main : un chou que lui a donné une cliente de la boulangerie, « c'est toujours comme ça quand elle revient de sa campagne, je ne sais plus quoi en faire »…

Avec Josette, Odette et Jean ont été choisis par le groupe pour les représenter auprès des zazous des Champs-Élysées et du Quartier latin. Sarah voulait venir. Mais pour cette fois, tous lui ont conseillé la prudence. Malgré l'échec des *Pirates de Paris*, pièce férocement antisémite, écrite sous pseudonyme par le critique de *Je suis partout* – ce qui prouverait que les Parisiens ne sont pas tous prêts à gober les inepties collaborationnistes –, les autorités allemandes multiplient les mesures vexatoires à l'encontre de la communauté juive dont les membres doivent désormais rester chez eux après 20 heures, ne plus déménager, ne plus posséder de bicyclette, ne plus exercer un métier qui les mette en contact avec le public. Sarah n'a ainsi plus le droit de couper les cheveux dans la boutique, et est obligée, pour vivre, de travailler chez elle ou de se rendre chez les clients. Sans compter qu'une centaine de Juifs viennent d'être arrêtés dans la capitale et que *Les Corrupteurs* est désormais distribué en complément de programme des *Inconnus dans la maison*. De quoi s'agit-il ? D'un court métrage de Pierre Ramelot destiné à apporter sa contribution à la « chasse aux Juifs ». On y voit un jeune homme devenir criminel sous l'influence des films de gangsters « judéo-américains » ; une jeune actrice tomber sous la coupe de producteurs juifs qui l'obligent à se prostituer ; un petit rentier français ruiné par un banquier juif ; le tout se terminant par un discours de Pétain vantant les mérites d'une « civilisation nouvelle débarrassée de tous les éléments destructeurs et asociaux » et mettant en garde le peuple français contre le péril que représente celui de Jéhovah rendu responsable de la délinquance et des scandales financiers.

Quand ils sortent de l'appartement, la coupure de courant est terminée. Comme par miracle, le métro remarche et peut ainsi conduire les émissaires zazous sur leur lieu de rendez-vous.

Le contraste entre les Champs-Élysées sous la neige, entièrement vides, excepté quelques feldgrau et quelques gretchen qui se rendent à leur bureau, en faisant le salut nazi chaque fois qu'ils se croisent, et le brouhaha régnant à l'intérieur du Pam-Pam, lieu de prédilection des zazous de l'Arc de Triomphe, est extraordinaire. Tandis que passent en boucle les derniers succès swing de Johnny Hess, de Marie Bizet, de Josette Daydé, de Trenet et bien entendu de Django Reinhardt, tous les représentants de la tribu zazoue, cigarette anglaise à la bouche, verre de bière-grenadine en main puisque c'est là qu'a été inventé l'épatant cocktail, s'agitent comme des diables et parlent tous en même temps. Le café est plein de garçons aux cravates de couleurs vives et de filles décolletées jusqu'à la pointe des seins. Aux amples vestes de mouton recouvrant les jupes plissées très courtes et aux épais pulls à col roulé des jeunes filles, répondent les vestes quadrillées des garçons comme posées sur des chemises à col empesé et descendant sur d'étroits pantalons laissant apparaître de grosses chaussettes de laine. À ces uniformes habituels de la tribu zazoue, s'ajoute un embrouillamini de colifichets, de gourmettes, de chaînes de montre, de minuscules épingles de cravate. Ils portent tous d'épaisses chaussures à semelles compensées. Ils arborent tous de hautes chevelures bouffantes sur le dessus de la tête, descendant très bas en arrière du cou. Ils ont tous lu *Autant en emporte le vent* dont ils peuvent citer des passages en entier, et se répètent comme une sorte de mantra qui les protégerait des malheurs apportés par cette foutue guerre les vers gravés sur le tombeau de Lord Sparkenbroke, héros du roman éponyme de Charles Morgan : « Nous agissons comme tu agis, Dans l'orgueil de la jeunesse et la vivacité de l'amour. »

Très vite, entre ces différents groupes, les conversations s'engagent qui n'évoquent pas immédiatement la raison fondamentale de cette rencontre, une alliance entre zazous, mais prennent des chemins de traverse. On parle évidemment du dernier article de *Je suis partout*, assurant que malgré les cent mille morts de la guerre, les centaines de milliers de prisonniers encore en captivité, toute cette France qui souffre et qui par pudeur interdit les bals, « les zazous enjuivés, bien évidemment, continuent, eux, de danser, de boire et de fumer ! ». On parle aussi des rengaines de Zarah Leander, qui chante maintenant en français, et qu'un zazou prenant sa voix capiteuse et veloutée imite, sous les applaudissements, en détournant son dernier succès : « Vaines, toutes les promesses / Car sous la botte rien n'est sincère / Vichy nous grise pour quelque temps / Puis les prisons, la peur, tout ment. » C'est une jeunesse entière qui se rassemble ici. Tous sont allés au Festival de jazz à Pleyel en février dernier. Tous collectionnent les disques de la marque Swing. Tous ont vu *Croisières sidérales*, le film d'André Zwobada dans lequel Carette atterrit sur Vénus, une planète qui ressemble aux Folies-Bergère.

Bientôt il est question d'actions communes. Beaucoup sont des lycéens et des lycéennes. On cherche des slogans unitaires comme « L'aspirateur hitlérien vide le pays en moins de rien », ou « Liberté-Égalité-Fraternité-Vive de Gaulle ». On propose de coller, au nez des Allemands, des papillons subversifs à Paris et dans la banlieue, sur les parapets des ponts, sur les becs de gaz. Ne vaudrait-il pas mieux écrire des graffitis, c'est plus rapide, plus vif, plus exaspérant, répondent certains. Une craie, du charbon, parfois même de la peinture et le tour est joué ! Et pourquoi pas des slogans, qu'on répéterait partout : « Quel est le plus bel Aryen d'Europe ? Le docteur Goebbels ! Quel est le plus gros ploutocrate d'Europe ? Hermann Göring ! Quel est le dernier tyran d'Europe ? Adolf Hitler ». « Et nous collons ces slogans sur les voitures des Boches ! »

Il est facile de s'apercevoir que lentement deux tendances se font face. Il y a ceux pour qui l'action est synonyme de blagues, et d'autres, sans trop savoir quoi, qui préféreraient une autre forme d'engagement, plus efficace peut-être. Jean fait partie de ces derniers. À ses yeux, quand un rédacteur de *La Jeunesse* écrit que les zazous sont « le symbole de l'influence juive et du gaullisme conquérant », c'est qu'il les prend d'une certaine façon au sérieux et qu'il faut donc se méfier de cet éditorialiste. C'est lorsque Jean est allé avec d'autres camarades, place de l'Odéon, conspuer le ministre de l'Éducation nationale Abel Bonnard, au cri de « Gestapette aux chiottes », qu'il a soudain compris que tout ça était quelque chose de sérieux. Et le procès de ce que la presse appelle « les sept terroristes du groupe Brulstein », en cours, l'oblige à se poser des questions. C'est ce qu'il tente de dire aux zazous rassemblés aujourd'hui :

— Il paraît qu'on a retrouvé chez Gilbert Brulstein 150 pistolets automatiques, 25 kilos d'explosifs, 10 machines infernales, souligne Jean.

— Et alors, tu crois la presse vichyste, toi ? dit un zazou, habillé tout de jaune.

— Non. Mais on a dit qu'il voulait créer une armée de volontaires francs-tireurs, qu'il apprenait à ses recrues le maniement et le démontage du pistolet, et comment relever un plan.

— Ce n'est pas du tout ce qu'on veut faire, avance une jeune fille serrée dans un pull moulant rouge avec un rouge à lèvres de la même couleur. Et puis tout ça doit être faux.

— Oui, mais si c'était vrai ? demande Jean.

Odette et Josette lui font signe de ne pas continuer dans cette voie, que les zazous ne sont pas là pour entendre un prêche sur l'action armée. Sans doute ont-elles raison car celui qui intervient fait une déclaration qui en dit long sur les différences entre zazous. C'est un grand type plutôt déplaisant, voire insupportable, en complet bleu marine et petit col haut, qui rythme ses phrases en agitant un parapluie vert. En gros, il méprise tout et tout le monde, y compris les braves gens, trop bêtes, selon lui, « pour s'en sortir autrement qu'à coups de pied dans le cul ! ». C'est une belle leçon.

Certes, ils portent tous en quelque sorte le même « uniforme », écoutent la même musique, rejettent ce même « Travail-Famille-Patrie ». Mais ne forment pas véritablement une société secrète soudée. Et si on peut dire qu'un même esprit les réunit, c'est celui de contradiction ; cela ne va pas plus loin. D'ailleurs, comme si les questions soulevées par Jean et la réponse qui n'en était pas vraiment une faite par l'homme au parapluie avaient été l'étincelle qui met le feu à la grange, une vive discussion s'installe qui très vite dégénère. Certains zazous enlèvent leur veste, relèvent leurs manches au-dessus du coude, rangent pour certains leurs lunettes dans leur étui. Bientôt une bagarre générale explose. L'établissement, réputé pour son charmant décor bleu et blanc et son calme propre aux délicats conciliabules de fins d'après-midi, se transforme en champ de bataille. Ce qui devait être une réunion unitaire n'a fait que mettre au jour les différences et les jalousies.

Après plusieurs minutes de lutte au corps à corps, c'est Odette qui, la première, voit arriver, venant de l'Étoile, un car de police, suivi de soldats allemands qui descendent l'avenue au pas de charge. Une débandade infernale ressoude les rangs des zazous face à un ennemi commun : la police de Vichy et les Allemands. Odette, Jean et Josette jaillissent du Pam-Pam, courent sur les Champs-Élysées sans se retourner, s'engouffrent dans une station de métro, miraculeusement ouverte, disparaissent dans les couloirs, arrivent sur le quai, et montent dans une voiture, direction : le Café Éva.

— En somme, ça n'a servi à rien, dit Pierre.

— Pire, répond Jean. Ça va apporter de l'eau au moulin de ceux qui nous accusent d'être des petits privilégiés oisifs qui gagnent de l'argent en faisant du marché noir, ou perdent leur temps à se bagarrer pendant que la France travaille et souffre.

— On s'en moque, non ? dit Odette.

— Je ne suis pas d'accord, objecte Sarah. La dernière caricature de Ralph Soupault, intitulée « Le zazou de salon », représente un zazou, confortablement installé dans un fauteuil profond, un verre à la main, en train d'écouter Radio-Londres…

— Et alors ? rétorque Odette.

— C'est un dessin politique, dit Sarah. Si ça continue, on va avoir de vrais ennuis. On représente quelque chose maintenant.

— Tu n'as pas tort, d'ailleurs je me demande si ce n'est pas un provocateur qui a fait le coup. Cette bagarre soudaine. Les flics qui arrivent si vite, dit Pierre.

— Tu crois vraiment ? demande Odette. On devrait mettre cette question aux voix… Les Boches ont-ils peur des zazous ? Dommage que Marie et Lucienne ne soient pas là, elles ne pourront pas voter !

— C'est vrai, où sont-elles ? demande Jean. Encore à chercher des chutes de tissu pour se confectionner des vêtements !

Sarah est furieuse :

— Quelle condescendance ! Les hommes, tous les mêmes ! Mais non, elles sont parties à Boulogne-Billancourt chez la tante de Marie qui revient de Normandie avec des œufs et du fromage !

Depuis le début de la discussion, Charlie est resté muet, comme perdu dans ses pensées. Pierre a une bonne nouvelle. C'est peut-être le moment de la lui annoncer, pour l'aider à sortir de sa tristesse. S'il va parfois écouter du jazz dans le sous-sol du Dupont-Latin, il préfère le bar aménagé dans les locaux de la Maison du droit, rue Gay-Lussac, là où l'on peut trouver encore des cigarettes anglaises.

C'est là qu'il a rencontré un musicien du Quintette Français :

— Il cherche un saxophoniste pour passer au Nox.

— La boîte rue Champollion ? demande Charlie. Oui, c'est bien. Merci...

— Ça n'a pas l'air de te réjouir beaucoup ?

— J'ai une nouvelle à vous annoncer, dit Charlie. Je vais partir.

Le cercle autour de Charlie se resserre. Les questions fusent : « Où ? », « Pourquoi ? », « Lucienne est au courant ? ».

Charlie s'explique. Il vient de refuser plusieurs engagements, dont un avec l'orchestre de Fred Adison. Personne ne comprend. Ne veut comprendre. Ce n'est pourtant pas compliqué... Arthur Briggs, le grand trompettiste, celui qui avant guerre avait joué avec Django Reinhardt, vient d'être arrêté par les nazis. On lui reproche d'être américain et noir. « Ça fait beaucoup, pour un Boche », souligne Charlie. Il a d'abord été jeté en prison puis envoyé dans un camp. Alors Charlie a pris une décision :

— Félix Valvert vient de créer un groupe qui réunit les principaux musiciens antillais. Tout le monde va quitter la capitale et tenter de rejoindre la zone libre. J'ai accepté de faire partie du voyage.

— Avec ta fausse carte d'identité au nom de Charles Louis, donc ? dit Sarah.

— Oui.

— Lucienne vient avec toi ?

— Non, je ne veux pas l'entraîner là-dedans, je ne sais pas comment tout ça va finir. J'attends qu'elle soit revenue et je pars juste après.

— Tu viens quand même au cinéma avec nous ce soir ?

— Évidemment !

25

C'est en revenant du cinéma César que tout a basculé. Le groupe y est allé pour perturber la projection du *Jeune Hitlérien Quex*, un film projeté pour la première fois en France et qui exalte l'esprit de sacrifice des Jeunesses hitlériennes. Opération réussie : la police est intervenue et a fini par faire évacuer la salle. Avant que chacun ne se sépare et retourne chez soi, Charlie fait rire la petite bande en criant dans la rue le slogan qu'il a fait reprendre par une bonne partie de la salle :

— Mister Goebbels pense sans doute qu'avec un navet pareil il peut rivaliser sur le plan artistique avec *Le Cuirassé Potemkine* !

Josette ne cesse de répéter cette phrase dans sa tête. Ce qui la met en joie. En sortant du métro Glacière, plus précisément en descendant avec précaution des marches métalliques qui conduisent du quai au trottoir, elle aperçoit d'énormes lueurs dans le ciel dans la direction de la tour Eiffel, puis reconnaît dans le lointain des tirs de DCA, enfin des sirènes qui se mettent à hululer. Dans la rue, les gens restent immobiles, le nez en l'air, à observer les milliers de petits parachutes éclairants qui flottent comme des lucioles. Personne ne sait au juste ce qui se passe. Au-dessus de Paris : un roulement continu, une sorte de piétinement sourd. C'est la première fois que Josette, comme beaucoup d'autres, entend une telle machinerie. Les Parisiens les plus inquiets imaginent que ce sont les Anglais qui lâchent des bombes sur leur ville. Les autres, avec des mines de conspirateurs, soutiennent que ce sont les Allemands qui ont monté une fausse alerte. En réalité, personne ne sait de quoi il s'agit même si finalement le discours commun c'est de dire que l'aviation anglaise, la RAF, finira bien par multiplier les raids sur les villes allemandes, par gagner la bataille du ciel et par rendre probable la victoire alliée. Beaucoup de femmes et de jeunes filles, comme Josette, portent un bracelet fait de pièces de nickel percées d'un trou circulaire : les initiales R. F. bordant ce dernier signifiant à leurs yeux RAF. Une façon comme une autre de soutenir l'aviation anglaise !

Arrivée chez elle, Josette est montée sur le toit de l'immeuble rejoindre ses voisins. On ne voit pas grand-chose. Rien que des fusées et la lueur de plusieurs incendies, de l'autre côté de Paris, à l'ouest, derrière la boucle de la Seine, le bois de Boulogne, vers le XVIe arrondissement. Tout le monde donne son avis, bavarde, certains même jouent les experts : « Avec le clair de lune et la neige qui est tombée, on aurait pu s'y attendre : ça facilite la reconnaissance des objectifs. » D'autres ont du mal à cacher leur jubilation : « Si ça pouvait tomber sur la tronche des Boches ! » Par moments, l'enthousiasme faiblit, les détonations sont si fortes et semblent se rapprocher, comme si les bombes tombaient sur le boulevard Saint-Germain ou la gare Montparnasse. Des avions rasent les toits avant que des vagues bruyantes se succèdent sans interruption et que de formidables décharges de DCA ébranlent l'air sans qu'il soit possible de savoir d'où elles proviennent. Vers minuit tout s'arrête. Chacun regagne ses appartements avec une seule certitude : il ne pouvait s'agir que d'un objectif militaire.

En sortant du César, tout le monde s'était donné rendez-vous pour le lendemain au Café Éva afin de commenter les réactions de la presse à la bagarre du Pam-Pam. *Paris-Midi* a ouvert ses colonnes à des personnalités du monde musical, leur demandant de réagir non point à ce pugilat entre « zazous négro-américano-juifs » mais au type de musique que ces « dégénérés » écoutent. Le résultat dépasse les espérances. Le pianiste Walter Rummel explique que le jazz et le swing sont tous deux des « fléaux » de la culture européenne car ils viennent de « deux apports juifs » : « J'ai entendu la "Marche funèbre" de Chopin en jazz ! C'est du bolchevisme culturel. Comme en Russie n'importe qui peut prendre la femme d'un autre ou la propriété d'un troisième. C'est extrêmement grave. J'espère qu'une loi de Vichy viendra bientôt régler cette question ! » Dans le même journal, le compositeur Francis Casadesus va plus loin encore dans la bêtise : « Il est avéré que n'importe quel phénomène aux doigts crochus qui ne considère la musique que comme une affaire de bénéfices peut s'emparer des œuvres classiques, les triturer, les déformer, les dépouiller de leurs sonorités magiques pour remplacer celles-ci par des roucoulements malsains de chanteurs swing, des vesses de trombones de jazz, des gargouillades de saxophones ou de clarinettes et par des aboiements de trompettes bouchées ; qu'il peut, en résumé, faire d'une œuvre fortement, profondément pensée, un divertissement pour gens soûls, pour morphinomanes, cocaïnomanes ou autres désaxés, pour toute la faune lubrique des lupanars, des dancings et des boîtes de nuit, lieux d'aisances des zazous. »

Mais ce qui devait faire le cœur des discussions est à peine survolé, et les autres articles traitant du même sujet sont très vite abandonnés car une inquiétude majeure s'est emparée de la petite bande : le quartier visé par le bombardement était celui de Boulogne-Billancourt, celui-là même où Lucienne et Marie ont passé la nuit. Depuis, personne n'a eu de leurs nouvelles. Plus de 200 bombardiers ont pilonné les usines dont certaines fournissent des armes aux nazis. Les bombes les plus lourdes dépassent les 1 000 kilos. Le nombre des victimes augmente d'heure en heure. Le maréchal Pétain en personne s'en est ému, parlant de « catastrophe nationale ». On parle de 500 morts et de 1 000 blessés ! Et Lucienne ? Et Marie ? La presse vichyste exploite le raid anglais sur les usines Renault, car il s'agit bien de cela, avec une rare violence, tout comme Radio-Paris. C'est bien la première fois que les habitués du Café Éva l'écoutent, cette radio. Tous en cercle autour du gros poste verni noir. Les commentateurs rapportent, en larmes, qu'ils ne sont là que pour « exprimer l'indignation de la population ouvrière, la seule atteinte par ce bombardement maudit ». Josette dit tout haut ce que pensent tous ses amis : « Les charognards de Vichy exploitent les cadavres sans vergogne. » Lucienne, Marie font-elles partie des morts ? L'attente est insupportable. Le 7 mars, quatre jours après le bombardement, Lucienne et Marie ne se sont toujours pas manifestées. Personne ne connaissait ni le nom ni l'adresse de la fameuse tante. Pierre et Charlie qui ont essayé d'aller sur les lieux n'ont rien trouvé. Les accès à la ville sont fermés et il est impossible de circuler. Pendant ce temps, Pétain, dans une mise en scène à la Goebbels, participe sur la place de la Concorde à un service solennel en l'honneur des victimes, rappelant dans son discours la « criminelle action d'une ancienne alliée qui n'a laissé nos soldats entrer seuls dans la mort que pour y jeter, deux ans plus tard, nos civils innocents ».

— Lucienne, Marie, faites-nous signe, merde ! hurle Sarah, en larmes.

— Il suffit de le demander ! répondent deux voix en écho.

L'émotion est si forte, pour tous ces visages qui se tournent vers l'entrée du café, que personne ne parle. Comme si un sort avait été jeté sur les membres de la petite communauté, les privant de l'usage de la parole et du geste, les transformant tous en statues de sel. La stupéfaction passée, ce ne sont que hurlements de joie et de bonheur, étreintes, embrassades. Odette va même jusqu'à embrasser Jean sur la bouche, quant à Lucienne et Charlie, leur étreinte est interminable. Ali et Jo se mêlent à l'euphorie générale. Il faut fêter ce retour, cette résurrection. Jo ouvre une bouteille de vin et revient de la cave avec une assiette remplie de tranches de jambon prélevées sur sa réserve du mois. Comment est-ce possible ? Personne n'ose y croire. Lucienne et Marie n'ont jamais été autant touchées, caressées, embrassées de leur vie, comme s'il fallait constamment s'assurer que leur présence n'est pas un mirage. Mais quand elles racontent, l'atmosphère, malgré la joie, devient plus lourde. Des centaines de pavillons d'habitation ont été démolis, des cités entières, composées de logements à bon marché, ont été soufflées. On dit que les ouvriers travaillant dans les usines qui tentaient de s'échapper se sont vu refouler par le service de surveillance, comme si les Allemands avaient besoin de ces morts supplémentaires. Lucienne et Marie ont cherché durant de longues minutes l'entrée des abris car les agents de la défense passive, brassard jaune sur la manche, ne les aidaient nullement.

— C'était horrible, les éclats de projectiles de DCA bondissaient sur les toits, tintaient dans les gouttières, faisaient comme des étincelles sur les pavés, dit Lucienne.

— Des familles entières sortaient des immeubles en hurlant. Les enfants s'agrippaient à la robe de chambre de leur mère et au pantalon de pyjama de leur père. J'ai vu des gens nus partir dans les rues en courant, d'autres s'emparer du casque bleu de la Première Guerre mondiale du chef d'îlot qui avait sifflé une dernière fois avant de s'écraser la tête dans la neige, ajoute Marie.

— Une femme est tombée, sans un mot, sous mes yeux, le crâne explosé, trouve la force de dire Lucienne.

— Deux hommes, dans un nuage de fumée noire, se tenaient la poitrine, emmêlés dans les lianes tordues de fils électriques qui les retenaient prisonniers, c'était affreux.

— Mais vous êtes vivantes ! dit Jo.

Cette parole plutôt banale du cabaretier déclenche une crise de rire chez les deux femmes.

— Pourquoi riez-vous ? demande Jo.

— Tu ne vas pas nous croire, dit Lucienne.

— Mais si ! Et puis je n'ai pas d'autre solution…

— Pour essayer de tenir, dans l'abri, j'ai raconté à Marie, puis à plein d'autres femmes qui se sont mises à écouter, les grandes tendances de la mode 1942 !

— Alors, c'est quoi ? demande Sarah.

— Tailleur : moins strict que l'année passée. Robe : hanches larges, taille fine. Coiffure : chignon très bas sur la nuque, peignes dans les cheveux. Accessoires : sac en crocodile bordeaux, manteaux de fourrure en skunk et en castor… J'ai tenu deux heures avec ça !

— Vous auriez pu chanter *Dans la cave de ma maison* de Georgius, dit Jo, en commençant le premier couplet repris par tous :

— « Comme je ne suis pas bavard
je vivais un peu à l'écart
mais la guerre et ses jours graves
m'a rendu plus babillard
je connais tous mes voisins
depuis que j'vais comme les copains
me réfugier à la cave
quand l'alerte bat son plein
dans la cave de ma maison
il y a des gens de bon ton
c'est comme dans les meilleurs salons
ça bavarde et ça potine
il y a Madame Tafanard
qui a un langage bizarre
elle mélange les mots et les noms
dans la cave, dans la cave de ma maison. »

Revenues de l'enfer, les deux amies ont plus que jamais des convictions très fermes sur la façon de mener leur existence. Marie est bien décidée, encore plus qu'avant, à accepter toutes les propositions.

Elle a failli mourir. Ce bombardement, c'est l'événement qu'elle attendait pour prendre sans remords les « bonnes » décisions : c'est bien pour ça qu'elle a accepté de chanter au gala des prisonniers de guerre du VIIe arrondissement, animé par Sacha Guitry au Magic Circus. Quant à Lucienne, elle veut se marier avec Charlie. Celui-ci, ému et ravi, lui annonce que dans ces conditions, il renonce au projet qu'il avait exposé à ses amis : le départ pour la zone nono avec le groupe de musiciens antillais.

— Non, dit Lucienne.

— Comment « non » ?

— C'est trop dangereux pour toi. Tu ne peux plus remettre les pieds à l'Hôpital américain, et jouer ici en te faisant appeler Charles Louis, c'est trop risqué. Pars avec tes musiciens, je t'en supplie !

En réalité, chacun à sa façon doit prendre les bonnes décisions. Chacun est à une sorte de carrefour. Certes, tous sont unis autour des caractéristiques qui sont celles du zazou, mais chacun est zazou à sa manière, habite le mot zazou comme il l'entend, risque sa vie là où il la vit. Ainsi Josette se pose-t-elle nombre de questions dont certaines qu'elle ne peut partager avec ses amis. Elle se doute bien que tous les Allemands qui vivent confortablement à Paris se demandent combien de temps cela va durer. Elle ne devrait pas avoir ce type de pensées mais elle les a quand même : Gerhard doit lui aussi vivre dans la terreur d'être expédié dans les unités combattantes de l'Est ou même dans les formations de l'arrière, que la présence des partisans soviétiques et polonais ne rend pas de tout repos. Elle voudrait le voir. Et elle a honte de ce désir, alors qu'un nouveau soldat allemand vient d'être abattu et que les murs de Paris se sont immédiatement couverts de placards annonçant que vingt otages, « appartenant au même milieu que les auteurs de l'attentat, à savoir des Juifs et des communistes », viennent d'être fusillés à 9 h 30 du matin.

Elle aussi, à sa façon, a subi le contrecoup du bombardement de Boulogne-Billancourt. Elle veut aller jusqu'au bout de son attirance pour Gerhard. Toute la semaine, en allant et en revenant du lycée, elle s'est promenée dans la rue, avec ses gros souliers de championne de ski, engoncée dans son manteau en peau de mouton, recevant les flocons glacés en pleine figure, faisant d'interminables glissades, avant qu'une pluie tiède vienne tout réchauffer et faire fondre la neige. Aujourd'hui, il fait un temps merveilleux. On est en mars et on se croirait au printemps.

26

Tout en révisant son programme de première année de philosophie, Josette, assise sur un banc du parc Montsouris, regarde le lac. L'air est d'argent et paraît si paisible. Le soleil commence à allumer des flammes derrière les peupliers qui bordent la petite île où sont réfugiés poules d'eau et canards. Les mouettes, en nombre chaque hiver, sont reparties vers les côtes normandes. Quel silence ! Jamais « son » parc n'a pris si tranquillement ses quartiers de printemps. Le cirque Scarpetta qui a perdu ses fauves, abattus par les Anglais au cours de la retraite de Belgique, a dressé ses tentes sous l'ange saint Michel qui garde l'entrée nord. Comme tous les autres espaces verts de Paris, le parc Montsouris a lui aussi opéré son retour à la terre. Chevaux dressés et éléphants tirent les charrues, le lama et le chameau participent aux travaux des champs ; quant à la troupe – clowns, trapézistes, écuyères, dresseurs, magiciens – elle a revêtu ses habits de paysans français. Josette trouve tout cela, sous cette belle lumière matinale, si gai. La disparition des statues qui hier l'avait tant chagrinée aujourd'hui l'amuse. C'est le Paris du printemps 1942 : silencieux et sans statues.

Perdue dans ses pensées, Josette ne s'aperçoit même pas qu'un jeune officier allemand vient de s'asseoir à côté d'elle, un numéro de la *NRF* à la main, dans son fringant uniforme de la Luftwaffe. C'est Gerhard. Quand elle s'aperçoit de sa présence, elle ne feint même pas la surprise. Il fallait que cela ait lieu, qu'une fois encore ils se croisent. Elle n'a même pas eu à susciter la rencontre, elle s'est faite d'elle-même, car elle sait qu'entre lui et elle les choses se feront toujours simplement quand il le faudra, en lieu et en heure.

— Nous ne faisons que nous croiser, dit Gerhard.

— C'est mieux ainsi. Il ne peut pas en être autrement.

— J'aime ce quartier. Le restaurant Dumesnil est devenu ma cantine. Je viens y manger une soupe à l'oignon, avec une bière ou une limonade. Parfois, on a l'impression que flotte une odeur de houblon...

— Ce n'est pas étonnant. La brasserie industrielle Dumesnil est à deux pas, rue Dareau, et la brasserie Gallia est toute proche, rue Sarrette.

— Vous êtes très bien renseignée...

— C'est mon quartier. J'ai vécu au 56, rue de la Tombe-Issoire. Pour aller à l'école, je longeais le mur entre la rue d'Alésia et l'avenue du Parc-de-Montsouris. C'était plein de charretiers qui avaient arrêté leurs chevaux et leur donnaient leur sac d'avoine.

Des chevaux formidables, boulonnais, percherons. Magnifiques, bruns, blonds, pommelés, noirs…

— Vos parents…

— On ne parle pas de mes parents, répond Josette, qui reprend son récit : Il y avait aussi les Petits Gervais…

— Les « Petits Gervais » ?

— Des voitures bleu et blanc à deux roues, conduites par des livreurs en blouse normande plissée, qui approvisionnaient les crémiers en produits laitiers. Elles étaient tirées par des chevaux très élégants, demi-sang, qui couraient à Longchamp une fois par an.

Tout en parlant, Josette se demande ce qui lui arrive. Pourquoi elle raconte tout ça à ce jeune homme qui reste un inconnu et un ennemi. Et en même temps, elle se rend compte qu'une force irrésistible la pousse à parler avec ce soldat qui a l'air de s'ennuyer, qui est si triste ce matin. Les autres fois, elle n'avait pas remarqué ce regard mélancolique, ce désarroi qui semble l'habiter :

— Mais, je vous ennuie avec mes histoires. C'est ça, n'est-ce pas ?

— Mais non, pas du tout…

— Encore la *NRF* ? dit-elle, voyant le numéro posé sur le banc.

— C'est l'avantage de travailler à la Propagandastaffel… Le nouveau numéro…, répond Gerhard, avant de lui lire les trois dernières strophes de *Plus belle que les larmes*, le poème d'Aragon publié on peut se demander pourquoi et comment dans cette revue, et de retomber dans ce que Josette interprète comme de la mélancolie.

— Que se passe-t-il, Gerhard ?

— Comment vous dire cela… C'est compliqué… J'ai dix-neuf ans, comme Fernand Zalkinov, qui a été fusillé ce matin. C'était un militant communiste membre des Bataillons de la Jeunesse. Avant de mourir il a dit avoir agi par conviction personnelle et pour « libérer la France de l'occupation allemande ». Il était élève à l'école Arago, et y poursuivait des études d'allemand car il voulait enseigner cette langue, ma langue, qu'il aimait… et il a été fusillé ce matin. Les élèves du lycée Buffon, qui viennent d'être arrêtés, sont encore plus jeunes… Je pense à tous ces jeunes gens et ces jeunes filles exécutés, et qui malgré leur jeune âge avaient de grandes idées… Je me pose beaucoup de questions, vous savez, Josette…

— Je croyais que vous deviez m'appeler Irène ?

— Vous préférez Irène ?

— Oui. Je suis Irène, juste pour vous, s'entend dire Josette qui se demande dans quel film elle est en train de jouer, quel personnage de roman elle est en train d'incarner.

Peut-être mis en confiance, Gerhard veut aller plus loin encore dans la confidence.

Non, décidément, cette Allemagne nazie n'est pas la sienne. L'Allemagne qui fusille des adolescents, des lycéens ; qui arrête des Juifs ; qui emprisonne ceux qui ne pensent pas comme elle.

— Dès 1935, des affiches à destination des jeunes filles et des jeunes garçons disaient « *Auch Du Gehörst dem Führer !* ».

— C'est-à-dire ?

— « Toi aussi, tu appartiens au Führer ! »

Il lui dit qu'à l'époque de « la mise au pas », trois possibilités s'offraient à lui et à ses amis intellectuels : entrer dans la Résistance, émigrer vers l'extérieur ou l'intérieur, se trahir soi-même et rejoindre Hitler. Puis la guerre était venue et avait tout bouleversé, tout précipité. Un de ses amis, poète, soldat sur le front de Finlande, s'est tiré une balle dans la tête parce qu'il devait faire partie d'un peloton d'exécution. Un autre, le plus âgé de la bande, détaché au camp de Dachau, après deux semaines de service, a profité de son premier jour de congé pour se jeter de la fenêtre de l'hôtel Wolff de Munich, parce qu'il « ne voulait pas trahir sa conception de l'humanité »...

Instinctivement, Gerhard prend les mains d'Irène et les met dans les siennes. Instinctivement, Irène se laisse faire :

— Irène, qu'ai-je fait, moi, pour ne pas trahir ma conception de l'humanité ? Faire circuler sous le manteau des poèmes de Brecht, des satires de Werner Finck, le discours de Wiechert *Le Poète et son temps* ? Tout ça ne sert à rien... Croire que le poème de Friedrich Georg Jünger, *Le Coquelicot*, peut lutter contre les chars est une bêtise.

— *Le Coquelicot* ?

— *Der Mohn*... Un poème ironique, dans lequel il désigne le national-socialisme comme le « chant infantile d'une ivresse sans gloire »...

Un court silence s'installe, rompu par Gerhard qui poursuit son monologue. Il dit manquer de courage, même si effectivement, écouter du jazz peut lui apporter les pires ennuis. Depuis janvier, le Reichsführer Heinrich Himmler a adressé une circulaire au directeur de la sécurité de l'ensemble du Reich pour lui demander d'interdire les rassemblements publics swing qui commencent à proliférer en Allemagne – cinq cents jeunes se sont récemment réunis à Hambourg ! – et d'intervenir énergiquement contre la « jeunesse swing » qui gangrène l'Europe mais aussi l'armée allemande. Les mesures qu'il préconise sont draconiennes. Gerhard les cite de mémoire : « Tous les chefs de groupe, les enseignants, hommes et femmes, qui soutiennent ostensiblement les jeunes amateurs de swing doivent être envoyés dans des camps de concentration pour un internement de deux à trois ans. Les jeunes devront y subir des bastonnades puis être mis aux travaux forcés. Seule une action énergique et brutale nous permettra d'éviter une dangereuse propagation de cette tendance anglophile dans une Allemagne qui lutte pour son existence. »

Ajustant ses lunettes, grâce auxquelles bien que

mobilisé dans la Luftwaffe il n'a jamais volé mais a immédiatement intégré le personnel rampant, il raconte que très bon tireur, capable de descendre à chaque coup, sur n'importe quel stand de foire, la petite balle de ping-pong qui danse sur le jet d'eau, il a toujours dit à ses supérieurs que malgré son uniforme, que bien qu'il soit un soldat, sa conscience lui interdisait de tirer sur un homme. Cette conviction-là, il s'y tiendra toute sa vie. Il pourrait continuer longtemps sa confession mais préfère se taire. Ou plutôt confier un dernier secret, car il a confiance en Irène. Il sent qu'il peut tout lui dire. Fouillant dans la poche intérieure de son manteau d'Oberleutnant, il en sort son livret militaire, l'ouvre et le montre à Irène, qui ne sait quoi dire. Gerhard sourit :

— Je vous explique. Vous voyez, ici, il n'y a pas de tampon, celui qui atteste « A prêté le serment en tel lieu et telle date ». Chaque fois que je montre mon livret militaire, on me dit : « Ah, jeune homme, vous n'avez pas encore prêté serment. Il faut régulariser ça. Demain vous vous présenterez à tel endroit, à tel bureau… »

— Et vous ne le faites pas…

— Non. J'ai toujours réussi à l'éviter et j'en suis très fier.

— Et que dit le serment ?

— « C'est devant Dieu que je prononce ce serment sacré : Je jure complète obéissance à Adolf Hitler, Führer du Reich et du peuple allemand, commandant suprême de la Wehrmacht, et me déclare prêt, à tout instant, à prouver mon courage et à risquer ma vie de soldat, pour respecter ce serment. »

— Vous dites ne pas être courageux. Mais ça, c'est une preuve de courage, ce refus.

— Une petite preuve de courage. Et puis, les choses vont devenir très compliquées. Karl Oberg, chef supérieur des SS et de la police allemande, vient de s'installer à Paris. Ça veut dire que la Wehrmacht n'a plus aucun pouvoir. Tout l'appareil policier est désormais aux mains de la Gestapo.

Tout en l'écoutant, Irène retire ses mains de celles de Gerhard. Elle a rendez-vous avec ses amis au Café Éva. Elle va avoir plus d'une heure de retard. Elle n'a pas vu, comme on dit, le temps passer. Gerhard s'excuse de l'avoir retenue. Mais elle ne veut pas de ses excuses. Il lui a confié beaucoup de choses. Cela l'a énormément touchée. Elle est émue, heureuse. Au moment de partir, Gerhard lui raconte qu'il a été très impressionné par ces Français rassemblés devant la salle Rameau à Lyon, qui ont chanté *La Marseillaise*, faisant ainsi s'achever dans le chaos le concert du Philharmonique de Berlin dirigé par Krauss :

— Si j'étais français, je serais à leurs côtés, je refuserais la présence allemande.

Irène ne dit rien, sourit, serre la main de Gerhard, et s'éloigne. Avant de quitter le parc Montsouris, à hauteur de la porte d'entrée située à l'angle de la rue Gazan et de l'avenue Reille, elle se retourne. Gerhard, le dos légèrement voûté, penché en avant, lit. Elle se récite doucement à voix basse, pour elle-même, plusieurs fois, les derniers vers du poème d'Aragon : « Vous pouvez condamner un poète au silence / Et faire d'un oiseau du ciel un galérien / Mais pour lui refuser le droit d'aimer la France / Il vous faudrait savoir que vous n'y pouvez rien. »

Des applaudissements l'accueillent au Café Éva, ainsi que des cris d'animaux, des quolibets. Heureusement que le concert auquel tous doivent se rendre ne commence que dans plusieurs heures, sinon ils seraient partis sans elle. « Encore une panne d'oreiller, toujours une panne d'oreiller », tel est le discours général. Excepté Lucienne qui suggère : « Il y a un homme là-dessous ! » Mais pour une fois, le nouveau retard de Josette n'est pas le centre de toutes les discussions et les moqueries cessent assez vite, car Charlie que tous croyaient parti avec l'orchestre antillais est revenu : le convoi de musiciens, arrêté à Dijon, a été prié de regagner Paris ! Pour lui, la situation devient compliquée, et cela d'autant plus qu'il vient de refuser de se produire au grand gala donné à l'Empire. L'orchestre de Raymond Legrand avait besoin d'un saxophoniste pour accompagner Johnny Hess. Marie ne comprend pas que Charlie ait refusé alors qu'une pléiade de vedettes étaient présentes :

— Tu sais quel était le thème du gala ? demande Charlie.

— Quelle importance ! répond Marie.

— « Le bolchevisme contre l'Europe » !

— Et alors, t'es communiste, toi ?

Charlie préfère ne pas répondre et se met à chanter *La Poule zazou* de Trenet, en insistant sur les caquètements :

— « Ohé ! la Marie viens donc voir !
Mais regarde donc la Noiraude !
Mais elle danse maintenant !!!
Mais elle est folle !!!
Elle est zazou, cette poule-là
Qu'est-ce donc que ça !!!
Ben vrai, la Marie !!! »

Peut-être se dit-il que dans les groupes d'amis il vaut mieux ne pas aborder certains sujets. Marie, tout le monde l'aime comme elle est. Ce n'est pas la peine de vouloir la convertir à telle ou telle religion, la convertir à telle ou telle doctrine. Jean n'est pas de cet avis. Il faut toujours essayer de faire comprendre, d'expliquer, de dialoguer. On ne peut pas rester indifférent à la violence de cette époque, à cette Occupation qui brise tant de vies, à cette absence de liberté.

— Et que fais-tu de Fernand Zalkinov, fusillé ce matin. Dix-neuf ans à peine. Tu n'as pas lu le journal : il a dit qu'il avait agi par conviction personnelle et pour « libérer la France de l'occupation allemande ». Et les élèves du lycée Buffon, qui viennent d'être arrêtés. Ce sont des filles et des garçons comme nous. Qui ont notre âge.

Marie ne répond pas. Ni personne d'ailleurs. Comme si, ce matin, ne comptait que le concert de Fud Candrix à la salle Pleyel, la perspective de cette nouvelle grand-messe swing. Qui a lieu comme prévu. Qui se déroule comme prévu. Avec comme toujours des découvertes, comme ces versions très personnelles de *Zazou-zazou*, le morceau swing d'André Loyraux ou la *Ballade*, initialement jouée par Gus Viseur à l'accordéon et reprise ici à la guitare. Dans la même folie communicative, le même entrain. Mais cette fois différemment pour Josette, laquelle durant tout le spectacle, pendant que la section des saxophones et des clarinettes répond à celle des cuivres, chacune dialoguant à tour de rôle avec les autres, pense à Gerhard sur son banc du parc Montsouris qui se pose les mêmes questions que Jean, qui fait référence aux mêmes faits, que ces assassinats et ces arrestations troublent.

Josette, plus que jamais, se sent zazoue. Quand le décret sur la récupération des cheveux coupés dans les salons de coiffure entre en vigueur, elle se promet de garder les siens les plus longs possible : rébellion zazoue ! Les zazous n'ont que faire de la solidarité nationale. Voir ses cheveux nettoyés, dégraissés, mélangés à de la fibranne, pour qu'une usine spécialisée du Calvados les transforme en pantoufles, quelle hérésie ! Quand le décret sur les tissus contraint les jeunes filles à raccourcir leurs vêtements, elle augmente les longueurs des siens : réaction purement zazoue ! Mais toujours, la même question resurgit : est-ce nécessaire, est-ce suffisant pour lutter contre l'occupant allemand ? Les opinions peuvent diverger, les analyses politiques s'opposer. Contrairement à Jean que la manifestation contre Abel Bonnard avait fortement impressionné, Josette se demande si on peut se contenter de descendre le Boul'Mich' pour ridiculiser le nouveau ministre de l'Éducation nationale, qui veut « imprégner la jeunesse française de l'ordre hitlérien », en chantant sur l'air des lampions « Abel Connard ou la belle Bonnard » ? Toutes ces potacheries seront-elles suffisantes si un grand malheur se met soudain en travers de leur route ?

27

Avec le printemps, tout le monde renaît. Josette, parfois, allume la TSF et met Radio-Paris. Elle ne peut pas n'écouter que la BBC. Mais décidément, c'est impossible, très vite lassant, ignoble. Sur des airs bien connus les chansonniers versifient de la propagande. *Auprès de ma blonde* devient « Au jardin d'Angleterre, les bobards ont fleuri / Tous les menteurs du monde parlent à la BBC / Au gré de ces ondes, qu'il fait bon mentir ». *Les Mains de femmes* de Mayol qui sont « admirables et toutes semblables à des oiseaux », devient « Les mains de l'oncle Sam / Sont admirables / Et comparables aux serres d'oiseau ». Radio-Paris multiplie les bons mots, les histoires drôles, évidemment sur la culture juive, passant du persiflage grossier au refrain entraînant que les auditeurs peuvent reprendre en chœur. Si ce n'était tragique, ce serait d'un comique absolu. Un matin, un soi-disant « membre de l'Institut international d'anthropologie » explique que de Gaulle vient de l'hébreu *Degol* qui veut dire étendard, que le

Fariboule de Jules Romains est « un mot juif qui veut dire le Révélateur », que Bernanos veut dire, « en langue sémitique : fils de la fleur » ! Un matin, alors qu'elle est en train de trier le mélange national de ses grains de café pour en confectionner un vrai « pour une fois », une nouvelle l'émeut particulièrement : un jeune Parisien a tué sa petite fille parce qu'elle avait mangé sa ration de bifteck ! La guerre à Paris, c'est ça : ce balancier constant entre le rire et les larmes, l'espoir et le désespoir. Le moindre des sentiments est exacerbé, la moindre des sensations décuplée dans un sens comme dans l'autre. Chaque semaine un Allemand est assassiné : sentinelle, officier, soldat dans le métro, sortant du cinéma, entrant dans un local réservé à l'armée. Chaque fois, « par mesure de représailles », des otages sont fusillés. Toujours plus d'otages. Toujours plus de sang. Une semaine durant, toutes les boîtes de nuit, toutes les salles de spectacle, les cinémas, les théâtres sont fermés. Puis, quand on annonce que les meurtriers, qui sont inévitablement juifs, communistes, gaullistes, francs-maçons, ont été arrêtés, tout rentre dans l'ordre. Et cela d'autant plus que la saison des concerts de jazz a repris, à commencer par le nouveau tournoi des amateurs de jazz à Pleyel. Toute la petite bande y va applaudir les trois récitals qui ouvrent les duels : Django Reinhardt, Jo Bouillon, Raymond Legrand. Il y a encore plus de candidats qu'en 41. Trente formations de Paris et de province s'affrontent. Certaines jugées très sévèrement par les spectateurs se font huer. Le lendemain, la presse collaborationniste s'en donne à cœur joie. Les responsables du chahut, ce sont les « ploutocrato-zazous », ces « oisifs, ces gosses de riches qui méprisent les prolétaires mélomanes ». Parmi les groupes amateurs, notamment ceux venus de province, tous ont fait des sacrifices pour payer leur voyage et ont effectué leur prestation sur des instruments de qualité médiocre, « tout le monde ne peut être zazou et bénéficier de l'argent de papa et de maman pour acheter des bons instruments au marché noir ! ». Un argument qui fait rire Charlie, qui joue depuis des années avec un vieux saxo si rafistolé qu'on se demande comment il peut sortir des sons aussi mélodieux. D'ailleurs Charlie a une annonce à faire, puisqu'on parle d'instruments, de concert, et de musique. Plus exactement, il profite d'une légère dispute avec Lucienne pour révéler son grand projet.

— Je me demande ce que tu veux, Charlie ! Tu refuses la proposition d'Aimé Barelli de jouer au Bœuf sur le Toit. Tu refuses celle du casino d'Arcachon…

— Le concert devait débuter par une interprétation de *Maréchal, nous voilà* ! Remarque, j'aurais pu faire comme le trompettiste Pierre Merlin qui, lorsqu'on lui demande des trucs pareils, fait semblant de jouer, mais en réalité ne sort pas un son de son instrument !

— Tu te moques de moi ?

— Mais non…

— Attends, et je n'ai pas fini. Le Champo te veut et tu réponds que tu n'es pas libre !

— Une salle fréquentée par des snobs désireux de s'encanailler et d'écouter Charlotte Dauvia leur vanter les mérites de *Ramon y Gonzalez y Cordoba*, merci ! répond Charlie qui se met à chanter :

— « Il s'appelait Ramon y Gonzales y Cordoba
Il avait les yeux noirs, le teint marron, les [cheveux plats
Et sur la Riviera, on répétait sur tous les tons
Qu'il avait des millions de pesos et de pesetas
Dès qu'elle l'aperçut, son cœur se mit à [palpiter
Elle ne rêva plus que de l'Argentin argenté
Qui avait les yeux noirs, le teint marron, les [cheveux plats
Et s'appelait Ramon y Gonzales y Cordoba. »

— Bon, tu as fini ?

— Je suis allé une dernière fois à l'Hôpital américain. Il est sous contrôle allemand. Impossible d'y travailler. Soigner, aider les gens, c'est mon premier métier… Le jazz vient après. Mais je n'ai plus que lui pour survivre. L'orchestre antillais, qui vient d'effectuer une tournée sur la Côte d'Azur, est revenu à Paris. Django Reinhardt a ouvert une brasserie, La Cigale, boulevard Rochechouart. Les Antillais vont faire de même, boulevard Victor, dans le XVe arrondissement, à l'angle de la rue Desnouettes.

— Juste en face du ministère de l'Air, là où

la troupe allemande a établi son cantonnement ? demande Jean.

— Oui. En plein dans la gueule du loup. C'est la meilleure protection…

— Le nom de votre cabaret ? demande Josette.

— La Désirade. Ouverture dans dix jours, avec une conférence-signature d'André Cœuroy qui vient de publier une *Histoire générale du jazz*, et qui veut toujours nous faire croire que le jazz a des racines dans les mélodies franco-italiennes du Second Empire voire dans Debussy !

— De quoi vous attirer les bonnes grâces et de Vichy et des occupants, fait remarquer Pierre avec une certaine ironie.

— Absolument, monsieur, répond Charlie, avec la même ironie. Inutile de vous dire que vous êtes tous invités à l'inauguration : le 29 mai.

À mesure que le 29 mai approche, Josette, qui pensait que le moment était enfin venu de pouvoir expliquer ce qui se passait avec Gerhard, y renonce. Non, maintenant ce n'est plus possible. Chaque nuit, les sirènes hurlent. Et toujours les mêmes bruits de bombes, les mêmes obus de DCA, les mêmes éclairs, les mêmes lueurs. Toujours la banlieue parisienne : Colombes, Gennevilliers… Les gens ne descendent même plus aux abris. Défaitistes, ils regardent le feu d'artifice de leur fenêtre ou pour certains restent dans leur lit. Puis tout revient dans l'ordre lorsque les sirènes émettent de nouveau leurs beuglements pour signaler la fin du spectacle. Lors d'une de ces alertes, prise par le couvre-feu, Sarah est restée chez Odette et ce qui devait arriver est arrivé. C'est ce que Sarah raconte à Josette en lui demandant de garder le secret.

— On a couché ensemble… il faisait chaud… il y avait le bombardement, le bruit des avions… J'ai dit à Odette que c'était la seule fois. La dernière. J'ai l'impression que pour elle…

— C'est sérieux.

— Oui, exactement.

— Ça ne m'étonne pas.

— Tu t'en doutais ? Tu savais ?

— Enfin, je me doutais qu'elle était amoureuse de toi.

— Moi pas !

— Ce n'est pas la seule personne à être amoureuse de toi…

— Qu'est-ce que tu veux dire ?

— Pierre.

— Mais non.

— Mais si. Ça se voit à plein de petits détails, des réflexions, des regards.

— Tu es incroyable, toi. Tu es là à observer. Tu ne dis rien, et tu vois tout !

— C'est toujours comme ça avec les petites grosses mal foutues. Elles sont dans leur coin, on sait à peine qu'elles existent et pourtant…

— Imbécile.

— Bon. Qu'est-ce que tu vas faire, maintenant ?
— Avec Pierre ?
— Mais non, avec Odette.
— Rien. Lui dire que c'était bien. Mais qu'une fois, ça suffit. Que je n'ai pas envie de recommencer.
— Tu es sûre ?
— Arrête, idiote, répond Sarah en rougissant. En revanche, je veux bien accepter toutes les pâtisseries qu'elle m'offre à longueur de journée !

Pendant que Sarah essaie d'éviter les avances d'Odette, les ménagères descendent dans la rue. Fatiguées de faire la queue dès 5 heures du matin pour obtenir un peu de farine et de matière grasse. Beaucoup de manifestations spontanées se forment ici et là, devant les marchés, devant les boulangeries dont certaines sont fermées faute de pain. Ce sont des manifestations pacifistes, beaucoup d'enfants y participent. Au début aucun policier n'intervient pour arrêter qui que ce soit. Ces femmes font la fierté de la nation. Elles combattent avec leurs armes. Elles sont présentes. Rares sont celles qui se disent engagées, communistes, ce sont des mères de famille qui n'hésitent pas à venir braver l'occupant. Puis comme toujours la bascule s'opère. Rue de Buci, une institutrice, Madeleine Marzin, s'empare avec d'autres manifestantes de boîtes de conserve et de sucre dans un magasin d'alimentation réservé aux Allemands. Arrêtée, elle est condamnée à mort puis voit sa peine commuée en travaux forcés à perpétuité. Quelques jours plus tard, Lise Ricol, compagne d'Arthur London, harangue les ménagères devant le magasin Félix Potin de la rue Daguerre. Josette qui fait partie des manifestantes avec quelques autres zazoues assiste à la scène : les gardiens de la paix interviennent, un passant est tué, un Allemand est blessé. Les jours qui suivent elle apprend dans la presse que Lise Ricol, traduite devant la section parisienne du tribunal d'État, est condamnée aux travaux forcés à perpétuité.

Les choses ne vont pas mieux du côté du front zazou. La presse collaborationniste s'en donne à cœur joie. *La Gerbe*, pour la première fois, évoque le Café Éva : « Le pays zazou se compose de quelques terrasses, d'une vingtaine de petits bars et d'une centaine de dancings clandestins. Parmi les plus célèbres : le Pam-Pam, le Colisée, Capoulade, Dupont-Latin. Si les deux premiers sont évidemment comme on pouvait s'y attendre aux Champs-Élysées et les suivants au Quartier latin, un cinquième est perdu au fin fond du XIVe arrondissement, le Café Éva. Dans ce dernier, ils ont l'air d'être la seule clientèle. Tout y est swing : le bar, la terrasse, le restaurant. Et l'argent qui coule des mille petits goussets de ces petits garçons aux pantalons trop courts et de ces petites filles aux genoux nus. Seule incongruité : le vieux soldat de 14-18 derrière son comptoir, et le serveur que nous avons surpris en train de lire un numéro de *Er Rachid*, avec en couverture une photographie du grand mufti de Jérusalem conversant avec nos amis nazis. » Mais *La Gerbe* n'est pas la seule à s'en prendre aux zazous. C'est une véritable offensive qui est en train de s'opérer. *Jeunesse* fait des zazous « les plus pernicieux agents de la démoralisation ». *Au Pilori* évoque « l'égoïsme, le j'm'en fichisme, l'absence d'efforts, le désintéressement total au redressement national de ces enfants gâtés ». Le zazou a toutes les tares : il a le regard « trouble », le visage « grimaçant », la silhouette « simiesque », il est une « caricature humaine », « un parasite qui propage le virus de la décadence ». Les tenants de la pureté l'attendent dans la race mais dans le jazz aussi. Ainsi, le critique de *Je suis partout* manifeste-t-il « toute son admiration pour l'école française du jazz qui mérite certainement mieux que la foule des imbéciles des pauvres types qui se déclarent être swing ». Plus inattendu encore, certains coupeurs de têtes du Hot Club de France s'y mettent aussi, reprochant aux zazous leur « ignorance en matière de jazz », leurs gesticulations, leur tenue inappropriée à l'écoute du jazz pur. Le plus virulent d'entre eux, Beaulisse Gland, rendant compte du concert des amateurs de jazz écrit dans la revue *Le Plancton* : « Le violon multipliait les notes aigres. Et les zazous hurlaient de joie. Jamais les fausses notes n'avaient connu l'approbation de tant de sots. Un tel succès ne se rencontre pas souvent. Et comme s'apaisait, sans motif défini, l'affreux pandémonium, un zazou, se levant, agitait son index quand tout était fini. »

Mais ce n'est vraiment pas là le pire. Le pire arrive, le jour même où La Désirade ouvre ses portes : le 29 mai 1942. Tandis que la boîte de jazz attend ses invités, met au frais ses bouteilles de champagne et que les musiciens répètent *Chez moi à six heures*, morceau particulièrement gai et dansant de Django Reinhardt, une ordonnance impose à tous les Juifs de la zone occupée de porter, en public, dès l'âge de six ans, une étoile jaune. Étoile à six pointes, elle aura les dimensions de la paume d'une main et les contours noirs. De tissu jaune, elle portera en caractères noirs l'inscription : Juif ; et devra être portée « bien visiblement sur le côté gauche de la poitrine solidement cousue sur le vêtement ». Certaines bonnes âmes rappellent que cette mesure n'est que le prolongement naturel de la décision prise par le pape Innocent III, au concile œcuménique de Latran, en 1215, d'imposer aux Juifs un habit distinctif, et qu'une cinquantaine d'années plus tard Saint Louis en personne avait introduit la rouelle dans le royaume de France. *Er Rachid* s'aligne une nouvelle fois sur le grand Reich : cela fait trois ans que les Juifs de Wloclawek, en Pologne, portent deux grands triangles de tissu jaune placés sur le devant et le dos de leur vêtement, quant au pacte d'Omar, cela fait plus de 1 300 ans qu'il contraint les Juifs à s'habiller de façon à les distinguer des Musulmans : ceintures zunnâr, calottes piquées, chaussures reconnaissables à leurs formes et leurs motifs particuliers. En somme tout va bien : une nouvelle boîte de nuit s'ouvre, et des enfants de six ans deviennent des marques visibles de la persécution et de l'exclusion des Juifs...

Josette est la première à arriver chez Sarah qu'elle trouve penchée à sa fenêtre en train de regarder le toit de la maison d'en face occupé par une échauguette de défense contre les avions, où des artilleurs allemands se promènent entièrement nus. Les amis arrivent les uns après les autres. Dans le petit appartement de Sarah se tient un véritable conseil de guerre. Même Marie, qui devait aller chanter dans les chœurs qui accompagnent Suzy Solidor, à La Vie Parisienne, son cabaret de la rue Sainte-Anne, est là. Il fait dans l'appartement une chaleur étouffante. Quand Lucienne ouvre les fenêtres, elle découvre défilant dans la rue une colonne de jeunes doriotistes, hommes et femmes, en chemise bleue et baudrier, et qui scandent : « Mort aux youtres ! Mort aux youpins ! » Poursuivis par plusieurs policiers qui les chargent à coups de pèlerine et de bâton blanc, ils s'échappent par les rues adjacentes, tandis que la concierge de l'immeuble de Sarah hurle : « Ce sont les jeunes du Maréchal et voilà qu'on leur tape dessus ! Merde, y a plus rien à comprendre ! Plus rien ! »

— Il faut agir, dit Lucienne.

— On ne peut laisser passer une telle ignominie, poursuit Pierre.

— Oui, il faut faire la paix avec les autres zazous. Tant pis, dit Jean. J'irai, s'il le faut ! Il faut un front uni. Une action commune ! Tous les zazous ensemble !

Une seule personne manque à l'appel : Charlie. Il

est pardonné. Il ne pouvait pas ne pas être présent à l'inauguration de la boîte de nuit et ne pas jouer aux côtés des autres musiciens antillais. Il a promis à ses amis de jouer avec des partitions sur lesquelles seraient dessinées des caricatures de Hitler et qui portent des titres facétieux, comme *Hitler Stomp*, ou *Gestapo Blues*. Lucienne est furieuse et inquiète. Cette plaisanterie peut lui coûter cher. Le mois dernier, 500 otages ont été arrêtés dans Paris…

28

L'entrée en vigueur de la huitième ordonnance relative aux mesures contre les Juifs étant effective le 7 juin, ceux-ci ont une semaine pour se présenter au commissariat de police afin d'y recevoir les insignes en forme d'étoile. Comble du cynisme, leurs étoiles, au nombre de trois, leur seront données contre un ticket issu de leur carte de textile ! On dit que 400 000 étoiles jaunes ont été fabriquées, exigeant 5 000 mètres de tissu. Les zazous décident de mettre cette semaine à profit pour coordonner leurs actions, reprendre contact avec les bandes rivales, agiter la population parisienne.

Durant toute cette période, Sarah confesse qu'elle est comme une sorte de ludion qui oscille d'un côté et de l'autre. Le matin, elle décide fermement qu'elle ne portera jamais cette étoile. Qu'elle est la marque d'une infamie, une preuve d'obéissance aux lois allemandes : l'accepter, c'est baisser les bras. Le soir, elle change du tout au tout, affirmant que ne pas porter l'étoile, c'est faire preuve de lâcheté vis-à-vis de tous ceux qui la porteront. « Seulement, voyez-vous, dit-elle à ses amis, si je la porte, je veux toujours être élégante et digne. Pour que chacun voie bien ce que c'est que de porter cette étoile. Je veux le faire avec courage. »

Ce matin, 5 juin 1942, elle a fini par se rendre au commissariat de son quartier, et a reçu en trois exemplaires le morceau d'étoffe jaune avec *Magen David* et le mot « Juif » tracé dessus. Mais elle ne l'a pas encore cousue à son vêtement. Ce qui l'étonne, c'est ce qu'elle est en train de dire à ses amis, tous rassemblés autour d'elle, cette fois chez Josette : l'amabilité des gens, du moins chez certains.

— C'est qu'il n'est sans doute rien de plus ignoble, dit Jean, que de contraindre un homme à avoir à tous les instants honte de lui-même…

— Et ça, tu penses que le peuple de Paris le sait ?

— Évidemment !

— Et Nietzsche aussi le sait, ajoute Josette.

— Nietzsche ?

— « Épargnez, disait-il, à tout homme la honte. »

— D'un autre côté, dit Pierre, je crains qu'en tout état de cause, un sentiment ne subsiste à toute cette… cette… saloperie : on aura appris à distinguer les Juifs et les non-Juifs…

C'est la question qui alimente une conversation devenue soudain sérieuse, bien éloignée du jazz et des rythmes swing… Lucienne a une théorie qu'elle est prête à défendre :

— Je trouve que les Allemands, si on suit leur

logique évidemment, ont commis une erreur avec cette mesure. Je connais beaucoup de gens qui n'aimaient pas spécialement les Juifs mais qui au fond ne prêtaient pas attention à eux, et qui estiment maintenant qu'ils sont très sympathiques, parce qu'on les « martyrise ». Enfin, c'est ce que j'entends ici et là…

— Je suis moins sûre que toi que ces gens vont maintenant se mettre à aimer les Juifs, surtout à les défendre !

— Je ne sais pas si on va nous aimer davantage, dit Sarah, mais toujours est-il que nombre de mes clients ont des histoires plutôt positives à raconter en relation avec cette mesure. L'un d'entre eux a croisé un vendeur du journal *Au Pilori* qui, en voyant son étoile, a crié : « *Au Pilori*, le seul journal antijuif ! » Pour le narguer il est passé et repassé devant lui, jusqu'à ce qu'un homme plutôt jeune lui dise de rester prudent et tranquille, parce que en face de lui il y avait des « abrutis de fascistes ». Il voulait en quelque sorte le protéger…

— En classe, dit Josette, le professeur de grec ancien, apercevant l'insigne d'une élève, s'est approché d'elle, l'a saluée avec son chapeau et lui a dit : « Mademoiselle, je vous demande pardon pour la France. » C'est très émouvant, non ?

— En khâgne, dit Pierre, un professeur a appelé les noms de tous nos camarades juifs en leur faisant signe de quitter leur place et de se rassembler autour de lui. Très vite, la gravité a fait place à une formidable angoisse. Alors, il est descendu de l'estrade et, sans prononcer un mot, a serré les mains de chacun d'eux. Puis il est retourné à sa place et a repris son cours…

Lucienne assure qu'elle portera une étoile jaune lors de son prochain défilé de mode.

— Il faudrait que tout le monde fasse pareil, dit Sarah.

— C'est ça l'idée, dit Jean. Il faut systématiser ça. Faire passer le message que chacun doit fabriquer de fausses étoiles et les porter.

— Et on défile dans les rues de Paris, tous ensemble, acquiesce Sarah.

Le matin du dimanche 7 juin, il fait un temps radieux, très frais. Les oiseaux pépient. Quel dommage que l'ignominie de l'étoile jaune vienne tout gâcher. Cette matinée limpide, c'est celle de la beauté, de la jeunesse, de la vie. Face à elle : la barbarie et le mal. Tout le monde se retrouve au Café Éva, point de ralliement d'un des cortèges contre le port de l'étoile jaune. La veille, pour préparer cette journée qui sera, n'en doutons pas, particulièrement difficile, la petite bande est allée assister à une représentation de *La Rabouilleuse*. Quand le signal du chahut a été lancé pour accompagner les chanteurs censés incarner un chœur de demi-soldes entonnant le fameux refrain « Veillons au salut de l'Empire / Si le despotisme conspi-re / Vengeons la France et ses lois / Liberté ! Liberté ! », texte évidemment ambigu, toute une jeunesse surexcitée, accompagnée de vieux briscards des deux « der des ders », a applaudi à tout rompre sous le regard d'Allemands qui, ne comprenant rien à ce qui se passait, se sont eux aussi mis à applaudir, avant que la police n'intervienne et que la salle ne soit évacuée.

Mais ce matin, le jeu est plus terrible que d'ordinaire. Les directives de Radio-Londres sont précises : tous les Juifs pourvus de l'étoile jaune et croisés dans la rue devront être salués par des manifestations de sympathie. Tous les Français, non juifs, devront porter une étoile sur laquelle sera inscrit le nom d'une province française…

Tous attendent Sarah qui n'arrive pas. C'est inhabituel. Contrairement à Josette, Sarah n'est jamais en retard. On se moque d'ailleurs souvent gentiment d'elle, lui disant qu'elle a sans doute avalé un réveil, une horloge, que ce n'est pas possible une telle ponctualité. Quand elle finit par arriver, Odette qui l'a aperçue avant tout le monde lui saute au cou.

Sarah est furieuse. Elle a pris le métro. Est montée dans la première voiture, comme d'habitude. Dès la station suivante, voyant son étoile jaune, bien en vue sur la poitrine, le contrôleur lui a dit : « Dernière voiture. Vous savez très bien que les Juifs ne doivent voyager qu'en seconde classe et dans la dernière voiture de la rame ! »

— Quand je suis descendue de la première rame une dame m'a souri, et une enfant a dit à sa mère :

« Hein ? T'as vu ? Juif », ajoute-t-elle, avec dans les yeux des larmes de douleur et de révolte. J'étais tellement furieuse que j'ai continué à pied... Voilà pourquoi je suis en retard...

Le Café Éva offre ce matin un drôle de visage. Chaque client porte une étoile. De toutes matières, de toutes couleurs, de toutes inscriptions. Lucienne, sur son étoile de couleur rose a écrit : « Je suis juif ». Josette a cousu un morceau de tissu bleu et inscrit le mot « Zazou ». Deux étoiles jaunes, l'une avec « Jazz », celle de Pierre, l'autre avec « Swing », celle de Jean. Marie, sur un morceau de tissu ovale de couleur rouge, a écrit : « Musique ». Odette, elle, porte une véritable étoile jaune, « par amour pour Sarah », dit-elle, mais seules Sarah et Josette savent le sens exact qu'elle donne à ce mot. Enfin, Charlie exhibe une étoile en feutre vert, épinglée sur le revers de sa veste, portant la mention : « Zazou Swing ».

Seul Jo n'en porte pas.

— Pourquoi ? demande Sarah.

— Ça ne sert à rien. Ça ne peut qu'attirer des ennuis. Ils n'attendent que ça, en face. La provocation ne mène à rien.

— Et la solidarité, qu'est-ce que tu en fais ? dit Odette.

— Je suis tout prêt à la manifester, quand tu veux, où tu veux, mais pas comme ça. Vous êtes très jeunes, tous. Vous êtes un peu comme mes enfants...

Jo ne leur a jamais parlé comme ça, avec autant de tendresse.

— Oui, papa, dit Lucienne en rigolant, et alors ?

— Et alors vous ne vous rendez pas compte que vous avez en face de vous des barbares qui ne reculent devant rien. Ne faites pas n'importe quoi, les enfants. Je les ai vus en 14, vous savez…

La référence fatidique. Si Jo reste sur ce terrain, il va de nouveau se replonger dans la Première Guerre mondiale, et passer en revue les batailles, les tranchées, le froid, la neige « rouge de sang ». Il faut faire diversion. Josette a une idée. Elle crie à la cantonade dans le café :

— Ali, tu viens avec nous à la manifestation ? Ali, tu me réponds ?

— Il ne risque pas de le faire, dit Jo. Je l'ai foutu à la porte.

— Il avait l'air plutôt sympathique, dit Sarah.

— Vous voyez bien. Je vous aime beaucoup mais vous êtes d'une naïveté, tous ! Ali sympathique !

— Tu l'as bien engagé, non ? dit Sarah.

— J'avais besoin de quelqu'un après la mort du Roi des Aulnes. Je l'ai connu gamin, Ali, et puis ça faisait plaisir à son père, un vieux copain algérien qui était à Verdun avec moi, et qui a de quoi être horrifié, le pauvre !

— Ça ne nous dit pas pourquoi tu l'as jeté, dit Jean.

— On a tous lu l'article de *La Gerbe* dans lequel le journaliste parle de ce serveur « qui lit *Er Rachid* ». Donc, ça veut dire qu'il continue de lire cette saloperie. Mais ce n'est pas tout, j'ai découvert dans son casier un numéro de *Je suis partout*, avec un article de Rebatet souligné et annoté !

— On s'en fout de Rebatet, dit Pierre.

— Moi pas, dit Jo, qui part dans l'arrière-boutique et en revient en agitant le journal. Il a souligné ça, ajoute-t-il, en lisant à haute voix : « Je disais l'hiver dernier ma joie d'avoir vu en Allemagne les premiers Juifs marqués de leur sceau jaune. Ce sera une joie plus vive encore de voir cette étoile dans nos rues parisiennes où il n'y a pas trois ans, cette race exécrable nous piétinait. »

La lecture de l'article est accueillie dans le silence. Odette embrasse tendrement Sarah sur la joue. Une forme de recueillement s'installe, brisé par Jo :

— Cela dit, on le reverra peut-être. En partant, il m'a hurlé à la figure qu'il reviendrait se venger et qu'avec l'aide de l'Allemagne tous les pays du Maghreb foutraient les Français dehors et deviendraient indépendants ! dit Jo qui rappelle à la petite bande que si elle a l'intention de participer à la manifestation, il ne faudrait pas trop tarder. Ajoutant : Et je vous en supplie les enfants, ne faites pas les cons !

29

Dans toutes les rues qui mènent aux Grands Boulevards, entre la place de la République et l'Opéra, des grappes d'hommes et de femmes avancent sur les trottoirs, envahissent la chaussée, perturbent le calme apparent des terrasses. Il y a bien sûr ceux que les Allemands assimilent aux milieux gaullistes et communistes et qui, suivant le mot d'ordre, arborent des fleurs jaunes, des pochettes jaunes dans la poche du veston, des étoiles à cinq branches en papier. Mais ce sont loin d'être les seuls. De nombreux Juifs sont présents, en groupes dans les rues ou attablés aux terrasses des cafés et des restaurants : jeunes gens, femmes promenant leurs bébés dans leurs poussettes, combattants de 14-18 portant au-dessus de l'étoile toutes leurs décorations gagnées sous l'uniforme de l'armée française, monômes d'adolescents ayant agrafé à côté de leur insigne un papillon en papier porteur de l'inscription suivante « On nez comme on est » ! Certains, les plus iconoclastes, portent leur étoile sur le dos, voire cousue à hauteur des fesses.

C'est un fait, contrairement à ce qu'espérait la propagande allemande, les Parisiens, dans leur grande majorité, ont trouvé odieuse l'ordonnance sur l'étoile jaune, et bon nombre d'une manière ou d'une autre ont manifesté et manifestent leur désapprobation. Beaucoup d'entre eux ne se contentent pas d'une réprobation verbale, mais ont tenu à l'exprimer par des actes. C'est un défilé hétéroclite auquel participent les zazous du Café Éva. Ici, une jeune fille de l'École alsacienne porte deux insignes sur lesquels est inscrit « Bouddhiste » et « Budhist » ; là, un jeune artiste peintre a orné son manteau d'un ciel d'étoiles jaunes et, passant devant des soldats allemands, leur fait un pied de nez. On dirait une recension digne d'une liste de brocanteur : un collégien porte une étoile où est inscrit « Zoulou » ; un autre, « Goï » ; un autre « Papou » ; et « Swing 42 », et « Jenny », et « Dany », et « INRI ». C'est un vrai carnaval joyeux, revendicatif : une dame âgée a attaché à sa ceinture huit étoiles, en accompagnant une autre qui a brodé un insigne jaune en forme de rose. Un jeune électricien a inscrit sur une étoile rouge le mot « Auvergnat », une dactylo n'a pas hésité à broder sur son étoile jaune une croix disant « C'est le Sacré-Cœur du Christ qui saigne sur l'étoile de nos frères juifs ». Un vieux professeur juif, enseignant au lycée Henri-IV, a même attaché l'immonde insigne au cou de son chien... Quant aux zazous, ils se reconnaissent entre eux. Sur leurs insignes les mots « Zazous » et « Swing » reviennent le plus souvent. L'un d'entre eux a cependant écrit un très mystérieux « Swing 135 % »... Mais partout, pour tous, une même ferveur habite les marcheurs, une même foi : le peuple de Paris et les Juifs ont le sentiment très fort d'être en train de tromper l'ennemi, de le faire échouer en transformant la honte en dignité. Un mot d'ordre court le long des rues et des trottoirs : « L'étoile jaune est une décoration. » Une jeune femme que Josette ne connaît pas, et qui bientôt disparaîtra dans la foule, résume assez bien ce qui est en train de se passer. Elle s'appelle Hélène : « Plus les malheurs s'amassent, plus le lien qui unit les hommes et les femmes dignes de ce nom s'approfondit. Il n'est plus question de distinctions superficielles de race, de religion, ni de rang social, il y a l'union contre le mal, et la communion dans la souffrance. »

À hauteur du Luxembourg, un cortège se forme, rigolard et émouvant : les vrais porteurs d'étoiles donnent le bras aux faux porteurs d'étoiles en carton et descendent ensemble le boulevard Saint-Michel jusqu'à l'angle de la rue de l'École-de-Médecine, formant une chaîne, arrêtée par des soldats allemands qui l'empêchent d'avancer, demandant à chacun ses papiers, et relâchant aussitôt le petit groupe d'une cinquantaine de personnes. C'est dimanche et, visiblement, ces soldats ne souhaitent pas s'engager dans un cycle de répression. Ils ont presque le même âge que les manifestants...

Tout cela est trop beau, Josette est presque inquiète. Tout ce soleil. Toute cette joie pour un sujet si grave. Toute cette bonne humeur lorsque tous reprennent en chœur *Gotta Date in Louisiana*, rebaptisé *Rendez-vous à Lausanne* ! La Seine traversée, le groupe croise un groupe d'officiers allemands qui prennent des photos du monôme et qui s'amusent lorsque Josette instinctivement leur tire la langue…

Mais tous le sentent, derrière cette joie apparente, quelque chose de plus douloureux est bien là. Derrière le soleil et les rires. Derrière la fraternité. Dans les IXe, Xe et XIe arrondissements des papillons communistes sont placardés sur les murs : « Français, pour l'honneur de la France, exigez la suppression immédiate de l'étoile jaune imposée aux Juifs. Adhérez au Front national » ou encore « Comme les Belges l'ont fait, mettons l'étoile jaune. À bas l'antisémitisme ». Des numéros du *Franc-Tireur* apparaissent mystérieusement dans les mains, les poches, de dessous les vestes, barrés de ce titre : « Les organisations d'étudiants ont décidé que tous porteront cet insigne pour protester. Faites de même. » Lentement, la marche se transforme, devient revendicative, politique. Des affichettes émanant du Mouvement national contre la barbarie raciste, dont l'organe est *J'accuse*, sont collées sur les murs, les rideaux de fer baissés des commerçants, les portes des immeubles : « En Hollande, où cette honteuse tache jaune est obligatoire pour les Juifs, ces derniers sont salués respectueusement par les passants. Français, faites de même : démontrez aux Juifs, vos frères, votre solidarité, votre respect à ces victimes de la barbarie nazie. » Des tracts sont répandus sur le sol : « C'est à vous, Français, qu'il appartient de prouver que la fraternité humaine n'est pas un vain mot. »

À côté de Josette, une jeune fille, venant juste de fêter sa quinzième année, commence à lui expliquer que ça fait trois jours qu'elle se promène avec son insigne sur lequel est inscrit « Jésus de Nazareth, roi des Juifs », et que les gens en la voyant sourient, même les officiers allemands qui la regardent étonnés mais la laissent tranquille. Elle s'appelle Solange, voudrait devenir infirmière. Josette n'en saura pas plus, car en quelques minutes l'atmosphère bon enfant change, avec une rapidité extraordinaire. Les rues, il y a peu de temps encore presque vides et animées du seul bruit des petits groupes de manifestants, sont maintenant investies par la police à pied, la police montée, les gardes et gendarmes descendant de camions bâchés, et qui commencent à circuler, à surveiller les rues latérales, prêts à intervenir au premier signal. Secondés par la Police aux questions juives, le service antijuif de la Gestapo et celui de la Feldgendarmerie sortis soudain d'on ne sait où, comme des rats des égouts, des blattes, des cafards, se mettent à pourchasser non les Juifs mais les non-Juifs arborant des étoiles fantaisistes. Alors, le ciel s'assombrit et la joie s'efface, cédant soudain la place à la peur.

L'étau qui est en train de se resserrer se double d'un autre. Des petits groupes d'une dizaine de jeunes hommes pourvus d'un insigne composé d'un fer à cheval encerclant un bleuet circulent au milieu des manifestants en conspuant les Juifs. Très vite, ce premier groupe est renforcé par un second. Une trentaine de jeunes, cette fois, à la tête desquels se trouvent deux membres de la Légion des volontaires français en tenue, s'en prennent aux Juifs qui consomment aux terrasses des cafés et aux manifestants, qu'ils soient juifs ou non. Certains d'entre eux, pour, disent-ils, « ridiculiser les youpins », arborent des étoiles jaunes pourvues de l'inscription « J3 » !

À quelques pas de la place de la République, les cortèges, sous la double pression des forces de police et des milices fascistes, se scindent en groupuscules qui tentent de fuir en vain dans les rues adjacentes. Prise à l'intérieur d'un groupe d'employés de la Caisse des dépôts et consignations qui entourent une employée juive, avec aux vestons des insignes confectionnés selon le « modèle officiel » en papier journal, Josette vient mourir contre un barrage de la police municipale. Sont arrêtés tous ceux qui ne portent pas l'étoile jaune réglementaire : les zazous et les miliciens exhibant l'insigne « J3 »...

Tout en contrôlant son identité, le policier demande à Josette :

— Pourquoi avez-vous fait ça ?

— Pour ne pas laisser mon amie juive toute seule. Par solidarité. Ne me dites pas que vous approuvez une chose pareille.

L'agent de police hoche la tête et répond :

— Je suis obligé de vous emmener, la Gestapo nous suit.

C'est la deuxième fois que Josette est conduite au commissariat de police. Celui du Panthéon, rue Soufflot, cette fois. Les cellules sont surchargées, il n'y a plus de place. Après un interrogatoire très bref, le fourgon cellulaire la conduit à la préfecture de police. Le département des femmes est tenu par des religieuses. Avant d'entrer dans sa cellule, elle croise une femme, une avorteuse, qui a le temps de lui dire qu'elle allait être guillotinée et de lui conseiller de s'aplatir, de faire des excuses, de ne pas montrer qu'elle est furieuse. « Sinon, c'est la mort assurée, dès les prochaines représailles. » Josette, qui pense en avoir fini avec cette journée épuisante, déchante rapidement. À peine est-elle installée dans sa cellule que des soldats allemands lui demandent de les suivre : direction la caserne des Tourelles, où, après un voyage d'une heure dans un fourgon surchauffé, elle est violemment poussée dans un grand bureau en désordre, déjà occupé par dix femmes, où un gendarme allemand prend son nom et son adresse.

À partir de ce moment précis, Josette n'est plus maîtresse de rien. Elle observe sa propre vie, ou plutôt celle de cette jeune fille qui s'appelle Catherine pour l'état civil, et qui la voit entourée de dix femmes comme elle, interrogée par un militaire en colère qui crie, hurle, pose et repose le téléphone, tape du poing sur son bureau. Dans la pièce, le seul point statique est un grand portrait du maréchal Pétain qui sourit. C'est un comble. On la fouille. On lui prend ses clés. On lui vide ses poches. Pendant ce temps les gendarmes plaisantent. Puis tout le monde est conduit dans un grand réfectoire, dans une zone située derrière une rangée de barbelés. Au dîner, le contenu des colis envoyés aux prisonnières juives et que l'administration réquisitionne est réparti entre toutes. Au menu de ce soir : confiture et pain azyme…

Dans la cellule, elle retrouve des femmes juives, arrêtées parce qu'elles ne portaient pas l'étoile jaune, et des non juives porteuses d'étoiles fantaisistes. L'une d'entre elles a été arrêtée pour avoir arboré une cocarde en ruban jaune, barrée d'une broche à l'effigie de Jeanne d'Arc. Toutes ont encore sur la poitrine les étoiles qu'elles avaient confectionnées : « Swing », « Jeanne d'Arc », « Radio-Londres », « Liberté », « Jazz », etc. Durant la nuit, très courte, Josette vit mille vies. Tout particulièrement celle de cette femme qui lui a montré cette photo, toute sa famille rassemblée, elle, son mari et leurs trois enfants : tous portent l'étoile jaune, bien visible. « Pourquoi, lui demande-t-elle, se faire tirer le portrait avec l'étoile ? — En guise d'exorcisme », répond la femme. Et celle de cette autre qui lui raconte que sa sœur vient de se suicider pour échapper aux nazis « en avalant un tube entier de barbituriques ». Un détail choque la narratrice : elle a retrouvé sa sœur allongée sur son lit, « dans la belle robe d'organdi, si légère, qu'elle venait d'acheter, c'était pas la peine de dépenser tant d'argent, alors… ».

Quand l'aube vient, Josette pense qu'elle n'est plus elle-même, que tout est changé, qu'elle est devenue étrangère, que c'est comme si elle était en plein cauchemar. Elle voit autour d'elle toutes ces figures inconnues, mais elle sent leur peine et leur stupeur. Quand l'ordre lui est donné de se lever et de se préparer à partir, elle le fait, mais comme si c'était une autre qu'elle-même qui prenait la décision. Elle regarde les autres femmes. Toutes sont inculpées de « port d'un insigne fantaisiste imitant celui imposé par l'armée d'occupation aux Juifs ».

— Que va-t-on faire de nous ? demande-t-elle aux gardiens.

— Vous verrez bien. Montez déjà dans ces bus.

— Où va-t-on ?

— Montez, nom de Dieu !

Dans le bus qui traverse Paris, Josette somnole. Porte de la Chapelle, arrêtée à un feu rouge, ou prise dans un embouteillage, elle ne sait pas, elle lit une affiche, fraîchement apposée par le gouvernement français : « Le dernier dimanche a apporté une grande défaite à la propagande judéo-communiste. La consigne de porter des pochettes jaunes et des étoiles juives en papier avec l'inscription des provinces françaises, afin d'aider moralement les Juifs maltraités, n'a pas été suivie, sauf quelques rares cas isolés. Il a été démontré, une fois de plus, que la majeure partie de la population oppositionnelle n'a pas le courage de transformer les mots d'ordre de la propagande en actes. » Donc, tout ça n'aura servi à rien ? Il fait dans l'autobus une chaleur étouffante et la puanteur est insoutenable. Aucune de ces femmes n'a pu se laver. Certaines se sont vomi dessus et ont dû assumer leurs besoins naturels sous elles. Le voyage semble interminable. Et il n'y a rien à faire, rien à dire. Parfois l'autobus s'arrête on ne sait trop pourquoi. Comme ici à Pantin. Contrôle, incident technique ? Personne ne sait. Un seul journal circule, qui est passé de main en main. Un torchon, évidemment, *Le National-Populaire.* Sans trop savoir pourquoi, Josette le feuillette, prise de nausée à chaque page, chaque article. L'un d'entre eux, « Protégeons la race », retient son attention. On y parle des zazous évidemment, la bête noire des autorités : « Malgré la répugnance qu'a maintenant l'ensemble des Français pour les Juifs, il se trouve encore des jeunes gens très "swing" qui, complètement enjuivés par leurs fréquentations, témoignent de la sympathie à l'égard des israélites et portent également une étoile jaune. Le gouvernement se doit de retrancher de la communauté française ces éléments indésirables et de satisfaire à leur désir d'appartenir à la communauté juive en les pourvoyant d'un authentique état d'israélites et en les recensant comme tels. Ils pourront ainsi bénéficier sans exception de toutes les mesures que nous serons amenés à appliquer aux Juifs. »

— Quelle saloperie, n'est-ce pas ! lui lance sa voisine qui a lu l'article en même temps qu'elle, et qui porte encore son étoile rose avec écrit dessus « Zazouzazoua ».

— Vous croyez que ça n'a vraiment servi à rien ?

— Évidemment non. Ce n'est pas cette presse-là qui va nous défendre, tout de même !

— Vous avez raison…

— Oh, dites-moi, vous n'êtes pas très en forme, vous. Vous voulez que je vous raconte une histoire drôle ? C'est mon rayon.

Le bus vient de s'arrêter une nouvelle fois. C'est la Gestapo qui fait le tour du véhicule, inspecte l'intérieur, puis s'en va comme une bande de loups en jappant. Un panneau indique Bobigny.

La voisine de Josette n'en a pas pour autant oublié son histoire :

— Alors, maintenant que les Boches sont partis, je vous la raconte, ma blague ?

— Non merci, vraiment.

— Allez, une petite…

Josette sentant qu'elle va perdre la partie finit par accepter…

— Hitler est en tournée d'inspection au Paradis. Il contrôle tout, fouille partout, même le Ciel. Que voit-il, dans les allées célestes, un bienheureux avec une étoile jaune, que tout le monde salue avec le plus grand respect, au lieu de le foutre à la porte. Adolf est furieux. Il s'approche de saint Pierre : « Qu'est-ce que c'est que ce foutoir ! Un youpin au Paradis ? — Chut, répond saint Pierre, à voix basse, c'est le fils du patron… »

La jeune femme ayant raconté sa blague à haute voix, tout le bus en a profité et rit de bon cœur. Tout à coup, les rires se figent, le bus vient de s'arrêter. Cette fois, il semble arrivé à destination. Les femmes descendent une à une et se retrouvent alignées devant une longue bâtisse de quatre étages, entourée d'une double ceinture de fil de fer barbelé. Aux quatre coins du carré, de hauts miradors au sommet desquels veillent de lourdes mitrailleuses.

Encore assise à sa place, Josette observe le chemin de ronde qui passe entre les deux rangées de barbelés, et les soldats qui montent la garde. De la plateforme de l'autobus, un policier la hèle :

— Drancy, tout le monde descend !

30

Les premiers jours à Drancy passent comme s'ils n'avaient jamais existé. Josette pense qu'elle fait un cauchemar. Qu'elle finira bien par se réveiller. Et qu'alors elle pourra se dire : « Tout ceci n'est pas réel » ou « C'est le produit de mon imagination ». Elle se sent comme le Prince dans *La Princesse* de Charles Tennyson qui, affligé d'une étrange infirmité, voit le monde soudain devenir fantomatique et perdre toute sa substance. La vie à Drancy ressemble à la vie de caserne. Les femmes et les hommes y vivent séparés et sont logés dans des bâtiments distincts. Le soir, après le couvre-feu, les visites entre bâtiments sont permises, ainsi que les promenades dans la cour, alors, c'est dans le camp un va-et-vient continuel. Tout ça fait partie du cauchemar. À commencer par le temps qu'on ne sait comment tuer : jeux de cartes, conversations, rumeurs de « Radio-Drancy », marché noir autorisé par des gendarmes français à la surveillance relâchée parce que intéressée. Oui, tout ça fait partie du cauchemar.

Pour survivre, Josette se dit qu'il faut le refuser, le cauchemar. Refuser de voir, d'entendre, de participer. Refuser de voir cet homme puni de huit jours de prison parce qu'il n'a pas porté son étoile jaune. Refuser les conditions d'hygiène abominables. Refuser la routine de l'appel à 8 heures, de la promenade entre 8 et 10 heures, de la soupe, à 11 heures et à 18 heures, des nuits au milieu des ronflements et des fenêtres sans volets, et du clair de lune aveuglant, et de la chaleur effroyable, et des orages fréquents. Refuser de voir ces jeunes hommes et ces jeunes femmes qui arrivent à Drancy parce que inconscients des risques encourus : non informés des arrestations de leurs semblables, ils ont continué de se promener dans les rues de Paris avec des étoiles « Swing » et « Zazou » – comme Renée, cette lycéenne qui a inscrit sur son étoile le mot « Papou »... Refuser de voir ces centaines d'enfants qui jouent dans la cour, couverts de poux et de plaies, dont beaucoup ne savent même plus où sont leurs parents. Refuser de voir ces gens qui arrivent chaque jour, arrêtés alors qu'ils tentaient de franchir la ligne de démarcation. Refuser de voir cette jeune fille qui s'est jetée par la fenêtre du quatrième étage parce qu'elle n'avait plus la force de vivre à Drancy. Refuser de voir ce garde qui frappe un enfant de six ans à grands coups de pied dans le ventre et le laisse dans la boue de la cour. Refuser de se voir elle, Josette, en train d'essayer de consoler tel ou telle, mais sans trop savoir ni quoi dire ni quoi faire.

Dans ce camp immense, les gendarmes français ont séparé les zazous ayant participé à la manifestation du 7 juin. Un par dortoir. Avec interdiction de se réunir dans la cour et de causer entre eux. Chacun devant porter une véritable étoile jaune, ainsi qu'un bandeau portant l'inscription « Ami(e) des Juifs ». Josette avait, dès son arrivée, été affectée au dortoir 4 du quatorzième escalier où étaient entassées cinquante Juives polonaises, russes, allemandes, apatrides. La chef de chambre lui avait donné le choix entre une paillasse, sale, par terre, ou un lit de bois perché. Elle avait choisi le lit de bois perché. Un flot de questions l'avait alors assaillie, pour lesquelles elle n'a toujours pas de réponses :

— Pourquoi fais-tu cela pour nous ?

— Tu ne sais pas que nous ne sommes pas des filles comme les autres ?

— Nous avons une tache, tu sais. Pourquoi toi, tu nous respectes ?

— C'est un malheur actuellement d'être juif. Tu as vraiment envie de subir notre sort ?

Le 16 juillet et les jours qui suivent, Josette sort de son cauchemar, pour rentrer dans une réalité bien pire encore. Peu de jours avant son arrestation, un film était projeté au César, un des cinémas des Champs-Élysées. Après un générique au ton particulièrement virulent, frappé de l'étoile de David, une scène montrait le peuple juif associé à une horde de rats. Elle avait refusé d'aller le voir. Sans doute faisait-il partie d'un plan destiné à radicaliser l'antisémitisme. Quelques semaines plus tard, en effet, la rafle du Vél'd'Hiv' était déclenchée. La réalité, pire que le cauchemar, est donc ce à quoi elle est aujourd'hui confrontée. Treize mille Juifs immigrés de la région parisienne sont raflés. Un flot continu de femmes, d'hommes, de vieillards, d'enfants arrive à Drancy. Josette qui avait à peine pu fermer les yeux sur son cauchemar ne peut rien faire contre cette réalité qui la submerge. Elle voit tout, elle entend tout. Une femme erre dans le camp, folle. Les agents opérant six par six sont entrés dans son appartement, avec des torches électriques, des fusils : elle a jeté ses quatre enfants par la fenêtre. Une autre explique qu'on l'a conduite ici, parce que bien que juive elle avait refusé de monter dans le dernier wagon du métro. Une troisième, enceinte, porte un bébé dans ses bras : « Ils n'ont pas voulu que j'emporte la poussette. » Une quatrième raconte comment ses voisins, une famille entière – le père, la mère, les trois enfants –, se sont suicidés au gaz pour échapper à la rafle. Josette comprend bien qu'une chose terrible se prépare, quelque chose qui sera une tragédie.

De nouveau elle essaie d'aider. Elle est là, vivante, l'« Amie des Juifs » qui n'est pas juive. Une vieille femme pleure, son étoile tombée à terre, que Josette ramasse : « C'est pour ça qu'ils m'ont arrêtée. Mon étoile tenait avec des pressions et des agrafes pour la mettre sur plusieurs vêtements. Ils m'ont dit que ce n'était pas "réglementaire", et que si elle avait été cousue ils m'auraient relâchée. Et voilà, maintenant je suis à Drancy pour une histoire d'agrafes et de pressions, moi je trouvais ça plutôt pratique... » Que faire ? Josette est dépassée par la réalité de Drancy. Comment aider ces enfants qui meurent de diarrhée, parce qu'ils ne sont nourris que de soupe au chou depuis des jours ? Comment aider cette femme qui a tout perdu, parents, enfants, mari, qui voulait en finir dans sa baignoire avec du Véronal mais qui a survécu, « ces cons m'ont sortie de l'eau et m'ont tirée par les pieds jusqu'ici ». Elle arpente la cour jour et nuit en peignoir de bain.

Drancy est un monde clos. Derrière les barbelés, rien ne pénètre de l'extérieur. Josette ne sait plus rien de ses amis. Elle ne sait pas que Marie a fini par suivre la tournée de Raymond Legrand en Allemagne et est allée chanter devant des prisonniers de guerre français. Elle ne sait pas que Charlie joue régulièrement à La Désirade et semble avoir réussi son pari : se faire oublier en jouant des biguines et des rythmes antillais. Elle ne sait pas qu'Odette est de plus en plus amoureuse de Sarah et a de plus en plus de mal à ne pas se trahir. Elle ne sait pas que Jean passe de plus en plus de temps dans les couloirs du lycée Henri-IV, obsédé, dit-il, par des études qu'il ne veut pas louper ; tout comme Pierre, son acolyte de Louis-le-Grand. Elle ne sait pas que Lucienne a gagné une gloire éphémère en défilant pour Lanvin en portant *Je ravitaille*, manteau trois quarts, d'allure sportive et confortable ; *Je vais au cinéma*, élégant tailleur tenu par des bretelles en fourrure de fouine ; et *Je remplace le chauffage central*, tenue d'intérieur matelassée, étudiée pour affronter les appartements glacés. Elle ne sait pas que Sarah a décidé de rejoindre l'Union générale des israélites de France, organisme qui fédère les œuvres juives d'assistance. Devenue assistante sociale bénévole, elle aide les femmes qui ont perdu leurs enfants, les enfants qui recherchent leurs parents, les hommes qui voudraient retrouver leur femme. Tous ont essayé de la dissuader, mais Sarah a la tête dure, et ne fait que ce qu'elle veut : elle est donc plus que jamais zazoue et membre de l'UGIF…

Et donc, tous ces amis, que savent-ils de Josette ? Plus rien – ou si peu. Tout juste ont-ils entendu à la radio et lu dans la presse que « plusieurs "Amis des Juifs" » avaient été arrêtés et conduits à Drancy. Et que Josette en fait peut-être partie. Mais comment savoir ? Non, ils ne savent rien de Josette. Comment pourraient-ils penser une seconde que parfois elle retrouve un bonheur éphémère, si fugitif, lorsqu'elle se souvient d'un après-midi de ciel bleu et de soleil, passé avec eux, ou d'une goutte de rosée tremblotante le matin sur un bourgeon dans le parc Montsouris, ou des sœurs de Saint-Joseph de Cluny, qui cultivent leurs tomates le long des grilles du couvent de la rue Méchain non loin de chez elle… À aucun moment, le jazz, le swing n'est présent en ces journées de ténèbres.

À Drancy, le long de tous ces jours qui passent, elle ne voit que Drancy. Comment pourrait-elle savoir que le départ en masse des ouvriers français pour l'Allemagne est à l'ordre du jour, en échange de la libération de 50 000 prisonniers ? Ce qu'on appelle la « relève ». Trois ouvriers français qui partent, pour un prisonnier qui rentre. Comment pourrait-elle savoir que la femme qui a organisé la manifestation des femmes de la rue Daguerre n'est pas guillotinée comme l'avaient décidé les juges parce qu'elle est enceinte et que Vichy ne guillotine pas les femmes enceintes ? En dehors de Drancy, la vie continue. Mais elle ne le sait pas. Et pourtant, un avion anglais a gravé des V en fumées bleues, blanches, rouges, dans le ciel de Paris ; un pilote de la RAF, survolant à basse altitude la rue de Rivoli, a mitraillé les grands hôtels où se prélassaient les états-majors allemands ; un appel de Radio-Londres a demandé aux Français de « placer les Juifs sous leur sauvegarde et de faire ainsi la chaîne des braves gens ». Non, Josette ne sait plus rien de la vie hors de Drancy, à commencer par la frivolité qui, en ces jours sombres, trouve encore à s'exprimer. Josette ne sait rien de ces salles de cinéma qui sont toujours aussi combles, du pavillon d'Armenonville qui fête encore la Journée de l'élégance à bicyclette, de la nouvelle mode des tissus imprimés et des chapeaux de couleurs vives. En cette fin juillet 1942, la presse accorde presque autant d'importance à la rafle du Vél'd'Hiv' qu'au gala de réouverture du cabaret Le Florence ! Non, Josette ne sait rien de tout ça. Et comment pourrait-elle savoir que Jean est allé glisser un drapeau tricolore en pleine nuit dans les mains de fonte du génie de la Bastille ?

Certains jours, elle ne veut même plus penser à Drancy. Ni à l'extérieur, ni même au fait de sortir. Elle n'a plus de force, plus de désir. Cela fait si longtemps qu'elle n'a pas fredonné un air de jazz ! Drancy est devenu une immense gare de triage. Des milliers de gens vont et viennent. Des milliers arrivent, des milliers partent. Hier, plus de 7 000 Juifs sont arrivés de la zone libre. Des dizaines d'autobus partent du camp ; des dizaines de convois quittent la gare de Drancy-Le Bourget. Une chose horrible existe : la « réserve ». Elle est constituée d'un certain nombre de Juifs qui « en principe » ne devraient pas partir en Allemagne. Qui sont sur une liste d'attente. Quand les trains ne sont pas assez pleins, les Allemands viennent plonger dans la « réserve ». À Drancy, les suicides ne sont pas nombreux, mais neuf sur dix sont le fait de membres de la « réserve ».

Ce soir, un soir parmi d'autres soirs, peu importe lequel, Josette est dans la cour, dans le brouhaha, la poussière, une immense cohue. Elle entend des gens qui disent que les amitiés qui se sont nouées ici sont empreintes d'une très grande sincérité, de profondeur, d'une espèce de tendresse grave que personne ne pourra jamais plus connaître. Que tous ces êtres ont signé un pacte, scellé dans les luttes et les épreuves. Josette ne croit même plus en cela. Elle se dit juste que cette banderole « Ami des Juifs », qui devait humilier tous ceux qui la portaient, a été pour beaucoup de prisonniers juifs comme un timide rayon de soleil. Très court. Terrible. Si éphémère. Comme ce petit garçon, débrouillard, orphelin, qui trois jours durant n'a pas lâché sa main. « Qui a mis cette banderole ? — Les Allemands… — Tous des têtes de cons ! » Petit homme, sans prénom, sans nom, qui a disparu, comme tous les autres, un matin, et n'est jamais revenu, immédiatement remplacé par un autre qui lui non plus ne voulait pas lui lâcher la main.

Aussi, lorsqu'un gendarme français lui indique qu'elle doit se rendre au poste de commandement, là où un officier allemand a exigé qu'elle soit conduite, elle comprend que sa vie est sur le point de s'arrêter. Le chemin vers la baraque gardée par des hommes en armes est son chemin de croix. Elle passe à travers une haie d'êtres muets qui sont déjà des fantômes. Marche lentement. Accepte, elle qui ne fume pas, une cigarette que lui tend un enfant, mélange, comme toutes celles qui circulent ici, de crottin de cheval déshydraté et d'ersatz de thé. Elle tousse. La fumée lui brûle les yeux, mais cette cigarette, elle la fumera jusqu'au bout. Arrivée devant la baraque, elle monte l'escalier. Combien de ses amies éphémères sont parties par cette porte et ne sont pas revenues ? Des cinquante femmes du dortoir 4, qui l'avaient accueillie à son arrivée, plus aucune n'est là.

La pièce est vide, carrelée, blanche. Une salle d'infirmerie. Deux soldats allemands encadrent un officier de dos, debout. Il donne un ordre en allemand. On passe des menottes à Josette. Un second ordre. On lui met une cagoule sur la tête. Elle sent qu'elle retraverse la pièce, redescend l'escalier, traverse une vaste cour qui n'est pas celle par où elle est arrivée. Il n'y a aucun bruit, aucune présence. Elle ne sait pas vraiment où elle est. Bruits de portes, de serrures, de portails divers. Puis elle est poussée dans une voiture. Un nouvel ordre en allemand, donné par le même officier. Enfin, c'est ce qu'elle croit comprendre. Les deux soldats montent à côté d'elle. C'est l'officier qui conduit. Une voiture assez grande. Puissante. Le voyage est interminable. En ville, c'est certain. Les fenêtres sont fermées. Elle qui avait perdu le souvenir du jazz, du swing, se met à y penser. Pour oublier ce qui est en train de lui arriver. La vie est étrange, tout de même. Elle pense à ce qu'elle aime entendre, dans un grand orchestre : les pupitres de cuivres et de sax, les violons. Elle se souvient de ce que lui avait dit un jour Charlie, qu'il préférait lui aussi le grand orchestre, car cela lui donnait non seulement envie de jouer mais une foule d'idées orchestrales, car il découvrait alors de nouvelles possibilités, toutes sortes de combinaisons de sons, d'harmonies qu'il ne pouvait déployer avec le seul Quintette. Elle s'en veut presque de penser à ça. Et puis après tout, ce sont ses derniers moments. Elle peut bien penser à ce qu'elle veut. Elle pense aussi que mourir pour mourir elle aurait préféré que ce soit avec ses amies juives, à Drancy.

Quand la voiture s'arrête, elle s'était presque

endormie. Les soldats la sortent, sans ménagement. Puis elle sent l'officier qui la prend par le bras, lui fait traverser la rue. Frappe à une porte d'entrée. Crie un ordre en allemand. La porte s'ouvre. Josette reconnaît une odeur, oui, une odeur plus qu'un parfum, tandis que dans le même temps, l'officier lui retire les menottes, lui enlève la cagoule, lui remet un petit sac dans lequel se trouvent ses papiers, ses clés, quelques effets qu'elle avait en arrivant à Drancy.

— J'ai mis presque un mois à vous retrouver.

C'est Gerhard, qui lui fait signe de se taire et lui indique qu'il se retire. Elle pense qu'en d'autres circonstances, elle aurait pu dire : « C'est merveilleux d'être soignée par quelqu'un d'autre. Par quelqu'un qui s'occupe de vous, qui vous tend la veste pour que vous la passiez. Je suis si peu habituée à cela. Ça me donne une impression de raffinement, presque de luxe. »

— Bonsoir, nous nous reverrons. Ne dites rien, pas ce soir. Au revoir.

Derrière la vitre de sa loge, la concierge observe, puis referme son rideau de dentelle.

Alors qu'elle monte les escaliers qui conduisent à son appartement, Josette se dit que c'est comme si elle venait d'accepter un bouquet de fleurs de quelqu'un qui lui avait demandé de l'accepter, qu'elle l'avait pris, et qu'une fois entre ses mains elle avait été stupéfaite, presque horrifiée de ce qu'elle venait de faire. Horrifiée et au bord des larmes – de bonheur.

Bien que fatiguée, elle ne parvient pas à se

coucher. Elle prend une douche d'eau glacée mais jamais douche ne l'a rendue aussi heureuse. Elle pense à Gerhard qui vient de la sauver. C'est curieux, c'est le seul garçon dont elle pense pouvoir dire que moralement il est d'une essence rare. Ce qui transparaît en lui, c'est l'énergie et la droiture. Elle a beau se répéter: «Gerhard est un soldat allemand», «Gerhard est un soldat allemand», elle ne peut penser autrement. Quand elle sort de la douche, elle regarde son corps dans la glace. Elle a beaucoup maigri. Comme ça, elle se trouve presque belle. Elle crève de faim. Elle mange la réserve de biscuits pour J3 qu'elle avait constituée et soigneusement rangée dans une boîte en métal, boit un faux café, avale un pot de confiture qu'elle gardait pour le prochain réveillon de Noël. Quel bonheur étrange! Elle s'endort en se sentant coupable, et fait un rêve qui la réveille en sursaut à midi. Ce sont tous ses amis juifs et non juifs, vivants et morts, qui sortent de Drancy. Qui jaillissent, tous soûls de liberté et comme fous. Elle en voit un qui part en courant comme s'il avait peur qu'on le rattrape. Un autre qui reste en arrêt sans savoir quelle direction prendre. Elle est au milieu d'eux. Elle suit ceux qui marchent devant elle. Tous, nombreux, si nombreux, arrivent à une station d'autobus. Une bagarre commence: c'est à qui montera le premier. Une fois qu'elle a trouvé une place assise, elle relève la tête. Elle est seule. Excepté un enfant, le tout premier qui lui a tenu la main, dont elle n'a jamais su le nom, et qui a été le premier à partir. Tous les autres ont disparu. L'autobus démarre, file vers Paris, jusqu'à la prochaine station de métro, « Jean-Jaurès », dit l'enfant. Elle regarde à travers la vitre. Les passants marchent librement. Le ciel est bleu. Elle crie : « Je suis libre. Que c'est beau la liberté ! » Elle regarde l'intérieur de l'autobus, le couloir central qui conduit jusqu'à la plateforme. L'enfant a disparu. La chaîne qui ferme la plateforme n'est pas attachée et brinquebale au rythme des coups de frein et des redémarrages de l'autobus.

31

C'est le premier réveil de Josette depuis son arrestation, la première fois qu'elle éprouve à nouveau cette sensation si particulière de se lever dans un espace qui est le sien : une chambre, la sienne, qui la protège. Elle a cru à une hallucination : elle a cru entendre *La Marseillaise* jouée à l'accordéon. Quand elle ouvre sa fenêtre, puis ses volets, le doute n'est plus permis. Sur le trottoir, un aveugle joue bien *La Marseillaise* à l'accordéon. Le même qui se poste à l'angle de la rue Saint-Séverin et du boulevard Saint-Michel. Monte jusque chez elle le bruit des pièces de vingt ou quarante sous jetées dans la sébile. C'est même tout à fait étonnant : les jetons de métal sont aujourd'hui récupérés par les Allemands, et les commerçants ne rendent plus la monnaie mais donnent à la place des timbres, des tickets de métro ou de petits bouts de carton portant leur marque. Et pourtant elle entend distinctement le bruit des jetons jetés dans la sébile.

Donc, Josette est debout, chez elle. Elle n'a rien

à manger, mais elle est heureuse. Elle prend trois résolutions. Plutôt deux, et une troisième qui en est presque une : aller à la Sorbonne, pour vérifier si sa première année de licence n'est pas compromise ; différer son retour au Café Éva ; enfin tenter d'oublier Drancy ou plus exactement faire en sorte de ne pas avoir à en parler. Pour l'instant, elle veut que Drancy disparaisse de sa vie, ne l'empêche plus de dormir. Elle a besoin de se retrouver elle-même – sans Drancy. Tout en se fixant ces trois objectifs, elle regarde sa porte d'entrée. Comment a-t-elle pu ne pas le remarquer : une lettre a été glissée dessous et gît sur le parquet. Visiblement elle est là depuis un certain temps. Elle ouvre l'enveloppe. À en-tête de la Wehrmacht. Elle reconnaît l'écriture : celle de Gerhard. Rédigée le 15 juin 1942, elle lui révélait, en termes clairs et directs, qu'une rafle allait s'abattre sur les Juifs, planifiée, terrible, et qu'il lui fallait avertir ses « amis israélites de l'imminence du danger ». Gerhard l'avait donc prévenue, avait pris ce risque. Mais elle n'avait rien pu faire : le 15 juin, elle était à Drancy. Il y a presque deux mois. Josette ne peut retenir ses larmes : c'est décidé, quoi qu'en pense la petite bande, elle doit revoir Gerhard, lui parler, comprendre qui il est vraiment.

La question de la Sorbonne est vite réglée : elle pourra repasser ses examens en septembre, même si son séjour à Drancy n'a pas plaidé en sa faveur. Comme lui a dit le fonctionnaire universitaire : « Il n'y a pas de fumée sans feu. On n'est pas envoyé à

Drancy pour rien… Enfin, bon, vous n'avez l'air ni juive ni terroriste. »

Concernant le Café Éva, sa décision fait long feu. Rien d'étonnant à cela. Après être allée chercher à la mairie ses bons pour obtenir ses 350 grammes de pain et son quart de litre de lait quotidiens, ainsi que ses 500 grammes de banane séchée, des biscuits vitaminés et ses 250 grammes de chocolat mensuels, elle a erré dans sa ville qu'elle aime tant. Elle a repris le métro, pour en sentir l'odeur, même si à la suite d'une alerte elle a dû marcher sur la voie dans le tunnel jusqu'à la station Gobelins. Elle a revu les terribles et immenses affiches illustrées : « Qui vole notre Afrique du Nord ? Roosevelt. Qui l'inspire ? Le Juif. » Elle a ramassé un des tracts que les Allemands jettent dans Paris : « Auditeur de la radio anglaise, considère ce papier comme un avertissement. Consciemment ou non, en écoutant et en propageant cette propagande, fruit de l'alliance judéo-communiste, tu commets un crime envers ta patrie. Sans préjudice des sanctions judiciaires auxquelles tu t'exposes, sache qu'il est des Français décidés à tout pour que cesse son action criminelle. Essaye de comprendre où est ton devoir. Sinon, à notre grand regret, nous n'hésiterons pas à te l'imposer. »

Le 16 août, elle arrive devant le Café Éva. Identique à lui-même. Son havre n'a pas changé. Il est là tel qu'elle l'avait laissé. Après un court moment d'hésitation, elle traverse la terrasse et pénètre à l'intérieur. Dans l'air, un morceau de jazz et Jo, toujours à son poste, embusqué derrière son zinc, occupé à disposer pour la vente des « mégotines », petites boîtes en bois ou en métal, créées spécialement à l'usage des « collectionneurs » de mégots ! Quand il la voit, il laisse tout en plan et la prend dans ses bras, comme un père sa fille. Jo, le gros nounours, tremble de bonheur. « Quelle trouille tu nous as faite, tu ne peux pas savoir ! Quelle angoisse ! » Mais dans le même temps esquive, parle d'autre chose, pour ne pas laisser l'émotion affleurer, expliquant que le disque qu'elle entend actuellement lui a été donné par un Boche. Le Charlie Orchestra, un orchestre nazi avec chanteur, Karl « Charlie » Schwedler, pour faire de la propagande sur le terrain des « zazous » ! Pas mauvais d'ailleurs, mais qui finit toujours par débiter satires antisémites et attaques contre Churchill et Roosevelt. Son répertoire : à quatre-vingt-dix pour cent des extraits des comédies musicales de Broadway, écrites pour la plupart par des compositeurs juifs ! Beaucoup de titres en anglais, *Thank You for the Memory*, pour rappeler le traité de Versailles ; *French Negroes on the Rhine*, sur la France et ses nègres ; *Slumming on Park Avenue*, qui évoque le bombardement de la flotte française par les Anglais à Mers el-Kébir...

— Et ce qu'on entend en ce moment ? On dirait Trenet...

— Exact, répond Jo. *Why did my Heart go Boom !* qui raconte l'histoire d'un pauvre Yankee terrifié, dont le bateau va être envoyé par le fond dans un « grand boom ! » par un U-Boot allemand…

Après un silence, Jo revient derrière son zinc, enlève la galette et met *Josette*, puis revient vers celle qu'il appelle la « revenante » et la serre une nouvelle fois dans ses bras :

— Drancy…

— Oui ?

— Tu ne veux pas en parler…

— Non, pas tout de suite, répond Josette, laquelle dans le même temps pense aux mots de cet enfant de Drancy, de ce gamin à tête d'ange, qu'elle tentait de consoler parce que ses parents venaient de monter dans un train, et qui lui avait murmuré : « Je suis sûr qu'ils ne reviendront pas vivants. »

Jo comprend :

— Tu veux que je te fasse un état des lieux ? Te dire où nous en sommes aujourd'hui ?

— Oui, c'est ça, répond Josette, tu me dis tout en me servant une bière-grenadine…

— Toujours autant d'attentats ! Il y a quelques jours une bombe déposée au Rex a tué 5 soldats allemands, 170 otages ont été fusillés… Il y a de plus en plus de stations de métro fermées. Parfois plus personne ne peut sortir de chez soi pendant deux jours… Quoi d'autre ? Ah oui, Pétain a lancé une grande opération « pour préserver nos jeunes gens, nos vrais jeunes gens des excitations malsaines ».

— Des « excitations malsaines » ?

— Oui : « L'alcoolisme, les livres et les spectacles

immoraux et… le jazz. » Les JMF, Jeunesses musicales de France, contre le Hot Club de France et le swing !

— Le swing, le swing ! On est jeunes, on a envie de s'amuser, c'est tout…

— Ça va plus loin que ça, Josette. Je suis en train de collectionner toutes les âneries écrites sur les zazous. C'est impressionnant. Tiens, la dernière en date, *La Gerbe*, le numéro qui est sorti hier : « Qui voudrait être le pape de ces jeunes dégénérés ? J'imagine pourtant qu'il doit exister un roi du swing. Je le vois, mâchant un chewing-gum, entre deux mots yiddish, avec les dents branlantes de son râtelier en or, dans une casemate des Burlesques de Broadway. »

— Quelle littérature !

— Et cette caricature, ajoute-t-il, en sortant d'une chemise un dessin paru toujours dans *La Gerbe*. Un bourgeois capitaliste et un zazou, tous deux en train d'écouter la « France libre » ! Vous commencez à les énerver beaucoup !

— En somme, rien n'a changé !

— Si, il y a un vrai changement, répond Jo, montrant à Josette un homme assis au fond du café, de dos, en bras de chemise et en spartiates, penché sur une pile de magazines qu'il semble être en train de compulser.

Josette pense « Gerhard ? » puis se ravise. Il ne serait pas en civil. Il ne serait pas seul.

— Henri, dit Jo à voix basse.

— Henri, notre Henri ? demande Josette, à haute voix, de telle sorte que l'homme se retourne, arborant un immense sourire, et lance :

— Henri, oui Henri. Tu en connais un autre, Catherine ?

Dans un premier temps, Josette est surprise ; et par le retour d'Henri, et parce que cela fait longtemps que ses amis ne l'appellent plus que Josette... Dans un second temps, elle est presque épouvantée. L'homme qu'elle a devant elle est hâve, décharné. L'émotion la plie en deux. Si elle le pouvait elle s'assiérait pour reprendre sa respiration. L'âpreté de ses joues mal rasées lui fait sauter le cœur. Seul jaillit de cette image d'amaigrissement et de fripes son magnifique regard bleu. Elle pense à la mauvaise blague qui courait à Drancy : « Des poux en plus, des kilos en moins. »

Avant qu'il ne parte à l'armée, lui et Josette n'étaient guère proches. Ils faisaient partie de la même bande d'amis, avaient dansé parfois ensemble. Sur le ton de la plaisanterie on disait qu'il faudrait un jour les marier. Ce qui ne faisait rire ni l'un ni l'autre – surtout Josette. En réalité, Josette n'a jamais vraiment été très claire avec Henri. Sentant bien qu'elle ne lui était pas indifférente. Ce côté « amoureux transi » qui l'a toujours énervée... En fait, elle connaît peu de choses de lui. Elle se souvient qu'il avait passé le baccalauréat dans son uniforme, qu'il envisageait une prépa à Louis-le-Grand. Ils ne se sont pas vus depuis deux ans. Elle ne lui a jamais écrit. N'en a jamais éprouvé le besoin. Dans son souvenir, Henri était quelqu'un d'un peu plus éclatant, de drôle, avec une certaine présence. L'homme qu'elle a devant elle semble éteint, cassé, vieilli avant l'âge, tremblant légèrement. Quand elle s'assied à côté de lui et regarde la pile de journaux, il dit :

— Pour rattraper le temps perdu. Me mettre au courant.

Voyant qu'une certaine gêne est en train de s'installer, Josette propose :

— On se raconte nos vies ?

— D'accord.

— Qui commence ?

— Toi, répond Henri.

— Non, toi.

Les yeux dans le vague, le regard embué, Henri commence son récit. C'est l'histoire d'un jeune homme qui, comme des millions d'autres, a été mobilisé en septembre 39, et s'est morfondu dans l'est de la France pendant l'interminable « drôle de guerre ».

— Que faisiez-vous pendant tout ce temps ?

— Rien ! J'étais préposé aux lâchers de ballons ! Tout près des batteries d'artillerie. J'étais là pour déterminer avec ma lorgnette la direction des vents. Des mois à lâcher des ballons et à regarder d'où vient le vent !

— Et après ?

— Après, j'ai été fait prisonnier par les Allemands le 21 juin 1940, près de Bellefontaine, dans les Vosges, sans avoir participé au moindre combat. Tu te rends compte ! Pas un seul coup de fusil ! Pas une seule balle.

Un détail le fait sourire de tristesse. Entre le moment où il a été fait prisonnier et celui où il s'est retrouvé bouclé avec 50 000 autres soldats français dans la forteresse de Neuf-Brisach, il aurait pu s'échapper cent fois, s'évader chez des civils, changer de vêtements, disparaître. Il ne l'a pas fait. Lui comme d'autres avaient la certitude que leur captivité serait brève. Quelques jours, quelques semaines tout au plus…

— Résultat : 851 jours au stalag XIII, avec 10 000 autres conscrits dont beaucoup de soldats de l'empire colonial dont les nazis ne savaient que faire.

Josette, immédiatement, mais elle n'en laisse rien paraître, repense à Drancy, surtout quand Henri raconte la promiscuité, la malnutrition, les tâches harassantes, les comportements violents et égoïstes, mais avec la mort en moins. Dans les baraquements du stalag XIII, les deux sujets de conversation sont la nourriture et la date d'une éventuelle libération. Parfois, un troisième est abordé : les filles, les femmes, les amantes. Ce qui rend fous certains… À Drancy, la mort était présente à chaque seconde. Une question est là, lancinante, toujours : quand viendra-t-elle et que ferai-je, face à la douleur ?

— Tu sais ce qui était le plus dur au début ?

— Non.

— Les blés.

— Les blés ?

— Il y avait beaucoup de paysans parmi nous. On regardait tous les champs de blé en pleurant. Être prisonniers alors qu'il y a tant de blé à faucher. Nous en étions tous malades.

— Et ta vie de prisonnier ?

— On se sent inutile, mais on finit par s'habituer. Les livres récupérés au hasard des amitiés ; des extra alimentaires apportés grâce au canal d'organisations d'entraide patronnées par Vichy ; et les chansons, ah les chansons : *Te revoir*, *Attends-moi mon amour*, *Les cloches du retour*…

— Tu oublies *Pour fêter ton retour*…

— Tout pour te foutre le cafard, dit Henri qui se met à chanter : « Quand tu verras ton village / Tu diras / Rien chez moi n'a changé / Quand tu reverras ta rivière, / Les prés et les bois d'alentour, / Et le banc vermoulu près du vieux mur de pierre / Où jadis tu connus tes amours. » Foutaises ! Surtout quand aucune fiancée ne t'écrit…

Josette ne dit rien. Oui, elle ne lui a pas écrit. Mais pourquoi l'aurait-elle fait ? Elle n'est pas sa fiancée ! En réalité, quelque chose de bien plus grave que ce qu'il appelle des « aléas de la vie » lui pèse. Henri est furieux. Il se dit « mangé de culpabilité », « bouffi de honte comme un baba gonflé de rhum ».

— Mais pourquoi, Henri ? Ça fait deux ans que tu es prisonnier, tu as payé cher ton engagement !

— Je n'ai même pas combattu. Je n'ai pas la moindre égratignure, la plus petite blessure. Je n'ai même pas essayé de m'évader. Et puis surtout, il y a cette honte, cette honte… répugnante, odieuse. Ça me dégoûte.

— Quelle honte, Henri ?

— La relève ! Trois travailleurs français en Allemagne pour un prisonnier ! J'entends encore cette ordure de Laval à la radio. Je peux te réciter ses phrases par cœur : « Ouvriers de France, c'est pour la libération des prisonniers que vous allez travailler en Allemagne. Il faut aider l'Allemagne et je souhaite sa victoire. Sans elle, le bolchevisme demain s'installerait partout. » Dans les baraques, tout le monde a rigolé. Plutôt crever qu'accepter ce marchandage… Et voilà, maintenant je suis devenu une sorte de collaborateur…

— Ne sois pas idiot… tu as revu les autres… ils t'ont traité de collabo, ils ne veulent plus de toi ?

— Non.

— Alors qu'est-ce que tu racontes ?

Henri ne sait que répondre. Depuis qu'il est revenu, il flotte. Il ne sait que faire, que penser, que vivre. Avant tout ça, il adorait se promener au Luxembourg et regarder les joueurs de longue paume. Il a fait un tour du côté des jardins. Tout était là, les joueurs, le soleil, les promeneurs, les amoureux, mais rien n'était comme avant. Il n'a rien reconnu. Il a voulu aller au cinéma. Il est entré dans la première salle venue : *Paramatta, bagne de femmes*, un film allemand stupide avec Zarah Leander, et s'est endormi avant la fin. Pour s'inscrire en classe de prépa, il a dû signer un papier dans lequel il affirmait sous la foi du serment qu'il n'était ni affilié à la franc-maçonnerie ni juif. Un dégoût de plus. Dans quelle France est-il revenu ? Et que va-t-il y faire ? Quant à l'ambiance zazoue du groupe, il ne sait quoi en penser. A-t-il le temps d'être « swing », de se sentir « dans le mouvement » ? La veille de son retour à Paris, il y a moins d'une semaine, il a dû faire acte de présence au théâtre des Ambassadeurs, parce qu'une partie de la recette recueillie durant la soirée gastronomique devait être versée aux œuvres des prisonniers de guerre. Il en fallait bien un, un spécimen représentant les 1 200 000 prisonniers français... On l'a pris en photo devant une série de dessins publicitaires ayant pour personnages des KG, des prisonniers de guerre, vantant, derrière les barbelés de leur stalag, les mérites d'un certain nombre de conserves, d'alcools et de produits de beauté !

— C'est étrange tu sais. Je vois les choses et ne les sens pas. Par exemple, le marchand de couleurs dans ma rue, le crémier qui vendait du lait à la mesure et du beurre coupé au fil ; le grainetier qui plonge sa mesure en bois dans les grands sacs de jute ; tout est là et rien n'est là...

Josette ne répond pas immédiatement. Elle comprend tellement ce qu'Henri essaie de lui communiquer. À peine revenue de Drancy, elle a essayé, elle aussi, de reconnaître le monde d'odeurs qu'elle avait laissé avant son départ : la lessive s'échappant du lavoir, le parfum de plantes séchées provenant de l'herboriste de la rue de la Tombe-Issoire, qui étale devant sa boutique de grands sacs de tilleul, de camomille, de verveine. Ou les cris, les bruits – ceux du vitrier, du rémouleur, du chiffonnier ou plutôt de la chiffonnière qui avant la guerre passait sous ses fenêtres avec son âne, réveillant tout le quartier... Elle a éprouvé la même sensation. Tout est là identique et tout est différent.

— Je vois très bien ce que tu veux dire, tu sais...

— Peut-être, répond Henri, qui ajoute : à toi, maintenant. Raconte-moi, toi, Catherine, qu'as-tu fait durant ces deux années ?

Catherine n'a pas le temps de répondre. Ce qui l'arrange. Qu'aurait-elle dit, confié à ce prisonnier libéré ? Lui aurait-elle parlé de Drancy ? Non. De Gerhard ? Certainement pas. La bande arrive, bruyante, dans le café, rigolarde, heureuse, folle de joie. C'est une vague qui pousse des cris, qui fait un tendre tapage. Henri et Josette sont de retour. « Ah, le beau couple ! » hurlent-ils tous en chœur, reprenant la chanson d'Irène de Trébert :

— « C'est l'appel de nos vingt ans
C'est la joie c'est le printemps
C'est l'éveil des nouveaux jours
De l'espoir c'est le retour
C'est la gaieté qui nous délivre
C'est la jeunesse qui veut vivre, vivre !

Un peu de folie au cœur
Nous apporte le bonheur
Oubliez tous vos soucis
Devenez swing aussi ! »

32

Le groupe est donc reformé, prêt à entrer de nouveau en action. Seul manque à l'appel Charlie, lequel, par précaution, est resté caché dans la cave du cabaret antillais. En effet, à la suite de l'arrestation, le 24 septembre, d'Allemands présents aux États-Unis, un millier d'Américains et quatre cents Américaines ont été arrêtés à Paris, et la rafle n'est pas terminée... Les hommes sont envoyés à Saint-Denis puis à Compiègne. Un bruit court : chaque fois que les Allemands ne mettent pas la main sur l'homme qu'ils recherchent, ils arrêtent sa femme qu'ils trouvent au domicile perquisitionné. Rapidement à la tête d'un nombre important d'Américaines, et ne sachant où les mettre, la Wehrmacht a fini par les rassembler au Jardin d'acclimatation, dans la maison des singes !

Odette, qui a toujours une anecdote à raconter sur tout et sur rien, ajoute qu'une Américaine d'un certain âge, cliente de la boulangerie et relâchée très vite par ses geôliers, agacée que ces derniers viennent toujours les compter en hurlant *Sei still*, « restez tranquilles », et les surprennent en train d'enfiler leur gaine ou leurs bas, lui a confié, qu'elle avait fini par abaisser le décolleté de sa combinaison et par exhiber ses seins, en lançant à l'adresse de soldats ébahis : « *How do you like that, you, bastards !* »

Henri, qui rit de bon cœur et retrouve peut-être ce jeu propre aux baraquements de prisonniers qui s'ennuient, et qui consiste à enfiler blague sur blague, en propose une, venue tout droit du stalag XIII :

— Question : Qui gagnera la guerre ? Réponse : L'or américain, le sang russe, la ténacité anglaise et… la comédie française…

Pour fêter le retour d'Henri, la bande du Café Éva avait prévu d'aller au cinéma. Avec le retour de Josette, la fête n'en sera que décuplée, à moins que celle-ci ne soit pas d'accord. Ce qui n'est pas le cas. Bien au contraire, elle veut se noyer dans la vie d'après Drancy, oublier ces images de gens rasés, parqués entre les barbelés, entassés dans les wagons à bestiaux, partant on ne sait où vers les territoires allemands. Elle veut être encore plus zazoue que le plus zazou des zazous. Même si cela devient dangereux, même si le camp d'en face est de plus en plus fébrile. Ça sera sa manière à elle de dire non aux nazis et aux collaborateurs. Si elle devait définir ce qu'est désormais pour elle le zazou, elle dirait qu'il méprise moins qu'il tourne en dérision ces hommes qui avaient promis à la jeunesse dont elle fait partie que rien ne sera plus comme avant. Le zazou refuse l'engagement. À un système manichéen simpliste, il oppose sa dérision ambiguë. Alors certes, la situation est tragique, elle en sait quelque chose, mais pour elle la meilleure manière de combattre la tragédie, c'est de recourir à l'ironie. Le style, pour le zazou, compte plus que le contenu, et l'esthétique que la morale. Puisqu'il est impossible, dans la France de Pétain sous la botte nazie, de vivre pleinement sa vie, autant la jouer, se déguiser, perturber la machine, être le grain de sable qui va interrompre une projection, une représentation théâtrale, une exposition, un défilé. « Le zazou se pose en s'opposant », c'est sa formule, éperonnée par la provocation, toujours. La vie est trop précaire, et en ces temps troublés vraiment trop courte. Elle peut s'arrêter à tout moment, comme celle des enfants de Drancy qui meurent par milliers ou celle du Roi des Aulnes, fusillé parce qu'il avait manqué le dernier métro. Alors oui, la perturbation des séances de cinéma fait partie de l'arsenal zazou, comme il faisait partie de l'arsenal des surréalistes.

À quelques jours d'intervalle les zazous du Café Éva assistent à la projection de trois films. « Une véritable orgie », dit Henri, entraîné sur un terrain auquel sa longue période d'emprisonnement ne l'a nullement préparé, et qui est très critique à l'égard de ces chahuts organisés. Le premier, c'est *Pontcarral, colonel d'Empire*, de Jean Delannoy. Tous les zazous se sont passé le mot. Ce film, ils ne peuvent pas le manquer. Pourquoi ? Parce que Pierre Blanchar, demi-solde bonapartiste opposé à la monarchie de Juillet, jette au juge qui instruit son procès : « Sous un tel régime, monsieur, c'est un honneur que d'être condamné ! » Cette phrase, attendue, déclenche un brouhaha irrépressible qui ne cesse que lorsque le directeur de la salle rallume pour stopper les manifestations de joie du public dont une partie entonne *La Marseillaise.* Et quand à la fin du film on assiste au départ de l'armée d'Afrique, défilant avec ses fanfares et ses drapeaux déployés, c'est toute la salle qui se lève et trépigne jusqu'à ce qu'arrive un détachement de gendarmes qui fait sortir tout le monde.

Le deuxième film, c'est *Adieu Léonard*, qu'on va voir sans perturber la séance, mais au contraire « religieusement », parce qu'il raconte l'histoire chaleureuse et tendrement anarchiste de Ludovic Malvoisin, joué par Charles Trenet, le « zazou d'honneur » ! *Adieu Léonard*, il faut l'avoir vu, comme il faut avoir lu *Autant en emporte le vent*, acheté au marché noir 1 500 francs, et s'être procuré coûte que coûte *Chattanooga choo choo* dans la version de 1941 avec Glenn Miller au trombone, et *Perdido* avec Duke Ellington au piano et Ben Webster au saxophone ; sans parler évidemment de cette nécessité de porter des chaussettes de couleurs différentes : une blanche et une beige, une rouge et une verte ! C'est cela être zazou ! Mais avant *Adieu Léonard* est projetée une série de sketches intitulée *Monsieur Girouette* dans laquelle l'auteur-acteur, Gaston Rullier, tente de démystifier, de façon assez maladroite et se voulant humoristique, les « mensonges » de la propagande bolchevique et gaulliste. Les zazous s'arrangent pour vider la salle d'un nombre important de ses spectateurs qui se retrouvent alors dans le fumoir, pendant que *Monsieur Girouette* est projeté devant une salle vide et éclairée, avant de rejoindre leurs places pour applaudir au grand film zazou.

Grâce au troisième film, on revient aux séances perturbées. Il s'agit des *Visiteurs du soir*, considéré par beaucoup comme le premier film de la Résistance, mot nouveau qui rassemble tous ceux qui ont désormais décidé de lutter contre l'ennemi. Une séquence, en particulier, fait vibrer la salle. Face au diable, que d'aucuns prennent pour une image de Hitler, deux amants, Gilles et Anne, opposent leur amour pur. Et même si le Malin, furieux, les transforme en statues, leur cœur bat encore, encore et encore, toujours, comme le cœur de la France enfermé dans le béton de l'Occupation. Un chant nouveau diffusé par Radio-Londres, composé, en russe, à la gloire de l'ardente résistance des Soviétiques face à l'offensive allemande, et adapté en français, est alors repris en chœur par toute la salle. Les noms de ses auteurs sont prononcés avec un infini respect. Musique : Anna Marly ; paroles : Maurice Druon et Joseph Kessel. Et tandis que les deux cœurs battent à jamais, toujours vivants, toujours résistants, s'élève des fauteuils qu'on entend bientôt

le swing, de la rumba au lambeth walk en passant par le yoyo, qui montrait ses jambes avec entrain et flirtait plus qu'il ne convenait de le faire, rentre en pleurs, les vêtements arrachés et le crâne tondu. « Scalpez les zazous ! » Quelques minutes après, c'est au tour de Pierre de faire son entrée dans le café, lui qui avait mis au point un profil de séducteur aux cheveux gominés, plastronnant juste ce qu'il faut et ainsi tenait en échec tous les poncifs de la Révolution nationale. Son visage est en sang et son crâne chauve tailladé par les coups de ciseaux. « Scalpez les zazous ! » Tous, qui avaient beaucoup ri en voyant la page du *Cri du peuple* représentant un doriotiste maintenant fermement un zazou afin de lui couper les cheveux, avec cette légende « Et si monsieur désire une petite friction », sont partagés entre colère et désarroi. Sont-ils vraiment armés pour lutter contre cette phalange sanguinaire qui appelle au meurtre, affichant haut et fort son slogan : « Dangereux les zazous ? Oui, à la manière des poux, qui dérangent, qui exaspèrent, qui méritent une lotion d'onguent gris ! »

En cet automne 1942, la répression prend une autre forme : plus systématique, plus dense, comme un piège qui se referme lentement sur sa proie. Le critique théâtral André Castelot va même jusqu'à écrire dans *La Gerbe* que ce qu'il faudrait aux zazous, c'est une « bonne fessée publique sur les Champs-Élysées ». Oui, les zazous sont vraiment pris pour cible par la France de Pétain. Un jour qu'ils remontent les Champs-Élysées, pour sacrifier au rite du salut à la flamme de l'Arc de Triomphe, des membres des Jeunesses populaires françaises en profitent pour rosser copieusement au passage les zazous du Pam-Pam. Quelques jours plus tard, c'est la police qui prend le relais, raflant par centaines les zazous là où elle est certaine de les trouver : à la terrasse des cafés, dans les boîtes de nuit, au théâtre, au cinéma, allant parfois jusqu'à faire interrompre un concert de jazz. Seuls échappent aux descentes de police les dancings clandestins très difficiles à localiser ou les soirées dansantes que d'aucuns appellent des « surprises-parties ».

Dans ce climat de rejet, un autre événement survient, qui touche non seulement les zazous, mais toute une classe d'âge. Non satisfait de la réponse du gouvernement français qui semble avoir mal géré l'affaire des ouvriers volontaires acceptant de venir travailler en Allemagne, le gouverneur Sauckel notifie dans une circulaire sa décision de soumettre au travail obligatoire tous les hommes et les femmes des pays administrés ou occupés par le Reich. Le 4 septembre, une ordonnance soumet au travail obligatoire les Français de dix-huit à soixante ans et les femmes célibataires de vingt et un à trente-cinq ans. Tous les garçons de la bande sont concernés, même Charlie, devenu antillais et donc français ! Et deux filles : Marie et Odette.

— Qu'allons-nous devenir ? demande cette dernière.

Pierre essaie de temporiser :

— Chaque chose en son temps. D'abord, il faut qu'ils demandent aux entreprises d'établir la liste de tout leur personnel qui n'est pas indispensable. Ça devrait prendre quelque temps. D'ici là, de l'eau aura coulé sous les ponts…

Jean donne son analyse :

— Ça va entraîner un manque de main-d'œuvre en France, donc un ralentissement de l'activité économique, donc une pénurie sévère de produits de première nécessité – nourriture, vêtements, charbon…

— Où veux-tu en venir ? demande Josette.

— Ce n'est plus Pétain qui va être rendu responsable de la misère grandissante du pays, mais Hitler, l'Allemagne, et beaucoup de gens vont commencer à se retourner contre elle… Pour moi, c'est le début de la fin…

— Moi, je vois une autre conséquence, dit Josette.

— Laquelle ? demande Jean, sceptique.

— Ce truc, là, le travail obligatoire, ça va amplifier un véritable « phénomène jeune », rassembler encore plus autour des zazous. C'est toute une génération qui est touchée.

Odette ne peut s'empêcher de faire un bon mot :

— Ce n'est plus place au jeûne mais place aux jeunes !

Agacée, Josette ne répond pas, et continue sur sa lancée :

— La chasse aux zazous va se transformer inévitablement en chasse aux réfractaires au travail obligatoire et souder toute une génération.

Jean est d'accord :

— Il va falloir faire un choix, prendre une décision. L'heure de la récréation est finie. Une seule alternative : ou accepter le travail obligatoire ou le rejeter.

— C'est-à-dire ? demande Pierre, tout en grattant son crâne tondu.

— La France de la défaite a été celle d'un gouvernement de vieillards. Son printemps sera celui de la jeunesse.

— Accepter ou dire non, résister…

— En attendant, nous avions prévu un certain nombre d'actions avant la fin de l'année. Demain c'est le 2 novembre, que fait-on ? demande Josette.

— On ne change rien pour l'instant, dit Jean tout en embrassant tendrement Marie dans le cou.

Les jours qui suivent, donc, la bande continue ce qu'elle appelle ironiquement ses « malversations ». Pierre met des poignées de verre pilé et d'émeri dans le lubrifiant des locomotives de la gare Saint-Lazare ; Jean pratique des petits trous dans la coque des chalands transportant des céréales destinées aux nazis ; Charlie tend un fil de fer dans certaines rues de la capitale provoquant de beaux accidents parmi les camions allemands qui s'y encastrent. Ces actions, tous en ont conscience, dépassent les potacheries zazoues mais sont tout aussi amusantes à réaliser… Plus dangereuses peut-être, mais ça, personne n'y fait attention. En somme, ce sont des jeux d'enfance plus risqués. Plus en tout cas que celui qui consiste à jeter des petits drapeaux français sur les gradins du cirque Medrano pendant que Gina Manès, une vedette de l'écran sur le retour, fait claquer son fouet devant six tigres du Bengale dont l'un a déjà blessé quatorze dompteurs ! C'est Lucienne qui a entraîné toute la bande parce qu'elle avait des places fournies par sa patronne qui a dessiné le costume de scène de la dompteuse… « Ça peut être marrant si elle se fait bouffer », dit-elle alors que tout le monde s'installe.

Ce qui devait être une soirée zazoue, avec lancer de drapeaux tricolores et swings endiablés, se termine en tragédie. À peine l'actrice, sanglée dans son uniforme blanc à brandebourgs et chaussée de bottes de la même couleur, est-elle entrée dans la cage qu'un tigre lui enserre la nuque tandis que ses griffes lui lacèrent le visage. Le spectacle est terrifiant. Traînée sur plusieurs mètres par le premier tigre tandis qu'un second lui déchire les cuisses et les bottes, elle ne doit la vie qu'à une lance à incendie prestement ouverte et surtout à un employé municipal qui dégaine son arme et abat les deux fauves. L'incident a duré quelques secondes, mais qui ont glacé d'effroi les spectateurs poussant d'abord des cris d'horreur puis se taisant, tétanisés. Josette qui n'a rien dit de toute la scène, qui n'a ni crié ni parlé, n'a pu détacher ses yeux de l'affreux spectacle. Ce qu'elle vient de voir, c'est une image de la guerre. Tout ce sang, ces coups de feu, ce visage couvert de sang, d'eau et de sciure. Elle pense à Drancy. Elle pense aux jeunes gens fusillés à l'aube par les Allemands. Elle pense à cette enfance qui s'éloigne, avec comme toile de fond cette guerre affreuse. Pour la première fois elle se dit à elle-même : « J'avais quinze ans quand la guerre a commencé, quel âge aurai-je quand elle prendra fin ? »

Dans sa tête tout se mélange, le sang des otages et celui versé à Medrano. Et quand tout le monde décide de se retrouver à Ville-d'Avray pour danser une nouvelle fois le swing dans une salle de bal gardée par des vigiles chargés de prévenir de l'arrivée des Allemands ou des policiers français, elle annonce qu'elle préfère passer la soirée seule, chez elle, prétextant une fatigue soudaine, et refusant la présence amicale d'Henri qui se propose d'endosser le rôle de garde-malade.

Quand elle se retrouve seule, enfin chez elle, elle commence à s'inquiéter : où tout cela va-t-il la conduire ? Il y a ses études d'un côté, la guerre, l'Occupation ; il y a cette génération de zazous que tous commencent à prendre en grippe ; il y a Henri, à qui elle devrait définitivement dire qu'il n'a aucune chance de la séduire et Gerhard qui l'attire de plus en plus. Vers quelles solutions se tourner ? Les kilos perdus à Drancy ne sont toujours pas revenus. Devant sa glace, elle se trouve belle. Elle pense que le moment est venu de se noyer dans une sorte de frivolité qu'elle vivrait comme une rébellion. Dans un magazine de mode, elle a découpé ce que le couturier Marcel Rochas appelle un « bustier », c'est un nouveau mot, un nouveau vêtement : une sorte de combinaison en dentelle qui moule le corps. En demandant quelques conseils à Lucienne, elle est sûre qu'elle pourrait s'en confectionner un. Cet automne, les couvre-chefs basculent et se dressent à l'arrière de la tête. Elle fait un essai, toujours devant la glace. Et trouve que cela lui va beaucoup mieux que ces foutus turbans madras qu'elle déteste. Ce n'est plus la saison, mais elle passe ses sandales, à talons hauts, semelles de bois et rubans de velours. Ce soir, devant son miroir, elle passe beaucoup de temps à se regarder. Elle n'y avait jamais passé autant de temps. Et quand elle se retrouve entièrement nue, elle se perd dans la vision de son corps. Oui, c'est la première fois qu'elle prend vraiment conscience qu'elle a un corps. Bien sûr, elle le savait déjà, mais cela était lié à de la douleur, de la fatigue. Cette fois, c'est autre chose qui relève de la volupté, du plaisir. Elle est heureuse d'avoir ce corps, de l'accepter, en somme d'en être fière. Demain, elle a cours au Collège de France. Le premier de la rentrée. Lucien Febvre. Son titre :

« Michelet, créateur de l'histoire de France ». C'est décidé, elle se maquillera, choisira scrupuleusement ses vêtements, veut se faire jolie. Voudrait qu'on la remarque.

33

11 heures du matin. Salle 1. Il fait une chaleur étouffante. L'amphithéâtre est comble. Josette prend des notes, scrupuleuse, attentive. Le grand historien parle du fondateur de l'histoire de France, du père du roman national, Jules Michelet : « Mesdames, messieurs, plus que jamais, en cet automne déjà installé, en ce trouble de toutes choses, naturelles et humaines, pendant que se continue, en un rythme accéléré, cette grande liquidation, cette grande démolition d'un monde, matériel, mais aussi spirituel et moral... » Deux heures durant la pensée se déploie, magistrale, lumineuse, comme si la guerre n'existait plus et dans le même temps existait plus que jamais car Lucien Febvre ne mâche pas ses mots. Comme le veut la règle du Collège de France, l'audition par définition est libre. Tout le monde peut donc venir écouter. « Et que ce pays ait, en vivant, perdu à telle époque un bras ou une jambe ne l'empêche guère d'être là, car cet être vivant qu'est un pays a le privilège précis, ayant perdu un bras ou une jambe,

de pouvoir récupérer plus tard le membre perdu, comme le lézard récupère sa queue... »

Un silence religieux accompagne l'écoute du maître. Cette réfutation de l'appartenance de l'Alsace-Moselle au Reich pourrait lui coûter cher en cas de dénonciation. C'est une forme de résistance civile qui se déploie sous les yeux des étudiants, une prophétie qui énonce qu'un jour ou l'autre le rapport des forces finira par se renverser et que la France retrouvera sa liberté. À la fin, quand tout le monde applaudit, des larmes coulent sur les visages. Aucune fausse émotion, aucune réticence mais une joie commune, partagée par tous, y compris par le jeune homme en imperméable couleur mastic, qui applaudit, comme les autres, et se lève, lui aussi, comme les autres, pour donner plus de force encore à ses applaudissements, et qui, se retournant pour se diriger vers la sortie, aperçoit Josette et l'appelle :

— Irène... Irène...

Josette sourit. Il n'y a qu'une seule personne à pouvoir l'appeler Irène, c'est Gerhard... Après quelques secondes d'hésitation, elle le reconnaît et s'avance vers lui. Il ne porte pas l'uniforme allemand.

— Si vous n'avez rien de particulier à faire... on peut se voir un peu... prendre un café... se promener...

Josette répond « oui », sans hésiter.

C'est un bel après-midi d'automne. Il fait un soleil magnifique, un beau ciel bleu. Après avoir descendu le boulevard Saint-Michel, ils rejoignent

Saint-Séverin, errent sur les quais puis vont s'asseoir dans le petit jardin derrière Notre-Dame. Il fait une paix infinie. Silencieux tout le long du parcours, ils se parlent enfin :

— Votre uniforme ?

— Les sections littérature et musique de la Propagandastaffel ont été supprimées, et le rôle de la Propaganda-Abteilung très réduit… Je vous ennuie. Tout ça est compliqué…

Josette sourit.

— Ça ne m'ennuie pas, mais je ne vois pas le lien avec l'uniforme.

— C'est très simple. Toute la culture est passée à l'ambassade, donc tout le personnel. Et qui travaille à l'ambassade s'habille en civil. C'est merveilleux, je me sens un autre homme ! Je peux me fondre dans la foule. Parfois j'ai l'impression qu'on oublie que je suis un Allemand !

Josette ne dit pas grand-chose. Parfois elle sourit, regarde Gerhard à la dérobée, et le trouve beau. Il faut dire qu'il parle beaucoup, comme s'il avait quantité de choses importantes à lui dire, à lui expliquer, à lui commenter.

— Quand on passe devant la Chambre des députés, on trouve l'immense banderole « L'Allemagne vainc sur tous les fronts »… Bientôt, j'en suis convaincu, on pourra écrire « L'Allemagne perd sur tous les fronts » !

— C'est dangereux de dire cela…

— Pas sur un banc en votre compagnie. Il n'y a

personne à cinq cents mètres à la ronde ! Les murs ont des oreilles mais pas les bancs.

Tout en lui disant cela, Gerhard tient cependant à mettre Josette en garde. La guerre est loin d'être finie, elle durera peut-être encore longtemps, et en attendant, il faut être prudent. Il en est certain, toute l'affaire du travail obligatoire va mal se passer. Il y a eu déjà de nombreuses manifestations ouvrières à Lyon, à Saint-Étienne, à Grenoble. Récemment, gare de l'Est, un train affrété pour 400 ouvriers, et n'en contenant en réalité que 27, est resté à quai : la locomotive, subrepticement détachée du convoi, est partie toute seule ! L'Allemagne manque de spécialistes, de main-d'œuvre, et la jeunesse française va se retrouver en première ligne dans cette bataille. De nouvelles lois plus dures sont à l'étude. Et ce n'est pas tout, les tondeuses des Jeunesses populaires s'étant révélées assez inefficaces, ce sont les zazous qui vont être raflés les premiers pour être affectés aux travaux des moissons. Le discours accompagnant cette mesure est déjà rédigé. Gerhard en fait une parodie devant Josette :

— Dans la nouvelle France, où la jeunesse de presque tous les États combat ou travaille, le désœuvrement des swings est un vice, chère amie, et est ressenti comme une honte par la jeunesse française qui elle, travaille !

— Vous êtes sûr que vous êtes allemand ? demande Josette.

— Allemand oui, nazi non, répond Gerhard.

— Oui, excusez-moi, c'est idiot ce que je viens de dire.

Pendant toute leur discussion Josette pense à autre chose. Il faut absolument que Gerhard lui donne une réponse à sa question. Elle y pense depuis qu'ils ont quitté le Collège de France. En réalité, elle voulait lui poser immédiatement cette question, mais elle n'a pas pu le faire, puis les heures ont passé. Mais maintenant il est temps :

— La lettre…

— Quelle lettre ?

— Celle dans laquelle vous me préveniez de la rafle du Vél'd'Hiv'…

— Pourquoi l'ai-je écrite ?

— Oui. Vous avez pris un gros risque…

— Il le fallait. Et je le referai toutes les fois que cela sera nécessaire.

— Désertez. Allez jusqu'au bout de votre raisonnement, de vos convictions…

— Impossible. J'ai de la famille en Allemagne qui serait immédiatement arrêtée. Et je crois être plus utile à la France que j'aime en faisant ça. Mais vous avez raison, cette situation est très compliquée pour moi… De plus en plus compliquée… Devant tant de mesquineries, de lâchetés, de méchancetés, j'éprouve souvent la tentation de préférer les livres ou la musique aux hommes, et de me retirer du monde, de disparaître. Vous savez, parfois…

Gerhard ne finit pas sa phrase, une jeune fille qui vient de s'asseoir sur un banc qui fait face au leur est appréhendée par deux officiers nazis parce qu'elle porte une étoile jaune. C'est tout le paradoxe de sa situation. Gerhard ne peut intervenir. Son action est limitée. Le risque est trop grand. L'orage qui depuis le début de l'après-midi s'annonçait n'est pas loin d'éclater et, tandis que la jeune fille s'éloigne entre les deux SS et que le ciel est de plus en plus sombre, Josette et Gerhard quittent le square. Arrivés sur les marches des Tuileries, ils ont tout juste le temps de se protéger sous les arcades de la rue de Rivoli. Du ciel sombre déferlent des cataractes de pluie et d'immenses éclairs roses. Sans cela, pense Josette, je serais restée ici des siècles. Mais bien entendu elle ne veut pas le montrer.

— Je dois partir, dit Gerhard.

— Moi aussi, j'ai beaucoup de travail. La deuxième année de licence est difficile. Plus que je ne pensais…

Mais quand il dit « Je dois partir », Gerhard ne veut pas parler d'aujourd'hui, de cette fin d'après-midi, il veut parler d'un départ plus définitif…

— Non, je dois partir parce que les conséquences du débarquement des troupes américaines, qui vient d'avoir lieu sur les côtes d'Algérie et du Maroc, sont dramatiques pour l'armée allemande. Je ne sais pas si je pourrai garder longtemps mon costume civil !

— Vous partez où ?

— On ne nous l'a pas dit. Et même si je le savais je ne vous le dirais pas… C'est en France, quelque part en France…

Josette qui ne veut pas trop dévoiler la tristesse qui l'habite se contente de lui souhaiter bon courage et de revenir très vite. Et quand elle le voit s'éloigner, sous les arcades de la rue de Rivoli éclaboussées par les trombes d'eau et se retourner une dernière fois, elle lui fait un signe de la main, et se jure d'écouter *Irène* au moins une fois chaque jour. Le geste qu'elle voulait faire – lui caresser le visage avec sa main –, elle ne l'a pas fait. Les paroles qu'elle voulait lui murmurer – « Ne meurs pas ! » –, elle ne les a pas prononcées.

Josette ne sait pas si la nouvelle qu'elle entend à la radio a un quelconque lien avec les confidences de Gerhard, mais c'est un vrai coup de tonnerre : ce 11 novembre 1942, les Allemands, rompant les conditions de l'armistice, viennent de franchir la ligne de démarcation et d'occuper la zone sud. Le speaker lit un extrait du discours d'Adolf Hitler : « En raison des circonstances, j'ai dû me décider à donner l'ordre à l'armée allemande de traverser immédiatement la zone non occupée jusqu'à l'heure actuelle et de se rendre aux endroits visés par les troupes de débarquement anglo-américaines. » Lorsqu'elle tente d'en savoir plus, comme nombre de Français après l'annonce faite par le speaker attendant une communication officielle, elle n'entend que ces quelques mots : « Le gouvernement français élève une protestation contre… » Contre qui, contre quoi ? Personne n'est capable de le dire. Transmission coupée. Silence. Puis enchaînement de musiques frivoles susceptibles de détendre l'atmosphère : Jean Solar, *Y a du swing au village* ; Alibert, *Elle avait des semelles de bois* ; Ray Ventura, *Tiens Tiens Tiens !* ; et bien entendu Johnny Hess dans *Ils sont zazous*, diffusée vingt fois par jour, chanson à charge contre la jeunesse « swing », concept qui selon l'Action française est synonyme d'« imbécile »... Le soir, Radio-Londres apporte quelques précisions : la campagne d'Afrique du Nord n'a duré que 78 heures, ce qui prouve bien qu'Américains et Anglais ne sont pas aussi lamentables que la presse de Vichy le prétend. Ça ne fait plus aucun doute, ligne de démarcation franchie ou non, ce n'est plus « Un meuble Lévitan est garanti pour longtemps », mais « Le triomphe des Allemands n'est plus garanti pour longtemps ! ».

La fin de la ligne de démarcation est le signe de grands bouleversements qui s'enchaînent jusqu'à la fin de l'année, comme cette énorme catastrophe du sabordage de la flotte française à Toulon, quinze jours plus tard. Les Allemands qui ont envahi le Sud sous prétexte de défendre la côte méditerranéenne font régner sur le pays tout entier et sur Paris une terreur accrue. Vagues d'arrestations ; disparition des « Avis » annonçant aux Parisiens les exécutions de terroristes et d'otages parce que la Gestapo ne souhaitant plus ce genre de publicité préfère engorger, dans le silence, les prisons de détenus ; augmentation des tortures ; surveillance accrue de tous les lieux susceptibles de favoriser les rencontres ; confinement des élèves et des étudiants dans leurs lycées et leurs universités de 9 heures du matin à 6 heures du soir afin de les empêcher d'errer dans les rues, de se rassembler, de manifester. Heureusement, aucun des membres de la bande du Café Éva n'a été envoyé faire les moissons – une chance. Mais le climat est à la déprime, à l'angoisse qui s'instille.

— Que va-t-on faire ? demande Sarah, engoncée dans un gros manteau en lapin, assise tout près du poêle bien au centre de la pièce principale du Café Éva.

C'est la plus concernée par l'accroissement de la répression. Les ordonnances contre les Juifs se multiplient. Se déplacer devient pour elle extrêmement risqué. La liste des établissements et des manifestations publiques qui lui sont interdits est impressionnante. Des parcs aux restaurants, en passant par les cabines de téléphone public, les marchés et les piscines, elle ne peut plus se rendre nulle part. Elle ne peut aller ni au théâtre, ni au cinéma, ni au concert. Elle en rit elle-même : « Je ne peux plus faire de camping, ni participer à une manifestation sportive, ni visiter un château fort, ni aller sur un champ de courses, quant au Café Éva, à la moindre descente, je suis embarquée illico presto ! »

Son insouciance, affectée ou pas, ne fait rire personne. Tous ont peur qu'il lui arrive quelque chose. Et puis comment va-t-elle vivre puisqu'elle ne peut plus pratiquer son métier ? Et comment va-t-elle faire pour acheter le strict nécessaire puisque les Juifs ne peuvent accéder aux magasins qu'une heure par jour et quand ceux-ci sont fermés ! Et comment va-t-elle se déplacer puisque tous les Juifs se voient confisquer leurs bicyclettes ? Et puis surtout, alors qu'une loi impose désormais le tampon « Juif » sur la carte d'identité et sur la carte d'alimentation, elle refuse de se les voir apposer et sur l'une et sur l'autre, et ne porte plus l'étoile jaune.

Pour la petite bande, l'atmosphère n'a jamais été aussi pesante. Tout le monde a peur pour Sarah qui est devenue au fil des mois la mascotte du groupe qu'il faut protéger coûte que coûte. Pierre, l'amoureux transi, n'ose s'engager, lui qui est de plus en plus absent, évanescent, qui disparaît des jours entiers, qui joue au grand invisible, au mystérieux. Un genre nouveau qu'il se donne et qui ne plaît pas à tous. Quant à Odette, elle qui est prête à tout pour Sarah, elle serait la mieux placée pour l'aider : appartement assez grand, situé dans un quartier protégé avec des portes dérobées en cas de problème, nourriture assurée avec la boulangerie – mais Sarah hésite. Josette, agacée, finit par lui demander : « Quel est le plus grand risque : te faire embarquer par la Gestapo ou te faire rouler un patin par Odette ? »

L'année, qui avait commencé par un espoir vite déçu d'une grande réunion entre zazous de différentes obédiences, se termine dans une incertitude des plus sombres. C'est une étrange impression, diffuse, mauvaise, une maladie qui attaque par surprise, qui s'installe alors qu'on la pensait guérie. Josette se sent de nouveau très seule. Le jour, Drancy n'existe pas. A disparu de sa vie. La nuit, il en est tout autrement. Cela fait maintenant plusieurs semaines qu'elle fait le même rêve. C'est très troublant, ce cauchemar qui se répète, sans que le moindre changement ne vienne en modifier le déroulement. Elle est à la fenêtre de l'appartement qu'elle occupe avec d'autres prisonnières, toutes juives étrangères. Elle voit des clôtures, qu'on est en train de fixer au centre de la cour, et des appels dans les escaliers, et des internés qui descendent pour être immédiatement dirigés vers cet enclos qui se remplit lentement puis brusquement se vide. Alors des camions arrivent. Les clôtures sont chargées dans leurs bennes profondes et la cour redevient vide – comme s'il ne s'était rien passé. Ces rassemblements sont comme des tourbillons de gens qui descendent des chambres avec leurs valises et qui ne reviennent plus. Quand elle se réveille, Josette peut dire : « J'ai rêvé. » Mais elle ne comprend plus, cela fait des jours qu'elle ne comprend plus. Où est le rêve ? Où est la réalité ? Vient-elle de rêver la réalité ? Drancy est bien en France, non ? On parle, on commence à parler de camps lointains, en Allemagne, en Pologne, en Tchécoslovaquie. Mais Drancy est bien en France. Elle y a fait un court séjour et y revient chaque nuit.

Plusieurs alertes ont eu lieu sur Paris. Qui obligent la population à traverser la capitale par nuit noire car qui dit alerte dit immobilisation du métro et extinction complète de l'éclairage des rues. Mais, à tort ou à raison, les Parisiens ne sont pas inquiets. « Les Anglais ne vont pas nous bombarder », pensent-ils, tout en rigolant devant la pétarade impuissante de la DCA allemande.

C'est une drôle de fin d'année. Pour la première fois, aucun dîner commun n'est envisagé par la bande du Café Éva. Sarah a finalement décidé de rester seule chez elle. Pierre et Henri passeront Noël en famille. Odette sera avec ses patrons à la boulangerie. Lucienne attendra Charlie qui rentrera sans doute à l'aube après sa soirée à La Désirade en empruntant un des vélos-taxis qui attendent devant la porte. Seuls Marie et Jean passeront la soirée ensemble au One Two Two, célèbre cabaret de la rue de Provence. Ce qui étonne tout le monde. Que Marie chante dans ce cabaret fréquenté par la Gestapo et les tueurs de la rue Lauriston, en ayant au préalable signé une déclaration, dans laquelle elle certifie « être de nationalité française non juive et n'avoir dans sa famille aucun parent juif en ligne directe jusqu'à la troisième génération, ascendante ou descendante », cela n'a rien de vraiment étonnant, même si cela va finir, c'est ce que tous pensent, par l'éloigner du groupe qui supporte de moins en moins qu'elle fricote ainsi avec les tenants de la collaboration. L'énigme véritable, c'est Jean, lui le pur, l'incorruptible, que va-t-il faire là-bas ?

On dit que le couple a mis au point un nouveau jeu qui les amuse plus que tout : à un moment donné du spectacle, Marie pousse la chansonnette en chantant une chanson célèbre dont elle a changé les paroles, ou plutôt c'est Jean qui les lui a écrites ! Et parfois elle fait la même chose lorsqu'elle passe à la radio.

La dernière sortie commune du groupe avant le 31 décembre, c'est un passage par la Comédie-Française, où, devant les baignoires et les premières loges réquisitionnées par les Allemands qui ne viennent pratiquement jamais, la troupe donne *La Reine morte*, pièce de Montherlant dans laquelle une réplique déclenche un chahut à chaque représentation : « En prison se trouve la fleur du royaume. » Le soir de leur venue, les zazous du Café Éva, pour gagner un pari passé avec les zazous du Pam-Pam, engagent une action dont le succès dépasse toutes leurs attentes. Profitant de la présence de quelques Allemands en tenues militaires, ils trépignent à la fameuse réplique, puis battent bruyamment des mains lors d'une deuxième réplique dont ils estiment qu'elle est comme une apologie des attentats commis contre l'occupant : « On tue et le ciel s'éclaircit. » Réplique qu'ils reprennent sur l'air de *Grand-père n'aime pas le swing*... À force d'entendre répéter sans cesse l'expression, les officiers allemands finissent par quitter la salle, indignés, tout en s'étonnant tout haut dans un français approximatif qu'on « pisse présente une pièce défendue » ce qui déclenche l'hilarité d'une partie du public et une salve d'applaudissements des comédiens à l'adresse de ce dernier, avant que, le calme revenu, la pièce reprenne.

Le dernier jour de l'année, ou plutôt la dernière nuit, Josette s'est attablée devant ce qu'elle appelle son « écart culinaire » de l'année. Elle en est certaine, ça fait au moins plus d'un trimestre qu'elle ne s'est attablée devant un tel dîner. Elle s'est dit : puisque je n'ai plus de liberté, qu'au moins j'aie de l'appétit ! Alors elle commence par un morceau de lard à 250 francs le kilo et quelques rondelles de saucisse du même prix ; puis un œuf dur à 10 francs pièce accompagné d'un oignon que Mme Gazier, sa concierge, lui a offert. Ensuite, l'appétit augmentant, elle a pris un café d'orge sucré avec deux morceaux à 150 francs le kilo accompagné de deux tartines beurrées – 20 francs le kilo de pain et 400 francs le kilo de beurre –, le tout arrosé d'une bouteille de vin à 45 francs le litre et un rhum à 300 francs les 75 centilitres. Pour finir, une cigarette à raison de 300 francs les 150 grammes de tabac et le tour est joué ! Cette nuit de fin d'année, elle est enfin en accord avec elle-même, comme le disent les jazzmen du moment, elle est *in the groove*, « dans le coup », « dans le bain ». C'est comme si elle jouait sa vie avec la précision aisée d'un bon instrumentiste, sans le moindre effort, sans la moindre contrainte. Elle s'est maquillée, s'est enduit les jambes de lotion couleur chair dorée *Sans mailles* de René Rambaud et a passé une robe de forme commode, copiée sur le modèle *Antioche*, dont le corsage est constitué par un drapé assez lâche venant se nouer sur les reins après avoir effectué un croisement au niveau des seins.

Ce soir, elle est *in the groove* aussi parce qu'elle le passe à lire *L'Étranger*, le premier roman d'un certain Albert Camus. Pourquoi a-t-elle jeté son dévolu sur ce livre sorti en juillet ? Elle ne sait pas. Le titre peut-être, *L'Étranger*. Ce qu'elle se sent être, un peu. Une étrangère dans sa vie, dans sa ville, dans cette guerre. Mais elle trouve ça agréable. Parmi les livres les plus lus cette année, elle aurait pu acheter *L'Île des Perroquets* de Robert Margerit, ou *Les Voyageurs de l'impériale* de Louis Aragon ou *Le Pain des rêves* de Louis Guilloux. Mais non, elle a préféré *L'Étranger*. Une fois le livre refermé, elle trouve que ce constat fataliste de l'absurdité du monde entre assez bien en résonance avec cette année qui finit. Ce qui lui plaît par-dessus tout, c'est que le pessimisme bien noir, bien sombre du roman éclate dans une ville lumineuse, Alger, qu'elle ne connaît pas mais dans laquelle elle voudrait tout à coup se trouver transportée.

Par la fenêtre, elle voit un homme à vélo, arrêté par une patrouille allemande. Les soldats tournent autour de la bicyclette. En raison de la pénurie de métal, les plaques d'immatriculation de couleur jaune ont été remplacées par des laissez-passer. L'homme sort un papier de sa poche, le montre. La patrouille le laisse partir. C'est le dernier jour de l'année. Elle écoute *Irène* en pensant à Gerhard. Elle n'est pas encore couchée, n'a pas retiré sa robe. En finissant son verre de rhum, elle se dit qu'elle aurait voulu que ce soit Gerhard qui la lui enlève et la dépose nue sur son lit de jeune fille de presque dix-neuf ans…

Dans quelques heures, ce sera le premier jour de la nouvelle année, toute la bande doit se retrouver salle Pleyel pour assister au concert du Jazz symphonique de Paris.

1943

« Chez nous c'est une obsession
Tout le monde est swing jusqu'à la moelle épinière
Ma sœur Monique, mon frère Léon
Papa, maman, le chien, la cuisinière
Du matin jusqu'à minuit
Mais c'est le swing qui commande tous nos gestes
C'est plein d'entrain, ça fait du bruit
Mais quel ennui y'a quelqu'un qui proteste

Au phono, à la radio
Au son du swing, on s'agite et l'on s'affole
Ma sœur Monique chante aussitôt
Pendant que nous tous, on tape sur des casseroles
Même le chien fait des ouas ouas
Des ouas ouas swing que c'en est une merveille
Quel beau concert seulement voilà
Y'a grand-papa qui se bouche les oreilles. »

Josette DAYDÉ, *Grand-père n'aime pas le swing.*

34

L'année commence plutôt bien. Une année swing ! Toutes les radios s'y mettent. Même Radio-Paris qui programme dans une même émission *Elle était swing* d'Alix Combelle, *Swing 39* d'Irène de Trébert, *Mon heure de swing* de Georgius, ainsi que deux représentants de l'accordéon swing, Gus Viseur et Tony Murena. Sans doute s'agit-il d'une opération séduction à l'adresse de la jeunesse zazoue, mais qu'importe, le rythme est là et l'interpénétration entre le jazz et la musique de variété est constante et bien présente.

Malgré une neige qui tombe en abondance, et par bourrasques, sur Paris, la petite bande assiste au formidable concert du Jazz symphonique de Paris lequel, dirigé par Robert Bergmann, joue tous les airs à la mode, puis se rend au tournoi des musiciens amateurs organisé par le Hot Club de France. Un moment extraordinaire ! Cent quatre-vingts musiciens, trois grands orchestres, treize petits ensembles, six formations diverses, huit pianistes. Chaque orchestre dispose de trois minutes et demie pour montrer ce qu'il sait faire.

Mais la fête est gâchée dès la lecture du programme. Distribué à l'entrée, il contient une lettre circulaire dans laquelle il est stipulé que les concurrents, « afin de réaliser dans la mesure du possible la plus grande uniformité vestimentaire, devront porter un complet bleu marine, des chaussures de couleur uniforme et des cravates ». C'est évidemment un coup bas des organisateurs porté à la jeunesse zazoue. Après avoir bruyamment hué le présentateur qui annonce le déclassement de l'orchestre de Claude Abadie venant d'enfreindre le règlement parce qu'il a interprété *Royal Garden Blues*, une « œuvre étrangère », les zazous manifestent leur désapprobation tout le long du tournoi, poussant des cris d'animaux, sifflant, tapant des pieds, créant un chahut épouvantable. Seules deux prestations trouvent grâce à leurs yeux : celle de Claude Abadie associé aux trois frères Vian, et les belles envolées swing d'un jeune pianiste de quatorze ans, Claude Bolling. Le lendemain, la presse pétainiste, exploitant le filon de la prétendue ignorance des « petits swings », va jusqu'à se présenter en défenseur d'un genre musical qu'elle honnit : le jazz. L'article paru dans *Jeunesse* et lu par Lucienne est un chef-d'œuvre : « Le spécimen de l'ultra-swing, enjuivé par la propagande des nègres américains, lance nerveusement des avions de papier en poussant des beuglements d'Indiens Sioux pendant que les idoles du jazz hot développent leur virtuosité, et applaudit à tout rompre quand il croit comprendre que c'est fini. Pour ceux qui comme nous goûtent le jazz français mais n'en font pas pour autant un mode de vie, c'est un véritable supplice de voir ainsi massacrer le talent de ces artistes. Tenue vestimentaire d'un goût douteux, relâchement moral, la bêtise zazoue donne de la France une image déplorable, il serait grand temps de s'en débarrasser. Le Juif est en voie d'extinction, pourquoi pas le zazou ! »

Trois jours plus tard, la bande au complet se rend à La Désirade. C'est un lieu étrange. Ancienne piscine, le cabaret en a conservé le bassin et des jeux de lumière savants donnent au spectacle une allure féerique. Des tables sont placées en bordure, tous se disent que de temps en temps, volontairement ou non, elles doivent bien se retrouver au fond de l'eau… L'assemblée est constituée de spectateurs qui visiblement ont de l'argent – manteaux de fourrure, robes de grands couturiers, bijoux, cigares, costumes bien coupés, des visages connus même s'il est difficile de mettre un nom dessus, excepté celui de ce danseur adulé, hautement considéré par les occupants, Serge Lifar pour ne pas le nommer, et bien entendu, des officiers de la Wehrmacht. « Un vrai repaire de cafards », pense Josette. À la table voisine, un couple, hilare, coupe de champagne à la main, évoque le cadeau qu'Abel Bonnard, ministre de l'Éducation nationale et de la Jeunesse, vient d'offrir à Hermann Göring pour son cinquantième anniversaire :

— *L'Agneau mystique*, chère amie.

— Le retable de Van Eyck ?

— Absolument !

— Preuve de la « générosité de la France ».

— Il n'était pas en Belgique ?

— Ces couillons de Belges nous l'avaient confié en mai 40 !

Charlie, sur scène, excelle. Après plusieurs morceaux empruntés au folklore des Antilles, l'orchestre joue essentiellement des œuvres de Django Reinhardt, *Un peu de rêve*, *L'Œil noir*, mais aussi des versions « antillaises » des standards du Quintette Français d'Hubert Rostaing, *Chiffon*, *Juin*, *Bruxelles*. Tous trois joués à la clarinette dans l'original et repris au saxophone par Charlie qui vient rejoindre sa bande d'amis au premier break.

— On a un bon quart d'heure pour discuter, dit-il tout en s'installant et en commandant un ti-punch. Vous avez remarqué dans *Un peu de rêve* et dans *Bruxelles*…

— Quoi ? demande Josette.

— Le clin d'œil ?

— Non…

— Personne ne s'est aperçu de rien ?

Josette regarde autour d'elle, cherche un soutien, une réponse. En vain.

Charlie baisse la voix d'un ton :

— On mitonne chaque soir, aux Boches et aux collabos, des morceaux très « particuliers » : quelques notes de *La Marseillaise* dans *Un peu de rêve*, et un zeste du *Chant de la Libération* dans *Bruxelles*... Hier, on a fait toute une soirée avec seulement des compositions de musiciens juifs et pour le final, chaque fois que la trompette annonçait le thème *Lily Marleen*, on leur balançait trois notes de *Non, non, vous n'aurez pas l'Alsace et la Lorraine* !

— Il y a beaucoup de Boches, tout de même, fait remarquer Odette.

— Oui, mais en quelque sorte ça « protège » les membres de l'orchestre, à commencer par moi, dit Charlie, qui ajoute : Certains Allemands sont même de vrais amateurs de jazz...

Tout en leur donnant cette indication, Charlie montre au mur une photo, perdue parmi les autres, et à laquelle personne n'avait fait attention. On y voit un officier allemand en uniforme, au milieu de l'orchestre de musiciens guadeloupéens, tout sourire, photographié sur le trottoir devant la porte d'entrée de La Désirade.

— Notre paratonnerre ! Un fou de jazz ! Ça fait plusieurs mois qu'il n'est pas venu d'ailleurs. Mais un type très bien. Il a même voulu que figure sur la photo un client juif avec lequel il passait des heures à discuter de Hambourg. Tous deux y ont vécu, d'après ce que j'ai compris...

Josette croit défaillir. L'officier allemand, c'est Gerhard.

Personne ne s'est aperçu de rien. À commencer par Charlie :

— Un drôle de coco. Un jour, il m'a raconté qu'il était entré dans son bureau en criant : « Ah ! finalement, nous allons perdre la guerre » et que cela avait jeté un froid.

Josette est comme dans une sorte de brouillard. Charlie, imperturbable, continue de parler :

— Il nous a raconté que des pilotes de la Luftwaffe, amateurs de jazz, avaient surnommé les deux mitrailleuses installées au sommet de la carlingue de leur avion « *Schräge Musik* », ce qui veut dire en argot « jazz interdit ».

— Certains même s'offrent quelques mesures de Glenn Miller avant de lâcher leurs bombes ! précise un officier qui a tout entendu, en éclatant d'un rire tonitruant.

Une sorte de gêne s'installe, vite brisée par le départ de l'officier qui va s'asseoir plus loin à une autre table. Lucienne, observant les clients, note que le slogan « Le fourreur fait fureur » semble avoir ici une place de choix. C'est un vrai défilé de mode : veste en agneau rasé de chez Weil, jaquette en mouton blanc de chez Florent, manteau d'astrakan de chez Didiot. Lucienne compte sur ses doigts : taupe, breitschwanz, panthère, zorinos, loutre, castor. Et conclut : « Une vraie ménagerie. »

Mais l'accalmie est de courte durée, un groupe

bruyant fait son entrée dans le cabaret. À sa tête, un homme au profil de souteneur, Chesterfield au coin des lèvres, qui arrose les serveuses de billets de 5 000 francs, tout en beuglant dans l'établissement une histoire drôle :

— Churchill et Staline sont dans la merde jusqu'aux oreilles. Hitler, lui, n'en a que jusqu'aux genoux… « Comment faites-vous ? » lui demandent les deux autres. « Je suis sur les épaules de Mussolini ! » répond le Führer.

— Une ordure qui porte diamant au doigt et se fait les ongles, mais qui vend du savon, de la viande, des bas de soie, voire des femmes, murmure Charlie.

— Le type qui est à côté de lui n'a pas l'air commode non plus, dit Henri.

— Mohamed el-Maadi, répond Charlie, Monsieur Maghreb au Rassemblement national populaire de Déat, proche de la Carlingue de la rue Lauriston, et surtout patron d'*Er Rachid*…

— Le torchon lu par Ali ! dit Josette qui ne croit pas si bien dire puisque ce dernier, caché par les autres, se détache du groupe et s'avance vers elle.

Le petit serveur, il n'y a pas si longtemps encore engagé par Jo, est méconnaissable, complet bleu, chaussures vernies, étui à cigarettes à la main, il transpire de suffisance. Charlie prévient :

— El-Maadi a obtenu du patron de la Carlingue qu'il ouvre une cantine gratuite pour les Algériens vivant en France, le plus souvent dans des conditions exécrables dans le quartier de la Goutte-d'Or, ou en banlieue. Abandonnés, sans nouvelles de leur pays occupé par les armées alliées, ils constituent une proie facile pour le régime de Vichy. La cantine, ouverte au 40, rue Lauriston, est dirigée par Ali chargé par ailleurs de recruter des hommes de main.

Onctueux dans un premier temps, Ali salue le groupe puis, le toisant du regard, dit à haute voix :

— La revue des Folies-Bergère a consacré deux tableaux à la gloire de l'épidémie primaire, le swing et les zazous. Je ne savais pas qu'elle s'était étendue jusqu'ici...

Les membres du groupe restent imperturbables. Mieux vaut ne pas engager de polémique sur ce terrain...

— Comment croire encore au destin de notre culture française quand l'un des hauts lieux où soufflent l'esprit et le charme de notre pays se complaît à immortaliser ces bizarres animaux à longues vestes, vrai gibier de tondeuse et de camp de travail !

Voyant que cela ne déclenche pas l'incident escompté, Ali Belal se replie sur un autre type de provocation :

— Ça sent le Juif, ici, vous ne trouvez pas ?

Odette est furieuse, elle avait bien conseillé à Sarah de ne pas venir.

Charlie prend les choses en main :

— Il faut faire vite. Je fous le bordel et vous filez pendant ce temps...

Ali réitère sa question :

— Personne ne répond. Mais moi, je reconnais

l'odeur à trois mètres. Je vous dis que ça sent le youpin !

À peine Ali a-t-il terminé sa phrase que Charles, après avoir intimé l'ordre à l'orchestre de jouer, pressant fort la cadence, *Agatha Rythm* de Gershwin, se lève, fait mine de tituber, renverse une table, puis une deuxième, tombe dans la piscine, et entraîne avec lui un serveur dont le plateau était chargé de cocktails. Au son déchaîné des trilles de l'harmonica, une belle cohue s'installe qui permet à la bande de zazous du Café Éva de traverser la salle en courant, et de s'enfuir à toutes jambes, chacun de son côté, dans les rues avoisinantes. Le mot d'ordre, compris par tous, est des plus simples : rendez-vous dans une heure au Café Éva...

Il fait un froid de chien, et une pluie diluvienne s'est abattue sur la capitale. Après avoir attendu le bus, puis fini par prendre le métro, voire pour certains à courir dans le noir, mettant les pieds dans les flaques, battus par le froid et la pluie, tous sont arrivés à bon port. Des habitués sont déjà installés devant les tables de marbre pour lire et travailler. Un étudiant qui ressemble vaguement à Mouloudji – c'est Odette qui le dit –, se croyant au Flore, écrit même des poèmes ! Les ampoules, éteintes à cause des coupures de courant, sont remplacées par des lampes à acétylène qui dispensent une lumière lugubre.

Il faut absolument tirer les leçons de l'incident d'aujourd'hui. Tout le monde est d'accord. Une prudence accrue est nécessaire. Ali Belal a bel et bien commencé sa harangue en se référant aux zazous.

— On reste la bête noire des collabos, fait remarquer Jean.

— Ils ne vont pas nous lâcher, dit Henri qui, bien que n'adoptant pas le code vestimentaire zazou, se sent profondément membre de la bande du Café Éva.

— Ceux qu'ils ne vont vraiment pas lâcher, poursuit Odette, ce sont les Juifs, ajoutant, à l'adresse de Sarah : Il faut absolument que tu te caches !

— Ça veut dire quoi ? Je me cache… Où ? Chez qui ? Combien de temps ? Non, c'est impossible !

— Écoute, Sarah. Lors d'une alerte, si un « Aryen » est pris par la patrouille allemande, à errer dans les rues, il écope de quinze francs d'amende. Un Juif : il est arrêté et déporté ! C'est ça que tu veux ?

— On a tous réfléchi, dit Josette, la meilleure solution, vraiment, c'est Odette. L'emplacement de son appartement, ses dimensions, la boulangerie toute proche…

Contre toute attente, alors que tous s'attendaient à un refus catégorique de Sarah, celle-ci accepte. Elle semble presque heureuse. Comme délivrée. À moins qu'elle n'ait décidé de baisser les bras, de battre en retraite, de renoncer en quelque sorte. Mais ce ne semble pas être le cas. Enfin, on ne sait pas trop. Chacun aidera au déménagement. Jo, décidé à détendre l'atmosphère, passe une nouveauté qu'il vient d'échanger au marché noir contre de vieilles cires d'Andrex : *Saint Louis Blues*, par Dany Kane et son ensemble, avec un « formidable solo à l'harmonica ».

Tandis que le 78 tours passe et repasse, Jo pose les questions habituelles :

— Aux *drums* ?

— Gaston Léonard, répond immédiatement Jean qui se reprend : Non, attends : Jerry Mengo.

— Oui ! À la clarinette ?

— Hubert Rostaing, dit Josette sans hésiter.

— Non, madame, lance Pierre, Hubert Rostaing, c'est la clarinette dans *Irène*...

Josette rougit légèrement. Tous, à commencer par Pierre, pensent qu'elle a honte de s'être trompée. Évidemment, cela n'a rien à voir.

— Alors, si ce n'est pas Rostaing ?

— C'est Pierre Delhoumeau !

— Exact ! rétorque Jo. Et au piano, à la guitare, à la contrebasse ?

Les réponses fusent : « Yvonne Blanc », « Étienne "Sarane" Ferret », « Roger Grasset »...

Henri n'a rien dit. Être présent à La Désirade était déjà un supplice, mais assister à ce jeu de questions-réponses l'est pour lui plus encore. Il se sent en dehors de cette vie, de ce qui se passe dans cette France occupée. Il ne sait que faire, que dire. Il se sent mal à l'aise :

— Le monde est à feu et à sang. La France sous la botte allemande, et vous vous préoccupez de savoir quel peut être le nom d'un batteur ou d'un clarinettiste !

— Et alors, dit Josette, chacun fait comme il peut avec ce qu'il a. Notre façon de résister à nous, c'est ça. Que ça te plaise ou non. Tu étais mieux au stalag sans doute ?

35

Aujourd'hui, Josette n'a pas cours. Elle a passé toute la journée à lire un livre que lui avait conseillé son professeur de philosophie, et qui a connu un succès immédiat. Ses thuriféraires affirment qu'il constitue un des actes de rébellion les plus importants d'aujourd'hui. D'autres, au contraire, attribuent la vente phénoménale de ce qui reste malgré tout un essai philosophique de plusieurs centaines de pages à un fait plus prosaïque : les poids en métal ayant été confisqués et fondus par l'occupant pour en faire des canons, commerçants et ménagères avaient utilisé le volumineux ouvrage pour leurs pesées puisque celui-ci fait exactement un kilogramme ! Josette trouve le livre hirsute, massif, irrésistible, estime qu'un système de lecture du monde lui est donné, et dans le même temps ne peut adhérer entièrement au projet. En réalité elle ne sait ni qu'en dire ni qu'en penser. Le livre s'appelle *L'Être et le Néant*, son auteur : Jean-Paul Sartre.

C'est dans cet état d'esprit qu'elle décide d'écouter Radio-Londres, de nouveau écoutable, car depuis quelque temps c'était impossible, le brouillage était trop important. La nuit est tombée. C'est l'édition de 21 h 15. L'Armée rouge, passée depuis le début de l'année de la résistance à l'offensive, est en train d'encercler totalement l'armée allemande, dont la défaite semble désormais inéluctable. Le speaker rappelle le slogan largement diffusé par la propagande soviétique : « Un Allemand meurt en Russie toutes les sept secondes. Stalingrad est une fosse commune », et lit le pastiche de Verlaine qu'il vient d'écrire : « Dans la Russie solitaire et glacée, / Des Boches ont évoqué le passé, / Leurs yeux sont morts et leurs lèvres sont molles / Et l'on entend à peine leur parole… » Quelle joie extraordinaire. Josette qui a passé toute la journée cloîtrée chez elle, car elle aime aussi parfois cette solitude casanière, voudrait être maintenant aux côtés de ses amis. Dans tout l'immeuble éclatent des cris de joie, des applaudissements, il lui a même semblé entendre un bouchon de champagne ! Mais peut-être n'est-ce qu'un rêve ? Folle de joie, elle allume la lumière dans la pièce, ouvre sa fenêtre pour faire entrer le courant d'air froid. Elle se dit qu'il doit venir de Russie, cet air glacial, et qu'il apporte dans son sillage la défaite allemande, le début de la fin du Reich ! Mais pour l'heure la réalité est plus prosaïque. Un bruit de pas prodigieux monte dans l'escalier puis s'arrête devant sa porte qu'elle ouvre quand elle entend frapper. Deux agents de police lui dressent une contravention pour non-respect du black-out. C'est la concierge qui l'a dénoncée, la désignant comme délinquante qui « systématiquement rentre tard tous les soirs ». Convoquée au commissariat puis au tribunal de simple police, où des policiers goguenards lui confient qu'ils ne font qu'appliquer les lois allemandes, elle est condamnée à cinq francs d'amende, soit 143 francs-papier.

Dans les jours qui suivent la chute annoncée de Stalingrad, une douce euphorie s'empare de Paris. Dans le métro, dans la rue, dans les cafés, les gens s'interpellent, parlent plus fort, se sentant comme revivre, et commandent un « Rommel à l'eau ». Les plus pessimistes, les plus bornés se rendent compte que cette fois la chance commence à changer de camp. Quel spectacle, se dit Josette, que celui de voir la joie d'un peuple qui, après avoir été étouffée pendant tant de mois sous l'angoisse, commence à sourdre. Pourtant, Josette, comme tous les autres, a de plus en plus faim, de plus en plus froid, et sur les boulevards croise d'étranges patrouilles : constituées de soldats allemands qui marchent la tête couverte d'un masque à gaz afin de s'habituer à le porter. Mais peu importe, la joie est de nouveau bien installée. Tout le monde parle des ballonnets que les avions anglais lâchent dans le ciel, tous porteurs de petits tracts sur fond rouge : « En février tickets, en mai ce qu'il te plaît. » Pourquoi pas. Prenant de l'avance sur ce conseil, Marie a chanté avec les *girls* du Casino de Paris, *Ça sent si bon la France*, en levant la jambe en cadence, un plumet tricolore planté dans l'arrière-train, tandis que des militaires allemands les mitraillaient, tel un peloton d'exécution d'un nouveau genre, de bouchons de champagne !

Mais comme chaque fois qu'une bonne nouvelle est annoncée, une mauvaise, tapie dans l'ombre, est là prête à faire surface. Après la fermeture, une fois par semaine, des établissements de spectacle, à l'exception des théâtres nationaux, à cause des restrictions d'électricité, puis de la disparition des matinées, sauf le samedi et le dimanche, pour les mêmes raisons, voilà maintenant Joseph Darnand qui a transformé sa Milice en Gestapo de Vichy. Redoutable, efficace, abjecte. La première déclaration d'un de ses chefs est sans ambiguïté et adressée toujours à la même cible : « Vous, les inutiles, sac en bandoulière, parapluie haut, chic que l'on nomme américain, cheveux à la star, coureuses de porto en porto, passant vos journées à vous pomponner, vous aurez peut-être un jour, et vos petits amis swings avec vous, à baisser le front devant un examen de conscience que nous vous imposerons si vous nous forcez à réclamer que l'on vous mette dans des Centres de jeunesse obligatoires, ou qu'on vous envoie faire des moissons, ou mieux encore retrouver vos amis juifs dans des camps de travail. »

Cependant, le pire est à venir. Le 8 février, cinq élèves, arrêtés lors de la manifestation au lycée Buffon, en mars 42, sont fusillés. Quelques jours plus tard, le 16, Radio-Paris annonce l'appel à la Préfecture de tous les Français âgés de vingt à trente ans. Ce service de deux ans, destiné à alimenter la « machine de guerre allemande », sera effectué par tranches d'âge, les étudiants ne commenceront qu'à partir de septembre 43, les agriculteurs et les mineurs en seront exemptés. Appelé dans un premier temps le Service obligatoire du travail (le SOT), ce qui déclenche malgré tout l'hilarité de tous, celui-ci prend rapidement le nom de « STO ».

Une nouvelle offensive contre la jeunesse réfractaire à l'idéologie vichyste est lancée. Cette fois, le rire va difficilement faire office de bouclier. Les jeunes gens et les jeunes filles sont envoyés loin de chez eux pour travailler de force en Allemagne, certains sont jetés en prison, d'autres sont fusillés. Des groupes prêts à en venir aux mains parcourent les rues, chantant *En route*, poème édité par les Éditions ouvrières, et dirigé toujours contre les mêmes, les zazous et autres adeptes du swing :

— « Nos jeunes blondins
Sont de vrais pantins
On dirait que leur corps
Se meut par ressorts.
Pincés, marronnés, léchés, bichonnés
Sentant l'ambre et l'iris
Comme des pots-pourris. »

Il faut réagir, et vite. Plutôt que de se réunir au café, une nouvelle fois, la petite bande décide de se retrouver chez l'un de ses membres. Samedi soir, à Ville-d'Avray. Les parents de Pierre, absents pour le week-end, l'ont autorisé à recevoir ses amis. Le pavillon est assez grand. Ils resteront dormir et pourront même faire la fête. Les dancings étant fermés et les bals clandestins régulièrement perturbés par des descentes de police, mieux vaut danser dans un espace privé. Chacun apportera ses 78 tours.

Tous s'étaient mis d'accord : on fait la fête et après on discute. Chacun avait apporté ce qu'il avait trouvé, de quoi constituer un repas de bric et de broc. On avait tamisé les lumières, calfeutré les fenêtres avec d'épais rideaux, autant pour l'intimité que pour la sécurité. La nuit avait passé très vite, au son des musiques swing des grands ensembles de Pietro Pezza, le maçon devenu accordéoniste, de Dany Kane, du Quintette Français, voire de la *Valse swing* de Jacques Météhen. Tous les airs les plus « *hot* » figuraient en bonne place dans cette discothèque éphémère, agrémentés parfois d'envolées tonitruantes du saxophone de Charlie. Jean avait même dégoté une version particulièrement effrénée de *Caravane* emportée par la batterie de Jerry Mengo. Les couples, animés par la fureur qui avait déferlé sur la piste de danse improvisée, avaient parcouru des kilomètres au pas de course, tourbillonnant, sifflant, se prenant, se lâchant, se projetant, se rattrapant, se pivotant, se dépivotant, se secouant, se ballottant avec frénésie, les filles avaient volé au-dessus des têtes des garçons, donnant de diaboliques coups de reins, et les garçons avaient tourné autour des filles comme des toupies, les faisant parfois glisser entre leurs jambes ; une trépidation vertigineuse faisant résonner le parquet d'un tonnerre ininterrompu. Le plus habile, d'ailleurs, ce que tous avaient oublié, c'était Henri, qui l'espace d'une soirée, pour la première fois depuis qu'il était revenu du stalag XIII, paraissait avoir retrouvé un semblant de bonheur. Il faut dire que le pick-up automatique de Pierre n'avait laissé aucun temps mort aux danseurs qui n'avaient pas eu à changer les cires toutes les trois minutes. À la fin, ils avaient tous repris en chœur : « Hitler et Yop la boum / V'là ton prestig' qui s'entame. / Hitler et Yop la boum / Tu vas t'fout' sur l'macadam ! »

En guise de conclusion, Josette, imitant les speakers de Radio-Paris, avait prononcé une chronique présentant cette « surprise-partie comme le loisir de prédilection des jeunes zazous dégénérés » :

— Voici la formule... Vous prenez une bonne dizaine de larves, c'est-à-dire une poignée d'éphèbes lamentables, que vous enfermez une nuit entière dans un pavillon de Ville-d'Avray, avec des bouteilles de bon vin (tu parles...), des gâteaux à la crème (ben voyons !), du caviar (trouvé où ?), des cigares cubains (pourquoi pas !) et des cires de jazz et autres musiques swing... Admirez-les, ces filles et ces garçons de France, ces fils de France-la-Doulce, regardez-les, bon sang ! Dès la fin du premier disque, ils se sont rués sur le buffet dressé dans un coin. On bâfre, on ingurgite, on se goinfre... Avec des regards de sagouins, des miam-miam de gougnafiers... Rassurez-vous : on s'embrasse, on se tripote, on flirte, c'est bien ! C'est parfait, mais ça suffit ! Tous au STO, tous dans les camps, tous avec Doriot et Déat ! Je vous le dis, la croisade contre les vestes longues doit commencer !

Après une série de sifflements, de cris et d'applaudissements, aussi bruyants que le hurlement de trompette du premier morceau de jazz qui avait déchaîné la tempête en tout début de soirée, le calme était revenu. La discussion pour laquelle ils s'étaient tous réunis la veille au soir pouvait démarrer.

— Le STO, l'assassinat des élèves du lycée Buffon et de l'École alsacienne : ces deux événements sont liés, lance Charlie.

— Dans les deux cas, c'est la jeunesse qu'on assassine, acquiesce Sarah.

— Pour Lucien, c'est pire encore ! explose Jean, que la guerre a fait évoluer, qui est passé d'une forme de cynisme, les semaines qui ont suivi l'entrée des Allemands dans Paris, à un rejet profond, une volonté de dire « non », de ne pas accepter.

— Que veux-tu dire ? demande Josette.

Jean ne répond pas immédiatement, puis, avec beaucoup d'émotion dans la voix, beaucoup de silence entre les phrases, il explique que Lucien, Lucien Legros, enterré à présent avec quatre de ses camarades au cimetière d'Ivry, il l'avait rencontré à plusieurs reprises. Peu importent les circonstances. Il l'avait rencontré, c'est tout. « Un type merveilleux, intelligent, cultivé, musicien, peintre, très doué, chaleureux, tendre, généreux. » Condamné une première fois aux travaux forcés à perpétuité par un tribunal français, il avait été livré à la Gestapo qui l'avait condamné à mort. Puis qui l'avait gracié, c'était le souhait de Göring. Le même Göring qui, quelques jours plus tard, l'avait fait exécuter comme otage.

— Comment sais-tu tout cela ? demande Sarah.

— Je le sais, c'est tout. C'est ce qui attend tous ceux qui tombent entre leurs mains. Grâce, condamnation, grâce, condamnation. Pour obtenir le nom de prétendus complices, les tueurs pensent qu'il faut ces alternances atroces d'espoir et de désespoir, de tortures physiques et morales.

Un silence lourd pèse soudain sur l'assemblée qui, il y a quelques heures à peine, s'épuisait encore à danser le swing.

— Paul Éluard, le poète, a écrit un poème dans une revue clandestine, dit Jean. Il se termine par ces mots : « Cet enfant aurait pu mentir / Et se sauver. / La molle plaine infranchissable / Cet enfant n'aimait pas mentir. / Il cria très fort ses forfaits / Il opposa sa vérité / La vérité / Comme une épée à ses bourreaux. »

— Il aurait pu avoir la vie sauve, dit Lucienne.

— Il lui aurait suffi de trahir, ajoute Odette.

— Il a refusé de donner ses camarades. Il a dit non. Il a résisté, conclut Jean.

Le grand mot est lâché : « résistance ». Depuis plusieurs semaines, il semble désigner tous ceux qui ont décidé de s'engager pour chasser les Allemands. Sans doute faut-il maintenant prendre ses responsabilités bien que la « résistance » puisse revêtir des formes multiples, spectaculaires ou plus intimistes. D'ailleurs, les causes des engagements sont diverses. Jean le rappelle :

— Quelques-uns le font simplement par désir d'action ou d'aventure ; d'autres ont cédé à l'ascendant d'un de leurs amis ; d'autres, même, ont cherché à fuir, dans la clandestinité, une société qui avait d'excellentes raisons, très morales, de leur demander des comptes. Le principal recruteur sera sans doute le STO. On ne peut plus ne pas prendre parti.

La discussion est vive, riche en arguments contraires. Odette témoigne assez bien du malaise de nombre de jeunes :

— On ne peut pas se couvrir la tête de cendres ou se poignarder parce que toutes ces choses horribles sont arrivées ! Nous nous devons de poursuivre notre vie quotidienne en nous amusant, en dansant, en écoutant de la musique swing, en s'habillant comme on s'habille. La vie continue. Notre devoir, c'est de la défendre en vivant ! Notre « résistance » à nous, elle est là.

— En somme, résume Pierre, il faut choisir. De gré ou de force. Même si, tout le monde a pu le constater, le regard des gens sur les zazous est en train de changer. J'ai le sentiment qu'on ne nous regarde plus de la même manière…

— Qu'on est plus indulgents avec nous ? demande Josette.

— Peut-être, répond Pierre.

— Je n'en suis pas si certaine, dit Odette.

— En tout cas, ce qui est sûr, dit Jean, c'est que j'ai vu de nombreux zazous, lycéens, étudiants, ils m'ont tous dit la même chose : « Le temps des bêtises est passé, les choses sérieuses commencent. »

Une série de questions se pose. Acheter ou voler *Autant en emporte le vent*, est-ce un acte de résistance ? Intégrer l'Orchestre des cadets du Conservatoire pour échapper au STO, est-ce un acte de résistance ? Ne pas se rendre au conseil de révision qui doit statuer sur l'aptitude du jeune homme ou de la jeune fille à travailler pour l'ennemi, est-ce un acte de résistance ? Présenter à l'étrange conseil de révision des radios pulmonaires diagnostiquant une dilatation des bronches pour éviter la « conscription », est-ce faire acte de résistance ? Tant de questions fusent qui restent sans réponse. Quelles solutions trouver ?

Chacun a son idée. Chacun rappelle des faits, des gestes précis, accomplis par soi ou accomplis par d'autres et dont les zazous ont été témoins. Charlie se souvient qu'un soir, à La Désirade, des dames ont rythmé en morse le V de la victoire par de petits coups frappés sur les tasses de thé. Odette rapporte que dans le métro, elle a entendu des passagers critiquer ouvertement la relève sous le nez d'officiers de la Gestapo médusés. Lucienne confie que chaque nuit des mains françaises ou américaines portent des fleurs au monument américain de la place des États-Unis.

— Peu importe l'intention, c'est l'action qui met en branle le processus de résistance, dit Marie, qui semble soudain oublier qu'elle joue dans des cabarets, des spectacles, des émissions de radio protégés par Vichy. Un soir, Édith Piaf chantait. Ce n'est pas vraiment une « résistante ». Eh bien, ce soir-là elle a chanté *Où sont-ils tous mes copains ?*. Tollé ! Quand elle a commencé *L'Accordéoniste*, chanson de son ami juif Michel Emer, la police a investi la salle et l'a priée d'aller chanter ailleurs.

La discussion aurait pu se poursuivre une nuit encore, sans qu'une réponse simple soit trouvée. Ce double coup du sort – mort des élèves de Buffon et de l'École alsacienne, et établissement du STO – est incontestablement une date charnière dans l'histoire du groupe. Tout le monde en parle. Informations véritables ou rumeurs, on raconte que nombre de jeunes sont passés à l'action, se sont regroupés en phalanges informelles, créées et aussitôt dissoutes, renaissant immédiatement de leurs cendres, mobiles : la Cagoule 40, l'Espoir français, le Groupe du Boul'Mich', la Bande à Jojo, les H-3… Chacun le sait, le sent, même si les réponses sont diverses et que malgré tout la perturbation zazoue reste la pièce maîtresse de leur système d'opposition à l'occupation allemande.

Comme pour répondre à ces interrogations, qui sont celles d'un bon nombre de jeunes gens et de jeunes filles de la France de février 43, l'adversaire, lui, s'organise. Petites et grandes mesures. Le Front révolutionnaire national décide la création d'une milice pour s'opposer par la force à la « menace communiste », tandis que Robert Caby, ex-compositeur de la *Marche des brigades de choc. Chant des Comsomols*, inaugure la collection « Chants nouveaux de la Jeunesse française », destinée à endiguer la vague zazoue. *Nous* est le titre phare de ce premier opus : « Seuls nous ne sommes rien / Ensemble, nous sommes tout ! / Nous sommes les jeunes qui referont le monde, Nous ! Nous ! »

Josette n'a jamais autant rêvé que pendant ces jours troubles. Elle se dit qu'elle devrait les noter tous, ces moments de vie parallèle, ces explications obscures d'une réalité qu'elle ne maîtrise pas. Ainsi, plusieurs jours après la soirée à Ville-d'Avray, elle rêve qu'elle assiste à l'exécution d'un cochon. L'animal, arrivé sur la grand-place du village, dans un chariot empli de fougères et tiré par deux bœufs, est attaché à un piquet, puis tué par un homme cagoulé qui lui enfonce un bâton dans le groin. Josette, qui ne connaît rien au rituel de l'exécution du cochon, observe ce qui se passe comme derrière une vitre qui la protège des odeurs et des cris. Elle voit qu'on lui tranche la tête, qu'on lui arrache les oreilles, qu'on le désarticule, qu'on l'éventre. Elle voit les tripes recueillies dans une grande bassine. Elle voit les mètres d'intestin, le foie piqueté de vers blancs. Elle voit les poumons qu'on arrache, l'œsophage regonflé par le souffle du bourreau. Elle voit le saloir où la bête dépecée est consciencieusement rangée, les déjections, les chairs sanglantes jetées avec les ongles aux chiens. Puis soudain, la vitre cède, elle sent tout de la scène, le sang, les chairs qui grésillent, la fumée des feux. Quand elle se réveille, un bruit furieux monte de la rue. Une colonne de blindés, d'automitrailleuses, de side-cars fait vibrer le sol de sa rue. Tout l'immeuble est aux fenêtres. Les voisins se parlent et s'émeuvent : après l'envahissement de la zone sud par les Allemands, la ligne de démarcation vient d'être définitivement supprimée. La présence de l'armée allemande et de la Gestapo sur l'ensemble du territoire change la donne. Pétain ne peut plus dire qu'il est le père de la nation et certains de ses soutiens vont passer dans l'autre camp…

36

Au seuil de ce printemps précoce, durant lequel il fait si beau, si doux, et qui voit déjà bourgeonner les arbres du parc Montsouris, ce que tous appellent désormais « la nuit de Ville-d'Avray » continue de travailler le groupe. Certains pensent que le cœur n'y est peut-être plus, que sous les « toupets frisottés », les fronts sont soucieux. Quelque chose a changé. Une légèreté amoindrie, peut-être ; une insouciance moins évidente. La vie continue, certes, avec ses mesures gouvernementales imbéciles comme cette interdiction de vendre des récepteurs de TSF sans une autorisation spéciale, ce qui engendre le développement rapide du marché noir ; ou l'obligation pour les musiciens de venir déposer leur instrument à la mairie de leur résidence afin de mettre fin aux bals clandestins ; ou l'interdiction de la vente libre d'oranges, ce qui contraint certaines marchandes à laisser pourrir leur marchandise puisque plus personne n'a de tickets pour l'acheter… Et quelle absurdité encore que ce projet qui consisterait à déboulonner la statue de la Liberté du pont de Grenelle parce qu'elle a été offerte à la France par l'Amérique ! Des rumeurs circulent, comme celle de ces affiches empilées dans les mairies et qui seraient prêtes à être posées sur les murs en cas de débarquement.

À côté de cela, les films de propagande contre les attentistes et les perturbateurs se font plus nombreux – *Permissionnaires*, *N'oubliez pas*, *Résistance*, *Forces occultes*... –, et la tentative de mise au pas des zazous continue : au théâtre de Dix-Heures, un zazou du Pam-Pam qui a osé dire, alors qu'il attendait dans la queue des spectateurs, « Essayez de vous faufiler, car ici c'est plus étroit qu'à Stalingrad ! », a été arrêté et le théâtre fermé jusqu'en août...

Mais des événements plus durs, plus graves ont lieu : les bombardements. À Rennes, à Rouen, à Boulogne, à Bordeaux, au Creusot. À Paris, c'est en avril, le 4. Bien que le bombardement ait eu lieu un dimanche afin d'éviter la mort des ouvriers comme aux usines Renault à Billancourt, les victimes sont nombreuses. Chaque fois le scénario est le même : des vagues de bombardiers passent et repassent, la DCA tire à coups redoublés, mais à aucun moment l'alerte n'est donnée – ainsi les victimes seront plus nombreuses et il sera facile ensuite de hurler à la barbarie des aviateurs anglo-américains. À Paris, des bombes se sont égarées sur l'hippodrome de Longchamp. Un après-midi particulièrement ensoleillé. On a vite ramassé les morts et les blessés, réparé les pistes endommagées, et le starter a pu donner le départ de la première course. Le lendemain, le journal du matin a publié la liste des victimes – 380 tués, 446 blessés –, et les résultats des courses ! Mais une conclusion s'impose : l'envahisseur, consterné, doit admettre qu'il est impossible, pour l'instant, de soulever la colère des Parisiens contre les bombardements anglo-saxons.

Que font les zazous du Café Éva ? Comme les autres Français ils vivent sous les bombes, doivent faire face aux restrictions et poursuivent tant bien que mal leurs actions. Au cinéma Paramount, ils font partie de ceux qui ont fait taire les jeunes fascistes venus perturber le spectacle de Johnny Hess traité de « judéo-gaulliste ». Sur les champs de courses, ils ont intégré le groupe du Club du chapeau melon – une centaine de personnes qui défilent en rangs serrés, chapeau melon sur la tête, pour entraver le déroulement des festivités. Enfin, bien entendu, ils sèment encore et toujours la pagaille lors des séances de cinéma ou des représentations théâtrales. Celle du 3 juin, la première des *Mouches*, crée au sein de leur groupe une belle polémique.

— Quel hymne à la liberté, soutient Pierre, caché derrière de larges lunettes de soleil.

Appuyé sur son parapluie, Jean n'est pas d'accord :

— Tu parles, le texte a passé la censure sans problème, sinon il n'aurait pas été joué, et Sartre a dû signer un engagement comme quoi il n'y avait aucun Juif dans la production…

— Si on suit ton raisonnement, on ne peut plus rien faire ! dit Marie.

— Je ne sais pas… Tout ça me gêne. À commencer par ce théâtre. Le théâtre de la Cité, tu parles ! Ne s'appelait-il pas avant d'être « aryanisé » le théâtre Sarah-Bernhardt…

— Enfin, Jean, comme nous tous, tu es venu sans rechigner à cette représentation. Et comme nous tous, tu as applaudi.

— Et ceux qui semblaient applaudir le plus, c'étaient les officiers allemands du premier rang ! fait remarquer Lucienne.

— Rien ne m'a plu, dit Josette. La mise en scène, les décors, les costumes…

— Ah, et puis je n'aime pas Sartre, finit par reconnaître Jean. *La Nausée* s'ouvre par une épigraphe tirée de *L'Église*, une très mauvaise pièce de Céline…

— Et alors ? demande Lucienne.

— Alors, l'épigraphe vient de l'acte III, le plus antisémite de la pièce de cette ordure de Céline !

— Enfin, Jean, quand Oreste a décidé de tuer Égisthe et Clytemnestre, même Jupiter ne peut plus rien faire. Il le reconnaît, il se lamente : « Quand la liberté a explosé dans une âme humaine, les dieux ne peuvent plus rien contre cet homme-là. » On ne peut pas être plus clair !

— La tragédie de la liberté face à la tragédie de la fatalité ? Oui, peut-être, je ne sais pas, je ne sais plus. Tout ça me fatigue, il faudrait passer à autre chose…

Cette discussion autour des *Mouches* reflète bien le malaise du groupe. La question de l'engagement continue de le tarauder. À peine sortis de leur quinzième année en 1940, ils savent tous que l'année prochaine ils auront presque vingt ans. C'est-à-dire qu'ils seront passés de la fin de l'enfance au seuil de l'âge adulte. Les besoins ont évolué, les positions ne sont plus exactement les mêmes au sein de ce conflit qui s'éternise. Odette, Lucienne, Jean, Pierre et les autres ont comme les autres zazous saboté des conférences universitaires, perturbé des cours, lancé des boules puantes, des ampoules lacrymogènes, participé à des manifestations ; ont brisé des vitres, des vitrines, mis le feu à des kiosques où étaient exposés des journaux vichystes, arraché des affiches proallemandes, peint sur les murs des inscriptions flétrissant les personnalités les plus en vue du gouvernement de Vichy, écrit sur des statues, au bleu de méthylène, « Je n'aurais jamais collaboré », beaucoup ont traduit pour leurs camarades les émissions en anglais de la BBC, celles-ci restant claires, même à Paris. Ainsi peut-on savoir ce qui se passe outre-Manche, ainsi peut-on entendre les discours éloquents, tenaces, ardents de Churchill ne cessant de répéter qu'il faut avoir confiance en l'avenir. Mais à quoi tout cela a-t-il servi ?

Confiance en l'avenir ? Voilà un beau sujet de dissertation ! Charlie, le seul du groupe concerné par le STO, a réussi à se faire faire un faux certificat médical. Les Allemands ayant une peur bleue des maladies contagieuses, il a fait mettre dans son dossier médical une radio des poumons indiquant un début de tuberculose. Exempté définitivement d'un voyage en Allemagne, il a pu monter sur la scène du sixième concert de l'École normale de musique et jouer aux côtés de Freddy Jumbo et son ensemble lors des trois soirées intitulées « Unique Jazz Noir » salle Pleyel. Quant à Josette, toujours partagée entre ses études et l'absence de Gerhard, elle continue d'observer la vie, comme elle dit, « de sa fenêtre ». Un jour, à l'occasion de la fête de Jeanne d'Arc, elle croise la jeunesse des écoles, qui parcourt le Quartier latin en chantant *La Marseillaise* et en distribuant des tracts. En revenant chez elle, passant devant le groupe scolaire du 14, de la rue d'Alésia, elle assiste à la rafle de plusieurs enfants juifs par la police française. Autour, personne ne fait rien. À commencer par elle. Statue de sel. Pétrification. Elle pense à un article de *La Gerbe* : « Troupe veule des promus à la croix de Lorraine, les "swings" sont une race aigrie qui naît à quinze ans avec des trépidations politiques stupides, un cœur de vieille trompette bouchée qui veut singer le clairon de Déroulède. » Une fois chez elle, elle fond en larmes devant tant d'impuissance. Face à son miroir, elle répète plusieurs fois : « Ce que je veux dire, c'est qu'il me semble qu'il y a plus de sincérité dans la douleur que dans la joie ! » Puis s'écroule, terrassée de tristesse.

En somme, rien ne change vraiment. Il faudrait un événement, un coup de tonnerre. Au cinéma, les films s'enchaînent, salles toujours pleines, malgré les coupures d'électricité de plus en plus fréquentes : *Goupi Mains-Rouges*, *Lumière d'été*, *Marie-Martine*, *La Duchesse de Langeais*, *Feu sacré*, *La Main du diable* et son climat d'inquiétude permanent qui est celui dans lequel chacun vit. Les petits swings du Café Éva ont découvert deux restaurants. L'un, rue des Dames, un bistrot italien qui sert du lapin pour 8 francs, que d'aucuns soupçonnent d'être du chat – c'est une expérience ! ; un autre, rue Didot, qui propose un civet de mou de veau avec un peu de farine et un doigt de vin blanc. Chacun mène sa vie. Henri, qui semble avoir définitivement décidé de se taire, travaille désormais dans une imprimerie et a arrêté ses études, sans doute est-ce pour ça que lorsqu'il ne danse pas, c'est un éteignoir. Odette, depuis qu'elle cache Sarah, semble de plus en plus impliquée dans la défense des Juifs pourchassés. Récemment, elle a obtenu qu'une jeune Juive se fasse passer pour folle et soit cachée dans une clinique de la rue de la Glacière, et c'est encore Odette qui la première apprend aux autres la mort de plusieurs milliers de Juifs ensevelis sous les décombres du ghetto de Varsovie canonné et bombardé par les nazis. Pendant ce temps, Marie continue de gérer sa carrière. Après avoir joué dans *Sous le swing de l'amour* au cabaret-théâtre de l'Étincelle, elle participe régulièrement à « Paris qui change, Paris qui chante », la nouvelle émission de la Radiodiffusion nationale, et envisage même de se joindre à la tournée de Fred Adison,

Charles Trenet et Édith Piaf prévue en Allemagne pour le mois d'août.

Le 2 juin 1943, Paris est entièrement bouclé. Métro arrêté, courant coupé. Il y a quelques jours, une trentaine de jeunes gens et de jeunes filles ont été fusillés pour avoir écrit sur les murs de Paris « G + G = V », traduisez « Giraud + Gaulle = Victoire ». La réplique n'a pas tardé, de multiples inscriptions ont jailli en une nuit, toutes délivrant le même message : « Ces nouveaux crimes commis par les Boches et leurs valets français seront vengés par les patriotes. » Aujourd'hui, un colonel allemand a été tué en plein jour place Denfert-Rochereau. Voilà, Paris est entièrement désert. Josette a passé la fin de journée chez elle. C'est ce qu'il y a de mieux à faire. Elle a révisé ses cours de philosophie. Les examens approchent.

Maintenant, c'est le soir. La nuit est tombée. La rue est toujours aussi calme, aussi noire. Aucun bec de gaz n'est allumé. De temps en temps une patrouille, une voiture qui passe en trombe. À la lumière de sa lampe Pigeon, elle continue de travailler. Tout à l'heure à 21 h 15, elle écoutera la BBC, puis sans doute se couchera avec le livre qu'elle est en train de lire et qui la trouble, *Itinéraire français* de Ramon Fernandez. Le livre commence par ces mots : « Le retour du soldat, c'est une opération de la cataracte : il voit d'abord ce que l'empêchait de voir la cécité de l'habitude. » Ce qui la trouble : on peut être un écrivain collaborateur et écrire magnifiquement. Quand elle aura fini, elle entamera *L'Espagne au cœur* du poète chilien Pablo Neruda. Retiré de la vente par Denoël comme l'exige la liste Otto dans sa deuxième édition, Josette l'a trouvé chez un bouquiniste qui lui a glissé à l'oreille : « C'est drôle, avec cette guerre on peut se plonger dans des livres qu'on n'aurait jamais ouverts avant. On lit ce qu'on trouve, non ? Et parfois on tombe sur des perles... » Quand elle a rapporté cette phrase à l'un de ses professeurs, celui-ci n'a pas semblé acquiescer, jugeant que ces propos étaient absurdes. Josette a été déçue. En réalité, elle l'a soudain trouvé vieux, ce professeur, n'acceptant pas la contradiction, voulant toujours avoir raison. Il ne lui était jamais apparu sous un jour si négatif. Il lui a lancé une phrase énigmatique : « En somme, il faut bon gré mal gré que vous vous accoutumiez au désastre ? C'est ça, votre idéal de vie. » Elle n'a pas répondu. Elle n'a pas répondu parce qu'elle ne le comprend pas, et le plaint. Ce désaccord est plus qu'un désaccord. C'est une vraie rupture entre générations. Le vieux professeur aime ses fantômes, nous, nous préférons nous mettre à aimer la vérité... C'est à cela, très exactement, qu'elle est en train de penser quand elle entend un grattement contre sa porte. Léger puis insistant. Non, elle ne rêve pas. Le grattement se poursuit. Après de courtes secondes d'hésitation elle se dirige vers la porte, soulève le rideau, plaque son oreille :

— Qui est là ?

— Ouvre-moi.

La voix est faible, à peine audible…

— Qui êtes-vous ?

— Jean, c'est moi, Jean.

Quand elle ouvre la porte, elle reçoit son ami dans les bras, comme un sac de pommes de terre, si lourd, si chancelant sur ses jambes qu'il tombe à terre. Une fois la porte refermée, elle le relève. Sous sa veste, une chemise tachée de sang.

37

— Je suis tombé de mon vélo, j'ai heurté un trottoir et…

Après l'avoir aidé à s'installer sur le canapé puis avoir été lui chercher un verre d'eau, Josette le cale avec des coussins – il a l'air si faible – et gronde :

— Tu me prends pour une gourde ?

La voix est faible. Jean a du mal à articuler :

— Que dis-tu ?

— Jean, tu n'es pas tombé de vélo, tu te fous de moi. Qu'est-ce qui t'est arrivé ?

— Je suis tombé de vélo, je te dis ! Et j'ai mal, merde…

Afin qu'il respire mieux, elle lui ouvre le col de sa chemise, et enlève le foulard qu'il porte autour du cou : la fameuse carte de France d'une très grande précision imprimée par les services de renseignements anglais et donnée aux aviateurs alliés afin qu'ils puissent se déplacer au cours de leurs missions en territoire occupé…

— Et ce foulard, c'est un coureur du Tour de France qui te l'a offert ? Tu vas me dire ce qui se passe, nom de Dieu, Jean ?

— Je vais t'expliquer. Je te promets. Mais avant appelle ce numéro, ajoute-t-il en sortant un morceau de papier caché dans sa ceinture, et dis-lui que je n'ai plus de gitanes sans filtre et qu'il faudrait qu'il m'en apporte un paquet.

— Tu fumes maintenant !

— Fais ce que je te dis. Répète ce que je viens de te dire, je t'en supplie.

— Jean n'a plus de gitanes sans…

— Non, pas Jean, toi, dis : « je » n'ai plus de…

— « Je n'ai plus de gitanes sans filtre, vous pourriez m'en apporter un paquet ? »

— Voilà, c'est parfait ! Maintenant, téléphone.

Moins d'une heure plus tard, l'homme appelé au téléphone est venu puis reparti. Il a soigné Jean, légèrement blessé au thorax, et lui a conseillé de rester tranquille quelques jours et surtout de « disparaître un certain temps de la circulation ». La porte refermée, Josette qui a vécu tous ces moments dans l'angoisse et commence vaguement à comprendre de quoi il peut s'agir n'ose plus demander des explications à Jean maintenant allongé sur le canapé et qui s'assoupit doucement. Après tout, à quoi bon essayer de savoir. Une balle perdue, une chute, une course effrénée. Jean est vivant, n'est-ce pas l'essentiel ? Au bout de quelques instants il ouvre les yeux et se redresse, comme un mort qui se réveille, tout d'un coup, tout droit, un diable qui sort de sa boîte :

— Je vais t'expliquer. Je vais tout te dire.

— Tu es sûr que tu ne veux pas attendre ? répond Josette, compatissante, inquiète.

— Non, mais tu me trouves un truc à boire, un peu fort…

— Un fond de cognac, qui date de Noël 42 ?

— Parfait.

Assise à côté de lui, Josette a écouté, toute la nuit. Et si la fatigue ne les avait pas surpris juste avant l'aube, ils auraient sans doute vu le jour se lever à travers les rideaux. Il a tout raconté, comme lors d'une longue confession. Ça l'a délivré, il en avait besoin. Besoin de se confier à une amie. Le poids était trop lourd. Cet engagement, il voulait le partager. Ça faisait déjà longtemps qu'il avait songé à s'engager davantage. Depuis le début, il avait rejoint le mouvement des Volontaires de la Liberté, créé en mars 41 par les élèves de Louis-le-Grand et par les copains de son lycée, Henri-IV, tous passionnément gaullistes. Une jeunesse vif-argent, formidable, merveilleuse, prête à mourir pour son pays. Il avait participé à quelques actions, au début, puis s'était investi davantage, surtout depuis novembre 42, quand l'autre mouvement, d'étudiants celui-là, Défense de la France, avait rallié définitivement la cause gaulliste. Et quand les deux mouvements avaient décidé de fusionner, Jean avait lui choisi, comme plusieurs de ses camarades, et bien qu'il suive désormais des études à la faculté des sciences, de rester à part et de poursuivre la lutte au sein des Volontaires de la Liberté et de leur bulletin clandestin, *Le Tigre*. Puis du temps avait passé. Une rumeur courait assurant que les Allemands jugeant que les lycéens et les étudiants connaissaient moins de secrets intéressants que les résistants adultes, ils les torturaient moins, mais les fusillaient plus facilement. La mort des cinq lycéens de Buffon avait réellement traumatisé Jean. Avant tout parce que, comme il le rappela, il en connaissait particulièrement un sur lequel les nazis s'étaient acharnés. Là-dessus, l'affaire du STO était venue s'ajouter. Il ne lui suffisait plus d'accomplir des tâches faciles, peu dangereuses. Depuis le temps qu'on testait ses qualités, ses défauts, son intelligence, sa prudence, son imagination, son habileté, sa nervosité, sa discrétion, son courage, son sang-froid, il avait commencé à en avoir assez. Il voulait agir davantage. Imprimer des tracts et des journaux clandestins était utile, mais il ne voulait plus. Il ne voulait plus chercher et transmettre des renseignements, jouer les « facteurs ». Il voulait passer à l'action, sillonner les villes et les campagnes comme agent de liaison, organiser des maquis, réaliser des coups de main et des sabotages.

— En somme, une tâche obscure, modeste, sans gloire ne te suffit plus…

Jean ne répond pas, réfléchit, hésite. Il se sent pris

comme dans une nasse. Il confie qu'il ignore la plupart du temps, par exemple, l'importance des lettres qu'il transporte, des informations qu'il communique, le rôle exact des gens qu'il rencontre sans connaître autre chose que leur pseudonyme. D'un autre côté, il sait bien que la Résistance exige ce silence, cet anonymat, cette brume qui entoure toutes choses. Un travail de fourmi, de longue haleine, quotidien, invisible. Inutile de jouer les héros, de revêtir une canadienne grise et de prendre des airs de conspirateur. C'est tout le contraire. Inutile de frimer, de se mettre de la gomina dans les cheveux, de flamber, de briller. D'ailleurs, c'est bien ce qu'il dit à Josette : ses « chefs » ont exigé qu'il continue son travail d'étudiant, qu'il continue d'être un zazou. Cette « normalité » est une excellente couverture.

— Marie fait partie de la « couverture » ?

— Que veux-tu dire ?

— Notre petite starlette fricote avec Vichy, tu le sais bien. On le sait tous. En t'affichant à son bras tu acquiers une forme d'immunité...

— Pas du tout. Je suis vraiment amoureux d'elle.

— Tu as intérêt, Jean. C'est une cervelle de moineau qui, quand la guerre sera finie, risque d'avoir pas mal de soucis, mais c'est notre amie. Et elle, tu n'as pas intérêt à la faire souffrir, elle est amoureuse de toi.

— Je te promets.

— Qu'est-ce que tu vas lui dire quand tu vas la revoir ? Que tu es tombé de vélo ?

— Je trouverai bien quelque chose…

— Et d'ailleurs, pourquoi n'as-tu pas été te cacher chez Marie ?

— C'était plus facile de venir ici.

— Mais mon adresse, Jean, l'homme qui est venu ici, comment savait-il qu'il devait apporter le paquet de gitanes sans filtre à quelqu'un qui ne fume pas, au 13 de la rue Gazan ?

— C'est l'adresse que je lui avais donnée. En cas de problème… je l'appelais. Le manque de cigarettes signifiait que… j'étais blessé… et puis ce n'est pas très loin de…

— La place Denfert-Rochereau…

— Oui, dit Jean, baissant les yeux comme quelqu'un qui vient d'avouer une faute.

— Le colonel allemand, c'est toi ?

— Oui. Ça fait deux semaines que je le surveille. Il prend toujours le même chemin. Venant du mess des officiers de la Cité universitaire, il remonte l'avenue du Parc-de-Montsouris, passe devant l'entrée des Catacombes et s'engouffre invariablement vers 16 heures dans la bouche de métro en face du lion de Belfort.

— Merde, dit Josette, qui reste un moment sans voix, et qui finit par ajouter : Tu as tué un homme ?

— Pas un homme, un Boche…

— Tu ne peux pas dire une chose pareille.

— Si. Et je la répète : j'ai buté un Boche !

— Comment as-tu fait pour avoir une arme ?

— Rien de plus facile, tu sais. C'est plus simple

d'avoir un flingue que d'avoir du sucre ou une douzaine d'œufs !

— Tu as agi seul ?

— Oui.

— Personne ne t'avait rien demandé ?

— Non.

— Donc tu es dans le pétrin ?

— Oui, je crois.

— Et tu me mets moi aussi dans le pétrin ?

— Oui. Mais il fallait que je le fasse, Josette. Il le fallait.

— Et tes parents ?

— Quoi, mes parents ?

— Tu ne peux pas rentrer rue de Flandre ce soir.

— Je leur dirai que j'ai loupé le dernier métro. Ça ne sera pas la première fois.

— Le médecin qui t'a soigné t'a dit de rester quelques jours…

— Impossible. Je rentre chez moi demain.

38

Écoutez cette histoire, dit une vieille belle, bloquée comme tout le monde dans les couloirs qui mènent au théâtre :

— Un charcutier collabo est grièvement blessé par un résistant. Il se rétablit. Une deuxième attaque cette fois le tue. La Gestapo lui offre un beau cercueil de première classe. La boîte arrive : trop petite !

— Ce n'est pas possible ! lui répond un gros bonhomme barbu.

— Non, tout est vrai ! Un deuxième cercueil est envoyé. Aux bonnes dimensions cette fois. Huit soldats allemands le portent à l'église... Pas de glas : la corde des cloches a été coupée ! Ce n'est pas fini. Le curé tousse, il ne peut pas prononcer l'oraison funèbre ! Le mort est conduit au cimetière...

— La porte est fermée et on a perdu la clé ?

— Pas du tout. La fosse est là, béante. Trop petite pour un cercueil trop grand !

— Tu inventes !

— Absolument pas, j'ai lu ça ce matin dans *La*

Gerbe. Ce n'est pas drôle. Ils sont partout, ceux qu'on appelle maintenant les « résistants », une vraie peste ! Ils ont remplacé les Juifs !

Voilà l'histoire que la bande des zazous, occupant presque tout le quatrième rang du théâtre Michel, entend, attendant, comme le reste du public, Günter et Friedrich, les deux prestidigitateurs, bloqués dit-on par une alerte entre les stations Bac et Sèvres-Babylone, et contraints comme tous les autres passagers d'emprunter les petites échelles de fer que leur tendent les employés pour les aider à descendre des wagons. Évidemment, le tableau est cocasse : on aurait pu penser que les deux magiciens auraient eu une solution plus rapide ! Les deux hommes enfin sur scène, les zazous se demandent pourquoi ils sont venus assister au spectacle des deux maîtres allemands qui utilisent pour outil principal de leurs tours un « bâton de Maréchal », étoilé mais creux, d'où ils sortent drapeaux français et à croix gammée, fleurs, lapins, colombes. Le message n'est pas clair. Le bâton est un symbole de loyalisme ou un sournois emblème d'ironie ?

En réalité, les zazous sont sans nul doute venus assister à un moment d'illusion, de rêve, une évasion possible en ces temps tragiques. Les filles s'étaient toutes donné le même mot d'ordre : s'habiller « sexy » avec sur la tête un turban drapé selon une des méthodes préconisées par une « grande modiste de Paris » dans le dernier numéro de *Marie-Claire*. Ce qui est amusant, dans les théâtres, c'est de laisser traîner ses oreilles partout, d'attraper au vol telle ou telle conversation. Derrière eux, un monsieur plutôt digne raconte à son voisin qu'il était dans un train, en Russie, en juin 40, quand le bruit a couru que Paris venait de tomber. Eh bien, tous les passagers, qui étaient tous russes, se sont mis à pleurer. C'était si émouvant, insiste-t-il « que j'ai chialé avec eux ! ».

Le spectacle des deux magiciens n'a rien changé. Johnny Hess a beau chanter « Je n'aime pas les logarithmes, / C'est trop compliqué / Moi, je préfère le rythme / Vous l'aviez remarqué / Tout-d'li, toudi-d'li-di / Toutdi-d'li, Tadou », la situation à Paris s'est à ce point dégradée que les gens n'en peuvent plus. Plusieurs manifestations éclair, organisées sur les Champs-Élysées par les réfractaires et les zazous, ont provoqué l'intervention immédiate et brutale des policiers français, tout ça sous les yeux des sentinelles allemandes plantées devant le Claridge, qui sont restées impassibles, laissant en somme les Français se débrouiller entre eux. L'atmosphère est de plus en plus irrespirable. On arrête tout le monde. Les prisons sont pleines à craquer, les passages à tabac de plus en plus fréquents. Alfred Nakache, immense nageur, dont les records du monde et d'Europe ont largement été utilisés par Vichy comme une vitrine, vient d'être arrêté avec toute sa famille et cela quelques jours avant les championnats de France de Toulouse. C'est comme si on avait franchi un palier dans l'horreur et la répression. Comme si les deux camps se faisaient désormais face, « enfin » disent certains pour qui la victoire ne sortira que d'un engagement extrême de chacun.

Josette se dit parfois qu'elle devrait tenir un journal de tout ce qu'elle voit, de tout ce qu'elle vit. De tout ce qu'elle entend. Un jour, alors qu'elle traverse les jardins du Jeu de Paume, elle voit une énorme fumée noire s'élever de derrière une palissade gardée par des soldats allemands. Elle pense à un feu de feuilles mortes, de vieux papiers. Ce n'est que plus tard qu'elle comprend qu'il s'agissait sans doute de toiles « dégénérées », plusieurs centaines, dit-on, de Picasso, Miró, Léger, Ernst et bien d'autres jetées dans le brasier. Dans la France de l'été 43, le patrimoine culturel mondial est passé par les flammes, et le mot « terrorisme » est en train de faire florès, popularisé par la presse écrite de Vichy, la radio, le cinéma. Qui s'oppose à l'Allemagne et à ses alliés est désormais qualifié de « terroriste ». Une banque est attaquée : les terroristes. Des cartes et des tickets d'alimentation sont volés : les terroristes. Graffitis sur les murs : les terroristes. Attentats à main armée : les terroristes.

Il y a dans l'atmosphère quelque chose d'irrespirable. Le 14 juillet, un fracas terrifiant, inhumain, emplit le ciel. On dirait le grondement d'un express sur un pont métallique, comme une cascade de chaudrons et de casseroles tombant du ciel, puis dans le même temps le fracas assourdissant de la DCA et bientôt de multiples explosions. De nouveau la banlieue parisienne est bombardée. Et pourtant le ciel est si bleu, si clair, tout juste traversé de longs nuages blancs qui s'effilochent comme de la mousse légère.

Aux bruits du ciel répondent les bruits de la rue, tout aussi sinistres. Trois semaines après le bombardement, Doriot et ses troupes paradent sur les Champs-Élysées. Cent mille Parisiens, de l'Étoile à la rue des Pyramides, hommes et femmes des Gardes françaises, militants et militantes du PPF, milice paramilitaire, sanglés dans leur nouvel uniforme, dans un fracas de drapeaux tricolores, défilent en chantant la victoire de l'Allemagne, derrière leur « Führer français », « le grand Jacques », debout dans sa voiture décapotable. C'est un flot de boue, auquel vient s'agglutiner la Waffen-SS de Laval. Les murs de France et de Paris se couvrent d'affiches : « Avec tes camarades européens, sous le signe SS, tu vaincras. » On dit que le Reich de mille ans est en train de vaciller et commence à avoir besoin d'autre chose que de fascistes de papier. Tous les Français qui le désirent peuvent désormais intégrer la Waffen-SS, prisonniers de guerre, ouvriers travaillant en Allemagne, réfractaires repentis, miliciens, marins, membres de l'organisation Todt. Les zazous du Café Éva sont effondrés :

— Ils font faire le sale boulot que la police française et la gendarmerie commençaient à ne plus accomplir qu'en rechignant, dit Pierre.

— En se cachant derrière une mission prétendument élevée, défendre la civilisation chrétienne, acquiesce Charlie.

— Lutter contre la Résistance, aider à l'arrestation des Juifs… ajoute Lucienne.

— Et bien évidemment à celle des zazous, conclut Josette.

Tous sont d'accord avec elle. En faisant des zazous des « propagandistes gaullistes enjuivés », les propagateurs de cette mare de boue se sont fabriqué à bon compte des ennemis intérieurs, plus faciles à neutraliser et à localiser que les membres actifs de la Résistance. Il va falloir, dans les semaines et les mois à venir, redoubler de vigilance. Les jeunes fascistes vont taper dans la fourmilière sans faire de quartier. Aucun refuge public désormais ne sera sûr. Des affiches, des slogans, des mots d'ordre préviennent : des rafles vont être systématiquement opérées « dans les lieux publics et établissements de plaisir aux jours et heures de travail ». Qui dénonce un zazou fait œuvre de salut public. Le message est clair : combien de jeunes zazous vont se retrouver en Allemagne parce qu'il leur a pris l'envie de voir un film, un après-midi, et qu'ils se croyaient à l'abri dans une salle obscure ? Combien vont se faire « embarquer » à la sortie d'un concert, d'un théâtre, simplement d'un cours à la Sorbonne, ou alors qu'ils se prélassaient à la terrasse d'un café ? Ce qui doit préexister, c'est un climat de guerre, de terreur, d'insécurité permanente : guerre aux zazous ! La couverture de l'hebdomadaire satirique *Notre combat* résume bien la situation. On y voit deux mutilés de guerre regarder deux zazous affublés de leur « garde-robe swing » et constater : « Nous, au moins, nous prenions des bois, des collines. Ceux-là ne savent plus prendre que le maquis ! » C'est-à-dire : se cacher, se mettre au vert.

Dans le groupe, la « disparition » relative de Jean, même si on l'a finalement retrouvé, a laissé des traces. Marie est persuadée qu'il l'a trompée – « il ne veut même plus ni se mettre torse nu devant moi, ni même que je le touche », dit-elle –, et les garçons sont furieux qu'il ne veuille rien leur raconter. Il se retranche derrière des airs de conspirateur, des poses mystérieuses qui les agacent. Il a des secrets si importants qu'il ne puisse les partager avec ses amis ? Et puis quelle est cette nouvelle mode de se balader avec *Le Mythe de Sisyphe*, d'Albert Camus, sous le bras ! « Une œuvre grave, désespérante, mais belle, qui opte finalement pour une rébellion inutile après avoir dressé le constat de l'absurdité de notre existence », explique-t-il doctement. Seule Josette est dans la confidence, et encore. Certes, elle sait pour la blessure, subodore que les difficultés face aux membres de son groupe de résistants qu'il a inutilement exposés doivent être grandes, mais en somme elle n'en sait pas beaucoup plus. Si ce n'est qu'on lui a demandé de restituer l'arme qui avait servi à tuer le colonel allemand, ce qu'il a fini par faire mais en rechignant…

Le 16 août, un autre bombardement embrase la banlieue et tout Paris est de nouveau paralysé après qu'une bombe a explosé dans un dépôt de munitions allemand jouxtant la gare du Nord, emplissant l'air d'un ouragan de poussière et de ferraille qui balaie les rues. Josette commence à trouver cette vie absurde. Ce n'est pas qu'elle déprime, mais elle ne voit pas le bout du tunnel, n'entrevoit aucune petite lueur. Alors elle se passe et se repasse des disques de swing et de jazz, excepté *Irène* qui lui procure un cafard immédiat, la fait tomber dans un trou profond. Chaque samedi, entre 15 et 17 heures, elle prend Radio-Paris, tout en s'en voulant car elle a l'impression d'en ressortir salie. Pourtant l'écoute des « Ondes joyeuses » lui procure une petite joie fragile : on y fait fête au jazz, et Django Reinhardt y est très souvent programmé. Un jour, après le ridicule *Marché rose*, de Jacques Pills, et l'insupportable *Java 43* d'Andrex, elle a découvert un magnifique morceau très mélancolique du Quintette Français, *Loin*, avec Bob Castella au piano et Hubert Rostaing à la clarinette. Souple sécheresse de la batterie, soutien harmonique des rythmes, justes arabesques du piano, tout pour mettre en valeur les inflexions nuancées, la fluidité presque trop facile de Rostaing : Josette est aux anges, et s'est même mise à danser seule en pensant soudain très fort à Gerhard.

Dans les jours qui suivent, elle se fixe des défis étranges, comme traverser Paris en pleine nuit en échappant aux patrouilles, un beau geste zazou au risque de sa vie, ou comme faire un pied de nez au museau du Boche qui monte la garde à la grille qui sépare le palais du Luxembourg du jardin planté à présent de pommes de terre mais dans un rond de fleurs rouges, ou encore essayer de s'interposer quand, près de l'École militaire, elle aperçoit des policiers français faire monter dans des cars plusieurs centaines de Juifs, les parents d'un côté, les enfants de l'autre... Gestes inconscients, gestes suicidaires ? Pourquoi ? Dans quel but ? Elle n'a pas de réponse. Un matin, tandis que des confettis couleur argent tombent du ciel, largués sur le sol de Paris et tous porteurs du même message « Français, veillez sur votre poste de radio, c'est une arme de guerre », elle en rassemble plusieurs poignées qu'elle lance sur des soldats allemands qui heureusement, à peine plus âgés qu'elle, prennent son geste à la plaisanterie et s'amusent de cette jolie jeune fille un peu fantasque. Ne serait-elle pas en train de devenir folle, de ne plus savoir quoi faire pour se sentir exister, alors qu'elle est capable de passer la même journée de la joie la plus expansive à la tristesse la plus lourde, la plus pesante, plume légère le soir, poids d'airain le matin. « Que se passe-t-il, Josette ? » finit par lui demander Sarah. « Rien, je t'assure, rien. »

L'année scolaire prenant fin, Josette jouit désormais d'une liberté très grande. Alors elle s'habille de vêtements légers, se maquille avec les moyens du bord mais se maquille tout de même, et tente de s'amuser. Elle va au cinéma – il faut dire qu'en cet été 43 les Français sont gâtés : *L'assassin habite au 21*, de Clouzot, *Les Anges du péché* de Bresson, voire *La Cavalcade des heures*, dans lequel un Fernandel chômeur offre à sa petite amie un dîner pantagruélique qui déclenche dans la salle des cris de basse-cour et des hurlements de jalousie. Elle rejoint le reste de la troupe à la salle des ventes de l'hôtel Drouot, où au milieu d'un parterre de commères oisives, de vieux messieurs esseulés, de tapineuses, de snobs, de mondaines, elle fait échouer les ventes durant lesquelles les « froussards du franc », ces nouveaux riches, blanchissent leurs liasses d'argent sale en achetant des biens, tableaux, meubles, bijoux qu'on vient de voler à des Juifs dont on a pillé les appartements. Elle va à des concerts, assiste à des représentations théâtrales, se rend à des expositions : en somme, elle n'a que l'embarras du choix...

Oui, Josette a décidé de vivre, même au risque, surtout au risque de sa vie. Alors elle se rendra à La Désirade, ne serait-ce que parce que Sarah, la tête de mule, a décidé d'y aller malgré le danger affreux que cela représente. Sarah, c'est une leçon pour tous : plutôt vivre pleinement ne serait-ce que quelques instants que vivoter une longue vie durant. Sur le chemin du cabaret, elle assiste une nouvelle fois à une rafle de jeunes zazous, juste devant la gare Montparnasse. Les beaux jeunes gens et les belles jeunes filles sont emmenés par des policiers en civil, puis fourrés dans une espèce de camionnette fermée. Les passants, silencieux, s'assemblent au bord du trottoir. Une auto découverte remplie d'officiers allemands stationne à quelques pas de la scène. Alors que Josette allait s'avancer, elle s'aperçoit qu'on embarque aussi d'office les spectateurs qui peu ou prou manifestent, à commencer par les plus jeunes, les plus imprudents. C'est ignoble. L'affreuse comédie a duré moins de dix minutes. À la terrasse voisine, les consommateurs ont assisté paisiblement à la rafle silencieuse. Le nez baissé dans leur verre de grenadine, de bière, de diabolo menthe, ils mâchonnent leur honte et se taisent.

39

La coupure de courant étant déjà bien installée et prévue pour durer encore plusieurs heures, la direction de La Désirade a disposé partout candélabres, chandeliers et lumignons, ce qui donne au lieu un caractère encore plus étrange que d'ordinaire. Le champagne y coule à flots, parce que, paraît-il, les restrictions étant de plus en plus dures, « ceux qui le peuvent se gobergent à s'en faire péter la paillasse », et la daube de sanglier à la provençale orne toutes les assiettes parce que la bestiole pullule dans toute la France depuis que les Allemands ont interdit la chasse et saisi toutes les armes !

Les serveuses circulent précautionneusement entre les tables, l'orchestre apparaît en silhouette sur la petite estrade et il faut être un fin connaisseur ou un habitué pour savoir quel musicien se cache derrière tel ou tel instrument. Au quintette original qui officie habituellement – guitare solo, batterie, basse, guitare d'accompagnement et saxo, voire clarinette quand le morceau l'exige – est adjoint ce soir un piano. Derrière la masse noire, une silhouette souple s'agite, sautillante quand il le faut, langoureuse parfois, des mains qui de temps à autre sortent du cadre subrepticement, une tête oscillant en rythme. Tous sont d'accord, le gars « connaît la musique » comme le dit Pierre, il ne peut s'empêcher d'improviser, de tripoter les thèmes, de trouver de nouvelles combinaisons harmoniques, joyeuses sur *Nuit et jour* de Cole Porter, prenant la place de la guitare dans *Douce Georgette*, faisant un arrangement d'enfer sur *La Cigale* de Harry Cooper qui donne la bougeotte à toute la salle. « Où ont-ils été le chercher, celui-là ? » s'étonne Odette. Les clients peuvent demander à l'orchestre de jouer un morceau dédicacé à une personne en particulier, homme de sa vie, femme, amante, meilleur ami, etc. L'orchestre excelle dans ce jeu qui crée un lien très fort avec le public ; et le pianiste, comme on dit, ne fait pas dans l'économie de notes. Henri, timide, lève le bras et propose au quintette de donner sa version de *Josette*, et là encore c'est le pianiste qui, reprenant le rôle de l'accordéon de Gus Viseur, tire son épingle du jeu. Josette remercie gentiment Henri, mais elle est la seule à sentir que son sourire est un sourire de circonstance, une politesse. Le temps où elle vibrait sur ce grand succès du Swing Royal, qui lui avait donné son surnom, est révolu. Derrière son sourire se cache en réalité une forme d'indifférence. Josette se dit qu'Henri, le pauvre Henri, n'a rien compris, et a plusieurs métros de retard. La Josette d'aujourd'hui n'est plus celle qu'il a connue dans les dancings d'avant guerre, dans les discussions interminables de fin d'après-midi à la sortie du lycée, sur les bancs d'Henri-IV, sur les marches de l'église Sainte-Geneviève ou dans les cafés de la rue Soufflot. Et s'il voyait son visage passer de la stupéfaction à la joie puis à la tristesse lorsque, comme il est de tradition à La Désirade, la première partie du concert se termine par le choix musical de chaque musicien et que celui du pianiste est une reprise frémissante d'*Irène*, surtout lorsque le piano prend la relève du saxo, alors Henri comprendrait exactement ce qui se passe.

L'heure du premier break venu, Charlie rejoint ses amis, les embrasse les uns après les autres et s'assied :

— Épatant, non ! Épatant, le pianiste !

Un « oui » collectif fuse en guise de réponse. Tous veulent le connaître, le voir, discuter avec lui. Josette, le visage caché par ses mains, essuie ses larmes. Heureusement, personne ne s'est aperçu de rien. Ni de sa peine ni de ses tremblements. Très émue, elle tremble doucement des pieds à la tête. Si on lui demande ce qu'elle a, elle répondra qu'elle a froid. D'ailleurs, elle serait bien incapable d'expliquer pourquoi elle est dans cet état. Certes *Irène* est le morceau de Gerhard, mais tout de même. Il doit y avoir autre chose…

— Il a quelle tête, ton pianiste ? demande Odette.

Charlie rit aux éclats :

— Vous le connaissez déjà, dit-il en montrant la fameuse photo, là, au milieu des musiciens…

— Ton copain boche, merde alors ! dit Pierre, tandis que l'homme s'avance vers eux, arborant une formidable cravate bleu foncé, avec des dessins orange peints à la main : une cymbale, un saxo, des bras de chef avec une baguette…

— Le cadeau d'un ami américain, dit-il, s'apercevant que tous les yeux sont autant rivés sur lui que sur sa cravate.

— Gerhard Ganz, dit Charlie, officier de la Luftwaffe et pianiste « amateur »…

Josette médusée ne dit rien, incapable de toute façon de parler. Dans sa tête, les idées se bousculent : « J'espère que personne ne s'est aperçu de rien », « Il est encore vivant », « Il est revenu », « Il a joué *Irène*, pour moi sans doute ? », « Quand allons-nous nous revoir ? »… Les yeux embués, luttant pour ne pas trahir son trouble, Josette ne voit même pas que Gerhard a fini par rejoindre sa place sur l'estrade. Peut-être a-t-il senti le malaise qui était en train de s'installer et a-t-il préféré s'éclipser. « Merde, c'est un Allemand tout de même ! » ne cesse de répéter Jean. « Et en civil, en plus », ajoute Sarah…

Marie, qui a fini par abandonner son travail à l'hôtel de la rue Cels et malgré ses passages fréquents à « De jazz en jazz », l'émission de Sylvaine Pécheral sur la Radio nationale, a trouvé le moyen de dégager des moments de liberté pour chanter à La Désirade. Avant sa tournée dans le Nord et la Belgique avec l'orchestre d'Alix Combelle, elle a voulu faire à ses amis un cadeau de départ. Charlie lui fait signe. Le moment est venu, c'est à elle de passer.

Une main sur le piano, l'autre sur une hanche, rayonnante dans sa robe de scène lamée rose et bleu, elle se prépare à interpréter plusieurs standards d'Irène de Trébert et de Jacques Pills. Avant son mini-récital, elle envoie un baiser à Jean, ce qui n'échappe pas à Josette :

— Alors, vous vous êtes réconciliés ?

— Évidemment, répond Jean.

— En somme, tout va bien, dit Josette, regardant Jean droit dans les yeux.

— Oui, confirme Jean, le sourire au coin des lèvres.

Pendant que Marie minaude sur l'avant-dernière chanson, *Sérénade swing*, de Jacques Pills – « Lorsque tu reviendras / Si tu reviens un jour / Tu me retrouveras / Pleurant sur notre amour / Rien n'a changé depuis / Ton souvenir enfui / Voilà la la di, voilà la la la, voilà hou la » –, Henri ne cesse de regarder Josette qui en éprouve une sorte de gêne dont elle ne sait comment se dépêtrer. Heureusement, Marie qui est sur le point de terminer finit en apothéose, en reprenant une des chansons d'*Adieu Léonard*, film dans lequel joue et chante Charles Trenet :

— « Quand un facteur s'envole… s'envole… s'envole… / Il se sent tout léger, / Alors pour voyager en septembre, / Il choisit trois pincées d'ambre, d'ambre. »

Au tonnerre d'applaudissements se mêlent des rires qui explosent et conduisent à de nouveaux applaudissements. Comme à son habitude, Marie a changé les paroles de la chanson. Ce qui avait pu apparaître comme un défaut, au fil des semaines est devenu sa marque de fabrique. On attend ce moment avec impatience et on loue le génie de la chanteuse. À la place de « Alors pour voyager en septembre, / Il choisit trois pincées d'ambre, d'ambre » elle aurait dû dire : « Alors pour voyager au-dessus des platanes, / Il plane, il plane… »

— C'est un jeu entre nous, confie Marie à ses amis. Jean me demande de changer tel ou tel mot… Rigolo, non ?

Jean ne semble pas apprécier :

— Si tu trahis tous nos secrets, maintenant !

— C'est drôle, non ? répète Marie, satisfaite et heureuse.

— Non, arrête ! répond sèchement Jean qui ajoute : Tu devrais te consacrer à…

Personne ne saura ce à quoi Marie « devrait se consacrer ». Plusieurs soldats allemands, accompagnés de miliciens français, ont soudain investi le cabaret, fouillant dans tous les recoins comme s'ils cherchaient quelqu'un. Un silence terrible s'est abattu sur la pièce, plus personne n'ose bouger. Josette regarde Sarah, cachée derrière Pierre et Henri, dans la pénombre, biche aux abois qui peut d'un instant à l'autre tomber dans les filets des policiers. Lorsqu'ils aperçoivent Gerhard, les policiers changent de ton, semblent parlementer avec lui, blaguer, une conversation s'engage. Personne ne comprend ce qui se raconte mais visiblement ce que dit Gerhard apaise les hommes en armes qui sourient, plus détendus, et demandent à tout le monde de sortir sur-le-champ, de « filer », de « déguerpir », sans même vérifier les papiers contrairement au désir manifesté par les miliciens français. Puis Gerhard se remet derrière son piano, et pendant que les zazous quittent les lieux, joue des chansons à boire, des chants militaires, tous repris en chœur par les Allemands qui tapent des pieds et des mains.

Une fois rentrée chez elle, Josette se met à l'aise, retirant ses chaussures, puis sa veste. C'est à l'instant précis où elle allait poser cette dernière sur un cintre qu'un papier tombe de sa poche. Un petit papier blanc plié en quatre. Elle reconnaît immédiatement l'écriture de Gerhard : il lui donne rendez-vous le 3 septembre, à 9 heures du matin, à moins que l'heure ne lui convienne pas « mais pour lui c'est le plus simple », chez Eugène, avenue d'Orléans, tout près du magasin appelé Le Soldat laboureur. Il l'attendra jusqu'à 10 heures puis après partira.

La veille du rendez-vous, plusieurs groupes de zazous, émanant de groupes différents, dont ceux du Café Éva, après s'être retrouvés dans le bas de la rue Soufflot, avancent sur le boulevard Saint-Michel, distribuant un tract dans lequel ils appellent les candidats potentiels au STO à désobéir. À hauteur du Capoulade, un jeune homme, la gorge serrée, donne le signal de la descente du boulevard en criant : « Pas un homme pour Hitler ! » C'est une drôle de colonne de zazous qui s'avance à travers le boulevard. Certains passants semblent stupéfaits, quelques-uns les injurient, d'autres, les plus courageux sans doute, font mine de ne pas les voir. Alors que tout paraît se dérouler à peu près correctement, un groupe d'étudiants communistes du Quartier latin, disons une soixantaine de personnes, entrent en conflit direct avec le groupe de zazous. Et, bien qu'en nombre inférieur, ils n'hésitent pas à les fustiger. Leur action ne sert à rien, elle est puérile et inutile, sans impact politique ou économique. Mieux vaut l'arrêter sur-le-champ… Ce n'est évidemment pas l'avis des zazous. La bagarre semble inévitable. Rien n'y fait, ni l'intervention de Jean ni celle de Pierre. Le seul incident qui parvient à faire bouger les choses, c'est l'arrivée inopinée d'un officier allemand, en uniforme, qui sort un pistolet et vise la meute de garçons et de filles. Certains s'en souviendront toute leur vie, comme Sarah et Odette, de cette arme braquée sur elles. Noire, dure, presque irréelle dans la soudaineté de sa violence.

Le soir, avant de s'endormir, c'est à tout cela que pense Josette, et au rendez-vous du lendemain. Ils vont avoir tant de choses à se dire qu'elle ne sait par où commencer. Elle voudrait y réfléchir avant, utiliser une partie de la soirée et de la nuit à réfléchir, mais c'est inutile. Elle ne parvient ni à penser ni à dormir. Et le matin, alors qu'elle est prête à descendre à la station de métro Rennes, elle est si surprise par la vision de ce soldat allemand en armes, lequel, assis, se lève pour offrir sa place à un vieil homme qui arbore une étoile jaune sur la poitrine, qu'elle manque la station. Revenant sur ses pas, elle voyage en compagnie d'un groupe de jeunes doriotistes appartenant à la défense passive qui se vantent d'avoir arrêté deux Juifs qui circulaient pendant une alerte !

À la sortie du métro, une agitation inhabituelle s'est emparée du quartier. Elle n'a jamais vu autant de gens qui courent, la peur dans les yeux, portant pour certains sur leur dos une lourde couverture, ou dans leurs bras un enfant emmitouflé. Gerhard qui l'attend à la terrasse du café a tout juste le temps de l'appeler, de la prendre par la main et de redescendre avec elle là d'où elle vient. En vain, car la grille du métro est déjà fermée. Il faut se rendre à un autre abri. L'aviation alliée est en train, une nouvelle fois, de bombarder les usines Caudron-Renault du Point-du-Jour. Mais d'après ce qu'on raconte, un nombre assez conséquent de projectiles se sont éparpillés du pont d'Issy à la porte Molitor, et en d'autres endroits de la capitale. Les rumeurs les plus vagues circulent. Un grand nombre de bombes anglaises seraient tombées à Auteuil, rue de Rennes, rue du Cherche-Midi. D'énormes nuages noirs venus du sud et du sud-ouest de Paris sont en train de recouvrir la capitale. Des voitures de pompiers vont et viennent dans un bruit d'enfer. Une femme raconte qu'elle a failli être tuée rue du Départ, une autre qu'elle a vu une voisine recevoir une corniche sur la tête, d'autres qu'elles ont assisté à la chute d'un immeuble qui s'est effondré sous les bombes dans un immense nuage de poussière. C'est affreux, des barrages d'agents refluent tout le monde vers des abris dont bon nombre sont fermés. Gerhard et Josette courent dans Paris. C'est à ce jour une des attaques les plus sérieuses que les Alliés aient menées sur Paris et sa région.

La Flak n'a jamais été aussi intense. Il pleut littéralement des éclats d'obus. Bientôt il fait presque sombre, comme si une éclipse venait de se produire au-dessus de Paris. À tel point que les avions lancent des parachutes éclairants. Josette a l'impression que certains vont se poser tout près d'elle et qu'elle aurait presque envie de courir après eux, comme une enfant. Sa tête est lourde, comme si elle avait bu, comme si le dieu qui la protégeait aujourd'hui était celui des ivrognes. Après le passage de la meute et son bruit d'enfer, de temps en temps un avion solitaire vrombit dans le ciel, tournant au-dessus des toits jusqu'à ce qu'une énorme explosion, on ne sait trop où, au loin, indique qu'un avion allié s'est écrasé. Quand ils finissent par trouver une place dans un abri, l'alerte redouble et des bruits sourds et lointains ébranlent le sol.

Blottis l'un contre l'autre, ils finissent par s'endormir, épuisés par la tension, et malgré tout la peur. Combien de temps passent-ils ainsi l'un contre l'autre, aucun des deux ne peut le dire, mais ce qu'ils savent avec certitude c'est que ces instants resteront à jamais gravés dans leur mémoire. Un moment étrange tout de même. Très difficile à définir. Riche et fugace. L'un contre l'autre, main dans la main. Malgré les apparences, un rendez-vous qui est tout sauf manqué. À aucun moment Josette n'a éprouvé la moindre frayeur. La main qui tenait la sienne était ferme, ne tremblait pas. Ce n'était pas celle d'un soldat allemand occupant le sol français, mais celle d'un jeune homme à qui, en d'autres circonstances, elle aurait eu tant de choses à dire, tant de secrets à confier. Et puis, personne ne s'est aperçu que Gerhard est un soldat allemand. En civil, il passe partout incognito. Josette finit par regarder sa montre. C'est la première fois de la journée. 19 heures ! Elle s'y reprend à deux fois : 19 heures ! Dire « comme le temps a passé vite » est une absurdité. Bien qu'ils aient dormi, le temps qui a passé est un temps plein, chargé, vécu sans qu'une seconde de ce temps ne se soit perdue dans l'inutilité.

Dans une heure elle doit rejoindre ses amis au Café Éva.

C'est la fin de l'alerte. Un homme à côté d'elle

grommelle dans sa barbe : « Si seulement c'était le prélude de leur fameux débarquement ! Oh ! qu'ils en finissent ! » Et lorsque tout le monde se lève et sort de l'abri, un enfant lance à Gerhard et à Josette :

— Ah les amoureux, ah les amoureux !

40

— Où étais-tu ?

C'est la question que tout le monde se pose. Et qui veut dire : « Où étais-tu pendant le bombardement ? » Aujourd'hui, le café est fermé, le rideau baissé, sauf pour les zazous de la petite bande. Une bande réduite puisque Marie est en tournée et que Pierre est bloqué à Ville-d'Avray. Autre absente, Sarah, à qui Odette avait interdit de sortir et qui n'est pas réapparue de la journée. « Elle viendra nous rejoindre ici, je suppose », suggère Lucienne. En réalité, Odette est furieuse. « Si ça continue, je vais l'attacher ! » lance-t-elle. Ce qui déclenche un fou rire général, sauf chez elle qui, au contraire, éclate en sanglots : « Et si elle ne revenait pas, hein ! Si un jour elle était arrêtée ! »

— Je croyais que la soirée devait être consacrée au swing, dit Jo. Ça m'a l'air mal parti ! Ce n'était pas la peine que je ferme mon tripot !

— Peut-être est-ce un mauvais jour, dit Lucienne.

— Il faut dire qu'avec le bombardement de ce matin…, fait remarquer Charlie.

Très vite une atmosphère des plus moroses s'empare du groupe. Les disques lancés par Jo ne déclenchent aucune danse, aucun sourire. Tout est pesant, lourd. Il y a bien longtemps que le groupe n'a pas été aussi déprimé et amorphe. Seule Josette, bizarrement, se sent heureuse, comme jamais elle ne l'a été. Si elle racontait cela à ses amis, ils la prendraient pour une folle : elle a passé la journée à courir sous les bombes puis à se réfugier dans une station de métro transformée en abri et elle se dit heureuse !

Voyant que rien ne peut alléger l'atmosphère, Jo propose d'écouter Radio-Londres, « au moins on ne perdra pas totalement son temps ! ». Toutes portes fermées, stores baissés, tous rassemblés autour du gros poste verni, la transmission peut commencer. Ce soir c'est Fernand Grenier, représentant des communistes auprès de la France libre, qui parle. Le ton est solennel, grave, plus grave que d'ordinaire. Et la voix malgré le brouillage laisse passer une très grande émotion :

« Chers auditeurs, le document que je vais vous lire, dans son intégralité, est un document exceptionnel. Depuis le 17 août 1943, nous savions qu'il existait en Allemagne des camps d'extermination, nous savions que des trains partaient, qui ne revenaient jamais, et dont nous ignorions la destination. Un témoignage, anonyme, nous est parvenu, celui d'un homme qui a réussi à s'évader d'un de ces camps, celui d'Auschwitz, situé en Haute-Silésie, à trente kilomètres de Katowice... »

Autour du poste de TSF, des respirations se sont arrêtées, d'autres au contraire se sont accélérées. Ce que rapporte le speaker est effroyable. C'est une certitude, plusieurs milliers de déportés se trouvent parqués dans ce camp. Parmi eux des Français transférés des camps de Drancy, de Compiègne, de Pithiviers, de Beaune-la-Rolande. Les prisonniers vivent dans des baraquements non chauffés, dormant à trois cents par bloc sur des paillasses, ayant pour tout vêtement un habit de bagnard et portant tous tatoué au bras un numéro matricule. Trois points d'eau et une seule fosse d'aisances pour cinq cents internés. Réveil chaque matin à 3 heures pour quatorze heures de travail par jour. Quant à la nourriture, elle se limite à une gamelle d'eau chaude pour sept, une soupe de rutabagas à midi et le soir, cent grammes de pain avec un peu de margarine. Il est interdit de posséder un gobelet et les livres de prières sont prohibés.

C'est la première fois que les zazous se sentent aussi soudés, aussi proches dans le malheur. C'est comme si, à mesure que le lecteur avançait dans sa lecture, ils devenaient chaque seconde plus vieux, comme s'ils sentaient venir peser sur leurs épaules le poids des ans.

« Les malades qui ne peuvent plus se lever sont isolés, privés de nourriture jusqu'à la mort. Trois cents malheureux meurent chaque mois, soit dix par jour – qui sont aussitôt incinérés dans un four crématoire. »

Les zazous se regardent, le visage fermé, incapables de prononcer une parole, les yeux rougis. Seul le bras du tourne-disque venant inlassablement frapper contre l'axe central rompt le silence qui règne dans la pièce.

« Depuis juillet, le SS Brunner, qui a pris la direction de Drancy, a mis en place un système de triage, qu'il faut tant que faire se peut enrayer. Il a décidé de faire arrêter tous les malades étrangers alités à l'hôpital Rothschild, tous les vieillards et les enfants hébergés jusque-là dans des établissements dirigés par des organisations juives, et nombre de prisonniers détenus dans les camps annexes : Austerlitz, Lévitan, Bassano. Français, secourez vos compatriotes israélites en danger d'être déportés. Aidez-les dans leur fuite. Hébergez les enfants que l'Allemand veut arracher à leurs parents. Français, les "camps de travail à l'Ouest" sont en réalité des camps d'extermination ! »

Il faut de longues minutes avant qu'un semblant de normalité ne reprenne le pas sur l'horreur qui vient d'être décrite. Josette, tout à coup, s'est vue replongée dans l'enfer de Drancy. Elle revoit des visages, elle entend des voix qu'elle croyait avoir oubliées, la grimace amusée de tel enfant, le sourire teinté de mélancolie de tel vieillard. Évidemment, chacun a nourri ce discours de son expérience personnelle, de ses attentes, de ses angoisses, mais ce qui les rassemble tous, c'est Sarah. Comment faire pour protéger encore plus efficacement cette petite écervelée qui n'a toujours pas rejoint le Café Éva comme on pensait qu'elle allait le faire ! Peut-être tout simplement a-t-elle regagné l'appartement d'Odette ?

— Je suis morte de trouille, dit cette dernière les yeux rougis par les larmes. Quand tu entends toutes ces horreurs…

Au sein du groupe une colère profonde sourd. L'atrocité des nouvelles entendues à Radio-Londres en a détruit les membres au plus profond, c'est comme un morceau d'eux-mêmes qui vient d'être brisé.

— Ce sont des types comme le pianiste qui font ces saloperies, finit par dire Jean.

— Ce sont les pires. De grands sourires, des paroles sympathiques, et direction les prisons ou les camps, je hais ces Boches, ajoute Lucienne.

— Il faudrait que la Résistance s'occupe de tous ces cochons et les saigne, dit Henri, la mâchoire serrée, les poings fermés, ajoutant : À toi de jouer, Charlie !

— Ce n'est pas si simple…

— Oh que si, réplique Jean. Un coup de couteau bien placé. Une balle au bon endroit ! Après tout ce qu'on vient d'entendre, que te faut-il de plus !

— On a besoin de lui…

— Pourquoi ? Pour le marché noir ? Pour continuer à boire du champagne, à bouffer du sanglier, à jouer devant des Boches avinés ? Tout ça me dégoûte !

— Et quand je pense qu'il y a des salopes qui couchent avec eux ! dit Odette. La prochaine fois que j'en croise une, je lui mets ma main dans la figure !

— Alors, tu me réponds, Charlie ? insiste Henri.

— Disons qu'on a besoin de lui pour « certaines choses »…

— Lesquelles, merde ? Tu peux me dire lesquelles ?

— Il n'est pas bon de tout dire, parfois…

— Je ne comprends pas ton calme. Vraiment, je suis dépassé. Dis-moi, au moins, quand ces « certaines choses » seront finies, vous le laisserez à la Résistance ?

— C'est une solution, répond Charlie comme malgré lui.

— Mais dans cette hypothèse…, reprend Henri qui ne peut aller jusqu'au bout de son raisonnement.

— Ça suffit, se met à crier Josette. Ça suffit ! Sarah est introuvable, peut-être en route vers un de ces affreux camps et vous vous chamaillez pour savoir s'il faut tuer le pianiste, et où, et comment ! Merde on n'a pas autre chose à faire !

41

Dans Paris en guerre, la guerre a pris une nouvelle dimension. Les destructions du bombardement d'hier sont visibles. D'importants dégâts ont endommagé les rues du Cherche-Midi, de Rennes, de Saint-Placide. Rue de Rivoli, à la hauteur des magasins du Louvre, plusieurs bâtiments ont brûlé. Rue Saint-Honoré, derrière un cordon d'agents de police, Josette fait partie de la foule qui observe les débris d'un énorme avion gisant au milieu de la chaussée. Cinq aviateurs, dit-on, abattus par la DCA, ont trouvé la mort. Un peu partout : des restes du fuselage, du train d'atterrissage, de la carlingue. Un sixième cadavre a été repéré dans la cour du Louvre, parmi des débris d'ailes, celui d'un parachutiste, au pied de la statue de Gérôme, représenté en train de sculpter des gladiateurs.

Dans Paris en guerre, la guerre a pris une nouvelle dimension. Les Allemands assassinent tous les jours à Fresnes, des condamnés à mort, des otages, des résistants, des innocents. On dit que les prisonniers y ont cassé toutes les vitres de leurs cellules. Ainsi, chaque matin, les victimes marchant vers le peloton d'exécution entendent *La Marseillaise* ou *Le Chant du départ*. On torture. On fusille. Le cycle est infernal. 9 septembre : une grenade est lancée dans la permanence doriotiste de la rue Lamarck. 28 septembre : le colonel SS Julius Ritter, chef du STO en France, est exécuté par la Résistance. 6 octobre : première réplique allemande, neuf FTP et un militant chrétien des JOC sont exécutés. 23 octobre : deuxième réplique allemande, trois FTP sont fusillés. Quatre jours plus tard, un convoi allemand qui se dirigeait vers la gare du Nord est attaqué à la grenade.

Dans Paris en guerre, la guerre a pris une nouvelle dimension. Les rafales de mitraillettes, le bruit des bombes qui explosent sont désormais monnaie courante, parfois, des voitures de prisonniers qui sillonnent les rues de la capitale emportant leur chargement vers la Santé ou Fresnes, montent des chants patriotiques. Alors, les passants s'arrêtent et regardent les funèbres véhicules, poings serrés dans leurs poches. Quant aux jeunesses fascistes, elles sont de plus en plus virulentes. Devant le refus du gouvernement de Vichy de les autoriser à porter des armes et l'interdiction allemande de les laisser défiler, plusieurs centaines de jeunes de dix à seize ans des Jeunesses nationales populaires, rejoints par les jeunes francistes, les jeunes de la LVF et par les groupes d'action et les corps francs, ont remonté les Champs-Élysées, en s'en prenant aux passants qui ne manifestaient pas à leur égard de sympathie suffisante et évidemment ont saccagé au passage les cafés fréquentés par les « petits swings ».

Dans Paris en guerre, celui de l'automne 1943, les tensions au sein des zazous du Café Éva sont bien présentes. On reproche une nouvelle fois à Marie son manque de discernement, et d'avoir accepté de chanter au Gaumont-Palace, lors du troisième gala de l'Amicale des familles des travailleurs français en Allemagne. On met en garde Charlie : La Désirade n'est-elle pas en train de devenir un repaire de collaborateurs et de nazis ? De leur côté, Pierre et Jean ne se sont jamais autant chamaillés et leurs discussions sont de plus en plus virulentes. Lucienne se dit fatiguée par toute cette désespérance, cette morosité, sa belle frivolité semble un obstacle fragile à opposer au sang et à la fureur. Henri même s'y met, Henri l'effacé, le timide, qui finit par se demander s'il n'était pas mieux au stalag XIII qu'au milieu de ses copains ! Quant à Josette, elle se sent de plus en plus tiraillée entre la nécessité de rester soudée au groupe et son attirance pour Gerhard qu'elle ne maîtrise pas, qui parfois lui fait honte. Dans ce Paris en guerre, comment peut-elle être tombée amoureuse d'un Allemand, car c'est bien de cela qu'il s'agit ? Un Allemand, certes différent des autres, empêtré dans ses contradictions, mais incapable d'aller jusqu'au bout de ses convictions et de déserter.

Une question, une seule, les réunit tous : la disparition de Sarah. Cela ne fait plus aucun doute : Sarah a bel et bien disparu et ne reviendra pas avenue de Serbie chez Odette. Dans les milieux juifs, un bruit court : ils devraient tous être arrêtés avant le 1er janvier. Ce n'est peut-être qu'une rumeur mais elle n'est guère rassurante. Déjà, peu de temps avant sa disparition, Sarah avait dit : « J'ai l'impression que nous sommes les derniers, que nous ne passerons pas entre les mailles du filet. Il ne reste vraiment plus beaucoup de Juifs à Paris. Et comme maintenant, ce sont les Allemands qui se chargent des arrestations, on ne sera pas prévenus, et je ne vois pas comment nous pourrions nous échapper… »

Odette, qui a fini par confesser l'amour qu'elle portait à Sarah, et par révéler que cette passion était partagée, voit ses espoirs baisser de jour en jour. Elle est allée partout, a frappé à toutes les portes. À l'hospice de la rue de Picpus et à celui de la rue Lamblardie, devenus des sortes de lieux d'internement provisoires, tout comme l'hôpital Rothschild. Au camp d'Austerlitz, situé boulevard de la Gare, où quatre cents prisonniers remplissent des wagons en partance pour l'Allemagne de marchandises pillées dans les appartements hier encore occupés par des Juifs. Au local de l'UGIF, rue Claude-Bernard, parce que les bagages abandonnés par les déportés de Drancy qui y sont regroupés y sont triés par des hommes et des femmes venus de ce même camp. Au camp Bassano, en plein cœur des Champs-Élysées, près des boutiques de mode et des grands restaurants, des boutiques de produits fins, des parfumeries. Au camp de Saint-Denis, avant qu'elle ait compris qu'il ne recevait que des internés venant de Vittel et ayant transité par Drancy. Elle s'est plongée dans la toile d'araignée des camps de Paris et de ses environs. Elle s'est même rendue au camp Lévitan, installé dans les entrepôts et les six étages du magasin de meubles, situé au 85, rue du Faubourg-Saint-Martin. Là, des Juifs « favorisés » parce que ce sont des « conjoints d'Aryens », mettent en caisses les objets volés par les Allemands dans les appartements juifs et destinés aux collectionneurs nazis. Odette a pu y rentrer quelques minutes, elle se demande encore comment. Ce qu'elle a vu l'a terrassée : deux cents hommes et femmes, mélangés dans une même salle avec un seul lavabo, sans lieu d'aisances, tous dormant à même le sol, dépouillés à jamais de toute dignité, de toute pudeur – en sursis, avant Drancy.

— Et Drancy, justement ? demande Josette.

— C'est devenu très compliqué d'avoir des renseignements depuis qu'un tunnel d'une quarantaine de mètres de long, destiné à une fuite massive de détenus, a été découvert. Les Allemands sont plus que jamais sur leurs gardes. Plus rien ne bouge.

Josette se souvient avec douleur :

— Certains gendarmes, parfois... aux portes d'entrée... Ce ne sont pas tous des sales types... J'en ai vu pleurer...

— La seule nouvelle que j'ai pu glaner m'a glacé le sang : après chaque bombardement, on prend des détenus pour aller enlever les bombes à retardement restées au sol. Lors du dernier à Noisy-le-Sec, sur les quarante désignés d'office, au retour, dix hommes et cinq femmes manquaient à l'appel : ils avaient sauté sur des bombes.

— J'ai entendu dire que certains ont profité de la panique pour s'évader…

— Si Sarah était détenue à Drancy et avait été réquisitionnée pour aller à Noisy-le-Sec et s'était évadée, on aurait des nouvelles, non ?

— Je ne sais pas…

— Tu ne sais pas, tu ne sais pas ! Moi je sais : ou elle a sauté sur une bombe ou elle est encore à Drancy ! Si ça continue, je vais finir par entrer aux Jeunesses nationales populaires, peut-être que je pourrais retrouver Sarah plus facilement !

— Les JNP ! Ne dis pas de bêtises, répond Josette en levant les yeux au ciel.

— Ou par postuler pour devenir « interprète » à la Gestapo. Il y a beaucoup de jeunes Françaises qui y travaillent !

— Tu parles allemand ?

Odette éclate d'un rire sans joie :

— Non !

Il n'y a pas de hasard dans le gouvernement des choses humaines. Tout est épreuve, punition, récompense, prévoyance, et en ce jour brumeux d'octobre, quelques jours après la discussion avec

Odette, Josette, assise à une des tables du Cactus, le bar qui fait face au cinéma Max-Linder, assiste à un spectacle auquel elle ne s'attendait pas mais qui, se dit-elle, devait sans doute arriver ce jour-là. Filles et garçons des JNP qui viennent de participer à un meeting sortent en grappe de la salle de cinéma, bras dessus bras dessous, tous vêtus d'une chemise bleue avec sur la manche gauche un brassard rouge frappé du gamma bleu dans un losange blanc. Certains, au moment de se séparer, font le salut fasciste, bras tendu ; des membres des Jeunesses populaires françaises, invités à leur réunion, leur répondent : bras cassé, la paume dans l'axe du bras et les doigts écartés. Ce serait presque risible si cela n'induisait pas chez l'observatrice un immense sentiment de tristesse. Très vite recouvert par de la surprise. Une surprise intense, électrique, de celles dont on se dit qu'on se trouve dans une autre dimension que la réalité. Ailleurs, on ne sait pas trop où. Josette voudrait pouvoir s'être trompée. Ce qu'elle éprouve est au-delà du mauvais rêve. Odette, oui, Odette est en train de sortir, elle aussi, du Max-Linder et se dirige vers le café où Josette boit un bol de chicorée en lisant un numéro de *La Gerbe* qui traînait sur la table, et dans lequel un article s'attaque à l'acteur Georges Marchal et bien entendu aux zazous : « Pourquoi diable cette coiffure typiquement "zazoue" ? Il y a là une dangereuse concession au goût passager de certaine clientèle. Nous sommes trop habitués à rencontrer cette chevelure non pas sur les Chantiers où travaille notre belle et saine jeunesse de France, mais au Saint-James, au sous-sol du Colisée, ou dans ce repaire de Juifs qu'est le Café Éva. »

Quelle trame secrète du destin a fait que les deux amies se rencontrent ici, aujourd'hui ? Josette n'avait pas vraiment grand-chose à faire dans ce quartier et il n'était pas prévu qu'Odette rentre dans ce café ! Cette dernière porte la fameuse chemise bleue des JNP, avec sur la manche gauche un brassard rouge :

— Il n'y avait pas d'autre solution, Josette !

— Tu es malade, Odette !

— Je ne peux pas vivre sans elle, Josette, tu peux comprendre ça !

— Mais enfin, ce n'est pas en t'habillant avec cet uniforme ridicule que tu vas la retrouver plus facilement !

— Les jeunes filles du mouvement consacrent leurs activités au secourisme, à l'assistance des populations bombardées, au sport, à la dispense de cours d'allemand, à la correspondance avec des prisonniers français…

— Et Sarah dans tout ça ?

— Elles peuvent intervenir comme infirmières dans les camps, à Drancy notamment.

— Tu n'as qu'à coucher avec une « souris grise » !

— Ça te va bien de dire ça !

Josette qui finissait son bol de chicorée manque d'en renverser le contenu sur la table :

— Pourquoi tu dis ça ?

— Et toi, avec ton Boche, qu'est-ce que tu fais ?
— « Mon Boche » ?
— Tu crois que ça ne se voit pas, que ça ne se sait pas ?
— Tous ceux de la bande savent que… ?
— Eux non, mais moi oui. Tu crois qu'une femme amoureuse ne sent pas quand une autre femme est amoureuse ?
— Je ne suis pas amoureuse de Gerhard.
— Il s'appelle donc « Gerhard »…
— Oui. Enfin non. Enfin…
— Tu as couché avec lui ?
— Non, évidemment !
— Bon, alors que fait-on maintenant ?
Odette pose la bonne question. Cette mascarade a un prix. Personne ne doit savoir qu'elle a intégré les JNP. Cela est-il possible ? Certes aujourd'hui tout le monde porte des masques, mais tout de même, celui-ci est lourd, difficile à dissimuler.
— J'ai fait une ânerie ? dit Odette, qui donne elle-même la réponse à sa question.
Mais que pouvait-elle faire d'autre, elle l'amoureuse ? Josette la soutiendra. C'est son rôle dans le groupe, elle soutient tout le monde. Tout le monde vient se faire consoler dans son giron, et elle doit résoudre ses problèmes elle-même. Personne n'est là pour l'aider. Même Odette, au fond, qui n'a rien compris de la relation entre Josette et le soldat allemand. Enfin, le 26 octobre, toute la bande doit se retrouver à La Désirade pour y écouter Marie dans

un nouveau spectacle. Mais d'ici là, Josette a rendez-vous avec Gerhard dans le parc Montsouris tout près du kiosque situé en face du Chalet, le restaurant qui se trouve au bord du lac.

42

Assise sur un banc au côté de Gerhard, Josette assiste à une scène que ce dernier lui traduit. Deux soldats allemands, très jeunes, plutôt éméchés, discutent de leur vie, de leur avenir. Ce sont des fils d'ouvriers qui parlent avec haine des hitlériens. « La guerre, c'est l'horreur », disent-ils. Ils reviennent de l'Est. Ils parlent du froid, du désespoir, avec des mots nus, secs, sans larmes. Ils disent qu'ils n'ont sans doute plus que quelques mois à vivre. Qu'ils mourront sous les balles des résistants français ou fusillés par les nazis. Ils sont vraiment très soûls et finissent par beugler un chant que Gerhard traduit :

— « Le pouvoir de Hitler peut nous écraser
Et nous garder enchaînés
Mais un jour nous briserons ces chaînes
On sera libres à nouveau
Nous avons les poings pour nous battre
Les couteaux que nous sortirons
Nous voulons la liberté, pas vrai les gars ? »

Toutes les fois où ils s'arrêtent pour ouvrir une

nouvelle bouteille de bière, les deux soldats répètent que plus personne ne doute désormais de la victoire finale des « Alliés ».

— Ce sont mes frères, dit Gerhard.

— Tu es communiste ? demande Josette.

— Non, mais je les comprends. Ils ont raison. On va tous y rester, dans cette mauvaise guerre. Récemment, on m'a raconté qu'un type de la Gestapo avait demandé aux gens chez qui il logeait s'ils pourraient prendre sa femme et sa fille sous leur protection si un jour ça tournait mal pour lui !

Avant de partir en titubant, les deux soldats lancent à la cantonade : « *Die Weisse Rose.* » Puis tout retombe dans le silence du parc. Josette n'ose demander à Gerhard le sens de ces mots.

Après une longue attente, une longue hésitation, Josette prend la parole et parle à Gerhard, ose parler à Gerhard, de Sarah. Celui-ci montre une réelle émotion, très touché par la confiance qu'elle lui témoigne : « Je suis un Allemand, un Boche ! — Et alors, idiot ! » répond Josette. Gerhard est très inquiet. En réalité, que peut-il faire ? La Gestapo est partout, à commencer par l'ambassade d'Allemagne où il travaille, et la Wehrmacht comme la Luftwaffe sont impuissantes. Les camps, les déportations, c'est la chasse gardée des hommes en noir, des « têtes de mort » comme il les appelle. Mais il va quand même voir. Il va essayer. Même si, comme il dit, « *Ich riskiere mein Kopf* », il risque sa tête… De toute façon, ils se retrouveront le 26 à La Désirade.

— Tu viendras ?
— Oui, normalement, oui.
— Tu joueras du piano ?
— J'espère bien !

Heureuse, Josette tape dans ses mains, comme une petite fille qui applaudirait. Une femme, recouverte de voiles de veuve jusqu'aux genoux, passant près du banc où ils sont assis, lui lance :

— Espèce de putain qui couche avec un Chleuh !

L'eau de la piscine de La Désirade est rouge comme le ciel au-dessus des toits du côté du ministère de l'Air, là où l'armée allemande a établi son cantonnement, là où dit-on des poteaux d'exécution ont été dressés dans les caves, là où un incendie a éclaté en début de journée. Un ciel très rouge, pour une journée très froide.

Après avoir fait rire toute la salle en reprenant *Je cherche un millionnaire* de Mistinguett, mais en précisant « Je cherche surtout un peu de charbon et un bon gigot », Marie revient à son tour de chant habituel constitué de rythmes swing, comme *Mettez-vous dans l'ambiance* de Johnny Hess ou *Au quatrième top* d'Irène de Trébert, avant de faire langoureusement danser les clients de La Désirade sur *Sérénade swing* de Jacques Pills, dont elle modifie à nouveau les paroles :

— « Lorsque tu reviendras,
Si tu reviens un jour

Tu ne retrouveras
Plus rien de notre amour
Comme si n'existait plus
La salle des pas perdus. »

Comme il l'avait laissé entendre à Josette, Gerhard est au piano. C'est une drôle de session, l'orchestre donne une prestation quelque peu empruntée. Gerhard semble jouer comme s'il se demandait ce qu'il fait là au milieu de ces Français, lui qui est allemand. Quant à Marie, elle n'a pas la légèreté habituelle, l'insolence joyeuse qui la rendent si désirable. Dans la salle règne une drôle d'atmosphère, moins festive que d'habitude. Est-ce la présence de l'incendie voisin, ou cette fin d'année qui n'en finit pas, une fatigue, un ennui qui s'installe ? Depuis quelques semaines, la police allemande a fait fermer de nombreuses boîtes de nuit, cabarets, et autres restaurants soupçonnés regorger d'agents de la Résistance et de la France libre. Après plusieurs bouchons de la rue des Canettes, et d'autres quai de la Mégisserie, c'est au tour de La Palette, boulevard du Montparnasse, où Picasso parfois vient prendre ses repas, et du Catalan, rue des Grands-Augustins, où les bons jours on sert de la choucroute, de connaître la dure loi de la fermeture autoritaire. Après tout, rien ne dit que La Désirade ne sera pas un jour frappée par une telle décision…

Ce soir, « jour sans » dont le patron n'a que faire puisqu'il grille à la perfection pour ceux et celles qui le demandent d'onctueux chateaubriands, les vrais gin-Turin – on en sert dans les cafés parisiens des « faux » – circulent de table en table, tout comme le champagne, sans restriction aucune. Aussi, quand les contrôleurs du ravitaillement font leur apparition dans l'établissement, ce n'est point tant les alcools que les assiettes chargées de lourdes tranches de viande qui les font sourciller. Mais tous les clients l'ont compris, cette intrusion bruyante, tapageuse, n'est sans doute qu'un prétexte. Josette, dont on se demande si elle n'est pas parfois un peu sorcière, avait bien senti que quelque chose, ce soir, se tramait. En somme, elle avait un mauvais pressentiment qui prend une nouvelle ampleur quand surgissent soudain plusieurs dizaines de SS qui prennent les choses en main. Pour eux, peu leur importent le vin, la viande, l'orchestre swing, ils recherchent autre chose, veulent autre chose. Il semblerait que des membres de la Résistance aient investi les lieux, que « La Désirable », comme le crie l'officier, soit « une cachette pour eux ». Josette et les autres se regardent, s'épient. Alors, qui est collaborateur, qui est résistant ?

Après avoir expliqué que de toute façon l'établissement sera fermé jusqu'à nouvel ordre, les SS alignent tous les clients et membres du personnel autour de la piscine et commencent à procéder à la vérification des identités. Charlie a de faux papiers, Jean a oublié les siens ; beaucoup de membres de la bande ont dans l'esprit la recrudescence d'arrestations d'adolescents à peine sortis de l'enfance ; quant à Gerhard qui sert en principe de paratonnerre, ses arguments ne semblent, cette fois, n'avoir aucun poids. Il a beau expliquer que tout est conforme et qu'il ne jouerait pas dans un cabaret ayant la moindre connivence avec la Résistance, les SS n'écoutent rien de ce qu'il avance. Pire, lorsqu'un serveur qui manque de renverser son plateau tente de se rattraper à une table avec des gestes si ambigus qu'on peut avoir l'impression qu'il sort une arme, il est abattu d'une balle en plein front.

Chacun comprend que le piège est en train de se refermer et qu'il faudrait un miracle pour que certains ne subissent pas le sort du malheureux serveur ou ne soient pas jetés dans un train en partance pour l'Allemagne. Et le miracle arrive : une énorme alerte crée une panique terrible qui fait exploser le dispositif rigide mis en place par la Gestapo. La lumière s'éteint brusquement, des coups pleuvent, des cris sont poussés, des corps tombent à l'eau, quelques coups de feu retentissent au milieu d'injonctions en allemand, le tout bientôt recouvert par un immense bourdonnement venant de l'extérieur, et qu'on imagine être celui des forteresses volantes et des chasseurs de la RAF en train de survoler Paris. La lumière parfois réapparaît quelques secondes. Avant que le noir complet ne revienne, Charlie, qui connaît les lieux mieux que personne, a pu montrer à ses amis la direction de la sortie de secours, en passant par les cuisines, qui va les mener à l'extérieur, à l'opposé du boulevard Victor. En quittant la grande salle, Josette a juste le temps de voir l'eau de la piscine : noire comme un ciel d'orage.

Le lendemain de leur fuite, aucun des membres de la bande du Café Éva ne sort de chez soi. Par mesure de prudence et parce que Paris est de nouveau sous le coup d'un couvre-feu général. Personne jusqu'à nouvel ordre n'a l'autorisation de circuler. Ni en métro, ni en voiture, ni à vélo, ni même à pied. L'aviation alliée a encore bombardé les dépôts de munitions et de matériels roulants de la Wehrmacht situés en banlieue parisienne, mais surtout un attentat perpétré dans la salle des pas perdus de la gare Saint-Lazare a fait de nombreuses victimes parmi les militaires allemands qui s'y étaient rassemblés avant de repartir chez eux pour quelques jours de permission. Ces soldats avaient entre dix-huit et vingt ans.

La seule à pouvoir circuler, c'est Odette. Grâce à son nouveau statut. La première chose qu'elle dit à Josette, lorsque celle-ci lui ouvre la porte, c'est qu'il fait un froid de chien, que le nouvel hiver commence, et qu'avec 4 degrés cela devient difficile de chauffer les appartements.

— Tu es venue me parler du temps ? demande Josette.

Odette, vexée, est prête à repartir, puis se ravise. Tout ça est tellement dur à vivre. Ce froid dans les rues. Ce froid dans les cœurs. Toute leur innocence perdue qui ne reviendra jamais. Pour éviter de partir en Allemagne, dans ce que Radio-Londres appelle « les bagnes industriels d'outre-Rhin », certains jeunes étudiants vont travailler dans les mines où les embauchent des patrons patriotes, ou dans les bois comme bûcherons, bien conscients que ce ne sont que des solutions provisoires.

— Nous vivons dans une longue attente, vraiment au jour le jour, dit Josette, qui ajoute : Qu'allons-nous devenir ? Et toi, Odette, que vas-tu faire ?

Odette regarde longuement ses pieds, plisse sa jupe comme si elle la repassait indéfiniment, et ses yeux se remplissent de larmes :

— Je ne sais pas. Sarah me manque tellement. Et j'ai… j'ai tellement honte de cet uniforme. Si tu savais, les réunions, les mots d'ordre, la bêtise immonde de ces gens… et tous ces adolescents, ces enfants, certains ont tout juste dix ans, qui pensent que ce qu'ils font, ce qu'on leur demande de faire, est du côté du bien…

— Et Sarah, tu n'as pas avancé ?

Odette ne répond pas à la question, et préfère parler du passé. C'était mieux avant tout ça, avant la disparition de Sarah. Ce matin, elle a effacé plusieurs lettres sur une affiche datant du début de l'Occupation, remplaçant *Rauchen verboten* par *Ra.c.e. ver..te.*

— Tu sais, malgré tout ce qui arrive, malgré Sarah, il faut continuer d'être zazous. C'est le meilleur moyen qu'elle revienne. Ne pas arrêter de vivre. Ne serait-ce que pour elle !

— Et ton uniforme ?

— Je ne le mets que pour les rassemblements, les défilés, ou quand je vais à la pêche aux renseignements pour la retrouver.

— Et à la boulangerie ?

— Certainement pas. Je me ferais lyncher – par les clientes, par ma patronne, par moi-même si je me regarde dans une glace…

C'est comme si les mots d'Odette avaient libéré le groupe du poids qui pèse sur lui. La meilleure façon de faire vivre Sarah, de se dire qu'elle vit encore, car c'est évident, elle vit encore quelque part, c'est de s'amuser comme si elle était là, et de ne rien renier de ce que Pierre appelle « notre être zazou ».

La première opportunité ne se fait guère attendre. Henri-Georges Clouzot, qui avait l'an passé donné au public son formidable *L'assassin habite au 21*, a tourné un nouveau film dont la campagne publicitaire, immédiatement interdite par la Gestapo, laisse supposer qu'il s'agit d'un grand film : *Le Corbeau*. Son sujet, tel que l'évoquaient les affiches aujourd'hui arrachées : « Le crime de l'époque : la lettre anonyme ! » Lucienne a raison : « On vit une époque de fous ! Comment la censure a-t-elle pu laisser passer un film qui dénonce de façon aussi accablante ce que Vichy encense : la dénonciation anonyme ! » Chaque fois que le metteur en scène fait un plan sur la lettre, écrite, cachetée, glissée dans la boîte, les zazous font « Ouh ! Ouh ! » accompagnés par quelques autres tandis qu'un certain nombre de spectateurs demandent en vain le silence. Résultat : capharnaüm assuré, lumières rallumées, désordre, mission remplie.

Quinze jours plus tard, c'est au tour de Cocteau de proposer sur les écrans *L'Éternel Retour*. Jean, le cinéphile, fait partager sa réflexion à ses amis : « C'est une évidence, dans cette France pourrie, le cinéma ne s'est jamais aussi bien porté. Que de grands films en si peu de temps. » Et il ajoute, sur un drôle de ton, en prenant un drôle d'air : « Si je sors vivant de cette foutue guerre, il faudra que je réfléchisse à tout ça. La vitalité du théâtre, le cinéma, la publication de certains livres. C'est curieux tout de même. Moi je me pose des questions. Et vous ? » Évidemment, Jean ne reçoit aucune réponse. On est là pour s'amuser, pas pour penser. C'est le message de la soirée. « Tais-toi, dit Lucienne, tous les garçons vont tomber amoureux de Madeleine Sologne et toutes les filles de Jean Marais, c'est tout ! »

Dans les jours qui suivent on ne parle que de ça. Du moins dans les groupes de jeunes gens. L'armure de Tristan est devenue un merveilleux pull-over armorié que toutes les filles se mettent à tricoter pour leur fiancé et la coiffure de Madeleine Sologne, une longue chevelure blonde lissée remplaçant les coiffures sophistiquées des dames du Moyen Âge, une coupe de cheveux que toutes les jeunes filles veulent désormais porter, même les plus brunes aux cheveux les plus frisés. Dans les cafés et dans les dancings interdits, lors des surprises-parties, on boit des cocktails que l'on dit dérivés du philtre d'amour que les amants absorbent par erreur. Mais tout cela ne doit pas venir concurrencer la mode zazoue. Les amants de *L'Éternel Retour* ne portent aucun des attributs zazous même si les automobiles de course remplacent les palefrois et les knickerbockers les chausses à bouts pointus… La meilleure façon de renouer avec « l'être zazou », délaissé le temps éphémère d'une projection de film, c'est d'assister à un concert de jazz.

Josette est aux anges, et elle n'est pas la seule. André Ekyan et son ensemble ont quitté provisoirement l'ABC et le Jimmy's pour venir se produire salle Pleyel, c'est le cadeau de fin d'année pour tous les cinglés de swing. Dire que la salle est chauffée à blanc est un euphémisme. Un concert de jazz réussi, c'est comme une grand-messe, une prière commune, une communion ardente. Chaque note, chaque son pénètre les êtres, s'empare des esprits, fait danser les corps qui entrent dans une transe qui ne les lâchera qu'une fois sortis dans la rue, quand le froid les aura saisis. La trompette d'Aimé Barelli, évadé depuis longtemps d'un camp de prisonniers, va chercher des sonorités improbables et l'élégante clarinette d'Hubert Rostaing survole les morceaux comme l'écume les vagues. Le piano d'Yvonne Blanc est merveilleux d'inventivité, tout comme le saxophone ténor de Charles T. « Coco » Kiehn. Durant toute cette fin d'après-midi, les jeunes hommes et les jeunes femmes faisant partie de ce que les journaux collaborationnistes appellent « la France zazoue dans une Europe swing », se sentent momentanément revivre, oubliant leurs soucis et leurs drames. Le bassiste Emmanuel Soudieux pratique des interventions d'une pertinence inouïe – jamais intempestives, provocantes – et la guitare envoûtante d'Eugène Vées est toujours là au bon moment, s'installant toujours dès lors qu'on la souhaite, devançant souvent les désirs de l'auditeur. Quant à Pierre Fouad, maître absolu du rythme, tenant d'une batterie féroce, il entraîne tout l'orchestre derrière lui, furieusement, tentant parfois en vain de le semer, l'attirant dans des pièges aussitôt évités, jouant sans cesse avec les autres instruments qu'il force à se mettre en valeur dans des duos mortels. Quel après-midi ! Quelle musique ! Le plus gros succès du concert revient incontestablement au très joyeux *Palm Beach*, qui invite les spectateurs à se lever de leurs sièges et à danser dans les allées.

Pour Josette, il n'est qu'un titre, joué pense-t-elle juste pour elle ce soir : *Irène*. La trompette, la clarinette, le saxophone y occupent une place de choix, soutenus par moments par le piano, léger, tendre, lointain. Très courte dans sa version enregistrée, *Irène* est ici plus longue, plus langoureuse, et fait se lever les danseurs. Ekyan, conscient du bonheur qu'il procure à son public, en rajoute, étire l'œuvre.

Dans la salle, tout le monde s'est levé et danse, dans la pénombre, dans les corps qui se frôlent, se touchent, se perdent, se retrouvent. C'est dans ces situations que les miracles arrivent. Gerhard est là, faisant face à Josette. Il était à quelques fauteuils derrière elle. Mais elle était avec ses amis. Il ne voulait pas la déranger. Il est en civil. C'est la première fois qu'ils dansent ensemble. Josette voudrait que cela ne s'arrête jamais. Tout en dansant, et conscient qu'il va briser la douceur de ce moment, Gerhard confie cependant à Josette les informations qu'il a recueillies au sujet de Sarah :

— Elle est vivante. Elle est à Drancy et fait partie d'un petit contingent d'hommes et de femmes qui vont aller travailler dans les entrepôts d'Austerlitz.

Josette, pour le remercier, rapproche son visage du sien, sa bouche de son oreille, ce qui la trouble, et lui donne un baiser sur la joue :

— Merci. C'est tellement précieux…

— Je ne peux rien faire d'autre.

— C'est déjà beaucoup !

— Comment ?

— Je dis que c'est déjà beaucoup, merci.

Gerhard, qui n'a pas vraiment entendu ce que Josette lui a dit car *Irène* a cédé la place à l'endiablé *Agatha Rhythm*, morceau « emprunté » à l'harmoniciste Dany Kane, ajoute :

— J'ai moi-même quelques petits soucis, et il vaut mieux que je me tienne tranquille.

— Quel genre de soucis ?

Gerhard n'a pas le temps de répondre. Alors que la musique s'est momentanément arrêtée, un zazou du Capoulade invite ses amis à sentir l'atmosphère avec attention car d'après lui « ça sent mauvais le Boche ». Autour des deux danseurs, un petit cercle s'est formé, composé de zazous qui constatent qu'en effet « ça pue le vert-de-gris ». Bientôt, ce sont les amis de Josette qui viennent s'agglutiner au groupe déjà existant, puis d'autres zazous venus d'autres groupes. Des phrases assassines fusent, et sur l'air de *Y'a des zazous dans mon quartier*, plusieurs chantent : « Y'a plein de Boches dans mon quartier / Et y'a des putes pour les baiser. » Josette croise le regard méprisant d'Henri, interloqué de la plupart de ses amis qui doivent penser : « Encore le foutu pianiste de La Désirade ! » Et celui, compatissant, d'Odette, avec laquelle elle a un échange que seules elles deux peuvent saisir. « Sarah ? » demande Odette en bougeant silencieusement les lèvres. « Oui », répond Josette de la tête et en souriant. Et Odette comprend : « Oui, elle est vivante ! »

Comment cela va-t-il finir, peut-il finir ? Charlie ne dit rien. Pourtant il joue avec Gerhard à La Désirade, mais là il ne dit rien. Tous ont compris, et Gerhard le premier. Quoi qu'il fasse ou dise, il reste un soldat allemand appartenant à cette armée qui occupe la France. Jamais aucun des jeunes Français présents ici ne l'acceptera. La seule issue possible c'est de partir, de quitter le concert. Sans heurt. Sans cri. Il se retourne, se dirige lentement vers la sortie de la salle. Sous les huées, les quolibets, les crachats. « Sale Boche, retourne chez toi ! », « Assassin ! », « Tueur de Juifs ! », « Pourriture, on finira par avoir votre peau ! » Josette ne dit rien. Ne peut rien dire, ne peut rien faire. Juste avant que Gerhard ne se retourne pour partir, c'est ce qu'elle a compris dans le regard qu'il lui a jeté : « Surtout tais-toi, Irène. Reste calme. Profite de leur acharnement sur moi pour t'éclipser. Pense à notre danse. Ne pense qu'à notre danse. Laisse *Irène* chanter en toi. »

43

La fin de l'année approche. Depuis l'épisode du concert de la salle Pleyel, Josette n'a plus de nouvelles de Gerhard. Elle se dit que c'est comme ça. Qu'il ne faut pas qu'elle s'inquiète inutilement. Que dans quelques jours, quelques semaines, elle y verra plus clair. Qu'une nouvelle année va commencer, chargée d'espoirs. Et qu'il faut contre vents et marées maintenir le cap du navire zazou. Une pièce paraît-il risque d'être l'événement des prochaines semaines : *Le Soulier de satin*. Lucienne, dont la maison de couture où elle travaille a été sollicitée pour en faire les costumes, a une enveloppe pleine de places gratuites :

— Des fauteuils d'orchestre ! Pour la première !

— Au milieu des Boches ? fait remarquer Jean.

Une discussion s'engage.

— Demandons à Josette, les Boches, ça la connaît, suggère Henri qui, depuis son retour de stalag, s'est mis à boire.

— Tu exagères, tout de même ! dit Odette, prenant la défense de son amie.

— Dis-moi, Odette, tu ne serais pas un peu collabo sur les bords ? insiste Henri.

Pierre intervient :

— Tu es malade ou quoi, Henri ?

— Alors à ce tarif-là, la plus collabo de la bande, c'est moi, dit Marie…

Charlie est atterré :

— Mais personne n'est collabo, qu'est-ce que vous racontez ?

— Et personne n'est résistant non plus, dit Josette, un petit sourire aux lèvres.

Cette intervention fait baisser la tension. Lucienne en profite. Distribuant un billet d'entrée à chacun, elle proclame :

— Voilà vos places. Vous faites ce que vous voulez, mais moi, j'irai…

Les jours qui précèdent la première, la presse s'est emparée du sujet. On prévoit que des centaines de spectateurs prendront le théâtre d'assaut, et cela pendant des semaines… La mise en scène en a été confiée à Jean-Louis Barrault, et la musique à Arthur Honegger. Paul Claudel, l'auteur de la pièce, a déclaré, lors d'une conférence de presse, que s'il devait refaire une carrière, il choisirait l'épicerie parce que celle-ci permet de « palper les choses les plus agréables comme les plus variées, et en même temps de voir toutes sortes de gens ». Voilà des propos assez énigmatiques… Lorsque le même Claudel annonce que le spectacle, qui devait durer dix heures, a dû être réduit à cinq heures en raison du couvre-feu, Sacha Guitry n'a pu s'empêcher de faire un bon mot : « *Le Soulier*, cinq heures ! Heureusement qu'il n'y avait pas la paire ! » Convoqués pour 13 h 15 précises, les spectateurs verront le rideau tomber vers 19 heures.

Le jour de la première, force est de constater que les zazous du Café Éva sont tous là. « Une belle brochette de zazous », fait remarquer Charlie, qui ajoute, chantonnant, en imitant la voix de Johnny Hess : « Pour une action zazou, c'est une action zazoue. Car tout de même, assister à une première de Claudel, quoi de plus zazou pour un zazou ? » Ils ne sont pas seuls. Paris a délégué tout ce qu'il a pu comme académiciens, hommes de lettres, jolies femmes, artistes peintres, notabilités, officiers allemands. À l'orchestre, chacun y va de son anecdote, de son ragot. Les zazous ouvrent grandes leurs oreilles. Un homme à la mine bourrue peste contre Claudel qui aurait fait dans la presse un éloge de Bismarck. Sa voisine, une jeune femme qui semble très au courant des choses du théâtre, s'indigne : une jeune fille, soupçonnée d'activité résistante avec sa sœur, a été sortie de Fresnes pour jouer le rôle d'une vague, une certaine Juliette Gréco, accompagnée pour l'occasion d'un très jeune figurant qu'elle affirme connaître et qui d'après elle « devrait aller loin » : Serge Reggiani.

Dix minutes à peine après le lever de rideau, la

salle est entièrement évacuée. La cause ? Une alerte aérienne. Vingt minutes plus tard, la salle s'est de nouveau remplie et le spectacle peut commencer. Il fait un froid de chien, il n'y a pas d'autre terme. Les spectateurs, prévenus, ont apporté des couvertures et ceux qui n'en ont pas peuvent en louer. La moindre réplique suscite des applaudissements nourris, mais aussi des cavalcades de coups de pied sur le parquet du théâtre – un moyen idéal pour se réchauffer, lancent les plus insolents... Cinq heures et trente-trois tableaux plus tard, quand la pièce se termine et que le rideau s'abaisse, les spectateurs sont aussi fatigués que les comédiens. Bientôt, l'auteur, visiblement au sommet du bonheur, vient saluer, d'abord entouré par les comédiens, puis seul, très seul... Devant une salle qui se vide progressivement, où il ne reste plus que les généraux allemands des premiers rangs qui lancent d'interminables bravos, l'auteur continue ses courbettes, de telle sorte que la direction du théâtre finit par éteindre la rampe afin qu'il s'interrompe. Dans les couloirs qui mènent à la sortie, Henri, qui ne semble pas avoir dessoûlé depuis son dernier esclandre, tempête :

— Quelle idiotie ! Il n'y a là ni psychologie, ni force scénique, ni bon sens.

— Les Boches adorent ne rien comprendre, renchérit Jean.

— Eh bien, ils doivent être servis..., conclut Lucienne.

Dans la queue qui piétine, un homme discute avec

un autre. Sur un ton péremptoire, il vocifère dans sa barbe :

— Claudel est un gaulliste et on ne peut rien attendre de bon d'un gaulliste !

— Je me suis laissé dire que le spectacle avait été prévu pour saluer le débarquement allié, réplique le second.

— Absolument, et c'est parce que cet espoir n'est plus réalisable que les gaullistes de la littérature et du théâtre nous inondent d'œuvres médiocres !

Pour effacer les cinq heures du *Soulier de satin*, rien de mieux que d'aller de nouveau écouter du jazz. À Paris il n'y a que l'embarras du choix. Mais en cette fin d'année, un lieu s'impose, toujours le même : la salle Pleyel, temple du swing et du jazz. Le 19 décembre, s'y déroule un concert à l'intitulé étrange. Jean a raison : « Appeler un concert “Festival de musique nègre”, c'est tout de même singulier… » En réalité, pas autant que cela. Pierre, le puriste de la bande, peut apporter une réponse. Créé par l'association Club artistique et musical des coloniaux, ce festival promeut en réalité un jazz français. La biguine et autres musiques de danse du folklore antillais s'inscrivent parfaitement dans la politique de rénovation nationale en phase avec l'idéologie de Vichy dans laquelle le folklore occupe une place de choix.

— En somme, c'est un concert pétainiste dans lequel tu nous as embarqués, dit Lucienne, en s'installant avec volupté dans un des fauteuils rouges de la grande salle de concert.

— Pas du tout !

— Et comment expliques-tu que les Boches, qui apposent partout des affiches sur lesquelles il est expressément écrit que l'« engagement des nègres français pour la scène est autorisé, à la seule condition que la représentation garde un aspect civilisé et que ce personnel soit réduit au strict minimum dans les entreprises fréquentées par les représentants de l'armée allemande », acceptent que des musiciens noirs jouent partout en France et à Paris ? demande Josette.

— Reconnais que c'est une des énigmes de l'Occupation, dit Henri.

— Mais non. Avec des musiciens de couleur, français, originaires des Antilles, c'est un retour à la tradition qui est mis en avant. Et promouvoir cette musique antillaise, jouée par des Noirs, c'est aussi critiquer la ségrégation raciale américaine…

La discussion aurait pu continuer comme ça longtemps si elle n'avait été stoppée net par l'arrivée des musiciens sur une scène ruisselante de bravos, et, depuis la représentation du *Soulier de satin*, de coups de pied sur le sol. C'est la nouvelle mode. Une de plus. On tape des pieds pour manifester sa joie ou sa désapprobation, d'ailleurs. Au théâtre donc, mais aussi dans les concerts, au cinéma, lors d'une conférence, d'un tour de chant. On tape des pieds et on se tient chaud. Aujourd'hui, c'est pour fêter le dynamisme extraordinaire de l'orchestre du Hot Club colonial dirigé par Félix Valvert. Devant un parterre de zazous mais aussi d'officiers allemands en grande tenue, la musique typique antillaise se déploie avec une joie communicative. Et personne n'est dupe. Certes, cette musique est une musique « française », mais ses influences sont très diverses et de toutes les couleurs. Certes *Chanson de France* et *Rose de France* sont des chansons de France, tout comme *Rosita femme chaud*, *Croque mossieu* ou *A si pare moin belle encor*, mais comme le dit Pierre, « sous les pavés, la plage ». Sous un vernis des îles, nombre de standards américains sont joués, revisités, imbibés de biguines, de rumbas, de boléros, de rythmes afro-cubains dans lesquels interviennent de nouveaux instruments tels le banjo ou la flûte à bec. Sans parler d'une version totalement détournée du fameux *Thanks for the Memory* du Charlie Orchestra, consacré à l'origine à l'occupation de la rive gauche du Rhin par les troupes coloniales françaises et devenu en créole un air qui ridiculise la présence allemande en France – tout cela sous le regard incrédule des officiers allemands et de quelques collabos qui semblent ne rien comprendre à ce qui se passe !

Le grand plaisir de ce concert, c'est la joie immense, grandiose, qui se propage dans toute la salle, qui est comme un espoir, l'espoir que la France bientôt sera délivrée de la fureur nazie. C'est la victoire de ce concert, sa leçon magnifique. Voir les soldats allemands se trémousser sur *Sol tropical*, ou sur *Babalu* sonne comme une vengeance. Ce sont ces mêmes Allemands qui dans un film de propagande intitulé *Schwarze Schmach* ont mis en scène le « calvaire des Rhénanes en proie à la lubricité des Noirs ». Ce sont ces mêmes soldats qui à Chasselay, dans le Rhône, en juin 1940, ont mitraillé une cinquantaine de Sénégalais extraits d'une colonne de prisonniers puis les ont fait passer sous les chenilles de leurs chars. Ce sont ces mêmes Allemands qui interdisent dans la France occupée aux voyageurs de race noire d'accéder aux voitures de première classe, et à la Compagnie du métropolitain d'utiliser des agents de race noire dans les services en contact avec le public.

« Voir des Boches tortiller des fesses sur des béguines jouées par des Noirs, c'est un des plus grands plaisirs du moment », tel est le mot qu'on se passe de bouche en bouche, et qui unit la salle et les musiciens. C'est comme si le débarquement depuis longtemps annoncé avait déjà eu lieu ! Quand le spectacle s'arrête, après un nombre impressionnant de rappels, la dernière chanson offerte aux spectateurs est un beau moment de nostalgie : *Petite fleur fanée*. « Petite fleur fanée, souviens-toi du bonheur, à jamais, à jamais, n'oublie pas ton premier amour. » Les larmes qui coulent sur les joues de Josette sont des larmes de joie et de tristesse. Dans douze jours, on fêtera le nouvel an. Cette fois tous ensemble au Café Éva.

44

Le matin de ce 31 décembre, vers 11 h 30, les sirènes retentissent, infernales, terribles. Moins d'une heure après, des centaines d'avions passent au-dessus de Paris, sans que les habitants puissent les voir bien que le ciel soit très clair. Comme d'habitude les informations qui circulent toute la journée sont contradictoires. Une seule certitude : les avions anglo-américains ont largué des bombes à très haute altitude, ce qui en toute logique rend plus improbable la possibilité d'atteindre la cible prévue et augmente considérablement le risque de tuer encore plus de civils. C'est dans ces conditions de peur et d'anxiété que se passe la dernière journée de l'année 1943, au milieu d'énormes panaches de fumée jaillissant ici et là autour de la capitale. Beaucoup se demandent si cela sert à quelque chose de faire la queue pour obtenir telle ou telle denrée qui aura disparu le temps d'arriver à la caisse et vous aura fait courir le risque d'être blessé par un éclat d'obus ou de la DCA.

Au Café Éva, on ne parle que de ça : du bombardement. En fin de journée, les nouvelles sont un peu plus précises. Les bombes sont tombées sur Alfortville, Charenton, Gentilly, L'Haÿ-les-Roses, Ivry, Saint-Maurice, Vitry-sur-Seine. Il y a eu beaucoup d'immeubles détruits – aux alentours de 500 – et un bilan humain très lourd. On parle de 270 morts et de 300 blessés, mais ces chiffres pourront encore augmenter à mesure que les décombres seront déblayés.

On ne sait trop comment, mais Jo a constitué un buffet campagnard abondant et varié, avec comme plat central une dinde aux pommes. Quand on lui pose la question, il dit que le marché noir n'est pas fait pour les chiens. C'est tout. C'est sa réponse. Ce qui veut aussi dire : et ne m'en demandez pas plus, vous n'obtiendrez aucune précision supplémentaire... Lucienne, qui est venue par le métro, a dû descendre à Châtelet – coupure d'électricité. Elle y a croisé le jeune aveugle qui, depuis le mois de juin 1940, sillonne Paris, son accordéon sur les genoux, et joue *La Marseillaise*, un petit drapeau tricolore sur son instrument et lui-même arborant une cocarde dont les rubans traînent jusqu'à terre. Lucienne en est sûre : « La constance de son geste, sa ténacité donnent aux badauds l'illusion qu'il les venge. » Quant à Jean, il fait sensation, débarquant à bicyclette et en pyjama, avec, sous son manteau, une bouteille de champagne à la main. L'explication est simple : il s'est disputé avec ses parents qui, pour qu'il ne sorte pas, l'ont enfermé dans sa chambre et lui ont caché ses vêtements. Si la limite du couvre-feu et les patrouilles incessantes qui tirent de plus en plus rapidement sur tout n'assombrissaient pas le tableau, on pourrait presque croire à un gag de film comique. Mais ce n'est pas le cas. Avec sa bouteille de champagne à la main, cet idiot a risqué sa vie !

Plutôt que de danser, car même si la joie doit demeurer bien présente, comme un feu qu'on entretient, elle n'est pas entièrement là – Sarah est absente, Odette et Charlie ne sont toujours pas arrivés –, on a choisi un repas assis. C'est Jo qui en a eu l'idée :

— Une double manifestation gaulliste. C'est à l'anglaise que nous disposerons la table et que nous mangerons la dinde, avec des pommes !

Les heures passent. Qu'est-il arrivé à Odette et à Charlie ? C'est incompréhensible. La soirée avançant, Henri n'a pas résisté aux bouteilles de vin soigneusement alignées sur la table. Il n'a pas pu ne pas en ouvrir une, et boire différents alcools présents derrière le zinc. Bientôt, il se met à chanter *La Java 43*, la chanson d'Andrex, qu'il est le seul du groupe à daigner marmonner car elle n'a rien, vraiment rien de zazou :

— « C'est la java 43
Celle qu'on ne danse pas
Mais qu'on siffle en cadence
Les nénettes et les nanas
S'baladent en s'melles de bois
Mais gardent leur élégance.

Les Prosper et les Julot
Le soir au p'tit bistrot
Discutent avec violence
Leur dernier paquet d'tabac
C'est la java 43. »

Alors qu'il se prépare à entonner un deuxième couplet, Charlie fait enfin son entrée : il a pu s'éclipser de La Désirade où l'atmosphère est paraît-il de plus en plus irrespirable. La Gestapo est partout et on ne peut plus faire confiance à personne.

— Et le Boche ? demande Henri.

— Quel Boche ?

— Le pianiste…

Jo, le gros ours taciturne, qui sort juste de la cuisine où la dinde finit de cuire, se sert un verre de vin et demande à Henri de se taire :

— Tu ne peux pas nous foutre la paix, un peu !

Josette, bravache, prend la parole, comme pour les défier tous :

— Tu as des nouvelles, Charlie ?

— Pas vraiment…

— Ça ne veut rien dire « pas vraiment »…

— Ce sont des bruits, des rumeurs…

— Je préfère savoir.

— Certains disent que la Gestapo l'a arrêté, d'autres qu'il a été envoyé dans une unité de combat dans le sud de la France, du côté de Brive…

— Pourquoi l'aurait-on arrêté ? demande Jean.

— Vous avez bien vu, il est tout sauf nazi. Il ne s'est jamais confié à moi, mais d'après ce que j'ai compris il fait partie des Allemands qui voudraient que Hitler disparaisse.

Josette est bouleversée. La seule solution serait peut-être qu'elle-même fasse ses propres recherches. Et tout en pensant à cela, elle se dit qu'il s'agit d'une pure folie.

Sans le vouloir, Henri retourne la situation, disant que Gerhard est peut-être un « Boche résistant, qu'on n'a rien compris, que c'était peut-être un type bien ». Alors Josette ne se sent plus seule avec ce poids à porter, elle n'est plus cette « pute qui couche avec les Allemands », comme lui ont déjà craché des passants dans la rue.

Il ne manque plus qu'Odette qui arrive enfin, mais déposée devant la porte du café par une voiture marquée du gamma bleu dans un losange blanc du RNP ! Quand elle pousse la porte, le silence est total, comme si un arrêt de mort venait de frapper l'assemblée. Personne n'ose parler. Odette a les yeux rougis par les larmes. Avec sa chemise bleue et son brassard rouge cousu sur sa manche gauche, elle ressemble presque à un spectre venu d'on ne sait quelle contrée infernale. On s'attendrait presque à ce qu'elle fasse le salut fasciste, le bras tendu. Un malaise profond s'installe, malgré la merveilleuse odeur de la dinde qui cuit dans son jus et dégage un fumet délicieux. Seule Josette a le courage de prendre la parole :

— Que se passe-t-il ?

Pierre ajoute :

— C'est quoi ce déguisement ?

— Tais-toi, dit Josette.

— Mais enfin, je…

— Tais-toi !

Jo tend un verre de vin à Odette qui le boit d'un trait. Chacun est resté à sa place. Assis, debout, accoudé au zinc, vautré dans un fauteuil.

— J'ai retrouvé Sarah…

— Tu es sûre ? demande Josette.

— Oui.

— Et alors ? demande Marie.

— Vivante ? ose dire Lucienne.

— Presque… enfin, je crois… enfin, quand elle… je veux dire…, commence Odette qui finit par s'effondrer en larmes dans les bras de Josette.

— Tiens, dit Jo en lui remplissant à nouveau son verre de vin.

Après l'avoir bu et l'avoir reposé, et s'être doucement dégagée de l'étreinte de Josette, elle raconte qu'elle a pu remonter la filière de Drancy à Austerlitz. Internée à Drancy, Sarah travaille désormais à ce que les internés appellent les « Galeries Austerlitz ». Chaque jour elle trie les marchandises volées aux Juifs, rangeant dans des caisses, par genre et par catégorie, portant toutes le matricule du prisonnier qui a procédé à l'emballage, meubles précieux, vaisselle de prix, argenterie, montres, horloges, tapis, articles de maroquinerie mais aussi linge, jouets, objets d'art qui arrivent par milliers dans les salles de tri.

— J'ai pu remonter la filière. Il y a encore une dizaine de jours, elle travaillait au sous-sol au rayon des livres interdits ou épurés mis à la disposition des amateurs !

— Et elle y est toujours ? demande Jean.

— Normalement oui. Malgré la dureté du travail, les prisonniers ont le droit de recevoir des colis et le régime de discipline est tout de même moins dur.

— On peut lui en envoyer un ?

— Justement, je ne sais pas. Quand j'ai appris qu'on pouvait le faire, je lui en ai envoyé, mais il m'est revenu… Et puis le port de l'étoile jaune est obligatoire et les menaces de déportation incessantes, dès lors qu'une tentative d'évasion a eu lieu…

— Mais enfin l'espoir est de nouveau là, tout de même, dit Lucienne. Tu sais où elle est, c'est le principal, non ?

— Oui, tu as raison, répond Odette, qui ajoute : Quant à mon « déguisement », c'est le seul moyen que j'aie trouvé pour me rapprocher d'elle.

— C'est tout de même un peu risqué, fait remarquer Pierre.

— J'en conviens, mais j'ai dit que je ferais n'importe quoi pour la retrouver !

— Même vendre ton âme au diable ? demande Henri.

— Même vendre mon âme au diable, et mon cul aussi, s'il le faut !

Au fur et à mesure que la soirée avance vers le passage dans la nouvelle année, l'alcool aidant, la joie de se retrouver ensemble prend bientôt toute la place et l'atmosphère devient festive. Il faut dire que la dinde est un plat royal que les convives savourent en se léchant les doigts.

La chaleur monte d'un cran. Certains commencent à danser, à chanter. Pendant les pauses, on discute sur les grands sujets du moment. Par exemple, Pétain : que va-t-on en faire quand la guerre sera finie ? « J'ai entendu dire qu'il faudra le forcer à assister au défilé de la victoire aux Champs-Élysées, assis à poil sur une chaise percée », dit Pierre...

— Trop compliqué, réplique Charlie. Moi, je sais ce qu'il faut faire...

— Vas-y ! dit Josette.

— Le faire dégrader par un sous-officier juif et franc-maçon, poursuit Charlie en chantant à tue-tête.

— Excellente idée, hurle une voix dans l'encadrement de la porte, qui laisse entrer dans son sillage plusieurs hommes dont on ne sait s'ils sont des souteneurs, des voleurs, des petits voyous ou des malfrats indisciplinés, à l'instant même où retentissent les douze coups de minuit. Bonne année, mes chers, mes tendres amis.

— Ali Belal, qu'est-ce que tu fous ici ? demande Jo.

Le jeune homme ne répond pas immédiatement. Habillé d'un pantalon de la Wehrmacht, d'une vareuse de l'armée française et coiffé d'une chéchia, comme ses acolytes, il se contente de sourire.

— Et qu'est-ce que c'est que cet accoutrement ? demande Jo.

— Un uniforme, monsieur. Celui de la Brigade nord-africaine, dite encore la « SS Mohamed ». Cinq mille soldats, tous d'origine maghrébine, entièrement dévoués à la cause allemande. À sa tête El-Maadi, ami personnel d'Henri Lafont, « Monsieur Henri »...

— Et elle va faire quoi, ta « SS Mohamed », Ali ?

Après avoir sorti son pistolet de son étui, et faisant mine de tuer les zazous les uns après les autres, Ali dit :

— Un seul objectif : anéantir la Résistance ! Il vous en bouche un coin le petit Ali, hein, monsieur Jo !

Jo préfère ne pas répondre. Ce n'est point tant Ali qui l'inquiète que les sbires qui sont avec lui, on dirait vraiment des assassins qui viennent d'obtenir une amnistie en échange de leur engagement. Ali reprend la parole :

— Vous savez combien que je gagne, maintenant ?

— Non. Comment veux-tu que je sache...

— Un ouvrier gagne 2 000 francs par mois... Dites un chiffre.

— 1 500 francs ?

La réponse de Jo déclenche un concert de rires gras. La bande de voyous se tape sur les cuisses, éructe de plaisir :

— 5 000 francs, monsieur Jo. Il a bien réussi, le petit Ali, Ali le petit bicot, hein, 5 000 par mois... Il est même invité à la table de Si Kaddour Ben Ghabrit, à la mosquée de Paris, pour y manger un couscous marocain avec des notabilités : Marie Bell,

Raimu, le général Guillaume. Rien que du beau monde !

Derrière les vitres embuées du café, il fait nuit noire. Pour fêter le nouvel an, nul pétard, nul cri de joie dans la rue, nul chant de fêtard. Paris et sa banlieue pansent leurs plaies du bombardement de la veille. Et la « SS Mohamed » repart comme elle est venue. Tout soudain, sans explication aucune. Pourquoi est-elle entrée ainsi dans le Café Éva ? Personne ne le sait. À moins qu'il ne s'agisse que d'un simple geste de provocation de la part d'Ali pour montrer à son ancien patron que maintenant il était devenu quelqu'un, qu'il avait un bel uniforme, qu'on le respectait, qu'il était bien payé, qu'il était du bon côté de la barrière – celui des vainqueurs. Et, de toute façon, il va bientôt partir. Après des derniers préparatifs, dans l'hôtel particulier de Neuilly-sur-Seine qui leur sert de base d'entraînement intensif, Ali et ses hommes vont aller rejoindre le Limousin, là où les maquis sont les plus virulents.

Quel étrange 31 décembre... Tandis qu'Ali se perd dans le noir des rues de Paris, Pierre ne peut s'empêcher de lancer à la cantonade avant d'aller refermer la porte restée ouverte : « Rira bien qui rira le dernier. » Sans s'apercevoir qu'il fait tomber de sa poche un exemplaire tout froissé des *Étoiles*.

— Un joli titre, fait remarquer Josette, en le lui tendant après l'avoir ramassé.

— Un journal clandestin publié par des écrivains dans le sud de la France, précise Pierre, qui ajoute : Lis le passage entouré au crayon rouge.

Josette s'exécute :

— « Périodiquement, en guise de représailles, des groupes de 200 ou 300 personnes à la fois sont asphyxiés dans des chambres à gaz, c'est ce que nous a rapporté un témoin qui a vécu l'enfer du camp d'Auschwitz. Notre devoir est de porter ces horreurs à la connaissance de nos lecteurs, en leur demandant de propager ces nouvelles alarmantes. »

Il est une heure du matin à Paris.

C'est comme ça que commence l'année 1944. Par cette nouvelle et par cette autre, lue aussi par Josette, et figurant au recto des *Étoiles* : « M. X, prisonnier à Drancy, nous a fait passer ce témoignage : il a vu une colonne de Juifs qui arrivait par la porte principale du camp. Un enfant de quatre ou cinq ans, épuisé, est tombé. Un SS lui a donné un coup de crosse. Le petit s'est relevé, mais, vaincu par la fatigue, est retombé. Alors le SS l'a pris par les jambes et lui a fracassé la tête contre un des poteaux qui soutiennent le grillage qui entoure le camp. »

C'est comme ça que commence l'année 1944.

1944

« Swing, c'est l'ombre bleue du feu qui danse,
le chant du vent dans le silence,
l'appel du train qui siffle dans la nuit.
Swing, c'est une image dans la glace
qui tremble un instant puis s'efface,
devant les larmes causées
par la pluie, tant pis.
L'ombre s'égare dans mon logis,
reflets bizarres du feu qui luit,
au loin démarre le train qui fuit,
vers un autre pays.
Swing, j'ai pris tous les bruits de la nuit,
et j'ai fait une mélodie,
c'est la chanson du rythme de la vie. »

Irène de TRÉBERT, *Swing rêverie.*

45

C'est le septième tournoi des amateurs, à la salle Pleyel. Il est impossible pour les zazous de ne pas y aller ! Après avoir vécu au rythme des alertes aériennes – jusqu'à trois par semaine – les Parisiens connaissent une accalmie : les bombardements anglais ont pour l'instant cessé. Autant en profiter pour s'amuser et sortir ! Marie doit faire partie des choristes qui accompagnent Django Reinhardt dans sa tournée à travers la France et la petite bande du Café Éva ne la verra plus durant quelques semaines… Quant aux coupures de courant, elles contraignent certains cabarets de nuit à ne plus ouvrir qu'en fin d'après-midi. Donc les lieux où danser et s'amuser se raréfiant, il faut comme le dit Odette « sauter sur toutes les occasions ».

— Ce qui reste du bonheur peut être en un instant anéanti, poursuit-elle. On attend la défaite de Hitler avec une jubilation fiévreuse, mais d'ici là, nos vies peuvent être ravagées.

— On peut mourir du jour au lendemain. Les

minutes, les heures étant comptées, autant les vivre le plus intensément possible, soutient Lucienne.

— Jusqu'à se trahir ? demande Jean en regardant Odette.

— Et pourquoi pas ? réplique Josette, prenant la défense de son amie.

— Ce n'est pas une fuite devant la réalité, mais une sorte d'autodéfense, de désir instinctif de respirer quelques heures un air de liberté, poursuit Lucienne.

— Nous sommes tous d'accord, conclut Jean, alors qu'il pénètre dans la salle de concert.

Pour respecter le rituel de certains tournois d'improvisation américains, le meneur de jeu ouvre la séance en demandant s'il y a quelqu'un qui veut participer au tournoi. Évidemment, c'est un leurre, les orchestres sont déjà constitués, affûtés, prêts à en découdre. Très vite deux groupes se détachent. Le premier, placé sous les auspices du folklore antillais, fait forte impression. Rythmes, nuances, harmonies, homogénéité dans le style, broderies audacieuses dans les cadences et dans les voix, le tout ensemencé par un tam-tam enivrant, emporte la salle qui tape dans les mains et siffle. C'est tout l'outremer qui arrive sur scène et s'installe. Le second est un orchestre de plus petite dimension, un trio : pianiste, mélophone, trompette. Lentement, le pianiste s'impose, prend le dessus, bien que ce ne soit pas facile pour lui de jouer face à deux cuivres. Mais l'entente est parfaite. Après avoir commencé à improviser sur le très à la mode *Elle et lui*, dans lequel le grand orchestre lutte avec le duo trompette-saxophone ténor, le trio improvise une belle mélodie pour une formation plus restreinte. Les trois protagonistes sont de vrais swingueurs qui jouent sans partition et finissent par embraser la salle. Les musiciens semblent hors d'eux-mêmes et avoir perdu la tête, planent merveilleusement tandis que le public, debout, demande un *bis*, qu'il obtient sans mal : une version démoniaque de rapidité de *67 rue Couperin* du trompettiste Christian Bellest !

C'est toujours la même chose qui se produit. Voilà la guerre envolée, et les drames de l'Occupation tombés dans l'oubli, momentané, certes, mais total. Même les Allemands et les collabos ont disparu de l'assistance. Pierre dit : « Ils ne sont plus partout, ils sont nulle part ! » C'est très rare. Il n'y a pas un seul soldat, pas un seul collaborateur. La salle donne au contraire l'image pittoresque d'un parterre de spectatrices offrant, chapeaux obligent, l'aspect d'une prairie parsemée de bouquets de fleurs des champs, de coquelicots, de pois de senteur et de muguet perchés sur des soucoupes : petits bibis à la dernière mode, en jersey, en velours, en soie, en crêpe, posés sur des cheveux courts ou redressés. Et quelques hommes sont là, en infériorité numérique, cheveux frisottés, vestes au col relevé, pantalons serrés aux chevilles.

Beaucoup s'étaient dit que ce tournoi allait donner lieu à un pugilat bruyant, à une bagarre homérique.

Nombreux étaient ceux qui avaient fait provision d'insultes au goût du jour comme la très méprisante : « Va donc, eh ! Vitaminé ! », ou encore « Espèce de sans-carte » destiné à stigmatiser celui qui se nourrit au marché noir. Même Charlie s'y était mis et avait choisi « Valisard », du nom de celles ou de ceux qui, chargés de valises, se hissent dans les trains pour écumer les campagnes et en rapporter des victuailles qu'ils revendent dix fois plus cher aux Parisiens affamés ou aux restaurants fréquentés par les Boches et les collabos.

En réalité, aucun événement saillant, aucun heurt entre factions adverses n'eut lieu pendant le concert. L'explication en est simple. Les rafles se multipliant afin de satisfaire aux exigences de plus en plus pressantes de main-d'œuvre émanant des usines allemandes, nombre de zazous avaient jugé bon de ne pas faire le déplacement et risquer d'être arrêtés, jetés en prison puis dirigés vers des usines allemandes. Ce fut une surprise que ne manqua pas de mentionner Charles Delaunay, patron du très puriste jazz français, au micro de Radio-Paris, qui retransmettait le concert en direct : « Une des plus agréables surprises de ce concert, si étonnante qu'on ne peut la passer sous silence, c'est la correction parfaite du public. Pour une fois, excusez du mot, la clique des petits zazous, ces jeunes gens qui n'entendent rien au jazz et qui réagissent à tort et surtout à travers, ne mit pas le bordel ! »

Au moment de se séparer, les membres du Café

Éva poursuivraient bien une discussion engagée à la suite de cette déclaration du patron du Hot Club de France. En pointant ainsi du doigt ce qu'il appelait le « swing et son cortège d'excès », Charles Delaunay devenait bien un allié objectif des journalistes collaborationnistes qui condamnaient, eux, ces orchestres « accommodant le swing à toutes les sauces, abreuvant leurs concerts de solos de batterie qui n'en finissent pas, de contrebassistes qui font tourner leur instrument sur leur axe, ces tempos effrénés, ces claquements de doigts intempestifs censés rythmer le morceau ». Mais il était trop tard. Il fallait rentrer chez soi.

Dans le couloir qui mène au quai du métro, Josette fait du surplace, comme la foule qui l'entoure et qui comme elle n'avance plus. Tous les accès sont bloqués. Et bien entendu personne ne donne aucune explication, jusqu'à ce que la rame arrive, avec, allongé sur le plancher, un officier allemand tué d'une balle dans la nuque et baignant dans son sang. La rumeur laisse entendre que le meurtrier a pu s'échapper. Mais tous les autres passagers et tous ceux qui attendent sur le quai sont arrêtés et, jusqu'à nouvel ordre, ne peuvent pas sortir. Les policiers français et les Allemands parlent, font des gestes, vont et viennent, tentent, semble-t-il, de reconstituer les circonstances de l'assassinat. Les nouveaux venus sur le quai ont juste le temps de se mettre à distance – c'est le cas de Josette – pour ne pas être confondus avec les passagers de ce qu'on appelle déjà la « rame sanglante». Beaucoup sont perchés sur les bancs le long de la paroi de faïence. L'enquête se poursuit jusqu'à une heure du matin. Et comme par hasard les Allemands ont groupé tous les jeunes gens et les jeunes filles «porteurs de vêtements extravagants» ou aux «mines insolentes», et les emmènent. Dans le wagon funèbre, les voyageurs sont encore plus reclus que dans un aquarium. Et lorsque finalement tout le monde, après vérification des papiers, est relâché, c'est pour s'apercevoir que le couvre-feu est dépassé depuis deux heures ! Quand Josette rentre chez elle, sans qu'elle ait rencontré une seule patrouille, il est 3 heures du matin…

On sent bien malgré tout que les choses bougent, que les certitudes s'effritent. Il suffit d'un léger déplacement de l'air, d'une fissure, d'un vacillement. Certains croient déceler des signes partout. Ainsi, veut-on voir en Pierre Servettaz et ses camarades, personnages de *Premier de cordée*, le film de Louis Daquin, le symbole d'une jeunesse héroïque qui prépare les futurs lendemains de liberté, ou encore dans *Le ciel est à vous*, de Jean Grémillon, celui d'une France qui renaît à travers la Résistance et ses épreuves. Oui, tout parle, comme cette ordonnance du Haut Commandement allemand qui, craignant, en cas de débarquement allié, une action collective des populations fomentée par Londres, tente de récupérer les postes récepteurs qui permettent aux Français d'écouter Radio-Londres. Pour toute une partie de la jeunesse, la fin de la guerre est proche, et comme le chante André Myr, il faut d'autant plus avoir des préoccupations futiles : « Je ne rêve que de swing, / de swing, de swing. / J'ai les jambes en flanelle, / Quand j'entends cette ritournelle. / Je ne rêve que de swing, / De swing, de swing… »

Josette, au contraire, n'est pas de cet avis. Elle ne rêve vraiment pas que de swing ! Elle rêve de Gerhard. Elle veut absolument le retrouver ! Le 6 février, vers 4 heures, elle se rend à l'ambassade d'Allemagne et pénètre dans ce lieu apparemment très fréquenté, si elle peut en juger par les nombreuses allées et venues. Rien que la vue du porche la paralyse. Des sentinelles montent la garde fusil à l'épaule tandis qu'une foule d'officiers assurant la réception des nouveaux venus s'agitent. Au seuil de l'ambassade se détache un buste de Hitler. Après avoir franchi l'obstacle d'un premier officier, elle tombe sur un second qui, montant les escaliers à ses côtés, la conduit auprès d'un huissier porteur d'un registre dans lequel il inscrit son nom. Un énorme salon, richement décoré d'or et de lambris sculptés, comportant un alignement de chaises sur lesquelles attendent plusieurs dizaines de personnes. Encore une file d'attente, comme partout. Les gens parlent à mi-voix, chuchotent. Il paraît que du requin va être débité aux Halles et que le président du Comité central du poisson a assuré que « c'était très bon cuit à la poêle avec une goutte d'huile». On dit que les habitants du sud de la France vont être évacués sur Paris. Mais on dit aussi que les Allemands ont décidé d'évacuer Paris pour rediriger ses habitants vers le centre de la France. On raconte tout et n'importe quoi. Un homme marmonne une chanson de Jou-Jerville : «Fais-moi des caresses, / montre ta tendresse… / Donne-moi l'ivresse, / Ne pense qu'à m'aimer, / qu'à tout oser.»

Une porte s'ouvre et se ferme. Des gens y entrent puis en ressortent, d'autres n'en ressortent plus. Alors qu'elle est prête à repartir, Josette est appelée par un huissier qui la conduit devant la fameuse porte. Sur son seuil, un officier qui la regarde une première fois, soupçonneux, ouvre son dossier, la regarde à nouveau. Et finit par lui demander ce qu'elle est venue chercher.

— Des renseignements au sujet de Gerhard Ganz…

— Je ne sais pas qui est ce monsieur.

— Un officier allemand qui travaille à la Propagandastaffel. Il s'occupe de tout ce qui concerne les cabarets, les concerts de jazz…

— Il n'a jamais travaillé à l'ambassade.

— Pourtant…

— Pourtant rien, mademoiselle.

— Moi-même, j'ai…

— Je ne peux rien vous dire.

— Vous ne pouvez pas ou vous ne voulez pas ?

L'officier, prenant un air courroucé, donne une

réponse qui indique de manière on ne peut plus claire que l'entretien est terminé :

— Mademoiselle, c'est moi qui pose les questions. Mais vous êtes agréable à moi. Alors, j'aime les Français qui se soucient du bien-être des soldats allemands… donc, voici : Gerhard Ganz possède une chambre à la *Kommandantur Luftwaffe*, boulevard Jourdan, on vous donnera peut-être là-bas des informations le concernant, dit-il, tendant à Josette une carte de visite. Vous arrivez à me lire ? Lisez.

— « Colonel Hermann Waag au Colonel Friedrich-Carl Schäfer : concerne Gerhard Ganz. »

— Parfait, dit l'officier, ajoutant : Et ce n'est pas très loin de chez vous, je crois ?

— Comment savez-vous que…

— Au revoir, mademoiselle, répond l'officier, avant de refermer la porte de son bureau, délicatement mais fermement, au visage de Josette.

Quand celle-ci quitte les murs de l'ambassade, un malaise profond s'installe en elle qui ne s'estompe pas. Partout où elle passe, elle ne voit que les drapeaux à croix gammée qui flottent sur les ministères, les monuments, les lieux publics, les grands hôtels parisiens. Elle se sent sale de cette visite. Le parc Montsouris traversé, elle arrive devant la porte du 13-15, boulevard Jourdan, là où un panneau rédigé en français indique « Entrée interdite aux civils ». Elle montre la petite carte de visite à la sentinelle qui lui demande de la suivre jusqu'au pavillon de l'Argentine. Dans le dédale des rues et des sentiers de la Cité universitaire, elle croise de nombreux Français collaborateurs. Certains arborent des francisques à la boutonnière, d'autres parlent allemand, beaucoup de miliciens, quelques-uns armés. Tout ce monde se salue, s'embrasse, se dit bonjour. Cette jeune fille précédée d'une sentinelle doit être des nôtres puisqu'elle est là. Alors, on lui fait le salut fasciste, on lui sourit. Au moins, dans cet espace gardé, il n'y a que nos amis allemands, et des bons Français et aucun youpin, ça c'est une bonne chose tout de même ! Josette qui tout à l'heure se sentait sale maintenant se dégoûte, est prise d'une nausée violente.

Les services du colonel Friedrich-Carl Schäfer occupent une grande salle de réunion, toute recouverte de bois et de cuir. Plafond à caissons, vitraux aux fenêtres. Josette est attendue, visiblement. Accueillie avec prévenance. Le colonel Friedrich-Carl Schäfer est un petit homme grassouillet, à la main molle, boitant légèrement, une casquette trop grande pour lui sur la tête, petites jambes difformes. Un seul élément, dans tout ce corps sans forme, reste, sort du lot, ou plutôt en jaillit, presque effrayant : un regard métallique, froid, direct, une lame de rasoir – l'œil gauche, bleu ; l'œil droit, vert.

— Vous êtes donc Irène ?

— En réalité je m'appelle Catherine…

— Je vous en prie, asseyez-vous. Oui, je sais, dit-il, en ouvrant une chemise sur laquelle est écrite « *Gerhard Ganz : dringende Angelegenheit* »,

Catherine, dite Josette pour vos amis, et Irène pour Gerhard Ganz…

— Vous savez tout…

— C'est mon rôle, mademoiselle, dit le colonel en jouant avec des cartes, les observant distraitement… C'est mon rôle. Je surveille, j'observe, je note.

Josette sent la nausée s'installer en elle. Elle est au bord de l'évanouissement.

— Mes cartes vous intéressent, n'est-ce pas ?

— Non.

— Vous les regardiez.

— Je vous regardais jouant avec elles.

— Alors regardez-les de plus près, dit le colonel en lui en donnant quelques-unes.

Ce sont des petites cartes transparentes, de format carré, représentant trente-deux positions érotiques ayant comme « sujets » Hitler et Mussolini. Josette les regarde à peine et les repose sur le bureau.

— L'homme qui a édité ces cartes, l'imprimeur éditeur Seheur, a été condamné à mort par contumace. On a fini par le retrouver hier. Ça n'a pas traîné : il a été décapité ce matin. Voyez-vous, mademoiselle Irène, ou Josette, ou Catherine, la guerre est une chose sérieuse… Pourquoi vouliez-vous me voir ?

— Pour avoir des nouvelles de Gerhard Ganz…

— Vous êtes son amie de cœur ? Vous êtes de ces Françaises qui couchent avec des Allemands ?

— Non, je n'ai pas couché avec Gerhard Ganz.

— Mais vous voulez avoir de ses nouvelles ?

— Oui.

— Vous savez qu'il est ami avec le trompettiste nègre américain Harry Cooper ?

— Non.

— Vous savez qu'il va souvent jouer du piano à La Désirade ?

Josette décide de mentir et répond qu'elle ne sait pas.

— Jamais vous ne l'avez vu à La Désirade ?

— Non.

— Quand vous vous promeniez avec lui, il ne vous a rien dit de ses activités à Hambourg avant la guerre ?

— Non.

Le colonel Friedrich-Carl Schäfer éclate de rire :

— Vous répondez toujours « non », vous ne savez rien de Gerhard Ganz et pourtant vous venez ici, vous « jeter entre les mâchoires du loup », comme on dit en français, pour savoir où il est…

Alors qu'elle allait répondre à la question, le téléphone sonne. Le colonel décroche :

— *Drei ? Schön, drei !* répond-il avant de raccrocher.

Josette se sent de plus en plus mal, se sent comme une abeille prise au piège, titubant le long des parois d'un verre qu'une main humaine a retourné sur elle pour l'emprisonner :

— Trois ! Vous vous rendez compte. C'est un jeu avec mes amis. Depuis deux mois, nous n'avons vu que trois Juifs avec l'étoile jaune. Tous les autres sont arrêtés, ou se cachent ou sont morts. À ce propos, vous avez des nouvelles de votre amie Sarah ?

— Non.

— Décidément, vous ne savez dire que « non ». Eh bien, je vais vous en donner. À l'heure qu'il est, elle a quitté le dépôt d'Austerlitz et doit déjà être dans le train qui part ce soir de Drancy.

Josette ne répond pas. Et si l'homme se moquait d'elle, faisait celui qui sait alors qu'il ne sait rien ?

— Vous avez fait partie du groupe d'élèves qui a arraché les portraits de Pétain qui se trouvaient au lycée Janson et à la faculté la Sorbonne ?

— Non.

— J'aurais pu répondre à votre place ! « *Nein* », toujours « *Nein* »… Gerhard Ganz ne devait pas beaucoup s'amuser avec vous ! Bon, je vais essayer d'obtenir de vous d'autres réponses que « *Nein* ». Que faites-vous, avec vos amis « zazous » ?

— Quels amis ?

— Ah oui. Je ne suis pas assez précis. Voyons, semble hésiter le colonel en prenant une à une des fiches qu'il remet ensuite soigneusement à leur place dans son dossier : Lucienne, qui travaille dans la mode, n'est-ce pas… Marie, qui chante dans les cabarets allemands… Sarah, ah non, Sarah, fini, ajoute-t-il en tirant un trait transversal sur la fiche… Odette, ah Odette, dans les Jeunesses nationales françaises… mais qui aime les femmes juives… Je continue ?

Josette ne dit rien.

— Voilà, avant vous disiez « non ». Maintenant,

c'est le silence ! On peut passer aux hommes... Pierre, un « khâgneux », c'est comme ça qu'on dit n'est-ce pas, mais gaulliste... Henri, prisonnier revenu grâce à la « relève »... Jean, qui aime beaucoup le cinéma, un scientifique... Charlie Lewis, l'Américain qui se fait passer pour un Antillais... musicien avec Gerhard Ganz... La bande des « petits swings ».

Josette continue de se taire. Que peut-elle dire ?

— Vous n'êtes pas très collaboratrice avec moi. Vous allez tous écouter du jazz à l'ABC, au Floréal ?

— Non.

Le colonel visiblement commence à s'énerver :

— Je veux entendre autre chose que « non », tout le temps. Vous avez quel âge ?

— Bientôt vingt ans.

Le militaire sourit, satisfait :

— Enfin une réponse ! Bravo ! Donc, puisque Vichy vient d'étendre l'obligation du recensement aux hommes entre seize et soixante ans et aux femmes entre dix-huit et quarante-cinq ans, cela veut dire que vous pouvez aller travailler dans les usines du Reich, en Allemagne. Vous avez bien fait de venir me voir...

Josette est décomposée. Elle se sent comme défaillir. En face d'elle, le colonel Friedrich-Carl Schäfer est ravi. Comme un chat qui tient une souris entre ses dents et n'a plus qu'à serrer ses mâchoires pour la broyer.

— Vous n'êtes pas très coopérante, je veux dire

très coopérative, mademoiselle... Je vous donne encore une chance, une toute petite. Si vous répondez à mes minuscules questions. Voyons, cette chanson vous dit quelque chose ? Écoutez :

— *« Ich ziehe durch die Lande*
Ein schlichter Sänger nur,
Und preis' in Wort und Tönen
Die herrliche Natur. »

— Je ne parle pas allemand.

— Je peux traduire : « À travers des terres lointaines, je flâne / Simple troubadour, / Et, par le mot et la musique, je rends grâces / À Sa Majesté la Nature. » Ça ne vous dit rien ?

— Non.

— C'est le chant des *Wandervögel*... Les *Wandervögel*, ça ne vous dit rien, évidemment ?

— Non.

— Gerhard n'a jamais chanté ça devant vous ?

— Non.

— Et si je dis *Die Weisse Rose* ?

Josette se tait, même si elle croit reconnaître ce qu'ont dit les deux soldats allemands dans le parc Montsouris...

— Ah, oui, pardonnez-moi, je traduis : « La Rose blanche » ?

— Les roses blanches pour ma jolie maman ?

— Je vous déconseille l'ironie, mademoiselle... Bien, passons à autre chose. Et cette chanson ?

— *« Wenn die Sirenen in Hamburg ertönen*
Müssen die Navajos aus Meer

In einer Kneipe bei einem Mädchen
Fällt der Abschied so schwer
Rio de Janeiro
Ahoi Cabalero
Edelweisspiraten sind treu. »

— Je ne parle toujours pas allemand depuis tout à l'heure…

— « Quand hurlent à Hambourg les sirènes / Les Navajos doivent partir en mer / Au cabaret, de leur petite reine / La séparation n'est pas rose / Rio de Janeiro / Salut Caballero / Les Pirates de l'edelweiss sont fidèles. »

En entendant les paroles de la chanson, Josette tressaille. Elle reconnaît les mots du poème de Gerhard, écrit dans les marges de la *NRF.* C'est le colonel Friedrich-Carl Schäfer qui répond à sa place :

— Vous ne connaissez pas, évidemment. Comme vous n'avez jamais entendu parler des *Edelweiss-Piraten*, les Pirates de l'edelweiss.

— Non.

Le colonel fait semblant de perdre patience :

— Les Swings Sisters et les Scugnizzi italiennes, les Swings Kids allemands, les Potàpki tchèques avec leurs putes en jupes courtes, bas de soie filés et hauts talons, les Schlurfs autrichiens, les Scouts gris polonais, les Shambeko, les Navajos, pour vous, ce sont des morceaux de jazz, des titres de chansons zazoues !

— Oui, c'est ça.

Le colonel Friedrich-Carl Schäfer n'a plus du tout

envie de rire. Tout en refermant son dossier, et après avoir demandé à une sentinelle, en français, de bien vouloir raccompagner la femme, « une prostituée qui couche avec les Boches », il lui lance :

— On finit de jouer maintenant, vous savez. Vous êtes venue pour un renseignement sur votre ami Gerhard Ganz. Et comme je suis généreux je vous donne à vous deux renseignements. Le premier : votre amie Sarah est dans un wagon pour un camp de travail en Allemagne. J'ai déjà dit. Le second, j'allais oublier, le voici : Gerhard Ganz a été décapité il y a deux semaines.

46

Assise sur un banc du parc Montsouris, juste en face de la réplique en bois du palais du Bardo, Josette ne cesse de se répéter la dernière phrase du colonel Friedrich-Carl Schäfer : « Gerhard Ganz a été décapité il y a deux semaines. » Ce parc qu'elle aime tant, qu'elle a toujours connu, qui fait tellement partie d'elle, dont elle aime tant les allées, quand celui-ci est vide, que la chaleur de la nuit y a laissé des senteurs exemptes de vapeurs d'essence, ou au contraire que la froidure matutinale y est encore présente, est devenu soudain un lieu de douleur et d'angoisse. Immobile sur son banc, elle a le sentiment de ne plus exister, de ne plus rien sentir, la souffrance lui interdisant toute appréhension de ce qui l'entoure, lui coupant tous les liens avec son propre corps, ses propres sensations. À mesure que passent les heures, l'image de la décapitation de Gerhard est remplacée par une autre. Elle se revoit avec lui, plus exactement elle constate que l'image du couple qu'elle formait il n'y a pas si longtemps encore avec lui, sur ce même banc, lui apparaît lentement, comme lorsque l'eau jaune du révélateur rend visible l'image qui n'était que latente lors du développement photographique. Une fois l'image visible, elle entend la voix de Gerhard lui murmurant le poème de Prévert qu'il lui avait récité lors d'une de leurs rencontres, voix qui se mêle à la sienne, répétant à l'infini les derniers vers du poème écrits dans les marges de la *NRF*, « Les Pirates de l'edelweiss sont fidèles » :

— « Des milliers et des milliers d'années
Ne sauraient suffire
Pour dire la petite seconde d'éternité
Où tu m'as embrassé
Où je t'ai embrassée
Un matin dans la lumière de l'hiver
Au parc Montsouris à Paris. »

Il est des journées particulières, plus particulières que d'autres. Celle d'aujourd'hui est de celles-ci. Trop pleines de sensations, trop remplies, comme gorgées, imbibées. Alors que Josette, qui se résout à rentrer chez elle, retraverse le parc dans l'autre sens et le redescend en direction de l'avenue Gazan après avoir fait le tour du lac, elle croise dans la rue Odette, en tenue de milicienne, qui vient à sa rencontre. Toutes deux ont les larmes aux yeux, toutes deux se taisent jusqu'à l'appartement de Josette. Un havre relatif, peu chauffé mais qui les protège malgré tout du monde, et de cette journée que toutes deux ont vécue à leur manière. La porte à peine refermée, leur manteau encore sur le dos, elles peuvent enfin parler. C'est Odette qui commence. En larmes, tremblante.

— Sarah est sauvée.

Josette, folle de joie, étreint son amie. Prenant ses larmes pour des larmes de joie. Très vite, elle comprend qu'elles sont en réalité des larmes de tristesse :

— Que se passe-t-il ?

— Elle ne veut plus me voir, jamais.

— Mais enfin, elle est libre, sortie du camp ?

— Oui.

— Et grâce à toi, elle sait ?

— Oui.

Il fait dans l'appartement un froid de gueux. Josette prépare une sorte de bouillon qu'elle verse dans des bols. Buvant à petites gorgées brûlantes, Odette raconte son histoire. Elle est atroce. D'abord affectée au tri des livres interdits, Sarah était passée à l'emballage de la vaisselle, puis avait été transférée à la porcherie, une vraie porcherie, avec des cochons dont elle avait la garde, dont elle devait s'occuper, et qui étaient destinés à nourrir les SS et les soldats mongols gardiens du camp ainsi que les cheminots allemands qui avaient leur cantine dans le dépôt d'Austerlitz. Bien qu'on l'ait prévenue que si un porc venait à crever, elle se ferait descendre, elle avait fini par accepter cette tâche qui lui permettait de rester en vie, même si elle devait endurer la blague récurrente du charcutier qui, chaque fois qu'il tuait un cochon, lui en donnait un morceau en lui disant « *Sie sind dorch Jüde, is dorch Jüde verboten !* », « Vous êtes juif et c'est interdit pour vous». Mais au moins, elle ne mourrait pas de faim...

— J'ai compris que je pourrais la sauver lors d'un transport effectué entre Austerlitz et Drancy. C'était risqué mais c'était le seul moyen. C'est un des chefs des JNP qui m'avait donné le «tuyau», et m'avait aidée à entrer à Drancy... Le jour arrivé, nous sommes montées toutes les deux dans une camionnette en compagnie d'un SS et de deux cochons. Sarah portait l'étoile jaune. Une fois au camp, le SS nous a fait descendre, et nous a mises toutes les deux à l'écart.

— Il avait des soupçons ?

— Je ne sais pas... Un convoi de trois cents enfants âgés de cinq à douze ans se préparait. Nous avions toutes deux les larmes aux yeux. C'était intenable. Sarah voulait partir avec eux, pour ne pas les laisser seuls. Le SS s'est alors tourné vers moi, et m'a fait comprendre que j'étais venue pour sauver Sarah, qu'il observait depuis longtemps notre manège, qu'il ne fallait pas le prendre pour un idiot...

— Et alors ?

— Il m'a dit que je pouvais sauver mon amie... que les SS avaient compté les trois cents enfants, à plusieurs reprises, et qu'il en manquait cinq, et que...

— Et que ?

— Il a fait sortir une vingtaine d'enfants dans la cour et m'a demandé d'en choisir cinq qui iraient rejoindre les deux cent quatre-vingt-quinze autres.

Le train partait dans moins d'une demi-heure... C'était leur vie contre celle de Sarah !

Odette était agitée de terribles tremblements qu'elle ne parvenait pas à maîtriser, n'arrivant plus à parler, à répondre à la question que lui répétait Josette :

— Qu'as-tu fait ? Qu'as-tu fait ?

— J'en ai désigné cinq du doigt, trois filles et deux garçons.

— Et qu'est-ce qui s'est passé ?

— Emmenés sur-le-champ vers les wagons.

— Et Sarah ?

— Elle m'a craché au visage. Elle ne voulait pas partir. Pas à ce prix. Les SS nous ont jetées dehors, toutes les deux, en nous hurlant que ce serait notre punition et que cela nous poursuivrait toute notre vie !

— Et une fois dans la rue ?

— Avant de partir en courant, Sarah m'a dit qu'elle ne voulait plus jamais, plus jamais me voir, et que d'ailleurs, elle non plus elle ne voulait plus se voir !

Pendant que le jour commence de tomber, jetant l'appartement dans la pénombre, les deux femmes se tiennent longtemps l'une contre l'autre, comme pour sentir leur chaleur, leur amitié qui leur permet de rester en vie. Odette se souvient de ce que lui a dit Josette, et lui demande :

— Mais toi, raconte ?

Alors Josette rapporte l'entretien qu'elle a eu avec le colonel, qui lui a annoncé et la mort de Gerhard et celle de Sarah. Pour Odette, cela ne fait aucun doute : il s'est trompé au sujet de Sarah, qui n'a pas pris un train pour l'Allemagne, qui est toujours en vie. S'il s'est trompé pour l'un, il a pu se tromper pour l'autre. C'est une évidence : Gerhard est toujours en vie ! Mais Josette n'est pas convaincue :

— Il sait tout sur nous, sur le groupe, le swing, les zazous. Il a des fiches.

— Je te le répète : s'il est aussi bien renseigné que pour Sarah…

— Il avait un dossier…

— Et alors ! Ou il se trompe, ou il ment.

Évidemment Josette n'avait pas réfléchi en ces termes. L'espoir est mince, mais après tout il existe.

— Que vas-tu faire ?

— Je ne sais pas. En tout cas je ne retourne pas là-bas, c'est trop risqué. Et toi, que vas-tu faire ?

— Je ne sais pas. Je ne sais pas où Sarah a pu aller.

— Et tu vas rester aux Jeunesses ?

— Je suis coincée, je ne peux pas faire autrement… Ces salauds m'ont aidée… Et puis je me fous de tout maintenant, dit-elle en tripatouillant les ondes de la radio : Je cherche la Radiodiffusion nationale, c'est l'heure du swing.

Odette est quelque peu interloquée. Passer si vite de la scène affreuse de Drancy à la Radiodiffusion nationale qui diffuse Andrex chantant *Y a des zazous dans mon quartier*, comment est-ce possible ?

Au moment où après avoir trouvé la bonne longueur d'onde, Odette s'installe près du poste pour l'écouter religieusement, on frappe à la porte. Josette, inquiète, a le réflexe d'éteindre la TSF et de cacher le cadre qui lui permet d'écouter Radio-Londres sur ondes longues. Il est 21 h 15, l'heure du programme de la BBC... Josette ouvre la porte.

— Perquisition. Surveillance radio, dit un milicien français, accompagné d'un homme de la Gestapo, qui tourne immédiatement l'interrupteur.

L'émission sur le jazz est terminée, remplacée par une émission musicale mettant en scène des baladins du Moyen Âge, et dont les dialogues ont été écrits par une certaine Simone de Beauvoir. Mais plutôt que de l'écouter, le speaker propose aux auditeurs une causerie intitulée «La Milice française vous parle»:

«Quelques minutes consacrées aux zazous et autres "déchets de la pensée humaine": Ce qui est fâcheux dans le swing qui, outre la garde-robe, marque une vague nouvelle du jazz, c'est l'absence foncière d'imagination. Quoi! au milieu du plus gigantesque hourvari que le monde ait jamais connu, nos cadets trouvent juste à réinventer ce que nous considérions déjà il y a vingt ans comme une vieille lune. Justifiant de sombres pronostics, l'incapacité d'une nouvelle génération à sortir de la singerie des temps révolus, des petits Blancs dégénérés ne rêvent plus que de descendre d'un cocotier pour imiter le vrai nègre, dans un trémoussement anémique.

Voilà où nous en sommes avec ces danses et ces musiques de bastringue, voilà où nous mène la juiverie négroïde anglo-américaine. Bonsoir et à demain. »

Avisant le costume d'Odette, les deux hommes lancent « Au moins avec vous deux, mesdemoiselles, la France ne risque pas de basculer dans le fossé », et s'en vont en faisant le salut fasciste.

— Si tu n'avais pas voulu écouter la Radiodiffusion nationale, la TSF serait restée sur Radio-Londres et là on était bonnes ! dit Josette.

47

Dans les semaines qui suivent, chacun à sa manière tente de se retrouver. Les chemins sont personnels. Les voies différentes. Mais tous manifestent ensemble le vendredi 31 mars boulevard Saint-Michel, avec plus de quatre cents étudiants et zazous formés en monômes qui descendent le boulevard du Luxembourg jusqu'à la Seine en chantant *La Marseillaise* et en criant : « Pas un étudiant pour Hitler ! Pas un jeune pour les usines du Reich ! » La police française alertée disperse les manifestants mais n'opère aucune arrestation. C'est un signe. À l'Est, ceux que certains appellent les « Rouges » repoussent les armées allemandes et en France, à l'intérieur, chacun à sa place « repousse » à sa façon, entrave, gêne. Beaucoup pensent que le mouvement vers la libération, vers ce foutu « débarquement » dont on parle depuis des mois, est en train de se développer, de prendre de l'ampleur. La France se relève. Durant la manifestation, les Allemands ont répandu dans les rues des feuillets de calendrier, avec dessus des plaisanteries ineptes, faisant dire par leurs journaux que le 15 mars était la date fixée pour le débarquement. Dans le cortège, un seul mot d'ordre circulait : « Ils espèrent abattre notre courage de cette façon ? Quels crétins ! » Et un autre aussi : « Les Anglais ont débarqué partout, sauf en France, mais justement c'est le signe que ça va venir ! »

Après la manifestation, le Café Éva retrouve son animation habituelle, allant de pair, il faut le reconnaître, avec une certaine pesanteur. L'attente est difficile. On se réunit, on manifeste ensemble, naît alors un enthousiasme éphémère ; par exemple aujourd'hui, et c'est Pierre qui le fait remarquer, est née durant le cortège une sorte d'« esprit du 31 mars », mais qui ne dure que le temps où les monômes se déplacent le long de quelques boulevards, puis qui s'éteint comme une chandelle manquant d'oxygène aussi vite qu'elle est née. Et si chacun s'accorde à penser que ces étincelles finiront bien par fabriquer un immense brasier, bien peu, comme le suggère le film de Jean Grémillon qui vient de sortir, croient que le ciel sera bientôt à eux…

Dans ce Paris où les coupures de courant de plus en plus fréquentes provoquent de nombreuses perturbations, à commencer par la fermeture des théâtres quatre jours par semaine, ce qui crée une certaine morosité, où la fermeture de nombreuses boulangeries a semé la panique, où les rumeurs annoncent qu'un « plan de détresse » serait à l'étude – qui consisterait en la fermeture de tous les magasins d'alimentation et des restaurants, en la suppression du gaz, et en l'établissement de la soupe populaire – la joie de Marie, qui vient juste de rentrer de tournée, détonne. Mais comment le lui reprocher ? Elle s'affirme chaque jour davantage comme le rossignol de la bande, la petite jolie à tête d'oiseau à qui on passe tout. Et puis, elle vient de se promener toute la journée au bois de Boulogne avec Jean, « tout près du dépôt allemand de carburant de la porte Dauphine », et elle est folle de joie d'avoir retrouvé son amoureux...

— Tu parles d'une promenade ! dit Lucienne.

— Mais non, tu n'as rien compris, réplique Marie. D'abord on a fait du canot, puis on a flâné, enlacés, en nous embrassant tous les dix mètres, on a fait plusieurs fois le tour du dépôt entouré de barbelés...

— Sous le nez des sentinelles !

— Oui, parfaitement, même que chaque fois qu'on passait l'une d'elles, on avait droit à un sourire complice. Ce sont des jeunes comme nous, tu sais. Vraiment, tu ne comprends rien.

Lucienne ne dit rien, comme Josette d'ailleurs, qui elle a compris ce qui a pu se passer. Elle se dit qu'en faisant plusieurs fois le tour du dépôt, Jean, enlacé à Marie, a dû repérer la position des mitrailleuses, du poste de garde, et même compter les hommes, les bidons vides et les bidons pleins, mémoriser la position des citernes, et voir où couper les lignes téléphoniques, comment détruire le matériel roulant avoisinant, comment provoquer un incendie pour détourner l'attention de ces sentinelles si « complices » qui laisseront sans doute leur peau dans l'attentat, car il s'agit bien de cela. Oui, Josette a tout compris, ou croit avoir tout compris, mais préfère se taire. Marie est si gaie, si pleine de vie. De plus en plus zazoue !

C'est bien la seule à se réjouir. Tout laissait prévoir le printemps, et c'est l'hiver qui est revenu s'installer avec son froid de plusieurs degrés au-dessous de zéro, ses tourbillons de neige et son tapis blanc, sur lequel les fers des chevaux de trait n'ont pas de prise. Les Parisiennes ont remis leur canadienne ouatée, enfilé leur pantalon, chaussé leurs souliers de ski, pour déambuler sur les grands boulevards et aux Champs-Élysées. Les bicyclettes ont disparu de la circulation, les derniers vestiges de combustible sont mis à contribution, les soupes populaires fonctionnent à nouveau pour ceux qu'on serait tenté d'appeler les « nouveaux pauvres ». Paris a froid, et refuse pourtant de croire à la durée des méfaits de ce petit vent qui lui vient du nord.

Mais peut-être est-ce plus facile de refuser de croire à la durée des méfaits d'un vent d'hiver qui vient du Nord que de nier la réalité quotidienne si glacée ?

De mars à avril, ce ne sont que procès – celui des vingt-trois étrangers terroristes –, arrestations, condamnations à mort, rafles dans les cafés, dans les métros, à la porte des cinémas et des théâtres, effectuées par les polices française et allemande à la recherche des résistants, des réfractaires au STO, de tous ceux qui ne sont pas en règle. Quant aux Juifs en traitement dans les hôpitaux parisiens, ils ont tous été chassés. Un phénomène particulier est né : la multitude des lettres anonymes et des dénonciations. Un beau texte poignant circule, repris du *Journal des volontaires*, il est signé Lucien Scheler : « Adorable clarté de l'aube, jour après jour, et toujours adorée. Les cheveux de l'enfant jouaient dans la lumière, la mère préparait la soupe du matin. À la porte, qui frappe si tôt ? Le cœur se fane à la voix du bourreau. Les ombres massives franchissent le seuil. Le plancher se dérobe, les murs cherchent à se rejoindre et se lézardent. La mère a pris dans ses bras son petit et s'est jetée par la fenêtre. »

Que faut-il faire, face à tous ces drames ? Sans les ignorer, les zazous veulent leur opposer sinon leur joie de vivre du moins leur volonté de vivre. C'est ce que chante Marie quand elle reprend le succès de Jacques Pills, *Le Marché rose* :

— « D'accord ! Y en a qui gagnent en c'moment des millions
D'accord ! et qui peuv'nt s'offrir des indigestions
D'accord ! Mais ce fric-là y n'l'auront pas toujours
D'accord ! Alors que moi jusqu'à la fin des jours
J'aurai toujours de l'amour
Qu'en mon cœur je garde en cachette
Au marché rose je l'achète… »

Et pour bien prouver et se prouver que ce désir de survivre est le plus fort, toute la bande se rend, le 1er avril, poissons agrafés dans le dos, salle Pleyel qui, pour ce jour de farces et d'attrapes, offre un programme issu du mélange délirant de la guimauve et de la dynamite, et qui a pour titre « Du tango au swing ». Mariage plus qu'improbable en effet, provocation pour certains à la loi de la gravité. Comment ces deux styles de musique peuvent-ils cohabiter ? La réponse est immédiate. Durant la première partie du spectacle, l'auditoire observe un recueillement nostalgique, voire voluptueux : le tango fait venir les larmes aux yeux, affleurer la nostalgie. Mais dès que le rideau se relève sur l'ensemble Jazz de Paris de Jerry Mengo, que les puristes et la presse collabo traitent de « pitre », la salle retrouve ses tremblements zazous, index levés pour marquer le tempo avec cris d'animaux et battements de pieds en prime. « Mengo, Mengo ! » hurle l'aile gauche de la salle, tandis que l'autre lui répond : « Jerry, Jerry ! », pour finir toutes les deux par se réunir en un tonitruant « Jerry Mengo ! » adressé au célèbre chef d'orchestre qui lance *Ambiance.* Mais le clou de la soirée, c'est la blague montée pour montrer la suprématie du swing sur le tango… Ricardo Bravo, le chanteur de tango de la première partie, revient lors de la seconde, interrompt Jerry Mengo et se met à pousser des roucoulades, sous les huées du public qui veut du swing. Quelle présence importune, quelle incursion abusive ! C'est un fait, le tango doit battre en retraite, quitter la scène pour laisser la place à *Blues du matin*, air vedette de Jazz de Paris, et à *Tu m'as dit oui !*, morceau de Raymond Legrand mais que tous les orchestres doivent reprendre à leur façon : « Oui, parlez-moi d'amour, oh oui / Je suis seul ce soir, oh oui / J'attendrai si / Tu me dis oui. / Tu me dis oui. Tu me dis oui. Tu me dis oui… » Une nouvelle fois, le swing est sorti vainqueur de sa lutte avec les autres musiques qui doivent toutes reconnaître sa suprématie. Josette a le mot de la fin :

— Le swing, c'est notre musique. Et plus que cela encore. Le swing, c'est ce qui nous rassemble, nous unit, nous les jeunes de cette guerre que nous n'avons pas voulue et qui nous a entraînés au fond du gouffre. Et qui a bousillé notre jeunesse. Il faut bien qu'on s'amuse, qu'on oublie tout ça jusqu'au prochain drame qui va nous tomber dessus.

Josette ne croit pas si bien dire. Les bombardements qui avaient cessé depuis quelques mois viennent de reprendre. De nouveau les alertes quasi quotidiennes, les sirènes qui se mettent à déchirer les nuits et les jours, et à ébranler l'horizon. De nouveau les grands magasins, les cafés, les bureaux qui se vident, et les avenues, les places, les quais de Seine qui deviennent noirs de monde. Tous pensent : « Si jamais les bombes nous tombaient dessus, quelle charpie, quelle marmelade, quelle chair à pâté ! »

La nuit du 20 au 21 avril, Josette est chez elle,

réveillée comme tous les Parisiens par un des bombardements les plus violents depuis le début de la guerre, et qui semble avoir lieu sur la gare de La Chapelle. Plutôt que d'endosser hâtivement ses vêtements et d'aller s'entasser avec les autres dans une cave ou un abri, Josette préfère ouvrir ses fenêtres et rester chez elle. Dans l'hôtel qui fait face à son immeuble, plusieurs personnes allument toutes les lampes dans toutes les pièces, agitent les bras et poussent des vivats. Le *God Save the King* s'élève même en plusieurs endroits, jusqu'à ce que les hommes de la défense passive, dans la rue, hurlent, et tirent en l'air, pour que chacun, dans le respect de tous, éteigne et fasse silence…

Deux heures durant, ce ne sont que grondements, explosions, mugissement des sirènes, lueurs d'incendie, ébranlement du sol, ronronnement des moteurs, claquements nerveux des canons de la DCA, illumination des ténèbres, trouées lumineuses des projecteurs prenant dans leurs faisceaux l'avion qui s'abat en flammes et le gonflement des parachutes, auxquels sont suspendus ses pilotes, sillages rouges, jaunes ou verts des obus traçants, chapelets contorsionnés et zigzagants des « oignons » défensifs. Spectacle terrible auquel Josette est littéralement collée, comme aimantée. Au nord et au sud, l'horizon est rougi par les incendies. Des vagues de bombardiers succèdent à d'autres vagues en annonçant de nouvelles et déversant leurs cargaisons de bombes. Éclairage blafard, livide, comme suspendu aux fusées-parachutes. Même en fermant les yeux, Josette continue de voir le ciel de Paris, illuminé comme en plein jour, à tel point qu'on pourrait lire le journal à la lueur des fusées éclairantes, prenant progressivement un ton lunaire, tous reliefs aplanis, comme une photographie trop exposée au soleil dont disparaissent les volumes. Le ciel et la terre unis dans une effroyable communion de destruction et de mort. Que lui importe ! C'est tout juste si elle s'aperçoit que des éclats d'obus de la DCA sont tombés dans la cour de son immeuble, sur les toits, sur le vasistas de la porte d'entrée, comme pluie de grêle accompagnée d'un étrange bruissement de feuilles, que les portes et les vitres tremblent, qu'elle peut mourir à chaque instant. Comme si elle faisait semblant d'ignorer le péril qui la guette. Comme si, faisant face à cet horizon embrasé, à ce ciel fascinant, elle avait oublié d'avoir peur. Comme si Gerhard avait toujours été à ses côtés, comme dans le fameux conte arabe où Halim, le doux poète musulman, ne cesse de protéger Gâlâh, la jeune fille juive aux yeux de biche.

Quand tout est fini, elle retourne se coucher, et au réveil elle écoute la radio anglaise. 8 000 avions ont déversé 15 000 tonnes d'explosifs sur Saint-Denis, Saint-Ouen, La Courneuve, Noisy-le-Sec, Bobigny, Athis-Mons, Romainville. On dénombre 304 immeubles détruits, 391 endommagés, 725 plus légèrement atteints. À Paris même, plusieurs quartiers ont brûlé, Rochechouart, les Batignolles, Montmartre, mais la basilique n'est pas touchée. Dans le XVIe arrondissement, le bâtiment où étaient entreposées les réserves de la Croix-Rouge a été anéanti, et deux pavillons de l'hôpital Claude-Bernard ont été partiellement détruits. Quant aux pertes humaines, la radio anglaise annonce 438 morts, 2 000 blessés, dont « beaucoup d'ouvriers et de jardiniers »...

Comme nombre de lycéens et d'élèves des grandes écoles, Josette est réquisitionnée pour travailler au sauvetage des blessés. Plusieurs bombes à retardement ont explosé, faisant de nombreuses victimes parmi les sauveteurs. Les pouvoirs publics ont décidé de rapatrier à Paris les plus jeunes d'entre eux. Ce qu'elle éprouve alors est un étrange sentiment : d'un côté une ville rasée, en ruine, éventrée ; de l'autre, venant des champs voisins, l'odeur calme des prés, le printemps qui se réveille. Durant le trajet en autobus, tandis que les roues du convoi passent sur un tapis de rubans en papier brillant jonchant le sol, Josette entend un adulte des services de la défense passive qui dit, péremptoire : « La violence de ces bombardements ne s'explique que s'ils mettent définitivement hors de service les installations visées et sont le prélude du débarquement. »

Alors qu'elle rentre chez elle, franchissant la Seine à hauteur de Saint-Michel, Josette assiste à une scène affreuse : un jeune garçon, poursuivi par la police qui hurle « Un terroriste, un terroriste, arrêtez-le ! », se jette dans le fleuve. Un attroupement se forme sur la berge, attendant vainement que le corps remonte à la surface.

48

Pour la première fois depuis 1940, Pétain revient dans ce qui n'est plus la capitale de la France afin d'assister au service funèbre en l'honneur des victimes du bombardement survenu quatre jours auparavant. Les zazous avaient envisagé une action de protestation. Mais c'est impossible. Le service d'ordre est impressionnant, et la « foule » qui acclame le Maréchal est essentiellement constituée d'enfants des écoles : le moindre débordement serait fatal. Quant aux équipes de la propagande, elles ont tout fait pour rendre la cérémonie la plus émouvante possible : ce sont des Français qui sont morts, assassinés par l'aviation anglo-américaine, et une action zazoue ne serait pas comprise, voire serait utilisée par Vichy contre eux et la Résistance.

Alors, comme tous les autres zazous, ceux du Café Éva et beaucoup d'autres suivent le cortège en silence, sous un soleil radieux, parmi les vagues de coups de sifflet et les bruits des motos de la police, tandis qu'une puissante automobile à fanion tricolore, précédée de plusieurs autres chargées de préfets en uniformes et d'amiraux, passe à la vitesse d'un cheval au galop. Sur la banquette arrière, un vieillard rose, la tête alourdie par un gros képi doré : le Maréchal. Les acclamations ne sont pas à la hauteur de ce que les organisateurs ont sans doute espéré. Ainsi, point de vraie clameur, ni de hourras, plutôt une sorte d'indifférence, voire de prudence. Après un discours prononcé du balcon de l'Hôtel de Ville, le Maréchal se rend à la messe solennelle à Notre-Dame, puis repart. Josette et ses amis sont unanimes, cette visite n'a en rien signifié une unité nationale rassemblée autour du vieux chef, bien au contraire, et cela malgré *La Marseillaise* entonnée par dix mille poitrines, en plein cœur de Paris, sous le nez des Allemands. Chacun a donné à cette *Marseillaise* un sens très personnel : *La Marseillaise* des collaborateurs n'est pas celle des résistants ni celle des zazous. Mais quand est venue l'heure de la dispersion et que Jean raconte à Lucienne la dernière histoire drôle en date, des vieillards, décorations sur la poitrine, manquent de leur donner des coups de canne en leur criant au visage : « Vous ne respectez rien ! » Cette histoire, la voici. Pétain et Laval descendent d'un train à la gare de Vichy. La foule s'écrie : « Vive Pétain ! Vive Pétain ! » Soudain, un petit cri se fait entendre, bien faible : « Vive Laval ! Vive Laval ! » Alors, le Maréchal se tourne vers son président du Conseil et lui lance : « Je ne savais pas que vous étiez ventriloque ! »

Deux jours après le service funèbre, juste avant de partir pour une nouvelle soirée à La Désirade, Josette écoute Radio-Paris avec Pierre et Jean. Dans le prolongement de la cérémonie parisienne, Pétain a décidé d'adresser un message à la nation. Que va-t-il dire de si important ? Ils sont vite fixés :

« Français, quiconque parmi vous, fonctionnaire, militaire ou simple citoyen participe aux groupes de résistance compromet l'avenir du pays. Il est dans votre intérêt de garder une attitude correcte et loyale envers les troupes d'occupation... Quand la tragédie actuelle aura pris fin et que, grâce à la défense du continent par l'Allemagne... »

C'en est trop, Josette se précipite sur le bouton et éteint le poste de radio.

— Jusqu'à quel degré d'abjection va-t-il descendre ? demande-t-elle.

— Il faudrait le condamner à la dégradation militaire, ajoute Pierre.

— Et à résider à vie dans sa chère Allemagne, « défenseur du continent », dit Jean.

Henri, qui vient de rejoindre le groupe et à qui on raconte l'affaire, murmure, les yeux dans le vide, meurtri :

— En raison de son grand âge et des services qu'il a rendus pendant l'autre guerre, ce n'est pas possible... Il faudrait le condamner à la perte de la nationalité française. Ce sont les nazis qui l'ont obligé à prononcer une telle allocution...

— Tu es fou, mon vieux ! Vous êtes tous des mollassons, persiste Josette. Douze balles dans la peau, oui, c'est tout ce qu'il mérite, ajoute-t-elle, tout en regardant sa montre et en concluant : Bon, si on ne veut pas arriver en retard au récital de la belle Marie, il faut partir maintenant.

Suivre les boulevards extérieurs un après-midi de printemps parce que les lignes de métro sont fermées faute d'électricité n'est pas un drame lorsqu'on le fait en compagnie de ses amis. Il fait vraiment très beau, les arbres sont couverts de petites feuilles vert tendre. On pourrait presque oublier la guerre si de temps à autre une colonne de motards ou des camions chargés de militaires casqués et armés ne venaient rompre le silence. Le cabaret La Désirade est égal à lui-même ; c'est-à-dire un lieu rempli de contradictions : étroitement surveillé par la police et la Gestapo et dans le même temps habité par une sorte de liberté visible, de gaieté incontrôlable. Jean, Pierre, Henri et Josette rejoignent Lucienne, Marie, Odette et Charles toujours au saxophone.

Marie est tout excitée. Elle vient de chanter au Club de la presse. Un lieu étrange avec serveurs stylés, maître d'hôtel, vrai café, sucre non rationné, lot de chanteurs et de chanteuses venus de toutes les régions d'Europe, c'est-à-dire excluant tout ce qui de loin ou de près pouvait rappeler le blues anglais, les chanteurs noirs et le jazz américain. Après une soirée belge et une soirée hongroise, Marie a proposé son récital : celui d'une chanteuse parisienne. Marie en est certaine : ce fut un triomphe. Le président Schulz, le Japonais Takada, l'Autrichien Gründberg étaient là, en train de manger des œufs durs, des puits d'amour et des millefeuilles sous des cartouches colorés représentant diverses régions d'Europe, tout en l'écoutant, elle, la petite Française, chantant *Il avait le charme slave* et *Le Rythme de Paris*.

Mais maintenant, devant ses amis, il s'agit de tout autre chose. Enroulée dans sa capeline de chez Sorbier pastichant celles du Second Empire, arborant fièrement des bijoux venus de la boutique Sahara, avenue de l'Opéra, elle représente à merveille cette mode du printemps 44 placée sous le signe de « l'exotisme et du romantisme ». Et bien entendu, tous attendent ses chansons détournées, habillées de paroles incongrues qui font la joie des spectateurs et des spectatrices qui parfois ne s'aperçoivent qu'à peine des changements tant ceux-ci sont subtils. Cette fois-ci, la substitution est évidente, ce qui met la salle en joie car les gens la reconnaissent immédiatement. *Attends-moi sous l'obélisque* de Georges Milton, devient *Attends-moi porte Dauphine, fine*. Et tous reprennent en chœur le refrain fredonné par Marie :

— « Attends-moi porte Dauphine, fine
Attends-moi, attends-moi, attends-moi.
Si je n'y suis pas ne t'en fais pas,
Fais le tour à petits pas du Bois,
Prends un bol d'air, de Boulogne-logne,
Tourne autour de la Porte

Tout autour, tout autour, tout autour,
Tourne, tourne, comme un disque,
Tout autour, tout autour, tout autour,
Quand t'auras tourné une fois
Recommence en partant du pied droit
Ne perds pas ton sang-froid, attends-moi,
Porte Dauphine-fine-fine, à Boulogne-logne-logne. »

Ce printemps est décidément un drôle de printemps. Des coïncidences, des recoupements étranges, de faux hasards apparaissent ici et là. Deux jours après la chanson détournée de Marie, le dépôt de carburant de la porte Dauphine brûle ! Pour tous ses amis, Marie est une sorcière. Lucienne dit : « Tu chantes, et ça saute ! » Mais il est d'autres étranges coïncidences, des collisions absurdes. Une amie américaine de Charles, vivant au camp de Vittel, est ainsi échangée contre une Allemande, détenue comme plusieurs autres citoyens allemands aux États-Unis. L'amie de Charles quittera la France où elle vit et cela lui occasionnera quelques déplaisirs : elle sera dirigée vers une terre intacte, sans guerre et sans camps de la mort. Mais la jeune Allemande, vivant jusque-là aux États-Unis, « libérée », apercevant la statue de la Liberté pour la dernière fois, ira rejoindre l'enfer : les villes allemandes bombardées par l'aviation américaine !

Et la liste peut s'allonger à l'infini. Il y a Jean, qui

est de plus en plus secret, de plus en plus absent. Et Odette, engluée dans ses terribles contradictions, embarquée dans son labyrinthe, entre ses faux amis fascistes et la disparition de Sarah, toujours introuvable. Ou Henri, qui semble avoir peur de tout, ne s'engage dans rien et participe aux réunions zazoues comme malgré lui. Chaque membre du groupe zazou du Café Éva se sent fragilisé, chancelant, comme si quelque chose était en train de se passer, de se tramer. Même Jo, le taciturne, derrière son comptoir et ses grosses moustaches à la Clemenceau, qui est en train de transformer son café en bunker, qui ne veut plus que personne descende dans la cave sous prétexte que les denrées commencent vraiment à manquer et qui a peur des vols, des portes laissées ouvertes, et baisse son rideau de fer à tout propos. Quant à Josette, elle passe des heures à écouter *Irène*, en se rappelant ses promenades avec Gerhard dans le parc Montsouris, et s'arrange toujours pour s'asseoir à La Désirade à la table permettant de voir la fameuse photo où il apparaît à côté des musiciens.

Pour tenir jusqu'au moment où la France ne sera plus sous la botte nazie, il faut tout saisir, tout s'approprier, ne laisser aucune occasion passer car très vite la porte métallique de la prison se referme, l'air se raréfie. Assister à une représentation d'*Andromaque* au théâtre Édouard-VII fait partie de cette bouffée d'air pur nécessaire à la survie. Tous décident donc d'y aller. C'est une nouvelle fois Lucienne qui a réussi à se procurer des billets pour assister à une représentation que tout le monde attend avec impatience. Jean Marais, jeune comédien de trente ans, a obtenu de plusieurs de ses camarades acteurs de cinéma célèbres – Alain Cuny, Michèle Alfa, Annie Ducaux – qu'ils délaissent momentanément les sunlights du septième art, donc leurs contrats mirobolants, pour « avoir l'honneur et le plaisir », c'est ce que propage la presse, d'interpréter le chef-d'œuvre de Racine…

Comme d'habitude, les zazous du Café Éva occupent tout un rang du théâtre. La salle est comble et l'ambiance surchauffée. Josette adore la pièce dans laquelle, estime-t-elle, Racine revient une nouvelle fois sur un de ses thèmes de prédilection : comment passer d'un ordre ancien à un ordre nouveau ? Dire qu'elle est aux anges est un euphémisme. Tout lui plaît. Elle retrouve des mots, des situations qu'elle connaît, une langue qui la touche, et trouve que la fougue de Marais sert admirablement la pièce. Elle aime la mise en scène virevoltante, les décors criards, les costumes volontairement voyants de Paquin, et les perruques rousses qui se détachent sur des tuniques violettes, et les armures éclatantes chamarrées d'or, et surtout les imprécations, les gesticulations, les déclamations des acteurs, l'insolente jeunesse de l'ensemble dans laquelle elle se retrouve comme se retrouve la jeunesse zazoue qui applaudit à tout rompre. Ce n'est qu'en sortant du spectacle, une fois retombé le rideau sur une Andromaque enfin libre, qui décide de vivre et de régner, non comme amante débarrassée d'un tyran odieux mais comme une veuve véritable, héritière légitime du trône de Pyrrhus, que Josette redescend sur terre, c'est-à-dire parmi des spectateurs outrés par le spectacle auxquels ils viennent d'assister :

— Ce Marais ? Quel acteur surfait et prétentieux !

— Vous voulez mon avis : c'est le plus bel exemple de dévirilisation décadente auquel j'aie été confronté depuis longtemps !

— Que cette bande de youpins se soit attaquée à l'un de nos plus immortels chefs-d'œuvre pour le déformer à ce point, c'est du vandalisme !

— Pire : ces incapables sont aussi coupables que les Américains qui détruisent nos cathédrales !

— Et puis ces cuisses, Marais exhibant ses cuisses avec une impudeur gênante pour les dames, c'est à vomir !

— Où est le théâtre français dans tout cela ? Au milieu de tous ces galopins en chemise rose ? Je vous le dis fermement : il faut débarrasser la scène nationale de ces eunuques qui tiennent des rôles d'hommes…

Pour la première fois depuis longtemps, Josette et ses amis ont peur lorsqu'ils sentent la vague de désapprobation monter dans les rangs des spectateurs qui sortent et se rassemblent sur la place faisant face au théâtre. Le mot d'ordre qui court de bouche en bouche et enfle est le suivant : Marais, « qui après tout revendique d'avoir lancé le mouvement zazou et la mode des cheveux longs », a fait un spectacle pour plaire à ses pairs, « ces zazous de merde ». Ses acteurs ? « Une cour composée de répugnants petits zazous à voix de châtrés ! » La solution au problème : « Leur casser la figure, les faire disparaître de la surface de la terre de France, comme la vermine juive ! » Pour la première fois depuis longtemps, chacun rentre chez soi sans traîner dans les rues de Paris, et ferme sa porte à double tour.

Le lendemain, dans la presse et à la radio, le déchaînement de haine atteint des sommets. Philippe Henriot, renonçant pour une fois à stigmatiser les « méfaits des terroristes », des bombardements alliés et de la « propagande gaulliste », consacre son éditorial radiophonique à *Andromaque.* C'est une exécution en règle. Marais et sa bande sont des « fumistes », des « poseurs », des « esthètes extravagants et névrosés », tous « à la solde du monde zazou » pris une nouvelle fois comme source de tous les maux, « les zazous, mal qui dévore la jeunesse française et le jeune théâtre ». La diatribe de l'éditorialiste de Radio-Paris atteint son but : la Milice française, « soucieuse de la protection intellectuelle de la France ainsi que de la moralité publique », obtient du préfet de police de Paris qu'il interdise les représentations de la pièce scandaleuse...

Jour après jour, la souplesse est devenue rigidité, l'eau qui court s'est figée en lac gelé. De nouveau les bruits les plus imbéciles, les rumeurs se remettent à se propager, et des mesures étranges sont décrétées. On annonce la réquisition de tous les chiens mesurant plus de quarante-cinq centimètres de hauteur « du sol à l'épaule ». On raconte que dès les premières heures du débarquement, car celui-ci est de plus en plus présent dans les esprits, la Milice aura pour tâche d'arrêter 20 000 suspects, et d'exécuter les otages dont elle a depuis longtemps dressé une liste précise. Plus prosaïquement : il n'y a plus de charbon, certaines lignes de métro sont complètement fermées, le courant est désormais coupé entre 7 h 30 et 19 h 30, et les prix de certaines denrées au marché noir explosent – le kilo de viande est à 350 francs, le beurre à 700 francs, le tabac à 1 800 francs. Plus grave : depuis le début mai, les bombardements qui s'étaient ralentis ont repris, et cela qu'il fasse beau ou mauvais temps. La deuxième hypothèse étant celle des dix derniers jours durant lesquels un ciel brumeux et une bise glacée ont enrobé Paris où le thermomètre n'a pas dépassé les 5 degrés.

Les mêmes gestes, les mêmes inquiétudes se répètent. Souvent en pleine nuit. Alors Josette se lève, pousse sa fenêtre, respire les senteurs venues du parc Montsouris, regarde du côté des incendies, des fumées – Nanterre, Orly, Villacoublay... –, écoute les coups sourds des bombes qui lui serrent le cœur, le miaulement des obus de DCA qui tombent sans éclater dans les environs. Parfois en plein jour, comme lorsqu'elle se promène à Bagatelle avec Henri, qui devient un peu entreprenant. Alors qu'ils prennent une orangeade sous les marronniers hérissés de pointes blanches, ils entendent l'effroyable martèlement des grandes gares de la banlieue ouest détruites les unes après les autres. À présent, les alertes sont au nombre de cinq ou six par jour, et quand le ciel est pur, on peut distinguer les minces traînées blanches qui courent derrière les chasseurs, fines comme les fils d'une couture sur une étoffe. Un jour, elle n'a pu suivre qu'un quart d'heure de cours sur quatre heures. Et à l'heure qu'il est, tous les concours et examens sont remis *sine die.* Mais l'administration hypocrite maintient cependant les écoles ouvertes !

Sur l'arbre qui fait face à la fenêtre de Josette, alors qu'une accalmie s'est installée, une mère pigeon donne la becquée à ses petits. Josette pense : « Prélude de quel massacre ? » Elle a raison. Le nombre des suspects à arrêter est en constante augmentation : communistes, gaullistes, ouvriers insoumis aux décrets sur le travail obligatoire, étrangers réfugiés, juifs, réfractaires de tous poils, zazous. Empruntant au vocabulaire jusque-là employé par les seules forces d'occupation, les milices françaises rassemblent tous ces « suspects » sous un même vocable : « terroristes ». Une terminologie assez large qui permet d'en fusiller cinq cents rien que pour le mois de mai ! Faut-il pour autant stopper les actions zazoues, qui font courir à celles et à ceux qui les exécutent de plus en plus de risques ? Non, c'est la décision qui est prise à l'unanimité par le groupe. Une des actrices jouant dans *La Jeune Fille*, harcelée par la presse ayant révélé qu'elle ne s'appelait pas « Charlotte Dubreuil » mais « Rachel Goldman », est devenue l'idole des Parisiens et des Parisiennes. Comme il est interdit aux Juifs de posséder une bicyclette, les zazous du Café Éva décident donc de lui en offrir une à la fin d'une représentation ! En accomplissant ce geste de sympathie, ils pensent inévitablement à Sarah. Odette en est certaine, tout est fini. Elle le sent, elle le sait. Sarah est montée dans un de ces trains affreux qui partent de Drancy en direction d'une nuit de ténèbres. Et elle se sent doublement coupable : de n'avoir pu sauver Sarah, et d'avoir livré aux Allemands cinq enfants innocents.

49

En ces jours de mai qui oscillent entre printemps et hiver, Josette continue de refuser les maigres avances d'Henri. Ce n'est pas vraiment un amoureux transi, mais un gentil garçon qui lui veut du bien, toujours prêt à l'aider, à la relever si elle glisse, à lui tenir la porte. Toute cette sollicitude ne fait qu'accroître son indifférence grandissante qui s'est peu à peu transformée en agacement. Josette passe des heures à se promener dans le parc, à regarder tourner le manège de chevaux de bois de son enfance où des enfants essaient d'attraper un anneau avec un bâton, ce qui leur vaut, en cas de réussite, un sucre d'orge ou une décalcomanie. Parfois, elle s'arrête devant l'écurie des chevaux à bascule, dits « hygiéniques », qui donnent l'illusion de la cavalcade, ou s'assied près de la colonne qui a remplacé l'immense cèdre du Liban qui jadis trônait à l'entrée du parc donnant sur l'avenue. Et quand elle repasse devant l'entrée du *Petit Écho de la mode* où des femmes viennent chercher les patrons qui leur sont remis sur présentation de la bande en papier entourant le journal, elle se souvient de Gerhard étonné par cette pratique. En réalité, Josette s'enfonce en elle-même, au fil des jours, écoutant la musique swing comme une drogue, et sans cesse *Irène*, à tel point que c'en est devenu une sorte d'obsession, de rite qui ne délivre de rien mais enchaîne.

Quand elle ne sombre pas dans une profonde mélancolie, Josette est, avec Odette, la plus folle de la bande. Souvent, elles en parlent entre elles : elles n'ont plus rien à perdre puisque d'une certaine façon elles ont sinon tout perdu du moins une bonne partie de ce qui faisait le sel de leur vie. Voilà pourquoi ce sont elles désormais qui entraînent le groupe dans les actions et les délires zazous. Toutes deux à leur façon sont devenues des réfractaires, qui gloussent comme des gamines quand dans la salle où l'on projette *Les Petites du quai aux fleurs*, de Marc Allégret, elles sentent monter en elles de doux troubles lorsque Danièle Delorme, Simone Sylvestre et Colette Richard, de jeunes premières inconnues, évoluent en combinaison dans l'intimité de leurs chambres.

C'est terrible, cette vie écartelée. D'un côté la guillotine qui chaque jour coupe des têtes, les bombardements qui s'intensifient, la Gestapo qui s'introduit partout dans les moindres recoins de la vie quotidienne, et de l'autre ces cafés et ces théâtres qui font salle comble, ces cinémas qui jamais ne font relâche. Entre deux dangers, on vit plus que jamais. Certes, on courbe l'échine, on avance sans faire de projets, on marche sans penser un seul instant que l'avenir signifie quelque chose et pourtant, on vit. Odette et Josette, ce sont elles qui entraînent la bande zazoue au Chapiteau écouter Alix Combelle ; au Bœuf sur le Toit, Aimé Barelli ; au Beaulieu, André Ekyan ; au Schubert, Charles Hary ; à La Roulotte, Django Reinhardt ; à La Villa d'Este, Jerry Mengo ; à La Margatière, Pietro Pezza. Toutes leurs économies y passent, tout leur argent ; ils vont même jusqu'à échanger des disques swing ou des cires de vieux standards de jazz contre des billets d'entrée. Ce sont elles encore qui entraînent tout le monde voir l'*Antigone* d'Anouilh, jouée en matinée, au théâtre de l'Atelier, sous un éclairage glauque tenant de l'aquarium ou du souterrain, que certains voient comme une pièce pétainiste et d'autres comme un cri de résistance puisque Antigone lance à Créon : « Je suis venue pour mourir, pour dire non et pour mourir. » Elles toujours qui, le 4 juin, emmènent la bande à la Comédie-Française voir *Cyrano de Bergerac*. « Voir » étant un bien grand mot puisque après six baissers de rideau pour cause d'alertes, le régisseur décide d'arrêter le spectacle. Elles, à nouveau, qui organisent des « journées messages » durant lesquelles, l'oreille collée à la BBC, à 12 h 30, 13 h 30, 18 h 30 et 21 h 15 – « c'est un travail à plein temps ! » fait remarquer Charles en rigolant – les zazous tentent de comprendre d'étonnantes séquences poétiques : « Ici Londres, veuillez écouter tout d'abord quelques messages personnels :

Les clés sont sous le tapis… Il fait froid à Boston… La flèche ne percera pas le métal… Le chêne reste toujours vert… La poule attend le coq toujours au même endroit… La Goulougne a décidé de boire du thé… »

Comme le dit Jean, « la guerre se rapproche ». Donc, il faut s'amuser d'autant plus. Lors de la représentation de *Huis clos*, de Sartre, le 3 juin, ils crient leur désapprobation. « L'auteur qui veut nous faire croire que la pièce se passe à Fresnes ou à la Santé ne fait rien d'autre en réalité que nous décrire l'enfer d'un ménage à trois, un homme et deux femmes dont une lesbienne, et qui se disputent leur tour de coucher ensemble », c'est du moins ce que pense Pierre, qui ajoute ne pas croire une seconde ce que dit Sartre lorsqu'il explique qu'il a voulu, avec cette pièce, démontrer que « l'honneur et l'intégrité imposaient de résister aux Allemands quelles qu'en soient les conséquences ». Quant à Josette, elle ne veut retenir de *Huis clos* que cette réplique qui a fait hurler de rire la salle, ce qui n'était sans doute pas le but recherché par l'auteur : « Nous avons l'électricité à discrétion. »

Il en est tout autrement pour la reprise du *Roi Jean*, à l'Odéon. Tous les spectateurs sont prévenus. Lors des premières représentations, les applaudissements et les acclamations étaient tels que les Allemands ont failli faire fermer le théâtre. Cette fois-ci, acteur et spectateurs ont décidé d'aborder la fameuse réplique où l'on parle de « débarquement », un mot de plus en plus à la mode, le premier en la jouant *dolce voce* et les seconds en se contentant de se lever comme pour une minute de silence. Et l'ensemble est très beau, et très émouvante cette communion dans une forme de résistance sereine et calme :

— « Jamais on a vu dans le corps d'une nation lever une telle armée pour une expédition étrangère. Ils ont appris à imiter votre diligence ; car au moment où l'on devrait vous apprendre leurs préparatifs, arrive la nouvelle de leur débarquement. »

Cette forme de résistance passive continue à l'entracte, où les Allemands ont la curieuse habitude de tourner en rond, dans les couloirs ou au foyer, en devisant à voix basse. Alors les zazous, aidés par nombre de spectateurs, se mettent eux aussi à tourner en rond, mais dans l'autre sens, pour singer l'habitude allemande, et déambulent comme des recrues dans une cour de caserne !

Avec le mois de juin qui commence, Paris est tout ensoleillé. Il fait beau et chaud. Une joie bizarre circule à tous les coins de rue. Mais comme tout cela est fantasque : ces matinées coupées d'alertes, ce métro interrompu à chaque instant, ces rues pleines de monde où retentit le claquement des semelles de bois des femmes. On dirait une pièce de théâtre dont le metteur en scène changerait constamment la mise en scène, les costumes, les décors, le jeu des acteurs. Les gens circulent dans un désordre total et dans le même temps les trottoirs sont de plus en plus coupés de barrières blanches qui éloignent les piétons des établissements allemands. Les places et les squares sont encombrés de chevaux de frise, certaines avenues sont désertées tandis que d'autres fourmillent de soldats verts. Quelque chose se prépare. Tout le monde attend. Mais Odette et Josette ont un grand projet. Le 5 juin, c'est l'anniversaire de Pierre, vingt ans, ce n'est pas rien, pourquoi ne pas le fêter chez lui ? Marie est chargée de le convaincre. Pour cela elle lui chante la chanson de Damia :

— « Depuis que les bals sont fermés,
Depuis que la valse est morte,
Je vois encore tourner, valser,
Les galants qui me font escorte.
Tous les bras qui m'ont enlacée,
Dans un tourbillon m'emportent.
Je ne peux pas vous oublier,
Depuis que les bals sont fermés. »

— Et alors ? dit Jean.

— Alors, nous les filles on a envie de danser, et sans risquer de se faire emmener par la police. Une rafle dans un bal interdit et on est bons pour la prison ou une usine en Allemagne.

— Un bon bal interdit, ça fait monter la peur…

— Tu as besoin de ça, toi ! dit Odette. Tu ne trouves pas qu'on ne l'a pas assez comme ça, la trouille !

Pierre ne répond pas. Josette prend la parole :

— Qu'est-ce que vous avez tous les deux, vous avez à faire à Paris ce jour-là ?

— Non, répondent Pierre et Jean.

— Alors ? dit Josette, Pierre, accepte ! Ce serait épatant !

Après quelques minutes d'ultime réflexion, Pierre donne son accord, sous les applaudissements et les cris de joie des autres :

— Bon, allez, c'est oui, on va tous à Ville-d'Avray ! Et puis, toi qui aimes le risque, Jean, tu seras servi : lors du dernier bombardement, une voisine qui passait quelques jours à Ville-d'Avray avec sa famille pour se reposer a été tuée en jouant au tennis.

— Tu n'as pas une histoire plus drôle ? réplique Jean.

— Si. Une vieille dame du quartier nord qui se promenait dans son jardin, lors de ce même bombardement, a littéralement perdu la tête, on l'a retrouvée à cinquante mètres de là posée sur un banc…

La nuit qui commence doit être une nuit de folie. C'est ce que tous se disent. Lucienne, qui a dû dévaliser les penderies de la boutique de mode où elle travaille, a constitué pour ses copines une garde-robe qui, comme le proclament les magazines, réussit le « miracle de s'habiller avec beaucoup de distinction sans utiliser un seul point de textile » ! Robe de guipure ajourée avec une ceinture de tulle recouvrant des dessous en dentelle, paire de gants en peau de dindon, chaussures en raphia à semelles de liège, bibi de copeaux de bois à résille de tulle… Pour la première fois depuis le début de la guerre, les filles de la bande ne sont pas habillées en zazoues. Pour elles, elles sont déguisées et cela les amuse énormément ! Pour l'occasion, elles ont toutes été en bande chez le coiffeur où, faute d'électricité, elles ont fait chauffer leurs bigoudis, assises en peignoir sur les chaises alignées sur le trottoir et mises à leur disposition afin de pouvoir bénéficier du merveilleux soleil de juin. Quant aux garçons, en bons représentants de la gent masculine, ils n'ont guère fait d'efforts vestimentaires mais ont réussi à négocier au marché noir des merveilles : de quoi constituer un repas de rêve, pour cette nuit qu'on appelle dans les cabarets une « nuit blanche-adaptée », c'est-à-dire durant laquelle il faudra attendre la fin du couvre-feu, le lendemain matin, pour rentrer chez soi…

Cette nuit, en réalité, fait partie de celles que la jeunesse zazoue nomme une « fiesta », le nouveau mot à la mode. Seule concession à Jean et à Pierre, l'écoute de la BBC :

— Pour une fois, vous n'allez pas en mourir, si on ne l'écoute pas ! dit Lucienne.

— Non, mais on a envie, répondent en chœur Jean et Pierre.

À 21 h 15 précises, la TSF est donc allumée, laissant, dans la pièce éteinte, briller son cadran orange, comme un tabernacle dans une église :

— « Tuez les chenilles, elles sont nuisibles… » « Les foins sont coupés… » « Le vieillard est congestionné… » « Les sanglots longs des violons de l'automne… » « Dans ma forêt normande est un grand livre… » « Le vent ne souffle plus… »

Pierre et Jean se regardent et se mettent à pleurer, puis à rire et à s'étreindre comme jamais, devant les autres, médusés.

— On se connaît depuis si longtemps ! dit Jean.

— Mon meilleur copain depuis l'enfance ! dit Pierre.

La complicité entre les deux jeunes hommes n'a jamais été aussi grande, aussi forte. Et quand Jean débouche la bouteille de champagne que Pierre est allé prendre dans la cave de ses parents, la soirée débute vraiment ; durant laquelle d'ailleurs les désordres amoureux tiennent peu de place. On boit beaucoup, tout ce qu'on a pu rassembler. Contrairement à la légende qui court sur ces soirées « fiestas », c'est le message que fait passer Pierre, inutile de tout casser ! Les meubles, la vaisselle, les bibelots… Pierre vit chez ses parents et il souhaiterait que « tout leur fourbi » reste en place. Il précise : « Je n'ai pas envie de me faire tuer ! » Alors avant tout, on danse beaucoup. Cette nuit, tout y passe : fox-trot, tango, paso doble, jazz pur, swing. Marie a même rapporté un disque sur lequel on peut entendre un débutant avec une voix étrange chanter des « airs Far West ». Elle doit répéter plusieurs fois son nom, personne n'en a entendu parler : « Yves Montand, réfractaire au STO, "suspecté" de judaïsme, émigré italien, une veste à carreaux invraisemblable sur les épaules, beau gosse, tout pour plaire quoi… »

Vers 3 heures du matin, alors que les danses deviennent plus lancinantes, les pas moins assurés, Odette qui a trop bu dit que « tout est fichu », que « sa jeunesse est partie et que d'ailleurs même les zazous sont en train de disparaître ». Du fond de son canapé, Charlie prétend le contraire. Il a lu dans le numéro du 1er juin 1944, « donc, il n'y a pas si longtemps ! quelques jours à peine... », un article paru dans *Toute la vie* et qui dit à peu près ceci :

— « Que me servirait de faire une description exacte de leur habillement et de leur parure ? Quelquefois les coiffures montent. Il a été un temps que leur hauteur immense mettait le visage d'une femme au milieu d'elle-même. Dans un autre, c'étaient les pieds qui occupaient cette place, les talons faisaient un piédestal qui les tenait en l'air. »

— Et ce contempteur de zazous de se demander ironiquement « si les architectes doivent hausser et élargir les portes selon les caprices de ces affublements... », ajoute Josette.

— Tu as lu le même article ? demande Charlie.

— Non, mais j'ai lu Montesquieu. C'était mon programme de cette année !

— Je ne comprends rien à ce que vous racontez, dit Lucienne avant de boire une nouvelle gorgée de cognac.

— Le journaliste n'a rien compris, dit Josette, qui se lève, titubante, et le petit doigt levé, comme pour danser le swing, déclare : Montesquieu se moque d'une mode. Chez nous, les zazous, c'est plus qu'une mode !

— Oui, c'est quoi ? demande Marie, avant de sombrer dans un profond sommeil non exempt de ronflements.

Debout, un autre verre de cognac à la main, agitée d'un mouvement de balancement d'avant en arrière, Josette donne sa réponse, sur un ton professoral mêlé d'une diction des plus avinées :

— Le zazou refuse l'ordre nouveau qui lui est imposé. C'est une attitude politique qui dicte le comportement du zazou, un peu comme les incroyables ou les muscadins qui…, ajoute-t-elle avant elle aussi de tomber à la renverse sur le canapé, sans terminer sa phrase.

Quand tout le monde se réveille, vers 8 heures du matin, il fait déjà un soleil de plomb. Une lumière crue baigne la pièce. Comme toute bonne « fiesta », celle-ci a été pleine d'entrain et bien arrosée, c'est la conclusion unanime. Ils ont mis des disques, dansé, divagué, et au petit jour, la tête est lourde et les idées sont encore moins claires que la veille. Tout cela est plus que normal. Le défilé dans la salle de bains et aux toilettes se fait dans l'obscurité. Une nouvelle fois le courant semble coupé… La première constatation matinale effectuée par les huit participants à la « fiesta », c'est que deux d'entre eux manquent : Pierre et Jean.

— Allume la radio, propose Henri, on te dira peut-être où ils sont ?

Marie se précipite et tourne le bouton : le gros poste de TSF reste muet. L'électricité n'a pas été rétablie.

— Ils sont partis nous chercher des croissants, lance Henri.

— Ou un vrai café au lait ! rêve à haute voix Odette.

Mais le temps passe et personne ne revient. Alors que tous décident de commencer le petit déjeuner car cette nuit leur a donné faim, la radio que Marie avait laissée allumée hurle dans toute la pièce. C'est Radio-Paris. Il semblerait qu'un grand nombre de bateaux aient été aperçus au large de la côte normande. On parle de bombardements de cette même côte effectués par des pièces de marine, de violentes attaques aériennes. Tout ça est un peu flou. Les villes citées sont Carentan, Bayeux, Caen… Le commentaire n'est sûr que d'une chose : « Toute disposition de riposte allemande est prise sur les positions de l'invincible mur de la forteresse Europe. »

Dans la rue, le bouche-à-oreille circule. Les passants s'agitent, s'interpellent. Lucienne ouvre la fenêtre. Un transporteur à vélo qui a réussi à écouter Radio-Londres entre deux coupures d'électricité lui lance, sûr de lui :

— Les Anglais ont débarqué !

— Vous en êtes certain ? demande Josette, accoudée au rebord de fenêtre à côté de Lucienne.

— Ils ont débarqué à 4 heures...
— Ils ne risquent pas d'être repoussés ?
— Mais non, les Boches sont foutus, foutus !

50

Ce n'est qu'en écoutant les émissions des postes étrangers, surtout celles de la BBC, que les zazous du Café Éva comprennent que le fameux jour J est enfin arrivé et que plus aucun doute n'est permis. Si la joie évidemment est entière, subsiste une crainte légère. Tous ont souhaité ce débarquement mais ils l'imaginaient lointain, sur les côtes de Belgique, voire de Hollande, pourquoi pas sur la côte dalmate en Grèce avec une entrée en guerre de la Turquie. Or, celui-ci est en train d'avoir lieu à moins de deux cents kilomètres, en ligne droite, de Paris, en plein dans leur « banlieue estivale », les plages normandes de Cabourg, Deauville, Honfleur…

Josette est la plus enthousiaste :

— Il est 10 heures du matin. Ils seront à Paris ce soir !

Jean et Pierre, qui viennent de rentrer de leur périple matinal, ne sont pas d'accord : ce sera beaucoup plus long.

— Aussi long que votre retour ? demande Marie. On était vraiment inquiets. Où étiez-vous passés ?

— Acheter une carte, répondent en chœur Jean et Pierre.

Josette lève les yeux au ciel :

— Vous nous prenez pour des imbéciles !

— Non, non, c'est vrai, insiste Pierre.

— Quatre heures pour une carte ! insiste Marie qui ajoute : Et une carte de quoi, du pôle Nord !

Charles propose à tout le monde de se calmer, d'autant plus que Jean montre effectivement une carte qui dépasse de la poche du blouson de Pierre :

— Nous avons fait toutes les librairies du quartier. Impossible de trouver des cartes de la Normandie. Plus de Taride numéro 55. Certains libraires vendent même des pages d'atlas ou de Larousse qu'ils ont déchirées...

— Mais nous, ajoute Pierre, agitant triomphalement la carte dans sa main droite, grâce à notre charme et à notre persuasion, nous avons trouvé la dernière Michelin numéro 54.

Une fois celle-ci dépliée sur le sol, tous se mettent autour, imaginant les plages du débarquement, les villes où pourraient s'avancer les troupes alliées : Isigny, Bayeux, Caen, Troarn. On parle d'une tête de pont qui pourrait s'être établie à Ouistreham... Pendant ce temps, à la radio, le speaker assure que « plus les Anglo-Américains s'aventureront sur la terre de France, plus leur vulnérabilité permettra leur encerclement »...

Les jours qui suivent le 6 juin, les vitrines des librairies, des magasins, des cafés affichent des cartes de Normandie au 200 000e et même au 80 000e. Des attroupements se forment autour à l'affût des petits drapeaux punaisés ici et là sur la mince bande côtière, et chacun retient son souffle. Avant de s'abandonner totalement à l'enthousiasme suscité par l'espoir d'une libération prochaine, Paris connaît des alternances de joie et de découragement. Le front de l'ouest est percé mais il n'est pas crevé. En un mot, la partie n'est pas encore gagnée, et le pronostic de Josette – « Il est 10 heures du matin, ils seront à Paris ce soir » – ne s'est évidemment pas réalisé !

Dans les rues de la capitale, la Wehrmacht se livre à de mystérieux travaux. Des équipes, en tenue de camouflage, descendent dans les égouts parisiens, d'autres tendent des écrans de barbelés afin d'empêcher toute « action terroriste ». Sur les chaussées des quartiers du centre, des équipes françaises de terrassiers creusent des fossés transversaux qui coupent les grandes artères. Des rails de chemin de fer sont fichés verticalement sur les rues et les trottoirs, de hautes barrières sont édifiées afin de former un corset protecteur autour des ministères sensibles. On coule des dalles de béton. On cloue des coffrages, on dresse de hautes murailles de sacs de sable. Et d'inévitables rumeurs circulent. La plus tenace est la mise au point d'une organisation particulière si Paris devait être coupé de tout, encerclé par les troupes anglo-américaines, et s'il n'y avait plus ni eau potable, ni gaz, ni électricité. Déjà, des équipes passent dans les restaurants de chaque quartier leur demandant de déclarer le nombre de gamelles dont ils pourraient assurer la cuisson, et même dans les cafés comme celui de Jo qui a lui aussi eu droit à une visite des services concernés. Chaque gardien doit fournir la liste exacte de ses locataires. Enfin, des écriteaux sont apposés dans chaque maison donnant les détails de « repas communautaires ». C'est le souci majeur : comment nourrir Paris affamé ? Car n'en doutons pas, les Anglo-Américains vont affamer les Parisiens ! La rumeur dit : « Chaque soir les Parisiens recevront une soupe chaude et des légumes. Une “roulante” leur remettra en même temps un casse-croûte pour le repas du lendemain midi. »

Malgré les rumeurs, malgré les mystérieux travaux, les fausses informations, l'incertitude grandissante quant à la réussite de ce débarquement, on sent bien que quelque chose de fondamental est en train de changer. La Résistance jusque-là très discrète mène désormais à visage découvert le combat pour lequel elle a depuis si longtemps mobilisé ses effectifs secrets. Les Parisiens qui n'en font pas partie n'ont qu'une idée assez imprécise de l'ampleur de ces réseaux tendus à travers le pays, de leurs effectifs, de leurs armements, de leurs mises au point si méticuleuses. Lentement la Résistance se montre, se dévoile, fait comprendre qu'elle est là, qu'elle a eu et continue d'avoir une part active dans le débarquement.

Curieusement, les Allemands reportent l'heure du couvre-feu de minuit à une heure du matin. Mesure stupéfiante, destinée à faciliter l'accès aux salles de spectacle qui par suite de la rupture de courant électrique ne peuvent ouvrir qu'à 22 heures. Jean, prudent, recommande aux zazous du Café Éva d'éviter de s'y rendre. Pour lui, c'est une évidence, voilà un piège dans lequel il ne faut pas tomber. En revanche, comme tous les autres Parisiens désireux de profiter du temps magnifique qui règne alors sur la capitale, il va se faire bronzer au soleil de midi et flirter sous les parasols des quais de Seine transformés en station estivale, puis siroter tranquillement des apéritifs aux terrasses des cafés qui n'ont jamais été aussi remplies. Au Flore, dont les chaises débordent sur le trottoir, ils ont même croisé Picasso, Maria Casarès, et évidemment Sartre et Beauvoir.

Ce mois de juin est le plus paradoxal de cette guerre. Un jour que la bande se promène aux Champs-Élysées, parmi une foule compacte de badauds, elle tombe sur une interminable colonne de chars Tigre qui gagnent le champ de bataille par la rive droite de la Seine. L'un derrière l'autre, dans un bruit de tonnerre, ils remontent vers la place de l'Étoile pour gagner la route de Quarante-Sous, par Neuilly et Saint-Germain. Mais ils n'impressionnent plus personne. C'est tout juste si les promeneurs se retournent sur leur passage…

— Tu as peur ? demande Josette à Lucienne, voyant celle-ci hocher la tête.

— Pas du tout, c'est mon chignon qui est en train de tomber. Rien à faire des Boches, qu'ils partent ! Bon débarras !

Les zazous n'ont jamais été aussi soudés, proches les uns des autres, comme aimantés vers cet espoir partagé de la fin de l'occupation allemande. Ils vont tous ensemble au Club de la Chanson où Zappy Max donne des leçons de claquettes, et où un nouveau duo vocal fait fureur, formé par Pierre Roche et un certain Charles Aznavour. Ils retournent au cinéma voir *L'aventure est au coin de la rue*, film tiré de *Premier de cordée*, le livre de l'alpiniste Frison-Roche ; et *La Malibran*, dont la vie est contée de manière déconcertante par Sacha Guitry. Ils se paient même le luxe d'aller dîner à La Grive, restaurant dans lequel il y a de moins en moins d'Allemands, où les Français se retrouvent de plus en plus entre eux, et quand, comme aujourd'hui, un soldat montre le bout de son uniforme vert-de-gris, il se trouve toujours une voix zazoue pour lancer à la cantonade : « Oh non, encore des épinards au menu de ce soir ! »

Les combats se rapprochent de Paris. C'est un fait. En Normandie, les villes de Caumont, de Villers-Bocage, de Balleroy sont désormais libérées. Après Churchill et Eisenhower, c'est de Gaulle qui est venu à Bayeux. Monté sur une estrade improvisée, il s'est fait acclamer à perdre haleine par la foule rassemblée et a entonné avec elle une vibrante *Marseillaise*. Mais la réalité de la gigantesque bataille qui se livre en Normandie est, à Paris, à peine perceptible. Elle se laisse entrevoir dans les alertes qui se succèdent à un rythme de plus en plus rapproché, ou dans ces combats aériens qui ont lieu très haut dans le ciel. Un jour, Josette qui fait la queue au milieu de dizaines de ménagères au marché de Neuilly, parce que paraît-il on peut y trouver des œufs, assiste au passage éclair dans le ciel de chasseurs anglais poursuivant un avion allemand. Ronflements rageurs des moteurs, tic-tac des mitrailleuses, ricochets des balles perdues ; mais personne, dans la file d'attente, ne bouge, de peur de perdre sa place. Et quand l'avion allemand tombe en flammes sur le pont de Neuilly, aucune femme ne rebrousse chemin. Oui, la vie continue. Alors que la bataille vit sans doute ses moments les plus dramatiques, les concours du Conservatoire réunissent candidats, élèves, professeurs, jury, journalistes, familles et amis – c'est le cas de Pierre qui vient soutenir un de ses amis qui ne fait pas partie de la bande zazoue – dans la salle de l'Odéon. Durant deux matinées, on auditionne la scène de la fontaine de *On ne badine pas avec l'amour*, les bastonnades des *Fourberies de Scapin*, les imprécations de Camille dans *Bon appétit, messieurs*. Quant à Odette, qui pose parfois nue à l'Académie de la Grande Chaumière, elle continue son travail, dans un atelier surchauffé, posée sur sa petite estrade devant un public de messieurs âgés, d'étudiants, de demoiselles à lunettes, et deux soldats de la Luftwaffe, imperturbables, montés sur de hauts tabourets, qui arrivent à l'ouverture de la salle et n'en partent qu'à la fermeture, après avoir rangé avec soin et méthode leurs croquis. Quelle étrange façon de faire la guerre... Ce sont eux qui renseignent le public :

— *Ja, ja*, les Américains sont à Cherbourg. Cherbourg mort, terminé !

— Vous êtes sûrs ? lance Odette qui parfois se couvre lorsqu'elle sent le froid la gagner.

— *Ja, ja*, répètent les soldats. Bientôt à Paris. Normandie... Allemagne... Deux mois, *kaput*...

Le plus difficile, c'est la vie quotidienne. Dans ce Paris ensoleillé, privé de métro, les boutiques ferment les unes après les autres, les bureaux de tabac affichent tous « Plus d'allumettes à vendre », et nombre de denrées commencent sérieusement à manquer. Quant au transport, il devient inexistant. Les moyens de communication ferroviaires et routiers bloqués, les vivres n'arrivent plus et la distribution est illusoire. C'est le grand problème : plus de pain, plus de viande, plus de légumes frais, la ville transformée au fil des mois de guerre en vaste ferme de fortune trouve toute son utilité. Mais très vite tout disparaît. Les poulets, les canards, les lapins élevés sur les balcons, dans les parcs, dans les placards, sont mangés. Et puisqu'il n'y a plus ni électricité ni fuel, les gens allument des feux de balles de papier pour faire bouillir l'eau ou cuire le peu de nourriture qu'ils trouvent. Le voile de fumée qui recouvrait la ville quand les Allemands sont entrés dans Paris est à nouveau là. Mais cette fois, ce n'est plus le gouvernement de la République qui brûle ses dossiers et ses réserves de pétrole, ce sont les Parisiens qui allument des feux de cheminée et les Allemands qui font de grands brasiers pour faire disparaître les traces de leurs exactions.

Plusieurs semaines après le débarquement, ceux-ci sont encore bien installés dans Paris, et l'on assiste à un ballet ininterrompu de soldats qui se croisent. D'un côté, les convois d'ambulances qui descendent du front, des équipages hier encore impeccablement rasés, bottes cirées, et qui à l'image de leurs véhicules aux ailes arrachées, aux capots enlevés, aux toiles déchirées, portent les stigmates de la violence des combats ; de l'autre, des colonnes de blindés allemands qui défilent dans les rues de Paris, tankistes noirs montant vers le feu, dents serrées, regards vides, sur le boulevard Saint-Michel, sur le boulevard Suchet, avenue de Marigny, avenue Gabriel. Ballet sinistre dont l'horreur est parfois interrompue par une horreur plus grande encore, comme en ce moment d'angoisse auquel Josette a assisté alors qu'elle marchait rue de la Chaussée-d'Antin : un avion anglais d'où s'échappaient de la fumée et des flammes, qui va s'écraser on ne sait où, tandis que disparaissent derrière les toits les deux aviateurs qui ont sauté en parachute. Quand elle raconte cela, Josette, encore émue, dit, entre deux sanglots nerveux : « Je me demande si je n'ai pas rêvé tant tout s'est passé vite… »

Les combats se rapprochent, les bombardements s'intensifient. À Saint-Ouen, des dépôts d'essence ont été complètement détruits par des vagues successives de bombardiers. Il y a plusieurs centaines de morts à Versailles et à Paris. Nombre d'usines étant fermées à cause des dégâts, des dizaines de milliers d'ouvriers sont au chômage. Ceux qui pronostiquaient un isolement complet de Paris jubilent : ils ont gagné leur pari ! Et les rues se couvrent de pancartes peintes en noir et blanc : *Zur Normandie Front* – « Vers le front normand ».

Au milieu de toute cette activité désordonnée, les Parisiens commencent à désespérer : la progression des Anglo-Américains est lente, plus lente que prévu, et les avant-gardes paraissent encore bien lointaines. Une seule certitude : la presqu'île du Cotentin est aux mains des Américains. Il faut fêter l'événement. C'est ce qu'ont décidé les zazous du Café Éva en se réunissant chez Jo.

51

Josette, petite robe légère en mousseline rose agrémentée de boutons cocarde aux couleurs nationales, et chaussures ouvertes à semelles en bois, jette sur une des tables du Café Éva un sac en papier kraft contenant une invraisemblable ration de côtes de porc !

— C'est une histoire de fous ! Vous n'allez jamais me croire !

— Peut-être pas, mais on peut toujours les faire cuire ! dit Jo. Côtes de porc à la moutarde pour tous ! Il m'en reste un pot, j'ai des oignons, de la farine et…, ajoute-t-il, triomphal, ouvrant un garde-manger : de la crème fraîche, échangée contre des boulets ! Et j'ai mis la main sur un stock de quatre kilos de pommes de terre échangé contre… une boîte de peinture verte !

— Le paradis ! dit Jean.

— Alors, comment as-tu eu des côtes de porc ?

C'est en effet complètement rocambolesque. Comme il faisait aujourd'hui très beau, Josette a eu envie de se promener du côté du Palais des Glaces et de l'avenue Victor-Emmanuel-III. La Wehrmacht, on le sait, qui décroche de ses positions du sud de la France, a trouvé dans Paris un refuge : les avenues et les esplanades, abondamment arborées, offrent à cette armée en déroute un camouflage suffisant contre les observateurs aériens qui survolent la ville. Dans ces premiers convois remontant du Sud, dont le repli s'est plutôt jusque-là effectué dans le bon ordre et la discipline, il s'est trouvé des conducteurs très au courant des opérations de marché noir qui, ayant prévu la halte, avaient bourré leurs camions de légumes, de beurre, de viande, de fromage, voire de canards ou d'oies vivants susceptibles d'être revendus à prix d'or aux ménagères parisiennes. Ainsi plusieurs places de Paris, autour de l'église de la Madeleine, avenue de Clichy, à Montmartre, ont été investies par ces marchés tolérés par l'autorité allemande. Avenue Victor-Emmanuel-III, le spectacle était incroyable :

— Vous me croirez si vous voulez, j'ai assisté au découpage d'un cochon, gisant, scié en deux, sur le plancher d'un camion ! Le soldat était certainement charcutier de son métier car il maniait le hachoir avec une habileté extraordinaire.

Pendant que Jo est parti derrière ses fourneaux, les zazous, tout en rassemblant plusieurs tables de façon à ne plus en constituer qu'une seule qu'ils commencent à dresser, discutent à bâtons rompus de tout et de rien : du débarquement comme des derniers airs de swing, des études qui pour certains arriveront à leur terme d'ici un an ou deux, comme des prochains films à aller voir quand ce sera possible. Deux sujets sont soigneusement évités : Sarah et Gerhard...

Quand Jo revient, déposant les poêles où ont cuit les côtes de porc sur des dessous-de-plat en fonte, il se fait copieusement applaudir, et cela d'autant plus qu'il est allé lui-même chercher dans sa cave bouclée à double tour des bouteilles qu'il gardait pour le grand jour. Ce qui est le cas, n'est-ce pas ? Tous sont d'accord : bientôt les Américains seront à Cherbourg, à Caen, à Avranches. « C'est le chemin, dit Jo, ils ne peuvent faire autrement ! » Et après « ce sera au tour de Brest puis de Saint-Nazaire », poursuit-il.

— Qu'en sais-tu ? demande Charlie. Tu es un grand stratège ?

— Non, mais je suis normand, et il n'y a pas cinquante chemins qui, de Normandie, mènent à la conquête de Paris ! Voilà pourquoi Paris doit maintenant être sûr de la victoire des Alliés !

La nuit est en train de tomber. Et malgré la pénombre – bougies introuvables, pétrole rare, électricité coupée –, l'euphorie est totale. Cela donne un petit aperçu de ce que sera le jour où l'on annoncera la défaite de l'Allemagne... Charlie a apporté un cadeau pour tous. Là encore, échangé contre des bouteilles d'apéritif à des clients de La Désirade : un disque de l'orchestre d'Eddy Barclay. Pour danser, c'est épatant : *Star Blues*, *Étincelle*, *Trop tôt*, et surtout *Hot Club Swing*, un morceau où la trompette de Maurice Mouflard et le saxophone alto d'Hubert Rostaing ne laissent aucun zazou indifférent. Les danses effrénées terminées, chacun se jette sur ses côtes de porc à la moutarde et à la crème. « À la crème, putain ! À la crème ! » ne cesse de répéter Henri…

Soudain, la porte s'ouvre avec violence. Un groupe de cinq hommes en armes et habillés en civil fait irruption dans le café : Ali Belal et sa bande. Contrairement à la première fois, ils n'exhibent pas leur uniforme ridicule mais plutôt des complets-vestons, neufs mais visiblement bon marché, qui leur donnent l'air de petits truands sans envergure. Sûrs de l'effet qu'ils produisent – une crainte bien réelle –, ils se vautrent sur les tables, s'asseyent sur le dos des fauteuils, à califourchon sur les chaises ou restent debout, tous jouant avec leurs armes. C'est évidemment Ali Belal qui prend la parole, qui raconte ses exploits, ceux de la Brigade nord-africaine, dite « brigade Mohamed », encadrée et formée par les chefs de la « Gestapo française ».

— Je te croyais dans le sud de la France avec tes copains boches…, dit Jo.

Ali ne répond pas, et préfère raconter comment après Tulle, Périgueux, Brive, Montbéliard, alors qu'il remontait vers Paris, il a continué d'incendier les fermes, de piller les magasins, de rançonner les villageois, pour la plus grande gloire du Reich « protecteur de l'Islam ». Et comment il a torturé, tué, violé tout ce qui « de près ou de loin ressemblait à un terroriste ». Et comment il a miraculeusement survécu à l'attaque de résistants qui, alors que le camion parti de Tulle rapatriait à Paris les résidus de la Brigade nord-africaine, a réduit à néant cette troupe décimée et sans chef. Mais avant d'aller recevoir sa solde rue Lauriston, Ali voulait passer par le Café Éva, certain qu'il y trouverait ses anciens « amis » les zazous pour leur dire au revoir. Plutôt que de disparaître dans la nature comme les autres, ces « lâches sans conviction », il a lui un autre projet : gagner Berlin pour aller prêter allégeance au grand mufti de Jérusalem qui y a trouvé refuge afin de poursuivre le combat...

— Quel combat ? demande Pierre.

Toute la bande de malfrats éclate d'un rire gras, répétant « Quel combat ? Quel combat ? » :

— Contre les Juifs, les gaullistes, les communistes, les francs-maçons, les nègres, les infidèles, répond Ali, qui ajoute mettant son arme sous le nez d'Henri : Quel combat ? Quel combat ?

Parmi les zazous, aucun ne bouge. Aucun ne parle. À quoi cela servirait-il ? Les armées anglo-américaines ont débarqué sur le sol de France et il faudrait se faire tuer maintenant, à quelques semaines, à quelques mois de la fin de la guerre ? À quoi servirait de mourir en héros ici face à ces hommes armés ? Et avec quelle arme les combattre ? Croyant bien faire, Odette propose une sorte de dérivation :

— Et si nous buvions tous une bonne bouteille de vin ? suggère-t-elle.

— Voilà une jeune fille qui sait parler aux hommes ! Mais tu as raison, va nous chercher des bouteilles à la cave.

— Non, dit Jo.

— Comment « non » ? réplique Ali.

— Personne ne descendra dans ma cave !

— Tu y descendras, toi, et moi je t'accompagnerai, patron, dit Ali.

— Non !

Prenant Jo par le col et lui mettant son arme sur la tempe, Ali paraît intraitable :

— Tu es prêt à mourir pour quelques bouteilles de pinard ? Quelle absurdité !

— C'est ma cave, et personne ne descend dans ma cave.

— Patron, si je devais compter le nombre de fois où tu m'y as envoyé, dans « ta » cave…

— Les temps ont changé, Ali.

— Ça veut dire quoi ? Tu as un trésor caché ? Tu élèves un cochon ? Tu caches un dépôt d'armes ?

Jo ne répond pas.

— J'y suis, dit Ali, triomphal : Tu caches un de ces « porteurs d'impureté », un « idolâtre », tu caches un Juif !

À ce point de la conversation, un geste de trop, une parole mal comprise, et les balles partent. Ali et sa bande ne font pas dans la dentelle.

— Tu caches des Juifs ! Hein ? Tu caches des Juifs, patron ?

Au moment où Ali est sur le point d'emmener

Jo dans sa cave, des coups de feu claquent dans la rue, tirés par la Feldgendarmerie qui effectuait son contrôle de black-out et qui a tiré sur une fenêtre où un rectangle lumineux s'était brusquement découpé : celui d'une TSF qui s'est remise à marcher lorsque l'électricité coupée toute la journée a été rétablie. Ali Belal et ses hommes sortis dans la rue se sont retrouvés face à la patrouille de la Feldgendarmerie qui leur a immédiatement demandé leurs papiers avant d'exiger qu'ils les suivent ! Aujourd'hui, dans les rues de Paris, tout le monde suspecte tout le monde.

— Le monde à l'envers, dit Josette. Ils s'arrêtent entre eux maintenant !

Une bonne nouvelle ne venant jamais seule, ils apprennent par la BBC la confirmation d'une rumeur persistante : ce matin, Philippe Henriot, ministre de la Propagande et orateur de Radio-Paris, a été exécuté à son domicile par un groupe de résistants déguisés en miliciens. Jacques Pessis, le speaker de Radio-Londres, termine sa chronique par ces mots :

« L'adhésion de Philippe Henriot à la collaboration était si totale que nombre de Français ne supportaient plus cette voix méchante, hargneuse, injurieuse. En attaquant les gaullistes, les attentistes, les tièdes, les mous, les défaillants du STO, les maquisards, les Juifs, les francs-maçons, les neutres, les saboteurs, les terroristes, et évidemment les zazous, c'est la France tout entière qu'il attaquait. Nous ne regretterons pas sa mort, nous danserons même autour de son cadavre encore chaud. »

Ce que font immédiatement les zazous du Café Éva aux sons de l'orchestre d'Eddy Barclay. Ce mélange de fête et de sang est bien celui du Paris de ces derniers jours de juin. Avec son lot de rumeurs fausses ou avérées, le tout mêlé, indissociable. On dit que l'insurrection nationale aurait commencé en Bretagne, en Savoie, dans le Massif central, dans le Nord, dans les Vosges, en Saône-et-Loire. On dit qu'un bataillon du 1er régiment de France aurait rejoint le maquis. On dit que ceux qui sont arrêtés dans les rues de Paris après le couvre-feu sont systématiquement torturés, fusillés, que les Allemands, bien qu'ils sachent qu'ils ont perdu la guerre, n'en continuent pas moins d'arracher les langues, de crever les yeux, d'assassiner à coups de marteau. Il ne se passe plus un jour sans que les bruits terribles d'un bombardement ne viennent rythmer les nuits des banlieues de Paris. Plus rien ne fonctionne excepté la propagande collaborationniste qui couvre Paris de tracts. Celui intitulé « À bas les affameurs » est particulièrement intéressant. C'est une question posée aux ménagères de Paris. Et pour les zazous l'occasion d'un jeu où chacun rit jaune.

— Ménagères de Paris, dit Josette, vous ne pouvez plus faire manger vos familles, les denrées n'arrivent pas, les vôtres souffrent… À qui la faute ? Hein, à qui la faute ? demande-t-elle en se tournant vers ses amis.

— Tandis que le gouvernement s'emploie à assurer tant bien que mal le ravitaillement des villes, poursuit Lucienne en prenant l'accent allemand.

— Qui coupe les ponts ? demande Josette.

— Les Anglo-Américains et les terroristes, répond Jean en imitant la voix de feu Philippe Henriot.

— Qui mitraille et fait dérailler les trains ?

— Les Anglo-Américains et les terroristes, reprennent en chœur les zazous du Café Éva.

— Qui anéantit sur les routes les camions de farine ? Qui incendie les récoltes et liquide le bétail ? Qui donne l'ordre de vous faire mourir de faim ?

— Les Anglo-Américains et les terroristes !

Il y a des jours de légèreté durant lesquels on peut se promener au soleil en portant des vêtements aux couleurs du drapeau national malgré l'interdiction allemande, ou aller écouter Jean-Paul Sartre animant une conférence sur le théâtre, ou encore, puisque les cinémas ont rouvert leurs portes, assister à une projection de *Falbalas*, *L'Île d'amour*, un navet corse de Maurice Cam dans lequel Tino Rossi, qui est tout sauf un zazou, pousse la chansonnette avant de mourir assassiné sur une plage.

Il y a des jours de tristesse et de malheur ; comme celui où un avis placardé sur les murs de Paris annonce que « tous les membres des groupes de résistance seront considérés comme francs-tireurs et s'ils sont faits prisonniers, seront fusillés » ; comme celui où l'on apprend que les Allemands ont massacré dans un petit village voisin de Limoges – Oradour – des centaines de femmes et d'enfants enfermés dans une église et brûlés vifs ; comme celui où l'on comprend que la résistance s'est dévoilée trop tôt et que la répression qui a commencé est effroyable.

Le dernier jour de juin, Jean, revenu d'on ne sait où, comme d'habitude, paraît cette fois bouleversé. Avec réticence, il finit toutefois par parler. Plusieurs lycéens et étudiants en fac de sciences, compagnons d'études, partis à vélo en Sologne pour rejoindre la Résistance, ont été assassinés par les Allemands. Rassemblés dans une ferme, ils ont été encerclés. Ils n'avaient pas d'armes, leurs papiers d'identité étaient en règle, et pourtant les Allemands ont volé l'argent qu'ils avaient sur eux, les ont assassinés à coups de mitraillette dans la nuque, et ont brûlé leurs cadavres.

— Le plus âgé avait vingt ans. L'officier allemand a interdit qu'on creuse des tombes individuelles et a exigé du maire du village qu'il les enterre tous dans la même fosse.

— Les assassins partis, les villageois ont creusé une tombe pour chaque adolescent et depuis ces tombes sont fleuries chaque jour, ajoute Pierre, blanc comme un linge et dans le même temps souriant.

— Comment sais-tu cela ? demande Jean, visiblement anxieux.

— Et toi ? répond Pierre.

Un étrange silence s'installe. Tous se regardent.

Quelque chose d'important doit être dit. Qui prendra la parole sait qu'il va impliquer le groupe dans une direction qui n'était pas la sienne jusqu'ici. Tous se regardent, se dévisagent, certains sourient. Josette fixe Jean intensément, tout comme Marie. Lucienne et Charlie échangent une mimique d'incompréhension. L'air de ne pas y toucher, Marie rompt le silence :

— J'ai chanté à La Roulotte…

— La boîte de nuit de Django Reinhardt ? dit Jean.

— Oui, au 62 de la rue Pigalle. Celle avec un cheval blanc cabré, chevauché par une gitane aux seins nus, en façade… Avec une réclame qui dit : « Venez zoner dans ma roulotte »…

— Quand ? demande Jean.

— Hier.

— Et alors ? ajoute Pierre.

— Une drôle de faune… Des officiers allemands, des collaborateurs… des agents alliés… des résistants… et tout ce beau monde qui affecte de s'ignorer dans une atmosphère chargée d'électricité… Plutôt glauque, les gars… On parle allemand, anglais, français, russe…

— Et donc ? dit Charlie.

— Eh bien, tous ces beaux messieurs te demandent tour à tour de chanter *God Save the King*, *Bébert*, *Lili Marleen*…

— C'est tout ? demande Pierre.

— Quand je suis partie, j'ai voulu aller dans les

toilettes pour dames… La porte était entrouverte, il y avait deux hommes qui parlaient…

— Qui parlaient ? Dans les toilettes pour dames ? dit Jean.

— Oui.

— Enfin, Marie, tu vas nous faire attendre longtemps ! commence à s'énerver Pierre.

— Ils parlaient de ça, des adolescents assassinés par les Boches. Et c'étaient des Français et visiblement… plutôt des résistants que des collabos… Et ce qui était drôle, c'est que vu la disposition des lieux, ils ne pouvaient pas se voir… et de toute évidence ils ne se connaissaient pas…

— Qu'est-ce qui te fait dire qu'ils ne se connaissaient pas ? dit Jean.

— Leur hésitation à engager la conversation. Une sorte de langage codé. Le premier a demandé si « le champagne était au frais » et le second a répondu que « la coupe était pleine ». Alors, ils se sont donné leurs prénoms.

— Leurs prénoms ? dit Pierre.

— Des prénoms de femmes. Plutôt bizarre pour des hommes, non ? Le premier disait s'appeler…

— « Marie », dit Jean.

— Et le second « Sarah », dit Pierre.

— Le premier fait partie de l'AS gaulliste, l'Armée secrète, dit Jean.

— Et le second est un FTP communiste, des Francs-tireurs et partisans, précise Pierre.

Jamais l'émotion n'a été aussi grande, ressentie par tous, comme si elle passait d'individu en individu, une chaîne vive. Les deux amis s'étreignent, en larmes. Josette pense à cette phrase publiée dans la revue *L'Équipe*, un mensuel destiné aux chefs scouts et aux routiers du mouvement EU, lu dans la salle d'attente d'un médecin lors d'un contrôle de routine, et qui disait : « Pour nous, le mot d'ordre maintenant est celui qui est gravé dans la tour de Constance. » Les hommes de la censure, ignares, l'ont laissée passer parce qu'ils ne savaient pas qu'elle était la devise de Marie Durand, protestante de dix-huit ans, arrêtée en 1729 puis emprisonnée trente-huit ans dans la tour de Constance à Aigues-Mortes, et qui avait gravé sur la margelle du puits de sa prison ce simple mot : « Résister ».

Inutile de parler, d'expliquer. Chacun a compris ce qu'il voulait comprendre. L'impossibilité de se confier. La tristesse de ne pas avoir été mis dans la confidence. Ces années passées dans le mensonge nécessaire. L'utilisation des uns et des autres. Les secrets qui ne seront sans doute jamais dévoilés. Les suppositions, les conjectures. L'obligation de ne pas rompre le pacte de l'amitié zazoue. Dans Paris à la veille de sa libération, les zazous du Café Éva sont contraints de se voir sous un jour nouveau.

52

Maintenant qu'il est clairement avéré que Jean et Pierre appartiennent tous deux à un réseau de résistance, leurs absences sont expliquées, leurs silences compris. Les choses ne sont pas plus simples mais plus tranchées. Chaque membre du groupe zazou sait aussi qu'il est d'une certaine façon impliqué dans cet engagement.

— Je ne sais pas ce qui nous a pris de révéler tout ça, dit Jean.

— La joie ? Notre fierté ? La libération prochaine de Paris ? Mais c'est une erreur.

— En tout cas, c'est une vraie surprise, je n'aurais jamais cru que tu avais rejoint les FTP, dit Jean.

— Et toi l'AS.

Avant de conclure d'une même voix :

— Qu'importe, à présent nous sommes tous FFI.

En fait, ce qui les étonne, ce n'est pas leur ralliement à des mouvements qui correspondent à leurs penchants profonds, le gaullisme d'un côté et le communisme de l'autre, mais plutôt cette rencontre extravagante dans les toilettes pour femmes de La Roulotte. Si Marie n'avait pas été là, jamais peut-être ils n'auraient su qu'ils avaient chacun été mandatés par leur groupe pour évoquer les suites à donner à cette affaire, c'est-à-dire notamment la propager partout sachant que la mort atroce d'adolescents innocents rallierait en ces moments précieux nombre de Français encore hésitants à la cause de la Résistance. Ce qui est sûr, c'est que cette reconnaissance mutuelle les fragilise, et fragilise le maillon qu'ils représentent chacun pour leur réseau. Ne rien dire à leur hiérarchie relèverait de l'inconscience, mais tous deux arrivent à la même conclusion : s'ils étaient conscients ou raisonnables ils ne seraient pas zazous. Et ça, ils veulent le rester. C'est leur folie. Leur talon d'Achille, diraient certains. Mais c'est ce qui profondément les constitue, et pour rien au monde ils n'abandonneront cette extravagance constitutive de leur être.

Les voilà tous, plus que jamais, embarqués sur le même bateau. Voilà pourquoi il ne faut rien changer aux habitudes. Continuer tranquillement de rejoindre la nuée de cyclistes qui se rend aux courses à Auteuil ; de se faire brunir les jambes et les cuisses à l'air du bois de Boulogne ; de souper, jusqu'à l'heure du couvre-feu, à la brasserie Zeyer avenue d'Orléans ; de se laisser caresser le dos par le soleil sur les berges de la Seine, tandis que les haut-parleurs des voitures de la défense passive annoncent aux nageurs qu'ils devront, « sous peine de mort », être rentrés chez eux avant 21 heures. En somme faire comme les autres Parisiens qui, sous la triple menace des bombardements, des représailles et de la famine, affichent une insouciance proche de l'allégresse. Même lorsque celle-ci est mise à mal comme lors de ce concert de jazz organisé au théâtre Trianon par les musiciens de La Désirade, et durant lequel une bande de jeunes militants du Parti populaire français, armés jusqu'aux dents, manquent de transformer la prestation en une bagarre générale. Un compromis est trouvé : jouer *Maréchal nous voilà* en ouverture, tandis que certains, dans la salle, debout, esquissent, bras levés, un salut fasciste. Le calme revenu, Aimé Barelli et son orchestre font danser toute la salle au son de son célèbre *Stop !*, swing furieux que le public plébiscite cinq fois !

Mais la réalité les rappelle toujours à l'ordre, chaque jour, de façon récurrente. C'est le ravitaillement qui devient de plus en plus problématique, la famine qui doucement s'installe, les files interminables devant les boulangeries, les camions allemands qui sillonnent Paris à vive allure. Au fur et à mesure que s'avance juillet, dans la chaleur duquel les femmes à bicyclette font voler autour d'elles leurs larges jupes qui les font ressembler aux corolles des fleurs, les zazous tentent de s'occuper comme ils peuvent, et ainsi de passer au travers des mailles du filet de l'ennui et de la peur. Délaissant provisoirement le grand jeu à la mode – partir en banlieue à bicyclette afin d'en rapporter du ravitaillement –, ils essaient de fêter le 14 Juillet bien que toute manifestation soit interdite. L'an passé, ils s'étaient portés en masse aux alentours de la place des Pyramides et de la statue de Jeanne d'Arc, et avaient dansé dans certaines rues, mais cette année, ils comprennent que l'affaire doit tourner court. Le risque est trop grand. Aussi se rabattent-ils sur des quartiers où les Allemands sont peu nombreux. Un groupe se rend porte de Vanves et l'autre à Belleville. Sous les vestes d'homme bleu-blanc-rouge et les corsages fleuris de petits bouquets tricolores battent des cœurs qui fredonnent *La Marseillaise*, ou scandent « Du pain ! Du pain ! » et, heureusement, passent totalement inaperçus. Certains courageux portent même un drapeau français. Mais le clou de l'affaire, et qui démontre bien que les temps changent, c'est la présence des agents de police qui suivent les manifestants prêts à les prévenir si la Milice approchait... Jean qui participe au défilé le quitte soudain pour revenir quelques instants plus tard, après avoir conversé avec un homme sous un porche. Il a les yeux rougis de larmes, les poings serrés, reste silencieux jusqu'à la dispersion des manifestants. Il vient d'apprendre une nouvelle terrible. Un homme qui habite en face de la Santé lui a dit qu'il n'avait pas fermé l'œil de la nuit. Vers 22 h 30, *La Marseillaise* s'est élevée dans la prison, accompagnée de cris de « Vive de Gaulle ! ». Alors, ils sont tous arrivés – Boches, miliciens, gardes mobiles – afin d'étouffer la mutinerie. Ce qu'ils ont fait – dans le sang.

— Toute la nuit, j'ai entendu les coups de feu tirés sur les prisonniers !

Trois jours plus tard, alors que la rumeur persistante de l'arrivée imminente des Alliés commence à courir dans Paris, Josette, buvant tranquillement à la terrasse du Café Éva, tout en lisant *L'Invitation à la valse,* livre de Rosamond Lehmann « qu'il faut avoir lu pour être gaulliste », comme le prétendent tous les zazous, assiste à une scène effroyable avant d'être elle-même prise à partie.

À l'angle de la rue, juste devant le Café Éva, se tient un tabac fermé depuis des mois, quand surgissent deux voitures qui s'arrêtent dans un bruit de crissements de pneus et de portières claquées. En descendent plusieurs hommes, revolvers et mitraillettes au poing, qui se mettent à tirer dans les vitres du bureau de tabac, en criant : « On les aura ! Ils sont faits comme des rats ! On les aura ! »

Josette, anxieuse, rentre dans le café et rejoint Jo. Le reste de la scène, ils l'observent cachés derrière les rideaux. Des deux côtés de la rue surgissent d'autres voitures, et d'autres miliciens, membres de la bande à Darnand.

— Les serviteurs de la Nouvelle Europe qui accomplissent leurs derniers méfaits, alors que tout est perdu pour eux, dit Jo.

Il ne leur faut que quelques minutes à peine pour se ruer à l'intérieur du bureau de tabac et en faire sortir une vingtaine de personnes, mains en l'air. Les coups de poing et les coups de pied pleuvent. Une discussion s'engage. Les uns veulent emmener les malheureux menottés dans les voitures et « les foutre à Drancy », d'autres, préférant les achever sur place, ajoutent : « On ne va tout de même pas s'emmerder pour quelques Juifs ! » C'est la deuxième solution qui est retenue. Il ne suffit que de quelques secondes d'une sauvagerie inouïe pour que les vingt corps tombent les uns sur les autres, criblés de balles, comme des marionnettes dont on aurait soudain coupé les fils qui les retenaient à la vie. Jo serre Josette dans ses bras qui tremble sans pouvoir s'arrêter. Étrangement, son tremblement cesse quand plusieurs miliciens, les armes encore brûlantes, pénètrent dans le Café Éva.

— Ça sent le terroriste ici ! insinue un homme à tête de pieuvre et qui semble être le chef. Vous ne trouvez pas ? ajoute-t-il en s'adressant à Jo.

— Non, répond ce dernier sans hésiter.

— Allume la radio, qu'on entende ce que tu écoutes !

Jo tourne le bouton :

« Et maintenant, *Poussière d'étoile*, du compositeur Carmichael, joué par Willie Lewis… »

Attendant la fin du morceau, le milicien se met à hurler :

— La BBC, du swing, de la musique dégénérée pour les zazous !

Jo ne dit rien. Il était pourtant certain, hier soir,

d'avoir remis sur la longueur d'onde de Radio-Paris après avoir écouté Radio-Londres…

« Et maintenant, chers auditeurs de Radio-Paris, une chanson du grand Maurice Chevalier, dans laquelle il imagine notre France entonnant à l'unisson un hymne à la construction d'une maison nouvelle que cherchent à détruire les traîtres anglo-américains. Vous avez tous reconnu, j'en suis sûr, *La Chanson du maçon.* »

Les miliciens écoutent satisfaits, certains chantent. Et quand l'air s'achève sur « Nous serions des millions de maçons / À chanter sous le toit d'nos maisons », Jo et Josette poussent un soupir de soulagement. Trop tôt, car les miliciens décident de visiter la cave. Jo est toujours aussi réticent, met un temps infini à essayer de trouver la clé, à tel point que l'un des miliciens fait sauter la serrure à coups de revolver. Puis, voulant descendre, il s'aperçoit que l'ampoule qui éclaire l'escalier est cassée, enfin que la porte qui mène à la réserve de charbon est obstruée par des caisses de bouteilles vides, sauf une qui contient un magnum de champagne dont on peut se demander ce qu'il fait là. C'est ce qui sauve Jo.

53

— Marché noir ? demande le milicien à tête de pieuvre, en soupesant la bouteille…

— Je suis cabaretier, dit Jo. Un vestige d'avant guerre…

Le milicien sourit :

— T'écoutes Radio-Paris : un bon point. Tu vas nous donner ton champagne : un deuxième bon point. T'as une tête à pas aimer les terroristes : un troisième bon point. Allez, les gars, on se tire.

Durant tout le dialogue Josette a observé Jo. Quand il panique, il fait un geste qu'elle connaît bien, toujours le même : il se gratte le bout du nez.

— Tu caches quelqu'un, n'est-ce pas ?

— Mais non.

— Un résistant ? Un Anglais ? répète Josette, tout en scrutant la pénombre de la cave.

— Qu'est-ce que tu vas chercher…

— Enfin, Jo, plus personne ne peut y mettre les pieds, dans ta cave, dit Josette qui, tout à coup, tend l'oreille : Écoute, ça bouge dans le fond, là-bas…

— Des rats. En ce moment, ils pullulent…

— Non, ce ne sont pas des rats ! C'est moi ! dit une voix qui semble venir de derrière un tas de vieilles chaises hors d'usage empilées les unes sur les autres.

Jo lève les bras au ciel :

— Et merde, tu ne pouvais pas te taire ! Les Boches et les miliciens sont partout. Paris n'est pas encore libéré et la guerre est loin d'être finie. Sarah, ce n'est pas sérieux.

— Sarah ? dit Josette tandis que ses yeux se remplissent de larmes. « Notre » Sarah ?

— Qui veux-tu que ce soit d'autre ! répond Jo.

— Je croyais que…, commence Josette.

— Que quoi ? Que j'étais un collabo ?

— Mais non… Mais que tout ça t'ennuyait, que tu ne voulais pas d'ennuis…

— On n'est pas obligé de se balader avec un brassard FFI pour résister, tu sais, dit Jo, ajoutant à l'adresse de Sarah : Bon, alors tu sors, maintenant !

Escaladant le mur de chaises, Sarah se précipite dans les bras de Josette. Les deux amies s'étreignent longuement, enfermant dans cette étreinte tout ce qu'elles savent toutes deux de Drancy, d'Odette, de toute cette histoire douloureuse, de toute cette boue. Mais Jo est intraitable. Ils doivent tous deux remonter rapidement, et laisser Sarah. Trop de dangers la guettent à l'extérieur. Les Américains sont en route vers Paris, pourtant ? Justement, ils ne sont pas encore là ! Quant à Josette, elle ne doit rien dire, ne rien laisser soupçonner. Même auprès des zazous de la bande. Ni Jean ni Pierre, bien que tous deux résistants, ne doivent rien savoir.

— Mais pourquoi, pourquoi ? demande Josette.

— Tout est fini, ou presque…, dit Sarah.

— Oui. Mais c'est le « presque » qui me gêne, dit Jo.

— Tu exagères toujours, marmonne Josette.

— Les nazis savent qu'ils sont en train de perdre Paris et qu'ils vont bientôt perdre la guerre, mais ils continuent de se venger. Les premières victimes : les quelques Juifs qu'ils avaient jusque-là épargnés en raison de leur âge, de leurs fonctions officielles, de leur innocuité reconnue…

Josette et Sarah se sourient, se touchent, tellement heureuses de se retrouver vivantes. Jo, lui, n'a vraiment pas envie de sourire. Les deux jeunes femmes ne l'ont jamais vu aussi sérieux, aussi grave :

— Vous voulez des preuves ! Depuis le 6 juillet, « l'épuration » du XVIe arrondissement a commencé. Les SS ont enlevé 250 enfants juifs dans les orphelinats de Montreuil, de La Varenne, de Neuilly. Les plus jeunes avaient à peine quelques mois ! Je continue ?

Un silence terrible est tombé dans cette cave qui sent le moisi. Seuls quelques bruits venus de la rue passent par le soupirail.

— 400 enfants ont quitté Drancy pour l'Allemagne. À Fresnes et à Romainville, les prisonniers entassés par trois ou quatre dans une cellule sont systématiquement envoyés en Allemagne ou abattus par leurs geôliers ! Je poursuis ?

Ni Josette ni Sarah ne répondent.

— Vous voulez vous balader dans les rues de Paris ? Une voisine m'a raconté qu'un de ses amis qui, à la suite d'une réunion de famille, avait raccompagné sa belle-mère, est revenu chez lui, peu après l'heure du couvre-feu : il a été abattu d'une rafale de mitraillette, à deux pas de sa maison ! Ah, j'oubliais le camp de Compiègne...

— Tais-toi, dit Josette. Tais-toi.

— Écoutez, les filles. Je vous aime toutes les deux. La guerre est presque finie. On est tous encore en vie. Encore un peu de patience, Sarah. Et toi Josette, je le répète, tu ne dis rien à personne. Tu n'as rien vu, tu ne sais rien, tu continues de faire avec la bande du Café Éva ce que vous avez toujours fait. Surtout ne changez rien à vos habitudes. Les salles de cinéma, les théâtres n'ont pas tous fermé : allez-y. Allez écouter les orchestres de jazz, dansez le swing. Vous savez, c'est votre joie de vivre, à vous les zazous, qui m'a donné la force de résister durant cette putain de guerre !

Appliquant à la lettre les conseils de Jo, Josette, avec la complicité de Lucienne, grande pourvoyeuse de tickets d'entrée, entraîne tout le groupe à assister, le 8 août, à la projection exceptionnelle du dernier film de Christian-Jaque, *Carmen*. Une foule énorme se presse à la porte du Normandie. Jean ne cesse de répéter : « C'est totalement surréaliste, totalement surréaliste ! » En effet, tandis qu'un nombre impressionnant de jeunes filles et de jeunes garçons attendent en quête d'un autographe, un stylo à la main, la venue hypothétique de Viviane Romance et de Jean Marais, l'avenue des Champs-Élysées est soudain ébranlée par un énorme convoi de tanks, de camions chargés de soldats, de tout un matériel lourd dissimulé sous des branchages fraîchement coupés leur donnant l'allure d'une forêt en marche. « C'est *Macbeth* », fait remarquer Josette. Mais plus étrange encore que ce décalage entre l'horreur de la guerre et la frivolité des acteurs dans leurs costumes de soirée, c'est le regard de ces soldats, pour certains très jeunes, qui ne comprennent rien à ce qui se passe, épuisés par les nuits sans sommeil, les combats tous perdus et qui savent qu'ils rendront leur dernier soupir en Normandie. C'est à cela que pense Josette : Gerhard aurait pu être parmi eux. C'est toute une génération, la sienne, que la guerre continue d'anéantir.

Quelques jours plus tard, alors qu'ils viennent d'assister à *La Danse de mort* de Strindberg, dans une mise en scène d'une très scrupuleuse « fin de siècle », puisque l'éclairage du plateau provenait – coupure d'électricité oblige – d'une unique et authentique petite lampe Pigeon à essence, Josette, Lucienne et Henri sont témoins d'une scène incroyable. Faubourg Saint-Honoré, un long convoi de camions, tous feux éteints, est arrêté de la rue du Cirque à la rue Matignon. Des soldats sortent sans faire de bruit des véhicules, prenant mille précautions pour se ranger en file indienne. Abrités par l'ombre d'une porte cochère, Josette, Lucienne et Henri respirent à peine. Si on les voit, c'est l'arrestation assurée. Alors qu'ils s'attendent à assister à une nouvelle rafle, ils constatent que les soldats, baïonnette au fusil, effectuent un demi-cercle sur la place Beauvau et se dirigent vers la rue des Saussaies. Henri comprend immédiatement : il ne s'agit pas d'une rafle mais d'une attaque en règle du siège de la Gestapo par la Wehrmacht. Henri exulte : « Après l'attentat manqué contre Hitler le 20 juillet, ça se confirme : les loups se bouffent entre eux ! » Le lendemain, on apprend que la même opération a eu lieu rue Lauriston, mais que des SS sont venus avec des tanks réinvestir leurs locaux…

C'est de plus en plus visible : l'armée allemande quitte Paris. Toujours protégée sous des tonnes de feuillage arraché aux arbres de la capitale, avec l'espoir naïf sans doute que les avions ennemis prennent leurs convois pour des haies et les parcs à camions pour une forêt vierge… Le chaos s'installe : files d'attente interminables pour obtenir une nourriture inexistante, plus de farine, plus de pain, plus de viande, plus de légumes, lignes de métro fermées, distribution de gaz et d'électricité réduite au strict nécessaire, reprise des bombardements – sur Aubervilliers, Gennevilliers, Saint-Denis, Saint-Ouen,

Villeneuve-la-Garenne. À tel point que nombre de Parisiens commencent eux aussi à fuir la capitale. C'est à qui ira le plus vite, des civils ou des camions de l'armée allemande. Un après-midi, Josette et Odette tombent, boulevard Malesherbes, sur un accident effroyable : un camion de la Wehrmacht vient de décapiter une jeune fille. Le quartier est bouclé. Comme il ne fait aucun doute que les soldats allemands sont responsables, la police française ne fait rien. Le corps de la malheureuse reste une heure en plein soleil, sans tête. Aucune couverture n'a été jetée sur son cadavre.

Oui, le chaos s'est installé, et cela d'autant plus que les coupures d'électricité, effectuées entre 10 heures et demie du soir et 5 heures du matin, empêchent d'écouter la radio pourvoyeuse de nouvelles.

De nouveau seule dans son appartement, comme souvent durant cette guerre, Josette pense une nouvelle fois à Gerhard. Elle s'imagine qu'elle se trouve avec lui devant Notre-Dame éventrée par les bombes. Que tous deux observent les sculptures qui n'ont pas été touchées, et qui sont blanches comme de l'ivoire. Ils peuvent les détailler avec précision. Tout cela n'a guère de sens. Dehors, un orage d'une violence inouïe éclaire le ciel de Paris, et une pluie tropicale transforme la rue en torrent.

54

Le 15 août à Paris est traditionnellement jour de farniente. Celui de cette année un peu particulière ne déroge pas à la coutume, même si personne ne peut quitter la capitale et partir en vacances. Les dernières boutiques encore ouvertes ont accroché leur affiche «Fermeture pour congés payés» et les restaurateurs ont tiré leurs rideaux. Les trois jours fériés consécutifs sont bien là et il fait un temps d'une beauté étonnante. Puisque les piscines sont fermées par ordre de l'autorité militaire, la Seine en profite une nouvelle fois pour faire son plein de baigneurs en tenues de plage orange et rouge. On trouve même sur les berges des pêcheurs à la ligne ! Les promenades et les bois grouillent de campeurs et de pique-niqueurs. Sous les ombrages des parcs, on étale les serviettes, on installe des fauteuils pliants et des cuisines en plein vent. On voit même quelques inconscients enfourcher leur bicyclette et, au péril de leur vie, se permettre une escapade du côté de Meudon ou de Saint-Germain.

Quel contraste entre ces bateaux à voile qui esquissent une régate devant le ponton des bains Deligny, ces jeunes gens qui plongent des ponts en faisant le saut de l'ange, et cette guerre qui irrésistiblement se rapproche : on dit que les Américains sont entrés à Orléans et se trouvent à moins de dix kilomètres de Chartres... Mais certains endroits sont encore de véritables forteresses, comme les jardins du Luxembourg, arsenal de la Luftwaffe ; et les rues et avenues restent des fleuves mouvants, bourdonnants de circulation militaire – camions, tanks, véhicules blindés de toutes catégories. À chaque instant apparaissent des barrages temporaires, qui coupent les voies principales et qu'on ne peut franchir qu'en montrant ses papiers. Les Allemands, pour raviver leur confiance, ont même recommencé à chanter en défilant dans les rues. Sur les ondes vichystes, les collaborateurs crachent leurs ultimes gouttes de venin. Drieu La Rochelle dit de la France qu'elle « va à l'Amérique comme le notaire au lupanar » et Jean Hérold-Paquis qu'« elle périra dans un hoquet de chewing-gum et de sang ». Signe qui ne trompe pas, depuis le matin, la police parisienne, qui s'est tant déshonorée en raflant des Juifs et en arrêtant des résistants, est en grève, sur ordre, dit-on, du Comité de résistance de Paris.

Et les zazous du Café Éva, que font-ils ? Comme plusieurs milliers d'autres Parisiens, après s'être promenés de la place de la Concorde au Rond-Point des Champs-Élysées, ils assistent au spectacle du cirque dont le chapiteau est dressé devant le Grand Palais : clowns enfarinés, piqueurs en tenue de chasse sonnant le cor, parade chatoyante donnée sur les escaliers faisant face à la statue de Clemenceau. À quelques mètres de là, des canons de DCA jaillissent d'une muraille de sacs de sable…

Quelles étranges journées que celles de cette seconde quinzaine du mois d'août. Tous le savent : ils participent à l'Histoire en train de se faire. C'est *Je suis partout* qui arrête de paraître – ce que Odette transforme immédiatement en « Je suis parti ». C'est le dernier convoi qui part de Drancy, le 17 août, avec une cinquantaine d'otages pris parmi des politiques ou résistants et des notables. Ce sont les dépôts de munitions autour de Paris qui commencent à sauter. Ce sont d'improbables véhicules tirés par des chevaux qui pour dix francs transportent les voyageurs de la place de la Concorde à l'Étoile, et pour vingt ceux de la Madeleine à la République. C'est aussi le massacre de la population de Paris qui se banalise : les Allemands tirent à la mitrailleuse sur la foule place Maubert ; au pistolet sur les Champs-Élysées et l'avenue de Marigny ; 400 personnes sont tuées place de la Concorde et la rue Royale est rouge de sang – ces journées font plus de morts que tous les bombardements anglais réunis sur Paris. Une noria d'hommes et de femmes vêtus de longues blouses blanches et agitant des drapeaux blancs circulent au milieu des morts et des blessés – ceux des services de la Croix-Rouge, héros malgré eux. Le bruit court que les Allemands en partant vont faire sauter tous les ponts de la capitale, pour retarder la poursuite des Américains…

Le 20 août, profitant de l'accalmie qui a suivi une journée marquée par le vacarme des grenades et des bouteilles d'essence explosant à proximité de l'Hôtel de Ville où sont retranchés 800 résistants, les zazous se réunissent au Café Éva. L'air est chargé d'une drôle d'euphorie, malgré les morts et le sang. Il faut dire qu'avec le temps magnifique qui règne sur la capitale, ce chômage forcé qui s'est installé partout – les Postes, la police, les banques, jusqu'aux croque-morts sont en grève –, l'atmosphère de vacances se poursuit et chacun pense que le lendemain au réveil il n'y aura plus un drapeau, plus un camion, plus un soldat allemands. Cela fait plusieurs jours que les zazous ne se sont pas vus. Alors ils se palpent, se touchent, se mordraient presque pour s'assurer qu'ils sont bien vivants. Chacun raconte ce qu'il a vu, ce qui l'a le plus ébranlé, le plus ému. À commencer par Jo l'insaisissable qui cache sa pudeur derrière de l'ironie, comme il porte au ruban de son chapeau un ticket de métro puisqu'il n'y en a plus depuis quelques jours. Il a lu dans le journal une nouvelle incroyable :

— « Depuis le début de l'année, la France connaît un développement exceptionnel des activités physiques et un taux de fécondité qui s'annonce comme le plus élevé depuis un siècle ! »

Pour Lucienne, l'événement important, c'est la vision de ces Allemands en train de déménager leurs bureaux dans la hâte, jetant à la benne des caisses entières de croix de guerre, de médailles militaires et de Légions d'honneur, alors qu'elle boit un gin-Turin au café François-Coppée, au coin de la rue de Sèvres. Pour Henri, c'est le silence dans le ciel et dans la rue, vers 4 heures du matin, le 18 août, soudain brisé par de violentes rafales de mitraillettes. Pour Pierre, c'est le drapeau tricolore qui flotte depuis 9 heures du matin, ce samedi 19, sur la préfecture de police et sur les mairies qui l'arborent les unes après les autres.

— Vendredi, en fermant mes volets, j'ai vu une immense lueur rouge dans le ciel au-dessus de Villacoublay, une fumée épaisse, noire, de hautes flammes, et des nuées d'oiseaux qui tourbillonnaient effrayés par les explosions. Il me semble que ça, je ne l'oublierai jamais, dit Marie.

— Pour moi, dit Charles, c'est cette jeune fille blessée, achevée par un soldat allemand, boulevard Raspail, d'un coup de revolver en pleine tête, alors qu'elle essayait de se mettre à l'abri derrière un arbre.

Odette est en larmes :

— Ce que je ne supporte plus, c'est le bruit des armes, en permanence. Jamais je ne m'habituerai au fracas des mitraillettes, aux explosions, aux coups de feu. Je crois que je vais devenir folle.

Jean hésite. Il y a tant de choses, déjà vécues et à vivre. Ce qui l'a le plus touché ? Peut-être les messages de la BBC :

— Ceux qui demandent d'orner de drapeaux tricolores les édifices publics, les maisons, les quartiers, les villes de France « mais uniquement lorsque vous êtes certains que la situation est calme et que les Allemands ne sont plus là »... Mesures de prudence que personne n'écoute puisqu'il y a des drapeaux partout... Et puis, les cloches, les cloches dans chaque quartier qui commencent à sonner. C'est à pleurer de joie.

— Et toi, Josette ? demande Odette, il ne reste plus que toi. Tu ne dis rien...

— La peur que l'euphorie de ces derniers jours fasse long feu. En venant ici, j'ai croisé des gens qui dansaient autour du feu de joie qu'ils avaient allumé. Ils se tenaient tous les mains et faisaient la ronde en chantant. Soudain une voix a dit : « Les tanks ! Les tanks ! Vite fuyez ! » Un tank allemand descendait de Denfert-Rochereau... J'ai peur que ce que nous vivions en ce moment, ce soit ça : une euphorie éphémère qui se termine noyée dans le sang !

Le soir, alors qu'elle rentre chez elle, elle entend comme tous les Parisiens des échanges de coups de feu, et des mitraillades. Le bruit avait couru que la Résistance avait supprimé le couvre-feu. Mais le soir n'est pas encore tombé que la bataille recommence et que nombre de passants attardés meurent sous les balles. Vers minuit, un immense incendie éclaire tout Paris comme en plein jour. Une vision dantesque du côté de la Seine, avec tous les pompiers filant vers le brasier au milieu du bruit des armes et bientôt d'un orage diluvien qui dure des heures et noie tout dans un fracas épouvantable. Un orage d'apocalypse.

Dans les jours qui suivent, Paris se couvre d'affiches tricolores, portant toutes la formule retrouvée « Liberté – Égalité – Fraternité – République française », et sur lesquelles la Résistance s'adresse aux Parisiens. Toutes ornées de quatre petits drapeaux coloriés, dont le quatrième est écarlate avec faucille et marteau. Sur l'une d'elles on peut lire : « Paris revit les heures les plus glorieuses de son histoire. Paris se défend, Paris se venge, Paris extermine l'ennemi. »

Ce sont des jours de lutte et d'attente – l'attente des troupes alliées. Les Allemands ne tiennent plus que les points où ils se sont retranchés. Ne semblent plus circuler dans les rues que leurs ambulances évacuant les hôpitaux, ou des automitrailleuses, canons pointés sur la foule, et parfois une bicyclette sortie d'on ne sait où, zigzaguant au milieu du tumulte, au guidon de laquelle flotte un petit drapeau français.

Ce sont des jours d'espoir avec les journaux clandestins d'hier qui reparaissent : *Combat*, *Libération*, *Défense de la France*, *Le Populaire*, *Le Front national.* Certains donnent à leurs lecteurs la recette de la « mort-aux-tanks » : « Dans une bouteille, mélanger pétrole et essence, enrober d'un chiffon imbibé de chlorhydrate de potasse, enflammer le goulot, et lancer d'une main sûre. » On se les arrache, on fait la queue pour les avoir. Ce qui n'est pas sans danger car les patrouilles allemandes tirent sur les rassemblements qui se font autour des vendeurs. Avec eux renaissent les querelles d'autrefois, qui referont vraisemblablement surface dès la paix revenue. « Paris est libre, il n'y a plus un seul Allemand qui foule le pavé de notre capitale », développe l'éditorial du *Populaire*. « Non, Paris n'est pas libéré, rétorque *L'Humanité*. Le Boche souille toujours notre sol. » Ce qui fait beaucoup rire Jo qui ne peut s'empêcher de marmonner, en préparant son café d'orge grillée : « Ça commence bien ! La guerre n'est même pas finie qu'ils recommencent à se bouffer le nez ! »

C'est *L'Humanité* qui a raison. Comme le prouvent les barricades édifiées dans de nombreuses artères de la capitale. On parle de quatre cents, qui barreraient le boulevard Saint-Michel, le boulevard du Montparnasse, la rue de Sèvres, la Bastille, les Maréchaux depuis Barbès jusqu'à Villiers, le cours de Vincennes, la rue Beaubourg, le pont Neuf, le pont d'Ivry – autant de rets tissés par des lilliputiens dans lesquels viennent se prendre les scarabées d'acier des dernières unités allemandes.

Les rues adjacentes au Café Éva se voient aussi coupées par de hautes barricades. Josette et ses amis sont là, derrière une frêle muraille de sommiers éventrés, d'arbres coupés, de plaques d'égout, de tout un matériel de construction transporté à la chaîne par les hommes, les femmes, les gosses du quartier. Si la mort n'était là suspendue au-dessus de toutes ces têtes, ce serait presque une fête. Hier, à deux rues de là, une jeune fille a été tuée en collant une affiche du Front national. Jean et Pierre, en chefs autoproclamés de la barricade, brassard FFI au bras, mitraillette au dos, grenade dans chaque botte, apparaissent sous un jour nouveau. Aucun des zazous ne les avait vus ainsi en tenue, engagés dans les combats. C'est étrange, Josette les observant a du mal à les prendre au sérieux. L'image des copains de lycée est encore trop présente, trop vivace celle de ces jeunes gens dansant le swing l'index relevé battant le rythme. Tous les membres de la bande passent la nuit à monter la garde derrière la barricade au sommet de laquelle ils ont fiché des portraits de Hitler, de Goebbels et de Göring, tous ornés d'une étoile jaune. C'est une idée de Charlie : « Si les Fritz attaquent, ils seront obligés de tirer sur leurs idoles ! »

Quand l'aube vient, aucune balle n'a été tirée, aucune bouteille d'essence, fabriquée en secret dans les laboratoires du Collège de France, lancée. Certains combattants le regretteraient presque, car le récit de leurs exploits aurait pu dès le lendemain être fraîchement imprimé, comme celui du Fifi qui a capturé un camion d'essence place d'Italie ou comme celui de cet autre qui a incendié un tank aux Batignolles. Mais qu'importe. Ils ont passé la nuit derrière leur barricade, ils ont veillé. Ils font désormais partie de ces Français qui pensent : « Si on ne délivre pas notre pays nous-mêmes, les Ricains vont faire de nous une colonie ! »

Le soir, le bruit court que l'électricité est revenue, mais qu'elle peut être de nouveau coupée d'un instant à l'autre. Tous réunis autour du poste de radio, ils vivent un nouveau moment d'émotion intense : ils entendent une des premières émissions de la « Radiodiffusion de la Nation française ». Ils n'en croient pas leurs oreilles. Au micro, Jean Guignebert et, ils le reconnaissent, Jacques Pessis, la voix de Radio-Londres. Les nouvelles sont incertaines, mais elles sont la voix de la France qui a su renaître de ses cendres :

« Le fameux camp de concentration pour israélites de Drancy a été abandonné par la Gestapo et confié à la gendarmerie française... L'armée américaine est aux portes de Paris... De Gaulle est attendu dans les jours qui viennent... On dit qu'il va descendre les Champs-Élysées en voiture ou à bord d'un tank... Les Allemands patrouillent encore dans les grandes voies de la Rive gauche : attention aux guetteurs armés et allongés sur les pare-boue, avec des mitraillettes prêtes à tirer. »

La réception se révélant de mauvaise qualité, ils décident d'écouter la BBC. Le message est on ne peut plus clair :

« Tous les membres du gouvernement de Vichy ont été arrêtés ou sont en fuite. Le peuple de Paris a pris une part déterminante à la libération de la capitale. *Paris is free. Paris is free.* »

De l'intérieur du café, la barricade est visible, vide de toute sentinelle. Instinctivement tous ressortent en même temps, sans s'être concertés. Non, Paris n'est pas libre. La bataille des rues continue puisque ici et là on entend des détonations, des tirs de mitraillettes des coups de feu. Une Citroën aux portes peintes d'immenses lettres blanches FFI s'arrête même non loin de la barricade pour prévenir ses occupants : un obus incendiaire tiré par un tank allemand a mis le feu au Grand Palais qui abritait la litière et le fourrage pour la « plus grande cavalerie d'Europe » et on a vu des chevaux s'enfuir crinière en feu en direction des berges de la Seine, comme aimantés par l'eau, et se jeter des ponts.

— Il faut encore tenir bon, camarades. Le drapeau français flotte sur les principaux bâtiments mais les Allemands patrouillent encore dans les rues par convois de trois tanks, dit un premier résistant.

Tandis qu'un second ajoute :

— La croix gammée flotte toujours sur la place de l'Opéra, à la *Feldkommandantur*, sur la rue de Rivoli, à l'hôtel Meurice, sur la Concorde, au ministère de la Marine, au Crillon…

Le conducteur de la Citroën, brassard FTP à la portière, lui, ne mâche pas ses mots :

— La radio américaine a annoncé que les FFI avaient libéré Paris et que le général Leclerc y était entré à la tête de son armée. On nous prend pour des cons ! À qui profitent ces mensonges ? À quoi servent-ils ?

C'est un fait. Paris est presque libéré mais on se bat partout lorsque FFI et Allemands se trouvent en présence. On se bat partout sauf ici, sur la barricade édifiée devant le Café Éva. Dans le bas de l'avenue Reille, des gamins « jouent à la barricade ». Josette et Odette qui ont décidé de faire, contre l'avis de Jean et de Pierre, une sorte de « tour d'inspection » du quartier, vont de surprise en surprise. D'un côté, elles rencontrent cette insouciance, ces jeux enfantins ; de l'autre, des jeunes hommes exaltés qui abattent des platanes pour faire obstacle à l'armée allemande si elle décidait de refluer sur la Butte-aux-Cailles ou de se retrancher sur le réservoir de la Vanne. Josette ne peut s'empêcher d'entrer dans le parc Montsouris : son parc. Peu de promeneurs. Vers le sud, du côté d'Antony et de Bourg-la-Reine, on entend une canonnade, sourde, lointaine. Des enfants jouent autour du lac, poursuivant des canards. Sur un banc, deux Allemands s'étirent et bâillent. Plus haut, au-dessus du ravin de chemin de fer de ceinture, un autre soldat isolé flâne.

— À quoi peuvent-ils bien penser ? demande Josette à Odette.

— Et toi, à quoi penses-tu ? À Gerhard ?

— Non, ce n'est pas à Gerhard que je pense.

— Alors à qui ?

Josette ne répond pas. Elle ne peut pas dire à Odette qu'elle pense à Sarah, cachée dans la cave du Café Éva. Elle dit qu'elle pense à cette guerre qui prend fin, à cette vie qui va s'ouvrir et dont elle ne sait que faire. Et ajoute :

— Mais toi, à quoi tu penses ?

— Que j'en ai assez de tout ça. Je te l'ai dit, je suis en train de devenir folle. Tout ça a assez duré. J'ai tout perdu, même Sarah, dit Odette en partant dans le parc en courant en direction de la cascade.

Et Josette a beau se précipiter derrière elle, sous le regard ébahi des deux soldats allemands, à crier que Sarah est vivante, qu'elle l'a vue, qu'elle lui a parlé, elle a le sentiment que c'est trop tard, que jamais plus elle ne rattrapera Odette qui fuit sous le violent orage en train de s'abattre sur le parc. Un nouvel orage dans ce mois d'août des combats de rue. Un orage qui recouvre la ville de nuit et de trombes d'eau qui dévalent les pentes du parc entraînant des torrents de boue et les branches brisées. Quand elle pénètre dans le café, mouillée des pieds à la tête, elle reste longtemps sur le seuil. Personne ne s'est aperçu de sa présence. Tous font cercle autour d'un fantôme maigre, pâle, qui parle à voix basse : Sarah. Comme remontée du temps. Personne ne la croyait morte mais beaucoup hésitaient à penser qu'elle était encore en vie.

L'attention est à ce point monopolisée par le retour de Sarah que personne ne s'est aperçu de l'absence d'Odette. Marie, qui ne sait rien des circonstances de la libération de Sarah du camp de Drancy, pose la question :

— Elle n'est pas avec toi ?

— Non.

— Elle est partie.

— Sous l'orage, sous la pluie ?

— Oui.

— Mais enfin de qui parlez-vous ? demande Lucienne. C'est quoi ces cachotteries ?

Josette ne répond pas, pensant que très vite on parlera d'autre chose. Mais c'est absurde.

— Lucienne a raison, renchérit Charlie, on n'y comprend rien !

C'est Sarah qui répond :

— Odette…

— Évidemment, dit Lucienne. On est des idiots ! Il faut la retrouver. Tu as envie de la voir, je suppose ? ajoute-t-elle en se tournant vers Sarah.

— Non.

— Comment non ?

— Surtout pas. Surtout pas elle. Je ne veux plus la voir. Jamais. Tu veux savoir ce dont j'ai envie, là, maintenant ?

— Oui, répond Lucienne, mal à l'aise.

— Écouter l'orchestre de Dany Kane, parce que avant tous mes malheurs, j'aimais danser sur *Nuit et jour*, et sur *Agatha Rhythm*…

La seule à posséder le disque, c'est Josette. Son appartement n'est pas si loin. Elle va partir immédiatement. C'est la seule à savoir, à comprendre. Cette demande n'a rien d'incongru. Elle sait que Sarah, en écoutant Dany Kane, va renouer avec la vie, retrouver une partie de sa légèreté d'avant.

— Dans moins d'un quart d'heure, je serai de retour.

Josette escalade la barricade et, plutôt que de remonter l'avenue Reille sous la pluie diluvienne, puis de longer le parc Montsouris pour rejoindre son appartement de la rue Gazan, elle se dit qu'elle sera plus à l'abri en passant par la rue de l'Amiral-Mouchez, alors elle tournera à gauche sur la rue Liard, et redescendra la rue Gazan. C'est un calcul hasardeux. À peine s'est-elle engagée dans la rue de l'Amiral-Mouchez que les coups de feu qui jusque-là s'étaient tus reprennent. Des balles sifflent. Les rares passants, trempés par le déluge, s'aplatissent sur l'asphalte. Des brancardiers surgissent d'on ne sait où. Elle ne peut ni revenir en arrière ni continuer son chemin. À la première accalmie, elle se relève, croise des résistants qui collent des affiches « À chacun son Boche », et d'autres qui tiennent plusieurs hommes en joue, avant qu'une nouvelle fusillade reprenne et que tout le monde se retrouve à l'abri dans le hall d'un immeuble, rempli de cartonnage et de papier d'emballage. Les prisonniers, comme on dit, « n'en mènent pas large ». Les hommes qui les tiennent en joue énoncent leur programme, placé sous un mot qui revient sans cesse : « épuration ». Dans les rues on entend des cris, des tirs de mitraillettes. Quand tout cesse enfin, Josette remonte la rue Liard, tourne à droite et court en direction de son appartement. Lui reviennent en mémoire les mots de Jean, au début du soulèvement parisien : « Les règlements de comptes vont être terribles. La France collabo va céder la place à la France haineuse. »

55

Josette n'est pas revenue au Café Éva. Toute la nuit, le canon a tonné autour du parc Montsouris, des maisons ont pris feu, des passants imprudents ont été abattus. La trentaine de barricades, dressées par la population du XIVe arrondissement, ont été le lieu de combats féroces qui ont réussi à chasser les Allemands de la station des eaux de l'avenue Reille, de la gare de Sceaux et du grand garage des bus de la rue de la Voie-Verte. En tous ces lieux, les ambulanciers, drapeaux de la Croix-Rouge brandis, et les hommes en bras de chemise, ceinturés de cartouches, n'ont cessé leur ballet. Quand Henri vient chercher Josette ce matin du 24 août, il tombe sur la concierge. Toutes les fenêtres, comme le hall de l'immeuble, sont pavoisées de drapeaux français.

— Pas la peine de monter, elle est chez le coiffeur, s'esclaffe la vieille femme.

— Chez le coiffeur ?

— Oui, avec l'autre « embochie » du cinquième…

— Vous pouvez me donner l'adresse ?

— Monsieur n'est pas du quartier ! À l'angle de la rue Boussingault et de la rue de Tolbiac. À deux minutes d'ici. La boutique jaune, Coiffure pour Dames...

— Vous êtes sûre qu'elle est chez le coiffeur ?

— Ça vous étonne ?

— Oui...

La concierge ramasse un des tracts qui jonchent le sol, et le donne à Henri.

— Peut-être qu'avec ça vous comprendrez.

Adossé au mur de l'entrée, Henri prend la feuille de couleur rouge, commence à la lire attentivement mais ne va pas jusqu'au bout : « Mères françaises, défendez vos fils contre les femelles de la Gestapo. C'est à ces racoleuses infâmes que l'on doit les arrestations massives de la jeunesse française. Donc, mères françaises, n'hésitez pas à indiquer comment il faut se battre contre les exécrables chiennes de la Gestapo. D'abord, se présenter à elles sous un faux nom, puis feindre d'accepter leurs propositions, leur tendre un piège, les corriger sévèrement, leur couper les cheveux ras et, enfin, leur prendre une carte d'identité. La photo servira à les identifier et à les punir quand... »

Une foule hargneuse est agglutinée devant le salon de coiffure, vociférante : « égéries à doryphores ! », « cocodettes frivoles ! », « hétaïres de haute volée ! », « femmes ayant fridolinisé sur les matelas ! » En maîtres des cérémonies : de jeunes hommes armés, brassards FFI à la chemise. En aides de camp zélés : les commères du quartier, certains commerçants qui hier encore faisaient affaire avec les Allemands. Plusieurs femmes font la queue dans la boutique, attendant leur tour, tremblantes, des vieilles, des jeunes, l'une d'entre elles porte même un bébé dans les bras. Une même scène se répète. On leur crache dessus, on les insulte, on les frappe. Chaque fois qu'une se lève du fauteuil du coiffeur, le crâne rasé, la foule s'esclaffe et la conspue. Certaines, jugées parmi les plus « fautives », sont attachées à des chaises et exhibées dans la vitrine ; la même vitrine où, quelques mois auparavant, siégeait encore en bonne place une pancarte « Interdit aux Juifs ». D'autres portent au cou une pancarte « J'ai couché avec des Boches ». Plusieurs ont une croix gammée peinte au goudron sur le front. De longues chevelures blondes, brunes, rousses, sont exposées aux grilles de la boutique comme des scalps. Les sanctions sont laissées au bon vouloir du tribunal improvisé qui siège devant la boutique. Une jeune fille, entièrement dénudée, tente de cacher ses seins et son sexe, et tombe évanouie quand on lui marque au fer rouge sur la joue une croix gammée entourée d'un cercle. La situation est insoutenable. La haine monte d'un cran à chaque instant. Il est décidé que les prochaines « putes à Boches » seront plongées dans un baquet d'eau glacée, pour les « purifier », et qu'une fois tondues on les promènera dans les rues du XIVe. L'aumônier des

FFI pour l'arrondissement, le père Bridebec, de passage dans le quartier, déclare, applaudi par la foule, que « si ces filles étaient enduites de poix et brûlées en place publique, cela ne l'affecterait pas plus qu'un feu de cheminée chez son voisin ! ». Mais Henri ne voit pas Josette bien qu'il la cherche des yeux, essaie de s'approcher, commençant même à poser des questions. Quand il s'aperçoit de sa présence, il comprend qu'il ne peut rien faire, rien tenter, qu'elle est prise comme toutes ces autres femmes dans le grand tourbillon de la haine. À peine a-t-il le temps de croiser son regard, de plonger dans ses yeux où il ne voit qu'un vide infernal. Elle fait partie de celles qui, une fois tondues, sont jetées dans un camion qui, dit-on, va les conduire à l'Institut dentaire du XIIIe arrondissement, là où siège un tribunal populaire chargé de juger notamment les femmes tondues pour collaboration horizontale, pour délation, pour marché noir, pour adhésion à un parti favorable à la collaboration ou pour un lien familial avec un collaborateur, toutes accusations qui ne la concernent pas.

Pendant que le camion s'éloigne, la foule se met à fredonner « Qui tond-on ? », la nouvelle atroce chanson à la mode. C'est la dernière image qu'Henri garde de Josette, ce camion qui s'éloigne, cette chanson. C'est ce qu'il raconte à la bande du Café Éva laquelle, bien qu'atterrée, ne peut rien faire contre l'immense raz-de-marée qui la submerge comme elle submerge toute la capitale : pendant que Josette est emmenée en enfer, la capitale ouvre dans la douleur les portes du paradis.

Alors que vers midi les patrouilles nazies arpentant le boulevard Saint-Michel tiraient encore dans les fenêtres et sur les passants, il semblerait que, tandis que la nuit tombe, les premiers soldats français et américains soient dans Paris. À 15 heures, un avion portant la cocarde tricolore avait survolé la capitale à basse altitude et avait laissé tomber un message qui disait : « Tenez bon, nous arrivons, Leclerc. » L'injonction a été entendue. Il est impossible de vérifier toutes les informations mais on dit que dès 19 heures les premiers éléments de l'armée de libération ont franchi la porte de Saint-Cloud, qu'à 21 heures trois chars – *Romilly*, *Champaubert*, *Montmirail* – sont entrés par la porte de Gentilly, que quelques-uns sont arrivés jusqu'à l'Hôtel de Ville bien qu'accueillis par les armes des miliciens et des Allemands décidés à semer la terreur une dernière fois. On dit aussi que des Boches en civil, armés de revolvers, tuent des Français isolés. Ici et là, on sort les drapeaux, tricolores bien sûr, mais aussi russes, américains, anglais, canadiens. Une canonnade puissante fait un bruit d'enfer : ce sont les Allemands qui tirent sur Paris avec leurs batteries installées à Longchamp. Paris est en plein paradoxe. On construit encore des barricades boulevard Serrurier, on abat encore des platanes au coin des rues, on se bat sur le quai d'Orsay, mais on danse place de la République et dans le ciel du sud et de l'ouest de Paris montent des fusées rouges et bleues ! Au cœur de la nuit, les résistants qui se sont emparés de la radio lancent un appel à sonner les cloches des églises afin de proclamer la libération. Les clochers de la Rive gauche sont les premiers à réagir, les autres viennent ensuite, à commencer par le plus gros, l'Emmanuel de treize tonnes, qui résonne en *fa* dièse au sommet de Notre-Dame. On l'entend à dix kilomètres à la ronde…

L'aube venue, c'est une nouvelle capitale que découvrent les Parisiens, descendus toujours plus nombreux dans les rues, tous portant à la boutonnière, sur les corsages, au revers des vestes, tombant des chapeaux, des chemisiers, rubans, cocardes, petits drapeaux tricolores. Les commerces ont rouvert leurs portes, distribuant le peu de nourriture qui leur reste. Du jour au lendemain c'est toute l'abondante signalisation allemande qui a disparu. Ici et là, les passants croisent des soldats allemands, mains sur la tête, et des colonnes de *Blitzmädchen* et de femmes allemandes, protégées par les FFI, sous les huées de la foule. Place Beauvau, un immense brasier monte vers le ciel : pour l'alimenter, les sinistres chiffons à croix gammée, les drapeaux noirs de la Gestapo avec le SS blanc. Et lorsque les divisions de Leclerc pénètrent dans Paris, c'est un cri unanime qui les accueille, une foule immense, en liesse, jaillissant de quatre années d'humiliation, soulevée par une fraternité unique dont on devine qu'elle est en train de fabriquer un moment d'histoire. Tourelles ouvertes, équipages au vent fumant des Camel, les tanks roulant à cinquante kilomètres à l'heure sur leurs chenilles silencieuses, les automitrailleuses, les voitures blindées, les jeeps remontent l'avenue d'Italie, l'avenue du Parc-de-Montsouris, l'avenue d'Orléans, l'avenue du Maine, le boulevard Brune, la rue Michel-Ange, passent devant la barricade de la rue Saint-Jacques, traversent les rues pavoisées et s'arrêtent au parvis de Notre-Dame. Le lendemain, 26 août, Charles de Gaulle remonte à pied les Champs-Élysées, après avoir parcouru, debout dans sa voiture, l'avenue du Maine.

Emprisonnée dans les locaux de l'Institut dentaire de l'avenue de Choisy, dans le XIIIe arrondissement, Josette ne sait rien de toute cette liesse populaire, de cette mer humaine parcourue de risées, sous le magnifique ciel d'août. Elle n'a pour seul horizon, depuis qu'elle est ici, que la salle de cinéma utilisée comme prison et que l'estrade sur laquelle monte parfois un certain René Sentuc, conseiller municipal communiste de Malakoff, plus connu sous le nom de capitaine Bernard. Entouré de très jeunes partisans qui frappent, violent, injurient, l'homme s'est arrogé le droit de vie et de mort sur les détenus qu'il a rassemblés dans sa prison. Pensant sans doute être investi de pouvoirs de police et de justice qui l'autorisent à ce qu'il appelle « la désinfection du pays », il se dit partisan d'une « épuration » totale. Mot d'ordre qu'il met en pratique au quotidien.

Josette, qui a vécu Drancy, se prépare à mourir. Au début de son incarcération, elle se disait qu'on s'apercevrait très vite qu'il y avait eu méprise, que l'erreur était trop flagrante, l'injustice trop criante, s'autorisant même pour se remonter le moral à fredonner des airs swing ou des chansons zazoues. Mais très vite, elle comprend que ses espoirs sont vains. Alors elle ne chante plus, se contentant de savourer les moments où elle n'est pas battue, insultée. Elle a jusqu'à ce jour échappé au viol collectif. Ce qui ne fut pas le cas de Berthe Verly, blanchisseuse à Garches, violée à plusieurs reprises et abattue d'une balle dans la nuque sous ses yeux. La malheureuse avait eu le temps de lui confier qu'elle avait été dénoncée calomnieusement par un voisin alcoolique et violent auquel elle se refusait... Le cas de Madeleine Goa, dont elle a aussi recueilli les confidences, est plus dramatique encore. Ayant caché des Juifs chez elle, elle a été arrêtée avec son mari alors que les chars de Leclerc rentraient dans Paris. Ils avaient sorti une longue-vue pour regarder les soldats de Leclerc et on les a pris pour un de ces tireurs des toits profitant de la confusion pour faire leurs dernières victimes. Le mari est mort, jeté vivant sous les chenilles d'un char. Quant à elle, elle a fini égorgée dans les cuisines de l'Institut. La liste est interminable de tous ces innocents assassinés au milieu de vrais collaborateurs qui pour la plupart appartiennent plutôt à la catégorie du « menu fretin » que des cadres dirigeants.

Que reproche-t-on à Josette ? De s'être adonnée à la « collaboration horizontale ».

— D'avoir sucé un Boche, quoi ! ne cesse de rabâcher le capitaine Bernard.

Plus elle clame son innocence, plus le conseiller communiste lui répète qu'à force de mentir, elle va finir avec une pierre autour du cou, jetée dans la Seine. C'est le sort particulier qu'il réserve à certains condamnés, précipités vivant du haut d'un pont du côté du port de Gennevilliers.

Jean et Pierre ont déconseillé aux membres du groupe zazou d'intervenir. Les hommes du capitaine Sentuc sont parmi les plus féroces. Sans entrer dans les détails, il suffit de savoir qu'ils sont d'une intransigeance maladive. Il y a de nombreuses dissensions dans la Résistance, des jalousies. On sait que des règlements de comptes ont eu lieu et auront encore lieu. Que des hommes ont été livrés aux Allemands. Ces communistes-là veulent prolonger la guerre et en profiter pour mener au pouvoir un vrai régime révolutionnaire, une dictature du prolétariat. Jean et Pierre, impuissants, recommandent l'extrême prudence. Face à ces bêtes féroces, que beaucoup appellent ironiquement les FFS, les Forces françaises de septembre, par opposition aux FFI et aux FTP, et qui opèrent tous sous pseudonyme, ce qui leur assure une totale impunité, le seul à pouvoir peut-être intervenir est Henri, qui pense que son statut d'ancien prisonnier de guerre lui confère une sorte d'immunité. En réalité, c'est le seul à ne pas baisser les bras. Après tout, l'amoureux transi peut peut-être se transformer en sauveur…

Maintes fois refoulé à l'entrée du sanctuaire, Henri finit par voir sa ténacité payer. Alors qu'il se demande comment pénétrer plus loin que le hall, il aperçoit Ali Belal, affublé d'un brassard FFI, et poussant du canon de sa mitraillette, devant lui, un homme menotté et le visage tuméfié. Dans ce Paris à peine libéré où des francs-tireurs miliciens continuent de tirer sur les gens, comme lors du défilé des blindés de Leclerc au pied de la rue Monge, et où le nombre de résistants de la dernière heure, armés de pied en cap, le revolver à la ceinture et le ventre ceint de cartouchières, à la façon mexicaine, augmente de jour en jour, tout est possible. Ne voit-on pas les mêmes collabos qui dénonçaient femmes et enfants au pouvoir nazi exhiber leur belle tenue de résistant de pacotille attestant de leur courage ? N'entend-on pas certains intellectuels comme Jean-Paul Sartre déclarer qu'il n'a « jamais été plus libre que sous l'occupation allemande » ? N'assiste-t-on pas à la réhabilitation de nombre d'inculpés ayant bénéficié de circonstances atténuantes après avoir eu une « participation active, efficace et soutenue à la résistance contre l'ennemi » dans les tout derniers jours d'août 44 ?

Alors, Ali Belal en résistant, pourquoi pas ? Tandis qu'il s'apprête à pénétrer dans la salle de cinéma de l'Institut dentaire, brassard flambant neuf au bras et victoire aux lèvres, n'est-ce pas lui qui pourrait sauver Josette ?

— Ali, Ali ? appelle Henri, de l'autre côté des grilles.

— Henri, qu'est-ce que tu fais ici ? dit-il, tout en donnant un coup de crosse dans le dos de son prisonnier avant de le confier à un autre FFI.

— Josette…

— Quoi Josette ?

— Elle a été tondue, puis incarcérée ici…

— Depuis longtemps ?

— Le 24 août.

— Tu sais, en général, ici, les prisonniers font long feu. Deux semaines, ça fait beaucoup. Que lui reproche-t-on ?

— D'avoir couché avec un Allemand…

— Ce n'est pas la seule… Attends-moi. Si je ne reviens pas avec elle dans dix minutes, tu dégages. C'est qu'elle est morte ou que je n'ai pas réussi à la sauver.

56

Henri attend maintenant depuis deux heures. Sans trop savoir pourquoi puisque Ali Belal lui a fait comprendre que si l'affaire n'était pas réglée en dix minutes c'est qu'il n'avait rien pu faire. Mais Henri ne peut croire à la disparition de Josette. Pas comme ça. Pas maintenant. C'est absurde. Impossible. Durant ces deux heures, il a assisté à des allées et venues ininterrompues de prisonniers ensanglantés, de femmes tondues pour la plupart dévêtues ou les vêtements trempés, de voitures arrivant couvertes de boue, FFI sur les marchepieds. Il a même assisté à l'exécution d'un jeune garçon au pied du bas-relief qui orne la façade de brique rouge de l'Institut dentaire. À la nuit tombée, Josette n'est toujours pas sortie. Quand les premières gouttes d'eau commencent à s'écraser sur le sol, de grosses gouttes grasses de fin d'été, Henri quitte le bâtiment. Les larmes qui coulent sur son visage se mêlent à l'eau de pluie.

C'est alors qu'il entend Ali Belal l'appeler. Quand il se retourne, il devine une silhouette, laquelle prend davantage de consistance à mesure qu'elle s'avance vers lui. C'est Josette, enveloppée dans une grande couverture qui traîne jusqu'au sol. Méconnaissable, amaigrie, le crâne entouré d'un turban.

— C'est la concierge. C'est elle qui a dénoncé Josette, dit Ali.

— Pourquoi fais-tu ça ? réussit à articuler Josette, s'adressant à Ali.

— Quoi, « ça » ?

— Me sauver ?

— En te sauvant, je me sauve ! Mais tu sais, c'est à Henri que tu dois la vie. Sans lui, tu aurais fini comme tous les autres, presque nue, une grosse pierre au cou, les membres attachés et précipitée dans la Seine.

Dans les jours qui suivent, Josette qui n'a pas osé rentrer chez elle vit chez Henri, sans trop savoir ni que faire ni que dire. Totalement absente de la vie et d'elle-même. Refusant la réalité qui se dérobe à chaque instant sous ses pas. Refusant de retrouver ses amis du groupe zazou qu'Henri, malgré tout, a prévenus : « Josette est vivante. » La seule fois où elle tente de reprendre une vie normale, force est de constater que c'est un échec. Elle avait voulu aller au cinéma avec Henri. Puisqu'elle n'a rien vécu des derniers jours de Paris libéré, elle voulait assister à la projection de *La Libération de Paris*, ce film du Comité de libération du cinéma français, filmé en temps réel par toute une équipe sur les lieux mêmes de l'insurrection parisienne, et projeté en plein air, sur un écran géant, le soir de la délivrance. Il repassait enfin après une tournée dans toute la France. Le film, accompagné d'un commentaire vibrant, auquel la voix de Pierre Blanchar ajoutait son emphase, la fit pleurer de bonheur et de tristesse. Derrière elle, un spectateur avait tout fait pour qu'elle quitte la salle. « Une tondue ne doit pas regarder un film comme celui-là ; les putes à Boches n'ont rien à faire ici », ne cessait de répéter l'homme. Et surtout, elle pleurait tous ces jeunes gens et ces jeunes filles tués par des miliciens réfugiés sur les toits de Paris.

— Quelle horreur ! Alors que tout est fini, qu'on danse et qu'on chante. Mourir comme ça !

Devant la mine bouleversée d'Henri, qui n'a jamais su cacher ni ses sentiments ni ses émotions, elle finit par poser une série de questions auxquelles il fait tout pour se dérober, mais en vain. Tant qu'elle ne saura pas pourquoi ces morts semblent tant le toucher, elle ne le lâchera pas. C'est le drame des zazous du Café Éva.

— Il n'y a vraiment rien à comprendre dans cette France sortie de la guerre. Plus rien n'a de sens, commence Henri.

— Que veux-tu dire ?

En guise de réponse, Henri se lance dans un vaste panorama de la France qui sort de la guerre. De toutes ses contradictions, de ses culs-de-sac, de ses incohérences, de ses déceptions, de ses espoirs.

D'un côté, il y a celle du trafic du métro enfin rétabli, de la disparition des vélos-taxis et de la réapparition des vrais taxis, du retour des voitures et de la flânerie sur les quais de la Seine, des réverbères qu'on repeint et des défilés des armées victorieuses étalant leur puissance ; celle des jeunes filles qui jouent au piano *Le Chant du départ* ou *Tipperary*, et des concerts en plein air où des fanfares jouent le *God Save the King*, le *Star Spangled Banner* et *La Marseillaise*, en un mot de tout ce Paris qui recommence à vivre, et de cette joie communicative des rues. *Le Chant des partisans* est repris en chœur par une France désireuse de transcender les clivages d'une Résistance aux mille composantes. Une phrase du journal *Combat* résume bien cette euphorie lénifiante : « La libération de Paris est comme un coup de tonnerre qui a fendu le temps en deux. Alors, dans la trouée soudain ouverte, brusquement, c'est toute une jeunesse qui s'est engouffrée à l'assaut du vide qui s'est créé au-dessus des décombres. »

De l'autre, c'est une France plus sombre, plus complexe. Celle qu'Henri résume par cette image : « Celle des ingénieurs, entrepreneurs et maçons qui ont bâti le mur de l'Atlantique et qui se promènent aujourd'hui bien tranquillement parmi nous, bâtissant les murs des nouvelles prisons, où l'on enferme les journalistes qui ont eu le tort d'écrire que le mur de l'Atlantique était bien bâti. » Celle de Florence Gould qui a investi dans une banque de Monaco financée par les nazis quelques semaines avant le débarquement des Alliés dans le sud de la France. Celle des règlements de comptes. Celle de ces Parisiens obligés d'aller fouiller dans les tripes d'un cheval écrasé la viande qu'ils ne trouvent pas chez le boucher. Celle des routes et des ponts coupés, des vaches qui traversent Paris en troupeaux surréels faute de trains pour les acheminer, celle de la famine qui menace, de la révolte des mères de famille; celle du kilo de viande passé de 70 à 280 francs, des œufs de 3 à 25, du beurre de 60 à 600. Celle de cette France encore en guerre qui subit les bombardements alliés, les combats consécutifs aux débarquements, les massacres commis par les troupes allemandes en repli. Certes les beaux jours sont revenus, les oriflammes nazies ont été décrochées, les portraits du Maréchal brûlés, mais la guerre est toujours présente sur le territoire métropolitain et la guerre mondiale se poursuit. En somme, l'enthousiasme de la Libération a son revers et est en train de se calmer. Il est toujours interdit de danser, excepté dans les salles ouvertes aux soldats étrangers, et quant à la réouverture prochaine de la Taverne de l'Olympia, ce n'est pas pour demain…

Dans son vaste tableau Henri ajoute:

— Et je ne te parle pas des Noirs américains absents de tous les défilés, rien que des Blancs! C'était déjà comme ça en 18 quand le général Pershing a interdit de parade les *Harlem Hellfighters*!

— Henri, que cherches-tu à me dire? demande Josette.

Imperturbable, Henri poursuit :

— Et ce n'est pas tout, le marché noir boche a été remplacé par le marché noir ricain. Les bouteilles de Coca-Cola, le café, les cartouches de cigarettes, les boîtes de *corned-beef*, la marmelade d'orange, les lunettes de soleil, les canifs, les rasoirs, tout ça au prix fort, sans compter les filles qui acceptent de coucher pour un festin de lait concentré, de vin blanc, de steak dont chacun représente vingt tickets d'alimentation...

— Henri, je t'en supplie, arrête.

— Un marché de plusieurs millions de dollars organisé par les soldats américains ! De vrais gangs à la Al Capone, qui volent les camions de ravitaillement, forcent les portes des dépôts de nourriture... et la *Military Police* qui laisse faire. La Red Ball Express, tu n'en as pas entendu parler ?

— Enfin, Henri, quel poisson cherches-tu à noyer ? Que veux-tu me dire, merde ! Je m'en fous que les soldats américains organisent ou non le marché noir ! Que la France ne soit pas encore sortie de l'auberge de cette guerre de merde !

— Odette..., commence Henri.

— Odette est en prison à Fresnes pour son appartenance à la section féminine des JNP, c'est ça ?

— Non.

— Ne me dis pas qu'elle a été fusillée ! Henri, je t'en prie...

— Mais non !

— Alors quoi ?

— Elle a été tuée par un tireur embusqué sur les toits…

— Quoi ? Ce n'est pas possible, Henri ? Henri ? ne cesse de répéter Josette en s'écroulant dans ses bras.

Henri ne dit rien, se contentant de bercer doucement le faon blessé qui sanglote contre sa poitrine, puis finit par s'arrêter, comme si Josette venait de comprendre qu'il n'y avait plus rien à faire, à espérer, qu'elle devrait faire face à ce malheur.

— Et Sarah ? demande-t-elle.

— Sarah avait décidé de la revoir, voulait la revoir. Elle disait qu'elle lui avait pardonné. Je ne sais pas quoi, mais elle lui avait pardonné.

— On connaît les circonstances de sa mort ?

— Oui… Le 26 août, le jour de l'attentat manqué contre le général de Gaulle. On était dans la foule, sur les Champs, quand il a rallumé la flamme du soldat inconnu, cette foule qui l'a acclamé quand il a défilé avec la 2e DB, et qui l'a attendu sur le parvis de Notre-Dame pour le *Te Deum* d'action de grâces, à l'endroit même où Pétain, quatre ans plus tôt, avait attiré une foule comparable !

— Odette était avec vous ?

— Non justement. Quand des tireurs embusqués ont commencé à tirer alors que le Général se dirigeait vers le portail du Jugement dernier, certains, pris de panique, se sont mis à plat ventre pour éviter la grêle de balles. Nous, on a décidé de courir par la rue du Pont-au-Double. D'autres tireurs, dissimulés dans les arbres et les immeubles du quai de Montebello, achevaient de mettre tout le monde en déroute. Des personnes qui voulaient fuir par la rue de la Bûcherie furent abattues, un peu en aval de celle-ci. C'est là qu'on a aperçu Odette, droite comme un I. La foule était divisée en deux grands groupes. Dans le premier, il y avait les gens qui couraient affolés de tous côtés. Dans le second, ceux qui refusaient la peur et qui chantaient à tue-tête : « C'est une fleur de Paris, / Du vieux Paris qui sourit, / Car c'est la fleur du retour, / Du retour des beaux jours. » Odette, tu la connais, faisait évidemment partie de ce deuxième groupe, comme Sarah. C'est elle qui a remarqué Odette. Toutes deux, comme aimantées, se sont alors dirigées l'une vers l'autre en se faisant de grands signes, souriantes au milieu de la cohue infernale, des rafales de mitrailleuses et des cris des blessés tirés comme des lapins un jour d'ouverture de la chasse. Les FFI, fusils à la main, ripostaient, escaladaient les étages des immeubles d'où l'on croyait qu'étaient partis les tirs. Les vitres et les corniches volaient en éclats. Mais la moitié de la foule qui chantait a continué : « Pendant quatre ans dans nos cœurs, / Elle a gardé ses couleurs, / Bleu, Blanc, Rouge, / Avec l'espoir elle a fleuri, / Fleur de Paris. » C'était terrible, dangereux et d'une beauté incroyable. C'est alors qu'une femme, tenant un enfant dans les bras, tira de sa fenêtre, cachée derrière les drapeaux alliés qui y étaient accrochés. Je ne comprends toujours pas pourquoi j'ai levé la tête et je l'ai vue. Pourquoi il fallait que je sois témoin de ça. La balle a touché Odette en plein front. La milicienne, atteinte par une rafale de mitraillette tirée par un FFI, a été précipitée dans le vide avec son enfant et est tombée sur la foule.

— Et Odette ?

— Elle est morte dans les bras de Sarah. Sans que ni l'une ni l'autre n'ait pu s'adresser le moindre mot, excepté ces paroles inaudibles au milieu de la foule et leurs mains qui s'agitaient quand elles s'étaient reconnues.

57

Longtemps cet air, *C'est une fleur de Paris*, reste dans la tête de Josette. Rien ne sert de tenter de l'arracher. Telle une mauvaise herbe, il repousse sans cesse, la conduisant presque certains jours au bord de l'étouffement. Et cela d'autant plus que des orchestres juchés sur des camions à gazogène sillonnent les rues de la capitale en tous sens, s'arrêtent sur les places et les carrefours, organisant des concerts en plein air durant lesquels la foule reprend en chœur les chansonnettes imprimées, paroles et musique, sur des doubles feuilles vendues quelques centimes. La plus demandée étant évidemment *C'est une fleur de Paris*, air qui permet à Maurice Chevalier une réhabilitation relative.

Et puis à mesure que les mois passent, une forme de lassitude s'empare de Josette. Parfois elle se promène dans le parc Montsouris désert. Un jour, elle croise deux soldats en uniforme américain, deux Algériens, qui s'étirent et bâillent et devisent, à l'endroit même où, il n'y a pas si longtemps encore, elle avait croisé des soldats allemands qui eux aussi s'étiraient, bâillaient, devisaient. Les pelouses d'un vert profond somnolent sous le même jet d'eau tournant.

L'automne venu, Henri se fait de plus en plus en plus pressant. L'amoureux transi se révèle. Il emmène Josette dans les lieux dont il prétend qu'ils sont désormais les siens – Quartier latin et Champs-Élysées, caves de Saint-Germain-des-Prés, allées du bois de Boulogne, terrasses des cafés à la mode –, lui fait boire de la bière-grenadine et manger des carottes râpées. Josette entre dans le jeu, par désœuvrement, par fatigue. Quand il lui offre un disque rassemblant les « grands succès » de Johnny Hess, avec un tube de rouge à lèvres Carmina et des bas résille, elle accepte. La vie de Josette est alors imprégnée de mélancolie, de celle que les années chargent de ces erreurs qui font partie de la vie, et qui lui donnent, plus que les réussites si nettes et si définitives, tout son prix. C'est du moins ce qu'elle croit. Alors elle se dit que cette mélancolie, c'est la tristesse du bonheur, seul sentiment qu'elle est capable d'éprouver.

Un soir, elle l'accompagne chez un ami parti chercher du travail dans le sud de la France et à qui il a promis d'arroser ses plantes – à Saint-Ouen, dans la banlieue parisienne. C'est un tout petit appartement qui donne sur une cour. Odeurs de pommes frites et d'oignons, de soupe aux poireaux, de graisse de cheval, de vinasse, de chicorée, de linge rincé à l'eau de Javel. Un mobilier très commun, venu de chez Lévitan ou des Galeries Barbès, un vieux buffet Henri II. Mais encore : une armoire à glace, une cuisine – petit réchaud, évier, gros bloc de savon de Marseille –, « c'est là que le jeune ouvrier boit le matin son café au lait accompagné de tartines d'Astra avant de partir à l'usine », se dit Josette, qui observe ce lieu étrange dont elle a l'intuition qu'il restera à jamais gravé dans sa mémoire. Accroché au mur, un calendrier des Postes. Pas d'eau courante, mais une fontaine dans la cour – c'est là qu'Henri remplit l'arrosoir. Pas de W-C à l'intérieur. Henri ouvre les fenêtres, pour aérer l'appartement. Il fait bon. C'est une douce soirée d'automne. Il a apporté une bouteille de monbazillac et un Paris-Brest car Josette lui a dit un jour qu'elle rêvait d'en manger – ce qui ne lui était pas arrivé depuis l'entrée des Allemands à Paris. Le vin aidant, qui monte vite à la tête, qui fait rougir les joues, qui fait oublier tout le reste, vient l'euphorie passagère qui fait croire aux rêves. Henri et Josette se retrouvent entièrement nus, et font l'amour. Pour Josette, c'est la première fois.

Plusieurs semaines passent. Puis plusieurs mois. Elle n'en croit pas ses yeux, ce n'est pas possible. Elle a beau retourner le papier que lui a donné le médecin dans tous les sens, elle se dit qu'elle est en train de rêver ou qu'elle s'est perdue entre les pages d'un mauvais roman de gare. Tout en pensant au sujet de philo sur lequel ont dû plancher les lycéens français en ce vendredi 20 octobre 1944 – « Le passé revit-il dans le présent ? Quelles sont les conditions et les formes de cette reviviscence » –, elle se dit qu'il y a quatre ans, c'est elle qui passait le baccalauréat. Depuis quelque temps elle fait un rêve récurrent. Elle est enfant, est à la fenêtre d'un appartement qui donne sur la rue Daguerre. Passent des camions de lait. Elle entend le bruit des bidons de métal qui s'entrechoquent. Mais arrivés sous sa fenêtre, les bidons de métal ont été remplacés par des peaux de bêtes sanguinolentes, entassées les unes sur les autres, à ciel ouvert. Elle se dit alors : il est passé par la rue Froidevaux, il vient sans doute des Halles. Tout ça n'a vraiment aucun sens. Comme sa vie. Comme l'absurdité des renseignements contenus sur le papier que lui a remis le médecin du dispensaire. Et pourtant il n'y a aucun doute : elle est enceinte, enceinte d'un homme qu'elle n'aime pas.

La fin de l'année, elle la passe en compagnie de ce sentiment bizarre : elle est elle-même et elle est une autre. La guerre est encore là. Drancy, Fresnes, la Santé, le fort de Vincennes et celui de Noisy-le-Sec, les prisons regorgent de prisonniers. L'épuration bat son plein. Le 11 Novembre, au milieu des marronniers déjà effeuillés, une foule immense – identique à celle du 26 août, disent certains – est venue applaudir son armée, celle de ses Alliés, mais aussi Churchill, de Gaulle, le général Kœnig. La troupe des zazous du Café Éva s'est lentement reconstituée autour de Josette, enceinte. Ce sera le premier bébé de la bande. Josette se laisse faire, bouchon de liège sur la rivière. Elle est elle-même et elle est une autre… Applaudissant, comme toute la foule rassemblée, les graves Anglais, la marine française, l'aviation, les commandos de parachutistes, les chasseurs habillés de kaki, les FFI, les tirailleurs algériens, les zouaves, les goumiers, les Sénégalais, les blindés français, anglais, américains, les troupes américaines, les pompiers, la garde républicaine…

Un mois encore. Et c'est Noël, un Noël triste. De nombreux prisonniers sont toujours en captivité en Allemagne. Dans les ruines de Saint-Lô, de Caen, de Gérardmer, de Nantes, dans la zone du front, des Français campent sans paille, sans électricité, sans eau, sans nourriture. Et lorsqu'à minuit sonnent les cloches censées fêter la naissance de l'Enfant-Jésus, des avions lâchent des bombes dans les jardins des Tuileries, à quelques mètres de la rue de Rivoli, et sur la gare Saint-Lazare, faisant voler sa verrière en éclats, causant de graves dégâts à des trains sanitaires américains qui y stationnent. Non, la guerre n'est pas finie. Dans les hôpitaux, les opérations urgentes sont remises à plus tard. Dans les cafés, le manque de gaz a supprimé la vente de boissons chaudes telles que le Viandox, et beaucoup de restaurateurs, faute de produits frais, ont fermé. Un soir, la petite bande assiste à un concert swing mettant en compétition des orchestres français et américains. C'en est presque comique. Les musiciens ont passé des pull-overs, entouré leur cou d'écharpe, gainé leurs poignets de mitaines, et arrivent sur scène drapés dans des manteaux de fourrure et d'épais lainages. Josette, comme tous les autres spectateurs, est cachée sous de chaudes couvertures et tient à la main une bouteille thermos. De mémoire de Parisiens, on n'a jamais vu pareil froid. Et le manteau de neige qui recouvre toutes choses n'épargne pas Josette, prise dans les glaces d'une vie qu'elle ne maîtrise plus – comme les péniches dans les canaux gelés.

1945

« Tout en dansant le boogie-woogie
Elle se serrait bien fort contre lui
Tout en dansant le boogie-woogie
Il respirait son parfum de prix
Ils agitaient les épaules sur un rythme fou
Et ça leur faisait tout drôle dans l'dos et dans l'cou
Sans s'asseoir ils ont passé la nuit
Tout en dansant le boogie-woogie. »

Richard BLAREAU, *Tout en dansant le boogie-woogie.*

58

La nouvelle année qui remplit tout le monde de joie, car elle est celle du chemin vers la paix, ne parvient pas à rendre Josette plus légère. Son indifférence à elle-même et à la vie grandit de jour en jour. Le Café Éva, les amis qui l'entourent, tout cela n'a plus aucun sens. Ou plutôt, elle ne parvient pas à y trouver du sens. Elle est devenue une sorte d'automate qui évolue dans un brouillard. Ainsi écoute-t-elle sans enthousiasme particulier l'écrivain anglais Charles Morgan lire à la Comédie-Française son *Ode à la France*, accueillie par des applaudissements nourris, ou suit-elle sans sourciller Henri et les autres se ruant au Colisée pour assister à la projection des deux époques des *Enfants du paradis*, le fameux film de Carné dont tout le monde parle, commencé en 43, arrêté, puis repris en 44 quelque temps avant la Libération. De temps à autre elle pleure Odette, repense à Gerhard. À aucun moment elle ne peut dire comme certains qu'avoir vingt et un ans en 1945, c'est « une chance énorme et que tous les chemins s'ouvrent ».

Beaucoup de belles phrases circulent, qu'elle aurait hier encore faites siennes mais qui aujourd'hui lui donnent la nausée et la couvrent de tristesse : « Le monde nous est enfin rendu, nous allons nous y jeter », ou « Quelque chose vient de ressusciter de ce qui avait été autrefois la douceur de vivre ».

Cette jeunesse zazoue, en train lentement de se reconvertir, de se précipiter vers les clubs de jazz de Saint-Germain-des-Prés, de sillonner Paris sur des patins à roulettes, qui achète ses vêtements aux surplus américains du marché aux puces de Saint-Ouen et essaie d'imiter les coiffures en brosse des GI's, affublée de pantalons trop courts et de chaussettes rayées, ce n'est déjà plus la sienne. Dans ce nouveau style qui apparaît, Josette ne se reconnaît pas. L'air dans le mouvement c'est *Bigg Butter and Egg Man* de Louis Armstrong, et la réplique qui tue c'est celle que vous faites à une copine qui vous demande : « D'où sors-tu ton copain ? Tu me le prêtes ? », et que vous lui répondez, en prenant un air provocant : « Je le sors du néant, je viens de l'inventer. Mais je ne te le prête pas, je te le donne ! » Et si certains membres de la tribu du Café Éva sont prêts à se laisser séduire par ces nouvelles sirènes, ce n'est pas son cas. Tout juste va-t-elle écouter Charlie qui joue avec Django Reinhardt au Bal Tabarin, ou fait-elle de brèves apparitions chez Bouscat, le bal musette de la rue de Lappe, ou au Chalet du Lac à Vincennes dont les murs résonnent des sons d'un orchestre de Noirs américains merveilleusement tonitruants ou, pour reprendre l'expression à la mode, « terriblement bath ».

Mais il ne faut pas s'y fier. Cette vague de liberté et d'ivresse dans laquelle beaucoup de chansons de circonstance racontent la Résistance plus qu'elles ne l'ont accompagnée, telle *Fifi, la reine du maquis* – main droite faisant le V de la victoire et bleu de chauffe largement ouvert sur une poitrine ornée d'un pendentif en forme de croix de Lorraine –, n'est qu'une sorte de poudre aux yeux. On peut toujours chasser ses souvenirs désormais insupportables de ruines, de blessés et de morts ; on peut toujours chanter, se distraire, reconstruire, s'amuser avec Jean Nohain qui fredonne *Ploum, ploum, ploum, trala* ; on peut aussi se réjouir de l'obtention du droit de vote pour les femmes, mais la célébration héroïque et symbolique des femmes résistantes attendra. La guerre finie, les rebelles sont priées de regagner leurs fourneaux, leurs tables à repasser et les couches de leurs bébés. Le guerrier en armes étant un des thèmes favoris des affiches et des formations politiques issues de la Résistance, la reprise en main, dans ce domaine comme dans d'autres, est en marche.

En ces heures de patriotisme exacerbé, alors que continuent de rentrer déportés et prisonniers, et tandis que s'accroissent déjà les tensions politiques liées à la fin du Gouvernement provisoire, l'enregistrement par Stéphane Grappelli et Django Reinhardt, sous le titre *Echoes of France*, d'une *Marseillaise* swing, fait scandale et choque le patriotisme de quelques bien-pensants. Le comité d'entreprise de Pathé-Marconi, dominé par la CGT, refuse de continuer de presser un disque qui finit par disparaître des rayons des disquaires ! Beaucoup pensent, à juste titre, qu'un pays ne subit pas impunément, quatre années durant, la domination nazie sans qu'il y reste « une empreinte d'autoritarisme et de persécution ». Josette a découpé un article de Jean Guéhenno, qu'elle lit à un Henri qui semble peu intéressé par la chose :

— « À Paris et en province, on a tondu des femmes soupçonnées d'avoir couché avec des Fritz : procédé nazi. On a promené des individus en caleçon : procédé nazi. Il se publie un journal "unique" sous dix titres différents : procédé nazi. N'est-il pas question d'interdire la vente de toute l'œuvre des écrivains qui ont soutenu "l'ordre nouveau" ? On pourrait peut-être brûler solennellement les livres en place publique : autodafé nazi. »

Comment Henri peut-il être insensible à ce qui est en train de se passer ? Sans doute a-t-il d'autres qualités, il l'a démontré, se dit Josette, sans trop y croire vraiment. Même les zazous, ou ce qu'il en reste, continuent d'être la cible de certains résistants après l'avoir été des collaborateurs et des Allemands. Un tract émis par *Le Maquis*, organe officiel de la brigade FFI Verneuil, et largement repris par ceux qui veulent faire la peau aux zazous, circule de main en main : « La guerre est déclarée aux zazous. Nous savons hélas que la mode swing persiste et que les zazous sont nombreux. Ces petits jeunes gens aux allures bizarres osent encore regarder nos “ex-maquisards” du haut de leur insignifiante personne tout en passant dans leurs cheveux ondulés une main efféminée. N’hésitez pas à remettre en place ces petits jeunes gens et s’ils persistent, décoiffez-les un tantinet. Des zazous, il n’en faut plus. » Une circulaire ministérielle du 26 octobre 1944 avait maintenu l’interdiction de la danse, celle du 2 janvier de cette année l’étend aux cabarets. « Si la jeunesse éprouve le besoin de profiter à plein de ce qu’elle considère comme une liberté reconquise, une autre partie de la population n’est pas en phase avec cette explosion de joie ou du moins n’est pas prête à l’être. La guerre n’est pas terminée, de nombreuses familles sont en deuil », c’est ce que pense Henri, tandis que se multiplient, comme aux plus beaux jours de l’Occupation, les bals clandestins. Jusqu’au 30 avril, date à laquelle une autre circulaire ministérielle rétablit enfin la liberté de la danse et autorise la réouverture des cabarets et boîtes de nuit jusqu’à 23 heures. C’est une renaissance, très relative. Pierre, que Josette a revu plusieurs fois, ne décolère pas :

— Je finis par me demander s’il n’y avait pas plus de jazz à Paris sous l’Occupation que maintenant !

— Tu es fou ! réplique Josette, la main sur son ventre qui commence de s’arrondir.

— Pas du tout, réfléchis…

— Oui, je réfléchis.

— Regarde, dit-il, brandissant le *Bulletin du Hot*

Club de France, dans lequel un article de Georges Brisson barre toute la première page : « La radio française contre le jazz ! »

— Ce n'est pas un peu excessif, non ?

— Pas du tout. La part attribuée au jazz à la radio est inexistante. À part l'émission d'Hugues Panassié sur Radio-Toulouse, il ne reste plus que la BBC et l'American Forces Network. Un comble, moi qui pensais que la Libération allait amener une déferlante de jazz...

— Que comptes-tu faire ? demande Josette, affectueusement moqueuse.

Solennel, Pierre, lui montre le dos du *Bulletin du Hot Club de France*. Une question y figure, en capitales de couleur rouge : « Avez-vous déjà écrit à la Radiodiffusion française ? »

— Voilà, tu écris ! Tu protestes !

— D'accord.

C'est un « oui » diplomatique. Josette n'a pas du tout l'intention d'écrire. En ce moment de sa vie, elle ne proteste ni ne se réjouit. Elle attend que quelque chose se passe. Alors que Tony Murena reprend à l'accordéon *In the Mood*, le fox-trot d'Edgar Hayes enregistré en 1939, qu'Yves Montand et Charles Aznavour chez les disquaires et sur les ondes commencent à remplacer Johnny Hess et Jacques Pills, la France se prépare à la fin des hostilités. Le 8 mai 1945 à 15 heures, les Champs-Élysées et la Concorde voient déferler une nouvelle marée humaine, se mettre en place une nouvelle fête. Sans doute moins spontanée que celle du 11 novembre 1918 mais qui rassemble tout de même plusieurs millions de personnes dont les membres du groupe du Café Éva, qui ne sont plus tout à fait des zazous mais qui se retrouvent pour la première fois ensemble depuis tant de mois, et avec eux leurs fantômes comme tout un chacun en ces temps particuliers. Il n'y a pas de spectacle officiel. Aucun uniforme en vue, aucune fanfare, aucun défilé. Mais des micros qui retransmettent une allocution du général de Gaulle. Et une *Marseillaise*, et un canon qui tonne, et des cloches qui sonnent, et des avions qui passent. Et des militaires en goguette qui se mêlent à la foule, et des sirènes qui pour la première fois n'annoncent pas un bombardement. Et dans le ciel des fusées rouges, vertes, blanches. Malgré la fatigue, la chaleur suffocante, la foule qui monte et descend les Champs-Élysées tel un interminable serpent, Josette tient le coup, passe la nuit à chanter et à danser, et lorsque tout le monde se retrouve au Café Éva, comme hier, comme avant, l'aube venue, c'est là qu'avec Henri elle annonce une nouvelle qui les surprend tous.

L'espace d'une seconde, Josette se sent un peu comme ceux qui reviennent de l'univers concentrationnaire, des camps de prisonniers ou des usines du STO, et qui se sentent d'abord écartés de l'euphorie de la victoire, puis en partie rejetés par leurs compatriotes. Comme si c'était une autre histoire qui défilait sous leurs yeux. Une histoire qui n'était pas encore la leur, qu'ils devraient se réapproprier.

Josette éprouve un sentiment confus. Tout juste une impression, si fugace, si volatile. Parce que la nouvelle qu'elle annonce est si inattendue que tous hésitent à manifester leur joie, même si cette hésitation n'a été en réalité perçue que par une seule personne, Josette :

— Henri et moi, on va se marier.

Josette qui observe le monde du Café Éva comprend que tout se joue entre le moment où elle finit de prononcer sa phrase et celui où Jo dit « Alors, champagne ! » avant de descendre dans la cave où Sarah s'est cachée et de remonter avec plusieurs bouteilles dans les mains.

— Il faut fêter ça, nom de Dieu !

— Oui, dit Josette.

— La date est fixée ? demande Marie.

— Le 20 juin, répond Henri. On utilisera la nouvelle monnaie Pleven et les confettis du 18 juin qui auront été ramassés. Et en attendant, musique, ajoute-t-il en mettant *Josette* sur le tourne-disque, tout en entraînant sa future femme dans un pas de danse auquel elle finit par se soustraire, se précipitant vers la radio pour l'allumer, car cet air, *Josette*, elle ne veut plus l'entendre, jamais.

Elle est ravie. C'est Fred Adison qui chante *Le Swing à l'école* :

— Quelle chanson idiote ! Exactement ce qu'il faut pour enterrer nos vies de célibataires, dit-elle s'adressant à Henri, mais aussi à tous les autres.

Présentée comme le « premier défoulement des

écoliers de France qui auront effectué leur première rentrée scolaire sous un autre portrait que celui du Maréchal », *Le Swing à l'école* brille par la bêtise de ses paroles et la pauvreté de sa mélodie :

— « À l'heure de la récréation
On apprend le swing en cadence
Ça vaut toutes les déclinaisons
Les verbes et leurs conséquences
Faut pas oublier cependant
Tous les pluriels des mots en -al
On chante, on répète en dansant
Le swing à la communale. »

La chanson terminée, regard de pure tristesse au fond de l'œil, Josette lance :

— Je vous l'avais dit. On enterre nos vies de garçons, ou de filles, mais aussi le swing. Je le déclare solennellement : avec de telles horreurs, le swing est mort !

— Mais tu te maries, c'est ça, l'important ! dit Jo.

— Oui, répond Henri, le swing est mort, vive le mariage !

— Alors, vive les mariés ! reprennent tous en chœur les ex-zazous du Café Éva.

59

Alors qu'elle enfile sa robe de mariée, couleur saumon fumé, et se regarde dans la glace, Josette fredonne : « Je mets la main en arrière, je mets la main en avant, et je secoue un petit peu, et je danse le boogie-woogie. / Je mets le pied en avant, je mets le pied en arrière, je mets le pied en avant, et je secoue un petit peu, je danse le boogie-woogie. / Je mets la tête en avant, je mets la tête en arrière, je mets la tête en avant, et je secoue un petit peu, je danse le boogie-woogie ».

Elle ne peut s'empêcher de penser que les couturiers trouvent de la soie alors que la France entière manque toujours de lait, de pain et même de légumes. Elle se dit aussi que sa vie n'a guère de sens et qu'elle devrait avoir le courage d'en changer le cours, ou que quelqu'un le fasse à sa place, lui indique quelle voie suivre plutôt que telle autre, quelle direction prendre en cette croisée des chemins. Un petit fascicule à usage des futures mariées lui donne pourtant la marche à suivre : « Sachez surtout entretenir la flamme en restant toujours désirable. Ne négligez jamais votre apparence et montrez-vous sous votre meilleur jour quand votre mari rentrera du travail. Il a choisi d'épouser une belle femme, alors efforcez-vous de le rester. » Il y a peu de chances qu'elle suive ce conseil, qu'elle devienne une femme au foyer, épouse parfaite pour le repos du guerrier.

Que va-t-elle faire ? Que peut-elle faire ? Henri, que l'épreuve de la guerre a fait regagner les rangs des catholiques, a souhaité un mariage religieux à l'église Saint-Pierre de Montrouge. Parce que c'est « celle de son quartier », et parce que le discours ambiant est à la glorification de la Résistance : la place sur laquelle veille le clocher de l'église haussmanno-romain vient d'être rebaptisée « place Victor-Basch » en hommage au président de la Ligue des droits de l'homme, assassiné par la Milice en janvier 44.

Pour cette dernière journée de femme célibataire, Josette a préféré passer la nuit chez elle, rue Gazan. Elle voulait faire un tour dans le parc Montsouris avant d'enfiler sa robe, mais il est trop tard. Elle devra courir, voilà tout, remonter la rue d'Alésia en tenant les pans les plus longs de sa robe pour qu'elle ne traîne pas sur le sol. Pour cette dernière matinée, elle n'a souhaité la présence de personne. Elle veut être seule avec elle-même. Seule avec sa décision imbécile : se marier avec Henri. Dans son ventre, le bébé bouge, beaucoup. L'accouchement est prévu pour dans un mois maximum. Il fait un temps magnifique, du parc montent des parfums d'une douceur extrême.

Quelle ânerie ! Et ils vont tous être là. Ils ont tous répondu présents, les zazous du Café Éva. Tous endimanchés, tous heureux de cette union d'après guerre. Et ce n'est pas la seule union. Le dernier mot à la mode, c'est « mariage-boom ». À la mairie du XIVe, le maire prévoit ce matin de célébrer quatre-vingt-dix mariages ! Sans trop savoir pourquoi, elle met *Irène* et l'écoute plusieurs fois. Dans sa robe de mariée couleur saumon, elle attend que quelque chose se passe...

Il faut souvent un coup de folie pour faire un destin, et parfois on le rencontre sur les chemins qu'on a pris pour l'éviter. Ce mariage en est la meilleure preuve, et le coup de sonnette que Josette entend à ce moment à sa porte est le grain de sable qui peut tout gripper, tout remettre en question. La concierge qui l'avait dénoncée lui apporte, cette fois, une lettre qu'elle prend en tremblant. Car une lettre reçue quelques heures avant son mariage ne peut être qu'un signe du destin !

La porte refermée, elle met plusieurs minutes avant de l'ouvrir. Une petite lettre de couleur jaune à en-tête de l'hôtel Au Raspail Vert. Postée de Paris. Une écriture ferme, déliée, à l'encre marron, élégante. Cela ne fait aucun doute, elle est en train de rêver. Assise au milieu de la pièce, en larmes, elle n'ose ouvrir la lettre qu'elle presse sur sa poitrine. L'enveloppe déchirée, elle va directement à la signature : Gerhard. Elle lit, relit sans cesse. Gerhard est à Paris depuis le 11 mai. Il fait partie de la délégation qui a signé les accords de paix, constituée pour bonne part d'officiers anti-nazis nommés pour s'assurer du bon déroulement de ceux-ci et surtout pour préparer l'avenir puisque certains pensent déjà que la réconciliation franco-allemande est nécessaire et inévitable. Gerhard veut retrouver « sa très chère amie française ». Il n'a pas essayé d'entrer en contact avec elle avant car il n'osait pas. Il craignait sa réaction. Mais il a pris son courage « à deux mains », écrit-il, car il aime toujours ainsi parsemer ses phrases ou ses paroles d'expressions françaises pour montrer qu'il possède bien cette langue. Donc, il l'attend. Il l'espère. Il veut la voir, tout de suite, très vite. Il l'attend au Raspail Vert. « Cet hôtel à l'angle des boulevards Raspail et Edgar-Quinet », précise-t-il, comme si elle ne le savait pas !

Le bras du tourne-disque frappe depuis longtemps, régulièrement, contre l'axe central, comme une musique, un battement qui rythme la respiration de Josette qui a fini par se ralentir. Sa décision est prise. Elle veut revoir Gerhard. Maintenant. Immédiatement. Elle ne sait pas ce qu'ils vont se dire, mais ce qu'elle sait, c'est qu'elle doit partir. Maintenant. Immédiatement. Déjà, elle a quitté son appartement, dévalé l'escalier, passé devant la loge de la concierge qui lui a souhaité un « joli mariage », descendu l'avenue Reille, remonté la rue d'Alésia, tourné à droite sur l'avenue du Parc-de-Montsouris en direction de la place Denfert-Rochereau. Déjà, elle arpente d'un pas ferme, presque en courant, l'interminable boulevard Raspail. Dans ses cheveux qui, lentement, ont commencé de repousser, un turban de Coralie en jersey crème garni de roses et de feuilles, agrémenté d'une voilette en tulle, qu'elle a pris soin de passer avant de dévaler l'escalier… Ce n'est qu'en hésitant sur le seuil de l'hôtel, essoufflée, qu'elle commence à se poser la question qu'elle aurait dû formuler avant de partir aussi précipitamment. Elle tient toujours la lettre dans sa main : « Et si Gerhard n'était pas là ? »

Le hall de l'hôtel est rempli d'Américains, civils et officiers. Elle attrape ici et là des bribes de conversations. L'une d'entre elles, particulièrement passionnée, tourne autour du « strip-tease ». Cette sorte de spectacle fait fureur aux États-Unis, et les hommes atteints d'un soudain vague à l'âme semblent consternés : le strip est inconnu ici ! Dans le brouhaha, elle distingue un piano qui joue la fin d'un air de jazz, s'arrête, puis en reprend un autre qu'elle reconnaît immédiatement : *Irène.* Ces premières notes, cette mélodie… Sur le point de défaillir, elle se fraie un chemin à travers les tables où les hommes rient, discutent, fument d'énormes cigares, ne faisant nullement attention ni à elle ni à son gros ventre. Arrivée près de la queue du long piano noir, elle s'y appuie, fait glisser ses doigts sur le couvercle, remonte jusqu'au clavier. Un homme joue, très concentré, élégant, habillé à l'anglaise avec beaucoup de goût, presque aristocratique. L'homme joue puis s'arrête, là où dans la version d'André Ekyan et son ensemble intervient le saxophone ténor de Charles T. « Coco » Kiehn, et tout en se levant dit :

— Irène.

L'étreinte qui suit se fait naturellement. Une évidence. Comme le long baiser qui la conclut. Un premier long baiser sous les applaudissements des Américains. Pendant une fraction de seconde, un fragment d'éternité, Josette a l'impression d'être revenue en arrière, avant que tout ce temps ne se soit écoulé – celui qui a séparé le départ de Gerhard de ces retrouvailles.

— Tu es jolie.

— Et toi tu es vivant !

Puis le regard de Gerhard se fixe sur le ventre de Josette :

— Un bébé…

— Oui…

— La robe… Tu vas te marier ?

— Oui.

— Aujourd'hui ?

— Oui.

— Avec qui ?

— Henri.

— Je le connais ?

— Non.

— Tu es amoureuse ?

— Non.

— Je pensais que tu ne viendrais pas…

— Tu vois, même un jour comme aujourd'hui, je viens. J'ai reçu ta lettre ce matin.

— Alors, que fait-on, maintenant ? demande Gerhard, heureux et décontenancé.

— On monte dans ta chambre et on se raconte tout, dit Josette, comme on se jette à l'eau dans une rivière dont on suppose que l'eau doit être glacée tandis qu'une force puissante nous pousse malgré tout à agir.

60

Assise sur le rebord du lit, ses mains dans celles de Gerhard, Josette retrouve le jeune homme qu'elle a connu, celui qui aime se raconter et qui très rapidement se lance dans une sorte de monologue. Son histoire est celle de tous ces jeunes gens qui ne se sont pas dérobés à leur devoir de soldat, mais qui, à l'instant où ils durent le faire, entrèrent en résistance plutôt que de servir une cause qui ne correspondait en rien à la morale dans laquelle ils avaient été élevés. Beaucoup d'ailleurs le payèrent de leur vie.

Membre des Pirates de l'edelweiss, Gerhard avait dû quitter sa ville natale quand il avait été mobilisé mais n'avait pas pour autant rompu les ponts avec ses amis. Mieux, il continuerait la lutte, telle avait été sa promesse, mais cette fois de l'intérieur : au cœur même de l'armée allemande. Échange d'informations avec les pays voisins, aide aux opposants et aux Juifs persécutés, distribution de tracts, sabotage de certains moyens de communication, il avait pu continuer ses activités en toute discrétion et en toute impunité.

En réalité, ce qui lui avait valu sa disgrâce était sans commune mesure avec son engagement réel qui, s'il avait été connu, lui aurait valu d'être fusillé sur-le-champ. Ainsi lui reprocha-t-on de ne pas être intervenu lorsqu'en 42 des dénonciations affirmaient que les bouquinistes des quais de Seine continuaient de vendre des livres interdits, et d'avoir fait donner un concert de jazz à des soldats allemands revenant du front russe. L'officier de la Gestapo lui ayant alors hurlé au visage : « Nous faisons la guerre aux Russes et nous n'avons rien à reprocher à leur musique. Les Américains, c'est autre chose, avec leur musique de sauvages, de nègres. On ne peut pas tolérer ça chez nous ! » Mais la goutte d'eau qui avait fait déborder le vase, c'était une conversation à laquelle il avait participé et où il avait affirmé : « L'Allemagne va perdre la guerre. Et d'une certaine façon c'est souhaitable. Une Europe hitlérienne, aucun homme libre ne peut la supporter. »

Refus d'obéissance, mutinerie, haute trahison, trahison envers la patrie, incitation à se mettre au service de l'ennemi, désertion, les dossiers furent innombrables, engageant des procédures pour tous ces motifs. L'atteinte au moral de l'armée était le plus fréquent et le plus grave. C'est exactement ce qu'on reprochait à Gerhard qui risquait alors, comme tous les autres inculpés, la peine de mort.

Dans un premier temps, il fut jeté dans la prison de la Gestapo de Cologne, la « maison EL-DE » de l'Appellhofplatz, puis envoyé au centre des condamnés de la Wehrmacht, à Torgau. Il y vécut plusieurs mois épouvantables. Les prisonniers y étaient assez systématiquement privés de nourriture, et lorsque l'un d'eux s'effondrait pendant le travail, il était condamné à mort pour « objection de conscience ». La plupart de ces hommes, épuisés, étaient alors fusillés ou pendus sur-le-champ. Il résista jusqu'à ce qu'il soit transféré – sans trop savoir pourquoi – au camp II Papenburg Aschendorfer Moor. Il y croisa des militaires de tous grades, du simple soldat au commandant, qui finissaient tous par être envoyés en première ligne dans les zones de combat les plus dures. Un jour, vers 4 heures du matin, un gardien lui jeta un seau d'eau glacé sur la tête. On lui demanda alors de s'habiller et de prendre son maigre barda. Il crut que sa fin était venue. Mais c'était sans compter avec la perversité des SS qui dirigeaient le camp : ils avaient choisi de l'emmener dans le nord du Jutland, à Süder-Omme, au « camp d'exécution des peines de la division 233 » – le pire de tous. Après des mois d'une existence infernale, les survivants étaient envoyés au front, dans des unités de discipline ou d'entraînement, où ils devaient détecter des mines, enterrer des cadavres et désamorcer des bombes.

Josette écoute, prostrée. Comment l'homme qui est devant elle a-t-il pu supporter de telles horreurs, et qu'est-il devenu après tout cela ?

— Ce n'est pas possible, Gerhard, ce n'est pas possible…

— Attends, ce n'est pas fini ! En février 45, ils ont décidé que la « plaisanterie » avait assez duré et que je devais être transféré au camp de Kiel-Hassee. Après un simulacre de procès, accusé de haute trahison, je devais comme tous les autres prisonniers être décapité. Je dois la vie sauve à l'avancée des troupes américaines. Quand elles sont entrées dans le camp, tous les gardiens avaient fui, laissant sur place munitions, nourriture, vêtements.

— Et maintenant, tu es là, dit Josette.

— Oui, répond Gerhard, changeant soudain de ton, d'attitude, comme s'il voulait oublier tout ce qu'il venait de dire, ne plus revenir sur ces moments, et parler d'autre chose, parler du futur : Mais toi, raconte-moi, toi, Irène, mon amour.

C'est la première fois que Gerhard dit « mon amour », et cela la choque, comme la choque la proximité de ces deux noms « Irène » et « mon amour ». Est-ce trop tôt, trop rapide, incongru, inapproprié ? Elle se dit que si elle était une héroïne d'un roman de Paul Bourget, c'est le genre de réplique qui aurait pu la faire vaciller. Voire la faire changer d'avis. Pourquoi ? Elle ne sait pas. Mais ce « Irène, mon amour » froisse son esprit d'indépendance, sa volonté de n'appartenir à personne, cette nécessité de décider seule de sa vie apprise dans la guerre. Alors, machinalement, elle retire son chapeau.

À la façon que Gerhard a de la regarder, elle comprend qu'elle n'aurait pas dû l'enlever. Ses cheveux sont encore si courts… Ce qu'elle n'a pas prévu, c'est que Gerhard, doucement, fasse glisser sa pauvre petite tête vers sa poitrine et la couvre de baisers. Et ne repose pas sa question. Il connaît la réponse. Il connaît la douleur dont il est cependant loin de mesurer la véritable ampleur, ne sachant rien des humiliations du salon de coiffure, de l'horreur de l'Institut dentaire. Et il n'en saura jamais rien, car Josette ne lui en parlera jamais. Si elle part avec cet homme, elle gardera ses secrets.

Ce qu'elle veut, c'est qu'il entrouvre la fenêtre. Elle a chaud. Elle a soif. Du boulevard monte la dernière chanson de Johnny Hess. Jouée à la clarinette et au saxophone par un orchestre de rue et reprise en chœur par les passants. C'est fou ce que la France peut chanter en cette fin de printemps 1945 : « Je suis jitterburg / C'est beaucoup plus marrant. / Il n'y a pas d'bonheur plus grand / Que d'être jitterburg. / C'est comme une drogue, / Ça vous prend par les pieds / Et bientôt c'est tout entier / Que l'on est jitterburg. / On se tord, on se disloque / On se mord, on se met en loques. / Quand les jitterburg voudront se syndiquer / Qu'est-ce qu'on verra comme piqués / Au club des jitterburg. »

— Le swing, c'est bien fini, dit Gerhard.

— Oui, *kaput*, dit-elle tout en regardant sa montre, ce qui déclenche chez elle un rire devenant bientôt fou rire et qu'elle a beaucoup de mal à endiguer, comme ceux qui s'emparaient d'elle au collège et que le professeur lui demandait alors d'aller finir de rire dans le couloir.

Gerhard lui tend un verre d'eau, qu'elle boit d'un coup.

— Le mariage… Il était prévu à midi.

Gerhard confirme :

— Il est 15 h 30…

— On dit en France : « Avant l'heure c'est pas l'heure, après l'heure c'est plus l'heure »…

— Que vas-tu faire ? Que vas-tu dire ?

— Je ne sais pas… Rien… Mentir… Dire la vérité… Un mot qui aujourd'hui ne veut plus dire grand-chose…

— Tu mens souvent ?

Josette répond que oui, que c'est comme ça. Et qu'il faut qu'il l'accepte.

Tout en posant ses mains sur le ventre de Josette, Gerhard, dans un premier temps, ne répond pas, puis lance, comme on se jette à l'eau :

— Viens en Allemagne avec moi.

— Et l'enfant ?

— Ce sera le nôtre…

Josette, que Gerhard s'obstine à appeler Irène, tourne autour d'une réponse possible, s'engage dans des sentiers qui ne conduisent nulle part, se perd sur des pistes mal balisées, hésite, passant de l'euphorie à la détresse. Cette nuit de juin, interminable, ils la passent à bavarder comme ils l'avaient fait un soir en se promenant le long des grilles du parc Montsouris. Tous deux le reconnaissent, dans leur histoire les souvenirs jouent un rôle particulier, et ces journées à s'attendre, à ne pas se voir, à penser à l'autre. « En renonçant à mes illusions, j'ai perdu mon intransigeance, mon orgueil», dit Gerhard. Et Josette lui répond que lorsqu'elle a cru qu'il était mort, «cela l'a épouvantée» car elle a alors compris «qu'elle aussi était mortelle».

À l'aube, quand ils se quittent, Gerhard demande à Josette si elle a gardé le numéro de la *NRF* qu'il avait oublié sur la chaise du Café Éva. Elle lui répond: «Oui, précieusement, comme un talisman.» Mais qu'elle voudrait le lui rapporter, pour le lui offrir à son tour. Comme un jeu amoureux. Même si cette nuit ils n'ont pas fait l'amour car aucun des deux ne l'a souhaité. Puis soudain, tendre, elle se réfugie presque dans ses bras, désemparée, comme s'abandonnant, offerte, pour se reprendre aussitôt, se dresser, et marcher vers le fond de la pièce, comme pour s'enfuir. Elle n'est plus sûre du tout de vouloir partir avec lui. Alors qu'elle est perdue dans ses pensées, il lui lance, comme s'il avait tout compris, comme s'il avait senti que tout se jouait maintenant:

— Tu vas revenir?

Elle ne répond pas, se contentant de sourire. Laisse la question sans réponse flotter entre les quatre murs de la chambre. Toute tremblante non de désir mais d'étonnement du choix qu'elle vient de faire, car à cet instant précis, elle sait que sa décision est prise et qu'il n'y en a pas d'autre possible. Elle pourrait presque pleurer.

Par la fenêtre ouverte, montent les paroles du dernier air à la mode, *Le Rythme américain* de Lily

Fayol : « Vous n'avez pas le rythme américain / Vous ne mâchez pas le chewing-gum et le base-ball ne vous dit rien / Vous n'avez pas du tout de sang indien / Benny Goodman, Duke Ellington, tout ça c'est loin... »

61

Une femme, vêtue d'une robe blanche imprimée de cerises et d'un boléro orange en mohair, est assise sur un banc de la Promenade à Brooklyn Heights. À sa droite, le fameux pont aux arches gothiques dressé devant Manhattan ; à sa gauche, le port de New York, le ferry de Staten Island et la statue de la Liberté. Habitant une maison de trois étages dans le quartier de Park Slope, elle traverse chaque jour, pour parvenir à ce havre de calme, des lieux qu'elle a apprivoisés et qui aujourd'hui font partie d'elle-même : l'église de Plymouth et son petit enclos d'herbes folles, le lacis de rues étroites qui mène à la caserne des pompiers, Columbia Heights, Willow Street, Cranberry Street, Montague Terrace, Grace Court, la maison où vécut Walt Whitman, le deli dont le nom continue de la faire rêver : « Moon Palace ». Devant elle, au pied de la barrière d'eau couleur d'anthracite de l'East River, la ligne de crête des gratte-ciel.

Les nouvelles qui lui viennent de France ne la concernent plus. Elle a voulu fuir l'Europe en ruine, la vieille Europe déchirée qui a broyé son adolescence, brisé les rêves de sa génération. Longtemps, elle a cru qu'elle ne parviendrait pas à oublier ce mélange inextricable de bonheur et d'angoisse. Longtemps, elle a fait le même rêve de ces hommes qui venaient la chercher dans sa chambre, l'aveuglaient avec une lampe électrique, l'un la mettant en joue de son arme tandis que l'autre s'avançait vers elle muni d'une paire de ciseaux pour lui couper les cheveux, lui demandant de crier : « Vive la France ! Vive de Gaulle ! » Puis le temps a glissé, comme l'eau d'une cascade sur des pierres usées. Un matin qu'elle passait devant les maisons à pilastres et escaliers ornés de balustrades en fer forgé qui longent le Prospect Park West, elle a enfin compris qu'il y a un moment dans la vie où il faut admettre que celle-ci ne sera pas exactement comme on l'a imaginée.

Cette femme, assise sur un banc de la Promenade à Brooklyn Heights, qui a laissé l'homme avec lequel elle devait se marier, et celui qu'elle avait cru aimer le temps d'une guerre, vient d'intégrer la toute nouvelle ONU où elle travaille comme interprète lors des séances préparatoires à l'établissement de sa Charte qui doit être prête pour l'automne. Lorsqu'elle est seule et tranquille, comme aujourd'hui, elle aime à se répéter deux choses. La première, c'est qu'il est possible d'échapper à hier, car vivre en le laissant tomber là où il est, comme une vieille chaussette, dépend de la seule volonté de chacun. C'est ce qu'elle expérimente chaque jour sur les planches de la Promenade de Brooklyn Heights. La seconde, c'est qu'il ne faut pas s'exprimer comme on se souvient, mais comme on sent – au présent, le plus immédiat, le plus éphémère. C'est sa nouvelle ligne de vie. Son nouvel espoir. Pour la première fois depuis qu'elle est arrivée ici, elle se sent en accord avec elle-même, simplement heureuse de manger sa part de pizza, enveloppée dans un papier kraft, face aux gratte-ciel et à l'aube qui se lève.

Cette femme s'appelle Katharine, comme Catherine, mais avec un K et un *a* à la place du *e*. Il n'y a pas si longtemps encore, dans une autre vie, on l'avait appelée « Josette », on l'avait surnommée « Irène ». L'erreur de l'agent des douanes, qui transcrivit son prénom, lors de son passage par Ellis Island, fut une bénédiction. Grâce à elle, elle a pu retrouver son nom tout en s'inventant : elle s'est nommée une nouvelle fois. Avec ce nouveau prénom, c'est comme si elle était née deux fois.

Devant elle, dormant à poings fermés dans son landau, un bébé de quelques semaines, une fillette prénommée Odette. En ce 15 août 1945, Katharine n'a jamais été aussi heureuse. À Washington, le président Truman vient de déclarer officiellement que le Japon acceptait les conditions de la capitulation.

À des milliers de kilomètres de la Promenade de Brooklyn Heights, en France, un avion vient d'atterrir sur l'aérodrome de Pau. À son bord, un prisonnier, immédiatement conduit dans sa cellule du fort du Portalet : le maréchal Pétain. La guerre mondiale est terminée. Sur l'East River, glisse un énorme ferry orange, se dirigeant vers Staten Island. Ses puissants coups de sirène jetés vers l'horizon effraient une bande de mouettes tapageuses qui se mettent à brailler, réveillant le nouveau-né qui desserre ses poings, miaule comme un chaton puis se rendort aussitôt.

Jorge Luis Borges énonce, à juste titre, qu'un écrivain est avant tout un lecteur. Un livre comme *Zazous* n'aurait pu être écrit sans l'apport de développements intellectuels, d'hypothèses, de démonstrations, d'essais, de romans, de témoignages, de pistes proposés par des auteurs qui ont nourri mon travail. Qu'ils soient ici remerciés :

Fred Adison, Éric Alary, David Alliot, Robert Aron, Pierre Assouline, Pierre Audiat, Claude Aveline, Philippe Aziz, Jacques Bardoux, Georges Benoit-Guyod, Charles Braibant, François Bédarida, Simone de Beauvoir, Hélène Berr, Jacques Biélinky, Micheline Bood, Hervé le Boterf, Bernard Chaudé, Myriam Chimènes, André Cœuroy, Colette, Éric Conan, Jean-Louis Crémieux-Brilhac, Claude-Alain Christophe, Jean-William Dereymez, Cécile Desprairies, Isabelle Doré-Rivé, Michael Dregni, Edmond Dubois, Hélène Eck, Simon Epstein, Roger Faligot, René Fallet, Fabienne Falluel, Charles Ford, Jean Galtier-Boissière, Pascal Fouché, Gilles Gauvin, Jean Giono, Charles Glass, Maurice Granet, Cédric Gruat, Albert Grunberg, Jean Guéhenno, Marie-Laure Gutton, André Halimi, Gerhard Heller, Johnny Hess, René

Jeanne, Philippe Labatut, Cécile Leblanc, Jean-Claude Loiseau, Dominique Missika, Dan Morgenstern, Adrien Némoz, Hugues Panassié, Louis Parrot, Jacques Pessis, Michel Pierre, J. de la Porte du Theil, Claude Quétel, Gilles et Jean-Robert Ragache, Maurice Rajsfus, Gérard Régnier, Alan Riding, Henry Rousso, Jean-Paul Sartre, Jacques Siclier, Yannick Simon, Évelyne Sullerot, Jean-Pierre Rioux, Frank Ténot, André Thérive, Alexandre Thers, Bénédicte Vergez-Chaignon, Boris Vian, Gérard Walter, Günther Weisenborn, Louise Weiss...

Une autre «bibliographie» m'a été nécessaire, sonore cette fois, pour m'imprégner de l'esprit zazou, constituée par l'écoute du fonds musical de l'époque, et notamment de ce fameux «swing» si cher aux zazous et des nombreux orchestres de jazz qui se produisaient alors dans tous les coins de France. J'ajouterai donc à cette première liste celle des orchestres swing: Pierre Allier et son orchestre, Eddie Barclay et son orchestre, Aimé Barelli et son orchestre, Christian Bellest et son orchestre, Richard Blareau et son orchestre, Jo Bouillon et son orchestre, Stan Brenders et son grand orchestre de danse, Philippe Brun et son swing band, Félix Chardon et son orchestre, Noël Chiboust et son orchestre, Harry Cooper et son orchestre, André Ekyan et son ensemble, Le Jazz de Paris, Jacques Hélian et son orchestre, Maceo Jefferson et son orchestre, Dany Kane et son ensemble, Raymond Legrand et son orchestre, Jacques Météhen et son orchestre, Tony Murena et son ensemble swing, l'orchestre musette Swing Royal, Pietro Pezza et son orchestre, l'orchestre Swing Jo Reinhardt, le Quintette Français, le Quintette du Hot Club de France, le Quintette de Paris, le Quintette Léo Chauliac, Joseph Reinhardt et son ensemble, Ray Ventura et son orchestre, Gus Viseur et son orchestre, Raymond Wraskoff et son orchestre, Jean Yatove et son orchestre de Radio-Paris…

Des musiciens : Pierre « Baro » Ferret, Robert « Bob » Castella, Jeff de Boeck, Philippe Brun, Charles T. « Coco » Kiehn, Alix Combelle, Chico Cristobal, Étienne « Sarane » Ferret, Pierre Fouad, Loulou Gasté, André Lluis, Paul Mattei, Jerry Mengo, Django Reinhardt, Tony Rovira, Hubert Rostaing, Lucien Simoens, Emmanuel Soudieux, Maurice Speilleux…

Des chanteuses et chanteurs : Fred Adison, Henri Alibert, Andrex, Guy Berry, Marie Bizet, Reda Caire, Félix Chardòn, Josette Daydé, Johnny Hess, Pierre Mingand, Jacques Pills, Rogers, Jean Solar, Georges Tabet, Irène de Trébert, Charles Trenet…

Enfin, comment ne pas remercier Claire, ma mère, reine du swing et des bals musettes de la rue de Lappe, grande pourvoyeuse d'anecdotes zazoues et qui se définit aujourd'hui, je cite, comme une « vieille dame qui refait sa vie en rêvant dans son fauteuil »…

La rédaction de ce roman n'aurait pas été possible sans l'écoute attentive du fonds musical qui était celui de ces années. Musiques, swing et zazous, airs de danses, chansons des variétés, morceaux de jazz qui étaient écoutés par les adolescents de ces années noires. Ils constituent la véritable bande-son de ce livre musical. Les **éditions E.P.M.** ont confié à Gérard de Cortanze **le choix et la présentation d'une compilation de 52 titres**, rassemblés dans un **coffret de 2 CD**, publié sous le même titre que le roman.

Du même auteur :

LE CYCLE DES *ENFANTS S'ENNUIENT LE DIMANCHE*

Les enfants s'ennuient le dimanche, Hachette, 1985 ; Babel / Actes Sud, 1999.
Une chambre à Turin, Éditions du Rocher, 2002 ; Folio / Gallimard, 2002. Prix Cazes-Lipp 2002.
Spaghetti !, Gallimard, 2005.
Miss Monde, Gallimard, 2007.
« Le géorama Montparnasse », in *Paris Portraits*, Folio / Gallimard, 2007.
De Gaulle en maillot de bain, Plon, 2007.
Gitane sans filtre, Gallimard, 2008.
Giscard en short au bord de la piscine, Plon, 2010.
La Légende des 24 heures du Mans, Albin Michel, 2014. Prix de l'Association des écrivains sportifs 2014.
Je suis Charlie (collectif), Le Livre de Poche, 2015.
Les 24 heures du Mans pour les Nuls, First Edition, 2016.

Le cycle des *Vice-Rois* (4 tomes)

1. *Assam*, 2002, Le Livre de Poche, 2004. Prix Renaudot 2002.
2. *Aventino*, Albin Michel, 2005 ; Le Livre de Poche, 2007.
3. *Les Vice-rois*, Actes Sud, 1998 ; Babel / Actes Sud, 2000 ; J'ai lu, 2002 ; Folio / Gallimard, 2011. Prix du roman historique de la ville de Blois, 1999 ; prix Baie des Anges, 1999.
4. *Cyclone*, Actes Sud, 2000 ; Babel / Actes Sud, 2002 ; J'ai lu, 2004 ; Folio / Gallimard, 2010.

Le cycle biographique historique

Le temps revient, L'Avant-scène, 2002.
Banditi, Albin Michel, 2004 ; Le Livre de Poche, 2006.
Laura, Plon, 2006 ; Folio / Gallimard, 2008.
Indigo, Plon, 2009. Prix Paul Féval, 2009.
La Belle Endormie, Éditions du Rocher, 2009 ; J'ai lu, 2011.
Miroirs, Plon, 2011 ; Folio / Gallimard, 2014.
L'An prochain à Grenade, Albin Michel, 2014. Prix Méditerranée 2014 ; Le Livre de Poche, 2015.
Les Amants de Coyoacán, Albin Michel, 2015, Le Livre de Poche, 2017.
Laisse tomber les filles, Albin Michel, 2018.

Le cycle biographique autobiographique

Le Livre de la morte, Aubier-Montaigne, 1980.
Giuliana, Belfond, 1986 ; Le Livre de Poche, 1987 ; Babel / Actes Sud, 1998.
Elle demande si c'est encore la nuit, Belfond, 1988.
L'Amour dans la ville, Albin Michel, 1993 ; Le Livre de Poche, 2005.
L'Ange de mer, Flammarion, 1995.
« La course de sa vie », in *Va y avoir du sport*, Gallimard, 2006.
Méli-Mélo a la tête à l'envers, Gallimard, 2007.

Le cycle de l'essai biographique

Dossier Paul Auster, Anagrama, 1996.
Le New York de Paul Auster, Le Chêne, 1996.
La Solitude du labyrinthe, Entretiens avec Paul Auster, Actes Sud, 1997. Réédition augmentée, Babel / Actes Sud, 2004.
Le Madrid de Jorge Semprun, Le Chêne, 1997.
Hemingway à Cuba, Le Chêne, 1997 ; Folio / Gallimard, 2002.
Jean-Marie Gustave Le Clézio : le nomade immobile, Le Chêne, 1999 ; Folio / Gallimard, 2002.
Philippe Sollers ou La Volonté de bonheur, Le Chêne, 2001 ; Folio / Gallimard, 2007.
Jorge Semprun, l'écriture de la vie, Folio / Gallimard, 2004.
Paul Auster's New York, Le Livre de Poche, 2004 ; nouvelle édition, revue et corrigée, sous le titre *Le New York de Paul Auster*, Le Livre de Poche, 2010.

Jean-Marie Gustave Le Clézio, CulturesFrance / Gallimard, 2009 ; Folio/Gallimard, 2017.

Le Roman de Hemingway, Éditions du Rocher, 2011.

Pierre Benoit, le romancier paradoxal, Albin Michel, 2011. Prix 2012 de la biographie de la ville d'Hossegor ; prix 2012 de la biographie de la Forêt des Livres ; prix Pierre Benoit de l'Académie française 2013.

La langue française est un roman, Éditions du Rocher, 2018.

LE CYCLE BIOGRAPHIQUE PICTURAL

Antonio Saura, l'exil biographique, La Différence, 1990.

Tobiasse ou le patient labyrinthe des formes, La Différence, 1992.

Antonio Saura, La Différence, 1994.

Ateliers d'artistes, Le Chêne, 1994.

Richard Texier, La clé du monde, Somogy, 1997.

Zao Wou-Ki, La Différence, 1998.

L'Acier sauvage (avec des photos de Hélène Moulonguet), Actes Sud, 2000.

Lumières (avec des photos de Gilles Martin-Raget), collectif, Actes Sud, 2002.

L'Atelier intime, Éditions du Rocher, 2006.

Richard Texier, La route du Levant, Somogy, 2006.

Frida Kahlo ou La Beauté terrible, Albin Michel, 2011 ; Le Livre de Poche, 2013.

Frida Kahlo par Gisèle Freund, Albin Michel, 2013.

Le cycle biographique du voyage

Le Surréalisme, MA éditions, 1985 ; réédition augmentée : *Le Monde du surréalisme*, Veyrier, 1991 ; réédition augmentée : *Le Monde du surréalisme*, éd. Complexe, 2005.
Le Baroque, MA éditions, 1987 ; réédition augmentée : *Promenades baroques*, Éditions de l'Arsenal, 1995.
Long-courrier, Éditions du Rocher, 2005.
Le Goût de Turin, Mercure de France, 2007.
Une gigantesque conversation, Éditions du Rocher, 2008.
Le Goût de Grenade, Mercure de France, 2011.
Le Goût de l'automobile, Mercure de France, 2017.

Le cycle autobiographique de la langue française

Passion de la langue française, Desclée de Brouwer, 2010.
Passion des livres, Desclée de Brouwer, 2011.
Éloge du mensonge, Éditions du Rocher, 2012.

Le cycle biographique de la poésie

Au seuil : la fêlure, PJO, 1974.
Altérations, Éditions d'Atelier, 1973.
U. Cenote, Alain Anseuw éditeur, 1980.
Los Angelitos, Richard Sébastian Imprimeur, 1980.
La Muerte solar, Pre-textos, 1985.
Jours dans l'échancrure de la nuque, La Différence, 1988.

La Porte de Cordoue, La Différence, 1989.
Le Mouvement des choses, La Différence, 1999. Prix SGDL-Charles Vildrac, 1999.

LE CYCLE BIOGRAPHIQUE HISPANIQUE

Huidobro / Altazor / Manifestes, Champ Libre, 1976.
America libre, Seghers, 1976.
Une anthologie de la poésie latino-américaine, Publisud, 1983.
Littératures espagnoles contemporaines, éditions de l'Université libre de Bruxelles, 1985.
La Mémoire de Borges, Dominique Bedou, 1987.
Cent ans de littérature espagnole, La Différence, 1990.
Espanas y Américas, La Différence, 1994.

PAPIER À BASE DE FIBRES CERTIFIÉES

Le Livre de Poche s'engage pour l'environnement en réduisant l'empreinte carbone de ses livres. Celle de cet exemplaire est de :
550 g éq. CO_2
Rendez-vous sur www.livredepoche-durable.fr

Composition réalisée par MAURY-IMPRIMEUR

Imprimé en France par CPI
en janvier 2018
N° d'impression : 3026374
Dépôt légal 1re publication : février 2018
LIBRAIRIE GÉNÉRALE FRANÇAISE
21, rue du Montparnasse - 75298 Paris Cedex 06

27/1126/2